D1278891

Le Palais du désir

Comme tous les grands écrivains classiques, Naguib Mahfouz est inclassable. Et désormais, ce virtuose d'un style sobre et vivant, dont les livres se vendent par millions d'exemplaires, s'est imposé comme le fondateur du roman arabe moderne. Ne parle-t-on pas, d'ailleurs, de la « génération Mahfouz » ?

Égyptien, Mahfouz est d'abord le chantre du Caire. Mieux : il est l'écrivain du vieux quartier de la cité. Voilà ce qui apparaît dans sa grande trilogie romanesque, sans doute son chef-d'œuvre : *Impasse des Deux-Palais*, écrite à partir de 1956, et dont *Le Palais du désir* constitue le second volet... Le Caire lui souffle sa fabuleuse inspiration. Le Caire et ses minarets, ses coupoles, ses terrasses devenues jardins touffus, basse-cours caquetantes, refuges privilégiés des femmes et des jeunes filles, Le Caire avec ses maisons, ses ruelles, ses échoppes, la harangue de ses camelots... Un monde coloré, bruyant, humain qu'il connaît et aime par-dessus tout, parce qu'il est né là, dans l'une de ces rues populaires. Cet univers est devenu pour lui *« une épouse unique »*, qu'il partage dit-il cependant, avec cette *« fiancée éternellement jeune »* qu'est l'écriture... Quand l'amour d'un pays et l'amour de l'écriture sont si forts qu'ils vous comblent, à quoi bon voyager ? On comprend alors pourquoi Mahfouz n'a presque jamais voulu quitter l'Égypte, devenue pour lui, avec le temps, symbole du monde tout entier. Il en a pénétré les profondeurs, les richesses, les contradictions. Aujourd'hui encore, il lui voue une absolue fidélité dont témoigne la cinquantaine de romans et recueils de nouvelles qui lui ont valu le prix Nobel de littérature en 1988.

Impasse des Deux-Palais, *Le Palais du désir* et *Le Jardin du passé*, cette trilogie tumultueuse à la fois sociale, historique, psychologique, philosophique, poétique, satirique et réaliste, met en scène une famille cairote, au cours de la première moitié du XXᵉ siècle, de 1917 à 1944. Elle est dominée par la personnalité robuste et magistrale d'Ahmed el-Gawwad, négociant aisé, époux et père tout-puissant, pieux, austère, inflexible le jour avec les siens, sensuel, drôle et voluptueux la nuit avec ses amis et les capiteuses aimées du Caire. Naguib Mahfouz suit cette famille dans ses grandeurs, ses joies, ses drames. Il y glisse, bien sûr, ses propres souvenirs, ses apprentissages et ses expériences.

Le premier volume (mais chacun de ses livres peut être lu séparément) s'achevait en 1919 par la mort de l'un des fils d'Ahmed, gagné aux mouvements nationalistes, tué dans un combat de rues, quand le fondateur du parti Wafd, Saad Zaghloul, est arrêté et déporté à Malte et qu'éclatent au Caire de terribles émeutes. Dans *Le Palais du désir*, Mahfouz s'attarde sur trois des personnages, qui tour à tour, par de longs monologues intérieurs, évoquent les ressacs incessants de leur conscience : Ahmed, le pivot du livre, et deux autres de ses fils, Yasine

(Suite au verso.)

l'aîné qui lui ressemble par sa sensualité et Kamal, le benjamin, qui apparaît comme le double du narrateur.

Ahmed vieillissant s'entiche d'une joueuse de luth, mais ses forces déclinent en même temps que son autorité et il se retranche derrière une religiosité frileuse, tandis que sous le masque tyrannique perce une subtile tendresse pour les siens. Yasine, le jouisseur, va de scandales en scandales, sous l'empire exigeant de ses sens. Kamal enfin, l'enfant-poète, devenu l'étudiant épris de philosophie et de sagesse, s'enivre d'un inaccessible et pur amour pour Aïda, une exquise jeune fille qui vit dans ce « Palais du désir », une fabuleuse demeure entourée d'un jardin aussi sombre et profond que l'amour de son soupirant. Mais le « Palais du désir » se transforme bientôt en celui de la douleur car les espoirs de Kamal ne sont pas partagés. Vient le temps des désillusions. A dix-neuf ans, l'adolescent meurtri fait table rase de ses croyances et de ses certitudes. Kamal d'une certaine manière symbolise l'évolution d'un monde désorienté, tandis qu'en arrière-plan filtre le climat social, les rivalités entre la gauche et les islamistes, malgré l'objectif commun du combat contre les Anglais et contre l'influence de l'Occident. La politique tient un rôle essentiel dans l'œuvre de Mahfouz. Rien ne peut être envisagé dans le monde arabe sans cette dimension, reconnaît volontiers le romancier.

Le Palais du désir s'achève en août 1927 sur la mort de Saad Zaghloul, le grand homme qu'admire Kamal, l'homme de l'exil, de la révolution, de la liberté. *« Les malheurs lorsqu'ils se rencontrent se disputent nos cœurs »*, écrit Naguib Mahfouz. Pourtant il faut poursuivre. Un enfant va naître dans la famille de Yasine. La nuit arrive. Et dans la courte paix de l'aube reprendra la vie.

Nicole Chardaire.

Paru dans Le Livre de Poche :

IMPASSE DES DEUX-PALAIS.

NAGUIB MAHFOUZ

prix Nobel de littérature

Le Palais du désir

TRADUIT DE L'ARABE
PAR PHILIPPE VIGREUX

Ouvrage publié avec le concours
de l'INSTITUT DU MONDE ARABE

J.-C. LATTÈS

Ce roman a été publié pour la première fois en arabe au Caire, Egypte, en 1957, aux éditions Maktabat Misr, sous le titre original :

QASR EL-SHAWQ

Ouvrage édité avec la collaboration de Selma Fakhry Fourcassié

IMPASSE DES DEUX-PALAIS, trilogie :

Impasse des Deux-Palais
Le Palais du désir
Le Jardin du passé

PRÉFACE

LORSQUE *Impasse des Deux-Palais* parut, en 1985, le public français découvrit en Naguib Mahfouz l'un des auteurs majeurs de la littérature d'aujourd'hui, l'un des maîtres du roman arabe contemporain. Pourtant l'œuvre n'apparaissait pas dans toute son ampleur, car, comme il le fut souligné alors, il ne s'agissait que du premier tome de la « trilogie », cette grande fresque de la vie cairote de 1917 à 1944, qui, dès sa parution en Egypte en 1956 et 1957, imposa Naguib Mahfouz à l'attention des lecteurs du monde arabe et dont le second tome que voici lui valut le prix d'Etat, décerné jusqu'alors aux seuls Taha Husseïn, Al-Aqqâd et Tawfiq al-Hakim.

Or voici que paraît *Le Palais du désir*, partie centrale du triptyque dont *Al-Sukkariyya* constitue le dernier volet. Etant donné le cadre historique dans lequel se situe l'œuvre de Mahfouz et la continuité que l'auteur a voulu lui donner, il nous a paru nécessaire de retracer brièvement les événements qui tissent la trame romanesque d'*Impasse des Deux-Palais*, dont la méconnaissance peut gêner une entrée de plain-pied dans *Le Palais du désir*.

Bayn-al-Qasrayn (titre original du roman, littéralement « entre les deux palais ») est le nom de la rue du Caire où est située la maison familiale des Abd el-Gawwad, non loin des mosquées historiques, en particulier celle de Sayyedna al-Husseïn qui tient une place importante dans le roman.

L'action se déroule entre 1917 et 1919. Elle est centrée

7

sur les personnages du chef de famille, Ahmed Abd el-Gawwad, et d'Amina, son épouse, femme soumise, mariée très jeune au maître de la maison.

Dès le début apparaît clairement le type de rapport, de maître à esclave, qui lie les deux époux. A minuit, Amina se réveille, comme tous les jours à la même heure, pour attendre son mari au retour de sa veillée. On notera, dès les premières pages du *Palais du désir*, une reprise de ce thème montrant, par-delà la fixité des habitudes, l'inexorable œuvre du temps sur les individus.

Autour d'Ahmed Abd el-Gawwad et d'Amina, leurs enfants : Yasine, âgé de vingt et un ans, fils d'un premier mariage d'Ahmed Abd el-Gawwad avec Haniyya (femme qu'il aime mais qu'il a répudiée pour « insoumission » à son autorité) ; Fahmi, âgé de dix-neuf ans, étudiant en droit, l'intellectuel de la famille, sensible et gagné aux idées nationalistes; Kamal, onze ans, écolier espiègle et rêveur; Khadiga, vingt ans, autoritaire et moqueuse, défavorisée par la nature ; Aïsha enfin, seize ans, d'une grande beauté, indolente et naïve.

La personnalité des enfants nous est révélée, entre autres, à travers leurs amours : ce sont d'une part les frasques du fils aîné, Yasine, que sa sensualité entraîne vers les filles faciles, de l'autre les coups d'œil discrets et apeurés échangés entre jeunes gens du même milieu, soumis aux lois draconiennes de la séparation des sexes : chaque matin, Aïsha observe en cachette par les volets entrouverts un jeune officier de police qui passe dans la rue. Fahmi s'arrange pour faire répéter les leçons de son petit frère Kamal sur la terrasse de la maison, au coucher du soleil, heure à laquelle Maryam, fille des Ridwane et amie de ses sœurs, étend régulièrement et intentionnellement son linge sur la terrasse voisine.

Mais Ahmed Abd el-Gawwad a deux impératifs « catégoriques » en matière de mariage : que ses filles n'aient jamais été vues par leur prétendant (ce serait un déshonneur pour la famille!), que la plus jeune, Aïsha, dont tout le monde demande la main pour sa beauté, ne se marie pas avant la grande qui, vu sa laideur, a du mal à se caser.

A ce point intervient un épisode central du roman : celui de la sortie d'Amina à la mosquée d'al-Husseïn. Elle marque l'aboutissement de la « révolte » de la famille qui, en l'absence du père, décide un jour Amina à aller prier son saint favori dans la mosquée qui abrite son tombeau. Depuis vingt ans qu'elle habite cette rue, la pauvre femme, fille d'un cheikh d'al-Azhar, n'a jamais pu réaliser ce rêve. Pour la première fois de sa vie, elle va désobéir en commettant cet acte en apparence anodin et auréolé de sainteté mais qui, ici, débouche sur une situation dramatique. A peine capable de marcher dans ces rues tumultueuses dont elle n'a jamais foulé le sol, elle se fait renverser par une voiture. Le divorce est évité de justesse. Ahmed Abd el-Gawwad renvoie sa femme, qui se réfugie chez sa mère. Puis, à la faveur de l'intercession d'une vieille amie de la famille, la veuve du regretté Shawkat, qui par son âge et son origine turque jouit d'un grand ascendant sur M. Ahmed, puis de celle de la voisine Oum Maryam qui par sa beauté possède sur lui la même influence, tout s'arrange et Amina réintègre son foyer.

Tous ces faits illustrent le thème essentiel du désir de chacun (celui des enfants de se marier selon leurs vœux, celui de la mère d'aller rendre visite à son saint favori) irrévocablement et impitoyablement battu en brèche par le caractère despotique du chef de famille. Or celui-ci a deux personnalités! La première, qu'il affiche parmi les siens, est celle d'un être austère et rigide, scrupuleusement fidèle aux prescriptions religieuses. La seconde, qu'il réserve au monde extérieur, est celle d'un homme souriant, affable, amateur de bons mots, en somme d'un bon vivant qui, le soir venu, s'enivrant jusqu'à minuit, se réunit avec une élite d'amis en compagnie d'almées, dont une certaine Zubaïda, sa dernière conquête.

D'où les réactions – le plus souvent incrédules – de la famille lorsqu'elle découvre au gré des circonstances l'autre visage du père. Ce qui nous vaut cette scène mémorable où

Yasine, venu rendre une visite nocturne à la luthiste Zannouba, surprend son père au domicile de l'almée.

Finalement, les enfants sont mariés successivement selon le bon plaisir paternel : Yasine à Zaïnab, fille de Mohammed Iffat, meilleur ami de son père (après qu'il eut été surpris un soir d'ivresse en train de « tenter sa chance » auprès de la vieille servante de la maison (Oum Hanafi) ; et les deux sœurs respectivement aux deux fils de la vieille amie turque de la famille ; la veuve du regretté Shawkat. Seul Fahmi continue à ruminer son amour malheureux pour Maryam, son père ayant repoussé sa demande de l'épouser sous prétexte qu'elle est plus âgée que lui.

Surviennent les événements qui, au Caire, ont succédé à la signature de l'armistice de 1918 : la demande d'accession de l'Egypte à l'indépendance conduite auprès des autorités anglaises par le grand leader nationaliste Saad Zaghloul; l'exil de ce dernier à Malte, les grandes manifestations qui s'ensuivent, l'échec de Saad devant la conférence de la Paix.

Or c'est à la faveur de leurs allées et venues aux abords de la maison que Yasine et Kamal entretiennent des relations amicales avec les soldats anglais qui ont investi le quartier où se déroule l'essentiel des manifestations; et ici que survient « l'épisode » de Maryam – la voisine dont Fahmi est amoureux – surprise en train de sourire au soldat anglais Julian, un événement auquel il sera fait souvent allusion dans *Le Palais du désir*, comme ayant marqué fortement l'histoire familiale.

Mais Yasine, à la sensualité irrépressible, est l'auteur d'un nouveau scandale ; cette fois, c'est à la servante noire de sa femme Zaïnab qu'il s'en prend. Son beau-père, Mohammed Iffat, exige le divorce et Ahmed Abd el-Gawwad, pour sauvegarder l'amitié, l'accepte. Contre Yasine, le sort s'acharne. Un jour, à la grande mosquée, un jeune étudiant en théologie l'accuse publiquement d'espionnage après l'avoir vu à plusieurs reprises bavarder amicalement avec les soldats anglais. Ce n'est que grâce au secours d'un jeune militant nationaliste digne de foi, ami de Fahmi, que M. Ahmed et ses trois fils échappent au lynchage.

Cet épisode révèle au père que son fils Fahmi est un actif militant nationaliste. Au cours d'une scène poignante, il oblige ce dernier à jurer sur Le Coran de ne jamais plus prendre part aux manifestations. Fahmi refuse, osant pour la première fois braver son père. Que de désillusions !

Le roman s'achève tragiquement.

Saad Zaghloul vient d'être libéré de son exil à Malte. Une grande manifestation pacifique est organisée. Elle débute dans le calme, mais survient bientôt un incident dramatique. Sans raison apparente, les soldats anglais, retranchés derrière le mur du jardin de l'Ezbékiyyé, tirent sur la foule. Fahmi, qui se trouve dans la partie du cortège où tombent les coups de feu, est paralysé par la peur. Incapable de fuir, il est pris sous les balles et meurt, devenant ainsi l'un des martyrs de ce que les Egyptiens appellent encore aujourd'hui « la Révolution ».

Philippe VIGREUX.

Je tiens à associer dans ma plus vive reconnaissance l'auteur de ce livre et mon ami Farouk Tantawi pour leur aide précieuse, leur chaleur humaine et leurs encouragements.

PREMIÈRE PARTIE

1

AHMED Abd el-Gawwad referma la grosse porte derrière lui et, à pas lents et pesants, traversa la cour sous la pâle clarté des étoiles, le bout de sa canne s'enfonçant dans la terre poussiéreuse chaque fois qu'il y prenait appui pour soutenir sa démarche engourdie. Il lui tardait, en cet instant où flambait sa poitrine, de retrouver l'eau fraîche dont il se laverait bientôt le visage, le crâne et le cou, afin d'adoucir – ne fût-ce que momentanément – la chaleur torride de juillet et le feu qui faisait encore rage dans ses entrailles et au creux de sa tête. Cette idée d'eau fraîche lui sourit à ce point que ses traits s'épanouirent...

En franchissant la porte de l'escalier, il aperçut la faible lumière qui tombait du palier et glissait sur les murs au gré du bras fragile qui faisait vaciller la lampe. Il gravit les marches, une main sur la rampe, une main sur sa canne dont les coups résonnèrent, l'un après l'autre, avec ce rythme singulier qu'avait forgé le temps et qui le signalait désormais aussi fidèlement que sa personne.

Au haut de l'escalier parut Amina, la lampe à la main. L'ayant rejointe, il s'arrêta un instant, la poitrine haletante, le temps de reprendre son souffle, puis il la salua comme à l'accoutumée :

– Bonsoir...

– Bonsoir, maître! chuchota-t-elle en le précédant pour éclairer le chemin.

Dans la chambre, il se précipita vers le canapé où il

15

s'effondra. Là, il posa sa canne, ôta son tarbouche et laissa tomber sa tête sur le dossier en étendant les jambes. Les pans de la djoubba remontèrent alors sur le cafetan qui découvrit à son tour les jambières de sa culotte, rentrées dans ses chaussettes. Il ferma les yeux et, avec son mouchoir, s'épongea le front, les joues puis le cou. Pendant ce temps, Amina alla poser la lampe sur la table basse puis s'arrêta, attendant qu'il se lève pour l'aider à retirer ses vêtements. Elle le regardait avec une sollicitude inquiète et aurait aimé que le courage lui vînt en aide pour le prier de s'épargner ces veillées continuelles que sa santé ne bravait plus avec le panache d'antan. Mais elle ne savait comment exprimer ses pensées chagrines... Au bout de quelques minutes, il ouvrit les yeux, détacha sa montre en or de son cafetan, ôta sa bague au gros brillant et déposa le tout à l'intérieur du tarbouche. Puis il se leva pour retirer la djoubba et le cafetan avec l'aide d'Amina. Il n'avait rien perdu de son imposante stature, de sa large carrure, à part un léger duvet qui grisonnait sur ses tempes.

En plongeant la tête dans l'encolure de sa chemise de nuit blanche, il se prit malgré lui à sourire en repensant à Ali Abd el-Rahim. Il se rappelait encore comment celui-ci avait, cette nuit même, rendu tripes et boyaux au beau milieu de l'assemblée. Comment il avait prétexté un coup de froid au ventre pour excuser sa faiblesse et comment la compagnie s'était fait un malin plaisir de l'en blâmer en prétendant qu'il ne tenait plus la boisson, que ne joue pas qui veut avec le vin jusqu'à la fin de ses jours, etc. Il se rappela aussi comment ce même M. Ali s'était fâché et avait conjugué tous ses efforts pour se laver d'un tel soupçon. Ciel!... se trouvait-il des gens en ce monde pour accorder autant d'importance à des choses aussi futiles! Mais alors, s'il fallait tant s'en étonner, pourquoi donc s'était-il lui-même vanté, dans le tumulte des voix et des rires, d'être capable d'avaler une taverne entière sans que son estomac ne s'en plaigne?

Il se rassit et tendit ses jambes à Amina qui commença à

lui retirer chaussures et chaussettes, après quoi elle s'absenta un court instant, revint les bras chargés de la cuvette et du broc et se mit à lui verser l'eau pour qu'il se lave puis se rince le crâne, le visage et le cou. L'opération terminée, il se redressa sur son siège pour aller cueillir la brise qui flottait doucement entre le moucharabieh et la fenêtre de la cour...

– Ah! quel été épouvantable cette année! soupira-t-il.

– Dieu nous soit en aide! répondit Amina en tirant le matelas de dessous le lit, s'y installant à son tour, jambes croisées, à ses pieds.

Puis, dans un soupir :

– S'il fait déjà chaud dehors, imaginez le fournil! L'été, il n'y a que la terrasse où l'on respire après le coucher du soleil...

Assise sur son matelas, ce n'était plus l'Amina d'autrefois. Elle avait fondu. Son visage s'était allongé ou peut-être paraissait-il plus long qu'il ne l'était en réalité, en raison de la maigreur qui avait creusé ses joues, des cheveux blancs qui par endroits parsemaient les quelques mèches que découvrait son fichu, lui donnant un air de vieillesse qui ne lui ressemblait pas. Sur sa pommette, le grain de beauté semblait plus gros tandis que ses yeux exprimaient – outre ce regard soumis qui ne l'avait jamais quittée – une sorte d'hébétude mêlée de tristesse.

Avec quelle confusion avait-elle vu s'opérer sur elle un tel changement! Si d'abord elle l'avait bien accueilli, comme une consolation, elle en était venue à se demander avec angoisse si elle ne devait pas penser à elle et conserver sa santé tant qu'il lui restait du temps à vivre. Sans doute! car sa santé, les autres en avaient besoin eux aussi. Mais... comment réparer les outrages du temps! Et puis, bien des années s'étaient écoulées. Peut-être pas en nombre suffisant pour justifier une telle métamorphose, mais, certes, elles n'avaient pas pu ne pas laisser leur empreinte. Ainsi, nuit après nuit, elle restait debout dans le moucharabieh, observant la rue à travers la claire-voie. Et, si elle ne la voyait jamais changer, le poids des ans la marquait, elle, insidieusement, sans relâche.

La voix du garçon de salle monta du café jusqu'à la chambre silencieuse qu'elle emplit d'un écho sonore. Elle sourit en regardant furtivement Monsieur... Qu'avait-elle de plus cher au monde que cette rue qui veillait des nuits entières en parlant à son âme? Elle était l'ami ignorant de ce cœur qui battait pour lui derrière une fenêtre ajourée. Ses paysages lui remplissaient l'esprit, son peuple de la nuit était des voix vivantes dans ses oreilles, tel ce serveur à la langue infatigable, cet homme à la voix enrouée qui, inlassablement, commentait les événements du jour; cet autre au ton excité qui essayait de piocher « le commis » ou « le garçon[1] » ou encore le père d'Haniyya, cette gamine atteinte de la coqueluche, qui, lorsqu'on lui demandait des nouvelles de sa fille, répondait, invariablement, nuit après nuit : « En Dieu est la guérison! » Ah! c'était comme si le moucharabieh n'était autre qu'un coin du café où elle était attablée... Et les images de la rue défilaient derrière ses yeux, levés fixement vers la tête qui reposait sur le dossier du canapé.

Lorsque s'interrompit le flot de ses pensées, son attention se centra sur Monsieur. Elle distingua alors sur son visage une rougeur intense qu'elle avait commencé à remarquer les nuits dernières, à cette heure tardive. Et cette rougeur l'inquiétait. Aussi lui demanda-t-elle, pleine d'appréhension :

– Mon maître... se sent bien?

Ahmed Abd el-Gawwad redressa sa tête et marmonna :

– Ça va!... grâce à Dieu.

Puis, se reprenant :

– Qu'est-ce qu'il fait mauvais!

La liqueur de raisin est le meilleur alcool en été..., du moins, c'est ce qu'on lui avait dit et répété. Pourtant il ne

---

1. Respectivement sept et valet de carreau. Cartes maîtresses d'un jeu appelé « Kotchina ». Cette note et celles qui suivent sont du traducteur.

pouvait la supporter. Lui, c'était le whisky ou rien du tout... Il lui fallait donc subir chaque nuit contre son gré les effets délétères d'une « ivresse d'été »... et d'un été terrible!

Comme il avait ri cette nuit! Ri jusqu'à ce que les veines de son cou lui fassent mal. Mais, au fait, pourquoi avait-il donc tant ri? C'est tout juste s'il se souvenait encore de quelque chose. Oh! d'ailleurs, rien de bien fameux! Sinon que l'ambiance de la soirée avait été chargée d'une plaisante électricité, propre à ce que le moindre contact déclenche l'étincelle. Ainsi, Ibrahim Alfar n'eut pas sitôt déclaré : « Alexandrie a quitté aujourd'hui le port de Saad à destination de Paris », voulant dire en fait : « Saad a quitté aujourd'hui le port d'Alexandrie à destination de Paris », que ce fut l'explosion générale. On mit cette sortie au nombre des « perles » dues à la boisson et l'on ne tarda pas à lui répondre : « Il restera dans la négociation, le temps de recouvrer la santé, et prendra l'invitation, pour répondre à Londres qu'il a reçu du bateau » ou autres choses du genre « et il obtiendra de l'indépendance son accord sur Ramsey Mac Donald » ou encore : « Il va revenir en Indépendance en apportant l'Egypte. » Après quoi ils s'étaient mis à parler de la négociation attendue et à gloser sur le sujet en usant des plaisanteries de leur choix...

Pourtant une chose était certaine. Le monde des amis, malgré sa grandeur sacrée, se résumait en tout et pour tout à trois têtes : Mohammed Iffat, Ali Abd el-Rahim et Ibrahim Alfar. Pouvait-il imaginer la vie sans eux? La joie sans fard qui rayonnait sur leurs visages à sa vue était un bonheur sans égal.

Ses yeux rêveurs croisèrent le regard interrogateur d'Amina.

— Demain..., dit-il, comme pour lui remettre en mémoire quelque chose d'important.

— Comment pourrais-je oublier, répondit-elle, le visage soudain baigné d'un sourire.

— On m'a dit, reprit-il non sans une pointe d'orgueil

qu'il ne prit pas la peine de dissimuler, que c'est une mauvaise année pour le baccalauréat!

– Que Dieu remplisse ses espoirs! dit-elle avec le même sourire, partageant l'orgueil de son époux. Prions pour qu'il prolonge nos jours jusqu'à ce que nous le voyions réussir son diplôme supérieur!...

– Tu es allée à al-Sokkariyya aujourd'hui? demanda-t-il.

– Oui... J'ai invité tout le monde! Ils viendront tous sauf la dame de la maison qui s'est excusée à cause de sa fatigue et a dit que ses deux fils viendraient féliciter Kamal en son nom.

Ahmed Abd el-Gawwad reprit alors, en pointant le menton en direction de sa djoubba :

– Aujourd'hui, le cheikh Metwalli Abd el-Samad est venu m'apporter des talismans pour les enfants... Khadiga, Aïsha. Il a prié pour moi en disant : « Si ça se trouve, je vais bientôt en faire pour tes arrière-petits-enfants! » ... avant de poursuivre en branlant la tête, le sourire à la bouche :

– Dieu peut toujours faire arriver les choses assez tôt! Regarde le cheikh Metwalli, même lui, à quatre-vingts ans, il est solide comme un roc!

– Dieu vous donne force et santé, maître!

Il réfléchit un instant, en comptant sur ses doigts, et reprit :

– Si mon père, Dieu ait son âme, avait vécu, il ne serait pas beaucoup plus vieux que le cheikh.

– Que Dieu prenne les morts dans sa miséricorde!

Le silence retomba, le temps que s'estompe le nuage de tristesse laissé par l'évocation de ceux qui ont quitté ce monde, avant qu'Ahmed Abd el-Gawwad ne déclare sur le ton de qui se remémore quelque chose d'important :

– Au fait, Zaïnab s'est refiancée!

Amina releva la tête, les yeux écarquillés :

– Ah! bon? fit-elle.

– Oui. Mohammed Iffat m'en a informé cette nuit même.

— Et à qui?

— Un fonctionnaire dénommé Mohammed Hassan, directeur des Archives au ministère de l'Instruction publique.

— Il doit être déjà vieux alors? s'enquit Amina, décontenancée.

— Pas du tout, protesta-t-il. La quarantaine. Trente-cinq, trente-six, quarante ans à tout casser...

Puis, sur un ton ironique :

— Elle a tenté sa chance avec les jeunes, je veux dire ceux qui ne vous font pas relever le front, et a échoué, alors qu'elle la tente à nouveau avec les hommes doués de raison!

— Yasine aurait été mieux pour elle! répliqua Amina avec regret. Au moins pour le bien de leur enfant...

C'était l'avis de Monsieur. Il l'avait longuement défendu devant Mohammed Iffat. Pourtant, il ne laissa rien paraître de son accord avec le point de vue de son épouse afin de cacher l'échec de sa tentative. Au contraire, il répliqua, irrité :

— Mon ami Mohammed Iffat n'a plus confiance en lui. Et en vérité, je te le dis, il ne mérite aucune confiance. C'est la raison pour laquelle je n'ai pas voulu l'embêter avec ça. Je n'ai pas voulu tirer parti de notre amitié pour le pousser à des décisions qui n'auraient mené à rien de bon...

— Faux pas de jeunesse peut bien se pardonner! murmura Amina avec une note de pitié.

Ahmed Abd el-Gawwad consentit finalement à reconnaître qu'une partie de sa tentative avait été infructueuse :

— J'ai pris soin de ses droits, dit-il, mais j'ai trouvé devant moi un cœur fermé. Mohammed Iffat m'a dit, suppliant : « La raison principale pour laquelle je me refuse à satisfaire tes vœux est la crainte que j'ai d'exposer notre amitié à la désunion. » Il m'a dit aussi : « Je ne peux rien te refuser, mais notre amitié a plus de prix à mes yeux que ta prière... » J'en suis resté là!...

Mohammed Iffat avait bien parlé en ces termes. Mais il ne les avait employés que dans le seul but de repousser son insistance. De fait, Ahmed Abd el-Gawwad désirait fortement ressouder les liens aujourd'hui brisés que, par le mariage, il avait jadis forgés avec la famille Iffat, tant pour lui-même que pour le prestige de sa famille. Il n'espérait pas trouver pour Yasine de meilleure épouse que Zaïnab. Mais il n'avait pu que s'avouer vaincu, surtout après que l'homme lui eut confié ce qu'il savait de la vie privée de son fils, au point de lui glisser à l'oreille : « Ne me dis pas qu'il n'y a pas de différence entre nous et Yasine. A vrai dire, il y en a une quand même, et une chose est certaine : jamais je n'accepterai pour Zaïnab ce que j'ai accepté pour sa mère ! »

– Et Yasine est au courant ? demanda Amina.

– Il l'apprendra tôt ou tard. Tu crois qu'il s'en soucie ? Il est bien le dernier à attacher de la valeur à une union respectable.

Amina hocha la tête, peinée, et demanda :

– Et Ridwane ?

– Il restera chez son grand-père ! répondit Ahmed Abd el-Gawwad en se renfrognant. Ou bien alors il ira rejoindre sa mère s'il ne peut supporter d'en être séparé ! Que Dieu égare ceux qui l'ont jeté dans cette confusion !

– Seigneur ! le pauvre petit ! Sa mère d'un côté, son père de l'autre ! Zaïnab pourra-t-elle supporter cette séparation ?

– Nécessité fait loi ! répliqua Ahmed Abd el-Gawwad avec une sorte de mépris.

Puis, s'interrogeant :

– Quand atteindra-t-il sa majorité ? Tu sais, toi ?

Amina réfléchit un instant et répondit :

– Il est un peu plus jeune que Naïma et un peu plus vieux qu'Abd el-Monem... ça fait... qu'il doit aller... sur ses cinq ans, maître. Dans deux ans, son père le reprendra, n'est-ce pas, maître ?

– On verra bien ! rétorqua Ahmed Abd el-Gawwad en bâillant.

Puis, changeant de sujet :

– Il a été marié. Je veux dire... le nouveau mari.

– Et il a des enfants?

– Non, il n'en a pas eu de sa première femme.

– C'est peut-être ce qui lui a donné la préférence aux yeux de M. Mohammed Iffat!

– Tu oublies sa situation? répondit Ahmed Abd el-Gawwad avec amertume.

Amina marqua sa désapprobation :

– Si c'est une question de situation, alors personne n'arrive au rang de votre fils, ne serait-ce que rapport à vous!

Il se sentit vexé, allant jusqu'à maudire intérieurement Mohammed Iffat, malgré la tendre affection qu'il lui portait. Mais il revint pour souligner ce point qui lui procurait quelque consolation :

– N'oublie jamais que s'il n'avait pas tenu absolument à mettre notre amitié hors d'atteinte, il n'aurait pas hésité à me satisfaire.

– Naturellement! s'exclama Amina, exprimant le même sentiment. Naturellement, maître! Il s'agit de l'amitié d'une vie, pas d'un jeu.

Il bâilla à nouveau.

– Va mettre la lampe dehors, maugréa-t-il.

Amina se leva pour exécuter l'ordre. Un instant, il ferma les paupières, puis se leva d'un bond comme pour combattre sa langueur et se dirigea vers le lit, où il s'affala de tout son long. Maintenant, il se sentait mieux. Comme le lit est doux après la fatigue!

Certes, il y avait bien cet élancement qui lui cognait dans la tête. Mais il était bien rare qu'il ne se passe rien dans sa tête... Qu'il loue Dieu de toute façon! La sérénité pleine et entière l'avait quitté depuis belle lurette. Chaque fois que nous nous arrêtons sur nous-même, il y a toujours quelque chose que nous recherchons, mais qui ne revient pas, qui agite au milieu des profondeurs du passé un terne souvenir, comme cette faible lueur qui filtre à travers le judas d'une porte. Malgré tout, il pouvait louer le Seigneur et jouir d'une vie qu'on lui enviait! Pour l'heure, il valait mieux trancher avec discernement la question de savoir s'il allait accepter « l'invitation » ou la refuser. A moins qu'il ne laisse tout cela à demain, il ferait jour! Sauf Yasine..., l'éternel problème! On n'est plus un gosse à vingt-huit ans. La difficulté n'était pas de lui chercher une autre femme, mais « Dieu ne change pas le sort des gens avant qu'ils ne se soient changés eux-mêmes[1] ». Quand brillerait la Voie de Dieu jusqu'à recouvrir la terre entière et éblouir les yeux de sa lumière? Là, il crierait du plus profond de lui-même : « Gloire à toi, Seigneur! » Mais qu'avait dit Mohammed Iffat? « Yasine tourne et vire jusqu'au fin fond de l'Ezbékiyyé... » L'Ezbékiyyé! C'était autre chose quand il y faisait, lui, sa tournée! Plus d'une fois une envie nostalgique l'avait pris de retourner dans quelques estaminets de là-bas pour faire revivre les souvenirs. Et encore, qu'il remercie Dieu d'avoir su le vice caché de Yasine avant de devenir vieux! Sinon Satan se serait bien ri de lui du fond de son cœur moqueur! Laissez la voie aux enfants, maintenant qu'ils sont grands! Toi, les Australiens ont commencé par te la barrer et ça s'est terminé par ce crétin de soldat...

*

Dans la courte paix de l'aube, avant le chant du coq, s'élevèrent du fournil les coups martelés du pétrissage. Oum Hanafi courbait sa lourde silhouette sur son pétrin de terre et la lumière qui s'échappait de la lampe posée sur l'autel du four donnait à son visage un air poupin. Si les années n'avaient pas terni l'éclat de sa chevelure et porté atteinte à son embonpoint, ses traits s'étaient épaissis et habillés de sévérité.

A sa droite, assise sur une chaise de cuisine, Amina était en train de tapisser les planchettes avec du son, pour les apprêter à recevoir les pâtons. Le travail se poursuivait, en

1. Coran, XIII, 12.

silence, quand Oum Hanafi s'arrêta de pétrir. Elle retira sa main du pot de terre, essuya son front mouillé de sueur du revers de son coude, puis, brandissant son poing enrobé de pâte, tel un gant de boxe blanc :

— C'est un jour de dur labeur, mais plein de joie, qui s'annonce pour vous, madame! dit-elle. Que Dieu multiplie les jours heureux...

— En attendant, notre tâche est d'offrir une table appétissante..., marmonna Amina entre ses dents, sans lever le nez de son travail.

Oum Hanafi sourit en pointant le menton vers sa maîtresse et ajouta :

— Béni en soit le maître d'œuvre!...

... avant de replonger ses deux mains dans le pot de terre et de continuer à battre la pâte.

— J'aurais préféré que nous nous contentions de distribuer le pain trempé aux pauvres d'al-Husseïn!

— Il n'y aura aucun étranger parmi nous! répliqua Oum Hanafi sur un ton de reproche.

— En tout cas, maugréa Amina non sans agacement, ça va en être une ripaille et un raffut! Fouad, le fils de Gamil al-Hamzawi, a eu son baccalauréat lui aussi et on n'en a pas fait étalage!

Mais Oum Hanafi s'entêta à protester :

— Ce n'est jamais qu'une heureuse occasion de nous réunir en compagnie de ceux que nous aimons!

Mais comment pouvait-ce être une joie sans remords, sans vive appréhension?

« Jadis, j'avais interrogé l'avenir et il m'avait répondu que la date du certificat d'études de celui-ci tomberait en même temps que la licence de celui-là. Une fête qui n'a pas eu lieu. Un vœu jamais exaucé. Dix-neuf, vingt, vingt et un, vingt-deux, vingt-trois... vingt-quatre ans! Une jeunesse en pleine maturité dont on m'a interdit d'étreindre la fraîcheur. La terre a eu plus de chance... Ah! cette déchirure du cœur qu'on appelle la tristesse... »

– Mme Aïsha va être heureuse avec la baklava[1], ça lui rappellera le temps d'avant! N'est-ce pas, maîtresse?

« Aïsha va être heureuse et sa mère aussi!... Les nuits ont continué à succéder aux jours, la faim à la satisfaction du ventre..., le réveil au sommeil... comme s'il ne s'était rien passé! Va le dire à ceux qui avaient prétendu que tu ne pourrais pas lui survivre un seul jour. Pourtant tu as vécu... que pour jurer sur le repos de sa tombe! Si le cœur est ébranlé, le monde ne s'écroule pas pour autant! C'est comme s'il ne ressortait du noir de l'oubli que le temps des visites au cimetière. Après avoir empli nos yeux et nos âmes, mon enfant chéri, voilà qu'on ne se souvient plus de toi qu'au moment des moussems[2]!

» Mais vous tous, où êtes-vous donc? Chacun vaque à ses petites affaires..., sauf toi, Khadiga. Tu as bien le cœur de ta mère. Même qu'un jour j'ai dû te dire : " Allez, courage! " On ne peut pas en dire autant de toi, Aïsha! Mais... ne soyons pas injustes. Toi aussi, tu as eu ta part de tristesse. Kamal? on ne peut le blâmer. Il ne faut pas brusquer les cœurs tendres. Maintenant, c'est le seul qui te reste... Madame Amina, vos cheveux ont blanchi. Vous êtes devenue comme une ombre. C'est ce que dit Oum Hanafi. Au diable la santé, au diable la jeunesse! Te voilà à l'approche de la cinquantaine et lui, il n'aura pas même atteint ses vingt ans. Il aura fallu la grossesse, les envies, souffrir pour le mettre au monde, l'allaiter. Tant d'amour..., d'espérances..., puis plus rien! Vous croyez que mon maître ne pense plus à rien? Laisse-le tranquille, va! La tristesse des hommes n'est pas celle des femmes, pour parler comme toi, maman, que Dieu t'ouvre les portes du paradis! Maman, le voir reprendre sa conduite me fend le cœur! Comme si Fahmi n'était pas mort. Comme si sa mémoire s'était envolée en fumée. Il va même jusqu'à me

---

1. Gâteau feuilleté fourré à la pâte de noix, cuit au four et arrosé de sucre et de cannelle.
2. Fêtes célébrées traditionnellement à l'occasion du pèlerinage à La Mecque. S'emploie également dans le sens plus général de fêtes.

blâmer quand la douleur remue en moi. N'est-il pas son père, tout comme je suis sa mère?

» " Amina, ma pauvre petite... Ne te laisse pas gagner par ces pensées... Si nous devions juger les cœurs d'après celui des mères, ils sembleraient tous de pierre! C'est un homme et la tristesse des hommes n'est pas celle des femmes. Si les hommes s'abandonnaient au chagrin, ils succomberaient, avec tout le poids qui déjà les accable! Au contraire, si tu pressens en lui de la peine, ton devoir est de l'égayer. C'est qu'il est ton unique soutien dans la vie, ma pauvre petite! "Cette voix pleine de tendresse n'est plus. Sa perte a laissé des cœurs gonflés de tristesse..., mais c'est à peine si quelqu'un l'a pleurée. On a bien vu, maman, le bon sens de tes paroles, la nuit où il est rentré... ivre, aux aurores; qu'il s'est affalé sur le canapé avant de fondre en larmes. Cette nuit-là, j'ai prié pour son salut, dût-il pour cela oublier pour toujours. Toi-même, ne t'arrive-t-il pas d'oublier de temps en temps? Il y a pire encore! C'est que tu continues à jouir de la vie, à t'y accrocher. Le monde est ainsi fait! C'est ce qu'on dit. Alors tu répètes ce qu'on dit et tu finis par y croire. Comment donc t'es-tu permis après cela de t'emporter un jour contre Yasine, sous prétexte qu'il s'en est remis et a continué sa vie de tous les jours? Calme-toi. Aie foi et courage! Remets-t'en à Dieu. Tout ce que tu possèdes en ce monde, tu le tiens de lui : tu es" Oum Fahmi "à jamais. Tant que je vivrai, je resterai ta mère, mon petit, et toi, tu resteras mon fils... »

Les coups du pétrin se succédèrent. Ahmed Abd el-Gawwad ouvrit les yeux sur la lumière du petit jour et commença à s'étirer dans un long et sonore bâillement qui s'éleva comme une plainte..., une protestation... Puis il s'assit sur son lit en s'arc-boutant des paumes sur ses jambes étendues. Son dos semblait cassé et le haut de sa robe de nuit était trempé de sueur. Il se mit à branler la tête de droite et de gauche comme pour en chasser le masque moite du réveil. Enfin, il se laissa glisser sur le sol de la chambre et, d'un pas nonchalant, se dirigea vers la salle de bains pour prendre sa douche froide, le seul remède qui lui régénérait le corps avant de lui remettre la tête et l'esprit d'aplomb.

Il se dévêtit et, à l'instant même où le jet d'eau froide le saisit, l'invitation qui lui avait été faite la veille lui revint à l'esprit. A la rencontre de ce souvenir et de la sensation vivifiante du jet, son cœur tressaillit. Ali Abd el-Rahim lui avait dit : « Regarde derrière toi, vers les belles du temps jadis. Tu ne peux pas continuer à vivre comme ça, éternellement! Allez, je te connais comme si je t'avais élevé... »

Allait-il oser franchir le dernier pas : Cinq années durant il s'y était refusé. Avait-il demandé à Dieu la conversion, comme un croyant frappé par le malheur? Ou bien l'avait-il gardée secrète, par crainte de la formuler ouvertement? L'avait-il prononcée d'un cœur sincère sans toutefois s'y engager fermement? Il ne s'en souvenait plus. Et il ne voulait pas s'en souvenir. On n'est plus un gosse quand on arrive à cinquante-cinq ans! Mais qu'avait-il donc à avoir l'esprit si troublé, perturbé? C'est comme le jour où on l'avait invité à venir écouter de la musique et où il avait accepté. Allait-il de la même manière répondre à l'appel des retrouvailles avec les belles d'antan?

« Depuis quand la tristesse ressuscite-t-elle les morts? Dieu nous a-t-il ordonné de nous morfondre dans le souvenir de ceux qui nous sont chers quand ils s'en vont? »

Pendant l'année qu'il avait vécue dans le deuil et l'abstinence, l'ennui avait manqué l'emporter. Une longue année passée sans qu'une goutte de vin n'humecte ses papilles, sans une note de musique, sans qu'un bon mot ne sorte de sa bouche, à tel point que ses tempes avaient blanchi. Oui! Si les cheveux blancs s'étaient glissés dans sa crinière corbeau, c'était bien au cours de cette année-là! Pourtant, il était revenu à la boisson et à la musique par pitié pour ses bons amis qui, en hommage à son deuil, avaient rompu avec les plaisirs. Ce qui était à la fois vrai et faux. Car, pour tout dire, il avait renoué avec la boisson autant parce qu'il n'y tenait plus que par pitié pour eux!

« Ils ne se sont pas comportés comme les autres, encore que les autres ne soient pas à blâmer. Ils ont compati à ta tristesse et se sont résignés à aller de ta froide compagnie à leurs réunions fleuries. Alors, comment les blâmer ? Sans compter que tes trois compères ont refusé d'accepter de l'existence plus de bonheur que celui dont tu t'es contenté. Et puis, petit à petit, tu es revenu aux choses de la vie. Sauf les femmes en qui tu as vu un péché mortel. D'abord, ils n'ont pas insisté. Comme tu t'y es refusé ! Comme il t'en a coûté ! L'envoyé de Zubaïda ne t'a fait ni chaud ni froid. Tu as congédié Oum Maryam avec une gravité attristée mais non moins ferme, tout en endurant des souffrances inconnues de toi. Tu as vraiment cru n'y revenir jamais plus, en te répétant inlassablement : "Vais-je retourner dans les bras des femmes, avec Fahmi dans la tombe ?" Ah ! Dieu, que nous avons besoin de miséricorde dans notre faiblesse et notre misérable condition ! Qui a lancé cette maxime : " Persiste dans la tristesse, qui est sûr de ne pas mourir demain " ? C'est Ali Abd el-Rahim ou Ibrahim Alfar. L'un des deux. Mohammed Iffat Bey n'est pas fort en maximes. Il a refusé d'entendre ma prière et est allé marier sa fille à un étranger. Il s'est payé ma tête par-derrière avec ses simagrées par-devant ! Au fond de lui, il ne désavoue pas sa colère, il craint seulement de me la montrer en face, comme il l'a fait jadis... Mais qu'il en soit béni ! Quelle fidélité ! Quelle amitié ! Tu te souviens comme il a mêlé ses larmes aux tiennes au cimetière : Ce qui ne l'a pas empêché de te dire par la suite :" J'ai peur que tu deviennes vieux à force de ne plus... Allez, viens faire un tour à la villa d'eau[1]. " Et, quand il a senti en toi de l'hésitation, il a ajouté : " Rien qu'une petite visite inno-cente..., personne ne va te déshabiller de force et te jeter sur une femme ! " Je n'ai pas eu qu'un peu de chagrin. Dieu m'est témoin. Avec sa mort, c'est une grosse part de

1. En arabe : « awwâma ». Sorte de ponton amarré aux berges du Nil sur lequel était bâtie une maison en planches utilisée le plus souvent comme lieu de rendez-vous ou de prostitution.

moi-même qui s'est éteinte. C'est mon plus bel espoir en ce monde qui s'en est allé. Qui oserait me jeter la pierre après cela d'avoir repris courage et de m'être consolé? Car, même s'il rit parfois, j'ai le cœur meurtri. Allez savoir... que sont-elles devenues? Que le temps a-t-il fait d'elles en cinq ans? Cinq longues années... »

*

Le premier appel que reçut Kamal du monde du réveil fut le ronflement de Yasine. Aussi ne put-il s'empêcher de l'interpeller, plus soucieux de l'importuner que de le réveiller à l'heure. Il le harcela sans relâche jusqu'à ce que l'autre lui réponde d'une voix semblable, dans ses accents plaintifs, au râle de l'agonie, avant de retourner sa grosse masse sur le lit qui en craqua dans une sorte de gémissement, de cri de souffrance, et d'ouvrir enfin des yeux rougis en poussant des grognements de protestation. Rien ne justifiait à son gré une telle précipitation puisque ni lui ni son frère ne pourraient se rendre à la salle de bains avant que le père en fût revenu.

Il faut dire qu'accéder à la salle de bains du premier étage n'était plus chose facile depuis qu'en vertu du nouvel ordre régnant à la maison – et cela depuis cinq ans – il avait été décidé de transporter les chambres tout en haut, sauf la réception et le salon attenant, lequel, pour n'en constituer que l'antichambre, avait été meublé sobrement. Et, bien que Yasine et Kamal eussent très mal accueilli l'idée de partager un même étage avec leur père, ils n'avaient pu faire autrement que de se conformer à la décision d'isoler le premier, dans lequel personne ne mit plus un pied, sauf à la venue d'un invité.

Yasine referma les paupières, sans toutefois se rendormir. Non pas seulement que l'entreprise eût été vaine mais parce qu'une image venait de surgir dans son esprit, mettant le feu à ses sens : un visage rond... au reflet d'ivoire... incrusté de deux yeux noirs..., Maryam. Il répondit à l'incitation du rêve et se laissa fondre dans un engourdissement plus doux que celui du sommeil. Il y avait quelques mois encore, en ce qui le concernait lui, elle n'existait pas! Comme si elle n'avait jamais été de ce monde. Jusqu'à ce qu'un certain soir il surprenne Oum Hanafi en train de parler à Amina, lui disant : « Maîtresse, vous savez la nouvelle? Mme Maryam a divorcé d'avec son mari et s'en est retournée chez sa mère. » C'est alors que le souvenir de Maryam resurgit en lui, avec Fahmi..., avec le soldat anglais, le copain de Kamal dont il avait d'ailleurs oublié le nom... Il se rappela par la même occasion comment, après le fameux scandale, la personnalité de la jeune fille avait autrefois retenu son attention et l'avait rempli d'excitation... Et voilà que, sans savoir ni pourquoi ni comment, elle revenait soudain éclairer en lui un portrait chargé d'expression, comme ces enseignes électriques qui brillent dans la nuit, un portrait qu'ornait cette légende : « Maryam... Ta voisine... Un mur seulement t'en sépare... Divorcée... Sa vie, un vrai roman... Réjouis-toi! » Mais ses pensées ne tardèrent pas à l'effaroucher, car le lien qui la rattachait au souvenir de Fahmi l'arrêta net, le tortura et lui cria de refermer cette porte... et même à double tour, en se repentant – s'il en était temps – de cette idée encore vague et éphémère.

Quelque temps plus tard, il la rencontra dans le Moski, en compagnie de sa mère... Leurs regards se croisèrent par hasard, mais aussitôt y brillèrent les signes d'une reconnaissance mutuelle que des sourires – presque imperceptibles à l'œil nu – vinrent trahir. C'est d'abord celle-ci seule qui lui fit battre le cœur, puis cette charmante impression laissée par ce visage d'ivoire aux yeux d'ébène, par ce corps palpitant de jeunesse et de vitalité, lui fit penser à Zaïnab autrefois. Il passa son chemin, méditatif et furieusement excité. Pourtant, après avoir fait quelques pas, ou peut-être au moment où il descendait vers le café d'Ahmed Abdou, un souvenir tragique fit irruption dans son esprit et emplit son cœur de détresse : Fahmi venait de ressusciter en lui, au milieu d'une collection d'images attachées à sa personne – son allure, les traits de son visage, sa manière de parler, ses gestes... Sa joie retomba puis s'éteignit, une lourde tristesse l'enveloppait.

« Faut-il donc tirer un trait à jamais?... Mais pourquoi? »

Une heure, ou quelques jours plus tard, il en était revenu à se poser la même question et une seule réponse demeurait... Fahmi.

« Mais après tout, quel rapport entre elle et lui? Oui..., il a eu un jour le désir de demander sa main. Alors pourquoi ne l'a-t-il pas fait? Père n'a pas voulu! C'est tout? Au moins, c'est le nœud du problème. Et ensuite? Il y a eu le scandale avec l'Anglais, qui a contribué à effacer la dernière trace de souvenir qu'il avait d'elle... La dernière trace de souvenir? Oui, car il y a de grandes chances qu'il ait tout oublié! Donc, il aurait commencé par oublier, simplement, et fini par rejeter carrément? Evidemment, c'est ça! Alors quel rapport entre eux deux? Aucun? Serais-je au fond dépourvu de tout sentiment de fraternité? Peut-on mettre en cause ce sentiment chez moi? Non! Mille fois non! Et la fille en vaut-elle au moins la peine? Pour ce qui est du visage et du corps, plutôt oui! Le visage et le corps à la fois? Alors, qu'est-ce que t'attends?... »

Il lui arrivait de la remarquer à sa fenêtre, puis sur la terrasse..., des dizaines de fois sur la terrasse!

« Et pourquoi est-elle divorcée? Parce que son mari avait des mœurs douteuses? dans ce cas, le divorce est une chance pour elle. Parce qu'elle avait elle-même de mauvaises mœurs? alors là, ce divorce est ta chance à toi! »

— Lève-toi ou tu vas te rendormir! hurla Kamal.

Yasine bâilla en passant ses gros doigts dans sa chevelure en désordre.

— Tu en as de la veine d'avoir de si longues vacances! dit-il.

— Et pourtant, je me suis réveillé avant toi!

— Oui, mais toi, tu peux te rendormir si tu en as envie!

— Comme tu le vois, je n'en ai pas envie!

Yasine rit machinalement avant de demander :

– Comment il s'appelait déjà, ce soldat anglais, ton vieil ami ?

– Ah!... Julian... Pourquoi tu me demandes ça ?

– Pour rien...

« Rien? Que notre langue est vile! Yasine ne vaut-il pas mieux que Julian? Au moins, Julian est parti et Yasine est toujours là! Il y a dans son visage quelque chose qui te sourit sans cesse. N'a-t-elle pas remarqué ton assiduité à te montrer sur la terrasse? Oh! si. Souviens-toi de Julian! Elle est de celles à qui rien n'échappe! Elle t'a rendu ton salut... La première fois, elle a tourné la tête en souriant. La deuxième, elle a ri pour de bon. Ah! quel rire merveilleux elle a! La troisième, elle a fait un signe de mise en garde en montrant les terrasses voisines. Je vais remonter faire un tour après le coucher du soleil, t'es-tu dit alors avec un zèle audacieux; après tout, Julian ne lui avait-il pas fait signe de la rue? »

– C'est fou ce que j'ai pu aimer les Anglais quand j'étais petit! Vois, comme ils me sortent par les yeux maintenant!

– Saad, ton héros, est parti mendier leur amitié...

– Par Dieu! s'exclama Kamal d'un ton sec, je continuerai à les détester, même si je dois être le seul!

Ils échangèrent un regard silencieux, plein d'amertume, quand leur parvint le bruit des socques de bois de leur père qui regagnait sa chambre en répétant : « Au nom de Dieu, le Bienveillant, le Miséricordieux... Il n'y a de force et de puissance qu'en Dieu... » Yasine se laissa glisser de son lit sur le sol de la chambre qu'il quitta en bâillant.

Kamal se tourna alors sur le côté, puis s'allongea mollement sur le dos en pliant les coudes et en croisant les mains derrière sa tête. Il resta à regarder devant lui..., les yeux perdus dans le vague...

« Rass el-Barr[1] jouisse du bonheur de ta présence! Ta peau d'ange n'est pas faite pour la chaleur brûlante du

1. Station balnéaire réputée, située au nord de Damiette (pointe est du delta).

Caire. Que le sable se délecte de l'empreinte de tes pas. Que l'air, que l'eau se repaissent de ta vue. Tu vas porter aux nues cette ville d'été. Tes yeux diront ta joie et ta nostalgie... et moi je les regarderai le cœur gonflé de désir en essayant d'imaginer avec dépit cet endroit qui aura su te conquérir et mériter ton contentement. Mais quand reviendras-tu? Quand reviendras-tu déverser dans mon oreille ton gazouillis ensorcelé? Comment est-ce là-bas? Je voudrais savoir. On dit qu'on y est libre comme l'air. Qu'on s'y rencontre dans les bras de la mer. Qu'y naissent des amours au nombre des grains de sable. Qu'on n'y compte plus ceux à qui grâce est faite de te voir... Mais moi... Je suis celui dont les plaintes du cœur arrachent aux murs des pleurs. Moi qui me consume dans le feu de l'attente. Non! Je ne peux oublier ton visage radieux quand tu chantonnais : " On part demain... Comme c'est beau, Rass el-Barr... ", ni mon accablement tandis que je recevais de ta bouche illuminée de joie l'annonce de ton départ, comme on respire de mortels parfums dans un bouquet aux douces senteurs. Ni ma jalousie des choses qui avaient su te donner le bonheur, quand j'y avais échoué, se gagner ta faveur, quand elle m'avait été refusée. Tu n'as pas remarqué ma tristesse au moment de se dire adieu : Non! Tu n'as rien remarqué! Pas seulement parce que j'étais seul, perdu au milieu de tous les autres, mais parce que, ma tendre aimée, tu ne vois pas ces choses-là... Je n'étais qu'un objet, tout juste digne de ton indifférence, ou, toi, un être surnaturel, étranger à la vie, nous contemplant du haut de ce royaume inconnu où baignait ton regard. Nous sommes restés face à face. Toi comme un flambeau de joie innocente, moi comme la cendre morte où gisait la tristesse. La liberté entière t'appartient où notre entendement est rebelle à tes usages. Et je vais tournoyant dans l'orbite de ton image, aimanté par une force prodigieuse, comme si j'étais la Terre autour de ton Soleil. Aurais-tu trouvé sur le rivage une autre liberté que n'ont su te donner les palais d'Abbassiyyé? Non! Car..., au nom de tout ce que tu es pour moi..., tu n'es pas comme les autres... Dans les jardins de la villa, dans les allées, flotte encore le parfum de tes pas, et dans nos cœurs tant de souvenirs et d'espoirs... Son abord est aisé, mais si inaccessible! Elle tourne autour de nous comme personne d'autre au monde..., comme si l'Occident l'avait déposée en offrande aux marches de l'Orient pendant la nuit du destin[1]. Quelle nouvelle faveur vas-tu dispenser si le rivage est trop long, si l'horizon est trop lointain, si le bord de la mer est plein d'yeux qui t'admirent? Quelle nouvelle faveur, ô mon espoir, ô mon malheur? Le Caire est vide sans toi. Y coulent tristesse et solitude.

» On le dirait rebut de la vie et des vivants. Il a ses paysages et ses traits familiers, mais nul n'y parle aux passions ou n'y émeut les cœurs, témoins pétrifiés des injures du temps, de la mémoire des siècles dormant en un intact hypogée... Rien ne m'y promet la consolation, l'amusement, la joie. Je m'y sens tour à tour étouffé, emprisonné, perdu, sans une âme pour me rechercher. Oh! étonnement! Ta présence m'était-elle encore le lieu d'un espoir d'où m'a banni ton absence? Non, mon ultime destin! Pourtant, tu ressembles à l'espoir : y trouve fraîcheur et paix qui s'abrite sous son aile, même si c'est chercher là un impossible asile. A quoi sert, pour celui qui fouille éperdument les cieux obscurs, de savoir... que la lune illumine l'autre face de la Terre? A rien! Il voudrait seulement qu'elle soit là, même s'il ne sait pas par quelle voie la posséder. Moi, je ne veux que la vie, sa substance, son ivresse, même au prix des plus grandes douleurs. Et puis, tu as ta part dans ce qui fait battre mon cœur, c'est à toi que je dois cette chose magique : la mémoire. Avant de te connaître, j'ignorais son miracle. Aujourd'hui, demain ou dans longtemps, à al-Abbassiyyé, à Rass el-Barr, à l'autre bout de la terre, tes yeux noirs et tranquilles

1. La nuit du destin est celle des dix dernières nuits du mois de Ramadan pendant laquelle, suivant la tradition musulmane, le Coran est « descendu » du ciel supérieur dans le ciel inférieur le plus proche de la Terre.

n'auront pas quitté mon esprit, tes sourcils joints comme deux ailes, ton nez droit et charmant, ton visage aux éclats de perle brune, ton long cou, ta fine silhouette et tout ce que je pourrais dire encore de ce mystère envoûtant qui, aussi enivrant que toutes les senteurs de jasmin, entoure ta personne et rend dérisoires les mots.

» Je veux posséder cette image tant que je posséderai la vie. Et après, qu'elle abatte tous les murs, toutes les barrières pour que le destin soit... à moi! Rien qu'à moi pour avoir tant aimé! Ou alors dis-moi : quel sens faut-il chercher à cette existence, quel parfum espérer de l'éternité? Vous, ne prétendez pas avoir touché l'essence des choses tant que vous n'avez pas aimé. L'ouïe, la vue, le goût, le sérieux et le rire, l'amitié, la réussite sont des joies revivifiées pour celui dont l'amour a rempli le cœur, dès le premier regard, ô mon Dieu! Mes yeux ne se sont pas détachés d'elle avant d'avoir acquis la certitude que c'était une vision éternelle et pas seulement passagère. Un instant furtif et définitif, mais propre à féconder les âmes et à ébranler la terre. Seigneur Dieu! Je ne suis plus moi-même... Mon cœur se cogne aux murs de sa prison. Les secrets de la magie dévoilent leur mystère. La raison vacille jusqu'à toucher la folie. La joie étincelle avant d'embrasser la douleur. Les ressorts de l'être et de l'âme font vibrer le chant glorieux de leur secrète harmonie. Mon sang appelle au secours sans savoir l'objet de sa frayeur... L'aveugle voit, l'infirme se redresse et le mort revit. Je t'avais fait jurer sur ceux qui te sont les plus chers de ne jamais partir. Mon Dieu, tu es au ciel et elle sur cette terre. Je sais maintenant que ma vie passée n'a été que prélude à l'avènement de l'amour : petit, je n'ai survécu, plus tard je n'ai fréquenté que l'école Fouad-Ier, à l'exception de toute autre, je n'y ai eu que Husseïn pour tout premier ami, je n'ai... fait tout ceci... que pour être invité un jour au palais des Sheddad. O sublime souvenir! Quand il revient, j'en ai presque le cœur qui s'arrache. Husseïn, Ismaïl, Hassan et moi discutons de choses et d'autres, quand une voix douce vint tinter à nos oreilles, nous saluant. Je me retournai..., pris de la plus grande stupeur. Qui était-ce? Comment une jeune fille pouvait-elle ainsi faire irruption dans un cercle d'étrangers? Mais je cessai bien vite de m'interroger, m'efforçant d'oublier toutes les traditions. Je me retrouvai alors face à une créature qui ne pouvait être venue de ce monde... Comme elle semblait familière à tous et que j'étais seul à ne pas la connaître, Husseïn nous présenta l'un à l'autre : « Mon ami Kamal..., ma sœur Aïda. » Cette nuit-là, je sus pourquoi j'étais venu au monde. Pourquoi la vie m'avait gardé jusque-là..., pourquoi le destin m'avait poussé vers al-Abbassiyyé, Husseïn, le palais des Sheddad. Mais quand au juste? Hélas! le moment précis s'était noyé dans le brouillard du temps! Sauf le jour! C'était un dimanche..., jour de congé de son école française qui coïncidait ce jour-là avec une fête nationale..., peut-être l'anniversaire de la naissance du Prophète... En tout cas, soyez-en sûrs, ma naissance à moi! Et puis à quoi bon en connaître la date? La fascination trompeuse du calendrier consiste à nous donner l'illusion que le souvenir peut nous revenir, même si rien ne revient! Entêtez-vous à retrouver la date, en répétant inlassablement : « Oui..., c'était à la rentrée de la seconde année à Fouad-Ier..., octobre..., novembre..., au moment du voyage de Saad en haute Égypte avant son deuxième exil... », en interrogeant la mémoire, les témoins, les événements; vous ne ferez rien d'autre en fait que de vous attacher désespérément à faire renaître un bonheur et une époque à jamais révolus. Si tu lui avais tendu la main au moment des présentations, comme tu as été à deux doigts de le faire, elle te l'aurait serrée et tu aurais connu le contact de sa peau. Il t'arrive parfois de t'imaginer cette éventualité avec un sentiment rempli de doute et de passion brûlante, comme s'il s'agissait d'une créature immatérielle, sans consistance. Et c'est ainsi qu'une occasion de rêve, tout comme la date de l'entrevue, t'a été à jamais perdue... Puis elle s'est tournée vers tes deux amis pour leur parler, et, tandis qu'à leur tour ils discouraient librement avec elle, tu te rapetissais dans ton fauteuil, sous la tonnelle, plongé dans la douloureuse confusion d'un jeune homme pétri des traditions du quartier d'al-Husseïn. Au point que tu t'es redemandé encore une fois : " Ne serait-ce pas là des traditions propres aux palais, ou un petit air de Paris dans les bras duquel ton adorée a vu le jour ? "... avant de te fondre dans la douceur de cette voix, pour en savourer les accents, t'enivrer de sa chanson, te pénétrer de chaque lettre qui s'en détachait, sans peut-être même réaliser sur le moment – mon pauvre ami – que tu étais en train de naître une seconde fois et que, comme tout nouveau-né, tu allais bientôt ouvrir les yeux sur ce monde neuf dans l'effroi et les larmes. " Ce soir, nous allons au théâtre, voir *La Ghandoura*[1] ", dit soudain la demoiselle à la voix douce. Ismaïl lui demanda alors en souriant : " Tu aimes Mounira al-Mahdiyya[2] ? ". Comme il était de mise pour une jeune fille à demi parisienne, elle hésita, avant de répondre : " Maman l'aime bien. " Puis Husseïn, Ismaïl et Hassan se lancèrent dans une discussion au sujet de Mounira, de Sayyid Darwish, de Saleh Abd el-Hayy et d'Abd el-Latif el-Banna[3] et soudain, sans avoir eu le temps de me retourner, j'entends la voix de miel demander : " Et vous, Kamal, vous aimez Mounira ? " Tu t'en souviens de cette question, tombée là, comme ça, d'un seul coup ? Je veux dire, tu te rappelles la pure mélodie qu'elle incarnait : Ce n'étaient plus des paroles mais un chant mélodieux, un

1. Littéralement *La Coquette*. Opérette de Dawud Hosni qui sera produite au cinéma par Mounira al-Mahdiyya (cf. note suivante).
2. Chanteuse la plus célèbre de l'Egypte des années vingt qui, ayant fondé son propre théâtre, s'était illustrée dans les grands rôles d'opérettes égyptiennes (*Saladin, Aïda, Ali Noureddine*) ou européennes (*Carmen, Thaïs, Sémiramis, La Périchole, etc.*). Morte en 1965, elle ne sera détrônée que par Oum Kalsoum.
3. Le cheikh Abd el-Latif el-Banna († 1970) est le pionnier de la chanson courte, gaie, sentimentale, d'inspiration populaire. Sayyid Darwish (1892-1923) représente la même tendance mais au théâtre où il produit des opérettes et des pièces réalistes sur la vie égyptienne. Salah Abd el-Hayy (1896-1962) était quant à lui un chanteur de l'école classique. L'aura de ces trois chanteurs, chacun dans son domaine, dans l'Egypte de l'époque, était immense.

sortilège venu s'enraciner au plus profond de toi pour y chanter éternellement, dans un souffle imperceptible où se fondrait ton cœur, transporté dans un bonheur céleste que tu serais seul à connaître. Quelle frayeur quand elle a touché ton oreille!

» C'était comme si la voix d'un ange déchirant le ciel t'avait désigné en répétant ton nom. Tu as été abreuvé de toute la gloire, de tout le bonheur, de toute la bénédiction du monde en une seule gorgée qu'une fois absorbée tu aurais voulu crier pour ton salut : " Couvrez-moi..., couvrez-moi[1] ! " Et puis j'ai répondu... Même si je ne sais plus ce que j'ai répondu. Elle est restée encore, quelques instants, puis nous a salués et s'en est allée. Il y a dans ses yeux noirs une grâce distinguée qui témoigne de sa beauté envoûtante, mais aussi d'une sincérité plaisante, voire d'une audace qui a sa source dans la confiance en soi, non le dévergondage ou l'insolence; avec aussi une fierté hautaine redoutable, comme si elle vous attirait vers elle et vous repoussait à la fois. Sa beauté est un charme insaisissable auquel je ne connais de semblable. Souvent, j'ai l'impression qu'elle n'est que l'ombre d'un mystère plus grand qui reste enfoui en elle... Sa beauté? Son regard? Lequel des deux me porte à l'aimer? L'un et l'autre sont une énigme, à quoi s'ajoute mon amour.

» Ce jour s'enfuit quotidiennement, mais ce qui s'y attache de souvenirs est planté en moi à jamais, bâtis autour d'un lieu, d'une date, de noms, d'amis, de discussions au milieu desquels le cœur caracole, enivré, au point qu'il s'imagine qu'ils sont toute la vie; qu'il se demande, tout près d'en douter : l'essence de la vie est-elle extérieure à ces choses? Y a-t-il eu vraiment avant elles un temps où mon cœur n'a pas contenu l'amour? où mon âme n'a pas été habitée par cette figure divine? Sans doute le bonheur t'enivre à ce point que tu pleures les rendez-vous manqués

1. *i.e.*... d'un manteau. Paroles qu'aurait prononcées le prophète Mohammed à sa femme Khadida dans le trouble extrême où il s'était trouvé après sa première réception du message divin.

de ton passé stérile, que la douleur t'étreint au point de fondre dans le regret de cette paix qui t'a quitté! Et, entre l'un et l'autre, ton cœur ne sait plus où jeter l'ancre, il va à la dérive, cherchant sa guérison à travers toutes les médecines de l'âme qu'il trouve tantôt dans la nature, tantôt dans la science, dans l'art et... le plus souvent... dans l'adoration de Dieu! Un cœur qui s'est éveillé en exhalant une soif brûlante des béatitudes divines. O mes frères! Aimez ou mourez! Ces paroles, on les devine en toi en te voyant marcher drapé dans l'orgueil que tu ressens à porter la lumière et les secrets de l'amour. Etre ainsi élevé au-dessus de la vie et des vivants t'égare, relié que tu es au ciel par un pont tapissé des roses du bonheur; même s'il t'arrive parfois de te regarder en face, alors assailli par la sensation cruelle et maladive de compter en toi tant d'imperfections, de les sentir irrémédiablement ancrées dans ton être minuscule, ton univers insignifiant et ton imparfaite nature humaine. Mais, Seigneur! comment te recréer? Cet amour tyrannique survole toutes les valeurs et sur sa traîne scintille ton idole. Elle n'a pas toutes les vertus et ne manque pas de défauts, mais ceux-ci ajoutent à son diadème éclatant une grâce qui te fascine. Est-elle méprisable à tes yeux d'être rebelle aux usages? Oh! non. Elle le serait plus encore de s'y conformer! Tu te plais souvent à te demander : " Qu'attends-tu de l'aimer? " Réponds tout simplement : " l'aimer! " Faudrait-il que ce souffle généreux de vie s'épanche dans l'âme pour lui rechercher encore une fin? Il n'a d'autre fin que lui-même! C'est l'habitude qui enchaîne le mot amour au mot mariage. Ce ne sont pas seulement les différences d'âge et de condition qui font ici du mariage une chose impossible mais le mariage lui-même, qui fait redescendre l'amour de son ciel vers cette terre de contrats et de sueur. Et si celui qui tient absolument à te demander des comptes vient te dire : " Et quelle faveur t'a-t-elle accordée en échange de ta passion dévorante? " réponds-lui sans hésiter : " Un merveilleux sourire; ce " et vous, Kamal? " qui n'a pas de prix; son passage au jardin en de trop rares et bienheureux moments; ces visions où elle t'apparaît dans les matins de rosée, la voiture qui l'emmène à l'école, sa façon de taquiner ton imagination dans la conscience errante du réveil et la somnolence des rêves. " Et puis cette âme jalouse et folle te demande : " Peut-on imaginer que l'idole se soucie de son adorateur? " Réponds sans te laisser aller aux illusions de faux espoirs : " Ça ne sera déjà pas qu'elle se souvienne de notre nom à son retour! " »

– Allez, tu peux filer à la salle de bains!... J'ai mis longtemps?

Kamal glissa vers Yasine qui revenait de la salle d'eau en s'essuyant la tête avec sa serviette un regard témoignant de sa surprise. Il bondit sur le sol et sa haute stature révéla sa minceur. Il s'attarda devant le miroir, l'air d'examiner sa tête volumineuse, son front proéminent ainsi que son nez qui, par sa grosseur et sa robustesse, semblait sculpté dans du granit. Puis il empoigna sa serviette sur le croisillon du lit et prit le chemin de la salle de bains.

Ahmed Abd el-Gawwad avait terminé sa prière et sa voix profonde s'éleva au moment de prononcer les vœux habituels pour ses enfants et pour lui-même, implorant Dieu de guider son chemin et de lui accorder sa protection sur cette terre et dans l'au-delà.

Pendant ce temps, Amina préparait la table matinale. Quand elle en eut terminé, elle monta à la chambre de Monsieur, le pria de sa voix effacée – de venir prendre le petit déjeuner, puis se dirigea vers la chambre des deux frères, auprès de qui elle renouvela son invitation.

Les trois hommes s'installèrent à leurs places respectives autour du grand plateau. Le père récita la formule : « Au nom de Dieu, le Bienveillant, le Miséricordieux », tout en prenant un pain, signe de commencer le repas. Yasine puis Kamal l'imitèrent, pendant qu'Amina restait à son poste traditionnel, debout à côté de la table basse aux gargoulettes.

Les deux frères offraient dans leur attitude l'image de la politesse et de la soumission, quoique leur cœur fût délivré – ou presque – de cette peur qui jadis s'emparait d'eux en présence de leur père : Yasine, du fait de ses vingt-huit ans révolus qui lui conféraient en partie qualité d'homme, le mettant par là même à l'abri des vexations blessantes et des petits coups bas; et Kamal à qui ses dix-sept ans et le niveau avancé de ses études avaient également conféré une sorte d'immunité, même si cette dernière n'était pas chez lui aussi fermement établie que chez Yasine. Toutefois bénéficiait-il d'un certain pardon, d'une certaine indulgence, tout au moins pour les fautes bénignes, sans compter qu'il avait senti chez son père au cours des dernières années, dans sa façon de traiter les gens, un style qui avait perdu beaucoup de sa tyrannie et de sa terreur. Il n'était pas rare qu'un embryon de conversation se noue entre les trois convives après qu'un silence effroyable eut pesé sur le repas. A moins que le père ne pose une question à l'un de ses deux fils et que l'intéressé se hâte de répondre, sans même avoir pris le temps de vider sa bouche, en bafouillant quelques mots. Il n'était plus extraordinaire que Yasine s'adresse à son père pour lui dire, par exemple : « Hier, je suis allé voir Ridwane chez son grand-père. Il me prie de vous transmettre ses respectueuses salutations et vous baise les mains. » Ahmed Abd el-Gawwad ne considérait pas cette intervention comme une hardiesse déplacée. Au contraire, il répondait simplement : « Dieu le protège et le guide! » Il n'était pas davantage exclu que Kamal demande sur cette lancée, poliment, inaugurant en cela un progrès considérable dans sa relation paternelle : « Quand son père sera-t-il en droit de le reprendre, papa? » lequel répondait : « Quand il aura ses sept ans », au lieu de lui crier : « T'occupe, fils de chien! » Un jour, Kamal eut envie de retrouver la date de la dernière injure que son père lui avait adressée et conclut que l'affaire devait remonter à deux ans, à peu de chose près, soit encore – c'était devenu son principal repère chronologique – à un an après la naissance de son amour pour Aïda.

C'était à l'époque où il avait pressenti que ses liens d'amitié avec des jeunes gens comme Husseïn Sheddad, Hassan Selim et Ismaïl Latif exigeraient une notable augmentation de son argent de poche s'il voulait pouvoir les suivre dans leurs distractions innocentes. Il était donc allé exprimer ses doléances à sa mère en la priant de bien vouloir toucher deux mots à son père de l'augmentation souhaitée. Et, bien que présenter à ce dernier quelque requête que ce fût – surtout à propos d'un tel sujet – ne fût pas chose aisée pour Amina, un tel entretien était devenu d'une certaine manière moins pénible, depuis que, par suite de la mort de Fahmi, il avait changé d'attitude envers elle. Elle alla donc lui parler, mettant en valeur les relations d'amitié, tout à l'honneur de la famille, que son fils entretenait depuis peu avec des jeunes gens de « la haute société ». Là-dessus, Ahmed Abd el-Gawwad convoqua Kamal pour déverser sur lui sa colère, lui criant : « Tu crois peut-être que je suis à tes ordres ou à ceux de tes acolytes!... Maudit soit ton père et le leur avec! » Kamal quitta son père, déçu, pensant que la question avait trouvé là son ultime résolution... Mais ne voilà-t-il pas qu'à sa grande surprise, le lendemain, à la table du petit déjeuner, il l'entendit lui demander le nom de ses amis. Et, à peine eut-il entendu le nom de Husseïn Abd el-Hamid Sheddad, il s'enquit avec intérêt : « Il ne serait pas d'al-Abbassiyyé, ton ami? » Ce à quoi, le cœur battant, Kamal répondit par l'affirmative. « J'ai bien connu son grand-père, Sheddad bey, ajouta alors Ahmed Abd el-Gawwad. J'ai appris aussi que son père, Abd el-Hamid bey, a été exilé pour ses anciennes relations avec le khédive Abbas... C'est bien ça, n'est-ce pas? – C'est exact! » répondit à nouveau Kamal en essayant de contenir l'émotion provoquée en lui par cette allusion au père de son adorée. Immédiatement lui revint à l'esprit ce qu'il avait entendu dire sur le séjour de plusieurs années qu'avaient fait les Sheddad à Paris, la ville des lumières dans les feux de laquelle sa bien-aimée s'était épanouie. Malgré lui, il en ressentit pour son père une exaltation et un respect nouveaux, un amour redoublé, considérant le fait qu'il ait connu le grand-père de son Aïda bénie comme un prodige qui le rattachait lui-même – ne fût-ce que de loin – à la terre des poètes, berceau des

Lumières. Après quoi, quelque temps plus tard, Amina ne tarda pas à venir lui annoncer l'heureuse nouvelle : son père consentait à doubler son argent de poche.

A compter de ce jour, il n'avait plus essuyé aucune autre injure. Soit qu'il n'eût point commis de faute pouvant la justifier, soit que son père eût jugé bon de lui épargner définitivement ce genre de traitement.

*

Kamal se tenait aux côtés de sa mère, debout dans le moucharabieh. Tous deux observaient M. Ahmed qui allait son chemin, rendant tour à tour – avec une gravité débonnaire – leurs salutations à Amm Hassaneïn, le coiffeur, Hajj Darwish, le vendeur de foul, al-Fouli, le laitier, et Bayoumi, le vendeur de soupe, sans oublier Abou Sari, le grilleur de pépins. Puis il regagna sa chambre où il trouva Yasine planté devant le miroir en train d'ajuster sa tenue avec un soin patient. Il s'assit sur un canapé entre les deux lits et, d'un regard amusé et pensif, commença à considérer la taille, la forte corpulence de son frère, son visage poupin et rondelet. Certes il lui vouait un amour fraternel sincère, mais, chaque fois qu'il le scrutait davantage par la pensée ou le regard, il ne pouvait repousser le sentiment inavoué de se trouver en face d'un « bel animal domestique », lui qui pourtant avait été le premier à sensibiliser son oreille à la musique des vers et aux évocations enchanteresses des contes. Sans doute, comme qui voit dans l'amour l'essence de la vie et de l'âme, se demandait-il, s'il était possible d'imaginer Yasine amoureux. La réponse venait aussitôt sous la forme d'un franc ou secret éclat de rire! Car quel rapport entre l'amour et cette opulente bedaine? Quel rapport entre l'amour et ce corps dodu, ce regard lubrique et goguenard? Kamal ne pouvait s'empêcher d'éprouver pour lui un sentiment de mépris, que tempéraient, il est vrai, la tendresse et l'affection, même s'il n'était pas parfois – surtout aux moments où son amour était submergé d'une vague de douleur et d'abattement – sans ressentir aussi envers lui quelque admiration et même... quelque envie!

C'est ainsi que Yasine paraissait à ses yeux le plus étranger des hommes au trône de la culture sur lequel il l'avait lui-même installé jadis quand, enfant, il le regardait comme un savant prodigieux, un florilège de poésies et de contes. Yasine qui finalement lui était bientôt apparu comme un lecteur superficiel qui se contentait de consacrer une heure à peine de la séance du café à une lecture inattentive, sautant nonchalamment de la *Hamasa*[1] à quelque conte, avant de filer vers le café d'Ahmed Abdou. Bref, une vie dépourvue de la lumière éclatante de l'amour, de la soif d'une véritable connaissance, même s'il vouait à son titulaire une pure et fraternelle affection.

Il en était allé tout autrement de Fahmi. Fahmi qui avait été son idéal amoureux et intellectuel, encore qu'il lui eût paru dans les derniers temps légèrement en arrière de ses propres aspirations naissantes. Il doutait en effet de plus en plus, s'il n'en était pas certain! qu'une jeune fille comme Maryam pût inspirer à l'âme un véritable amour, semblable à celui qui illuminait la sienne; de même qu'il doutait que la culture juridique pour laquelle feu son frère avait eu vocation pût rivaliser avec la connaissance humaine à laquelle il aspirait, lui, de toute la force de son esprit.

Il observait les gens autour de lui d'un œil naturellement enclin à la méditation et à la critique. Chacun en prenait pour son grade, mais, quand il arrivait à son père, il trouvait un seuil qu'il n'arrivait pas à franchir. Cet homme lui semblait quelque chose d'énorme, assis sur un trône, au-dessus de tout reproche...

– C'est toi la vedette aujourd'hui! Encore une célébration de ton triomphe, n'est-ce pas ? N'était-ce ta maigreur, je ne trouverais rien à te reprocher!

---

1. Recueil de poésies anciennes et de notices sur divers poètes anciens composé par Abou Tammam († 842). Son nom provient du titre du premier chapitre consacré au courage (hamasa).

— Je m'en trouve très bien! répondit Kamal avec le sourire.

Yasine s'observa une dernière fois dans le miroir, posa son tarbouche sur sa tête, l'inclina soigneusement vers la droite, veillant à ce qu'il lui effleure le sourcil, et dit en ponctuant ses paroles d'éructations :

— Un gros âne titulaire du baccalauréat, voilà ce que tu es! Profite donc de la bonne chère et du repos tant que t'es en vacances. Quel démon t'habite pour en lire deux fois plus que tu n'en lis pendant l'année scolaire! Dieu soit loué, je n'ai rien de commun avec ta maigreur et les gens de ton espèce!

Puis, quittant la chambre, son chasse-mouches en ivoire à la main :

— Et n'oublie pas de me choisir un bon livre. Quelque chose comme *Les Pardaillan ou Fausta*[1], hein? Il fut un temps où tu me tournais dans les jambes pour que je te lise un chapitre de roman. Ah! il est loin, ce temps-là où je t'aiguisais la cervelle avec mes lectures!

Kamal retrouva avec bonheur la solitude qui lui permettait de se replonger dans ses pensées. Il se leva en marmonnant : « Gros! Gros! Comment pourrais-je être gros avec un cœur sans repos! » Il ne trouvait d'agrément à la prière que lorsqu'il s'y adonnait seul. Une prière qui tenait davantage du combat, qui engageait le cœur, l'esprit et l'âme. Le combat de qui ne s'épargne aucun effort pour accéder à une conscience pure, quitte à se demander des comptes incessamment, pour un oui ou pour un non. Quant aux vœux exprimés à la fin de la prière, ils étaient pour « elle »... et elle seule.

---

1. La majeure partie de l'œuvre de Michel Zévaco a été traduite en arabe par Tanios Abdou et éditée au Caire à partir de 1925.

2

ABD EL-MONEM. – Dans la cour on a bien plus de place que sur la terrasse! Il faut à tout prix enlever le couvercle du puits pour voir ce qu'il y a dedans!

NAÏMA. – Maman va se fâcher, tata et mémé aussi!

OTHMAN. – Personne nous verra!

AHMED. – Le puits est terrible, celui qui regarde dedans en meurt!

ABD EL-MONEM. – On n'a qu'à soulever le couvercle et regarder de loin! (Puis, en criant bien fort.) Allez, on descend!

OUM HANAFI (barrant la porte de la terrasse). – Je n'ai plus la force ni de descendre ni de monter. Vous avez voulu qu'on monte à la terrasse et on y est monté. Vous avez voulu qu'on descende dans la cour et on y est descendu. Qu'on remonte à la terrasse encore une fois et on y est remonté. Qu'est-ce que vous voulez encore fabriquer dans la cour? Il fait chaud en bas. Ici au moins il y a de l'air et il va bientôt faire nuit.

NAÏMA. – Ils veulent enlever le couvercle du puits pour voir ce qu'il y a dedans...

OUM HANAFI. – Puisque c'est comme ça, j'appelle Mme Khadiga et Mme Aïsha!

ABD EL-MONEM. – Oh! la menteuse! On veut pas ôter le couvercle et même pas s'en approcher. On veut juste jouer un peu dans la cour et après on remonte. Tu peux rester là jusqu'à temps qu'on revienne si tu veux...

47

OUM HANAFI. – Rester là? Je ne vous quitterai pas d'une semelle, oui! O mon Dieu, faites-leur entendre raison! Il n'y a pas plus bel endroit que la terrasse dans cette maison. Regardez-moi donc ce jardin!...

MOHAMMED. – Baisse-toi que je monte à cabidou...

OUM HANAFI. – Vous avez assez monté comme ça. Trouvez-vous autre chose pour vous amuser. Oh! mon Dieu, mon Dieu... Allez donc voir le lierre et le jasmin, allez voir les pigeons...

OTHMAN. – T'es aussi laide qu'une bufflesse et tu sens mauvais!

OUM HANAFI. – Dieu vous pardonne! C'est à cause que j'ai attrapé une suée de vous courir après.

OTHMAN. – Allez, laisse-nous voir le puits. Rien qu'un tout petit peu.

OUM HANAFI. – Le puits est plein de démons. C'est pour ça qu'on l'a fermé!

ABD EL-MONEM. – Menteuse! Maman et Tata nous ont pas dit ça.

OUM HANAFI. – C'est moi qui connais la vérité. Mme Amina et moi, on les a vus. Comme je vous vois. On a même attendu qu'ils sortent et, quand ils sont sortis, on a jeté le couvercle en bois sur la margelle et on a mis une grosse pierre dessus. Ne parlez plus du puits et dites avec moi : « Au nom de Dieu, le Bienveillant, le Miséricordieux! »

MOHAMMED. – A quatre pattes, que je grimpe sur ton dos!

OUM HANAFI. – Allez donc voir le lierre et le jasmin. Je vous souhaite d'en avoir des comme ça chez vous. Sur votre terrasse, il n'y a que des poules et ces deux moutons que vous engraissez pour la fin du jeûne...

AHMED. – Bêêêh... Bêêêh...

ABD EL-MONEM. – Donne-nous une échelle, qu'on grimpe dessus.

OUM HANAFI. – O Dieu de miséricorde! C'est bien le neveu à son oncle! Jouez donc par terre, pas en l'air!

RIDWANE. – Chez nous, sur le balcon et dans le salamlik[1], il y a des pots avec des roses rouges, des roses blanches et des œillets!

OTHMAN. – Et nous on a deux moutons et des poules!

AHMED. – Bêêêh... Bêêêh...

ABD EL-MONEM. – Moi, je vais à l'école coranique. Qui y va aussi?

RIDWANE. – Moi! Je sais déjà toute la première sourate : « Louange à Dieu... »

ABD EL-MONEM. – « Louange à Dieu, cornabeu! »

RIDWANE. – T'as pas honte de dire ça! Vilain diable!

ABD EL-MONEM. – C'est ce que chantonne l'arif[2] dans la rue!

NAÏMA. – On t'a déjà dit cent fois de ne pas répéter ses paroles...

ABD EL-MONEM. – Pourquoi t'habites pas avec ton père, oncle Yasine?

RIDWANE. – J'habite chez maman.

AHMED. – Et elle, où elle habite?

RIDWANE. – Chez mon autre grand-père.

OTHMAN. – Et où il habite, ton autre grand-père?

RIDWANE. – A al-Gamaliyyé! Il a une grande maison avec un salamik!

ABD EL-MONEM. – Comment ça se fait que ta mère habite dans une maison et toi dans une autre?

RIDWANE. – Maman est chez mon pépé de là-bas et papa, ici, chez pépé Ahmed!

OTHMAN. – Et pourquoi ils sont pas dans la même maison comme mon père et ma mère?

RIDWANE. – C'est la faute au destin! C'est comme ça que dit mamie Iffat!...

OUM HANAFI. – Ça y est! Vous avez réussi à le faire parler! Laissez-le donc tranquille et allez jouer!

---

1. Mot turc désignant dans les maisons bourgeoises un parloir réservé aux hommes.

2. Personnage familier de la vie égyptienne. On appelle ainsi l'élève le plus âgé de l'école coranique qui assiste le cheikh, souvent aveugle, et qui, chargé de la discipline, se prive rarement d'exercer sur ses condisciples les sévices et rançonnements en tout genre que lui autorise sa fonction.

AHMED. — Baisse-toi, que j' te monte su' l' dos!

RIDWANE. — Regardez là-bas, la maman oiseau sur la branche de lierre!

ABD EL-MONEM. — Amenez-moi une échelle et je vous l'attrape!

AHMED. — Pas si fort! Elle est en train de nous regarder avec ses petits yeux et écoute tout ce qu'on dit.

NAÏMA. — Comme elle est belle! Je la reconnais, c'est celle que j'ai vue hier, chez nous, sur la corde à linge!

AHMED. — Euh! C'était une autre! Et comment elle aurait fait pour trouver le chemin jusqu'à la maison de grand-père?

ABD EL-MONEM. — Idiot, va! Une maman oiseau l'a belle de voler d'al-Sokkariyya jusqu'ici et de retourner avant la nuit!

OTHMAN. — Alors elle a sa famille là-bas et ses beaux-parents ici?

MOHAMMED. — Baisse-toi, que je te grimpe sur le dos, sans quoi je me mets à pleurer pour que maman m'entende.

NAÏMA. — Si on jouait à la marelle?

ABD EL-MONEM. — Non! On va jouer à la course.

OUM HANAFI. — A condition que ça soit pas la bagarre entre le vaincu et le vainqueur.

ABD EL-MONEM. — Tais-toi donc, vieille bufflesse!

OTHMAN. — Meuh... Meuh...

AHMED. — Bêêêh... bêêêh...

MOHAMMED. — Moi, je vais faire la course à cabidou. Baisse-toi que je te grimpe sur le dos...

ABD EL-MONEM. — Attention..., à vos marques..., prêts...

*

Ahmed Abd el-Gawwad accueillit les invités et se consacra entièrement à eux pendant toute la première partie de la journée, avant de présider la table du banquet autour de laquelle Ibrahim et Khalil Shawkat, Yasine et Kamal se trouvaient réunis. A la fin du repas, il pria les deux premiers de l'accompagner à sa chambre pour un entretien de famille. Les trois hommes se mirent à deviser dans un climat de franche amitié et de cordialité, quoiqu'une légère réserve se fît sentir chez le beau-père, doublée d'une certaine retenue chez ses deux gendres, dues l'une et l'autre à l'attitude que s'imposait Ahmed Abd el-Gawwad envers les membres de sa famille, y compris ceux venus de l'extérieur, malgré la proximité d'âge qui l'unissait à Ibrahim Shawkat, le mari de Khadiga.

Puis les petits furent appelés à leur tour à la chambre de leur grand-père pour lui baiser la main et recevoir ses précieux cadeaux, chocolats et malbane[1]. Ainsi s'approchèrent-ils de lui par ordre de grandeur d'âge : Naïma, la fille d'Aïsha, à leur tête, suivie de Ridwane, le fils de Yasine, d'Abd el-Monem, premier fils de Khadiga, d'Othman, second fils d'Aïsha, d'Ahmed, second fils de Khadiga, et, pour finir, de Mohammed, troisième fils d'Aïsha.

Notre homme observait dans la distribution de sa tendresse et de ses sourires à ses petits-enfants une équité absolue, profitant de ce que la chambre était à l'abri des regards – sauf ceux d'Ibrahim et de Khalil – pour se départir un peu de sa froide et éternelle retenue. Il secoua avec empressement les menottes qui se tendaient vers lui, pinçant les joues roses avec tendresse, baisant les fronts, taquinant celui-ci, s'amusant avec celui-là, soucieux de dispenser une part égale à chacun, Ridwane, son chouchou, y compris.

Lorsqu'il se trouvait seul avec l'un de ses petits-enfants, il l'examinait toujours avec une attention passionnée, mû par des sentiments naturels, comme la paternité, et d'autres, adventices, comme la curiosité. Il trouvait un plaisir sans bornes à suivre la persistance des traits des aïeux, des pères et des mères dans les nouvelles générations bruyantes qui n'avaient pas encore fait totalement l'apprentissage du respect – et à plus forte raison de la crainte – qu'ils

---

1. Nom égyptien du loukoum.

devaient lui manifester. La beauté de Naïma, avec ses cheveux d'or, ses yeux bleus, le fascinait. Elle était encore plus belle et resplendissante que sa mère et ajoutait au patrimoine de la famille le joyau de ses traits débordants de grâce qu'elle tenait pour une part de sa mère, pour l'autre des Shawkat. Sur ce même chemin de la beauté, la suivaient ses deux frères, Othman et Mohammed, qui accusaient une nette ressemblance avec leur père Khalil, particulièrement dans leurs grands yeux saillants au regard paisible et languide.

Il en allait tout autrement d'Abd el-Monem et d'Ahmed, les deux fils de Khadiga. S'ils avaient le teint des Shawkat, leurs beaux petits yeux étaient ceux de la mère et de la grand-mère. Quant au nez, il promettait de ressembler à celui de la mère, ou plus exactement du grand-père. Ridwane, quant à lui, ne pouvait être que beau, pour avoir reçu en partage les yeux de son père et ceux, noirs et finement tracés, d'Haniyya, sans compter le teint ivoire des Iffat et le nez droit de Yasine. Oui, la beauté rayonnait, captivante, sur son visage.

Qu'il était loin, le temps où ses propres enfants, encore petits, se suspendaient à son cou, en toute quiétude, où il s'offrait à eux avec abandon, comme aujourd'hui. Ah! les beaux jours! Quels souvenirs! Yasine, Khadiga, et Fahmi, et Aïsha, et Kamal. Il n'y en avait aucun d'eux qu'il n'ait chatouillé sous les aisselles ou pris sur ses épaules. S'en souvenaient-ils au moins? Lui-même l'avait déjà presque oublié!

Toujours est-il que Naïma semblait, malgré son sourire éclatant, parée des vertus de la pudeur et de la politesse. Quant à Ahmed, il ne cessait d'exiger toujours davantage de chocolats et de malbane, pendant qu'Othman attendait le résultat de sa démarche, brûlant d'impatience. Mohammed, lui, se précipitait sur la montre en or et la bague déposée au fond du tarbouche, les raflait en un tourne-main et Khalil Shawkat devait user de force pour les lui reprendre. Il y avait même des instants durant lesquels notre homme restait en proie à l'embarras et à la confusion, ne sachant que faire, assailli, voire menacé, de tous côtés par la marée de ses chers petits-enfants.

Peu avant la fin de l'après-midi, Ahmed Abd el-Gawwad quitta la maison pour se rendre à sa boutique et, avec son départ, le salon où s'était rassemblé le reste de la famille put jouir de son entière liberté. Aménagé au dernier étage, il avait hérité de son semblable du premier – depuis lors désaffecté – ses nattes, ses canapés, sa grosse lampe suspendue au plafond et il était devenu le lieu où les membres de la famille qui habitaient encore la grande maison se réunissaient et prenaient le café. Tout le jour durant il avait gardé, malgré l'affluence des visiteurs, sa tranquillité, mais lorsqu'il ne resta plus du maître des lieux que son parfum d'eau de Cologne embaumant l'air, soudain on y respira à nouveau, les voix et les rires s'y élevèrent, le mouvement y renaquit peu à peu, l'assemblée retrouva son visage d'antan.

Amina était assise sur un canapé, face aux ustensiles du café. Sur un autre, à l'opposé, se tenaient Khadiga et Aïsha, et sur un troisième, perpendiculaire, bordant le mur, Yasine et Kamal. Aussitôt après le départ de Monsieur, Ibrahim et Khalil Shawkat vinrent se joindre à eux, Ibrahim prenant place à la droite de sa belle-mère et Khalil à sa gauche.

A peine se fut-il solidement assis sur son siège, Ibrahim s'adressa à Amina sur un ton affectueux :

– Dieu bénisse les mains qui nous ont offert le plus délicieux et le plus appétissant des repas !

Puis, en promenant sur l'assemblée ses yeux saillants et languides, comme s'il donnait une conférence :

– Les ragoûts ! Ah ! les ragoûts ! C'est la merveille des merveilles de cette maison ! Ça n'est pas tant le ragoût proprement dit, avec tout ce qu'il y a dedans – qui d'ailleurs est succulent – que la manière de faire réduire la sauce. C'est ça qui fait tout ! C'est là que réside tout l'art, tout le miracle ! Montrez-moi des ragoûts comme ceux que nous avons engloutis aujourd'hui !

Khadiga suivait ses paroles avec attention, partagée

entre le désir de les approuver, dans le souci de reconnaître les talents de sa mère, et celui de s'élever contre ces propos qui feignaient d'ignorer ses mérites. Aussi, quand son époux eut achevé son éloge, laissant à ceux qui l'écoutaient l'occasion d'approuver son point de vue, elle ne put s'empêcher de dire :

– C'est une affaire entendue! Il n'y a besoin de personne pour en témoigner. Je voudrais seulement rappeler, et j'aimerais donner à réfléchir sur ce point, qu'il vous est arrivé aussi plus d'une fois de vous remplir la panse à la maison avec des ragoûts qui n'avaient rien à envier à ceux d'aujourd'hui!

Tandis qu'un sourire entendu se dessinait sur les visages d'Aïsha, de Yasine et de Kamal, Amina semblait essayer de vaincre sa confusion, elle aurait voulu adresser un mot de remerciement à Ibrahim, propre à satisfaire en même temps Khadiga. Mais Khalil Shawkat prit les devants :

– Mme Khadiga a raison. Ses ragoûts méritent notre faveur à tous. Vous ne pouvez en disconvenir, mon frère!

Ibrahim promena son regard entre sa femme et sa belle-mère et, affichant un sourire, l'air de s'excuser, répondit :

– Loin de moi la pensée de le nier! J'étais seulement en train de parler de la maîtresse d'œuvre entre toutes.

Puis, à Khadiga, s'esclaffant :

– En tout cas, je vante les mérites de votre mère, pas ceux de la mienne!

Il attendit un instant que s'estompent les rires soulevés par sa dernière affirmation, et, reprenant son éloge, il dit en se tournant vers Amina :

– Nous n'en avons que pour les ragoûts! Mais pourquoi ne parler que d'eux? En vérité, les autres plats ont été tout aussi délicieux et somptueux. Prenez par exemple les pommes de terre farcies, la *mouloukkhiyya*[1], le riz pilaf

1. *i.e.* la corette. Plante mucilagineuse, dite aussi guimauve potagère ou guimauve des juifs, cultivée pour ses feuilles qui sont alimentaires, que l'on

sauce épicée aux foies et aux gésiers, les légumes farcis de toutes sortes, et je ne parle pas des poulets! Mon Dieu! Cette chair ferme! Dites-moi, belle-maman, avec quoi les nourrissez-vous, vos poulets?

— Avec les ragoûts, si vous voulez savoir! répondit Khadiga avec ironie.

— Je vois que je n'ai pas fini d'expier ma faute pour avoir reconnu leur mérite à ceux à qui il revient! Mais Dieu est miséricordieux. Quoi qu'il en soit, prions-le de multiplier les réjouissances. Et toutes mes félicitations pour votre baccalauréat, monsieur Kamal. Continuez comme ça jusqu'au diplôme supérieur!

Le visage empourpré par la confusion et l'allégresse, Amina poursuivit avec gratitude :

— Dieu vous donne la même joie avec Abd el-Monem et Ahmed! Et M. Khalil avec Naïma, Othman et Mohammed.

Puis, se tournant vers Yasine :

— ... et Yasine, aussi, avec Ridwane!

Kamal épiait tour à tour Ibrahim et Khalil du coin de l'œil, avec sur les lèvres ce sourire figé qui lui servait d'ordinaire à dissimuler l'ennui que lui inspiraient ces conversations insipides auxquelles la bienséance exigeait pourtant de se prêter, ne fût-ce que par une écoute polie. Ibrahim continuait à parler du repas comme s'il était encore à table, grisé par l'appétit. La nourriture... La nourriture! Depuis quand méritait-elle pareille sanctification?

Ces deux hommes extraordinairement bizarres ne paraissaient pas changer avec le temps. Comme s'ils étaient à l'abri de son cours. L'Ibrahim d'aujourd'hui était identique à celui d'hier. L'approche de la cinquantaine ne lui avait apporté guère plus qu'un léger plissement, à peine visible, sous les yeux et autour des commissures, ainsi qu'un regard lourd et grave qui ne lui conférait point tant

sèche, broie et prépare en soupe ou avec du riz. C'est le plat national égyptien (le nom désigne à la fois la plante et le plat).

de gravité qu'une extrême apathie. Sur sa tête en revanche, comme dans sa moustache torsadée en pointes, pas un cheveu, pas un poil n'avait blanchi. Il avait la chair toujours ferme et vigoureuse, nullement avachie. Mais la ressemblance qui unissait les deux frères, à l'exception de certains traits négligeables – comme la dissemblance entre les cheveux longs et raides de Khalil et ceux courts et rasés d'Ibrahim – tout, leur même solide constitution, leur même regard languide, prêtait véritablement au rire et aux sarcasmes. Ils portaient tous deux le même costume de soie blanche et, chacun des deux ayant ôté sa veste, ils exhibaient leur chemise de soie, aux poignets de laquelle brillait une paire de boutons de manchettes en or. Bref, une apparence qui était tout le reflet d'une condition sociale élevée, rien de plus!

Depuis les sept années que les deux familles étaient unies, Kamal s'était trouvé plus ou moins souvent seul en tête à tête avec l'un ou l'autre, sans que jamais la moindre conversation intéressante ait eu cours entre eux. A quoi bon critiquer? C'était la condition *sine qua non* pour que règne cette heureuse harmonie entre eux et ses deux sœurs! Et puis fort heureusement la moquerie n'est pas incompatible avec la tendresse, le désir du bien pour autrui et l'amitié...

Mais... Ouuuh! Il semblait bien qu'on n'en avait pas encore terminé avec les ragoûts! Voilà que Khalil s'apprêtait lui aussi à glisser son petit mot :

– Les paroles de mon frère Ibrahim ne sont que la stricte vérité! Puisse Dieu ne jamais nous enlever cette main d'artiste! Voilà une table qui mérite d'être vantée...

Au fond d'elle-même, Amina était friande d'éloges. Aussi, consciente de l'effort obstiné qu'elle vouait par amour au service de la maison et de ses occupants, endurait-elle souvent l'amertume d'en être privée. Souvent elle n'aurait eu qu'une envie : entendre un mot de compliment de la bouche de Monsieur. Mais Monsieur n'avait pas pour habitude de lui accorder ses louanges, ou, s'il le faisait, c'était avec concision et en de trop rares occasions, valant à peine d'être mentionnées. C'est pourquoi elle se trouvait entre Ibrahim et Khalil dans une position miraculeuse et inhabituelle qui la remplissait réellement de joie, mais qui avivait aussi sa honte, la portant à la limite du trouble...

– Vous me flattez trop, monsieur Khalil! dit-elle en voilant ses sentiments. Vous avez une mère... Qui est habitué à sa cuisine se passe de toutes les autres!

Et, tandis que Khalil venait renforcer son éloge, les yeux d'Ibrahim se tournèrent spontanément vers Khadiga qu'il trouva en train de le regarder fixement, comme si elle s'était attendue à son coup d'œil et s'y était préparée. Il arbora un sourire triomphateur et, s'adressant à Amina :

– Il y en a ici qui ne sont pas près de vous donner raison, belle-maman! dit-il.

Yasine saisit l'allusion et partit d'un rire retentissant, bientôt suivi par l'assemblée tout entière. Même Amina ne put retenir un large sourire, et, le buste secoué d'un rire étouffé, elle dissimula son abandon en baissant la tête, comme si elle regardait dans son giron. Seule Khadiga garda un visage de marbre, attendant que la tempête se calme, avant de déclarer sur un ton de défi :

– Notre désaccord n'a jamais porté sur la nourriture et la façon de cuisiner mais sur mon droit à gérer librement les affaires de ma maison! On ne peut pas m'en vouloir pour ça!

C'est alors que réapparut dans les esprits le souvenir de cette vieille querelle qui avait éclaté la première année de son mariage entre Khadiga et sa belle-mère à propos de « la cuisine », la question étant de savoir si cette dernière resterait unique, commune à tous, et placée sous la direction de la maîtresse de maison, ou si Khadiga ferait désormais cuisine à part comme elle l'exigeait. Une grave querelle qui avait menacé l'unité de la famille Shawkat et dont les échos étaient parvenus jusqu'à la demeure de

Bayn al-Qasrayn[1], au point que tout le monde en fut avisé, à l'exception de M. Ahmed que personne n'osa informer dudit différend, ni même de tous ceux qui, par la suite, éclatèrent en série entre la belle-mère et sa bru. Dès l'instant où elle avait songé à engager les hostilités, Khadiga avait compris qu'elle ne devait se reposer que sur elle-même, son mari n'étant – selon sa propre expression – qu'un « mollasson » qui ne prenait parti ni pour elle ni contre elle, et qui, chaque fois qu'elle le poussait à reconquérir son droit, lui répondait, l'air de plaisanter : « S'il vous plait, madame..., épargnez-moi les maux de tête! » Toutefois, s'il ne lui était d'aucun soutien, tout au moins ne la muselait-il pas. Elle entra donc seule dans l'arène et releva le front devant la vénérable aïeule avec une hardiesse inattendue et une ténacité dont elle ne se départit pas un seul instant, même dans cette situation délicate. La vieille femme resta stupéfaite de l'audace de la jeune fille qu'elle avait mise au monde de ses propres mains, et aussitôt la querelle s'enflamma dans un déchaînement de colère. La vieille commença à lui rappeler que, sans la grâce qu'elle lui avait faite, jamais une fille comme elle n'aurait pu – même en rêve – prétendre au privilège d'épouser un Shawkat. Mais Khadiga, malgré son déchaînement intérieur, étouffa sa colère et, eu égard au respect qu'elle devait à une vieille dame et à sa crainte que celle-ci n'aille se plaindre à son père, s'en tint à sa détermination d'obtenir ce qu'elle considérait comme son droit, sans recourir à la venimosité bien connue de sa langue.

Puis son esprit malicieux la conduisit à inciter Aïsha à la rébellion. Mais elle ne trouva en sa sœur indolente que démission et lâcheté. Non pas que cette dernière agît par amour de sa belle-mère, mais plutôt par souci de préserver

1. Littéralement : « Entre les deux palais. » Ce nom de quartier du vieux Caire, qui donne son titre original au premier tome de la trilogie, est un vestige de l'époque fatimide (Xe s.) dont les califes avaient fait élever dans ce quartier deux palais (qasr) aujourd'hui disparus. Le mot arabe « bayn » signifie « entre » car il s'agit de l'espace situé entre ces deux palais et qui seul a subsisté jusqu'à nos jours.

le repos et la tranquillité dont elle jouissait – à volonté – à l'ombre de la tutelle forcée que l'aïeule imposait à toute la maison. Elle déversa donc sa colère sur Aïsha en la traitant de mauviette et de fainéante. Puis, victime d'un sursaut d'entêtement, elle poursuivit « la guerre » sans faiblir ni reculer jusqu'à ce que la vieille, excédée, finisse par reconnaître à contrecœur à sa « bohémienne » de belle-fille le droit de posséder sa propre cuisine, en disant à son aîné : « Débrouille-toi! Tu n'es qu'un pleutre, incapable de corriger ta femme. Tout ce que tu mérites, c'est d'être privé du plaisir de ma table jusqu'à la fin de tes jours! »

Khadiga était parvenue à son but. Elle récupéra sa batterie de cuisine en cuivre et Ibrahim lui aménagea le nouvel office selon ses directives. Mais, en même temps, elle avait perdu sa belle-mère et brisé les liens d'affection qui l'avaient toujours unie à elle depuis l'âge du berceau.

De son côté, Amina, qui n'avait pu supporter l'idée de cette querelle avait réussi avec beaucoup de persévérance à calmer les esprits. Après quoi elle avait tenté toutes les démarches possibles auprès de la vénérable dame en recherchant l'appui d'Ibrahim et de Khalil jusqu'à ce que la paix fût revenue. Mais quelle paix! Une paix qui à peine rétablie dégénérait à nouveau en dispute, suivie d'une nouvelle trêve, puis d'une nouvelle dispute..., et ainsi de suite, chacune des deux femmes rejetant toute la responsabilité sur l'autre, avec, entre elles deux, Amina qui ne savait plus à quel saint se vouer, et Ibrahim, retranché dans une position neutre ou de spectateur comme si l'affaire ne le concernait pas. Et si par hasard il jugeait bon d'intervenir, il le faisait timidement, se contentant de répéter ses conseils calmement, voire avec un total détachement, sans se soucier de sermonner sa mère ou de blâmer son épouse. C'est pourquoi, sans le dévouement d'Amina, la douceur de son caractère, la vieille aurait à coup sûr porté son mécontentement chez M. Ahmed. Mais elle y renonça contre son gré et se contenta de soulager sa rancœur en se confiant longuement à tous ceux qui, proches ou voisins, tombaient sur sa route, assurant à qui voulait l'entendre que le fait d'avoir choisi Khadiga comme épouse pour son fils avait été la plus grande erreur de sa vie et qu'elle devait maintenant en payer le prix.

Ibrahim poursuivit en commentant les paroles de Khadiga, affichant un sourire, comme pour atténuer l'effet de sa remarque :

— Mais vous ne vous êtes pas contentée d'exiger votre droit ! Il me semble bien, si ma mémoire ne m'abandonne, que vous ne vous êtes pas privée non plus de frapper avec votre langue...

Khadiga redressa avec arrogance sa tête serrée dans son fichu marron et répliqua en décochant à son époux un regard railleur et courroucé :

— Et pourquoi vous abandonnerait-elle, votre mémoire ? Est-elle donc à ce point accablée de pensées et de soucis qu'elle vous abandonne ? Je souhaite à tout le monde une mémoire aussi paisible et vide que la vôtre ! Non, monsieur Ibrahim, votre mémoire ne vous abandonne pas ! C'est plutôt moi qu'elle abandonne. La vérité est que je n'ai jamais mis en cause le mérite de votre petite maman chérie. Je ne me suis jamais occupée de ses affaires, pas plus que je n'ai eu un seul jour besoin de ses services. Car, grâce à Dieu, je connais tous mes devoirs et sais comment m'en acquitter le mieux que je peux ! Et puis j'aurais détesté rester prostrée dans ma maison, voir le repas m'arriver sur un plateau comme dans une pension de famille ; avec ça, jamais je n'aurais pu supporter, comme il plaît à « certains », de passer ma journée entière à dormir ou à me donner du bon temps pendant que d'autres assumeraient les charges de mon ménage.

Aïsha comprit dans l'instant le sens de l'expression « à certains ». Elle rit, sans attendre que sa sœur ait achevé son propos, avant de répliquer sur un ton plaisant, comme poussée par l'appréhension :

— Fais ce qu'il te plaît et laisse les autres – ou « certains », si tu préfères – comme ils sont. Tu n'as plus désormais aucun motif de contrariété : tu es une dame indépendante – puisse l'Egypte suivre ta voie! – tu travailles du lever du jour à la tombée de la nuit, à la cuisine, à la salle de bains, sur la terrasse; tu t'occupes à la fois des meubles, des poules, des gosses..., même que la servante Suwaïdane n'ose pas s'approcher de tes appartements ou prendre un de tes enfants dans ses bras. Seigneur Dieu! Pourquoi toute cette fatigue quand le dixième suffirait?

Khadiga releva le menton en guise de réponse tout en réprimant un sourire prouvant qu'elle avait trouvé dans les paroles de sa sœur quelque chose qui lui avait fait chaud au cœur. Sur ce, Yasine déclara à son tour :

– Il y a des gens qui sont faits pour gouverner, d'autres pour être esclaves!

– Mme Khadiga est une maîtresse de maison modèle! repartit Khalil Shawkat avec un sourire mettant à jour ses deux incisives qui se grimpaient l'une sur l'autre. Même si elle néglige la part de repos qui lui revient!

– C'est exactement mon avis! ajouta Ibrahim en acquiesçant aux paroles de son frère. Combien de fois j'ai abordé franchement le sujet avec elle! Mais j'ai fini par prendre le parti de me taire pour m'épargner les maux de tête...

Kamal jeta un regard sur sa mère en train de servir une seconde tasse de café à Khalil et évoqua l'image de son père, les souvenirs de sa tyrannie. Un sourire apparut sur ses lèvres. Puis il se tourna vers Ibrahim en lui disant, ébahi :

– On dirait que vous avez peur d'elle!

– Pour ma part, répondit l'homme en hochant sa grosse tête, je cherche à couper aux ennuis tant qu'il y a moyen d'avoir la paix, pendant que votre sœur cherche à éviter la paix à tout prix chaque fois qu'il y a moyen de courir aux ennuis!

– Ecoutez-le, le bon apôtre! s'écria Khadiga.

Puis, pointant vers lui son index avec un air de bravade :

– Dites plutôt que vous évitez de garder les yeux ouverts tant qu'il y a moyen de dormir!

– Khadiga! s'exclama Amina dans un regard sévère de mise en garde.

Ibrahim posa doucement sa main sur l'épaule de sa belle-mère et reprit :

– Voilà un échantillon de ce que nous entendons tous les jours! Vous voilà à même de juger!

Yasine faisait aller son regard de Khadiga, la jeune femme forte et bien en chair, à Aïsha, menue et fragile, avec une ostensibilité voulue dans le but d'attirer les regards, quand il déclara, l'air étonné :

– Vous nous avez entretenus de l'ardeur au travail incessante de Khadiga, du matin au soir et du soir au matin. Mais où peut-on trouver trace en elle de toute cette fatigue? On dirait plutôt à la voir que c'est elle qui passe son temps à se distraire et que c'est Aïsha qui trime!

– « Dieu nous protège du mal de l'envieux qui nous envie[1]! » répliqua Khadiga en opposant la paume de sa main droite, doigts écartés, au visage de Yasine.

Les derniers prolongements de la conversation avaient déplu à Aïsha. Une lueur de protestation filtra dans ses yeux bleus et purs. Aussi, éprouvant une pointe de jalousie pour n'avoir pas bien saisi le but évident de la remarque de Yasine, elle s'empressa de plaider la cause de sa maigreur :

– La mode n'est plus à l'embonpoint! dit-elle.

Puis, se reprenant tandis qu'elle sentait le visage de Khadiga tourné vers elle :

– ... ou disons tout au moins que la minceur est aussi bien une mode pour beaucoup de femmes...

– La minceur est la mode de celles qui sont incapables de grossir! répliqua Khadiga, ironique.

Lorsque le mot « minceur » vint frapper son oreille, Kamal tressaillit. Aussitôt, l'image du corps élancé, de la taille fine, resurgit des profondeurs de son être pour lui

1. Coran, CXIII, 5.

envahir l'esprit. Son cœur se mit à danser dans une volupté divine, épanchant le flot de son ivresse. Une pure félicité l'envahit. Blotti dans ce songe paisible et lointain, il s'oublia lui-même, oublia l'endroit, le moment... Il ne savait pas au juste depuis combien de temps il y était plongé, quand sa conscience fut alertée par l'ombre d'un nuage de détresse qui venait bien souvent sur la traîne de son rêve..., non pas comme un intrus, un élément hétérogène, mais quelque chose qui se glissait dans ce songe merveilleux comme un fil de sa trame, une note de son harmonie...

Il poussa un profond soupir et laissa errer son regard rêveur sur ces visages qu'il aimait depuis toujours et qui, chacun à sa manière, semblaient satisfaits de leur beauté; surtout cette tête blonde dont il avait goûté autrefois à la folie le plaisir de boire l'eau à la gargoulette à l'endroit encore humide de ses lèvres... Ce souvenir lui revint accompagné d'un sentiment de honte, d'une sorte de dégoût. Il sentit que n'importe quelle forme de beauté sauf celle qui était l'objet de son adoration – était, même jouissant de sa tendresse et de son amour, de nature à exciter son fanatisme.

– Jamais je ne pourrai me faire à la maigreur. Même chez les hommes! continua Khadiga. Regardez Kamal! Voilà bien le premier qui devrait se soucier de prendre du poids! Ne va pas croire qu'il n'y a que l'étude qui compte, hein! mon petit bonhomme!

Kamal l'écoutait d'une oreille distraite, le sourire aux lèvres, tout en observant son corps regorgeant de chair et de graisse, son visage dont la rondeur avait fini par masquer les défauts, stupéfait par l'expression de bonheur et de satisfaction triomphale qui rayonnait autour d'elle. Mais il n'éprouva pas le désir de discuter le point de vue de sa sœur. C'est Yasine qui déclara d'un ton provocateur et railleur à la fois :

– Alors tu dois me trouver à ton goût! Inutile de faire la difficile!

Assis la jambe droite repliée sous son séant, l'autre

négligemment étendue, il avait, à cause de la chaleur, ouvert le col de sa galabiyyé, et de la large échancrure de son maillot de corps débordaient des touffes de poil noir et dru.

– Oui, mais toi, tu penches de l'autre côté de la balance! répliqua-t-elle en le pétrifiant du regard. Et puis, chez toi, la graisse a gagné le cerveau. Mais ça, c'est une autre affaire...

Yasine souffla, l'air désespéré, puis il se tourna vers Ibrahim Shawkat en lui demandant avec pitié et compassion :

– Dites-moi, comment faites-vous pour vous en sortir entre une épouse pareille et madame votre mère?

Ibrahim alluma une cigarette, tira une bouffée, recracha la fumée en allongeant les lèvres, aidant ainsi son frère Khalil – qui ne retirait sa pipe de sa bouche qu'au moment de parler – à enfumer le salon, avant de répondre sur un ton détaché :

– Vous savez, ça rentre par ici, ça ressort par là! C'est ce que m'a enseigné l'expérience!

– L'expérience n'a rien à voir là-dedans! rétorqua Khadiga en s'adressant à Yasine d'une voix tonitruante qui trahissait son irritation. Je t'assure, l'expérience n'est pour rien dans cette affaire! Le vrai problème, c'est que notre Seigneur lui a donné un caractère aussi ferme que les crèmes glacées d'Amm Badr le Turc. Même si le minaret d'al-Husseïn se mettait à trembler, ça ne lui ferait pas lever un cil!

Amina redressa la tête pour lancer à Khadiga un regard de reproche et de mise en garde. La jeune femme sourit avant de baisser les yeux, visiblement confuse. Mais la voix de Khalil arriva soudain, s'exclamant avec un orgueil débonnaire :

– Tel est le caractère des Shawkat! Un caractère impérial, ne trouvez-vous pas?

– Quel malheur pour moi, monsieur Khalil, que madame votre mère n'ait pas reçu ce caractère-là! répondit

Khadiga sur un ton lourd de sens qu'elle assortit d'un rire destiné à atténuer l'effet de ses paroles.

A ces mots, Amina fondit sur elle :

– Ta belle-mère est une femme à nulle autre pareille. Une grande dame, dans tous les sens du terme!

Ibrahim pencha la tête à gauche et décocha à sa femme une œillade narquoise qui fit briller ses yeux saillants.

– Et c'est quelqu'un de sa propre famille qui le dit! renchérit-il dans un soupir de triomphe. Dieu vous honore, belle-maman!

Puis, s'adressant à l'assemblée tout entière :

– Oh! là! je comprends que ma mère est une grande dame! Et elle arrive à un âge qui réclame soin et patience. Bien que mon épouse ne connaisse rien de cette dernière qualité!

Khadiga se défendit sans tarder contre une telle accusation :

– Je ne me mets pas en rogne sans raison, moi! Jamais la colère n'a fait partie de mon caractère. Ma famille est là, devant vous, vous n'avez qu'à le lui demander!

Le silence s'installa. La famille ne savait que dire, quand Kamal laissa échapper un éclat de rire qui attira sur lui les regards.

– Ma sœur Khadiga possède le calme le plus irritable que j'aie jamais vu! laissa-t-il échapper.

– Ou l'irritabilité la plus calme! s'enhardit Yasine. Allez savoir!

Khadiga attendit que le déchaînement de rires qui ponctua cette déclaration se fût apaisé. Puis elle montra Kamal du doigt et dit en hochant la tête, dépitée :

– Voilà que me trahit celui que j'ai porté sur mes genoux plus souvent qu'Ahmed et Abd el-Monem!

– Je n'ai pourtant pas le sentiment d'avoir dévoilé un secret! répondit Kamal, comme s'excusant.

Aussitôt Amina changea d'attitude, elle voulait prendre la défense de sa fille qui semblait en mauvaise posture!

– Gloire à celui qui est parfait! dit-elle avec un sourire.

Ibrahim Shawkat abonda subtilement dans son sens :

– Vous avez raison, dit-il. Mon épouse a des qualités non négligeables. Dieu maudisse la colère qui, après tout, fait d'abord du mal à ceux qui s'en rendent coupables! Rien à mes yeux en ce monde ne la justifie!

– Vous avez bien de la chance! s'exclama Khadiga dans un éclat de rire. C'est pour ça que – sauf votre respect – les jours passent sans vous laisser une ride...

Pour la première fois depuis le début de la discussion, Amina sembla profondément offusquée.

– Que notre Seigneur lui préserve sa jeunesse! dit-elle sur un ton de reproche. Comme à tous ceux de son âge.

– Sa jeunesse? s'interrogea Ibrahim dans un rire, sans cacher la joie qu'avait fait naître en lui le vœu de sa belle-mère.

Ce à quoi Khalil ajouta, en réponse à sa question, bien que s'adressant à Amina :

– Quarante-neuf ans est un âge considéré chez les Shawkat comme un des stades de la jeunesse!

– Mon enfant! insista Amina, pleine d'appréhension. Ne parlez pas ainsi. De grâce, n'abordons pas ce chapitre!

Khadiga sourit en lisant sur le visage de sa mère une crainte manifeste, crainte dont elle connaissait, elle, parfaitement, les causes et les motifs, pour avoir foi en leur réalité. C'est que vanter ouvertement sa santé, à mots découverts, était considéré dans la vieille maison comme une action blâmable et néfaste. C'était feindre d'ignorer le « mauvais œil » et sa funeste influence. D'ailleurs, Khadiga elle-même ne se serait jamais hasardée à célébrer la robuste santé de son mari si elle n'avait pas passé les six dernières années de sa vie parmi les Shawkat, des gens chez qui bon nombre de croyances – comme le pouvoir malfaisant du regard de l'envieux par exemple – n'étaient pas l'objet d'une foi profonde ; chez qui l'on abordait de front certains sujets comme les mœurs des djinns, la mort, la maladie, avec un esprit serein, sujets qu'une vive appréhension doublée de méfiance empêchait d'affronter dans la vieille maison. Au surplus, les liens qui unissaient les deux époux étaient plus étroits qu'il n'y paraissait, et rien ici, fût-ce parole ou acte, n'eût été à même de les mettre en péril. Khadiga et Ibrahim formaient un couple heureux et uni, chacun d'eux sentant au fond de lui-même qu'il ne pourrait jamais se passer de l'autre, malgré le lot de leurs griefs réciproques. C'est ainsi qu'à une certaine époque la maladie d'Ibrahim avait été une singulière occasion de mettre au jour la grande affection et la fidélité que Khadiga recelait en elle. Oh! non! les prises de bec n'étaient pas près de cesser entre eux deux. Du moins en ce qui la concernait, elle. Car la mère de son époux ne constituait nullement la seule cible de Khadiga ; en dépit du caractère diplomate de cet homme, de son flegme, elle n'était jamais à bout de ressources pour trouver en lui, chaque jour, un nouveau terrain de critique, comme son goût immodéré du sommeil, sa nature casanière qui le faisait rester à la maison dans le plus total désœuvrement, son indignation à la seule pensée de devoir travailler dans la vie, son bavardage incessant, sa feinte d'ignorer les conflits et les accrochages qui survenaient entre elle et sa mère... Au point qu'il pouvait se passer des jours et des jours – selon l'expression d'Aïsha – pendant lesquels les seules paroles qui sortaient de sa bouche n'étaient que traits venimeux et invectives à son égard. Mais malgré, ou grâce à tout cela! – qui sait, la dispute elle-même peut jouer parfois un rôle semblable à celui du piment rouge dans l'excitation de l'appétit – leurs sentiments étaient restés forts l'un pour l'autre, inébranlables, nullement affectés par le tumulte des apparences, semblables aux courants abyssaux dont le bouillonnement et les convulsions de la surface ne changent pas le cours.

De plus, le mari ne pouvait qu'apprécier le zèle de sa femme à sa juste valeur, zèle dont il pouvait voir concrètement les effets dans le visage coquet de leur intérieur, la saveur de sa nourriture, l'élégance de ses vêtements et la tenue impeccable de ses deux fils. Il lui arrivait parfois de lui dire en plaisantant : « Vous êtes vraiment une affaire, ma bohémienne ! », nonobstant le point de vue de sa mère sur ce sujet, laquelle n'hésitait pas en pleines hostilités – et Dieu sait s'il n'en manquait pas ! – à reconnaître ouvertement l'acharnement au labeur de sa belle-fille mais pour lui dire, railleuse : « Cette activité débordante est l'apanage des bonniches, pas des dames ! » Ce à quoi Khadiga répondait du tac au tac : « Vous autres, tout ce que vous savez faire, c'est boire et manger ! Le véritable maître d'une maison est celui qui s'en occupe ! » La vieille continuait alors sur le même ton caustique : « Ils vous ont inculqué ça chez vous pour ne pas vous avouer qu'à leurs yeux vous n'avez jamais été bonne qu'à les servir ! – Je sais bien pourquoi vous vous acharnez contre moi ! hurlait alors Khadiga. C'est depuis que je vous ai refusé toute autorité dans la marche de mon foyer ! » Et la vieille de crier : « O Seigneur, soyez témoin ! M. Ahmed Abd el-Gawwad est un homme bon, mais il n'a engendré qu'une diablesse ! Je mérite mille coups de savate pour vous avoir choisie ! » Un aveu que Khadiga commentait en marmonnant entre ses dents, de sorte que la vieille femme n'en entende rien : « Ah ! ça oui, alors ! Vous méritez bien mille coups de savate, ce n'est pas moi qui vous contredirai là-dessus ! »

Yasine se tourna vers Aïsha et lui dit avec un sourire narquois :

– Tu peux être fière de toi, Aïsha ! Tu as su rester en bons termes avec tous...

Khadiga saisit l'allusion et répondit à Yasine par un haussement d'épaules, feignant l'indifférence :

– Marchand de scandale qui essaie de semer la zizanie entre deux sœurs !

– Moi ? J'en appelle à Dieu qui connaît mes bonnes intentions !

Khadiga branla la tête, l'air affligé :

– Toi ? Pas un seul jour tu n'as eu de bonnes intentions !

– Nous autres vivons en paix ! déclara Khalil Shawkat, commentant les paroles de Yasine. Notre devise est : « Vis ta vie et laisse la sienne à autrui. »

Khadiga partit d'un rire qui découvrit ses dents fines et éclatantes. Puis elle ajouta sur un ton non dénué d'ironie :

– Chez M. Khalil, c'est tout le temps la noce! Il ne cesse de taquiner les cordes de son luth pendant que « Madame » l'écoute ou s'épluche devant le miroir. A moins qu'elle ne préfère tenir un brin de causette à telle ou telle de ses petites copines par la fenêtre ou de derrière le moucharabieh. Pendant ce temps-là, Naïma, Othman et Mohammed s'amusent avec les chaises et les coussins, à tel point que si Abd el-Monem et Ahmed en ont assez de ma surveillance, ils filent à l'appartement de leur tante pour rejoindre la bande des brise-fer...

– Et c'est tout ce que tu vois dans notre bienheureuse demeure? demanda Aïsha avec un sourire.

– Oui! Je sais! Tu chantes et Naïma fait la danseuse, répliqua Khadiga sur le même ton ironique.

– Heureusement que toutes les voisines m'aiment bien, reprit Aïsha avec fierté, et ma belle-mère aussi...

– Je me vois mal en train de me confier à quiconque de ces pipelettes. Quant à ta belle-mère, elle adore qu'on lui passe de la pommade et qu'on se mette à genoux devant elle!

– Il faut aimer les gens, continua Aïsha. Et quel bonheur quand ils vous le rendent! Vraiment, les cœurs peuvent se parler et se comprendre. Toutes ces femmes ont peur de toi. Je les ai souvent entendues me dire : « Votre sœur nous fait la tête et ne se lasse pas de nous dénigrer! »

Puis, s'adressant à Amina en riant :

– ... Elle n'a pas perdu son habitude d'appeler les gens avec des surnoms rigolos. Elle plaisante avec ça à la maison. Alors Abd el-Monem et Ahmed les retiennent, ils vont les répéter à leurs petits camarades et ça fait le tour du quartier...

Amina fut traversée à nouveau d'un rire silencieux, tout comme Khadiga qui semblait quelque peu gênée, comme si le rappel de certaines situations délicates lui pesait... Mais Khalil reprit avec une joie non dissimulée :

— En somme, nous formons un petit orchestre qui a son luthiste, sa chanteuse et sa danseuse. Bien sûr, il nous manque encore la section des choristes et des récitants, mais mes enfants me laissent présager des dons certains. Ce n'est qu'une question de temps...

— Je témoigne, déclara Ibrahim Shawkat s'adressant à Amina, que votre petite-fille Naïma est une merveilleuse danseuse!

Amina partit d'un éclat de rire qui colora son visage blême.

— Je l'ai vue danser, dit-elle. Dieu, qu'elle est adorable!

Et Khadiga d'ajouter avec un enthousiasme dénonçant sa proverbiale tendresse pour les siens :

— Qu'elle est belle! On dirait une photo de publicité!

Yasine :

— Elle ferait une sacrée belle mariée pour Ridwane!

— Oui, mais c'est mon aînée! répondit Aïsha dans un rire. Et... Oh! malheur! je n'ai pas su mentir sur son âge comme toute bonne mère qui se respecte!

— Mais pourquoi diable les gens posent-ils comme condition que la mariée soit plus jeune que son époux? s'interrogea Yasine distraitement.

Comme la réponse ne venait pas, Amina s'exclama :

— Naïma n'aura pas longtemps à attendre avant de dénicher le bon mari!

— Seigneur qu'elle est belle! répéta Khadiga. Je n'ai jamais vu une beauté pareille.

— Et sa mère alors? s'indigna Aïsha en riant. Tu n'as pas vu sa mère?

Khadiga fronça les sourcils pour donner à ses paroles un caractère sérieux :

— Non! elle est plus belle que toi, Aïsha. Tu ne peux pas dire le contraire.

Puis son esprit de dérision ne tarda pas à reprendre le dessus :

– Et moi, je suis encore plus belle que vous deux réunies!

« Ecoutez-les parler de la beauté! Que connaissent-ils de son essence? Ils ne se laissent séduire que par des couleurs : la blancheur de l'ivoire, l'or des lingots. Demandez-moi mon avis. Je ne vous parlerai pas de peau brune et éclatante, d'yeux noirs comme l'ébène, de silhouette élancée, d'élégance parisienne... Non! Toutes ces choses sont belles, certes, mais ce ne sont que des contours, des formes, des couleurs tributaires en fin de compte des sens et des normes! Non! La beauté, c'est au cœur un sursaut qui le blesse, un souffle luxuriant qui s'épanche dans l'âme, un amour éperdu qui la porte sur des vagues d'azur, jusqu'à lui faire embrasser les cieux purs... Parlez-moi donc de cela si vous en êtes capables! »

– Et pourquoi diable les dames d'al-Sokkariyya rechercheraient-elles l'amitié de Mme Khadiga? Elle a sans doute des qualités – comme son mari vient d'en témoigner – seulement, les gens, en général, sont sensibles à un visage gracieux et une langue bienveillante!... reprit Yasine pour relancer Khadiga, voyant qu'elle abandonnait pacifiquement le terrain de la repartie.

Elle lui lança un regard comme pour lui dire : « Tu ne veux vraiment pas que je t'épargne! » Puis, dans un soupir sonore :

– Dieu du ciel! Je ne savais pas que j'avais une deuxième belle-mère dans cette maison!

Puis soudain, revenant sur le même sujet, mais sur un ton sérieux, abandonnant Yasine à son sort, contrairement ce à quoi il s'attendait :

– Si vous croyez, dit-elle, que j'ai du temps à revendre pour aller le perdre en visites! La maison et le soin des enfants m'accaparent bien assez. Surtout que j'ai un époux qui ne se soucie pas plus de l'un que de l'autre!

– Craignez Dieu et cessez de vous monter en épingle pour tout! répliqua Ibrahim pour sa défense. La question est bien simple : c'est que celui qui a une femme comme la mienne doit savoir conserver de temps en temps une position de défenseur : défenseur des meubles qui sont déjà presque rabotés à force d'être dépoussiérés et frottés, défenseur des enfants qu'elle étouffe à force de les prendre et de les reprendre dans ses bras... ou, dernier exploit en date, qu'elle envoie à l'école coranique, comme elle vient de le faire pour Abd el-Monem, un gosse qui n'a même pas cinq ans!

— Si j'avais respecté votre avis, répliqua Khadiga en se rengorgeant, j'aurais bien pu le garder comme ça à la maison jusqu'à sa majorité! On dirait que vous êtes fâchés avec la science! Non, mon cher époux! Mes enfants auront une enfance studieuse comme leurs oncles! D'ailleurs, c'est moi qui fais réviser ses leçons à Abd el-Monem!

Yasine, n'en croyant pas ses oreilles :

— Toi? lui faire réviser ses leçons?

— Et pourquoi pas? Exactement comme maman le faisait avec Kamal. Tous les soirs on s'assied l'un à côté de l'autre, et il me récite ce qu'on leur a appris à l'école coranique.

Puis, en riant :

— Comme ça, j'en profite pour me remettre en mémoire le b a ba de la lecture et de l'écriture que j'ai peur d'oublier à la longue...

La confusion en même temps que la joie empourprèrent le visage d'Amina. Elle leva tendrement les yeux vers Kamal comme lui implorant un signe complice où elle pût lire le souvenir qu'il gardait des soirées d'autrefois. Il lui offrit un sourire témoin de sa mémoire fidèle...

« Souhaitons que Khadiga élève ses deux fils sur le modèle de leurs oncles. Puisse l'un d'eux suivre la voie de Kamal qui marche vers l'université! Puisse l'un d'eux ressembler à... Dieu, que les cœurs brisés sont de trop faibles hôtes pour les battements de détresse! Si Dieu lui avait prêté vie, il serait juge aujourd'hui ou près de l'être... Il t'avait tant parlé de ses espoirs..., de " tes " espoirs... Que reste-t-il de tout cela? Ah! s'il avait vécu! Même une vie modeste, comme un individu parmi tant d'autres... »

72

– Nous ne sommes pas ce que votre sœur nous accuse d'être! déclara Ibrahim, s'adressant à Kamal. J'ai assisté à l'examen du certificat d'études en 1895 et Khalil en 1911. De notre temps, le certificat d'études était quelque chose de considérable, contrairement à aujourd'hui, où presque personne ne s'en contente plus. Si nous n'avons pas poursuivi nos études, c'est que nous n'avions pas l'intention de travailler. Ou, si vous préférez, nous n'en avions pas besoin...

C'est avec une stupéfaction moqueuse que Kamal entendit son beau-frère lui dire : « J'ai " assisté " à l'examen du certificat d'études. » Mais il répondit simplement, par politesse :

– C'est tout naturel...

« Comment la science pourrait-elle avoir valeur intrinsèque aux yeux de deux bovidés béats? Votre exemple à tous deux m'a fort utilement enseigné que je peux aussi bien aimer – de n'importe quel amour que ce soit – un être que je méprise... ou souhaiter tout le bien de la Terre à quelqu'un dont les principes de vie soulèvent ma répulsion et mon dégoût. Quoi qu'il en soit, et du plus profond de moi-même, je ne puis que détester l'animalité. C'est devenu pour moi une vérité absolue et un droit depuis qu'a soufflé sur mon cœur une brise céleste! »

– Ah! vive le certificat d'études d'antan! s'écria Yasine avec un enthousiasme bon enfant.

– En tout cas, nous formons le parti de la majorité!

Voir Khalil – et son frère par la même occasion – s'introduire ainsi comme chez eux dans le « parti » du certificat d'études, que ni l'un ni l'autre n'avaient obtenu, irrita Yasine. Mais il ne put faire autrement que d'avaler le morceau.

– Abd el-Monem et Ahmed continueront leurs études jusqu'à leur diplôme supérieur, reprit Khadiga. Ils ouvriront une ère nouvelle chez les Shawkat. Écoutez bien ces deux noms : Abd el-Monem Ibrahim Shawkat et Ahmed Ibrahim Shawkat. Est-ce que ça ne sonne pas aussi bien que Saad Zaghloul?

– Mais d'où tenez-vous de telles ambitions? s'écria Ibrahim en riant.

– Et pourquoi pas? Saad Pacha n'a-t-il pas été un étudiant démuni d'al-Azhar[1]? Il est passé de la portion congrue à la fonction de Premier ministre. Qu'il ouvre seulement la bouche, et le monde est sens dessus dessous! Rien n'est à Dieu qui ne soit trop demander...

– Tu ne te contenterais pas qu'ils arrivent simplement au niveau d'Adli et Tharwat? demanda Yasine avec ironie.

– Quoi? Des traîtres? s'écria Khadiga, comme implorant la protection de Dieu. Ils ne seront jamais de ceux contre qui le peuple hurle « A bas! à bas! » jour et nuit[2]!

Ibrahim tira un mouchoir de sa poche et essuya son visage que la chaleur ambiante congestionnait davantage et que l'absorption d'eau glacée additionnée de café bouillant faisait ruisseler de sueur. Il dit, tout en commençant à s'éponger :

– Si la dureté des mères joue un rôle dans le devenir des grands de ce monde, alors réjouissez-vous tout de suite, mon épouse, de l'illustre gloire qui attend vos deux fils!

– Vous voudriez peut-être que je les abandonne à leur sort?

– Je n'ai pas souvenance, dit Aïsha avec délicatesse, que maman ait rabroué et à plus forte raison battu aucun d'entre nous! L'aurais-tu oublié?

– Si maman n'a jamais eu recours à la brutalité, répondit Khadiga, l'air de s'excuser, c'est parce qu'il y avait

1. Célèbre mosquée-université construite en 970, grand centre d'études théologiques.
2. Il s'agit d'Abd el-Khaleq Tharwat Pacha et d'Adli Yeghen. Mais la remarque vaut surtout ici pour ce dernier, l'un des principaux acteurs de la scission du Wafd, qui donnera naissance au parti libéral constitutionnel. Cette scission du Wafd, seul parti dans lequel se reconnaissait le peuple, avait été très mal reçue par ce dernier. De nombreuses et violentes manifestations éclatèrent dans tout le pays (dont la plus célèbre est celle du 29 avril 1921 à Tanta) où les « scissionnistes » étaient vilipendés et considérés comme « traîtres ».

papa à la maison. Il suffisait de prononcer son nom pour que tout le monde file doux. Mais chez moi, ou chez toi, où la situation revient à peu près au même, « le père » n'a de père que le nom! (Décemment, elle dut en rire.) Alors, qu'est-ce que je peux faire dans de telles conditions? Quand le père se comporte comme une mère, alors c'est à la mère de prendre la place de chef de famille!...

— Je suis sûr, rétorqua Yasine, comblé d'aise, que tu réussis à merveille dans ta paternité! Tu es un père dans l'âme. Ça faisait longtemps que je l'avais senti. Il ne me manquait plus que la confirmation!

— Merci, « la Bomba[1] »! répondit-elle, la mine satisfaite.

« Khadiga et Aïsha sont le jour et la nuit. Voyons, réfléchis bien! A laquelle des deux à ton avis vaudrait-il mieux que ton adorée ressemble? Oh! j'en demande pardon à Dieu! Mon adorée ne ressemble à personne! Je ne l'imagine pas maîtresse de maison. C'est tout bonnement inconcevable. Quoi? Aïda en blouse d'intérieur en train de cajoler un bébé ou de tenir une cuisine? Quelle horrible hypothèse! Quel dégoût! Non! Elle est faite pour s'amuser, pour rêver, déambuler dans une robe éblouissante, dans un jardin, une limousine, un club... Un ange rendant à ce monde une visite soudaine, heureuse pour lui. Un genre à part, pas comme les autres, que mon cœur est seul à connaître. Elle n'a de commun avec toutes ces femmes que le nom que lui donne celui qui est incapable de connaître son vrai nom! Sa beauté n'a de commun avec celle d'Aïsha, ou n'importe quelle autre, que le qualificatif qu'en donne celui qui est incapable d'en connaître la vraie nature! Ma vie t'appartient. Je la consacrerai à percer ton mystère! Peut-il exister au-delà soif d'une autre connaissance? »

— Au fait! Que peut bien être devenue Maryam?

---

1. Il s'agit de Bomba Kashshar (litt. « Rose la Grimace »), almée du début du siècle qui s'était rendue célèbre par ses talents de chanteuse et ses liens avec divers hommes politiques de l'époque.

demanda Aïsha alors même que le souvenir de sa vieille copine lui traversait l'esprit.

Ce nom provoqua des réactions contrastées chez bon nombre des membres présents. Le visage d'Amina se métamorphosa, accusant un vif ressentiment. Yasine, lui, fit mine d'ignorer la question, comme s'il ne l'avait pas entendue, feignant d'être occupé à regarder ses ongles, tandis que Kamal était visité par une nuée de souvenirs qui lui ébranlèrent l'esprit. Quant à Khadiga, elle répondit à sa sœur sur un ton glacial :

— Qu'est-ce que tu veux qui lui soit arrivé de nouveau? Elle a été répudiée et s'en est retournée chez sa mère!

Aïsha comprit, mais trop tard, qu'elle venait de tomber par mégarde dans une ornière et que, par cette malencontreuse parole, elle avait froissé sa mère. C'est qu'Amina était depuis longtemps persuadée que, par suite du refus qu'avait opposé Monsieur à la demande en mariage formulée par Fahmi à l'adresse de Maryam, la jeune fille et sa mère n'avaient pas été sincères dans leur tristesse à l'égard du défunt – si elles n'étaient pas allées jusqu'à se réjouir du malheur de la famille pour la même raison!

Khadiga avait été la première à faire courir cette opinion et Amina lui avait emboîté le pas sans hésiter ni réfléchir. C'est ainsi que très vite leurs sentiments avaient changé envers leur voisine de toujours, ce qui les amena à s'en détacher peu à peu avant de rompre pour de bon.

Aïsha reprit, gênée, essayant de s'excuser de sa maladresse :

— Je ne sais vraiment pas ce qui m'a poussée à demander de ses nouvelles!

— Tu ne dois plus penser à elle! lui lança Amina, visiblement irritée.

A l'époque, Aïsha avait déjà fait connaître son doute quant au bien-fondé du soupçon porté contre son amie, prétextant que la demande en mariage et tout ce qui s'y rapportait avaient été tenus secret et que la nouvelle ne lui en était pas parvenue tout de suite, ce qui ôtait à la jeune fille ainsi qu'à sa famille tout motif de joie malicieuse.

Mais Amina ne s'était pas rangée à cette opinion, qui prétendait qu'on ne pouvait empêcher les échos d'une aussi grave affaire de cheminer jusqu'aux intéressées.

C'est pourquoi Aïsha ne resta pas longtemps sur ses positions, de peur de se voir accusée de partialité envers Maryam ou de tiédeur envers le souvenir de Fahmi. Au contraire, face à l'irritation de sa mère, elle se vit conduite à atténuer l'effet de son erreur :

– Dieu seul connaît la vérité! dit-elle... Elle est peut-être innocente de ce dont nous l'avons accusée...

Contrairement à ses prévisions, le dépit d'Amina ne fit que s'aggraver, si bien que son visage prit une expression de colère qui sembla insolite, comparée au calme et à la placidité que chacun connaissait en elle.

– Aïsha! Ne me parle plus de Maryam! dit-elle, un tremblement dans la voix.

Et Khadiga de s'écrier à son tour, partageant le sentiment de sa mère :

– Qu'on nous lâche avec Maryam et ses affaires!

Aïsha sourit, gênée, sans mot dire.

Jusqu'à ce que s'achève cette discussion enflammée, Yasine était resté occupé à regarder ses ongles. A un moment, il avait été sur le point d'intervenir, encouragé par Aïsha quand elle avait dit : « Dieu seul connaît la vérité! » Mais la hâte avec laquelle Amina lui avait répondu de cette voix anormalement tremblotante l'avait muselé. Oui! littéralement muselé, ce qui n'avait pas empêché sa voix intérieure de s'ébranler pour vanter les bienfaits du silence!

Kamal suivait quant à lui la conversation avec intérêt, bien que n'en laissant rien paraître. C'est qu'avoir porté longtemps l'amour en lui, dans des circonstances pénibles et difficiles, lui avait donné une capacité de feinte dont, en cas de nécessité, il usait de main de maître pour cacher ses sentiments et regarder les gens avec un dehors parfaitement opposé à ce qu'il éprouvait au-dedans. Ce qu'il avait entendu dire autrefois quant à cette prétendue joie malicieuse de la famille de Maryam lui revint à l'esprit. Et, bien que ne prenant pas l'accusation au sérieux, il se rappela toutefois le message secret qu'il était allé porter à sa jeune voisine, ainsi que la réponse qu'il avait rapportée à Fahmi. Un vieux secret qu'il avait gardé et continuait à garder scrupuleusement par fidélité au pacte scellé avec son frère et par respect pour sa volonté.

Il s'étonnait avec ravissement, maintenant qu'elle s'éclairait d'un jour nouveau dans son esprit, de n'avoir compris que tout récemment la signification du message dont il avait été porteur. Il était resté, selon son expression, une stèle couverte d'hiéroglyphes jusqu'à ce que l'amour survienne pour lui en délivrer la clé. Il ne manqua pas de remarquer la colère de sa mère, phénomène nouveau qui lui était resté étranger... jusqu'à l'époque du malheur. Ce n'était plus la mère qu'il avait connue. Certes elle n'avait pas considérablement ni irrémédiablement changé, mais elle était devenue sujette de temps à autre à des accès d'humeur qui jamais ne l'avaient frappée ou auxquels elle ne s'était jamais abandonnée. Que pouvait-il en dire? Que c'était là le cœur blessé d'une mère qu'il ne connaissait qu'à travers la vision fragmentée que lui en avaient donnée ses lectures? Comme il compatissait à sa douleur! Mais quels étaient les sentiments véritables d'Aïsha et de Khadiga? Pouvait-on soupçonner Aïsha d'être indifférente au souvenir de Fahmi? Il ne pouvait le concevoir ni même en supporter l'idée. C'était une femme douée d'un bon fonds, qui avait beaucoup de place en son cœur pour l'amitié et l'affection. Bien sûr, elle avait une tendance manifeste, et elle avait ses raisons, à innocenter Maryam. Peut-être aussi gardait-elle, à cause de ce cœur ouvert à tous, la nostalgie du temps de leur amitié.

Quant à Khadiga, la vie conjugale l'avait engloutie. Ce n'était plus qu'une mère et une maîtresse de maison. Elle n'avait plus besoin de Maryam ou d'aucune autre. Elle n'avait conservé de son passé que ses sentiments immuables envers sa famille, et sa mère plus que tout autre. Elle vivait dans l'ombre de ses états d'âme... Dieu, que tout cela était étrange!

– Et vous, monsieur Yasine, jusqu'à quand allez-vous rester célibataire?

Ibrahim posa la question, poussé par un désir sincère d'assainir l'atmosphère.

– Je ne suis plus tout jeune. C'est flambé pour moi! lui répondit Yasine sur le ton de la plaisanterie.

Khalil Shawkat continua alors avec sérieux, prouvant qu'il n'avait pas saisi l'ironie des propos de Yasine:

– J'avais à peu près votre âge quand je me suis marié. Vous avez bien vingt-huit ans, n'est-ce pas?

L'évocation de l'âge de Yasine, qui dévoilait indirectement le sien, mit Khadiga mal à l'aise.

– Pourquoi tu ne t'es pas remarié? Au moins, ça nous épargnerait la fatigue de parler de ton célibat! dit-elle d'un ton sec.

– Nous venons de vivre des années propres à nous faire oublier nos désirs! répondit Yasine qui cherchait surtout à offrir un témoignage d'affection à Amina.

La tête de Khadiga accusa un brusque mouvement de recul, comme sous l'effet d'un coup de poing. Elle lui lança un regard, l'air de dire: « Tu m'as eue, vipère! » Puis, dans un soupir:

– Toi alors! Dis plutôt que le mariage n'est plus de ton goût, ça vaudra mieux!

– Yasine est un brave garçon! déclara Amina, reconnaissante au jeune homme de sa bienveillante attention. Et c'est contre son gré qu'un brave garçon se prive du mariage! Maintenant tu as le droit de songer à récupérer ton dû!

Ah! cela faisait longtemps qu'il songeait à récupérer son dû. Non pas seulement histoire de tenter sa chance une nouvelle fois mais par souci de laver la honte qui lui avait été infligée le jour où, sous la pression paternelle, il s'était vu contraint d'accorder le divorce à Zaïnab pour satisfaire « la volonté de M. Mohammed Iffat », son père. Puis était survenue la mort de Fahmi qui lui avait ôté tout désir de penser au mariage, au point qu'il s'était presque fait à cette vie indépendante. Pourtant, il était sincère quand il répondit à Amina :

— On n'échappe pas au destin! Tout doit venir en son temps!

Soudain, sur un fond de vacarme et de cris, une bousculade de pas montant de l'escalier arrêta le flot des pensées. Les yeux se tournèrent intrigués vers la porte et, au bout de quelques instants, la mine renfrognée, haletante, Oum Hanafi parut sur le seuil.

— Madame! Les enfants! s'écria-t-elle. M. Abd el-Monem et M. Ridwane sont en train de se bagarrer. Ils m'ont jeté des pierres quand j'ai voulu les séparer!

Yasine et Khadiga se levèrent aussitôt puis se précipitèrent vers la porte et disparurent dans l'escalier. Ils revinrent au bout d'une minute ou deux, Yasine empoignant la main de Ridwane et Khadiga poussant Abd el-Monem devant elle en lui tapotant le dos avec indulgence. Le reste de la horde suivit dans un concert de cris de joie : Naïma qui courut vers son père Khalil, Othman vers Aïsha, Mohammed vers sa grand-mère Amina, Ahmed vers Ibrahim son père.

Puis Khadiga commença à reprendre sévèrement Abd el-Monem et à le prévenir que plus jamais il ne verrait la maison de son grand-père. Tant et si bien que le gamin se mit à pousser des hurlements d'une voix pleurnicheuse, tout en montrant du doigt et en accusant Ridwane qui s'était assis entre son père et Kamal :

— Il a dit qu'ils sont plus riches que nous!

Ridwane de protester :

— Euh! C'est lui qui m'a dit qu'ils sont plus riches que nous et que la porte Metwalli est à eux avec tous ses trésors!

Yasine s'efforça de le calmer en riant :

— Pardonne-le, mon fils, c'est un fanfaron comme sa mère!

— Alors comme ça, vous vous battez pour la porte Metwalli? demanda Khadiga à Ridwane sans pouvoir s'empêcher de rire. Tu as à ta disposition la porte des Victoires, mon petit monsieur, juste à côté de la maison de ton grand-père. Alors prends-la et arrête de te chamailler!

– Dedans y'a que des cadavres..., pas des trésors! rétorqua Ridwane en secouant la tête avec dédain. Il a qu'à la prendre, lui!

Sur ce, la voix d'Aïsha se fit entendre, déclarant sur un ton de prière et d'incitation :

– Bénissez le Prophète! Vous avez une rare occasion d'entendre Naïma chanter. Qu'est-ce que vous en dites?

Des marques d'approbation et d'encouragement lui arrivèrent des quatre coins de la pièce. Khalil souleva alors Naïma devant lui et la fit asseoir sur ses genoux en lui disant :

– Montre ta voix aux messieurs-dames! Allons..., allons, diable, ne sois pas timide. Je n'aime pas qu'on soit timide, tu sais!

Mais la honte eut raison de Naïma qui enfouit sa tête dans le giron de son père au point qu'il n'en parut plus qu'une couronne de cheveux d'or.

Sur ces entrefaites, Aïsha tourna la tête et vit Mohammed qui essayait en vain d'arracher le grain de beauté de la pommette de sa grand-mère. Elle alla le chercher, et, malgré ses mouvements de protestation, le ramena à côté d'elle. Après quoi, elle encouragea à nouveau Naïma à chanter. Khalil insista de concert, au point que la petite chuchota à l'oreille de son père qu'elle ne chanterait qu'à l'abri des regards, cachée derrière son dos. Il répondit à ses vœux et Naïma rampa à quatre pattes pour aller se blottir entre le dos de son père et le dossier du canapé... Un silence baigné de sourire et d'attente envahit le salon...

Comme il se prolongeait, Khalil fut à deux doigts de perdre patience, quand une petite voix douce et aiguë commença à articuler quelques mots... comme dans un susurrement, puis à s'enhardir peu à peu jusqu'à ce que la ferveur colore ses accents, qu'elle s'élève pour chanter :

Faites le tour par chez nous et venez à la maison
Puisque vous et moi, l'un l'autre, nous nous aimons.

Et les petites mains de se mettre à frapper au rythme de la chanson...

3

– Il est temps de me dire à quelle école tu te destines!

Ahmed Abd el-Gawwad était assis en tailleur sur un coin du canapé de sa chambre et Kamal sur le côté opposé, face à la porte, les bras croisés dans son giron, tout empreint de politesse et de soumission.

Le père eût souhaité entendre le jeune homme lui répondre : « Votre avis sera le mien, père! » mais il admettait volontiers que le choix de l'école où son fils devait poursuivre ses études ne faisait pas partie des questions sur lesquelles il revendiquait un droit de regard absolu et que l'assentiment de celui-ci constituait un élément essentiel de ce choix; de plus, l'étendue de ses connaissances en la matière était des plus limitée. Elles lui provenaient pour la plupart des discussions qui s'élevaient parfois, au hasard de ses réunions, entre ses amis fonctionnaires et avocats, lesquels s'accordaient à reconnaître à un fils le droit de choisir ses études afin de prévenir toute forme d'échec. C'est pourquoi il ne dédaigna pas de mettre la question en délibération tout en s'en remettant lui-même au Très-Haut!...

– J'ai l'intention, père, si Dieu le permet, et avec votre consentement, bien sûr, d'entrer à l'Ecole normale supérieure...

Un mouvement de tête où se laissaient lire le trouble et la déconvenue échappa à Ahmed Abd el-Gawwad. Il écarquilla ses grands yeux bleus, fixant son fils d'un air étonné, avant de lui dire sur le ton de la réprobation :

– ... Normale supérieure! Une école gratuite, c'est bien ça?

– Peut-être bien, répondit Kamal après un temps d'hésitation. J'ignore tout de la question!

Ahmed Abd el-Gawwad rabattit sa main d'un geste de dérision, l'air de lui dire : « Tu devrais faire preuve d'un peu plus de patience avant de décider de choses que tu ne connais pas! »

Puis, avec mépris :

– Eh bien, parfaitement! elle est comme je te le dis! Voilà pourquoi il est bien rare qu'elle attire les fils de bonne famille. Et puis le métier de professeur... Mais, au fait, tu en as quelque idée ou bien tu n'en sais pas plus en ce domaine que sur l'école qui y prépare? Le métier de professeur, disais-je, est un métier de misère qui n'a le respect de personne. Je sais, moi, ce qu'on raconte sur ces choses-là! Quant à toi, tu n'es qu'un jeune blanc-bec qui ne connaît rien de la vie. C'est un métier où le petit-bourgeois habillé à l'européenne côtoie sans distinction l'étudiant pouilleux d'al-Azhar..., un métier dépourvu de toute grandeur, de toute gloire. J'ai connu des notables, des fonctionnaires en vue qui n'auraient accepté sous aucun prétexte de marier leur fille à un professeur, quel que soit son titre!

Il lâcha un rot qu'il fit suivre d'une longue expiration et reprit :

– Fouad, le fils de Gamil al-Hamzawi, celui à qui tu faisais l'aumône de tes vieux costumes râpés, va entrer à la faculté de droit. C'est un garçon intelligent, brillant, mais pas plus que toi. J'ai promis à son père de l'aider à payer ses études pour qu'il n'ait rien à débourser. Alors, dis-moi pourquoi j'irais payer les études des enfants des autres dans des écoles comme il faut, pendant que mon propre fils irait étudier gratuitement dans des écoles de quatre sous!...

Ce jugement sévère porté sur « le professeur et sa

mission » fut une fâcheuse surprise pour Kamal. Pourquoi tant de parti pris? Cela ne pouvait tenir en aucun cas au rôle même du professeur qui était de répandre le savoir! Tenait-ce à la gratuité de l'école qui assurait sa formation? Il ne pouvait concevoir que la richesse ou la pauvreté pussent constituer des critères d'appréciation du savoir ou que celui-ci pût avoir une valeur extrinsèque! Il en était profondément et fermement convaincu; de même qu'il avait foi en la validité des vues élevées qu'il découvrait dans des œuvres d'hommes comme al-Manfaluti, al-Muwaïlihi[1] et d'autres encore auxquels il vouait adoration et dont il se réclamait avec fierté. Il vivait de toute son ardeur dans le monde de « l'idéal » tel qu'il se reflétait dans les pages des livres. Aussi n'hésita-t-il point en lui-même, malgré le prestige et la place qu'occupait l'homme dans son cœur, à s'inscrire en faux contre le point de vue de son père, tout en cherchant à s'en disculper en invoquant comme seuls responsables le préjudice que lui avait causé une société attardée et l'influence néfaste que ses amis « ignorants » avaient exercée sur sa personne, chose qui le peinait profondément! Mais il ne put que répondre, répétant en fait un passage de ses lectures, en observant le plus de politesse et de délicatesse qu'il pouvait :

– La science est au-dessus du prestige et de l'argent, père!

Ahmed Abd el-Gawwad fit pivoter sa tête entre Kamal et l'armoire, comme prenant une personne invisible à témoin de la stupidité de ce qu'il venait d'entendre.

---

1. Deux écrivains ayant largement contribué au renouveau des lettres arabes. Mohammed al-Muwaïlihi(† 1930) avec son œuvre la plus célèbre : *Le Hadith de Isa Ibn-Hisham* (satire spirituelle de la vie égyptienne), réalise la première œuvre d'imagination du XXe siècle. Mustapha Lufti al-Manfaluti († 1924) est l'un des plus grands stylistes de la Renaissance arabe, aussi bien pour ses adaptations d'œuvres d'auteurs français comme A. Dumas fils, François Coppée, Bernardin de Saint-Pierre (son adaptation de *Paul et Virginie* connaîtra un immense succès en Egypte) que pour ses écrits personnels, notamment les « aperçus » (cf. note p. 96).

– Voyez-vous ça! fit-il, excédé. N'aurai-je donc tant vécu que pour entendre pareilles inepties! Comme s'il y avait une différence entre le prestige et la science! Il n'y a pas de science véritable sans prestige ni argent! Et puis qu'as-tu à parler de « la science », comme s'il n'y en avait qu'une? Je te l'ai déjà dit. Tu n'es qu'un jeune blanc-bec! Il y a « des sciences » et non une seule. Les malfaiteurs ont la leur, les pachas ont la leur! Tâche de comprendre, ignorant, avant de le regretter!

Persuadé du respect que son père vouait à la religion et, par conséquent, à ses représentants, Kamal rétorqua avec habileté :

– Les Azharistes eux aussi font leurs études gratuitement et travaillent dans l'enseignement. Pourtant, personne ne peut mépriser « les sciences » qui sont les leurs...

Ahmed Abd el-Gawwad le regarda en relevant le menton, d'un air méprisant, et répondit :

– La religion est une chose, les hommes de religion en sont une autre!

– Mais vous, père, insista Kamal, tirant de son désespoir une force dont il s'aida pour répliquer à cet homme envers qui il n'avait jamais connu qu'obéissance, vous respectez les docteurs de la loi religieuse et les aimez!

– Ne mélange pas tout! répondit Ahmed Abd el-Gawwad avec quelque sécheresse. Je respecte le cheikh Metwalli Abd el-Samad et l'aime tout autant. Mais je préfère te voir dans la peau d'un fonctionnaire respecté plutôt que dans celle d'un homme comme lui, quand bien même devrais-tu semer la bénédiction parmi les gens et les préserver du malheur avec des talismans et des amulettes! Chaque génération a ses hommes..., mais tu es borné!...

Le père scruta son fils pour sonder en lui l'impact de ses paroles. Mais Kamal baissa les yeux en se mordant la lippe. Puis il se mit à ciller et à se tordre nerveusement le coin de la bouche.

Ciel! Les gens pouvaient-ils donc s'entêter de la sorte pour des choses aussi manifestement néfastes pour eux! Sa colère allait exploser quand il se rappela qu'il ne traitait là qu'une affaire débordant le cadre de son pouvoir absolu. Il ravala son courroux et demanda simplement à son fils :

– Mais qu'est-ce qui fait que tu t'emballes à ce point pour l'Ecole normale et pas une autre, comme si elle détenait le monopole du savoir? Qu'est-ce qui te déplaît dans la faculté de droit, par exemple? N'est-ce pas elle qui forme les grands de ce monde, les ministres? N'est-ce pas là que Saad Zaghloul et ses semblables ont reçu leur instruction?

Puis, d'une voix grave, le regard accablé :

– Et c'est aussi l'école qu'avait choisie après mûre réflexion notre cher Fahmi! Si le destin ne l'avait pas si vite emporté, il serait aujourd'hui membre du parquet ou de la magistrature... N'ai-je pas raison?

– Tout ce que vous dites est la vérité, père! répondit Kamal avec émotion, mais... je ne suis pas tenté par l'étude du droit...

– Pas tenté!... s'exclama Ahmed Abd el-Gawwad en se frappant les paumes. Comme si la tentation avait quelque chose à voir avec l'instruction et l'école! Dans ces conditions, dis-moi ce qui te tente dans l'Ecole normale! Je voudrais bien savoir quels charmes t'ont séduit en elle! A moins que tu sois de ceux qui aiment le mauvais goût et la vulgarité! Parle, je suis tout ouïe!

Kamal esquissa un mouvement, comme rassemblant ses forces afin d'éclairer son père sur les points qui lui demeuraient obscurs. Mais il vit avec évidence la difficulté de son entreprise, en même temps qu'il était persuadé qu'elle lui vaudrait une avalanche supplémentaire de sarcasmes du genre de ceux qu'il venait de goûter précédemment! Outre qu'il n'entrevoyait pas dans la vie de but suffisamment clair et précis pour pouvoir à son tour le signifier de manière explicite à son père. Alors que dire? Il lui suffisait de réfléchir un peu pour savoir ce dont il ne voulait pas : ni le droit, ni l'économie, ni la géographie, ni l'histoire, ni l'anglais ne le tentaient, quoique mesurant l'importance des deux dernières matières pour le but qu'il s'était fixé. Voilà ce dont il ne voulait pas! Alors, que voulait-il! Il avait en lui des désirs confus qui demandaient à être examinés avec soin et réflexion pour en dégager clairement les tendances. Peut-être même n'était-il pas certain de les concrétiser à l'Ecole normale, mais il tenait pour probable en retour que cette école fût le plus court chemin pour y parvenir. Ces désirs, des lectures de toutes sortes, que n'unissait presque aucun trait commun, les aiguisaient en lui, qui allaient de la chronique littéraire, sociale, religieuse, à l'épopée d'Antar, aux *Mille et Une Nuits*, à al-Manfaluti, aux principes de la philosophie. Sans doute s'imprégnaient-ils aussi du monde chimérique que Yasine avait jadis ouvert à son imagination ou plus encore des légendes dont sa mère avait avant cela abreuvé son esprit...

Il se plaisait à attribuer à cet univers ténébreux le nom de « pensée »... et à lui-même le titre de « penseur »; pensée dont il était convaincu que s'élever au-dessus de la matière, du prestige, des titres honorifiques et toutes autres espèces de fausse grandeur par le caractère sublime d'une vie qui lui fût consacrée, était le suprême but auquel pouvait tendre l'homme. Tels étaient ses désirs! Que les contours en fussent nets ou imprécis, qu'il les réalise à l'Ecole normale ou que celle-ci ne fût qu'un moyen de l'y conduire, jamais son esprit ne pourrait se détourner de cette fin.

Mais il convenait aussi de reconnaître qu'un robuste lien les rattachait à son cœur ou plus exactement à son amour. Comment cela, direz-vous : Il n'y avait certes, entre « son adorée » et le droit ou l'économie, pas le moindre rapport. Mais il y en avait en revanche, même ténus, même voilés, entre elle et la religion, l'âme, la morale, la philosophie et toutes formes semblables de connaissances dont il brûlait de s'abreuver, comparables en quelque sorte aux affinités qui l'unissaient à la musique et au chant par les mystères qu'elle portait en elle et dont il attendait le dévoilement avec une impatiente ivresse. Il voyait tout cela en lui et y croyait de toute son âme. Mais que pouvait-il bien en dire à son père? Encore une fois, il eut recours à la ruse :

– L'Ecole normale, dit-il, enseigne des sciences éminentes comme l'histoire de l'homme qui est si riche de leçons..., la langue anglaise...

Ahmed Abd el-Gawwad observait son fils en train de parler quand soudain ses sentiments de dépit et de colère le quittèrent. Il considéra, comme s'il le voyait pour la première fois, la minceur du garçon qui accusait la grosseur de sa tête, son gros nez, son cou démesuré. Il trouva dans sa physionomie une étrangeté qui ne le cédait en rien à l'extravagance de ses vues. Poussé par son esprit moqueur, il faillit pouffer intérieurement, mais la tendresse et l'affection l'arrêtèrent. Il se demanda toutefois au fond de lui-même : « La maigreur est un phénomène passager, ce nez vient de moi, mais, diable, d'où tient-il cette tête bizarre? N'y a-t-il pas à parier que ceux qui, comme moi par exemple, sont toujours chez les autres à l'affût de leurs défauts en fassent la proie de leurs sarcasmes? » Il éprouva à cette pensée une gêne qui redoubla sa tendresse pour son fils. Aussi, lorsqu'il se remit à parler, sa voix se fit plus douce, plus proche du ton de la sagesse et du conseil :

– La science n'est rien en soi! dit-il. En toute chose il faut considérer la fin! Le droit fera de toi un juge. Quant à l'histoire et ses enseignements, ils ne feront de toi qu'un professeur miteux. Pèse mûrement cette conclusion et médite-la!

Puis, haussant légèrement le ton, avec une certaine sécheresse :

– Par le Dieu Tout-Puissant! Des leçons! L'Histoire!... Du noir de fumée, tout ça! Vas-tu enfin me tenir des propos sensés?

Kamal devint rouge de confusion et de douleur en entendant son père juger ainsi les connaissances et les valeurs élevées qu'il révérait, en voyant comment il les réduisait à du noir de fumée. Mais la pensée qui lui venait à l'esprit en cet instant même, que son père était à n'en pas douter un homme éminent, seulement victime d'une époque, d'un pays, d'une société, ne fut pas sans lui procurer quelque consolation... Vraiment, cela valait-il la peine de discuter avec lui? Allait-il tenter à nouveau sa chance en recourant encore une fois à la ruse?

— En vérité, père, ces sciences jouissent de la plus grande faveur dans les nations développées! Les Européens leur vouent un culte, ils élèvent des statues à la mémoire des savants qui s'y sont illustrés...

Ahmed Abd el-Gawwad détourna de lui son visage, semblant se dire en lui-même : « Seigneur! mes nerfs vont lâcher! » Pourtant il n'était pas véritablement fâché. Peut-être regardait-il toute cette affaire comme une surprise cocasse dont l'éventualité ne lui était jamais venue à l'esprit. Il se tourna vers lui à nouveau :

— Étant ton père, dit-il, je veux être rassuré sur ton avenir! Je veux te voir accéder à une fonction respectée. Quoi de plus normal! Tout ce qui me tient à cœur, c'est de te voir en digne fonctionnaire, et non en instituteur miteux, même si on doit lui élever une statue comme Ibrahim Pacha, avec son doigt pointé en avant! Au nom du Ciel! On aura tout vu! Quel rapport entre nous autres et l'Europe? Tu vis en Egypte, est-ce que l'Egypte érige des statues pour les professeurs? Montre-moi ici une seule statue de professeur!

Puis, sur le ton de la réprobation :

— Dis-moi, mon fils, c'est un emploi que tu veux, ou une statue?

Ne trouvant en Kamal que silence et embarras, il reprit, l'air affligé :

— Tu as de ces idées dans la caboche! Je ne sais comment elles ont fait pour y entrer! Je t'engage à devenir l'un de ces grands hommes qui mènent le monde par leur prestige et leur position. Y aurait-il un modèle auquel tu aspires et que j'ignore? Dis-moi franchement ta pensée, que j'aie l'esprit tranquille et comprenne enfin où tu veux en venir. Car, je te l'avoue, tu me déconcertes!

Après tout, il n'avait qu'à franchir un nouveau pas :

révéler une partie de ses desseins, tout en remettant son destin à Dieu! Il se lança :

– Est-ce mal pour moi, père, d'aspirer à ressembler un jour à al-Manfaluti?

– Le cheikh Mustafa Lutfi al-Manfaluti? s'enquit Ahmed Abd el-Gawwad, étonné. Dieu ait son âme! Je l'ai vu bien des fois à Sayyedna al-Husseïn. Mais... il n'a jamais été professeur, que je sache! Il a été bien plus que cela! Il a été conseiller et secrétaire de Saad. Et puis il sortait d'al-Azhar, pas de... l'Ecole normale! Et encore, al-Azhar n'a rien à voir en soi avec sa grandeur. Il fut un don de Dieu. C'est ce qu'on dit de lui. Mais bref. Nous sommes en train de réfléchir sur ton avenir et l'école où tu dois entrer. Laissons à Dieu ce qui appartient à Dieu! Si par hasard tu t'avérais toi aussi être un don de Dieu, alors tu atteindrais la grandeur d'al-Manfaluti en tant que procureur ou juge... Et pourquoi pas?

– Je ne prétends pas seulement à la personne d'al-Manfaluti, rétorqua Kamal, poursuivant sa lutte, intrépide, mais aussi à sa culture et je ne vois pas d'école plus à même de réaliser mon ambition, ou tout au moins d'y ouvrir la voie, que l'Ecole normale. Voilà pourquoi je la préfère aux autres. Je n'ai pas spécialement envie de devenir professeur. Au contraire, peut-être n'ai-je accepté cette éventualité que parce que c'est le seul moyen qui s'offre d'accéder à la formation de la pensée!

« La pensée?... » Ahmed Abd el-Gawwad en vint alors à se répéter en lui-même le couplet de la chanson d'al-Hammuli[1] : « La pensée vagabonde, larmes de mes yeux, venez à mon secours... », qu'il avait tant aimée et qui jadis était revenue tant de fois sur ses lèvres. Etait-ce cette pensée-là que son fils poursuivait de ses vœux? Il lui demanda, perplexe :

– Et en quoi elle consiste, cette... formation de la pensée?

1. (1841-1901) Compositeur égyptien connu pour ses *dawrs* (poèmes chantés en arabe dialectal sur une mesure à quatre temps).

La confusion s'abattit sur Kamal. Il ravala sa salive et dit à voix basse :

– Peut-être bien que je l'ignore!

Puis, avec un sourire entendu :

– Si je la connaissais, je n'aurais pas besoin d'y prétendre!

– Si tu ne la connais pas, lui demanda Ahmed Abd el-Gawwad avec réprobation, alors en fonction de quoi l'as-tu choisie? Hein? Tu t'es entiché de la médiocrité, comme ça, pour rien?

Au prix d'un lourd effort, il parvint à surmonter son embarras et, poussé par une ardeur intrépide à défendre son bonheur :

– Elle est trop vaste pour être appréhendée! affirma-t-il. Elle consiste entre autres choses à poser la question de l'origine de la vie et de sa finalité...

Ahmed Abd el-Gawwad dévisagea longuement son fils, interloqué, avant de lui répondre :

– Et c'est à cela que tu veux sacrifier ton avenir? L'origine de la vie et sa finalité? L'origine de la vie, c'est Adam, et notre destin le paradis ou l'enfer! A moins que ça ait changé récemment!...

– Oh! non! Je sais tout cela... Je veux seulement dire...

– Tu es devenu fou? l'interrompit-il. Je t'interroge sur ton avenir et tu me réponds que tu veux connaître l'origine et la finalité de la vie? Et pour quoi faire? Ouvrir une boutique de voyante extralucide?

Kamal eut peur, s'il s'abandonnait à l'embarras et au silence, de perdre le contrôle de la situation ou d'être contraint de se ranger aux vues de son père. C'est pourquoi il répondit en rassemblant tout son courage :

– Pardonnez-moi, père, si je n'ai pas bien su exprimer mon point de vue! Je veux continuer après le brevet d'instituteur les études littéraires que j'ai commencées; étudier l'histoire, les langues, la morale, la poésie. Pour ce qui est de notre avenir, il est aux mains de Dieu!...

– Et aussi l'art de charmer les serpents, de dire la bonne

aventure, les marionnettes, la voyance, pendant que tu y es! s'écria Ahmed Abd el-Gawwad sur un ton sarcastique et excédé, comme poursuivant l'énumération... O Dieu de miséricorde! Alors voilà la surprise que tu me préparais! Par le Dieu Tout-Puissant!

Persuadé que la situation était plus grave qu'il ne l'avait prévue, ne sachant plus à quoi s'en tenir, notre homme commença à se demander s'il n'avait pas commis une erreur en octroyant à son fils la liberté de parole et d'opinion. En effet, plus il faisait preuve de patience et d'indulgence envers lui, plus l'autre s'entêtait et bataillait de plus belle ; au point que, partagé entre le souci de préserver l'avenir de Kamal et sa propre répugnance à perdre la face, le principe de reconnaître à son fils le droit de choisir « son école » ne tarda pas à heurter dans son esprit ses vieux penchants despotiques. Il n'en finit pas moins, contrairement à son habitude – ou plutôt, contrairement à son habitude d'autrefois – par donner voix à la sagesse et par reprendre la conversation :

– Ne sois pas stupide! Tu es obnubilé par quelque chose que j'ignore et dont je prie Dieu de te sauver. L'avenir n'est pas un jeu ou une rigolade mais « ta vie », et tu n'en as qu'une! Alors réfléchis mûrement! Le droit est la meilleure école pour toi. Je vois mieux que toi comment va le monde. J'ai des amis de tous les milieux, ils sont unanimes là-dessus. Tu n'es qu'un jeune nigaud! Tu ne sais pas ce que ça signifie être procureur ou juge? C'est occuper des fonctions qui retournent le monde! Et tu peux accéder à l'une d'entre elles! Alors comment peux-tu y renoncer tout bonnement pour aller choisir le métier de... professeur!

Comme il souffrait! Non pas seulement de voir la dignité du professeur ainsi bafouée, mais celle de la science! La science essentielle à ses yeux... Il n'avait que défiance pour ces fonctions qui « retournaient le monde », car combien de fois avait-il vu les écrivains qui exerçaient sur lui leur empire les qualifier de fausses grandeurs, de gloires éphémères, et toutes autres appellations de mépris.

Aussi était-il convaincu, sur la foi de leurs dires, qu'il n'y avait de grandeur véritable que dans une vie vouée à la science et à la vérité; de là, toutes les marques de pouvoir, de prestige étaient dans son esprit synonymes d'imposture et d'insignifiance. Il se garda toutefois de faire part de cette conviction à son père, de peur d'aggraver sa colère, et lui répondit seulement avec délicatesse et affection :

– En tout cas, l'Ecole normale est une école supérieure!

Ahmed Abd el-Gawwad réfléchit un moment avant de répondre, las et rebuté :

– Si tu n'as pas de goût pour le droit – que veux-tu, il y en a qui aiment la misère! – alors choisis une école respectable : l'Ecole de guerre, la police..., ce sera toujours mieux que rien!

– Entrer à l'Ecole de guerre ou dans la police avec mon baccalauréat en poche? rétorqua Kamal, affecté.

– Que veux-tu que j'y fasse si tu ne peux pas non plus prétendre à la médecine?

Au même moment, Ahmed Abd el-Gawwad sentit un trait de lumière échappé du miroir éblouir son œil gauche. Il tourna la tête vers l'armoire et vit que les rayons obliques du soleil de fin d'après-midi, qui s'infiltraient dans la chambre par la fenêtre de la cour, s'étaient retirés du mur face au lit, plongeant dans l'ombre un pan du miroir et l'avertissant que l'heure de son départ à la boutique approchait. Il se transporta légèrement de côté à l'abri du reflet et poussa un soupir qui témoignait de sa lassitude et laissait en même temps présager – ou espérer – la fin imminente de la conversation.

– Il n'y a vraiment pas autre chose que ces maudites écoles? demanda-t-il, consterné.

– Il n'y a plus que l'Ecole de commerce..., mais ça ne me dit rien! répondit Kamal en baissant les yeux, gêné de ne pouvoir contenter son père.

Bien qu'irrité par l'attitude de refus systématique de Kamal, cette dernière proposition ne suscita en lui que détachement, dès lors qu'il supposait que cette école ne formait que des « commerçants », qualité dont il ne se satisfaisait pas pour son fils. Tout d'abord, il n'était pas sans savoir qu'un commerce comme le sien, même s'il lui garantissait une vie convenable, était, compte tenu de l'émiettement de ses revenus entre les usufruitiers, trop précaire pour assurer une aisance comparable à la sienne, à celui de ses fils auquel il laisserait sa succession. C'est pourquoi il ne ferait rien pour préparer aucun d'eux à prendre sa place. Mais telle n'était pas la cause essentielle de son manque d'enthousiasme. En vérité, il exaltait les charges publiques, les fonctionnaires et mesurait, comme il pouvait lui-même en juger par le biais des amis qu'il comptait parmi eux, ou encore à la faveur des contacts qu'il entretenait avec le gouvernement dans le cadre de sa profession, leur importance et leur rôle dans la vie de la nation. C'est pourquoi il poussait ses fils à briguer de telles fonctions et les y préparait activement. Il était également conscient que le commerce ne bénéficiait pas du quart du respect dont jouissait la fonction publique aux yeux des gens, même s'il rapportait le double. Lui-même partageait le sentiment de la majorité en ce domaine bien que ne l'avouant pas ouvertement. Bien plus, la haute estime dans laquelle le tenaient les fonctionnaires le remplissait de fierté, se considérant pour sa part, « intellectuellement » parlant, comme l'un des leurs ou pouvant être avec eux de pair à compagnon. Mais qui, autre que lui, pouvait tout à la fois être commerçant et de pair avec ces gens-là ? D'où ses fils auraient-ils tiré une personnalité comme la sienne ? Ah ! quelle déception ! Combien avait-il espéré autrefois voir l'un d'eux médecin ! Avec quelle certitude avait-il fondé cet espoir en Fahmi, jusqu'à ce qu'il apprenne un jour que le baccalauréat en lettres n'ouvrait pas la porte aux études de médecine. Alors, il s'était contenté du droit dont il avait auguré favorablement les débouchés futurs. Puis il avait placé les mêmes espérances en Kamal. Mais, ce dernier ayant opté pour les études littéraires, notre homme avait dû se contenter encore une fois de rêver à la brillante carrière couronnant les études de droit. Quant à s'imaginer un seul instant que le conflit entre ses espoirs et la volonté du destin s'achèverait sur la mort du « génie de la famille » ou sur l'entêtement de Kamal à devenir professeur... Quelle déception! Aussi semblait-il véritablement affligé quand il déclara :

— Je t'ai dispensé mes conseils en toute sincérité. Tu es libre de ton choix. Mais garde toujours à l'esprit que je ne t'approuve pas. Réfléchis bien. Ne t'emballe pas. Tu as encore devant toi un bon bout de temps. Tu pourrais regretter ton erreur toute ta vie. O Seigneur, préservez-nous de la sottise, de l'ignorance et de la puérilité!

Sur ce, il posa sa jambe à terre, avec l'ébauche d'un mouvement laissant à penser qu'il allait bientôt se lever pour s'apprêter à quitter la maison. Kamal se leva alors avec politesse et retenue et s'en alla.

Il retourna au salon, où il trouva sa mère et Yasine assis en train de converser. Il était à la fois désorienté et malheureux en lui-même d'avoir ainsi tenu tête à son père, de s'être obstiné à le faire en dépit de la clémence et de la souplesse dont ce dernier avait fait preuve, mais à cause aussi de l'état de déception et de tristesse dans lequel il l'avait vu à la fin de l'entretien.

Il rapporta à Yasine l'essentiel de la conversation qui avait eu cours dans la chambre paternelle. Ce dernier l'écoutait avec attention, le front réprobateur, un sourire narquois à la bouche, pour lui avouer bientôt qu'il était de l'avis du père et s'étonnait de le voir méconnaître les valeurs nobles de la vie pour aspirer à d'autres, illusoires et désuètes...

— Tu veux sacrifier ta vie à la science? dit-il. A quoi ça rime? Ah! c'est une fort belle attitude, telle qu'elle peut nous apparaître dans un passage d'al-Manfaluti ou dans certains de ses « aperçus[1] ». Mais quand il s'agit de la vie

---

1. Œuvre la plus célèbre de l'écrivain cité. C'est un recueil d'essais au style très brillant, regroupant des réflexions sur la vie, la société, la religion, la morale, etc., et dont certains des titres (misère, désespoir, malheur, larmes, mort) évoquent le pessimisme dominant.

elle n'est plus que vanité et cela nous fait une belle jambe! Et tu vis dans la réalité, mon cher, pas dans les livres d'al-Manfaluti. N'ai-je pas raison? Les livres vous assènent de ces balivernes et de ces énormités! Tu peux y lire des choses du genre : « Les professeurs sont un peu des prophètes[1]. » Dis, tu en as déjà rencontré, toi, des professeurs qui sont un peu des prophètes? Viens faire un tour avec moi à l'école d'al-Nahhassine ou rappelle-toi n'importe lequel de tes anciens maîtres et montre-m'en un seul digne d'être considéré, je ne dirai pas comme un prophète, mais seulement un être humain! Et qu'est-ce que c'est que cette science que tu recherches? La morale? L'histoire? La poésie? Tout ça, ça va pour se distraire! Prends bien garde que l'occasion de mener la grande vie te passe sous le nez! Ah! ce que je regrette parfois que les circonstances ne m'aient pas permis de poursuivre mes études!...

Yasine et son père partis, Kamal se demanda, une fois seul avec sa mère : « Et elle, que peut-elle bien penser de tout ça? » Oh! elle n'était pas de ceux dont on sollicite l'avis dans ce genre d'affaire, mais elle avait suivi la majeure partie de sa conversation avec Yasine et connaissait le désir qu'avait Monsieur de le faire entrer à la faculté de droit, choix dans lequel elle commençait à voir de funestes présages et qu'elle n'accueillait pas d'un cœur serein. Quoi qu'il en soit, Kamal savait comment obtenir son adhésion par les voies les plus brèves...

– La science que je désire étudier, lui dit-il, est en rapport étroit avec la religion, puisque la sagesse, la morale, la réflexion sur les attributs de Dieu, l'essence de sa Parole et de ses créatures sont autant de ses branches...

Le visage d'Amina s'illumina de joie.

– La voilà, la science véritable! dit-elle avec enthou-

---

1. Allusion aux vers du poète Ahmed Shawqi : « Lève-toi au passage du professeur et fais-lui révérence / Les professeurs sont un peu des prophètes. »

siasme. La science de mon père, de ton grand-père. C'est la plus belle des sciences!

Tandis qu'elle réfléchissait un instant, il la regarda discrètement du coin de l'œil, le sourire à la bouche. Elle reprit, animée du même entrain :

– Mais qui donc pourrait mépriser les professeurs, mon petit? Le proverbe ne dit-il pas : « Qui m'enseigne l'alphabet, je deviens son valet »?

Il lui répondit, reprenant l'argument avec lequel son père avait combattu son choix, comme sollicitant d'elle une opinion propre à le conforter dans sa position :

– Mais on dit aussi que le professeur ne peut prétendre aux hautes fonctions!

Elle fit un signe de la main, l'air de dire : « Quelle importance? » avant de répondre :

– Un professeur a largement de quoi vivre, non? Eh bien, ça te suffit! Tout ce que je demande à Dieu, c'est de te donner santé, longue vie et instruction. Ton grand-père disait : « La science a plus de prix que l'argent. »

N'était-ce pas extraordinaire que sa mère eût un point de vue plus sensé que son père? Mais ce n'était pas un point de vue. C'était une saine intuition que n'avait pas souillée le contact de la vie réelle, celui-là même qui avait corrompu le jugement de son père. C'était peut-être son ignorance des choses de ce monde qui avait préservé son sentiment de la corruption. Mais que pouvait bien valoir un sentiment, aussi élevé fût-il, s'il était le fruit de l'ignorance? Quant à lui, cette même ignorance n'avait-elle pas son incidence dans l'édification de ses propres vues? Il s'insurgea contre une telle logique qu'il réfuta, se disant à soi-même : « Tu as appris le monde dans les livres, avec son bien, avec son mal, et tu as préféré le bien par conviction et raison. Or pourquoi le sentiment instinctif, avec tout ce qu'il a de naïf, ne pourrait-il pas contribuer à la formation d'un jugement sain, sans pour autant nuire à sa justesse? » Oh! non, il ne doutait pas une seconde de la justesse ni de la hauteur de ses vues. Mais savait-il au moins ce qu'il voulait? Ce n'était pas le métier de professeur qui en tant que tel l'attirait. Il rêvait simplement d'écrire un livre. C'était cela, la vérité! Mais quel livre? Un recueil de poésie? Non! Si son journal intime renfermait quelques vers, c'est parce que Aïda transformait la prose en poésie, mais ils ne procédaient pas d'une veine poétique enracinée en lui. Donc, ce serait un livre de prose. Un gros volume de même épaisseur et de même format que le Coran, qui enserrerait lui aussi dans ses pages des notes explicatives et des commentaires. Mais sur quoi écrire? Le Coran ne contenait-il pas déjà tout : Il ne devait pas désespérer. Un jour viendrait à coup sûr où il trouverait son sujet. Connaître déjà la grosseur du livre, son format, savoir qu'il contiendrait des gloses était suffisant! Un livre capable de bouleverser le monde ne valait-il pas mieux qu'une fonction, dût-elle, elle aussi, le bouleverser?

Tous ceux qui sont allés à l'école connaissent Socrate. Mais qui, parmi eux, connaît les juges qui ont fait son procès?

*

– Bonsoir!

« Elle ne répond pas! Je m'en doutais sans le savoir... ça commence toujours comme ça! Ça fait longtemps que ça dure et on n'est pas près d'en voir la fin! Tiens, elle te tourne le dos maintenant! Elle s'éloigne du mur..., se dirige vers la corde à linge..., elle accroche les pinces... Tu ne l'avais pas déjà fait peut-être ! Oh! que si! Mais tu caches ton jeu. Tu sais, je vois clair! Dix années de dévergondage et d'effronterie, ça n'est pas une mince expérience! Régale-toi les yeux d'elle avant que l'obscurité qui s'approche en rampant ne s'installe définitivement et qu'elle ne soit plus qu'une silhouette! Elle a engraissé..., s'est affermie aussi... Elle est plus belle qu'au temps de son adolescence! Elle ressemblait à une gazelle mais avec cette belle croupe dodue en moins! Plus ça va..., moins ce qui lui reste de la gracilité des vierges vaut qu'on s'y arrête! Quel âge as-tu, petite futée? Dans le temps, tes parents prétendaient que tu avais celui de Khadiga. Khadiga, de son côté, estime que tu as " des années et des années " de plus qu'elle. Ma belle-mère affirmait ces temps derniers que tu as près de la trentaine, en s'appuyant sur de vieux souvenirs du genre : " Lorsque j'étais enceinte de Khadiga, ce n'était qu'une gamine de cinq ans ", etc. Mais l'âge, qu'est-ce que ça fait ? Eh ! Doucement ! Tu vas frayer comme ça avec elle jusqu'à temps qu'elle sucre les fraises ? Dans quatre matins, la jouvencelle laissera place à la femme... belle, engageante, replète, dodue à souhait... Et dire qu'elle a regardé dans la rue et t'a remarqué ! Tu n'as pas vu sa pupille quand elle te reluquait comme une poule ? Non ! Je ne désarmerai pas, ma jolie ! Un jeune homme dont tu es si bien renseignée sur la beauté, la force et la fortune... ne vaut-il pas mieux que cet Anglais d'autrefois ? »

– Considérerait-on chez vous que les salutations ne méritent pas d'être rendues, ne serait-ce que d'un juste retour ?

« Ça y est ! Elle te montre sa nuque encore un coup ! Oui, mais... n'a-t-elle pas souri ? Si ! Le Grand Ordonnateur de sa beauté en a fait un sortilège ! Oui. Elle a souri. Elle a ouvert somptueusement la voie au dernier pas qui reste à faire... Tu peux être tranquille, elle connaît tout ton manège dans le détail !... Il est temps pour moi... et pour toi aussi... Enfin ! Heureusement pour moi, tu ne fais pas partie de ces effarouchées qui ont la maladie de la pudeur ! Rappelle-toi cet Anglais... Julian ! Alors, ce cheval fringant qui se dresse devant toi sur ses pattes et t'offre son dos, tu n'entends pas ses hennissements ? »

– Vous n'avez donc aucun respect pour les voisins ? Je ne fais pourtant que réclamer une salutation qui me revient de droit !

Paraissant venir de loin, dès lors que la belle détournait son visage, il entendit, fluette et voilée, une voix lui répondre :

– Elle ne vous revient pas... autant que vous le dites !

« Réponse a été faite au visiteur ! Le loquet est levé !

Certes, tu n'auras pas droit aux roucoulades avant d'avoir goûté aux ruades, mais... tiens bon! Tiens bon! comme le crient les étudiants d'al-Azhar dans les manifestations... »

– Si jamais j'ai dit quelque chose qui vous a fâchée, jamais de ma vie je ne me le pardonnerai!

Elle, sur le ton de la réprimande :

– La terrasse d'Oum Ali, l'accoucheuse, est juste à la hauteur des deux nôtres. Que pourrait bien penser quelqu'un qui vous verrait vous comporter avec moi de la sorte pendant que j'étends le linge?

Puis, narquoise :

– A moins que vous ne désiriez m'attirer les cancans!

« Serais-tu délivrée du mal? T'es-tu embarrassée de toutes ces précautions, autrefois, avec Julian? Mais... tes yeux et ton derrière absolvent tes péchés, passés et à venir!... »

– Que Dieu me foudroie sur-le-champ si je vous ai voulu du mal! Je suis resté caché sous la toiture de jasmin jusqu'à ce que le soleil ait disparu et je ne me suis approché du muret qu'après m'être assuré que la terrasse d'Oum Ali était vide...

Puis, dans un soupir sonore :

– Et, en plus, j'ai l'excuse de n'être resté fidèle à mon habitude de monter sur la terrasse que pour y trouver cette merveilleuse solitude... et quand je l'y ai rencontrée, tout à l'heure, la joie m'a emporté! N'importe comment, Dieu nous couvre...

– Par exemple!... Pourquoi vous donner tant de mal?

« La question n'est pas innocente! Elles posent des questions sur ce qu'elles savent déjà. Qu'importe! Elle a daigné te parler, alors donne-t'en à cœur joie! »

– Je m'étais dit : saluer cette demoiselle et qu'elle réponde à ton salut te serait plus précieux que la santé!

Elle se retourna vers lui, la tête agitée d'un tremblement qui trahissait dans la pénombre un rire contenu.

– Quelle langue vous avez! dit-elle. Que cachent ces paroles?

– Ce qu'elles cachent? Que ne vous rapprochez-vous du muret : j'ai un tas de choses à vous dire, vous savez! Tenez, il y a quelques jours, en sortant dans la rue, j'ai regardé par terre, machinalement, et j'ai vu bouger l'ombre d'une main. J'ai levé la tête et vous ai vue penchée par-dessus le muret..., un spectacle superbe et inoubliable...

Elle fit un demi-tour, face à lui, mais sans s'approcher d'un pas, puis, sur un ton accusateur :

– En quel honneur regardez-vous en l'air? Si vous étiez un voisin digne de ce nom, comme vous le prétendez, vous ne vous permettriez pas de faire du tort à votre voisine! Mais vous avez de mauvaises intentions. Votre aveu et votre attitude en ce moment m'en disent assez long!...

Pour sûr qu'il avait de mauvaises intentions! La fornication ne se fonde-t-elle pas sur de telles dispositions?

« De mauvaises intentions du genre de celles que tu aimes!... Ah! vous, les femmes! Dans une heure tu les exigeras comme l'un de tes droits les plus stricts et dans deux heures, quand je filerai, tu te jetteras à mes trousses... En tout cas, sacrée nuit en perspective!... »

– Dieu est témoin de mes bonnes intentions! Si j'ai levé les yeux, c'est que je ne peux pas m'empêcher de regarder l'endroit où vous êtes. Vous ne l'avez pas encore compris? Ni senti? Vous voyez, votre vieux voisin passe aux aveux... même s'ils viennent un peu tard...

– C'est ça! Parlez! répliqua-t-elle, moqueuse. Faites tourner votre moulin à paroles. Allez, plus fort! Que ferez-vous si la femme de votre père nous surprend sur la terrasse?

« Ne biaise pas, petite finaude! Ffff! ça sera vraiment un miracle si j'arrive à te la faire! Tu crains vraiment ma belle-mère? Bon sang! Une nuit dans ses bras contre la vie entière! »

– J'entendrai le bruit de ses pas avant qu'elle n'arrive... Laissez-nous jouir de l'instant où nous sommes!

– Et comment est-il, cet instant où nous sommes?

– Il est au-delà de toute expression!

– Je ne constate rien de ce que vous dites! Vous êtes peut-être le seul à vous y trouver!

– Peut-être... Ah! il est proprement désolant, oui, désolant pour un cœur de se dévoiler et de ne trouver personne pour lui faire écho! Je me souviens du temps de vos visites à la maison. Ce temps où nous étions pour ainsi dire une seule et même famille. Et je regrette que...

– Ce temps-là!... marmonna-t-elle en hochant la tête.

« Pourquoi rappelles-tu le passé? Tu commets une grosse erreur! Prends garde que la douleur ne ruine tous tes efforts! Efforce-toi de tout oublier, sauf le moment présent!... »

– Puis je vous ai revue dernièrement... M'est alors apparue une jeune fille belle comme une fleur, à faire briller un ciel de nuit! C'était comme si je vous voyais pour la première fois! Je me suis demandé en moi-même : ne serait-ce pas notre voisine Maryam qui jouait autrefois avec Khadiga et Aïsha? Oh! non! Impossible! Cette jeune fille-là a atteint toute la plénitude de sa beauté! Alors... j'ai senti soudain le monde se transformer autour de moi...

– En ce temps-là, dit-elle, sa voix ayant retrouvé ses accents moqueurs, vos yeux ne se permettaient pas de se lever sur quiconque! Vous étiez un voisin digne de ce nom! Mais que reste-t-il de ce temps-là? Tout a bien changé... Nous sommes redevenus comme des étrangers..., comme si nous n'avions jamais échangé un mot... et n'avions pas grandi ensemble comme dans une seule famille... Les vôtres en ont décidé ainsi!

– Faites-moi grâce de cela..., n'alourdissez pas le fardeau de mes peines!

– Oui, mais aujourd'hui c'est bien avec vos yeux que vous m'espionnez... par la fenêtre, dans la rue... Et voilà maintenant que vous m'accostez sur la terrasse!

« Qu'est-ce qui t'empêche de partir si tu en as vraiment envie? Tes mensonges sont plus doux que le ciel, ô lumière de la nuit! »

– Et encore, si ce n'était que cela! Je vous regarde aussi

d'endroits que vous ne soupçonnez pas. Et je vous vois dans mon imagination comme vous n'en avez pas idée. Tenez, en ce moment, je suis en train de me dire, parfaitement conscient de ce que je me dis : « Etre près d'elle ou mourir ! »

Le chuchotement d'un rire étouffé lui fit frémir le cœur.

– D'où tenez-vous ce genre de propos ?

– De mon cœur ! répondit-il en montrant sa poitrine.

Elle effleura du pied le sol de la terrasse, produisant avec sa pantoufle un frottement qui laissait présager son départ. Mais elle ne bougea pas.

– Puisque c'est devenu une affaire de cœur..., dit-elle, alors il vaut mieux que je m'en aille !

– Au contraire ! Venez, plutôt ! laissa-t-il d'abord échapper à haute voix, dans un élan de ferveur.

Puis, reprenant conscience de lui-même et baissant le ton :

– Venez à moi... maintenant et pour toujours...

Puis, rusé :

– ... vers mon cœur..., il est à vous, avec tout ce qu'il possède !

– Ne soyez donc pas si prodigue de vous-même ! rétorqua-t-elle sur un ton de morale cynique. Ce serait un crime de ma part de vous priver de votre cœur et de tout ce qu'il possède !

« Jusqu'à quel point peux-tu être futée ! C'est à la lionne que j'aime en toi que je m'adresse ! Tu es loin d'être bête ! Foi du souvenir de Julian !... Allez, viens, petite chipie ! Ma chair brûle de tant d'ardeur que j'ai peur de briller dans la nuit ! »

– Je vous l'offre avec joie, avec tout ce qu'il possède ! Son bonheur serait que vous l'acceptiez, que vous le possédiez, que vous soyez toute à lui, à lui seul...

– Vous voyez bien, malin que vous êtes, que vous ne voulez que prendre et rien donner ! dit-elle dans un rire.

« Diable, mais d'où tiens-tu ta langue? Zannouba elle-même est battue! Maudit soit le monde sans toi! » »

– Je veux que vous soyez à moi tout comme je serai à vous. Où est l'injustice là-dedans?

Un silence s'ensuivit. Entre les deux silhouettes s'échangea un regard.

– Ils sont peut-être en train de se demander en ce moment ce qui vous a mis en retard!

– Pas une âme sur cette terre ne se soucie de moi! répondit-il, cherchant sournoisement à se faire plaindre.

A ces mots, elle prit un ton nouveau et demanda, sérieuse :

– Comment va votre fils? Il est toujours chez son grand-père?

« Étrange question... Que cache-t-elle? »

– Oui...

– Quel âge ça lui fait maintenant?

– Cinq ans...

– Et sa mère?

– Elle s'est remariée ou est tout près de le faire...

– Quelle pitié! Pourquoi ne l'avez-vous pas reprise..., ne serait-ce que pour Ridwane?

« Ah! la chipie! Dis où tu veux en venir! »

– C'est vraiment ce que vous auriez voulu?

– Bienheureux qui peut réconcilier deux âmes dans le bien! dit-elle dans un rire étouffé.

« Et dans le mal alors!... »

– Oui, mais moi je ne regarde pas en arrière!

Un silence retomba, étrange, rempli de méditation.

– Gare à vous si vous me surprenez encore une fois sur la terrasse! reprit-elle soudain, alliant le ton de l'avertissement à celui de l'indulgence.

– C'est comme vous voudrez! De toute façon, la terrasse n'a rien d'un endroit sûr. Vous ne savez pas que j'ai une maison à Qasr el-Shawq? risqua-t-il avec audace.

– Une maison à vous? s'exclama-t-elle, incrédule. Enchantée, monsieur le propriétaire!

Il se tut un instant, comme sur ses gardes, et demanda :

– Devinez à quoi je pense...

– Ça m'est bien égal !

« Le silence, l'obscurité, seuls tous les deux... C'est fou comme le noir m'excite !... »

– Je pense aux murets de nos deux terrasses, accolés l'un à l'autre. Que vous inspire ce spectacle ?

– Rien du tout !

– Celui de deux amants enlacés...

– Je n'entends pas ces paroles !

– Leur enlacement suggère aussi que rien ne les sépare...

– Hé, hé...! laissa-t-elle échapper, comme une invite pleine de promesses.

Et Yasine d'ajouter aussitôt dans un rire :

– C'est comme s'ils me disaient : enjambe-nous !

Elle fit deux pas en arrière et se retrouva le dos collé contre le drap étendu. Puis, d'un ton proprement dissuasif :

– Je ne permets pas ça ! chuchota-t-elle.

– Ça?... Quoi ça?

– De dire ça !

– Et de le faire?

– Je vous quitterai fâchée !

« Oh! non! Par ta vie qui m'est si chère!... Tu penses ce que tu dis? Suis-je plus sot que je ne le pense? Ou es-tu plus rusée que je ne l'imagine? Pourquoi a-t-elle parlé de Ridwane et de sa mère? Une allusion au mariage? Comme tu la désires... Un désir fou! »

– Mais enfin! s'exclama-t-elle soudain, qu'est-ce qui me pousse à rester ici?

Elle fit un demi-tour sur elle-même et courba la tête pour passer dessous le linge étendu...

– Vous partiriez sans me dire au revoir? s'écria-t-il, anxieux, lançant sa voix à sa poursuite.

Elle releva la tête par-dessus la corde à linge et lui fit cette réponse :

– On entre chez les gens par leur porte! Voilà mon salut!

Et elle se hâta vers la porte de la terrasse, où elle disparut.

Yasine rejoignit le salon et s'excusa auprès d'Amina de lui avoir aussi longtemps faussé compagnie, prétextant la chaleur qui régnait au-dedans..., après quoi il gagna sa chambre pour se changer.

Kamal le suivait des yeux, étonné et songeur. Il jeta un regard sur sa mère. Elle avait bu son café, lu dans le fond de la tasse et demeurait paisible et tranquille. Il se demanda quelle pourrait bien être sa réaction si elle apprenait ce qui se passait sur la terrasse, d'autant que lui-même n'arrivait pas à se libérer de son angoisse depuis le jour où, s'interrogeant sur l'absence de son frère, il avait surpris par hasard les mots doux qui s'échangeaient là-haut, tandis qu'il allait à sa recherche. Yasine était-il capable d'une chose pareille? Le souvenir de Fahmi lui était donc indifférent? Il ne pouvait se l'imaginer. Yasine vouait à Fahmi un amour sincère. Sa perte lui avait causé une tristesse cruelle dont il n'était pas permis de douter. Et puis ce genre d'« accident » se produit souvent! D'ailleurs, il ne savait toujours pas pourquoi on continuait d'associer Fahmi à Maryam. Feu son frère avait eu immédiatement connaissance de l'épisode de Julian. A la suite de quoi une longue période s'était écoulée durant laquelle il avait semblé avoir oublié complètement Maryam et s'être désintéressé d'elle, occupé qu'il était de choses plus graves et plus importantes. Elle ne méritait que cela et n'avait jamais été digne de lui! Il était pourtant très remarquable qu'il se demandât : « L'amour peut-il s'oublier? » Non! l'amour ne s'oublie pas! Telle était sa conviction. Mais qui disait que Fahmi avait aimé Maryam au sens où il entendait, ou ressentait, lui, l'amour? Peut-être n'avait-ce été qu'un désir fort, du genre de celui qui possédait Yasine en ce moment; ou peut-être encore de celui qui, jadis, à l'âge de l'adolescence, l'avait lui-même pris dans ses rets, en troublant ses rêves... envers Maryam justement! Oui! Cela aussi était arrivé! Il en avait éprouvé deux sortes de souffrance : celle inhérente au désir et celle née du remords. Elles avaient été aussi fortes l'une que l'autre, et seuls le mariage de la jeune fille et sa disparition l'en avaient délivré. Ce qui lui importait maintenant était de savoir si Yasine souffrait, si le remords taraudait sa conscience... et jusqu'à quel point! Quoi qu'il pensât de l'animalité de Yasine ou de son peu d'enthousiasme pour les idéaux, il ne pouvait pas croire que la chose se produisait sans heurts. Et pourtant, malgré le regard indulgent qu'il portait sur toute cette affaire, il n'en ressentait pas moins amertume et angoisse, comme de juste pour un homme qui ne mettait rien en ce monde sur le même pied que son idéal.

Yasine revint de sa chambre dans ses vêtements de sortie, tiré à quatre épingles; il les salua tous deux et s'en alla. Quelques instants plus tard, ils entendirent frapper à la porte du salon. Kamal pria le visiteur d'entrer, certain de son identité... Entra alors un jeune homme, d'un âge semblable au sien, petit de taille, beau de sa personne, vêtu d'une galabiyyé et d'une veste. Il se dirigea droit vers Amina, lui baisa la main, puis alla serrer celle de Kamal avant de s'asseoir à ses côtés. Malgré la retenue qu'il s'imposait, il y avait dans son attitude de la familiarité, comme s'il faisait partie de la maison. Bien plus, Amina s'était empressée de lier conversation avec lui, l'appelant sans manière : « Mon cher Fouad », lui demandant des nouvelles de son père, Gamil al-Hamzawi, ainsi que de sa mère. Il lui répondait plein d'un sentiment de joie et de reconnaissance que suscitait en lui l'accueil généreux qu'elle lui témoignait. Kamal laissa son ami en compagnie de sa mère, gagna sa chambre pour enfiler sa veste, puis le rejoignit pour partir avec lui.

*

Ils marchèrent côte à côte en direction de l'allée Qirmiz, en prenant soin, afin de s'épargner l'épreuve de passer devant la boutique où se trouvaient leurs deux pères, d'éviter la rue d'al-Nahhassine; Kamal, avec sa haute et frêle stature, et Fouad, avec sa taille raccourcie, l'un et l'autre attirant presque les regards par le contraste saisissant de leur personne.

– Qu'as-tu décidé pour ce soir? demanda Fouad calmement.

– Le café d'Ahmed Abdou! lui répondit l'autre, de sa voix fébrile.

En règle générale, Kamal décidait et Fouad consentait, en dépit de la pondération d'esprit qui le distinguait et des lubies de Kamal qui lui semblaient pour le moins fantasques, comme lorsqu'il le suppliait avec insistance de l'accompagner au Moqattam[1], à la Citadelle ou à al-Khaïmiyya pour, selon son expression, « emmener paître leurs regards » entre les vestiges de l'Histoire et les merveilles du présent.

Mais, à vrai dire, l'inégalité de leur condition sociale, le fait que l'un fût le fils du patron de la boutique, l'autre de son employé, ne laissaient pas d'affecter la relation amicale entre les deux garçons. Plus décisif à cet égard était le rôle de commissionnaire au service de la maison de M. Ahmed qu'avait assumé Fouad dans son enfance, comme d'avoir été longtemps le bénéficiaire privilégié de la générosité d'Amina qui – sa venue coïncidant bien souvent avec l'heure des repas – ne lui avait jamais marchandé ce que sa table offrait de meilleur, ni les vêtements les plus présentables de Kamal dont l'usage était superflu.

Ainsi étaient-ils liés depuis le début par un double sentiment, fait chez l'un de supériorité, chez l'autre de dépendance, qui certes était allé en s'estompant quand celui de l'amitié était venu le supplanter, mais dont la trace marquait encore le fond de leur esprit. Certaines circonstances avaient voulu que Kamal ne trouve pour ainsi dire, pendant toutes les vacances d'été, d'autre compagnon que Fouad al-Hamzawi. La raison en était que ses camarades d'enfance, habitants du quartier, n'avaient pas pour la

1. Plateau qui domine la ville du Caire à l'est.

plupart continué leurs études jusqu'au bout, celui-ci ayant trouvé un emploi avec son certificat d'études, celui-là avec son brevet d'instituteur, tel autre encore s'étant vu contraint d'exercer l'un de ces petits métiers comme garçon de café à Bayn al-Qasrayn ou apprenti blanchisseur à Khan Djaafar. Mais les uns comme les autres avaient partagé avec lui les rangs de l'école coranique et ils continuaient, indistinctement, à échanger, chaque fois qu'il leur arrivait de se rencontrer, des salutations au nom de cette ancienne confraternité. Salutations pleines de respect du côté des premiers, eu égard au privilège que conférait à leur ancien pair le fait de poursuivre la « quête du savoir[1] », et empreintes chez Kamal de cette cordialité émanant d'une nature fondamentalement simple et modeste. Quant à ses nouvelles connaissances, les jeunes gens dont il avait gagné l'amitié à al-Abbassiyyé, comme Hassan Selim, Ismaïl Latif et Husseïn Sheddad, ils passaient leurs vacances à Alexandrie ou à Ras el-Barr. Ainsi ne lui restait-il plus que Fouad pour unique compagnon.

Après avoir marché quelques minutes, ils arrivèrent au café d'Ahmed Abdou et plongèrent aussitôt vers son antre mystérieux, vers le ventre de la terre, sous le quartier de Khan al-Khalili, où ils gagnèrent une niche inoccupée. Tandis qu'ils s'attablaient l'un en face de l'autre, Fouad bredouilla, quelque peu gêné :

– J'aurais cru que tu irais au cinéma ce soir!

Ses paroles ne faisaient que trahir son désir secret de s'y rendre, désir qui peut-être l'avait chatouillé avant même d'aller chercher Kamal, mais qu'il avait tu jusqu'à présent, non seulement parce qu'il lui eût été impossible de le détourner d'un quelconque projet, mais pour la simple raison que c'était Kamal qui payait l'entrée quand ils allaient ensemble au cinéma! Voilà pourquoi le courage ne

1. Allusion au hadith : « Qui abandonne son foyer pour se mettre en quête du savoir suit la voie de Dieu. L'encre de l'élève est plus sacrée que le sang du martyr. »

lui vint de faire une allusion discrète à son envie qu'une fois qu'ils furent définitivement installés au café, de sorte que sa réflexion puisse passer pour une remarque innocente et fortuite...

– Jeudi prochain, on ira au Club égyptien pour voir Charlie Chaplin. Pour l'instant, faisons une partie de dominos...

Ils ôtèrent leur tarbouche, le déposèrent sur une chaise à côté d'eux, puis Kamal appela le garçon, à qui il commanda deux thés verts et une boîte de dominos.

Le café, bâti sous terre, ressemblait au ventre d'un animal d'espèce disparue enfoui sous les décombres de l'histoire, à l'exception de sa grosse tête, arc-boutée à la surface du sol, dont la gueule béante, figurant l'entrée, semblait, à travers les marches du profond escalier, découvrir une rangée de dents hérissée. A l'intérieur, un vaste parterre de forme carrée, tapissé de dalles en terre cuite d'Al-Maasara[1], accueillait en son centre un bassin à jet d'eau sur le rebord duquel s'alignaient des pots d'œillets, et qu'entourait un cadre de banquettes recouvertes de coussins et de nattes multicolores. Quant aux murs, ils étaient, à intervalles réguliers, percés de petites niches voisines les unes des autres, semblables à des grottes, sans portes ni fenêtres et avec, pour tout mobilier, une table de bois, quatre chaises, ainsi qu'une petite lampe qui brûlait nuit et jour dans un renfoncement aménagé en haut du mur, face à l'entrée.

C'était comme si l'endroit tenait de sa situation inhabituelle même certaines de ses qualités : un calme le berçait, que connaissaient rarement les autres cafés. La lumière n'y fatiguait pas les yeux. L'air y était humide et frais. Chaque groupe d'amis s'y resserrait au fond de sa niche ou sur sa banquette, fumant le narguilé, sirotant son thé, s'abandonnant à un bavardage sans fin, comme noyé dans un bourdon monotone et feutré que perçait seulement de loin

1. Nom d'un village situé au sud du Caire. Grand centre de poterie.

en loin une toux, un rire ou le glouglou rageur d'une pipe à eau...

De l'avis de Kamal, le café d'Ahmed Abdou était un havre de méditation pour le penseur, une curiosité pour le rêveur. Quant à Fouad, s'il n'avait pas été insensible dans les premiers temps à son originalité, il n'y voyait plus qu'un lieu de réunion sinistre, envahi par l'humidité et un air malsain. Mais il ne pouvait faire autrement que de répondre à l'invitation de Kamal quand celui-ci le priait de l'y accompagner.

— Tu te rappelles le jour où ton frère M. Yasine nous a vus attablés à cette place?

— Oui, répondit Kamal avec un sourire. M. Yasine est indulgent et bon, mais jamais il n'est parvenu à me donner le sentiment qu'il est mon frère aîné. Du reste, je l'avais prié ce jour-là de ne rien dire à la maison de notre présence ici; non par crainte de mon père, car de toute façon personne chez nous ne se risquerait à lui révéler ce genre de choses, mais de peur d'inquiéter ma mère. Tu ne vois pas qu'elle s'affole en apprenant que nous fréquentons régulièrement cet endroit ou un autre, ou n'aille penser que la plupart des habitués des cafés sont des fumeurs de haschisch ou des malandrins!

— Et M. Yasine? Elle ne sait pas qu'il fréquente les cafés?

— Si je le lui disais, elle me répondrait que Yasine est « grand », qu'il n'y a pas de souci à se faire pour lui mais que moi je suis encore « petit ». J'ai bien l'impression que, dans cette maison, tant que je n'aurai pas les cheveux blancs, on ne cessera de me ranger parmi les marmots!

Le garçon apporta les dominos et deux verres de thé sur un plateau jaune vif, déposa le tout sur la table et s'en alla. Kamal saisit son verre aussitôt et commença à y tremper ses lèvres sans même lui avoir laissé le temps de refroidir, soufflant sur le liquide, le dégustant, puis soufflant à nouveau et se suçant les lèvres chaque fois qu'il s'était brûlé, ce qui ne l'empêchait pas de renouveler sa tentative avec une obstination impatiente comme si on l'avait condamnée à le vider en un temps record.

Fouad l'observait en silence ou regardait dans le vide, appuyé contre le dossier de sa chaise avec une dignité trop affirmée pour son âge, ses grands et beaux yeux exprimant un regard profond et tranquille. Il ne porta pas la main à son verre avant que Kamal ne fût venu à bout du sien. Alors, seulement, il commença à boire son thé tranquillement, à petites gorgées, le savourant, s'émerveillant de son parfum, murmurant entre ses dents après chaque lampée : « Mon Dieu..., qu'il est bon! »... pendant que l'autre, excédé, le pressait de terminer pour commencer la partie, lui disant en guise d'avertissement :

– Aujourd'hui je ne ferai de toi qu'une bouchée! L'heure de ta chance a sonné!

– C'est ce qu'on va voir! maugréa Fouad avec le sourire.

Et la partie commença...

Kamal portait à la rencontre un intérêt fébrile, comme s'il s'engageait dans un combat dont l'issue mettait en jeu sa vie ou son honneur. Fouad, pendant ce temps, plaçait ses dominos avec sang-froid et adresse, sans se départir de son sourire, que la chance fût avec lui ou lui tourne le dos, que Kamal fasse bonne ou mauvaise mine. Ce dernier, comme à son habitude, ne tarda pas à prendre la mouche et lui cria : « Évidemment! ce n'est pas de savoir jouer, c'est la chance qui te fait gagner! » L'autre se contenta de répondre par un rire poli, impropre à exciter la colère, étranger à toute bravade.

Depuis combien de temps Kamal se disait-il en lui-même, bouillant de fureur : « Jusqu'à quand sa chance va-t-elle continuer à étouffer la mienne! » Il n'abordait pas la partie avec l'esprit de conciliation nécessaire à toute forme de jeu ou de divertissement. Il y mettait même tant d'intérêt et tant d'ardeur que rien à vrai dire ne distinguait plus chez lui la part du sérieux de celle de l'amusement!

Du reste, Fouad n'était pas moins brillant à l'école

qu'aux dominos. N'était-il pas le premier de sa classe quand Kamal se rangeait parmi les cinq premiers? La chance avait-elle son rôle à jouer là aussi? Comment expliquer les brillants résultats du jeune homme envers lequel il nourrissait secrètement un sentiment de supériorité qui, il le pensait, devait englober aussi bien le domaine des facultés intellectuelles?

Tous les prétextes lui étaient bons pour minimiser les résultats de son ami, disant qu'il consacrait tout son temps à l'étude et que, si son intelligence avait été aussi exceptionnelle qu'on voulait bien le dire, elle lui eût sans doute au contraire autorisé quelque marge d'oisiveté; prétendant encore qu'il dédaignait les disciplines sportives quand lui-même se distinguait dans bon nombre d'entre elles; que Fouad enfin limitait ses lectures aux livres scolaires ou que, s'il jugeait bon de lire pendant ses vacances un ouvrage d'un genre différent, il veillait dans son choix à ce que le livre présente une utilité pour ses études ultérieures. Quant à lui, le champ de ses lectures ne connaissait pas de limites, n'était régi par aucun critère d'utilité.

Quoi d'étonnant dès lors que l'autre soit mieux classé que lui? Toutefois l'indignation qu'il en éprouvait n'allait pas jusqu'à affaiblir leur amitié. Kamal aimait Fouad, trouvait plaisir et joie à sa compagnie n'hésitant pas – secrètement du moins – à lui reconnaître ses mérites et ses qualités.

La partie continua et, contrairement à ce qu'avait laissé présager le début, la première manche s'acheva sur la victoire de Kamal. La joie éclata sur son visage. Il partit d'un grand éclat de rire et demanda à son adversaire : « Une deuxième manche? » Mais Fouad répondit avec un sourire : « Restons-en là pour aujourd'hui! » Peut-être était-il las de jouer ou craignait-il que la seconde manche proposée ne connaisse une issue propre à décevoir les espoirs de son compagnon et ne convertisse sa joie en tristesse. Kamal, en désespoir de cause, hocha la tête, l'air surpris.

– Tu es comme les poissons à sang froid! lança-t-il.

Puis, sur le ton de la critique, malaxant le bout de son gros nez avec son pouce et son index :

– Tu me sidères! Quand tu es battu, ça t'est égal de prendre ta revanche. Tu aimes Saad mais tu flanches quand il s'agit de participer à une manifestation qui a pour but de fêter son entrée en fonction au ministère. Tu implores la bénédiction d'al-Husseïn mais tu ne bouges pas un cil le jour où on nous apporte la preuve que sa dépouille ne repose pas dans dans son tombeau tout proche de nous! Vraiment, tu me sidères!

A quel point l'absence d'émotions le rendait furieux! Ce qu'on appelait « la raison » lui était insupportable. Comme s'il était épris, entiché de folie! Il se rappelait le jour où on leur avait dit à l'école que le tombeau d'al-Husseïn n'était de lui qu'un symbole et rien de plus. Ce jour-là, ils étaient rentrés ensemble. Pendant que Fouad répétait les paroles du professeur d'histoire religieuse, lui se demandait, plein de désarroi, où diable son ami trouvait la force de prendre la nouvelle en douceur, comme s'il s'agissait là d'une affaire qui ne le concernait pas. De son côté, il ne s'était pas livré à une quelconque réflexion. Il n'avait pas été en mesure de penser une seconde! Comment peut-on penser quand la révolte souffle en vous? Il allait, titubant presque, sous l'effet du coup terrible qui venait de le frapper en plein cœur. Il pleurait un imaginaire dont la source venait de se tarir, un rêve qui venait de tomber en miettes. Al-Husseïn n'était plus leur voisin! Pire, il ne l'avait jamais été un seul jour! Quel était le sens de ces baisers imprimés avec tant de sincérité et de fièvre sur la porte du tombeau? Que signifiait l'orgueil tiré de cette sainte intimité, la fierté conçue de ce voisinage? Tout cela n'avait été que chimère! Il n'y avait plus dans la grande mosquée qu'un vulgaire symbole et, dans son cœur dépité, une immense solitude... Cette nuit-là, il avait trempé son oreiller de larmes. Or tel était le choc qui n'avait rien remué d'autre chez son ami « raisonnable » que... sa langue, quand ce dernier l'avait commenté en répétant les paroles du professeur d'histoire. O raison, que tu es abjecte!

– Ton père connaît ton désir d'entrer à l'Ecole normale?

– Oui! répondit Kamal avec une sécheresse de ton témoignant de son agacement face à l'impassibilité de son compagnon, ainsi que de la douleur qu'il éprouvait d'avoir tenu tête à son père.

– Et qu'est-ce qu'il t'a dit?

Kamal trouva une occasion de soulager son cœur en s'en prenant à son interlocuteur par personne interposée.

– Hélas! répondit-il. Mon père, comme la plupart des gens, est de ceux qui s'attachent aux faux-semblants : la fonction publique..., la magistrature..., le barreau..., c'est tout ce qui le préoccupe! Je n'ai pas su comment le persuader du caractère sacré de la pensée, des valeurs élevées, les seules dignes d'être recherchées dans cette vie. Qu'importe, il m'a laissé libre de mes mouvements...

Fouad commença à manipuler un domino entre ses doigts et demanda, prudent, avec appréhension :

– Elles le sont sans aucun doute, mais peux-tu me dire qui, dans cette société, les élève au rang qu'elles méritent?

– Je ne peux tout de même pas rejeter une haute conviction sous le seul prétexte que ceux qui m'entourent ne l'ont pas!

– Admirable disposition d'esprit! acquiesça Fouad avec un calme apaisant. Mais ne ferais-tu pas mieux d'envisager ton avenir dans une optique réaliste?

– Tu crois vraiment que si notre leader avait suivi un tel conseil, demanda Kamal avec un mépris sarcastique, il aurait songé sérieusement à se rendre à la Maison du Protectorat pour exiger l'indépendance?

Fouad esquissa un sourire qui semblait dire : « Tout pertinent que soit ton argument, il ne peut valoir comme règle générale dans la vie. »

– Fais donc ton droit pour te garantir un métier honorable. Libre à toi plus tard d'enrichir ta culture à ta guise!

– Dieu n'a pas donné deux cœurs à l'homme![1] Et puis permets-moi de contester ta façon d'associer métier honorable et études de droit! Comme si l'enseignement n'en était pas un!

Fouad s'empressa d'affirmer avec insistance pour s'affranchir d'un tel soupçon :

– Ce n'est pas du tout ce que j'ai voulu dire! Qui pourrait prétendre que détenir le savoir et le transmettre n'est pas un noble métier? Peut-être n'ai-je fait que reproduire inconsciemment ce que pensent les gens! Et les gens, comme tu y faisais un peu allusion tout à l'heure, se laissent éblouir par le pouvoir et l'influence...

Kamal haussa les épaules avec mépris et jura, suivant son idée :

– Une vie consacrée tout entière à la pensée est la plus noble des vies!

L'autre hocha la tête, comme acquiesçant à ses paroles, sans mot dire. Il resta ainsi replié dans le silence jusqu'à ce que Kamal lui demande :

– Qu'est-ce qui t'a poussé à choisir le droit?

Fouad réfléchit un court instant et répondit :

– Je n'ai jamais eu comme toi le coup de foudre pour les idées. Il ne me restait plus dès lors qu'à choisir mes études supérieures suivant le seul critère de l'avenir. Alors j'ai pris le droit...

N'était-ce pas là la voix même de la raison? Mais si! En personne! Dieu, que cette raison-là l'exaspérait, le révoltait! N'était-ce pas pour lui pure injustice que de devoir passer ses longues vacances prisonnier de ce quartier avec pour unique compagnon ce « garçon raisonnable »? Il existait quelque part une autre vie aux antipodes de celle du vieux quartier; d'autres amis qui étaient, comparés à Fouad, comme le jour et la nuit! C'est vers cette vie-là, ces amis-là, que son âme tendait. Vers al-Abbassiyyé, vers la jeunesse nouvelle mais aussi et surtout vers l'élégance raffinée, l'accent parisien, le rêve merveilleux..., vers son

1. Adaptation du verset 4 de la sourate 33 du Coran.

idole... Ahhh! il lui tardait de retrouver la maison, sa chambre, pour s'y retirer, convoquer son journal intime, évoquer une date, faire resurgir un souvenir, consigner une pensée fugace. Le temps n'était-il pas venu pour lui de rompre la séance et de partir?

— J'ai rencontré certaines personnes qui m'ont demandé de tes nouvelles!

— Qui ça? demanda Kamal, soustrayant sa pensée à grand-peine au courant de son excitation.

— Qamar et Narjis! répondit Fouad dans un rire.

Qamar et Narjis étaient les deux filles d'Abou Sari, le grilleur de pépins...

Le passage voûté de l'allée Qirmiz, les venelles plongées dans l'obscurité après le coucher du soleil, le jeu frivole de l'amour entaché de cette innocence impure ou de ce vice ingénu! L'adolescence brûlante... Cela ne lui rappelait rien? Mais qu'avaient ses lèvres à se tordre de dégoût? Le souvenir de cette époque relativement ancienne déjà, qui avait précédé la descente de l'esprit saint, ne pouvait jamais lui revenir sans soulever en lui, comme de juste pour qui a le cœur gorgé de la sève d'un amour immaculé, un sentiment d'indignation, de douleur et de honte.

— Et comment les as-tu rencontrées?

— Dans la cohue du Mouled d'al-Husseïn[1]. Je les ai accostées franchement et ai continué à marcher à côté d'elles tranquillement comme si nous étions de la même famille venue faire un tour à la fête!

— Quel homme!

— Ça m'arrive!... Je les ai saluées..., elles m'ont répondu. On a bavardé un bon moment. C'est là que Qamar m'a demandé de tes nouvelles.

— Et après? demanda Kamal en rougissant quelque peu.

— Nous sommes tombés d'accord pour que je t'en parle

---

1. Grande fête célébrant au Caire la naissance d'al-Husseïn, petit-fils du Prophète.

et que nous nous retrouvions éventuellement tous les quatre...

Kamal secoua la tête avec répugnance.

– Pas question! répondit-il sèchement.

– Comment ça, pas question? s'étonna Fouad. J'aurais pourtant cru que tu accueillerais à bras ouverts l'idée d'un rendez-vous dans le souterrain ou la cour de la maison abandonnée! Tu sais, elles se sont faites, quatre matins encore et elles seront femmes à tous points de vue! Tiens, à propos, Qamar portait la grande *mélayé*[1] mais avait le visage découvert et je lui ai dit en rigolant : « Si tu avais mis ton voile, je n'aurais pas osé t'adresser la parole! »

– Non, non, pas question! s'entêta Kamal.

– Mais pourquoi?

– Je ne peux plus supporter la saleté!

Puis, avec une sécheresse de ton trahissant une douleur cachée :

– Je ne peux pas rencontrer Dieu dans ma prière avec des habits intérieurs maculés...

– Tu n'as qu'à te purifier et faire tes ablutions avant! suggéra Fouad sans chercher plus loin.

– L'eau ne nous lave pas de la souillure! rétorqua Kamal, opposant un hochement de tête à ce symbolisme creux.

C'était une vieille lutte... quand il allait jadis retrouver Qamar troublé par le désir et l'angoisse, pour revenir la conscience tourmentée et le cœur en pleurs ; puis, à la fin de sa prière, avec ferveur, demander longuement pardon à Dieu. Mais il y retournait, malgré lui, pour ramener la même souffrance et implorer encore à Dieu son pardon. Ah! ces jours suants de désir, d'amertume et de souffrance! Puis avait jailli la lumière. Là il avait pu aimer et prier à la fois. Oui! pourquoi pas? L'amour ne coule-t-il pas pur de source divine?

1. Grand voile noir de femme qui enveloppe le corps de la tête au pied.

Fouad reprit, exprimant quelque regret :

— Je n'avais plus revu Narjis depuis qu'on lui avait interdit de venir jouer dans le quartier...

Kamal sembla préoccupé :

— Tu n'as pas, toi, croyant, souffert de cette liaison?

— Il y a des choses qui sont plus fortes que nous! répondit Fouad, baissant les yeux, honteux et gêné.

Puis, comme pour masquer sa confusion :

— Alors, tu refuses décidément de saisir l'occasion?

— Absolument!

— Par égard pour la religion uniquement?

— Et alors, ça ne suffit pas?

Fouad arbora un large sourire.

— Tu t'imposes bien l'insupportable!...

— Je suis comme ça, un point c'est tout! s'entêta Kamal, et je ne dois pas être autrement!

Ils échangèrent un long regard. Aux yeux de Kamal, où perçaient détermination et défi, répondaient ceux de Fouad dans un appel à la trêve et un sourire, tels les rayons infernaux du soleil qui s'assagissent en un chatoiement rieur à la surface de l'eau...

— Pour moi, reprit Kamal, le désir charnel est un instinct bas. L'idée d'y succomber m'est insupportable! J'irai même jusqu'à dire qu'il n'a peut-être été créé en nous que pour mieux nous inspirer un sentiment de résistance, de sublimation, afin de nous élever dignement au rang de la véritable humanité. Car de deux choses l'une : soit je suis un être humain, soit je suis un animal!

Fouad marqua une pause avant de répondre calmement :

— Je ne pense pas que ce soit un mal absolu. Car, malgré tout, c'est lui qui nous pousse à nous marier et, de là, à perpétuer notre descendance!

Le cœur de Kamal fut secoué par une violente palpitation dont Fouad n'eut pas idée. Au bout du compte, le mariage se résumait-il à cela? S'il n'ignorait pas globalement cette vérité, il n'en demeurait pas moins désemparé, ne sachant comment les gens parvenaient à concilier amour et mariage. Cette question délicate, jamais son amour ne l'avait contraint à l'aborder dans la mesure où le mariage lui était toujours apparu – et pour plus d'une raison – comme dépassant le faîte de ses espérances, ce qui ne l'en plongeait pas moins dans une situation contraignante à laquelle il fallait trouver une issue! Il ne concevait pas entre lui et son adorée d'heureuse union autre qu'émanant chez elle d'une inclination de l'âme et chez lui d'une quête passionnée. Autrement dit par une voie confinant à l'adoration..., si elle n'était pas l'adoration même! Alors qu'avait à voir le mariage là-dedans?

– Ceux qui aiment vraiment ne se marient pas!

– Qu'est-ce que tu dis? s'interrogea Fouad, étonné.

Il se rendit compte, avant même que Fouad n'ait posé sa question, que sa langue avait trahi sa pensée. Il vécut un instant pénible, la gêne se lisant sur son visage, et commença à se remémorer les derniers mots sortis de la bouche de son compagnon avant que ne lui échappe cette phrase saugrenue. Bien qu'encore tout frais à ses oreilles, il parvint non sans effort à remonter le fil des propos de ce dernier au sujet du mariage et de la descendance. Il prit le parti de masquer son lapsus et d'en corriger le sens autant que faire se pouvait.

– Ceux qui aiment plus que la vie ne se marient pas! Voilà ce que je voulais dire.

Fouad esquissa un léger sourire... (ou bien s'efforçait-il d'étouffer un rire?). Mais ses yeux impénétrables ne livrèrent pas ses sentiments cachés. Il se contenta de dire :

– C'est un grave sujet! Il est encore prématuré d'en parler... Laissons cela au moment opportun!...

Kamal haussa les épaules avec une souveraine indifférence :

– Soit! Attendons...

Un abîme les séparait. Pourtant ils étaient amis. Plus encore, Kamal ne pouvait méconnaître que c'était cette divergence de vues entre eux deux qui précisément l'attirait vers l'autre, malgré la tension que chaque fois cela infligeait à ses nerfs. Le temps n'était-il pas venu pour lui de rentrer à la maison? Le désir d'être seul, de se confier à lui même, l'y appelait. L'idée du cahier qui dormait dans le tiroir de son bureau mettait le feu à son impatience. Lorsqu'on s'est épuisé à supporter le réel, il faut bien rechercher un peu de repos dans le repliement!...

— C'est bon, rentrons!...

4

La calèche allait son chemin sur la rive du Nil quand elle stoppa soudain devant une villa en bordure du fleuve, au bout du premier embranchement de la route d'Imbabah. M. Ahmed ne tarda pas à en descendre, suivi immédiatement de M. Ali Abd el-Rahim.

La nuit s'était posée sur son perchoir et l'obscurité recouvrait les choses alentour. On ne distinguait plus de loin en loin que des lumières qui s'échappaient des fenêtres des villas d'eau et des *dahabiehs*[1] dont le cordon s'étirait le long des deux rives à partir du pont de Zamalek[2] et, plus bas en aval, ainsi qu'un essaim de lueurs falotes qui scintillait à l'emplacement du village, au bout de la route, comme un nuage de dentelle arrosant de soleil un ciel lourd assombri par l'orage. C'est la première fois que M. Ahmed se rendait à la villa, bien que M. Iffat l'eût louée depuis quatre ans déjà à son propriétaire, lequel en avait fait le lieu privilégié de ces réunions galantes que notre homme s'était précisément interdites depuis la mort de Fahmi.

Ali Abd el-Rahim le précéda pour lui indiquer la

1. Longue barque, pouvant dépasser trente mètres, très effilée en proue, terminée à l'arrière par un habitacle surmonté d'un pont couvert, utilisée jadis sur le Nil pour le transport des voyageurs.
2. Pont reliant la rive est du Nil au quartier du même nom situé à l'ouest.

passerelle, et lui dit, une fois qu'il fut parvenu au bord de l'escalier :

– Fais attention, l'escalier est étroit, les marches sont hautes et il n'y a pas de rampe. Pose ta main sur mon épaule et descends doucement.

Les deux hommes descendirent avec d'infinies précautions, l'oreille chatouillée par le clapotis de l'eau qui giflait la berge et le devant de la villa, les narines remplies d'une odeur de plantes où se mêlaient les senteurs du limon que la crue avait déposé en abondance en ce début de septembre.

– Cette nuit fera date dans ta vie et dans la nôtre! s'exclama Ali Abd el-Rahim en cherchant à tâtons le bouton de la sonnette sur le mur d'entrée. Célébrons-la comme il se doit en la baptisant d'un nom approprié : « La nuit du retour du cheikh! » Qu'en dis-tu?

– Oui, à part que je ne suis pas un cheikh! répondit notre homme en agrippant plus fort l'épaule de son ami. Le cheikh, dans l'histoire, ce serait plutôt ton père!

– Dans un instant, tu vas revoir des visages que tu n'as pas vus depuis cinq ans! s'esclaffa Ali Abd el-Rahim.

– Ça ne veut pas dire pour autant, rétorqua notre homme, l'air peu sûr de son fait, que je vais modifier quoi que ce soit à ma conduite ou m'écarter de ma résolution!

Puis, après une courte pause :

– Enfin..., je...

– Tu as déjà vu un chien jurer de ne pas toucher à la viande quand on le laisse seul à la cuisine?

– Ce chien dont tu parles serait plutôt ton père..., fils de chien!

Ali Abd el-Rahim pressa le bouton de la sonnette. Au bout de trente secondes, la porte s'ouvrit sur le visage d'un vieux Nubien qui s'effaça en portant les mains sur le sommet de sa tête en signe de salutation.

Les deux hommes pénétrèrent et obliquèrent vers une porte, sur la gauche en entrant, qui les conduisit à un couloir de faible longueur, éclairé par une lampe électrique pendant du plafond et dont un gros fauteuil en cuir et une table basse surmontés d'un miroir meublaient les côtés avec symétrie. Au fond, dans l'axe, une autre porte entrouverte laissait filtrer les voix des convives auxquelles le cœur de notre homme tressaillit. Ali Abd el-Rahim la poussa et pénétra dans la pièce suivi de M. Ahmed. A peine celui-ci en eut-il franchi le seuil qu'il se retrouva face à face avec les membres présents qui s'étaient levés pour l'accueillir et qui bientôt s'avancèrent pour lui faire fête, la joie éclatant presque sur leurs visages.

Mohammed Iffat fut le plus prompt à se porter vers lui et, lui donnant l'accolade :

– C'est la lune qui vient nous éclairer[1]! s'exclama-t-il.

Puis ce fut le tour d'Ibrahim Alfar de l'embrasser.

– Le temps a comblé mes attentes[1]! lui dit-il.

Les hommes se rangèrent en haie d'honneur et Ahmed Abd el-Gawwad put voir Galila, Zubaïda, ainsi qu'une troisième femme qui se tenait légèrement en retrait des deux autres, en qui il ne tarda pas à reconnaître Zannouba, la luthiste. Ahhh! le passé était là, tout entier, réuni dans un seul cercle! Bien que paraissant un peu gêné, ses traits s'illuminèrent...

Mais bientôt Galila partit d'un long éclat de rire, ouvrit ses bras et l'en entoura en chantonnant :

– Où étais-tu, ô mon aimé, disparu[1]?...

Lorsqu'elle le libéra de son étreinte, il vit Zubaïda non loin d'elle, comme hésitante mais le visage éclairé par des marques de joie et de bienvenue. Il lui tendit le bras. Elle le lui pressa chaleureusement et, arquant en signe de reproche ses sourcils effilés, elle dit sur un ton non dénué d'ironie :

– Depuis treize ans j'attendais ton retour[2]...

Il ne put retenir un profond éclat de rire... quand, enfin, il aperçut Zannouba qui n'avait pas bougé d'un pas, un sourire timide entrouvrant ses lèvres, comme n'ayant trouvé dans son passé commun avec le visiteur rien qui

1 et 2. Titres de chansons.

l'autorisât à rompre la glace entre eux deux. Il lui donna une poignée de main, lui disant, en guise d'encouragement, avec galanterie :

– Heureux de voir la reine des luthistes!...

Chacun regagna sa place. Mohammed Iffat passa son bras sous celui de M. Ahmed, l'entraîna avec lui et le fit asseoir à ses côtés en lui demandant dans un rire :

– Tu es tombé là par hasard ou tu as des visées d'amour?

– Non, c'est l'amour qui m'a visé et je suis tombé! répondit notre homme sur le ton de la confidence.

L'endroit, que la chaleur des retrouvailles et les plaisanteries de ses hôtes lui avaient d'abord rendu absent, commença à se révéler à sa vue. Il découvrit alors une pièce de taille moyenne, aux murs et au plafond revêtus d'une couleur vert émeraude, percée de part et d'autre de deux fenêtres donnant d'un côté sur le Nil, de l'autre sur la route, vitres ouvertes et jalousies closes. Une lampe électrique enveloppée d'un cône de cristal pendait du plafond et rabattait un faisceau de lumière sur une table basse occupant le centre de la pièce, sur laquelle s'alignaient les verres et les bouteilles de whisky. Un tapis assorti à la couleur des murs et du plafond recouvrait le sol, quatre gros canapés le bordant en carré, séparés en deux par un polochon et habillés d'une housse brochée. Quant aux coins, ils étaient garnis de poufs et de coussins.

Galila, Zubaïda et Zannouba s'assirent sur le canapé côté Nil, les trois hommes sur celui opposé, les instruments de musique, luth, tambourin à cymbalettes, darabukka[1] et cymbales, s'éparpillant sur les poufs à côté d'eux. Ahmed Abd el-Gawwad laissa courir longuement son regard sur l'endroit, puis, dans un soupir de satisfaction :

– Seigneur! Tout est parfait! s'exclama-t-il. Pourquoi

---

1. La darabukka (ou derbouka au Maghreb) est un tambour sur vase en forme de calice, le plus souvent en poterie, tendu à son ouverture la plus large d'une peau de chèvre ou de poisson.

n'ouvrez-vous pas les deux fenêtres qui ont vue sur le Nil?

– On les ouvre quand le trafic des felouques s'arrête, lui répondit Mohammed Iffat. « Si Dieu vous a éprouvé, cachez-vous[1]! »

A quoi notre homme répliqua du tac au tac, le sourire à la bouche :

– Et si vous vous cachez, soyez éprouvés!

– C'est ça, faites-nous voir votre gaillardise d'autrefois! lui cria Galila, comme le mettant au défi.

Sa repartie n'avait eu d'autre but que la plaisanterie. Au reste, s'être jeté dans cette action rebelle, autrement dit être venu à la villa d'eau, après tant de réticences, engendrait en lui incertitude et angoisse. Mais il y avait autre chose. Un changement d'une certaine nature qu'il devait identifier de lui-même et pour lui-même. Qu'il y regarde seulement d'un peu plus près! Que voyait-il? Galila et Zubaïda, là, devant lui, aussi robustes l'une et l'autre qu'un palanquin, comme il disait jadis, ou peut-être encore plus fournies en chair et en graisse. Mais quelque chose d'autre entourait leur personne, plus accessible sans doute à l'intuition qu'aux sens, mais qui, incontestablement, s'apparentait de près ou de loin à la vieillesse et qui peut-être avait échappé au regard de ses amis, dans la mesure où ceux-ci n'avaient pas comme lui rompu avec les deux femmes. Un tel changement ne l'avait-il pas frappé lui aussi? Cette pensée lui serra le cœur et refroidit son ardeur. L'ami de retour après une longue absence est le plus sûr miroir de l'homme! Mais par quelle voie saisir ce changement? Galila et Zubaïda ne montraient aucun cheveu blanc! D'ailleurs que viendraient faire les cheveux blancs sur la tête de jolies femmes? Pas de rides non plus!... « Aurais-tu la berlue? Sûrement pas! Tiens, prends ce regard! Il est le reflet d'une âme éteinte malgré tout l'éclat qui rayonne autour d'elle et qui, se cachant parfois sous le masque d'un sourire, de la frivolité, transparaît entre-temps sous son

1. Hadith.

127

vrai jour. Alors, tu peux y lire l'enterrement de la jeunesse !
C'est une oraison silencieuse. Zubaïda n'a-t-elle pas déjà la
cinquantaine ? Et Galila a des années de plus qu'elle ! Elle
est ta compagne d'âge. Elle ne saurait s'en défendre quoi
qu'elle en dise. Mais quelque chose aussi dans ton cœur a
changé, qui laisse pressentir le dégoût, la crispation. Tu
n'étais pas ainsi en arrivant ! Tu étais venu en courant à
perdre haleine, à la poursuite d'une image qui n'existait
plus. Fais-en ton deuil ! Sans te laisser dérouter pour
autant... Allez, bois, ouvre ton âme à la joie, ris, personne
ne va te pousser malgré toi contre tes désirs !... »

– Je n'aurais jamais cru que mes yeux vous reverraient
en ce monde ! reprit Galila.

Il ne put résister à la tentation de lui demander :

– Et comment me trouvez-vous ?

Zubaïda s'interposa pour répondre :

– Comme d'habitude ! Un dromadaire unique en son
espèce ! Il y a bien quelques cheveux blancs qui brillent
sous votre tarbouche..., mais rien d'autre à part ça !

– Laisse-moi répondre ! protesta Galila. Sa question
m'était adressée à moi.

Puis, se tournant vers notre homme :

– Je vous trouve comme avant. Rien d'étonnant, nous
ne sommes jamais « tous les deux » que des enfants de la
veille !

Ahmed Abd el-Gawwad saisit l'allusion et dit en affectant le sérieux et la sincérité :

– Quant à vous deux, vous êtes encore plus belles et
resplendissantes qu'avant ! Je n'en attendais pas tant...

Zubaïda, le scrutant d'un œil attentif :

– Qu'est-ce qui vous a éloigné de nous pendant tout ce
temps ?

Puis, en riant :

– Vous auriez pu, si vous aviez eu en vous quelque
bonté, venir nous rendre quelques visites innocentes ! Ne
peut-il donc y avoir de rencontre entre nous sans qu'il y ait
un lit en dessous ?

Ce à quoi Ibrahim Alfar répliqua, agitant son bras en l'air pour faire retomber la manche de son cafetan :

– Autant qu'il sache et que nous sachions, il ne peut pas y avoir de rencontre innocente entre vous et nous!

– Bah! s'indigna Zubaïda. Dieu nous garde des hommes! Vous n'avez d'égards pour les femmes que comme montures!

– Pauvre chérie, va! s'esclaffa Galila. Rends-en grâce au Seigneur! Allons donc! Tu crois que tu aurais fait l'effort d'amasser toute cette graisse si tu n'avais pas eu en tête l'idée de devenir une monture ou un bon matelas, bien rembourré :

– Laisse-moi seule avec l'accusé, que je poursuive son interrogatoire! lui lança Zubaïda sur un ton de reproche.

– J'ai été condamné à cinq années de prison, exempté de travaux! reprit Ahmed Abd el-Gawwad avec le sourire.

Zubaïda revint à la charge contre lui :

– Bonté divine! lança-t-elle, ironique. Vous vous êtes refusé tous les plaisirs. Tous, ô mon Dieu, au point qu'il ne vous reste plus que ceux de la bonne chère, du vin, de la musique, de la rigolade et des veillées jusqu'à l'aube de chaque nuit!

– Toutes ces joies sont l'indispensable refuge d'un cœur brisé! rétorqua Ahmed Abd el-Gawwad comme pour se disculper. Pour ce qui est des autres...

Zubaïda agitant sa main, l'air de lui dire : « Ah! vous alors! » :

– J'ai maintenant la preuve que vous nous considérez pire que tous les vices et tous les péchés!

Mohammed Iffat les interrompit en s'écriant, comme s'il s'était remémoré quelque chose d'important qui allait lui quitter l'esprit :

– Sommes-nous venus jusqu'ici pour discuter, laisser les verres là, sans personne pour s'occuper d'eux? Ali, remplis-les! Zannouba, accorde ton luth! Et vous, mon bon monsieur, mettez-vous à l'aise! Vous vous croyez à l'école? Tombez donc cette djoubba et ôtez ce tarbouche. N'allez pas croire que vous avez échappé à l'interrogatoire! On le reprendra plus tard. Il faut d'abord pour cela que la cour et le barreau soient soûls! Galila a tenu absolument à retarder notre ivresse jusqu'à ce que – je cite – « le prince de la rigolade soit parmi nous ». Cette bonne dame te voue un culte semblable à celui que les pêcheurs impénitents rendent à Satan! Que Dieu vous garde l'un pour l'autre! »

M. Ahmed se leva pour ôter sa djoubba. Ali Abd el-Rahim se leva à son tour pour assumer, comme à son habitude, le rôle d'échanson. Le luth cherchant son accord balbutia quelques notes discordantes. Zubaïda chauffa sa voix dans un bourdonnement intérieur. Galila arrangea du bout des doigts quelques mèches sur sa tête et creusa le décolleté de sa robe entre ses seins. Les yeux suivirent avec désir les mains d'Ali Abd el-Rahim en train d'emplir les verres. M. Ahmed se carra sur son siège en promenant son regard sur l'endroit puis sur les membres présents, jusqu'au moment où ses yeux rencontrèrent par hasard ceux de Zannouba. Leurs regards se saluèrent dans un sourire. Ali Abd el-Rahim servit la première tournée. « A votre santé à tous! » s'exclama M. Mohammed Iffat. Puis, se tournant vers M. Ahmed : « Et à ton amitié! » « A votre retour, monsieur Ahmed! » ajouta Galila. Zubaïda : « A la vertu après le péché! » M. Ahmed : « A mes chers amis dont la tristesse m'a séparé! »

On commença à boire dès que M. Ahmed porta son verre à ses lèvres. Par-dessus le rebord du pied il vit alors, levé pareillement au sien, le visage de Zannouba dont la fraîcheur juvénile le fit frémir d'émotion. Mohammed Iffat s'adressa à Ali Abd el-Rahim : « Remets-nous-en une deuxième! » Et Ibrahim Alfar de renchérir : « Et une troisième tout de suite après, qu'on parte d'aplomb! » Ali Abd el-Rahim releva ses manches : « Le serviteur est maître de son assemblée! »

M. Ahmed se prit à accompagner du regard les doigts de Zannouba occupée à accorder son luth. Il s'interrogea sur son âge, qu'il situa entre vingt-cinq et trente ans. Il se demanda encore une fois le motif de sa présence... Jouer du luth? A moins que sa tante Zubaïda ne veuille la préparer à assurer elle-même sa subsistance! Ibrahim Alfar : « La tête me tourne à regarder l'eau du Nil! » Et Galila de s'écrier : « Va donc, fils de girouette! » « Si on jetait à l'eau une femme aussi énorme que Galila ou Zubaïda, vous croyez qu'elle coulerait ou qu'elle flotterait? » demanda Ali Abd el-Rahim. M. Ahmed lui répondit qu'elle flotterait à moins qu'elle ne soit percée. Il interrogea sa conscience pour savoir ce qu'il adviendrait s'il était pris d'attirance pour Zannouba... Elle lui répondit qu'il serait pour lui honteux d'y succomber maintenant..., qu'au bout de cinq verres l'affaire ne laisserait toujours pas d'être délicate, mais qu'après une bouteille entière, en revanche, cela deviendrait un devoir!

Mohammed Iffat proposa de boire un verre à la santé de Saad Zaghloul et de Mustapha al-Nahhas qui allaient à la fin du mois faire le trajet de Paris à Londres pour assister à la négociation. Puis Ibrahim Alfar proposa d'en vider un autre à la santé de Mac-Donald, l'ami de l'Egypte et des Egyptiens. Ali Abd el-Rahim demanda ce qu'avait voulu dire ce dernier quand il avait affirmé qu'« il pouvait résoudre la question égyptienne en moins de temps qu'il ne lui en fallait pour vider la tasse de café qu'il avait devant lui ». Ahmed el-Gawwad lui répondit que cela signifiait qu'il faut cinquante ans à un Anglais – en moyenne – pour vider une tasse de café! Il se rappela comment il s'était déchaîné contre la révolution après la mort de Fahmi, comment, au vu de l'estime et du respect que lui témoignaient les gens en sa qualité de père d'un saint martyr, il avait retrouvé peu à peu sa fibre patriotique de la première heure, comment enfin la tragédie de son fils s'était muée avec le temps en titre de gloire dont il tirait vanité sans le savoir.

Galila tendit son verre en direction de M. Ahmed et lui dit :

– A la vôtre, mon dromadaire! Ça faisait longtemps que je me demandais : « M. Ahmed nous a vraiment oubliées? » Mais Dieu sait que je vous ai pardonné et l'ai prié de vous donner force d'âme et consolation. N'en soyez pas étonné, car je suis votre sœur et, vous, vous êtes mon frère!

– Si vous étiez sa sœur, lui demanda narquoisement Mohammed Iffat, et lui votre frère, comme vous le prétendez, vous croyez qu'on fait entre frères et sœurs ce que vous avez fait ensemble dans le temps?

Elle partit d'un éclat de rire qui ranima dans les esprits les souvenirs de l'année 1918 et celles d'avant.

– Va le demander à tes oncles, âme de ta mère!

– Autre chose m'est apparu pour expliquer sa longue absence! déclara Zubaïda en dévisageant Ahmed Abd el-Gawwad avec malice.

Plus d'une voix s'éleva pour lui demander ce qui lui était apparu, quand M. Ahmed bredouilla avec le ton de qui implore la protection de Dieu :

– O Dieu de miséricorde, protégez-moi!

– Il m'est apparu que sans doute il avait été victime d'un de ces accès de faiblesse qui frappent les vieux de son âge! Alors il a pris prétexte de la tristesse et a disparu...

– Il serait bien le dernier à être atteint de vieillesse! protesta Galila en branlant la tête à la manière des almées.

– Quel point de vue te paraît le plus juste : demanda M. Iffat à M. Ahmed.

– Le premier n'exprimerait-il pas la peur et le second l'espoir? répondit ce dernier sur un ton lourd de sens.

– Je ne suis pas de celles dont on déçoit les attentes! rétorqua Galila avec triomphe et satisfaction.

Il alla pour lui dire : « Qui de l'homme a fait l'expérience le méprise ou lui fait révérence », mais il craignit d'être convoqué à l'examen, ou que ses paroles fussent entendues comme une proposition de le subir, cela au moment où, à mesure qu'il y regardait d'un peu plus près, un sentiment de répulsion et de détachement le saisissait, dont l'idée ne l'avait pas même effleuré avant sa venue en ces lieux. Pour sûr ! Un changement indiscutable s'était produit! Le temps d'avant était révolu. Aujourd'hui n'était plus comme hier. Zubaïda n'était plus Zubaïda et Galila n'était plus Galila. Rien ne méritait plus de risquer l'aventure. Il n'avait qu'à se contenter de la fraternité que Galila avait proclamée, et en étendre le cercle en y incluant Zubaïda, elle aussi !

— Comment, entre vous deux, mesdames, un homme pourrait-il être frappé de sénilité ! s'exclama-t-il avec délicatesse.

— Lequel d'entre vous est le plus vieux ? demanda Zubaïda en dévisageant tour à tour les trois hommes.

— Je suis né pour ma part juste après la révolution d'Orabi[1], répondit notre homme innocemment.

— A d'autres ! protesta Mohammed Iffat. On m'a dit que tu as fait partie de ses troupes.

— J'ai été un de ses soldats en gestation ! rétorqua M. Ahmed. Comme tu dirais aujourd'hui un travailleur à domicile...

— Et que faisait feu ta mère en te voyant entrer et sortir pour partir au combat ? s'enquit Ali Abd el-Rahim, l'air surpris.

— Ne vous dérobez pas par la plaisanterie ! s'écria Zubaïda après avoir vidé son verre. Je vous demande votre âge.

— Ça va, pour tous les trois, entre cinquante et cinquante-cinq ! répondit Ibrahim Alfar avec défi. Et vous, vous allez nous révéler le vôtre ?

Zubaïda haussa les épaules avec indifférence et rétorqua :

— Je suis née...

Elle plissa le regard et leva ses yeux fardés vers la lampe, dans l'effort du souvenir. Mais M. Ahmed la prit de vitesse et compléta ses paroles en disant :

1. Il s'agit d'Orabi Pacha. officier égyptien qui, pour répondre à l'ingérence de l'Angleterre dans les affaires de l'Egypte (création du service de la Dette. commission d'enquête sur les finances), avait organisé en 1881 le premier mouvement de révolte nationale. Ahmed Abd el-Gawwad se rajeunit donc d'une douzaine d'années.

– Après la révolution de Saad Pacha[1] ?

Ils rirent longuement jusqu'à ce qu'elle leur signifie son désagrément en faisant trembler son doigt. Mais Galila qui, manifestement, n'appréciait pas la conversation, s'écria :

– Epargnez-nous ce terrain glissant! L'âge, est-ce que ça nous regarde, nous, les humains? Laissons à Dieu qui est au ciel le soin de nous le demander! En ce qui nous concerne, une femme reste jeune tant qu'elle trouve quelqu'un pour la désirer et un homme tout pareillement!

– Félicitez-moi! s'écria soudain Ali Abd el-Rahim.

On lui demanda de quoi il convenait de le féliciter et il répondit dans le même éclat de voix :

– Je suis ivre!

Ahmed Abd el-Gawwad déclara alors qu'ils devaient tous le rejoindre avant qu'il ne s'égare, seul, dans le monde de l'ivresse, Galila incitant au contraire l'assemblée à l'abandonner à son sort pour le punir de s'être hâté de boire. Ali Abd el-Rahim alla se blottir dans un coin, un verre plein à la main, et dit : « Trouvez quelqu'un d'autre que moi pour vous servir! » Zubaïda se leva pour gagner l'endroit où elle avait laissé ses vêtements et fouilla son sac en quête de la petite boîte de cocaïne qu'elle y avait laissée jusqu'à ce qu'elle constate, rassurée, qu'elle n'avait pas bougé. Ibrahim Alfar profita de ce que sa place se trouvait libre pour s'y installer. Il appuya sa tête contre l'épaule de Galila en poussant un soupir profond. Mohammed Iffat se leva et alla ouvrir les jalousies des deux fenêtres donnant sur le Nil. La nuit projetait sur le fleuve un jeu d'ombres mouvantes sillonnées par des traînées de lumière douce que le scintillement des lampes des *dahabiehs* en veillée dessinait sur le plissement de l'eau.

Zannouba caressa les cordes de son luth et en fit sortir un air dansant. Notre homme garda longuement ses yeux

1. Il s'agit de la révolution de 1919. D'après Ahmed Abd el-Gawwad, Zubaïda aurait environ cinq ans !

fixés sur elle puis se leva pour se remplir un verre. Entre-temps, Zubaïda avait regagné sa place et s'était assise entre Mohammed Iffat et Ahmed Abd el-Gawwad, lui tapotant l'échine. La voix de Galila s'éleva, elle chanta : « Le jour où m'a mordue l'amour... »

Sur ce, Ibrahim Alfar s'écria à son tour : « Félicitez-moi ! »

Mohammed Iffat et Zubaïda joignirent leur voix à celle de Galila quand vint ce vers de la chanson : « On m'a porté les premiers secours. » Zannouba prit part elle aussi à la chanson. M. Ahmed posa à nouveau ses yeux sur elle et, sans s'en rendre compte, se joignit au chœur. La voix d'Ali Abd el-Rahim arriva du coin de la pièce pour soutenir l'ensemble. Ibrahim Alfar s'écria, la tête toujours appuyée contre l'épaule de Galila : « Six chanteurs pour un seul auditeur : votre serviteur ! » Ahmed Abd el-Gawwad se dit en lui-même sans s'arrêter de chanter : « Elle va dire oui, au comble de la joie et de la satisfaction ! » Il se demanda encore : « Est-ce une nuit sans lendemain ou une longue liaison qui s'annonce ? »

Ibrahim Alfar se leva brusquement et se mit à danser. L'assemblée tout entière commença alors à frapper dans ses mains en cadence et à chanter à l'unisson :

> *Allez, dans ta poche prends-moi*
> *Entre ta ceinture et le petit endroit...*

Ahmed Abd el-Gawwad, lui, se demandait si Zubaïda allait accepter que la rencontre ait lieu chez elle.

Le chant et la danse cessèrent et on se lança dans une ardente joute d'esprit. Chaque fois que notre homme accouchait d'un bon mot, il épiait le visage de Zannouba pour en contempler l'effet. Le désordre gagnait, tandis que doucement s'épuisait le temps...

– Bon ! Il faut que j'y aille maintenant ! déclara Ali Abd el-Rahim en se levant et en se dirigeant vers ses vêtements.

Mohammed Iffat lui cria alors, furieux :

– Je t'avais pourtant dit de l'amener avec toi pour ne pas rompre le fil de la soirée!

– Et qui est la petite chouchoute? s'enquit Zubaïda en relevant ses sourcils.

– Une nouvelle amie! répondit Ibrahim Alfar. Une grosse patronne de maison à Wajh el-Birka[1].

– Qui est-ce? s'enquit Ahmed Abd el-Gawwad avec intérêt.

– Ta vieille amie Saniyya el-Olali! répondit en riant Abd el-Rahim tout en ceinturant sa djoubba.

Notre homme écarquilla ses yeux bleus où brilla un regard rêveur. Puis, s'adressant à son ami, le sourire aux lèvres :

– Rappelle-moi à son bon souvenir et transmets-lui mes salutations...

– Elle m'a demandé de tes nouvelles et m'a proposé de t'inviter à passer une soirée chez elle après le travail, reprit Ali Abd el-Rahim en torsadant ses moustaches alors même qu'il s'apprêtait à partir. Je lui ai répondu que ton aîné, béni soit-il! ayant atteint un âge considéré chez vous comme une obligation de fréquenter Wajh el-Birka et autres lieux de perdition, tu risquerais, toi, son père, de te trouver nez à nez avec lui si tu répondais à l'invitation!

Sur ce, l'homme partit d'un franc éclat de rire puis salua l'assemblée et quitta la pièce en direction du couloir. Mohammed Iffat et Ahmed Abd el-Gawwad lui emboîtèrent le pas pour le reconduire jusqu'à la sortie. Les trois hommes restèrent encore quelques instants à discuter et à rire entre eux avant que M. Ali ne quitte la villa. Mohammed Iffat chahuta alors le bras d'Ahmed Abd el-Gawwad et lui demanda :

– Et maintenant? Zubaïda ou Galila?

– Ni l'une ni l'autre! répondit notre homme tout naturellement.

– Pourquoi diable? Parle-nous pas de malheur!

1. Quartier proche de l'Ezbékiyya qui correspondait au début du siècle à notre Pigalle.

– Ne pressons pas les choses, reprit Ahmed Abd el-Gawwad sur le ton de la tempérance. Je me contenterai pour le restant de la soirée de la boisson et du luth...

Son ami le pressa de risquer un nouveau pas, mais, notre homme s'y dérobant poliment, il ne l'indisposa pas davantage. Ils regagnèrent la chambre qui chavirait, dans le flou de l'hébétude, et reprirent leur place. Ibrahim Alfar suppléa à la fonction d'échanson. Les signes de l'ivresse se laissaient saisir dans le flamboiement des yeux, l'aisance naturelle de la conversation, le relâchement des membres... Tous avaient repris en chœur avec Zubaïda :

Pourquoi, pourquoi rit le fleuve...

Ahmed Abd el-Gawwad poussa sa voix au point de couvrir presque Zubaïda. Galila raconta quelques bribes de son passé amoureux...

« Depuis que mes yeux sont tombés sur toi, j'ai eu le sentiment que la nuit ne se terminerait pas comme ça... Dieu, que la petite est belle! La petite? Eh oui, puisque tu as un quart de siècle de plus qu'elle! »

Ibrahim Alfar pleura la période dorée du cuivre, du temps de guerre, et dit à la compagnie sur un ton dédaigneux : « Vous m'auriez baisé les mains pour une livre de cuivre! » A quoi M. Ahmed rétorqua : « Si vous avez un service à demander à un chien, appelez-le monsieur! »

Zubaïda se plaignit d'être trop soûle. Elle se leva et commença à arpenter la pièce de long en large. A cet instant, ils se mirent à frapper dans leurs mains au rythme de sa démarche titubante et à lui chanter à tue-tête : « Maman, les p'tits bateaux!... » Le vin endort les organes sécréteurs de tristesse. « Allez, suffit! » marmonna Galila. Elle se leva et quitta la pièce en direction d'un vestibule conduisant à deux alcôves disposées en vis-à-vis. Obliquant vers l'une d'elles, côté Nil, elle y pénétra. Au moment où il recevait la masse de son corps énorme, le lit fit entendre un craquement. Pareille initiative plut à Zubaïda, qui suivit immédiatement sa collègue vers l'autre alcôve, d'où un nouveau craquement, plus violent encore, retentit.

– Le lit a lancé son appel! s'exclama Ibrahim Alfar.

Une voix faible leur parvint alors de la première alcôve, qui fredonnait, imitant le ton éraillé de Mounira al-Mahdiyya : « Viens, mon chéri... » Mohammed Iffat se leva et répondit en chantonnant : « Voilà, j'arrive... »

Ibrahim Alfar interrogea du regard M. Ahmed qui lui dit : « Si tu n'as pas honte, fais ce que tu veux[1]! » L'homme se leva et répondit : « A la villa, la honte n'existe pas! »

Enfin seul! L'heure qu'il avait tant attendue était arrivée! La petite posa le luth à côté d'elle et croisa ses jambes en tailleur en les couvrant pudiquement du pan de sa robe. Un silence se fit... Leurs yeux se croisèrent..., après quoi elle tourna son regard dans le vide. Le silence se chargea d'électricité et ne fut bientôt plus supportable.

Elle se leva brusquement.

– Où vas-tu? lui demanda-t-il.

– A la salle de bains! marmonna-t-elle en franchissant la porte.

Il se leva à son tour et alla s'asseoir à sa place, prit le luth et commença à taquiner les cordes, se demandant en lui-même : « N'y aurait-il pas par hasard une troisième chambre? Mais il ne faut pas que ton cœur cogne comme ça, comme la nuit où le soldat anglais te poussait devant lui dans le noir... La nuit de chez Oum Maryam... Tu te rappelles? Ne remue pas ce souvenir, il est trop cruel!... Tiens, la voilà qui revient de la salle de bains... Dieu, qu'elle est mignonne!... »

– Vous jouez du luth?

– Non, apprends-moi! répondit-il avec un sourire.

– Le tambourin vous suffit! Vous en êtes un spécialiste!

– Oh! il est loin, ce temps-là!... Une bien douce époque!

1. Hadit.

soupira-t-il, tu étais encore une enfant... Mais... pourquoi ne t'assieds-tu pas?

« Tu sens comme elle te frôle... Ah! qu'elles sont douces, les premières approches! »

– Tiens, prends le luth et joue pour moi...

– On a assez chanté, joué et ri comme ça! Cette nuit, j'ai compris, plus que jamais, pourquoi votre présence leur manque à chaque veillée!

Il eut un sourire, révélateur de sa joie, et insista insidieusement :

– Par contre, tu n'as pas dit que tu as assez bu!

– Non! répondit-elle en riant.

Tel un cheval fougueux, il bondit vers la table, revint une bouteille à moitié pleine et deux verres à la main, puis se rassit en disant :

– Buvons tous les deux.

« La délicieuse petite goulue! Ses yeux étincellent de malice et de charme... Pose-lui la question pour la troisième chambre... et demande-toi si c'est juste pour une nuit ou pour plus longtemps! Mais..., pour ce qui est des conséquences, ne te pose pas de questions! Pense donc! M. Ahmed Abd el-Gawwad, avec la haute estime dont il jouit, ouvrir ses bras à Zannouba la luthiste?... Tu te souviens quand elle t'apportait le plateau de fruits autrefois chez Zubaïda. Attends, tu vas bientôt savoir les joies auxquelles ta beauté te donne droit! Tu sais, l'impuissance n'a jamais fait partie de mes attributs! »

Il vit, lui frôlant presque le genou, sa main serrée autour du verre... Il approcha sa paume et la lui caressa doucement. Mais elle la retira sans mot dire en la remettant dans son giron, sans même le regarder. Alors il se demanda en lui-même si la coquetterie était vraiment de mise à cette heure tardive, surtout si l'invite venait d'un homme comme lui et s'adressait à une femme comme elle! Il ne manqua pas toutefois aux règles de la courtoisie et de la prévenance et lui demanda sur un ton suggestif :

– Il n'y a pas une troisième chambre dans la villa?

– De l'autre côté!... dit-elle, lui répondant à la lettre, en désignant la porte du couloir.

– N'est-elle pas assez grande pour nous deux? demanda-t-il en torsadant sa moustache, un sourire à la bouche.

– Elle sera toujours assez grande pour vous, si vous avez envie de dormir! dit-elle sur un ton exempt de toute coquetterie bien que n'outrepassant pas les limites de la politesse.

– Et toi? fit-il, étonné.

– Je suis bien comme je suis! répondit-elle sur le même ton.

Il se glissa légèrement sur le côté pour se rapprocher d'elle, mais elle se leva, reposa son verre sur la table et gagna le canapé d'en face... En habillant ses traits de sévérité et de protestation silencieuse, elle s'assit, laissant notre homme stupéfait de son attitude. Aussitôt son ardeur s'éteignit et il ressentit comme une piqûre au creux de son orgueil. Il commença à la regarder, un sourire forcé à la bouche, avant de lui demander :

– Qu'est-ce qui t'a fâchée?

Elle resta muette un bon moment puis croisa résolument les bras sur sa poitrine.

– Je te demande ce qui t'a fâchée? insista-t-il.

– Ne demandez pas ce que vous savez! répliqua-t-elle d'un ton sec.

Il partit d'un éclat de rire retentissant pour signifier son indifférence à ses propos et son refus de croire à leur sincérité.

A son tour il se leva, remplit les deux verres et tendit le sien à la jeune fille :

– Tiens, pour te remettre en joie!

Elle prit le verre par politesse et le reposa sur la table tout en maugréant un « Je vous remercie »... Alors il regagna son siège à reculons, s'assit, puis porta le verre à ses lèvres, le vida d'un trait et se dit en pouffant intérieurement : « Pouvais-tu t'attendre à pareille surprise? Si j'arrive à remonter d'un quart d'heure dans le temps...

Zannouba... Zannouba..., je ne trouve rien d'autre que Zannouba! Est-ce croyable? Ne te laisse pas démonter! Qui sait, c'est peut-être la coquetterie façon 1924, eh! vieux pécore! Qu'est-ce qui a changé en moi? Rien... Tout vient de Zannouba! C'est bien comme ça qu'elle s'appelle? Chaque homme rencontre toujours fatalement dans sa vie une femme qui se refuse à lui. Et puisque Zubaïda, Galila et Oum Maryam te courent après, qui d'autre que Zannouba, cette fourmi, pourrait se refuser à toi? Prends ton mal en patience, ça ira mieux. Et puis ça n'est pas la catastrophe! Ah! regarde, non mais regarde... cette jambe ronde, ce robuste fondement! Qu'est-ce qui te fait croire qu'elle se refuse vraiment à toi? »

– Allez, bois, ma belle!

– Je boirai quand j'en aurai envie! répondit-elle d'une voix alliant la politesse à la fermeté.

Il la regarda droit dans les yeux et lui demanda d'un ton plein de sous-entendus :

– Et quand en auras-tu envie?

Elle fit la grimace pour montrer combien l'allusion ne lui avait point échappé, mais elle ne la releva pas...

Ahmed Abd el-Gawwad, se sentant s'enfoncer davantage :

– Mon témoignage d'affection serait-il délaissé?

Baissant le front pour soustraire son visage à sa vue, elle répondit sur un ton de prière instante :

– Vous n'avez pas bientôt fini?

Un vent soudain de colère souffla en lui comme un sursaut de ressaisissement.

– Pourquoi viens-tu ici, alors? lui demanda-t-il, étonné.

Elle montra le luth, posé négligemment sur le canapé à côté de lui :

– Je viens pour ça! protesta-t-elle.

– Pour ça seulement? Ce n'est pas incompatible avec ce à quoi je t'invite!... L'un n'empêche pas l'autre!

– Ce à quoi vous me forcez! répliqua-t-elle, vexée.

– Pas le moins du monde! Mais je ne vois pas la raison

refuser! dit-il en endurant les affres de la déception et
e la fureur.

– J'ai peut-être les miennes! rétorqua-t-elle froidement.

Il rit d'un rire fort et machinal. Puis la fureur l'emporta
et il reprit, cynique :

– Tu crains peut-être pour ta virginité!

Elle le fixa longuement, avec dureté, et répondit sur un
ton frémissant de colère et de vengeance satisfaite :

– Je ne consens qu'avec les hommes que j'aime!

Encore une fois il alla pour s'esclaffer, mais il se retint,
las de ces éclats de rire nerveux et sinistres. Il empoigna la
bouteille et versa négligemment le liquide dans son verre
jusqu'à ce qu'il fût plein à moitié. Mais il le laissa sur la
table... et se mit à regarder la jeune fille, désemparé, ne
sachant comment se dégager de l'impasse où il s'était
jeté.

« La petite vipère ne se donne qu'à ceux qu'elle aime?
Est-ce à dire tout bonnement qu'elle aime un homme
chaque nuit? La honte de ce soir, tu n'es pas près d'en être
lavé! Ces messieurs sont là, à l'intérieur..., et toi, ici, à la
merci d'une petite pimbêche de luthiste... Couvre-la d'in-
sultes! Bourre-la de coups de pied! Pousse-la de force dans
la chambre! Tu ferais mieux de détourner d'elle ton visage
et de déguerpir en vitesse... Elle a dans les yeux quelque
chose qui vous mortifie... Pourtant... quel joli cou elle a!
Elle est d'une incontestable beauté... à vous faire perdre la
tête... et souffrir immanquablement!... »

– Je ne m'attendais pas à un traitement aussi inhumain!

Il fronça les sourcils avec une expression résolue, le
visage rembruni, et se leva en haussant les épaules avec
mépris.

– Je croyais, dit-il, que, comme madame ta tante, tu
étais une femme de cœur et de goût! Je me suis trompé! Je
ne dois m'en prendre qu'à moi-même...

Il entendit le bruissement de ses lèvres tandis qu'elle
faisait tourner sa salive dans sa bouche en manière de
protestation. Mais il se dirigea vers ses vêtements et

commença à les enfiler en hâte, de sorte qu'il eut fini de s'habiller en moins de la moitié du temps qu'il ne lui fallait d'ordinaire pour satisfaire à son élégance! Il était aussi résolu que bouillant de colère. Pourtant il n'avait pas atteint le fond du désespoir. Un coin de son esprit regimbait, refusant de croire à ce qui s'était passé ou ne pouvant qu'avec peine se rendre à l'évidence. Il prit sa canne, attendant que quelque chose se produise d'un moment à l'autre qui vînt contredire sa pensée et confirmer les espoirs de son orgueil blessé, comme par exemple qu'elle éclate de rire d'un seul coup, laissant tomber le masque de cette sévérité de façade, ou se précipite vers lui en lui reprochant son courroux, qu'enfin elle se jette à ses pieds pour l'empêcher de partir...

« Assurément, ces sucements de salive sont bien souvent des manœuvres préludant au consentement! Pourtant rien de ce que j'attends ne s'est encore manifesté!... »

Toujours clouée sur son siège, elle continuait à regarder dans le vide, faisant mine de l'ignorer, comme si elle ne le voyait pas.

Il quitta la pièce en se dirigeant vers le couloir et, de là, vers la sortie. Soupirant de tristesse, de désolation et de colère, il se retrouva sur la route, alla, à pied, dans le noir jusqu'au pont de Zamalek où l'air frais de l'automne s'engouffra avec douceur sous ses vêtements. Là, il monta dans un taxi qui l'emmena à vive allure, abruti par l'alcool et ses pensées lancinantes.

Sur la place de l'Opéra, tandis que la voiture obliquait en chemin vers la place d'al-Ataba, il reprit conscience des choses alentour. Pendant qu'elle prenait son virage, il tourna la tête et aperçut à la lumière des lampes l'enceinte du jardin de l'Ezbékiyyé où il accrocha son regard avant que le détour de la rue ne le dérobe à sa vue. Là, il ferma les yeux, sentant une épine s'enfoncer au creux de son cœur, et entendit en lui, semblable à un gémissement, une voix qui criait du fond de son silence, invoquant la Miséricorde pour le cher disparu. Il n'osa articuler avec sa langue cette prière intérieure, de peur de prononcer le nom de Dieu d'une bouche avinée...

Et, lorsqu'il releva les paupières, deux grosses larmes perlèrent de ses yeux...

*

Il ne savait de quoi il était la proie. Un esprit maudit, une maladie pernicieuse? Il se coucha avec le seul espoir de se réveiller délivré de l'absurdité de la nuit passée... Absurdité de l'ivresse! Car cette dernière portait en elle une absurdité indubitable qui en dénaturait les plaisirs, en pervertissait les joies, et qu'il vit tourner à l'angoisse quand le matin y jeta sa lumière. Et tandis que le jet de la douche éclaboussait sa peau nue, lui dispersant l'esprit et faisant battre son cœur, le visage de Zannouba s'agita devant ses yeux, le susurrement de ses lèvres tinta à ses oreilles et du fond de sa poitrine monta l'écho de la douleur.

« Et tu t'en vas remâchant tes pensées avides comme un adolescent, tandis qu'autour de toi la rue s'incline avec respect. Ces gens saluent en toi la dignité, la tempérance et la civilité. S'ils savaient que tu leur rends leur salut comme un automate, l'esprit ailleurs, tracassé par le rêve d'une servante, d'une almée, d'une luthiste..., d'une femme qui chaque nuit offre son corps sur le marché de la chair..., s'ils savaient cela, ils te prêteraient, au lieu de leurs salutations, un sourire moqueur, un sourire de pitié! Mais qu'elle dise oui, la vipère, et je lui tournerai le dos avec le plus parfait mépris et le plus total soulagement. Mais qu'est-ce qui te prend? Qu'est-ce que tu espères? Tu crois que la vieillesse t'a oublié? Te rappelles-tu ce que le temps a fait à Zubaïda et à Galila? Oh! rien que des petites marques insignifiantes que seul le cœur décèle mais que les sens ne voient pas! Mais oui, tiens! Prends garde de te laisser aller aux illusions, tu pourrais dégringoler de haut! Songe que tout n'aura tenu qu'à un malheureux cheveu blanc! Voilà le motif unique pour lequel cette misérable gratteuse de luth s'est refusée à toi. Recrache-la comme une mouche qui se serait infiltrée dans ta bouche en bâillant. Hélas! tu sais bien que tu ne la recracheras pas! Ce n'est peut-être là qu'un désir de vengeance qui parle en toi...! qu'un sursaut d'amour-propre et rien de plus... Non! Il faut qu'elle dise oui. Après, tu pourras la plaquer l'esprit tranquille. Elle n'a rien qui vaille la peine que tu t'acharnes. Tu te souviens de ses jambes, de son cou, de ses yeux de braise? Si tu avais abreuvé ton orgueil d'une cuillerée de patience, le bonheur et la jouissance t'auraient appartenu dès cette nuit-là! Mais que cache cette angoisse? Je souffre! Oh! oui! je souffre! Je suis affligé par la honte qui s'est abattue sur moi. J'essaie de la chasser par le mépris, mais elle me livre un nouvel assaut qui me transperce le cœur et met le feu à mes veines. Mais... reste digne! Ne te rends pas ridicule. Jure-le-moi sur tes enfants. Ceux qui restent et ceux qui ne sont plus. Jusqu'à maintenant, Haniyya a été la seule femme à te quitter et la seule que tu aies essayé de rattraper. Quelle expérience en as-tu retirée? Tâche de te souvenir... Ce dur, ce costaud qui suivait le cortège de mariage, qui dansait, soûl, allait de long en large, puis donnait du bâton dans les lampions, les bouquets de roses, les joueurs de hautbois et les invités... jusqu'à ce que les cris de frayeur couvrent les youyous de joie... Ça, c'était un homme! Eh bien! sois le dur de la villa d'eau, toi aussi. Tue tes ennemis en les traitant par le mépris, en les ignorant. Comme tes membres sont faibles, et comme ils sont forts à la fois! Cette jambe flasque qui a à peine la force de marcher... Pourtant elle pourrait briser des montagnes! Dieu, que septembre est terrible quand sa chaleur humide devient suffocante! Mais comme les soirées y sont douces! Surtout celles passées à la villa d'eau. Après la pluie vient le beau temps! Réfléchis à ton cas et regarde où tu vas. Le destin doit se voir à l'œil nu! Si aller de l'avant est rude, reculer est terrifiant! Combien de fois l'as-tu aperçue quand elle n'était encore qu'une enfant? Qu'elle n'éveillait rien en toi, que tu passais à côté d'elle sans la voir, comme si elle n'existait pas!... Qu'est-ce qui a à ce point changé que le désir s'éteigne pour celles que tu as aimées et te porte vers celles que tu délaissais autrefois? Après tout, elle n'est pas plus belle que Zubaïda ou Galila. D'abord, si sa beauté rivalisait avec celle de sa tante, sa tante ne l'emmènerait pas avec elle! Et pourtant tu la veux. Et de toute ton âme!... Ah! A quoi bon faire la fière? " Je ne consens qu'avec les hommes que j'aime! " Va te faire aimer du diable, fille de garce!... Et moi, que la douleur m'étouffe! Qui abaisse l'homme plus que lui-même? Iras-tu à la villa d'eau? Non! Il y a mieux où aller si tu veux le scandale! La maison, là-bas, chez Zubaïda? Elle y sera. " Sois le bienvenu! " qu'elle te dira. " Alors, enfin revenu à ta tanière? " Qu'est-ce que tu lui répondras? " Je ne suis pas revenu pour celle que tu crois! C'est ta nièce qui m'intéresse! " Quelle idiotie! Trêve de radotage! Tu as perdu la raison? Tu n'as qu'à mettre Alfar ou Mohammed Iffat à contribution : " M. Ahmed Abd el-Gawwad cherche un entremetteur auprès de... Zannouba! " Je me demande s'il ne vaudrait pas mieux pour toi t'ouvrir la gorge pour laisser couler le sang odieux qui te voue à l'opprobre...! »

*

Lorsque M. Ahmed arriva tout droit de sa boutique, sitôt la fermeture, la nuit était tombée sur al-Ghouriya et les commerces y avaient fermé leurs portes. Il allait à pas lents, explorant la rue, surveillant les balcons... A travers les deux fenêtres de Zubaïda filtrait une lumière. Mais il ne savait rien de ce qui se passait derrière. Il continua encore un moment, puis revint sur ses pas qui le conduisirent à la maison de Mohammed Iffat, à al-Gamaliyya, où nos quatre compères se retrouvaient d'ordinaire avant de partir ensemble pour leur veillée.

– Ah! que les nuits sont douces à la villa d'eau! confia-t-il à Mohammed Iffat. Mon cœur en garde encore la nostalgie...

– Tu n'as qu'un mot à dire... Quand tu veux! répondit l'autre avec un rire triomphateur.

146

– Ne serait-ce pas plutôt la nostalgie de Zubaïda?...
Hein, mon salaud?... rectifia Ali Abd el-Rahim.

– Du tout! s'empressa d'affirmer notre homme avec une
entière gravité.

– De Galila alors?

– De la villa d'eau et d'elle seule...

Mohammed Iffat reprit insidieusement :

– Tu voudrais que ce soit une soirée simplement entre
nous... ou bien on invite les copines de jadis?

Ahmed Abd el-Gawwad capitula dans un éclat de rire et
répondit :

– Mais non, allez! Invite-les, vieille fouine!... Fixons
cela à demain soir. Pour cette nuit, il est déjà tard... Mais
je vous préviens, je ne ferai rien de plus que savourer les
joies de la compagnie!...

– Heum, heum! fit Ibrahim Alfar.

– A mon âme je fais outrage! renchérit Ali Abd el-
Rahim.

Puis Mohamed Iffat acheva, moqueur :

– Appelez ça comme vous voudrez! Ça a plusieurs
noms, mais la chose est la même!

Vint le lendemain. C'était comme s'il découvrait le café
de Si Ali pour la première fois. Il s'y était senti attiré un
peu avant le coucher du soleil. Il s'assit sur la banquette
au-dessous de la lucarne et le patron accourut pour lui
souhaiter la bienvenue.

– Je revenais de traiter quelques affaires..., lui dit-il,
comme si, pour la première fois, il cherchait à justifier sa
venue au café, et l'envie m'a pris de venir déguster ton thé
savoureux...

« La visite ne s'annonce pas des plus faciles à renouveler!... Mais, halte-là! tu vas te trahir aux yeux des gens... A
quoi ça rime? Ça te réjouirait vraiment qu'elle te voie à
travers la jalousie pour se moquer de ta déchéance? Tu
n'as pas conscience du mal que tu te fais. Tu as beau t'être
esquinté les yeux, t'être tourné la cervelle, elle ne se
montrera pas! Et le pire c'est qu'elle est là, derrière une
jalousie, en train de se gausser... Qu'est-ce que tu fais là?

Que veux-tu? Te repaître de sa vue? Allez! Avoue! Mesurer les proportions de son corps flexible comme un jonc..., contempler son sourire, sa façon de baisser les yeux..., suivre le mouvement de ses doigts teints au henné... Et puis après! Jamais rien de tel ne t'est arrivé avec des femmes plus belles, plus resplendissantes et plus célèbres qu'elle! Serais-tu condamné à souffrir et à t'humilier pour un rien? Elle ne va pas se montrer... Vas-y, lorgne tout ton soûl. Donne-toi en spectacle! M. Ahmed Abd el-Gawwad dans le café de Si Ali en train d'épier à travers une lucarne! Décidément, tu es tombé bien bas! Et puis qui te dit qu'elle n'a pas craché le morceau! Si ça se trouve tout l'orchestre est au courant. Même Zubaïda et tout le reste! " Il a porté sur moi sa main avec sa bague en diamant et je l'ai repoussé. Il m'a suppliée mais je n'ai pas cédé. Le voilà, le M. Ahmed Abd el-Gawwad que vous portez aux nues! " Tu es tombé bien bas! le plus bas où tu pouvais tomber... et où tu t'entêtes à tomber en sachant mieux que quiconque l'avilissement et la honte que signifie ton comportement indigne. Si tes amis, Zubaïda et Galila savaient la chose, qu'est-ce que tu ferais? Oh! bien sûr, tu n'as pas ton pareil pour camoufler la gêne par les jeux de mots... Mais, cette fois-ci, les vagues de rire ne sauront recouvrir l'amère vérité! C'est cruel... Et le plus cruel c'est que tu la veux! Ne te mens pas à toi-même. Car tu la veux à en crever! Mais... qu'est-ce que je vois?... »

Une carriole arrivait. Elle stoppa devant la maison de l'almée. Quelques instants plus tard, la porte s'ouvrit et Ayousha, la joueuse de tambourin, en sortit, tirant Abdou, le cithariste, par la main, bientôt suivie du reste de la troupe. Il comprit aussitôt que la compagnie allait animer quelque noce...

Se tenant à l'affût, le regard tourné vers l'entrée dans une attente languissante, il sentait son cœur secoué de violents battements. Il tendit le cou sans précaution, insouciant des gens alentour, quand un rire sonna derrière la porte. Alors, habillé d'une housse rose, précédant sa propriétaire qui sortait animée d'une ardeur impétueuse, parut... le luth! La jeune fille posa l'instrument à l'avant de la voiture sur laquelle elle grimpa avec l'aide d'Ayousha et s'assit au milieu de la troupe : il ne distingua plus d'elle que son épaule qui apparaissait dans un angle, entre Ayousha et Abdou. Il grinça des dents de désir et de colère à la fois, puis accompagna des yeux la voiture qui s'enfonçait dans la rue en se balançant de droite et de gauche, lui laissant au cœur un vif sentiment de tristesse et de honte. Il se demanda s'il allait se lever pour la suivre. Mais il ne bougea pas et se dit seulement en lui-même : « Quelle sottise d'être venu jusqu'ici!... »

Le soir promis, il se rendit à la villa d'eau, à Imbabah. S'il n'était toujours pas fixé sur la conduite à suivre, ce n'était pas faute d'avoir retourné maintes et maintes fois le problème dans sa tête. C'est pourquoi, finalement, il laissa à la situation et à l'opportunité du moment le soin d'arranger son affaire... Etre sûr de la voir, de s'asseoir auprès d'elle, de se retrouver seul avec elle à la fin de la soirée était pour l'heure son unique souci. Là, il tâterait à nouveau le terrain et peut-être renouvellerait-il sa tentative en s'armant cette fois de toute la panoplie de la séduction...

C'est quelque peu anxieux qu'il entra dans la villa et dans un état qui, s'il en eût perçu de semblable sur le visage d'autrui, tout en en pressentant la cause, l'eût fait hurler de rire et eût déchaîné sa moquerie!

Il trouva les frères, Galila, Zubaïda... mais... nulle trace de la luthiste! On lui fit un accueil chaleureux et, à peine eut-il ôté sa djoubba et son tarbouche, à peine se fut-il assis, que les rires explosèrent tout autour de lui. Alors il se fondit dans cette joyeuse atmosphère en s'aidant de toute la souplesse de son heureuse nature, parlant, lançant des jeux de mots, plaisantant avec celui-ci, folâtrant avec celui-là en serrant la bride à son angoisse, en raisonnant son inquiétude. Pourtant ses craintes ne se dissipaient pas, elles affleuraient sous le flot du badinage comme s'efface la douleur, momentanément, sous l'effet d'un calmant.

Malgré tout, il gardait l'espoir de voir une porte s'ouvrir, de l'y voir apparaître, que l'un des membres présents fasse une brève allusion à sa personne, lui rendant raison de son absence ou lui promettant sa venue imminente...

Le temps s'écoulait avec paresse, émoussant peu à peu son espoir, attiédissant son ardeur, tandis que l'attente assombrissait sa joie...

« Lequel des deux est le plus exceptionnel à ton avis? Sa présence d'avant-hier ou son absence d'aujourd'hui? Je n'irai le demander à personne! Autant qu'il est permis d'en juger, ton secret semble sauvegardé... Si Zubaïda en avait su quelque chose, elle n'aurait eu aucun complexe à en faire tout un éclat! »

Il rit beaucoup, et but plus encore, puis demanda à Zubaïda de lui chanter « Je ris avec ma bouche mais pleure avec mon cœur ». A un moment, il alla pour prendre Mohammed Iffat à part et lui dévoiler ses desseins. A un autre, il fut à deux doigts de sonder Zubaïda elle-même, mais il se reprit et surmonta son malaise sans préjudice de son secret et de sa dignité.

A minuit, au moment où Ali Abd el-Rahim se leva pour aller rejoindre sa dulcinée à Wajh el-Birka, à la surprise générale, il fit de même pour rentrer chez lui. En vain essaya-t-on de le faire changer d'avis, ou de le retenir encore une heure. Aussi abandonna-t-il l'assemblée, laissant derrière lui la stupeur et la déception chez ceux qui avaient présumé, derrière sa venue dûment concertée, des intentions non vérifiées.

Puis vint le vendredi. Peu avant l'heure de la prière, il sortit pour se rendre à la mosquée d'al-Husseïn. Il allait en chemin dans la rue Khan Djaafar quand, venant du quartier d'al-Watawit, il la vit déboucher dans la rue de la mosquée. Ah! jamais son cœur n'avait connu semblable palpitation! Laquelle, sitôt apaisée, fit place à un engourdissement qui gela tous les ressorts de sa pensée, au point que, dans une sorte d'absence, il eut l'impression – tout illusoire – de s'être arrêté de marcher..., que le monde autour de lui s'était blotti dans un silence de mort; comme ces voitures dont le moteur s'arrête, interrompant son ronron, et qui, ne subissant plus sa poussée, continuent de glisser sans bruit, mues par la force d'inertie.

Lorsqu'il retrouva ses esprits, il la vit marchant au loin devant lui et il lui emboîta le pas sans réfléchir. Il passa devant la mosquée mais continua son chemin, puis obliqua derrière elle, la suivant à distance, vers la Nouvelle-Avenue. Que cherchait-il ainsi? Il n'en savait rien! Il obéissait en aveugle à un simple réflexe... Jamais il ne lui était arrivé de suivre une femme dans la rue. Même pas du temps de sa première jeunesse. Aussi la gêne et la méfiance commencèrent-elles à le gagner. Puis une pensée à la fois comique et effrayante l'assaillit : et si Yasine ou Kamal apprenaient qu'il suivait une femme en cachette? Qu'importe! Tandis que, submergé par des vagues de désir dont le reflux ravivait sa douleur, ses yeux commençaient à se repaître goulûment des formes de son corps gracieux, il veilla à ne pas écourter la distance qui les séparait depuis le début.

Soudain, il la vit quitter la chaussée en direction de l'échoppe d'un bijoutier de ses connaissances nommé Yaaqoub. Il ralentit le pas, afin de se donner loisir de méditer sa conduite. Là, son sentiment de gêne et de méfiance redoubla : fallait-il rebrousser chemin? passer devant la boutique sans tourner la tête? regarder à l'intérieur en attendant de voir venir?

Lentement, il approchait de l'échoppe. Il n'en était plus qu'à quelques pas quand une pensée audacieuse lui traversa l'esprit, qu'il s'empressa de mettre à exécution sans hésiter, feignant d'en ignorer le danger : monter sur le trottoir puis longer doucement la devanture dans l'espoir que le patron l'aperçoive et l'invite comme d'habitude à s'asseoir, de sorte qu'il ne lui reste plus qu'à honorer l'invitation!...

Il continua à marcher d'un pas tranquille sur le trottoir jusqu'à ce qu'il parvienne à la hauteur de la boutique. Alors il jeta un œil à l'intérieur, comme machinalement, et croisa le regard de Yaaqoub...

– Bienvenue à M. Ahmed! lui cria l'homme. Je vous en prie, entrez donc!

Arborant un sourire amical, il entra. Les deux amis se serrèrent la main chaleureusement et Yaaqoub le pria d'accepter un verre de jus de caroube. Ce qu'il fit de bon gré avant de s'asseoir sur le coin d'un canapé de cuir, face à la table basse où trônait la balance. Là, et jusqu'à ce qu'il fût assis, il fit semblant de ne pas avoir remarqué la présence dans la boutique d'une tierce personne. C'est alors que Zannouba, qui se tenait debout en face de Yaaqoub, en train de tourner et retourner une boucle d'oreille dans ses mains, s'imposa à sa vue. Il feignit la surprise et, tandis qu'il gardait cette expression d'étonnement, leurs regards se croisèrent. Elle lui sourit... Il lui sourit... et, posant sa paume à plat sur sa poitrine en signe de salutation :

– Bonjour! dit-il... Comment vas-tu?

– Bien! Que le Seigneur vous honore! répondit-elle en reposant son regard sur la boucle d'oreille.

Le sieur Yaaqoub proposait à Zannouba de lui échanger ladite boucle d'oreille contre des bracelets, moyennant le paiement d'une différence sur laquelle ils ne parvenaient pas à s'entendre. Notre homme profita de ce que la belle était ainsi occupée pour imprégner son regard du reflet lisse de sa joue, conscient de tout ce que ce marchandage et cette transaction lui offraient de motifs de s'interposer en proposant aimablement ses services! Sait-on jamais..., au cas où...!

Qu'importe. Bien que nullement avertie de ses secrètes intentions, elle lui coupa son élan en rendant la boucle d'oreille à son propriétaire, l'avisant qu'elle renonçait finalement à faire l'échange, lui demandant simplement de réparer ses bracelets. Après quoi elle le salua, salua notre homme d'un signe de tête et quitta la boutique. Toute la scène s'était déroulée avec une rapidité que rien ne semblait justifier à ses yeux. Il en demeura d'abord saisi, choqué, avant que l'inertie et la gêne ne l'envahissent tout entier... Resté en compagnie de Yaaqoub, il échangea avec lui les politesses de rigueur, puis vida son jus de caroube et demanda la permission de prendre congé.

Pris d'un vif sentiment de honte, il repensa à la prière du vendredi qu'il allait être sur le point de manquer. Pourtant, il hésita à prendre le chemin de la mosquée. Il n'avait plus le courage, après qu'ils l'eurent conduit sur les traces d'une femme pendant l'heure de la prière, de diriger tout droit ses pas vers la maison de Dieu. Sa légèreté n'avait-elle pas déjà contrarié d'avance ses ablutions! Plus encore, ne l'avait-elle pas rendu indigne de paraître devant l'Eternel!

Abattu, déchiré de douleur, il renonça donc à la prière et, sans but, marcha dans les rues pendant une heure. Puis il rentra à la maison, obnubilé par sa faute. Toutefois, même en un instant pénible et chargé de remords comme celui-ci, son esprit ne se fermait nullement à l'idée de Zannouba!

Dans la soirée, s'étant rendu en avance au domicile de Mohammed Iffat afin de se trouver seul avec lui avant l'arrivée en masse des amis, il dit à ce dernier :

– Je voudrais te demander un service... Si tu pouvais inviter Zubaïda demain soir à la villa d'eau...

– Si tu la voulais, s'esclaffa Mohammed Iffat, alors pourquoi tous ces tours et ces détours? Si tu lui avais demandé la première nuit, elle t'aurait ouvert tout grand ses bras!

Notre homme précisa alors, quelque peu embarrassé :

– Je veux que tu l'invites seule!...

– Seule? Regardez-moi cet égoïste qui ne pense qu'à lui! Et Alfar? Et moi alors? Au contraire, faisons-en la nuit du siècle! Invitons Zubaïda, Galila et Zannouba avec!

– Zannouba? s'exclama Ahmed Abd el-Gawwad sur un ton proche de la réprobation.

– Et pourquoi pas? C'est toujours une recrue de réserve appréciable, à laquelle on peut faire appel en cas de besoin!

« Oh! quel coup au cœur! Comment, après ça, la petite chipie a-t-elle pu se refuser à moi? Mais pourquoi?... »

– Tu n'as toujours pas compris mon idée! La vérité est que je n'ai pas l'intention de venir demain...

– Quoi? Tu me demandes d'inviter Zubaïda et tu me dis que tu ne viendras pas? rétorqua Mohammed Iffat, confondu. Que signifie tout ce mystère?

Ahmed Abd el-Gawwad partit d'un rire retentissant pour dissimuler son embarras puis se vit contraint d'avouer, l'air acculé :

– Ne sois pas idiot! Je t'ai demandé d'inviter Zubaïda seule pour que Zannouba se retrouve seule du même coup dans sa maison!

– Zannouba : Tiens, tiens, chochotte!

Puis, riant aux éclats :

– Tu te compliques bien l'existence! Pourquoi ne lui as-tu pas demandé la première nuit à la villa d'eau? Tu n'aurais eu qu'à lever le petit doigt, elle aurait rappliqué vers toi à tire-d'aile et t'aurait agrippé comme une sangsue!

Il sourit machinalement malgré son sentiment cruel de dépit et reprit :

– Fais ce que j'ai dit..., c'est ma volonté!

– « Combien sont faibles l'adorant et l'adoré[1]! » répondit Mohammed Iffat en se torsadant les moustaches.

Et Ahmed Abd el-Gawwad acheva, avec le plus grand sérieux :

– Que tout cela reste entre nous...

*

Il était aux environs de neuf heures du soir. L'obscurité était épaisse et la rue déserte. Il frappa à la porte qui s'ouvrit au bout de quelques instants sans que quiconque n'y apparaisse.

– Qui est là?

La voix lui fit tressaillir le cœur.

1. Coran, XXII. 72.

– Moi, répondit-il calmement en entrant sans y être invité.

Il referma la porte derrière lui et se retrouva face à elle, qui se tenait debout sur la première marche de l'escalier, tendant la lampe au bout de son bras. Elle le considéra d'un air étonné...

– Vous! bredouilla-t-elle.

Il resta un long moment immobile et silencieux, un sourire timide à la bouche qui décelait en lui appréhension et anxiété. Puis, ne pressentant en elle ni hostilité ni humeur, il s'enhardit :

– C'est tout l'accueil que vous faites à un vieil ami?

Elle lui tourna le dos et, commençant à gravir les marches :

– Faites donc! lui dit-elle.

Il la suivit en silence, ayant déduit par avance du fait qu'elle ait elle-même ouvert la porte qu'elle était seule dans la maison et que la place de Goulgoul, la servante morte depuis deux ans, se trouvait toujours vacante... Il marcha sur ses pas jusqu'à ce qu'ils eussent accédé au corridor. Là, elle suspendit la lampe à un piton fiché dans le mur à proximité de la porte. Puis elle entra seule dans la réception, alluma la grosse lampe qui pendait au plafond – ce qui le renforça dans sa certitude d'avoir deviné juste – ressortit de la pièce en lui faisant signe d'entrer et s'en alla...

A son tour il entra et s'assit à la même place qu'autrefois, sur le canapé central. Il ôta son tarbouche, le posa sur le polochon qui séparait le canapé en deux et étendit les jambes en promenant un regard scrutateur sur les choses alentour...

Il se souvenait de l'endroit comme s'il l'avait quitté pas plus tard que la veille : les trois canapés, les fauteuils, le tapis persan, les trois tables basses incrustées de nacre, tout était à peu de chose près comme avant. Se rappelait-il quand il s'était assis pour la dernière fois en ces lieux? Le salon de musique et la chambre à coucher lui laissaient, il est vrai, un souvenir plus net et plus durable... Il ne pouvait toutefois oublier sa première entrevue avec Zubaïda dans cette pièce, en cet endroit même, avec tout ce qui s'y était passé. Il n'y avait pas eu ce jour-là homme plus serein et plus confiant que lui! Mais... quand Zannouba allait-elle revenir? Qu'avait suscité en elle sa venue? Jusqu'où irait sa prétention? Avait-elle au moins compris qu'il venait pour elle et non pour sa tante?

« Si tu échoues encore cette fois-ci, alors tu peux tirer un trait dessus!... »

Il entendit un bruit léger de babouches. Zannouba parut sur le seuil de la porte dans une robe blanche brodée de roses rouges, le buste drapé dans un châle piqueté de petits disques de métal argenté, tête nue, les cheveux tressés en deux grosses nattes qui retombaient sur son dos. Il se leva pour l'accueillir, le sourire aux lèvres, tirant le plus heureux présage de cette toilette! Elle le salua à son tour avec un sourire et lui fit signe de s'asseoir, prenant place quant à elle sur le canapé situé au milieu du mur, à la droite du visiteur.

– Soyez le bienvenu! Pour être une surprise, c'est une surprise! lui dit-elle d'une voix non dénuée d'étonnement.

Ahmed Abd el-Gawwad sourit et demanda :

– Et de quelle nature, peut-on savoir, cette surprise?

– Heureuse, bien sûr! dit-elle en relevant les sourcils d'une manière équivoque qui ne laissait en rien préjuger du sérieux ou de l'ironie de la réponse...

« Puisque nous avons obéi à nos pas qui nous ont conduits jusqu'ici, eh bien! souffrons la coquetterie dans toutes ses manifestations, fût-elle odieuse ou plaisante!... »

Tout à loisir, il examina son corps, son visage, comme pour y mettre au jour ce qui avait enflammé sa passion et nargué sa gravité. Après un moment de silence, elle leva les yeux vers lui sans mot dire mais avec une expression d'attente empreinte de politesse où elle semblait dire : « Que pouvons-nous faire pour vous? »

A cet instant, notre homme demanda insidieusement :

156

– La Sultane va se faire attendre encore longtemps? Elle n'a pas encore fini de s'habiller?

Elle le fixa d'un regard étonné, en plissant les yeux...

– Mais... la Sultane n'est pas ici! dit-elle.

– Mais alors, où peut-elle bien être? demanda-t-il, feignant la surprise.

– Je suis comme vous! répondit-elle en hochant la tête, un sourire insaisissable à la bouche.

Un instant, il médita sa réponse, avant d'ajouter :

– Je pensais qu'elle vous tenait au courant de ses itinéraires!

Elle agita la main, l'air de dire « Détrompez-vous », et reprit :

– Vous vous faites une haute opinion de nous!

Puis, en riant :

– Nous ne sommes plus au temps de la loi martiale! Si vous le désiriez, vous seriez plus en droit que moi de connaître ses itinéraires!

– Moi?

– Pourquoi pas? N'êtes-vous pas son vieil ami?

– Un vieil ami finit toujours par devenir un étranger! répondit-il en la fixant d'un regard souriant, pénétrant et éloquent. Me direz-vous que vos vieux amis ont connaissance de vos allées et venues?

Elle haussa son épaule droite en allongeant les lèvres et répondit :

– Je n'ai pas d'amis... Ni d'hier ni d'aujourd'hui!

– Gardez ce genre de propos pour les sots! dit-il en taquinant un coin de sa moustache. Qui possède un tant soit peu de jugeote ne pourrait imaginer que vous puissiez vivre au milieu de gens sensés qui ne rivaliseraient de zèle pour gagner votre amitié!

– C'est ce que s'imaginent les hommes généreux comme vous!... Mais ce n'est que vue de l'esprit! J'en veux pour preuve que vous êtes un vieil ami de cette maison..., or avez-vous jamais daigné me céder la moindre parcelle de la vôtre?

157

Il fronça les sourcils, gêné, et répondit après un temps d'hésitation :

— En ce temps-là, j'étais..., enfin... je veux dire..., certaines circonstances faisaient que...

Elle fit craquer ses doigts et rétorqua, ironique :

— Peut-être, mon bon ami, que ce sont les mêmes que celle qui m'ont séparée des gens dont vous parliez!...

Il se laissa tomber sur le dossier du canapé avec une brutalité ostentatoire et la regarda par-dessus son gros nez en hochant la tête, l'air de dire : « Dieu me protège de toi! »

— Tu sais que tu es un cas! J'avoue humblement que je ne peux rien contre toi!

Elle dissimula un sourire que lui avait inspiré le compliment et, feignant l'étonnement :

— Je ne comprends rien de ce que vous dites! J'ai l'impression que nous ne sommes pas du tout sur la même longueur d'onde... Le tout est que vous affirmez être venu pour voir ma tante. Aurai-je en ce cas un message à lui transmettre à son retour?

Il laissa échapper un rire bref et déclara :

— Dis-lui qu'Ahmed Abd el-Gawwad est venu se plaindre de toi auprès d'elle et qu'il ne l'a pas trouvée.

— De moi? Mais qu'est-ce que j'ai fait?

— Dis-lui que je suis venu me plaindre auprès d'elle de la cruauté indigne d'une jolie femme dont j'ai été victime de ton fait.

— Voilà bien des paroles dignes d'un homme qui tourne tout à la plaisanterie!

A ces mots, il se redressa sur son siège et rétorqua avec sérieux :

— Loin de moi la pensée de faire de toi un sujet de plaisanterie ou d'amusement! Ma plainte est sincère... et j'ai bien l'impression que tu en connais la raison. Mais c'est la coquetterie des belles qui veut ça! Certes, les belles ont le droit le plus absolu à la coquetterie, mais elles doivent aussi observer la pitié!

— Tiens donc! fit-elle en se suçotant les lèvres.

– Il n'y a pas de tiens donc qui tienne! Tu te souviens de ce qui s'est passé hier dans la boutique de Yaaqoub le bijoutier? Est-ce que celui qui peut s'enorgueillir d'une affection comme celle que je te porte et de te connaître depuis si longtemps mérite aussi méchant accueil? J'aurais aimé par exemple... que tu fasses appel à moi pour arranger ton affaire avec le bijoutier... Que tu me donnes l'occasion de mettre mon expérience à ton service!... Ou bien que tu franchisses encore un pas dans la modestie en me permettant de prendre toute la responsabilité de cette affaire comme si les bracelets étaient les miens ou que celle à qui ils appartenaient était ma compagne...

Non sans embarras, elle sourit en relevant les sourcils puis déclara d'un ton bref :

– Soyez-en remercié...

Ahmed Abd el-Gawwad emplit sa large poitrine d'une profonde inspiration et reprit avec hardiesse :

– Je ne suis pas homme à me satisfaire de remerciements!

» A quoi sert pour celui qui a faim que vous lui déniiez votre aide en lui disant : « T'en fais pas, mon vieux, Dieu s'occupera de toi! » Non! Celui qui a faim désire la nourriture. Cette belle nourriture qui lui reluit ensuite dans le ventre!

Elle croisa les bras sur sa poitrine en feignant l'étonnement et répliqua, ironique :

– Vous avez faim, mon bon monsieur? Nous avons de la mouloukhiyya et du lapin dignes de votre palais!

– Formidable! s'esclaffa-t-il. Allons-y pour la mouloukhiyya et le lapin! Le tout arrosé d'un petit verre de whisky... Après ça un peu de luth et de danse pour nous distraire et nous passerons une heure ensemble, le temps de digérer...

Elle lui fit un signe de la main, l'air de lui dire : « Venez derrière », avant de s'exclamer :

– Mon Dieu! Mon Dieu! Si on le laissait faire, il entrerait avec son âne!... Allez, après vous...

Il rassembla les cinq doigts de sa main droite en imitant

une bouche fermée et commença à les ouvrir et à les refermer doucement en déclarant sur un ton sentencieux :

– Ma bonne demoiselle, ne gâchez pas un temps si précieux en bavardages inutiles!

– Dites-moi plutôt de ne pas gaspiller le mien avec les vieux! rétorqua-t-elle en hochant la tête avec orgueil et coquetterie.

Ahmed Abd el-Gawwad caressa de sa paume sa large poitrine dans un geste de défi amical. Mais elle haussa les épaules en riant et reprit :

– Oui... Vous avez beau...

– J'ai beau quoi? Quelle gamine tu fais! A Dieu ne plaise que je m'endorme sans t'avoir révélé ce qu'il faut que tu saches! Va chercher la mouloukhiyya, le lapin, le whisky, le luth et ta ceinture de danse... Allez, plus vite que ça!...

Elle recourba l'index de sa main gauche, le posa contre le sourcil correspondant et fit trembler l'autre en demandant :

– Vous n'avez pas peur que la Sultane vienne nous surprendre?

– Ne crains rien. La Sultane ne rentrera pas cette nuit...

– Et qui vous l'a dit? lui demanda-t-elle en le fixant d'un regard perçant et suspicieux.

Il se rendit compte de sa gaffe. Un court instant, il fut sur le point de se laisser vaincre par l'embarras, mais il s'en débarrassa bien vite en poursuivant avec à-propos :

– La Sultane ne s'absente jamais jusqu'à cette heure de la nuit qu'appelée par une nécessité qui l'oblige à rester jusqu'au matin!

Elle commença à le dévisager longuement sans rien dire, puis elle branla la tête avec une ironie manifeste, avant de déclarer d'une voix pleine d'assurance :

– Ah! la fourberie des vieux, ne m'en parlez pas! Tout en eux décline, sauf ça! Vous me prenez pour une dupe : Vous vous trompez, mon bon ami! Je sais tout!

Il taquina à nouveau un côté de sa moustache, l'air quelque peu gêné, et s'enquit :

– Et que sais-tu?

– Tout!

Elle laissa traîner un peu afin d'accroître son embarras et continua :

– Vous vous rappelez le jour où vous êtes venu au café de Si Ali pour lorgner à travers la fenêtre? Ce jour-là, vous avez regardé si fort que vos yeux en ont transpercé nos murs! Et quand je suis montée dans la carriole, avec les membres de l'orchestre, je me suis demandé : tu crois qu'il va nous suivre en piaillant comme les gosses? Mais vous vous êtes montré raisonnable et avez attendu une occasion plus propice!

Notre homme éclata de rire au point que son visage devint cramoisi.

– Seigneur, pardonnez-nous! s'exclama-t-il avec impuissance.

– Mais, hier, vous avez oublié d'être raisonnable quand vous m'avez vue devant Khan Djaafar et que vous m'avez suivie jusque dans la boutique de M. Yaaqoub!

– Ça aussi, tu le sais, digne nièce de ta tante?

– Eh oui! Beauté des amants! Mais quand même, je ne m'imaginais pas que vous iriez jusqu'à me suivre dans la boutique! Et pourtant je n'ai pas tardé à vous y retrouver, assis sur le canapé... Que même le démon des femmes n'aurait pas osé! Et, quand vous avez fait semblant d'être surpris de me voir, j'ai failli vous maudire... Heureusement que la situation m'a dicté la politesse!

– Tu sais que tu es vraiment un cas? s'esclaffa-t-il en frappant dans ses mains.

Zannouba continua son récit, ivre de joie et de triomphe :

– Et ne voilà-t-il pas qu'un soir j'entends la Sultane me dire : « Prépare-toi, nous allons à la villa d'eau de M. Mohammed Iffat. » Sur ce, je vais me changer et je l'entends me dire encore : « C'est M. Ahmed qui a lancé l'invitation. » Là, j'ai senti le goût venir..., je me suis dit :

« M. Ahmed ne propose jamais rien au hasard. » Et alors j'ai compris le fin mot de l'histoire et je n'y suis pas allée, prétextant une migraine!...

– Pauvre de moi! Je suis tombé dans les griffes d'une femme sans pitié! Et quoi encore?...

– Si vous saviez, vous préféreriez en rester là!

– En voilà des paroles charmantes! C'est ça, donne-toi des airs de prêcheur, toi la plus perverse des créatures de Dieu!

Avant d'ajouter dans un éclat de rire retentissant :

– Allez... Que le Seigneur te pardonne!

Puis, récapitulant avec une joie manifeste :

– Mais... moi aussi je comprends le fin mot de l'histoire cette fois-ci! Car tu es restée! Tu n'as pas bougé de la maison ni ne t'es cachée...

Avant que d'achever sa phrase, il se leva, se rapprocha d'elle, s'assit à ses côtés, saisit le bord du châle orné de paillettes qu'il baisa en disant :

– Seigneur Dieu! Je témoigne que cette délicieuse créature est plus douce que la musique de son luth! Sa langue est un fouet, son amour est du feu et qui en tombe amoureux est un martyr! La nuit qui s'annonce fera date dans l'histoire...

– N'essayez pas de m'embobiner! Allez, ouste, retournez vous asseoir à votre place! dit-elle en le repoussant de sa paume.

– Plus rien ne nous séparera désormais!

D'un coup sec, elle lui retira le châle de la main et se leva en s'éloignant de quelques pas. Puis elle resta immobile, debout devant lui à un bras de distance, le fixant en silence. Soudain, comme l'esprit réveillé par un point important, elle dit :

– Au fait, vous ne m'avez même pas demandé ce qui m'a incitée à ne pas me rendre à la villa le jour où, à la suite de votre proposition, M. Mohammed Iffat nous y a invitées!

– Pour aviver ma flamme!

Elle eut trois petits éclats de rire en cascade, se tut un moment et reprit :

– Excellente idée, mais elle a fait son temps! Pas vrai, prince de tous les vices? La vraie raison restera un secret jusqu'à ce que je juge bon de la révéler!

– J'offrirais ma vie pour la connaître!

Pour la première fois, un franc sourire illumina son visage, et, après les traits moqueurs, un doux regard brilla dans ses yeux, comme vient le calme après la tempête... Tout en elle recelait la promesse d'un changement de politique et d'intention. Elle fit un pas vers lui, porta délicatement ses mains à ses moustaches, et se mit à les torsader avec soin. Puis, sur un ton qu'il ne lui avait jamais encore entendu :

– Si vous donnez votre vie en échange, dit-elle, que me restera-t-il à moi?

Il éprouva un profond soulagement comme il n'en avait plus connu depuis cette nuit de défaite à la villa d'eau. C'était comme s'il conquérait une femme pour la première fois. Il lui ôta les mains de dessus ses moustaches et, les recueillant entre ses deux grosses paumes :

– Je suis ivre, reine des femmes! s'exclama-t-il avec tendresse et gratitude. Ivre à un point que je ne saurais dire. Sois à moi pour toujours!... Pour toujours! Mort à qui repousse tes désirs ou tes exigences... Fais-moi un dernier plaisir..., prépare notre alcôve. Cette nuit n'est pas comme les autres. Elle mérite que nous la célébrions jusqu'à l'aube!...

– Non! Vraiment cette nuit n'est pas comme les autres, dit-elle en faisant bouger ses doigts dans le creux de ses paumes, mais nous devons n'en prendre qu'une pincée!...

« Qu'une pincée! Elle va se refermer après tant de complaisance? Je n'en peux plus d'attendre... »

Il commença à caresser le dos de ses mains qu'il tenait emprisonnées entre les siennes, puis les lui ouvrit et se mit à regarder, comme envoûté, la couleur rose du henné qui en teignait les paumes. Stupéfait, il l'entendit alors lui demander d'une voix rieuse :

– Liriez-vous les lignes de la main, monsieur le cheikh?

Il sourit.

– Mes talents sont reconnus en la matière! répondit-il plaisamment. Tu aimerais que je lise dans tes mains?

Elle acquiesça d'un signe de tête. Il lui prit la main droite et commença à en considérer la paume en faisant mine de réfléchir. Puis il déclara, l'air absorbé :

– Je vois... sur ta route... un homme... qui aura une grande importance dans ta vie...

– Dans une union légitime au moins? demanda-t-elle en riant.

Il releva les sourcils en scrutant plus attentivement le creux de sa main et répondit sans que son visage reflète la moindre trace d'ironie :

– Non! Illégitime...

– A Dieu ne plaise!... Quel âge a-t-il?

Il la regarda par-dessous ses sourcils et répondit :

– Je ne vois pas bien, mais..., si j'en juge par ses possibilités, il est dans la fleur de la jeunesse!

– Et il est généreux au moins? demanda-t-elle sournoisement.

« Ah! dans le temps, la générosité ne faisait pas partie de ce qui te rendait cher à leur cœur!... »

– Il a un cœur qui ne connaît pas l'avarice!

Elle réfléchit un instant et demanda encore :

– Se contentera-t-il de me voir rester comme une servante dans cette maison?

« Bats le fer pendant qu'il est chaud! »

– Dis plutôt qu'il fera de toi une grande dame!

– Et où vivrai-je sous sa protection ?

« Même Zubaïda ne t'avait rien imposé de tel... Ça va jaser!... »

– Dans un bel appartement...

– Un appartement?

Le ton réprobateur de la jeune fille l'étonna.

– Ça ne te plaît pas? lui demanda-t-il, surpris.

– Vous ne verriez pas de l'eau couler? insista-t-elle en désignant sa paume du regard... Regardez bien!

– De l'eau couler!... Tu voudrais loger dans une salle de bains?

– Vous ne voyez pas le Nil..., une villa d'eau... ou une dahabieh?...

« Et allez donc! Quatre ou cinq guinées par mois d'un coup!... sans compter les à-côtés. Ah! là, là! entichez-vous de qui vous voudrez mais pas des filles du peuple! »

– Pourquoi diable choisis-tu un endroit retiré du monde?

Elle s'approcha de lui, collant ses genoux contre les siens...

– Vous n'avez pas moins de prestige que M. Moham-med Iffat! dit-elle..., et moi pas moins de chance que la Sultane puisque vous m'aimez, à ce que vous dites! Vous pourrez venir y passer des soirées, vous et vos amis! ça serait mon rêve!... Oh! dites, réalisez-le-moi!...

Il passa ses bras autour de sa taille et retint le silence pour goûter dans la paix la chaude sensation de sa douceur...

– Tu auras tout ce que tu voudras, ô espoir de ma vie!

Elle plaqua ses paumes sur ses joues pour le remercier et lui dit :

– N'allez pas croire que vous donnez tout sans rien prendre en retour! Rappelez-vous toujours que c'est pour vous que je vais quitter à jamais cette maison où j'ai passé ma vie! Rappelez-vous que si je vous demande de faire de moi une dame c'est uniquement parce que toute femme qui vous a pour compagnon se doit rien moins que de l'être!

Elle lui resserra les bras autour de sa taille au point qu'il se retrouva le nez collé dans sa poitrine.

– Je comprends parfaitement, lumière de mes yeux! Tu auras tout ce que tu voudras et même davantage! Je voudrais te voir telle que tu aimerais te voir toi-même. Et maintenant, prépare-nous notre coin... Je veux commencer ma vie cette nuit même!

Elle lui prit les bras et, dans un sourire navré, lui répondit avec douceur :

– Lorsque nous serons tous deux réunis, dans notre villa sur le Nil!

– Ne m'excite pas davantage! lui dit-il, la mettant en garde. Tu crois pouvoir résister à mon ardeur?

Elle recula et rétorqua enfin sur un ton alliant la prière au refus obstiné :

– Pas dans la maison où j'ai travaillé comme servante! Attendez que notre nouveau toit nous rassemble. Votre toit et le mien... Là je serai à vous pour toujours! Pas avant! Vous si cher à mon cœur et moi si chère au vôtre!...

5

« ALLONS bon, rien de grave au moins! »

Ahmed Abd el-Gawwad se fit cette réflexion en voyant Yasine arriver à la boutique. La visite était aussi insolite qu'inattendue. Elle lui rappela celle que le jeune homme lui avait déjà rendue jadis en ce même lieu quand il était venu le consulter à propos de la décision que feu sa mère avait prise, lui avait-on dit, de se remarier pour la quatrième fois.

De fait, notre homme était certain que son fils ne venait pas afin d'échanger des salutations, ni même d'aborder une question ordinaire dont il pouvait tout aussi bien l'entretenir à la maison. Assurément, Yasine ne pouvait venir le trouver ici que pour une affaire grave!... Il lui serra la main puis le pria de s'asseoir en lui disant :

– Rien de grave au moins?

Yasine s'assit sur une chaise proche du fauteuil paternel, le dos tourné au reste de la boutique où Gamil al-Hamzawi, debout devant la balance, était en train de peser des marchandises pour un petit groupe de clients. Il regarda son père non sans quelque gêne qui vint confirmer le pressentiment de ce dernier. Ahmed Abd el-Gawwad referma un registre dans lequel il avait l'habitude de consigner ses comptes, puis, honorablement entouré du coffre-fort qui apparaissait à sa droite, porte entrouverte, et d'une photographie de Saad Zaghloul en habit de

Premier ministre accrochée au mur au-dessus de sa tête sous le vieux cadre de la Basmala[1], il se redressa sur son siège et se prépara à l'entretien.

La venue de Yasine en ce lieu n'était pas le fruit du hasard, mais d'un plan concerté, dans la mesure où, la présence de Gamil al-Hamzawi ainsi que des clients qui venaient à s'y trouver étant à même de décourager chez son père toute manifestation de colère et, partant, de l'en prémunir, la boutique s'avérait finalement l'endroit le plus sûr pour lui exposer l'objet de sa visite. Le fait est que Yasine, malgré la protection que lui conférait son âge et l'attitude bienveillante qu'il trouvait en son père d'une manière générale, cultivait envers ses colères une sainte appréhension!

– Père, dit-il avec une extrême politesse, auriez-vous l'obligeance de bien vouloir m'accorder un peu de votre temps précieux?... Si la situation ne l'exigeait, jamais je ne me serais permis de vous déranger! Mais je ne puis rien entreprendre sans emprunter vos lumières et sans l'appui de votre consentement...

C'est avec un sourire narquois que notre homme accueillit au fond de lui-même ce débordement de politesse. Il commença à considérer son beau et gros garçon, tout plein d'élégance, avec circonspection, embrassant d'un seul et même regard sa moustache torsadée en pointes à sa façon à lui, son costume bleu marine, sa chemise au col amidonné et au nœud papillon bleu, le chasse-mouches en ivoire, les chaussures en vernis noir... Pour plus de décence en présence de son père, Yasine n'avait retouché sa tenue que sur deux points : il avait rentré le bord de sa pochette de soie dans la poche de poitrine de sa veste et redressé son tarbouche qu'il inclinait d'ordinaire vers la droite...

« Il te dit qu'il ne peut rien faire sans emprunter tes lumières? Très bien... Mais vient-il les emprunter quand il se soûle? Quand il traîne dans les rues de Wajh el-Birka

---

1. Nom donné à la formule qui ouvre la quasi-totalité des sourates du Coran (Bismi-l-lahi...) (« Au nom de Dieu... »).

que je lui ai interdites? Est-ce qu'il a emprunté tes lumières pour se jeter sur la servante, sur la terrasse? C'est bien beau, tout ça... Mais... que cache ce sermon de prêcheur?... »

– Naturellement! C'est le moins que l'on puisse attendre d'un homme sensé comme toi! Mais... rien de grave au moins?

Yasine jeta un rapide coup d'œil derrière lui et, à cette occasion, remarqua Gamil al-Hamzawi au milieu d'un petit groupe de clients. Il rapprocha sa chaise du bureau paternel et, rassemblant tout son courage :

– J'ai décidé, dit-il – sous réserve de votre consentement et de votre agrément! – d'honorer l'autre moitié de ma religion[1]!

Pour être une surprise, c'était une surprise! Heureuse toutefois, contrairement à ce à quoi s'attendait notre homme. Quoique... doucement! Elle ne le serait qu'à certaines conditions! Alors mieux valait attendre le fond de la déclaration! Car n'y avait-il pas assez de signes prêtant à l'inquiétude? Oh! que si! Cette entrée en matière d'une politesse et d'une complaisance outrées! Le fait, pour des raisons ne pouvant échapper à un esprit clairvoyant, d'avoir préféré la boutique pour faire sa révélation... Quant au mariage proprement dit, cela faisait longtemps qu'il l'avait espéré pour lui. Espéré quand il avait prié Mohammed Iffat avec insistance de lui rendre sa fille, son épouse. Espéré quand il implorait Dieu à la fin de sa prière de le conduire dans le droit chemin et à la rencontre d'une brave fille... Peut-être même que, n'eût été sa crainte qu'il ne le mette encore une fois en difficulté avec ses amis comme avec Mohammed Iffat, il n'aurait pas hésité à le marier une seconde fois! Mais mieux valait attendre la suite... Peut-être qu'après tout aucune de ses inquiétudes ne se vérifierait!

1. *Sic*. On considère en effet qu'en n'étant pas marié on n'est musulman qu'à moitié!

– Excellente résolution que j'approuve tout à fait! Est-ce que ton choix s'est porté sur une famille précise?

Un instant, Yasine baissa les yeux, puis il les releva en disant :

– J'ai trouvé mon affaire... Une maison respectable que nous connaissons par la pratique d'un long voisinage. Une maison dont le maître comptait parmi vos plus estimables connaissances...

Ahmed Abd el-Gawwad releva les sourcils, s'interrogeant en silence... Mais Yasine brisa net :

– Le regretté M. Mohammed Ridwane!

– Non!... laissa-t-il échapper avant d'avoir pu se contenir.

Le mot lui était tombé de la bouche avec une telle expression de dégoût, de protestation indignée, qu'il sentait qu'il lui fallait maintenant s'en justifier par une raison valable, propre à masquer la vérité de ses sentiments. C'était pour lui un jeu d'enfant!...

– Mais... sa fille n'est-elle pas divorcée? demanda-t-il. Il n'y a pas assez de femmes sur terre pour aller épouser une fille qui n'est plus vierge?

Yasine ne fut nullement surpris par cette objection. Il s'y attendait depuis l'instant où il avait décidé d'épouser Maryam. Il avait néanmoins le ferme espoir de vaincre l'opposition de son père dans laquelle il ne voyait rien d'autre qu'un écho de sa préférence d'une vierge à une non-vierge, ou une manière d'écarter une femme susceptible de lui rappeler la tragédie de son défunt fils. Il avait foi en sa sagesse et espérait qu'elle lui ferait négliger en fin de compte ces deux écueils mineurs... Il comptait même pleinement sur son consentement pour vaincre l'opposition, réelle cette fois, qu'il escomptait de la part de sa belle-mère Amina, et à laquelle il ne pouvait songer qu'avec un profond désarroi. A tel point qu'il avait envisagé de quitter subrepticement la maison pour se marier selon son bon plaisir en mettant tout le monde devant le fait accompli; ce qu'il eût fait à coup sûr si déclencher les foudres paternelles n'eût été au-dessus de ses forces, et s'il ne lui en eût coûté de devoir passer outre aux sentiments de sa seconde mère – ou plutôt de son unique mère à présent ! – avant d'avoir tout tenté pour infléchir sa position et la ranger à ses vues...

– Il y a assez de femmes pour moi sur cette terre ! dit-il. Mais le destin l'a voulu ainsi !... Je ne recherche à travers une femme ni l'argent ni le prestige... Il me suffit qu'elle soit de bonne famille et de droites mœurs...

S'il existait quelque consolation au milieu de ce fardeau de complications, c'était bien la justesse de son point de vue qui n'était jamais démenti ! C'était bien là Yasine. Tel qu'en lui-même ! Un homme – ou un animal ! – qui poussait les ennuis devant lui et les tirait par-derrière ! Si jamais il était venu aujourd'hui lui annoncer une bonne nouvelle ou lui apprendre un heureux événement, il n'eût plus été Yasine et eût contredit l'opinion qu'il se faisait de lui !

Peut-être que le fait de ne pas rechercher l'argent ou le prestige à travers une femme n'était pas à son déshonneur... Quant aux mœurs, c'était une autre affaire ! Mais cet imbécile était excusable et, chose toute naturelle, ignorait tout, semblait-il, de la conduite de celle dont il désirait la fille pour épouse ; conduite qu'il était, lui, seul à connaître pour en avoir bénéficié au premier chef ! Peut-être que d'autres l'avaient eue avant lui ou l'auraient après lui... Alors qu'y faire ? Certes, il se pouvait que la petite fût bien élevée. Il était certain en revanche qu'elle n'avait pas été dotée de la meilleure mère ni du meilleur milieu ! Malheureusement, il ne pouvait pas donner ouvertement son avis – celui-ci en l'occurrence – dans la mesure où il ne pouvait décemment pas joindre de preuve à ses affirmations. D'autant qu'il se serait agi d'un avis susceptible d'éveiller la défiance et le trouble chez qui l'entendait pour la première fois. Le pire dans tout cela était sa crainte d'y faire seulement allusion, au risque d'inciter Yasine à mettre son nez dans cette affaire et à la remuer jusqu'au fond. Pour tomber sur quoi en fin de compte ? Ses empreintes à lui, son père. Scandale à nul autre pareil !

La question était donc délicate et embarrassante. Et puis elle comportait une douloureuse épine : la fille elle-même! Cette vieille histoire en rapport avec Fahmi! Yasine l'avait-il oublié? Comment pouvait-il désirer froidement une fille sur qui son frère avait jadis porté ses regards? N'étaient-ce pas là des façons répugnantes? Elles l'étaient assurément! Du moins le pensait-il, même s'il n'avait aucun doute quant à la loyauté du jeune homme envers son frère regretté. Et puis la logique cruelle de la vie fournissait une excuse aux gens de son espèce. Car le désir est tyrannique, aveugle, impitoyable... Il était mieux placé que quiconque pour le savoir!... Ahmed Abd el-Gawwad plissa le front pour signifier à son fils son embarras et déclara :

— Ton choix ne m'enchante guère!... Je ne sais pas pourquoi... Le regretté Mohamed Ridwane était un brave homme, c'est un fait! Mais sa paralysie l'avait, longtemps avant sa mort, empêché d'avoir l'œil sur sa maison. Note bien, cette remarque ne vise à mésestimer personne! Ne crois pas cela! Mais il y a des choses qui se disent... D'ici que certains s'en fassent l'écho... Pas vrai? Tout ce qui m'importe, c'est que cette fille est divorcée. Or pourquoi est-elle divorcée? Voilà une question parmi tant d'autres à laquelle tu dois savoir répondre! Tu aurais tort de placer ta confiance dans une telle femme avant d'avoir étudié son cas dans les moindres détails. Voilà en somme ce que j'entendais par là... Tu sais, le monde est plein de filles de bonne famille!

— J'ai poursuivi mon enquête moi-même et par l'inter-médiaire d'autres personnes, répondit Yasine, encouragé par le ton de son père, qui s'était borné jusque-là à faire valoir son point de vue et à apporter son conseil. Or il m'est apparu clairement que les torts sont du côté du mari, en ce sens qu'il était déjà marié, tout en l'ayant caché à Maryam et à sa mère. Sans parler de son incapacité à pourvoir aux dépenses de deux maisons en même temps, ni de ses mœurs douteuses!...

« Ses mœurs douteuses! Il ose parler sans rougir de

mœurs douteuses! Cet imbécile te fournit en primeur de quoi rire pendant une soirée entière!... »

— Ainsi donc tu es allé jusqu'au bout de tes investigations!

— C'est la manière habituelle! répondit Yasine timidement, fuyant le regard perçant de son père.

A ces mots, Ahmed Abd el-Gawwad lui demanda en baissant les yeux :

— Tu ne te rends donc pas compte que cette fille demeure associée à des souvenirs cruels pour nous?

La gêne s'empara de Yasine, il devint blême.

— Jamais chose pareille n'aurait pu m'échapper! protesta-t-il. Mais ce ne sont que des histoires! Je sais avec certitude que mon frère regretté n'a attaché de l'importance à toute cette affaire que durant quelques jours et l'a ensuite totalement oubliée. J'irais même jusqu'à affirmer qu'il s'est félicité par la suite de l'échec de sa tentative une fois qu'il a eu la conviction que, contrairement à ce qu'il s'était imaginé, Maryam n'avait pas répondu favorablement à sa demande.

Yasine disait-il la vérité ou défendait-il simplement sa position? Il avait reçu les confidences du défunt et peut-être était-il le seul fondé à prétendre connaître ce que les autres ignoraient de sa vie intime. Si seulement il pouvait dire vrai! Oh! oui! Si seulement il pouvait dire vrai! Cela le délivrerait de cette torture qui troublait son sommeil chaque fois qu'il se rappelait qu'un jour il avait fait obstacle au bonheur du cher disparu, chaque fois que lui venait à l'esprit l'idée que celui-ci était sans doute mort le cœur meurtri ou pétri de rancune envers sa tyrannie et son esprit buté. Ces douleurs qui lui dévoraient le cœur, Yasine voulait-il l'en délivrer?

— Tu es vraiment certain de ce que tu affirmes? lui demanda-t-il avec une avidité brûlante dont le jeune homme ne remarqua pas la tragique intensité. Il te l'a avoué?

Et, pour la deuxième fois de sa vie, Yasine vit son père

dans un état de désarroi comme il ne lui en avait connu que le jour de la mort de Fahmi :

— Dis-moi la vérité sans ménagement! reprit-il avec insistance. Toute la vérité. Cela m'importe plus que tu ne l'imagines (il allait lui faire l'aveu de son douloureux remords, mais il le retint à l'instant même où il allait forcer sa bouche)... Toute la vérité, Yasine!...

— Je suis sûr de ce que je dis! répondit le jeune homme sans hésiter. Je le sais d'expérience et l'ai entendu de mes propres oreilles! Il n'y a absolument aucune raison d'en douter!

En d'autres circonstances, ces paroles, même plus éloquemment formulées, n'eussent pas suffi à le persuader de la sincérité de Yasine. Mais il avait un tel besoin de le croire sincère qu'il le crut tel et ajouta foi à son témoignage. Son cœur s'emplit pour lui d'une profonde gratitude, d'une totale bénédiction. La question du mariage, en cet instant tout au moins, ne faisait plus partie de ses soucis. Il s'enveloppa longuement dans le silence pour savourer la paix qui l'avait envahi puis, peu à peu, commença à reprendre conscience de la situation... et de Yasine que l'émotion avait dérobé à sa vue. Alors il se remit à penser à Maryam, à sa mère, au mariage de Yasine, à son devoir de père, à ce qu'il pouvait dire et ne pouvait pas dire...

— Quoi qu'il en soit, reprit-il, j'aimerais que tu reconsidères plus sérieusement la question, avec plus de précautions. Ne t'emballe pas! Laisse-toi le temps de te retourner et de faire le point. Il en va de ton avenir, de ta dignité et de ton bonheur! En ce qui me concerne, je suis prêt, encore une fois, à te choisir moi-même une femme si tu me donnes ta parole, ta parole d'homme, de ne pas me faire regretter de m'être engagé personnellement, pour ton seul bien! Hein? Qu'en penses-tu?

Yasine resta muet, songeur, affecté par le tour exigu et délicat que prenait la conversation. Certes, son père parlait avec un calme admirable, mais il ne cachait pas non plus son angoisse ni son mécontentement. Et si lui, Yasine,

174

venait maintenant réaffirmer son point de vue, la discussion pourrait bien les conduire à une brouille fâcheuse. Pourtant, pouvait-il lâcher pied à seule fin d'éviter cette conséquence? Mille fois non! Il n'était plus un enfant. Il épouserait qui il voudrait, comme il voudrait! Pour le reste, puisse Dieu l'aider à conserver l'affection de son père!...

– Je ne veux pas vous imposer de nouveaux soucis, dit-il. Merci, père. Tout mon espoir est d'obtenir votre consentement et votre bon plaisir.

Ahmed Abd el-Gawwad fit un geste excédé de la main et répondit avec quelque sécheresse :

– Tu refuses d'ouvrir les yeux sur la sagesse de mon point de vue!

– Ne vous fâchez pas, père! le supplia Yasine avec ferveur. Promettez-moi de ne pas vous fâcher! Votre consentement est une bénédiction et je ne pourrai pas supporter que vous me le refusiez. Laissez-moi tenter ma chance et priez pour mon succès!...

Ahmed Abd el-Gawwad se persuada de la nécessité de s'incliner devant le fait accompli. C'est donc avec tristesse et désespoir qu'il s'y résigna. Certes, il se pouvait que Maryam – en dépit de la légèreté de sa mère – fût une jeune femme honnête et une bonne épouse. Mais il ne faisait aucun doute en revanche que Yasine n'avait pas été inspiré du choix de la meilleure femme ni de la plus respectable maison!... A la grâce de Dieu! Il était loin le temps où il dictait impérieusement sa volonté sans trouver personne pour s'y opposer. Yasine était aujourd'hui un homme responsable et toute tentative de lui imposer ses vues ne lui vaudrait qu'insoumission! Alors mieux valait encore céder à la fatalité et prier Dieu pour sa sauvegarde!...

Ahmed Abd el-Gawwad répéta ses conseils et ses incitations à la clairvoyance; Yasine, encore une fois, eut recours aux excuses et aux amabilités, jusqu'à ce que l'entrevue s'épuise d'elle-même... Il quitta la boutique en se persuadant qu'il avait obtenu le consentement et la bénédiction de son père, conscient néanmoins que la crise la plus grave était bien celle qui l'attendait à la maison. Il savait également qu'il quitterait fatalement cette demeure, pour la raison que penser simplement à la possibilité d'incorporer Maryam à la famille relevait de la folie! Aussi espérait-il la quitter dans la paix et la sérénité, sans laisser derrière lui ni haine ni inimitié; d'autant qu'il lui coûtait de négliger la femme de son père ou de renier son attachement et les bienfaits dont il lui était redevable. Jamais il ne s'était imaginé que le temps pût l'amener un jour à adopter vis-à-vis de la maison et des siens une attitude aussi singulière. Mais la situation était devenue si complexe et si bouchée qu'il ne restait plus d'autre issue que le mariage. Chose étonnante, la tactique féminine spécialement conçue pour l'y faire tomber ne lui avait en rien échappé. Une tactique vieille comme le monde et qui se résumait en deux mots : séduire puis repousser!

Mais qu'importe! L'envie de cette fille lui avait déjà pénétré le sang et il fallait la contenter à tout prix, par n'importe quel moyen, fût-ce le mariage! Le plus beau de l'histoire était qu'il en savait autant sur la vie de Maryam que tous les membres de la famille réunis – sauf son père, naturellement! Mais le désir se faisait impérieux et rien de tout cela ne put lui faire abandonner son projet ou renoncer à elle. Il se disait en lui-même : « Pourquoi me tourmenter le cœur avec un passé révolu dont je ne suis pas responsable? Nous allons inaugurer ensemble une vie nouvelle! C'est là seulement que commence ma responsabilité! J'ai en moi une confiance illimitée. Si jamais elle décevait l'idée que je me fais d'elle, je la ficherais à la porte comme on jette une vieille chaussure! »

En fait, il n'avait pas consulté sa pensée au moment de décider. Il ne l'avait utilisée que pour justifier ce désir indomptable qui l'habitait et ne voulait pas rompre. Il abordait donc le mariage cette fois-ci comme une alternative à une liaison intime qui lui était refusée. Cela ne signifiait pas pour autant qu'il y mêlât de mauvaises intentions ou le prît comme prétexte provisoire à réaliser une ambition charnelle! Il est vrai aussi que, malgré son incorrigible versatilité, son âme aspirait tout entière à la vie conjugale et à un foyer stable...

Il avait présentes à l'esprit toutes ces considérations quand il prit place, à côté de Kamal, pour la séance du café. Cette séance à laquelle il lui semblait bien qu'il assistait pour la dernière fois.

Il laissa aller son regard entre les canapés, les nattes multicolores, la grosse lampe qui pendait du plafond, avec au fond du cœur une grande amertume. Amina était assise à sa façon habituelle, les jambes repliées en tailleur, sur le canapé occupant l'espace compris entre la porte de la chambre à coucher de Monsieur et celle de la salle à manger, penchée, au mépris de la chaleur ambiante, sur le fourneau en terre pour faire le café. La tête enveloppée d'un voile blanc qu'elle portait rabattu sur une ample robe violette qui trahissait sa maigreur, toute sa personne se nimbait d'un calme qui, lorsqu'elle s'abandonnait au silence, s'altérait des ombres de la tristesse; tout comme l'eau des rivages qui, lorsqu'elle s'assoupit, laisse voir en transparence les débris qu'elle charrie...

Que de peine et de gêne éprouvait-il en s'apprêtant à faire sa révélation! Une révélation à laquelle il n'y avait aucun moyen d'échapper!

– Eh bien!... ma foi..., mère..., dit-il après avoir fini de siroter sa tasse de café sans lui avoir trouvé aucune saveur, un problème me préoccupe... au sujet duquel je voudrais vous demander conseil...

Il échangea avec Kamal un regard prouvant que ce dernier connaissait d'avance le sujet de la discussion et en attendait les conséquences avec une inquiétude non moindre que la sienne.

– Bien, mon fils! répondit-elle.

– J'ai décidé de me marier! déclara-t-il abruptement.

Un intérêt enjoué s'alluma dans les petits yeux couleur de miel d'Amina...

– C'est très bien, mon petit garçon! dit-elle. Tu n'as que trop attendu!

... lequel céda bientôt la place à un regard interrogateur. Mais, au lieu d'exprimer le fond de sa pensée, elle lui dit, comme l'incitant à avouer une dernière cachotterie présumée :

– Parles-en à ton père ou laisse-moi lui parler. Il n'aura pas de mal à te trouver une nouvelle femme meilleure que la première!

Yasine répondit avec une gravité qu'Amina jugea indigne de la situation :

– C'est fait! Je lui en ai parlé! Inutile de lui imposer de nouveaux soucis, attendu que j'ai moi-même fait mon choix! Père m'a donné son accord et... j'espère aussi obtenir le vôtre!...

Elle rougit de confusion et de joie au vu de l'importance que Yasine lui prêtait...

– Que Dieu t'ouvre les portes du bonheur! dit-elle. Dépêche-toi de nous remplir l'étage vide. Mais... quelle est cette brave fille que tu as décidé de prendre pour épouse?

Il échangea à nouveau un regard avec Kamal et répondit à grand-peine :

– Des voisins que vous connaissez...

Un instant elle réfléchit en fronçant les sourcils, les yeux fixés dans le vague, agitant son index comme pour recenser les voisins présents dans sa mémoire... Puis, indécise :

– Là, Yasine, dit-elle, tu me mets dans l'embarras! Vas-tu parler pour me libérer l'esprit?

– Nos plus proches voisins! répondit-il avec un sourire alangui.

– Qui? s'exclama-t-elle malgré elle, avec trouble et désaveu, en écarquillant les yeux sur lui.

Il baissa la tête en pinçant les lèvres, le visage assombri.

– Ceux-là? se récria-t-elle, un tremblement dans la voix, en pointant son pouce derrière elle. Ce n'est pas possible? Tu parles sérieusement, Yasine?

Le voyant répondre par un silence rechigné, elle s'écria :

178

– Ô funeste nouvelle!... Ceux-là mêmes qui se sont réjouis de notre malheur en ces jours d'épreuve...

A ces mots, il ne put s'empêcher de lui crier :

– Jurez-moi de ne plus répéter cela! Ce n'est que pure imagination!... Si jamais j'en avais été persuadé un seul instant...

– Naturellement, tu les défends! coupa-t-elle. Mais cette défense ne convainc personne! Ne te fatigue pas à me persuader de l'impossible! Seigneur! Qui nous oblige à ce déshonneur? Rien que des défauts et des tares, c'est tout ce qu'ils ont! Peux-tu me citer chez eux une seule qualité pour justifier ce choix injuste? Tu dis que tu as eu l'accord de ton père? Monsieur ne connaît rien de ces choses... Dis plutôt que tu l'as abusé!

– Voyons, calmez-vous! supplia Yasine. Je ne hais rien plus que de vous mettre en colère. Ressaisissez-vous et parlons calmement...

– Comment pourrais-je t'écouter quand tu m'infliges une pareille gifle! Dis-moi qu'il ne s'agit que d'une stupide plaisanterie. Maryam? Cette petite dévergondée sur qui tu sais ce que nous tous ici savons? Aurais-tu oublié son histoire scandaleuse? L'aurais-tu réellement oubliée? Et tu voudrais nous ramener cette fille à la maison?

– Je n'ai jamais dit ça! dit-il dans un profond soupir, comme pour chasser les remous de sa tristesse et de son émotion. C'est une histoire sans importance... Tout ce qui m'importe vraiment, c'est que vous regardiez toute cette affaire d'un œil neuf, sans parti pris...

– Mais enfin, quel parti pris? Tu crois que je l'ai accusée à tort? Tu dis que ton père est d'accord? Est-ce qu'au moins tu lui as raconté son petit jeu honteux avec les soldats anglais? Oh! non, Seigneur! Qu'est-il arrivé aux enfants des honnêtes gens?

– Calmez-vous! Laissez-nous parler calmement. A quoi sert cet emportement!

– Je ne peux pas me calmer tant qu'il s'agit de dignité! s'écria-t-elle avec une dureté qui jadis ne faisait pas partie de son caractère.

Puis, d'une voix larmoyante :

– Et, en plus, tu offenses la mémoire de ton frère bien-aimé !

– Mon frère ? demanda Yasine en ravalant sa salive. Que Dieu le prenne en sa miséricorde et l'accueille en son paradis ! Cette affaire n'offense en rien sa mémoire. Croyez-moi. Je sais ce que je dis mieux que personne ! Ne troublez pas son repos...

– Ce n'est pas moi qui trouble son repos ! Le seul à troubler son repos, c'est son frère qui lorgne cette fille ! Tu le sais très bien, Yasine. Tu ne peux le nier...

Traversée par une vive émotion, elle ajouta :

– Peut-être même que tu portais déjà tes regards sur elle à l'époque !...

– Mère !

– Je n'ai plus confiance en rien ! Comment peut-on encore avoir confiance en quelque chose après une pareille trahison ? Il n'y a pas assez de femmes sur terre pour aller choisir celle qui a brisé le cœur de ton pauvre frère ? Ne te rappelles-tu pas son chagrin quand il a appris en même temps que nous l'histoire du soldat anglais ?

Yasine ouvrit les bras d'un geste implorant...

– Remettons cette discussion à plus tard ! dit-il. Je vous prouverai en temps utile que notre cher regretté a répondu à l'appel de son Seigneur le cœur libre de toute trace de cette fille ! Pour l'instant, le climat n'est plus propice à la discussion !...

– Oui, et pour moi il n'est pas près de l'être si c'est pour parler de cela ! lui cria-t-elle, fulminante. Tu ne respectes pas la mémoire de Fahmi !

– Puissiez-vous vous imaginer quelle peine vos paroles me font !

– Quelle peine ? s'écria-t-elle, au comble de la colère. Tu n'as pas eu de peine pour la mort de ton frère ! Je connais des étrangers qui en ont eu plus que toi !

– Maman !

Kamal alla pour s'interposer, mais elle le fit taire d'un geste de la main avant de s'écrier :

– Ne m'appelle plus maman! J'ai été une mère pour toi, c'est vrai! Mais tu n'as jamais été pour moi un fils, ni un frère pour mon fils!

Rester lui devenait insoutenable. Abattu, affligé, il se leva et quitta le salon en direction de sa chambre. Kamal ne tarda pas à l'y rejoindre, pas moins abattu ni affligé que lui...

– Je t'avais prévenu! lui dit-il.

– Je ne resterai pas dans cette maison une minute de plus! répondit Yasine, la face rembrunie.

– Tu dois lui pardonner! lui dit Kamal, le cœur serré. Tu sais que maman n'est plus comme avant... Papa lui-même ferme les yeux parfois sur ses maladresses. C'est juste un mouvement de colère qui va bientôt s'effacer. Alors, ne la tiens pas pour responsable de ses paroles. Je t'en prie!

– Je ne l'en tiendrai pas responsable, Kamal! soupira Yasine. Je n'oublierai pas les bienfaits de tant d'années pour un affront passager! Elle est excusable, comme tu l'as dit. Mais comment pourrai-je la regarder en face, matin et soir, sachant qu'elle pense ça de moi!

Puis, après quelques instants de silence chargé de détresse :

– Ne crois pas que Maryam ait brisé le cœur de Fahmi... Un jour, il a demandé la permission de l'épouser et papa a refusé! Alors il a tâché tant bien que mal d'oublier cette affaire et a fini par l'oublier pour de bon. Et on n'en a plus reparlé! Alors quelle est la faute de Maryam là-dedans? Et quelle est ma faute à moi de vouloir l'épouser six ans après cette histoire?

– Tu as entièrement raison! Et maman s'en persuadera rapidement! répondit Kamal avec espoir. J'espère que ta menace de ne pas rester dans cette maison n'était qu'une parole en l'air!...

– Je suis le premier à qui ça fait de la peine de la quitter! répondit Yasine en hochant la tête tristement. Mais je la quitterai tôt ou tard puisque faire venir Maryam ici s'avère impossible. Et ne vois pas la question de mon

181

départ sous ce seul angle tragique! Je vais aller m'installer dans ma maison de Qasr el-Shawq. Par bonheur, l'appartement de ma mère y est toujours inoccupé. J'irai voir père à la boutique et lui expliquerai les raisons de mon départ en évitant tout ce qui pourrait le contrarier. Je ne suis pas fâché! Je quitterai cette maison en la regrettant du fond du cœur. En regrettant ceux que j'y côtoyais..., maman la première! Ne sois pas triste! Tout va bientôt s'arranger... Il n'y a pas de cœur rancunier dans cette famille... et celui de ta mère est le plus ouvert au pardon!

Il se dirigea vers sa penderie, l'ouvrit et commença à regarder ses habits et son linge. Un instant il hésita avant de passer à une action à laquelle il était fermement résolu, puis, se tournant vers Kamal :

– J'épouserai cette fille comme l'a ordonné le destin. Mais, Dieu m'est témoin, je suis parfaitement persuadé de ne pas avoir profané la mémoire de Fahmi. Toi, Kamal, tu sais mieux que personne combien je l'aimais. Comment aurait-il pu en être autrement? S'il y a quelqu'un ici qui va pâtir de ce mariage..., c'est bien moi!...

*

Une jeune servante conduisit Yasine à la réception et s'éclipsa. C'était la première fois de sa vie qu'il se rendait en visite au domicile du regretté Mohammed Ridwane. La pièce, à l'image de celles de la maison paternelle, était vaste, haute de plafond, percée d'un moucharabieh qui surplombait la rue Bayn al-Qasrayn et de deux fenêtres donnant sur l'impasse en renfoncement sur laquelle ouvrait l'entrée de la maison. Le sol était recouvert de petits tapis et le long des murs s'alignaient canapés et fauteuils. Devant la porte et les accès aux pièces pendaient des rideaux de velours gris défraîchis par l'âge. Au mur, face à l'entrée, s'adossait un grand cadre noir entourant la formule « Au Nom de Dieu le Bienveillant le Miséricordieux » tandis qu'une photographie du regretté Moham-

182

med Ridwane représenté entre deux âges occupait le centre du mur de droite, au-dessus du canapé principal.

Yasine choisit le premier siège qu'il trouva à sa droite en entrant, s'assit en observant l'endroit avec soin, jusqu'à ce que son regard se pose sur le visage de M. Mohammed Ridwane qui semblait le regarder avec les yeux de Maryam. Il arbora un sourire satisfait et, négligemment, commença à battre l'air avec son chasse-mouches en ivoire...

Un problème ne cessait de le préoccuper depuis qu'il avait songé à venir faire sa demande : l'absence dans cette maison de représentant du sexe mâle, doublée de l'incapacité dans laquelle il s'était trouvé de se faire lui-même représenter par une personne du beau sexe. Résultat, il venait seul aujourd'hui – selon sa propre expression – « comme une branche d'arbre coupée de son tronc », chose qui, en tant qu'homme ayant hérité de son milieu la fierté et l'orgueil de sa famille, lui faisait un peu honte. D'un autre côté, il avait l'assurance que Maryam lui avait sans aucun doute débroussaillé le terrain auprès de sa mère, dans la mesure où, par le simple fait d'avoir annoncé sa visite, elle en aurait déjà trahi le propos, lui ménageant par là les conditions propices à l'accomplissement de sa mission...

La servante réapparut avec le plateau du café, le déposa sur un guéridon devant lui et fit quelques pas en arrière en l'informant que la dame de la maison, sa maîtresse, allait être à lui dans quelques instants...

Et la demoiselle de la maison?... Était-elle aussi au courant de sa présence? Quel en était l'écho dans sa petite âme délicate? Il l'emporterait, elle et sa beauté..., à Qasr el-Shawq! Et après... Vogue la galère! Mais qui aurait pu soupçonner chez Amina cette aptitude à la colère? Elle qui avait été aussi douce qu'un ange! Ah! Dieu maudisse le chagrin!... Son père, lui aussi, s'était emporté lorsqu'il était venu le trouver à la boutique pour lui avouer qu'il avait quitté la maison. Mais ce jour-là sa colère avait été débonnaire, trahissant toute sa tristesse et son émotion.

Amina allait-elle lui révéler le vrai visage de Maryam? La fureur d'une mère dépossédée de son enfant est quelque chose d'effrayant! Mais Kamal avait promis de la ramener à la raison...

« Qui aurait dit que c'était à Qasr el-Shawq que t'attendait la première bonne surprise après toutes ces histoires : la mort du fruitier et l'installation d'un horloger à sa place : Et allez!

» A dégager!... »

Il entendit tousser à proximité de la porte. Il se leva, tournant simultanément la tête dans la direction, et ne tarda pas à voir Mme Bahiga entrer, qui tentait de se faufiler sur le côté, le battant de la porte ouvert en grand n'ayant jamais été assez vaste pour la laisser passer en largeur!

Il remarqua sans le faire exprès les lignes sinueuses découpant les formes de son corps plantureux et ne put contenir son admiration quand il vit passer devant ses yeux la croupe de la dame, dont la partie haute atteignait presque le milieu du dos et dont la partie basse retombait sur le derrière des cuisses. On eût dit une montgolfière! Elle s'avança vers lui avec la lenteur que ce quintal de chair et de graisse imposait à ses pas puis lui tendit une main à la peau fine et laiteuse, qui sortait de la manche de sa vaste robe blanche.

– Soyez le bienvenu! lui dit-elle. Votre présence honore et illumine cette maison!

Yasine lui serra la main poliment, attendit debout qu'elle se fût assise sur le canapé voisin et s'assit à son tour... Il la voyait de près pour la première fois, les attaches qui de longue date l'unissaient à sa famille et le fait qu'au fil des ans elle eût acquis, au regard de l'âge et du respect, véritable figure de mère à ses yeux l'ayant contraint d'éviter, chaque fois qu'il l'apercevait de loin dans la rue, de la regarder dans le détail, comme il le faisait avec les autres femmes. C'est pourquoi il avait en ce moment même l'impression de faire une nouvelle découverte.

Vêtue d'une robe qui lui couvrait tout le corps, du cou jusqu'au-dessus des pieds qu'elle tenait, eux aussi, en dépit de la chaleur, cachés sous des chaussettes blanches, ses manches lui recouvrant toute la longueur du bras jusqu'au poignet, la tête et le cou ceints d'un voile blanc dont le large bord lui retombait sur le haut de la poitrine et du dos, sa personne s'entourait d'une chaste apparence seyant à la situation et à son âge qui, sans préjudice d'une santé éclatante inspirant bonne humeur et jeunesse de cœur, devait – d'après ce qu'il savait – se situer aux abords de la cinquantaine.

Il remarqua – parmi tant d'autres choses – qu'elle se présentait à lui le visage nu, sans fard ni ornement, cela malgré sa passion bien connue du bichonnage et de la toilette, chose qui, depuis longtemps, faisait d'elle dans tout le quartier une référence pour tout ce qui, en matière d'habillement et de maquillage, touchait au bon goût féminin. Il se rappela à cette occasion comment Amina avait pu jadis prendre fait et cause pour cette femme, chaque fois que quiconque s'avisait de critiquer ses excès de coquetterie, et comment elle en était venue ces dernières années à l'attaquer pour les raisons les plus futiles, en l'accusant de manquer de pudeur et d'ignorer la décence que lui commandait son âge.

– Heureuse initiative, monsieur Yasine.

– Dieu vous honore...

Il alla pour ajouter : « ... madame Bahiga », mais une intuition instinctive lui fit craindre à la dernière seconde d'user de cette formule, d'autant qu'il avait noté que la dame ne l'avait pas appelé « mon petit » comme l'on pouvait s'y attendre...

– Comment va votre famille? demanda-t-elle. Votre père, Oum Fahmi, Khadiga, Aïsha et Kamal?

– Tout le monde va bien! répondit-il en éprouvant à sa question un sentiment de honte pour ceux qui lui avaient ouvertement déclaré leur hostilité sans raison valable... C'est à vous qu'il faut demander cela!...

Nul doute que de son côté elle pensait en ce moment à la

sécheresse de l'accueil qu'elle avait trouvé chez eux après la mort de Fahmi et qui l'avait obligée à rompre avec sa famille après un voisinage de toujours. Oui! Quelle sécheresse, ou plutôt quelle haine sourde! Tout cela parce qu'Amina, sa belle-mère, avait déclaré un jour que « son sentiment » la portait à croire que Maryam et sa mère n'avaient pas été sincères dans leur tristesse à l'égard de Fahmi! Et pourquoi ça, bonté du ciel? Elle avait prétendu qu'il était inconcevable que les deux femmes n'aient pas, d'une manière ou d'une autre, ou même par voie de déduction, eu connaissance en temps utile du refus que Monsieur avait opposé à la demande en mariage de Maryam et qu'il était tout aussi inconcevable que, l'ayant appris, elles n'en aient pas conçu de rancune à leur égard.

Elle avait répété à plaisir qu'elle s'était laissé dire que Maryam avait pleuré Fahmi à son enterrement par ces mots : « Je pleure ta jeunesse dont tu n'as pas profité », ce qu'elle avait traduit par : « Je pleure ta jeunesse dont tu n'as pas profité parce que ta famille s'y est opposée... », sans compter ce qu'elle avait pu y rajouter de calomnies à la mesure de sa tristesse et de sa douleur! Dès lors, rien n'ayant pu y faire pour la détacher de « son sentiment », très vite son attitude avait changé à l'égard de Maryam et de sa mère jusqu'à ce que survienne la rupture...

— Maudit soit Satan! dit-il, toujours en proie à la honte et à l'embarras.

— Mille fois maudit! renchérit Bahiga, acquiesçant à ses paroles. Combien de fois je me suis demandé quel crime j'avais commis pour être traitée comme je l'ai été par Mme Oum Fahmi. Mais je reviens sur ma position et prie Dieu de lui donner courage..., la pauvre!

— Dieu vous bénisse pour votre grandeur d'âme et votre bon cœur! La pauvre..., vous l'avez dit! Elle a grand besoin de courage!

— Mais quelle est ma faute à moi?

— Vous n'avez rien à vous reprocher. C'est la faute à Satan. Qu'il soit maudit!

La dame hocha la tête à la manière d'une victime innocente. Elle se tut un instant, puis, se tournant machinalement vers la tasse de café qui semblait oubliée sur le plateau :

– Vous n'avez pas encore bu votre café? dit-elle en désignant la tasse du regard.

Yasine porta la tasse à ses lèvres, but la première et ultime gorgée, puis il la reposa sur le plateau et toussota légèrement avant de déclarer :

– Dieu, que j'ai eu de la peine à voir ce qu'il est advenu de l'amitié entre nos deux familles! Mais... c'est comme ça! Qu'importe! Tâchons d'oublier tout cela et laissons agir le temps! Je ne voudrais pas raviver de pénibles souvenirs. Ce n'est pas pour cela que je suis venu! Le but de ma visite leur est on ne peut plus étranger!

Elle secoua énergiquement la tête comme pour chasser les mauvais souvenirs évoqués, après quoi, à l'image d'un instrument de musique modulant son jeu pour introduire le chanteur dans une nouvelle tonalité, elle afficha un sourire par lequel elle montra sa disposition à entendre autre chose.

– Moi-même, continua Yasine, tirant de ce sourire une verve rajeunie, ma vie ne manque pas de mauvais souvenirs liés à mon passé! Je veux parler de ma première expérience conjugale que Dieu ne m'a pas donné la fortune de mener avec une fille faite pour moi... Mais je ne veux pas rappeler ces choses-là!... Je suis venu, à vrai dire, après avoir décidé – en m'en remettant à Dieu de tourner une nouvelle page de mon existence, tirant par ailleurs les plus heureux présages de ma décision...

Aussitôt leurs regards se croisèrent et il put lire dans celui de son hôtesse les signes d'un intérêt bienveillant. Mais avait-il été bien inspiré de faire allusion à son premier mariage? Cette femme n'avait-elle rien su des vraies raisons de son échec?

« Ne te tracasse pas! Ses jolis traits respirent l'indulgence à l'extrême! Tu as dit ses jolis traits? Oui, parbleu!... N'était le fossé de l'âge, elle serait plus belle que Maryam!

Du temps de sa jeunesse, elle a dû être incontestablement plus belle que Maryam!... Oh! puis, réflexion faite, non! Malgré le fossé de l'âge, elle est plus belle que Maryam! Oui, vraiment!... »

– Je pense que vous avez compris mon propos! Voilà... En d'autres termes, je suis venu vous demander la main de votre honorable fille, Mlle Maryam...

Un sourire éclaira le visage étincelant de la dame, qui en accrut la pétillante vitalité.

– Je ne puis que vous dire : soyez le bienvenu! Ah! l'excellente famille, l'excellent homme que voilà! Hier encore un sort malheureux nous livrait aux mains d'un individu sans morale et voilà qu'aujourd'hui vient chercher Maryam un homme vraiment digne de la rendre heureuse et qu'elle sera, elle aussi, avec l'aide de Dieu, digne de rendre heureux! Nous sommes, depuis toujours, malgré le malentendu qui nous a séparés, une seule et même famille!...

Yasine fut à ce point transporté de joie qu'il laissa involontairement ses doigts rajuster son nœud papillon par petits attouchements nerveux, avant de répondre, la confusion empourprant son beau visage au teint mat :

– Je vous remercie du fond du cœur! Dieu rétribue en mon nom votre délicatesse! Nous sommes, comme vous l'avez dit, une seule famille, envers et contre tout! Mlle Maryam est une jeune fille qui honore tout notre quartier par sa naissance et sa moralité. Puisse Dieu lui faire cueillir enfin les fruits de sa patience et me donner avec elle récompense à la mienne!...

– Amen! murmura-t-elle en se levant.

Sur ce, elle s'avança vers le guéridon en balançant son corps majestueux, souleva le plateau en appelant Yasmina, puis, le portant dans ses mains, fit demi-tour pour le remettre à la servante qui arrivait à la hâte. Et c'est là que soudain, faisant pivoter son cou, elle se retourna brusquement pour lui dire : « Votre compagnie nous honore », le surprenant les yeux rivés sur son imposant arrière-train. Il se sentit aussitôt pris « la main dans le sac! » et s'empressa de baisser la tête pour faire croire qu'il regardait par terre. Mais trop tard! L'embarras le saisit et il commença à se demander ce que cette femme avait bien pu penser de lui... Puis, après qu'elle eut regagné son siège, il glissa un regard vers elle et aperçut sur ses lèvres l'esquisse d'un sourire, comme si elle lui disait : « Je vous ai vu! » Il maudit aussitôt ses yeux ignorants de toute pudeur et continua à se demander ce qu'elle avait bien pu s'imaginer... Oh! bien sûr, elle s'efforçait de donner l'air de n'avoir rien vu, mais, après son sourire, c'est tout en elle qui maintenant concourait à lui dire : « Je vous ai vu! » Oublier son impair. C'était la meilleure solution! Mais... Maryam deviendrait-elle un jour comme sa mère : Béni soit ce jour-là! « Cette mère-là a des avantages que ne dispense que rarement le temps... Bon sang, quelle femme! »

Le meilleur moyen d'arrêter de penser à tout cela et de dissiper le nuage du doute était de rompre le silence.

– Si ma demande a été acceptée, vous me trouverez à votre entière disposition pour discuter des détails importants...

Elle eut un rire bref dont l'éclat donna à son visage un aspect doux et juvénile.

– Comment pourrait-elle ne pas l'avoir été, monsieur Yasine, émanant d'une personne comme vous à la naissance et au voisinage exemplaires?

– Votre gentillesse m'oblige! dit-il en rougissant.

– Je n'ai fait que dire la stricte vérité! Dieu m'est témoin...

Puis, après une courte pause :

– Tout est réglé du côté de votre famille?

Un instant, son regard se durcit. Il pouffa du nez et déclara :

– Epargnons-nous ce chapitre, voulez-vous?

– Pourquoi, mon Dieu?

– A la maison, tout ne va pas pour le mieux...

– Vous n'avez pas demandé conseil à M. Ahmed?

– Mon père est d'accord...

– Ah! je vois! s'exclama-t-elle en frappant dans ses

mains. Oum Fahmi! N'est-ce pas? C'est la première personne qui m'est venue à l'esprit quand vous m'avez
présenté la chose! Naturellement, elle n'est pas d'accord :
Hé, parbleu! Dieu soit loué! La femme de votre père est
décidément bien étrange...

Il haussa les épaules avec indifférence, avant d'ajouter :

– Cela ne change rien à l'affaire!

– Combien de fois je me suis demandé quel crime j'avais
commis!

Puis, d'une voix dolente :

– Mais quel mal lui ai-je donc fait?

– Je ne voudrais pas laisser un sujet qui ne pourrait que
nous amener des maux de tête prendre le pas sur notre
discussion! Qu'elle pense ce qu'elle veut! L'important est
que je sois décidé à poursuivre mon but! Tout ce qui
m'intéresse, c'est votre consentement à vous!...

– Si jamais la maison de votre père n'avait pas la place
de vous accueillir, vous êtes ici chez vous!

– Je vous remercie! Mais... j'ai ma propre maison à
Qasr el-Shawq..., loin d'ici! Quant à celle de mon père, je
l'ai quittée depuis déjà quelque temps...

– Elle vous a chassé? s'écria-t-elle en se frappant la
poitrine.

– Non! s'esclaffa-t-il. Nous n'en sommes pas arrivés là!
Tout vient du fait que mon choix l'a heurtée pour de
vieilles raisons en rapport avec Fahmi. (Il lui adressa un
regard lourd de sens.) Et, bien que je n'aie trouvé dans son
objection rien qui la justifiait vraiment, j'ai jugé digne,
malgré tout, de prévoir un nouveau logement en vue du
mariage...

– Mais..., lui demanda-t-elle en relevant les sourcils,
dans un hochement de tête sceptique, pourquoi n'êtes-vous
pas resté au milieu de votre famille en attendant l'heure de
vous marier?

– J'ai préféré m'éloigner de peur que la crise ne s'ag-
grave... répondit-il avec un rire résigné.

A quoi elle ajouta d'un air de dérision :

– Puisse Dieu remédier à tout cela et...

Avant même que d'achever sa phrase, elle se leva derechef, se dirigea vers la fenêtre de l'impasse et l'ouvrit pour faire pénétrer la lumière de fin d'après-midi, la porte du moucharabieh ne donnant plus assez de clarté pour éclairer la pièce.

Alors, malgré lui, malgré ses précautions, il se surprit encore une fois à lorgner le « précieux trésor » de la dame qui défiait son regard telle une coupole... Il la vit prendre appui du genou sur le canapé, puis se pencher par-dessus le rebord de la fenêtre pour en fixer les battants : spectacle saisissant qui marqua son esprit d'une empreinte meurtrière. Sentant sa gorge se dessécher d'émotion, il se demanda pourquoi elle n'avait pas appelé la servante pour lui faire ouvrir la fenêtre, comment elle s'était plu à offrir à ses yeux – qu'elle venait justement de surprendre en « flagrant délit » – ce spectacle dont elle mesurait sans doute les effets! Pourquoi et comment?... Comment et pourquoi?...

Il avait, concernant les femmes, la sensibilité fine et l'esprit mal tourné. C'est pourquoi l'ombre d'un doute vint piétiner au seuil de sa conscience, sans vouloir y pénétrer ni s'en éloigner. Toutefois, ému par le caractère scabreux de la situation, il eut la présence d'esprit de baisser les yeux. Ou bien il était fou, ou bien elle était folle, ou aucun des deux ne l'était! Ah! si seulement quelqu'un avait pu venir le tirer de sa confusion!

Elle redressa son buste penché en avant, reprit pied sur le sol et se retira de la fenêtre pour regagner sa place.

Aussitôt, il s'empressa de lever les yeux vers la Basmala, faisant mine d'être absorbé dans cette contemplation, et attendit pour les tourner vers elle que le canapé émit un craquement l'avertissant qu'elle s'y était rassise.

A ce moment, leurs regards se croisèrent et il vit briller dans sa prunelle un sourire malicieux qui lui donna l'impression que rien ne lui avait échappé, comme si elle lui disait maintenant le plus ouvertement du monde : « Je vous ai vu! » Un instant, il resta l'esprit troublé, les idées floues, ne sachant plus à quoi s'en tenir, craignant d'avoir outragé l'honneur de cette femme ou de s'être lui-même compromis devant elle. Il lui sembla qu'il serait jugé sur le moindre de ses mouvements et que le moindre faux pas pourrait bien prendre les proportions d'un scandale...

– Le temps est encore à la chaleur et à l'humidité...

Elle avait dit ces mots d'une voix calme, spontanée, suggérant néanmoins son désir de balayer le silence.

– Il l'est certes..., renchérit-il, soulagé.

Il se ressaisit, quoique le spectacle qu'il avait vu se dérouler près de la fenêtre ne tardât à s'agiter à nouveau devant ses yeux. Il se surprenait malgré lui à le repasser dans sa tête et à se perdre dans sa fascination, en se disant qu'il aurait bien aimé mettre la main sur un pareil trésor dans l'une de ses aventures... Ah! si Maryam pouvait avoir un tel corps! Assurément, c'est tout ce à quoi tendent ceux qui aspirent au bonheur[1]!

Mais peut-être, devant son silence, le croyait-elle encore tourmenté par la discussion qu'elle avait soulevée à propos de son différend avec Amina. Aussi lui dit-elle sur le ton de la plaisanterie :

– Ne vous faites pas de soucis! Rien en ce monde n'en vaut la peine!

Après quoi, comme pour l'encourager à l'insouciance, elle agita la tête et les mains, soulignant cette mimique d'un trémoussement particulier. Par complaisance, il sourit en bredouillant :

– Vous avez raison!

Pourtant, à cet instant même, il déployait tous ses efforts pour ne pas perdre contenance. Oui, car il venait de se produire un phénomène prodigieux, lequel ne s'était manifesté en apparence que par ce mouvement de tout le corps au moyen duquel elle avait voulu exprimer l'insouciance et l'y inciter, mais un mouvement d'une importance capitale eu égard à l'obscénité, la coquetterie et la frivolité qu'il laissait supposer. Celui-ci lui avait échappé par

1. Coran, LXXXIII, 26.

mégarde, dans un moment d'oubli, la faisant sortir de la décence et de la retenue qu'elle s'était imposées tout au long de l'entretien, lui faisant dévoiler par là, sans le savoir, sa nature profonde... Sans le savoir, ou en le sachant au contraire parfaitement?...

Il ne put trancher en faveur de l'une ou l'autre de ces deux hypothèses, mais il ne doutait plus en revanche de se trouver en ce moment devant une femme assurément digne d'être la mère de Maryam, l'héroïne de cette vieille histoire avec l'Anglais! Il refusa, quoi qu'il advînt, de revenir sur son opinion, car ce mouvement frétillant, polisson en diable, ne pouvait à coup sûr être le fait d'une femme vertueuse. Son trouble ne dura que l'espace d'une seconde pour se fondre dans une sensation de joie lubrique et sournoise...

Il entreprit alors de se rappeler où et quand il avait déjà vu ce mouvement auparavant... Zannouba? Ou... Galila, la nuit où elle avait fait irruption dans le pavillon d'accueil, chez les Shawakat, pour prendre son père à partie? Bon sang, mais c'était ça! Décidément, elle lui semblait, malgré son âge, plus appétissante et plus délicieuse que sa fille. Son naturel prit le dessus et le désir lui vint de sonder le terrain en ne reculant si possible devant rien! L'extravagance de ses pensées lui donna envie de rire au fond de lui-même et il sentit qu'il allait s'engager sur un sentier abrupt, encore inexploré. Qu'importe! Il n'était pas dans ses habitudes de repousser l'idée d'une aventure! Jusqu'où diable allait le mener ce sentier?... Pouvait-il renoncer à Maryam pour sa mère? Jamais de la vie! Loin de là son intention! Mais imaginez-vous un chien qui trouve un os sur le chemin de la cuisine. Va-t-il se priver d'y toucher? Pourtant ce n'étaient encore là que pensées, fantasmes, hypothèses... « Attends de voir! » se dit-il.

Dans le silence qui était retombé et s'alanguissait entre eux deux, un sourire fut échangé. Celui de la dame était, du moins en apparence, le sourire d'un hôte à son invité; quant à celui de Yasine, il bourgeonnait sur sa bouche que le picotement du désir contenu de passer à l'attaque maintenait béatement pétrifiée.

– Vous apportez la lumière dans notre maison, monsieur Yasine Efendi!

– Oh! madame! votre maison n'en manque pas... C'est vous qui illuminez le quartier tout entier!

Elle partit d'un rire qui emporta sa tête en arrière.

– Dieu vous honore..., monsieur Yasine Efendi! bredouilla-t-elle.

Il aurait fallu, pour bien faire, qu'il en revienne au propos initial de sa visite ou sollicite la permission de prendre congé, à condition de fixer un autre rendez-vous en vue de prolonger l'entretien... Mais il n'en fit rien! Au contraire, il commença à lui lancer des regards troubles, tantôt fugaces, tantôt insistants, mais sans discontinuer, le tout dans un silence suspect. Les regards sont des messages que savent lire ceux qui ont deux yeux pour voir clair! Par eux seuls, il devait à tout prix lui communiquer ses pensées... et attendre le résultat. « Tâte bien le terrain avant d'avancer... et au diable, Allenby! Et toi, prends ce regard de braise et dis-moi si tu es sincère, quel fou pourrait feindre de n'en point voir l'intention malhonnête ou le prétendre innocent? Mais... regarde, la voilà qui lève les yeux puis les rabaisse comme si elle ne savait plus où elle en est. Elle a manifestement tout compris! Maintenant, tu peux dire que la crue est arrivée à Assouan et qu'il faut de toute urgence ouvrir les déversoirs! Et tu venais lui demander la main de sa fille? Fou désormais qui ne crois pas à la folie! Pour l'instant, tu es la chose la plus désirable à mon âme? Alors... après nous le déluge! Ta vue m'inspire tout sauf le désespoir! »

– Vous habitez seul à Qasr el-Shawq :

– Oui...

– Je suis vôtre de tout cœur...

Ces mots pourraient venir aussi bien de la bouche d'un démon... que d'un ange! « Mais... tu ne crois pas que Maryam est en train d'écouter derrière la porte : »

– Vous aussi avez fait l'expérience de la solitude dans cette maison... C'est une chose insupportable!

– Insupportable, c'est le mot!

Et soudain, disant comme pour s'excuser : « Ne m'en voulez pas..., il fait si chaud... », elle porta la main à son voile et le déroula de sa tête qui apparut alors, maintenue dans un foulard orange, puis de son cou, qui s'offrit nu au regard, d'une blancheur étincelante. Il le contempla longuement dans une fébrilité grandissante puis se tourna vers la porte comme se demandant qui pouvait bien se tapir derrière. « Venez en aide à celui qui vient demander la main de la fille et tombe entre les griffes de la mère! »

– Mettez-vous à l'aise, dit-il pour répondre à ses excuses. Vous êtes chez vous! Et il n'y a pas d'étranger dans la maison...

– Si seulement Maryam était ici, que je lui annonce la nouvelle!

Son cœur fut saisi d'une violente palpitation, comme un ordre de passer à l'attaque.

– Mais où est-elle?

– Chez des gens de connaissance, à Darb el-Ahmar...

« Au secours! Je délire! Le prétendant de ta fille te veut et tu le veux aussi! Dieu ait pitié de ceux qui pensent du bien des femmes! Celle-là ne peut avoir un grain de cervelle! Une voisine de toujours et tu n'apprends à la connaître qu'aujourd'hui? Possédée du démon... Une adolescente de cinquante ans!... »

– Et quand Mlle Maryam sera-t-elle de retour?

– En début de soirée...

– Je sens que ma visite se fait longue..., dit-il sournoisement.

– Nullement! Vous êtes chez vous!

Puis, avec la même sournoiserie :

– Oserai-je prétendre à ce que vous me la rendiez?

Elle arbora un large sourire qui voulait dire : « Je vois ce que cache cette invitation! » Puis elle baissa la tête pudiquement, bien que toute l'affectation de cette attitude n'échappât nullement à Yasine qui, sans d'ailleurs s'occuper d'elle, commença à lui décrire, tandis qu'elle gardait la tête basse et continuait à sourire en silence, l'endroit de Qasr el-Shawq où était située sa maison et, à l'intérieur de cette dernière, celui qu'occupait son propre appartement.

« A-t-elle au moins conscience de porter en ce moment le plus grand préjudice à sa fille? De commettre envers elle le pire des crimes? »

– Quand me ferez-vous la grâce de cette visite?

– Je ne sais que dire! bredouilla-t-elle en relevant la tête.

– Je le dirai pour vous! affirma-t-il avec aplomb. Demain soir! Je vous attendrai.

– Il y a certaines choses que nous devons prendre en compte!

– Nous les prendrons en compte tous les deux... chez moi!

Aussitôt dit, il se leva et alla pour s'approcher d'elle, mais elle lui fit un signe en se tournant vers la porte, le mettant en garde. Puis elle déclara comme dans le seul but de contenir ses assauts :

– Demain soir...

*

La demeure de Qasr el-Shawq connut en la personne de Bahiga un visiteur fidèle. A la nuit tombée, elle s'enroulait dans sa mélayé, filait vers al-Gamaliyyé et, de là, gagnait la maison d'Haniyya... pour retrouver Yasine, qui l'attendait dans la seule pièce meublée de l'appartement. Jamais le nom de Maryam ne fut évoqué entre eux deux, jusqu'au jour où elle lui avoua :

– Je n'ai pas pu cacher ta visite à Maryam, notre servante te connaît! Je lui ai simplement dit que tu m'avais fait part de ton intention de demander sa main, une fois venu à bout des difficultés que tu rencontres chez toi...

Trop distrait du sujet pour discuter, il se contenta de marquer son approbation...

Ainsi virent-ils s'ouvrir devant eux une vie pleine de

joies et de délices... Yasine trouva « celle qui abritait en sa croupe un trésor » offerte à ses désirs et il prit ses ébats comme un cheval fougueux. La pièce, meublée à la hâte et sobrement, n'avait rien de l'endroit idéal pour consumer à deux le feu de la passion. Mais il n'avait pas négligé d'y créer l'ambiance agréable par force victuailles et boissons, afin d'exciter son goût à la communion de la chair et de poursuivre ses assauts avec cette voracité qui lui était naturelle, ignorante de toute limite et de toute mesure. D'ailleurs, la lassitude ne tarda pas à le gagner dès avant la fin de la première semaine, durée au terme de laquelle s'achevait le cycle de ses appétits, de sorte que le remède se transformait lui-même en une espèce de poison. Mais il n'en fut pas surpris. Loin de là! Dès le départ, il n'avait voué à cette relation insolite aucune bonne intention et ne lui avait assigné aucun destin durable. Peut-être même n'avait-il projeté, par-delà la cour qu'il avait faite à Bahiga dans son salon, qu'une petite coucherie sans lendemain. Pourtant, force lui fut de constater que la femme s'atta-chait à lui, manifestait un désir jaloux de le garder, ainsi que l'espoir qu'il trouve en elle son content et renonce à ses projets de mariage. Soucieux de ne pas gâter son propre plaisir, il se vit donc contraint de satisfaire ses caprices, persuadé que le temps remettrait à lui seul les choses à leur place. Et combien ce retour à la normale fut rapide, du moins pour lui! Peut-être même plus rapide qu'il ne l'avait prévu. Il s'était plié à sa fantaisie, croyant que la nouveauté de ses attraits était telle qu'elle pourrait garder son pouvoir de séduction plusieurs semaines, voire peut-être un mois. Il s'était trompé! Quant à ses dehors attrayants, disons simplement qu'ils lui avaient fait com-mettre la plus grosse bêtise de sa vie, qui en était constel-lée! Mais derrière cette calamité se profilait l'ombre de la vieillesse, comme celle de la fièvre, derrière le flamboie-ment trompeur des pommettes! Les tonnes et les tonnes de chair humaine boudinées sous les plis des vêtements, comme il disait, prenaient un tout autre aspect dès qu'elles s'offraient nues au regard! Et rien comme la chair humaine n'accuse le triste outrage des ans! « Je commence à comprendre, se disait-il à ce propos, pourquoi les femmes ont la folie des vêtements! »

Désormais, rebuté de la voir étaler sa graisse sur lui, il n'y avait plus rien d'étonnant qu'il la qualifiât de « plaie » et prenne la ferme résolution de mettre un terme à cette relation.

C'est alors que, tout naturellement, passé les feux de ce caprice insensé, Maryam revint occuper dans son esprit la place dont elle avait joui auparavant. Ou plutôt non! Elle ne l'avait pas quittée un seul instant. Simplement, cette passion soudaine l'avait éclipsée comme un nuage fugace masque un temps la face de la lune... Chose étonnante, son désir pour elle n'était plus qu'un simple reflet de sa passion éternelle pour son sexe; même si cette dernière y restait prédominante, il répondait en même temps à son impatience de fonder la famille qu'il considérait comme un destin aussi nécessaire que recherché.

Ainsi donc, bon gré mal gré, il se laissa guider par la patience, à condition que Bahiga revienne à la raison et lui dise un jour : « Allez, assez plaisanté! Va rejoindre ta mariée! » Mais il ne trouva en elle nul écho à ses espoirs. Nuit après nuit, assidûment, elle continuait ses visites, toujours plus débordante et transie. Il eut même l'impression qu'elle s'emplissait à la longue de la conviction de posséder un droit sur lui, comme s'il était devenu le pivot de sa vie et sa propriété!

Oh! non! Elle ne prenait pas la chose à la légère ou comme un divertissement! En outre, sa personnalité profonde lui apparut bientôt sous le jour d'une frivolité et d'une légèreté qui le persuadèrent que le comportement peu banal qu'elle avait eu avec lui lors de leur premier entretien n'avait rien d'étonnant. Ainsi en vint-il à la dédaigner, à la mépriser. Ses défauts prirent à ses yeux impitoyables des proportions gigantesques, il finit par ne plus la supporter du tout et, bien que tenant absolument à éviter toute cruauté de peur qu'elle ne se venge en entravant ses desseins envers sa fille, il prit la ferme résolution de se débarrasser d'elle à la première occasion.

Un jour il lui dit :

— Maryam ne se pose pas de questions sur les raisons de ma disparition?

— Elle sait fort bien que ta famille s'oppose à ce mariage! lui dit-elle en le rassurant d'un signe de la tête.

A quoi il répondit après un temps d'hésitation :

— Je vous avoue... qu'il nous arrivait parfois de bavarder sur la terrasse... Je lui ai même répété plusieurs fois que j'étais décidé à l'épouser envers et contre tout...

— Que veux-tu dire? lui demanda-t-elle en le transperçant du regard.

— Je veux dire, reprit-il en se donnant un air innocent, qu'ayant entendu de moi cette affirmation et ayant appris consécutivement la visite que je vous ai faite il faut bien qu'elle se convainque d'une raison justifiant ma disparition!

— Elle ne se portera pas plus mal sans cette conviction! rétorqua-t-elle avec une désinvolture qui le sidéra. Toutes les parlotes ne mènent pas à des demandes en mariage, et toutes les demandes en mariage n'aboutissent pas fatalement à des noces! Elle sait fort bien toutes ces choses...

Puis, sur le ton de la confidence :

— Et ça ne lui fera rien non plus de te perdre! C'est une jeune fille dans la fleur de sa beauté, elle n'aura pas de mal à trouver un prétendant aujourd'hui ou demain...

On eût dit qu'elle cherchait à s'excuser de son égoïsme ou à laisser entendre que c'était elle – et non sa fille – à qui cela ferait quelque chose de le perdre. Aussi de tels propos ne firent-ils que la lui rendre plus odieuse et déplaisante. Sans compter qu'il commençait à redouter le pire de la fréquentation d'une femme de vingt ans plus âgée que lui, influencé en cela par la sagesse populaire qui dit que coucher avec des vieilles fait perdre leur verdeur aux jeunes gens! Tant et si bien que les heures qu'il passait avec elle devinrent, tout au moins pour lui, de plus en plus chargées de tension et de méfiance, qu'il en vint à la détester carrément...

Tel était le paysage de ses sentiments lorsqu'un beau jour, par hasard, il rencontra Maryam dans la Nouvelle-Avenue. Il l'aborda franchement, la salua et commença à marcher auprès d'elle comme l'eût fait un parent. De son côté, la jeune fille était anxieuse montrant son visage rechigné. Il lui dit qu'après avoir longuement persuadé son père de lui accorder son consentement il l'avait enfin obtenu et préparait maintenant son logement de Qasr el-Shawq afin qu'il soit apte à les accueillir; il s'excusa aussi de sa longue absence en prétextant ses multiples occupations et ajouta pour finir : « Dites à votre mère que je viendrai la voir demain pour nous entendre sur les conditions du contrat! » Alors il passa son chemin, heureux, sans même se soucier – dans le débordement de sa joie – de la façon dont Bahiga allait réagir, d'avoir saisi au vol l'occasion qui s'était offerte inopinément.

Le soir même, elle arriva à l'heure habituelle à Qasr el-Shawq, mais agitée cette fois, l'âme défaite. Et, sans plus tarder, elle l'entreprit, lui criant avant même d'avoir relevé son voile :

– Tu m'as vendue, lâchement et criminellement...

Puis elle se laissa tomber sur le lit en se dévoilant nerveusement la face et poursuivit :

– J'étais loin de penser que tu me réservais une pareille trahison! Mais tu n'es qu'un lâche et un traître comme tous les hommes!

– La vérité n'est pas ce que vous croyez! rétorqua Yasine avec la délicatesse de qui cherche à se disculper. En fait, je l'ai rencontrée par hasard...

– Menteur! Menteur! s'écria-t-elle avec un visage sombre. Par le démon qui seul a pu m'enticher de toi! Tu te figures que je vais continuer à te croire après ce qui s'est passé :

Puis, imitant railleusement son ton :

– « En fait..., je l'ai rencontrée par hasard... » Et quel hasard, gros malin? Mettons que c'en soit vraiment un, alors pourquoi lui avoir parlé en pleine rue sous le nez des gens? Ce n'est pas agir en traître malintentionné, ça?

Puis, l'imitant à nouveau :

– « En fait, je l'ai rencontrée par hasard... »

– Je me suis retrouvé brusquement nez à nez avec elle, reprit Yasine non sans embarras, et ma main s'est tendue vers elle pour la saluer! Je ne pouvais tout de même pas l'ignorer après toutes nos discussions sur la terrasse!...

– « Ma main s'est tendue vers elle!... » s'écria-t-elle, blanche de colère. Une main ne se tend pas toute seule, que je sache! Il faut peut-être l'y pousser! Maudite soit cette main-là, et son propriétaire avec! Dis plutôt que tu la lui as tendue pour te débarrasser de moi!

– Je ne pouvais pas faire autrement que de la saluer! Je suis un être humain, et j'ai de la pudeur!

– De la pudeur! Ah! oui? Et où ça? Qu'elle t'étouffe, ta pudeur, fils de traître!

Puis, après avoir ravalé sa salive :

– Et la promesse que tu lui as faite de venir pour s'entendre sur la question du contrat, elle t'a échappée elle aussi, comme ta main? Allez, parle, monsieur la pudeur!...

– Tout le quartier sait désormais, déclara-t-il avec un sang-froid remarquable, que j'ai quitté la maison de mon père pour épouser votre fille. Il m'était donc impossible de ne pas évoquer la chose en parlant avec elle!...

– Tu pouvais trouver n'importe quelle excuse! cria-t-elle. Encore aurait-il fallu que tu en aies envie! Tu n'es pourtant pas du genre embarrassé pour mentir! Non! C'est te débarrasser de moi que tu voulais! La voilà, la vérité!

– Dieu est témoin de mes bonnes intentions! dit-il en fuyant son regard.

Elle le fixa longuement et lui demanda avec défi :

– Tu veux dire que tu t'es avancé à lui promettre ce que tu lui as promis sans le vouloir?

Il comprit le danger d'en convenir et baissa les yeux sans mot dire.

– Tu vois bien que tu n'es qu'un menteur! reprit-elle, soufflant de colère.

Puis, hurlant :

– Alors, tu vois? Hein! Tu vois? Fils de traître!

– Un secret ne peut jamais être caché indéfiniment! dit-il après un temps d'hésitation. Imaginez-vous ce que diraient les gens s'ils découvraient notre liaison... et à plus forte raison ce qu'en dirait Maryam!

– Ah! le cochon! pesta-t-elle, grinçant des dents de fureur. Alors pourquoi n'es-tu pas entré dans ces considérations le jour où tu étais devant moi en train de baver comme un chien? Ah! la race des hommes! Le feu de l'enfer est un piètre châtiment pour vous!

Il sourit timidement et eût pouffé de rire si le frein de la couardise ne l'avait arrêté; puis il déclara sur un ton affectueux et délicat :

– Nous avons eu ensemble du bon temps dont je garderai toujours le meilleur souvenir! Cessez de vous mettre en colère et de vous froisser... Après tout, Maryam est votre fille et vous souhaitez plus que quiconque la voir heureuse!...

– Et c'est toi l'homme qui va la rendre heureuse? dit-elle en branlant la tête, sarcastique. Il vaut mieux entendre ça que d'être sourd! La pauvre, elle ne sait pas quel démon elle va épouser! Tu n'es qu'un coureur! Dieu lui épargne le malheur dans lequel je suis tombée!

– Dieu seul est sans défaut! continua-t-il avec le calme qu'il s'était imposé depuis le début. J'ai le désir sincère d'un foyer stable et d'une femme qui soit une brave fille!

– Je veux bien être pendue si tu es sincère! Enfin! On verra bien! Et ne va pas mettre en doute mon sentiment maternel! Le bonheur de ma fille précède chez moi toute autre considération. Si tu ne m'avais pas trompée et trahie, ça m'aurait été bien égal de te pousser vers elle par la peau des fesses !

Yasine se demanda si par hasard l'orage était terminé... Il s'attendait à ce qu'elle remette son voile et le salue, mais elle ne bougea pas d'une semelle. Le temps passa, elle assise sur le lit, lui sur la chaise, en face d'elle, ne sachant comment, ni quand, allait se terminer ce curieux et difficile tête-à-tête... Il glissa un regard vers elle et la vit les yeux rivés au sol, l'air absent, dans un état d'abandon qui lui fit pitié. Allait-elle revenir aux injures? Ce n'était pas exclu! Mais elle semblait penser pour l'instant à la position délicate qu'elle occupait entre lui et sa fille et s'incliner devant les exigences d'une telle situation... Soudain, sans qu'il s'y attende, elle dégagea la mélayé de son buste en murmurant « Il fait chaud », se transporta vers la tête du lit, s'appuya contre le croisillon, étendit ses jambes sans prendre garde à ses chaussures, dont les talons s'enfonçaient dans les plis du couvre-pied, et se replongea dans son absence... N'en avait-elle donc pas terminé?

— Me permettez-vous de venir vous voir demain? demanda-t-il avec une extrême délicatesse.

Elle resta à ignorer sa question, une minute ou à peu près, puis, lui lançant un regard de malédiction, s'écria :

— La porte t'est grande ouverte..., sacripant!

Il sourit, satisfait, tout en sentant ses regards lui embraser le visage.

— Ne me prends pas pour une idiote! reprit-elle après un court instant. Je m'étais faite à l'idée de voir arriver cette fin tôt ou tard! Et si tu ne l'avais pas précipitée par un moyen...

Puis, avec un mépris résigné :

— Et puis tant pis!...

Il n'en crut rien, mais fit semblant, et commença à lui dire qu'il n'en doutait pas un instant et avait espoir qu'elle lui pardonne et le couvre de ses bonnes grâces. Mais elle ne se soucia nullement de l'écouter. Elle se transporta – derechef – sur le bord du lit, jeta ses jambes sur le sol, se leva et commença à s'envelopper dans sa mélayé en lui disant : « Adieu! » A son tour, il se leva en silence, la précéda vers la porte, l'ouvrit, puis la précéda à nouveau vers la sortie, mais quelle ne fut pas sa surprise de sentir, au moment où elle le dépassait pour gagner l'escalier, une gifle s'abattre sur sa nuque. Le laissant derrière elle comme ahuri, sa paume plaquée sur son cou, elle se tourna vers lui et, la main posée sur la rampe, lui déclara pour finir :

– T'en prendras d'autres! Tu m'as fait bien plus de mal à moi! Alors je n'aurais pas le droit de me venger par une malheureuse gifle? Hein? Fils de chien!

*

– Monsieur Ahmed, vous ne m'en voudrez pas si je vous dis qu'en ce moment l'argent vous brûle les mains!

Gamil al-Hamzawi exprima cette pensée sur un ton alliant la déférence de l'employé à la familiarité de l'ami. L'homme, malgré ses cinquante-sept ans et sa tête chenue, conservait une solide constitution ainsi qu'une santé florissante. Le poids des années n'avait en rien entamé son ardeur au travail et, conformément à l'habitude depuis qu'il était entré au magasin comme employé du temps de son fondateur, sa journée se passait toujours dans une activité incessante au service de la boutique et des clients.

Cette longue ancienneté lui avait d'ailleurs acquis des droits intangibles et un respect digne de son zèle et de son honnêteté. Ahmed Abd el-Gawwad le considérait comme un ami et l'affection qu'il lui portait, et qu'il avait manifestée encore récemment en l'aidant à faire entrer son fils Fouad à la faculté de droit, n'avait d'autre but que de l'encourager à la loyauté et de l'obliger à lui donner franchement son avis quand celui-ci lui était nécessaire pour éviter une perte ou réaliser un profit.

Pourtant M. Ahmed répondit d'un ton assuré, faisant peut-être allusion au vent d'euphorie qui animait le marché :

– Tout marche à merveille! Dieu soit loué!

– Qu'il accroisse votre prospérité et vous bénisse! s'exclama Gamil al-Hamzawi en souriant. Mais je ne me lasse pas de vous le répéter, si en plus du métier vous aviez la mentalité du commerce, vous seriez aujourd'hui parmi les plus grosses fortunes de ce pays!...

Notre homme arbora un sourire satisfait et haussa les épaules avec indifférence. Il gagnait beaucoup d'argent et en dépensait tout autant... Alors! Comment pouvait-il regretter ce qu'il cueillait des plaisirs de la vie? Pas un seul jour il n'avait perdu la notion de juste équilibre entre ses revenus et ses dépenses. Et ce qui lui restait couvrait largement le nécessaire! Aïsha était mariée, Khadiga aussi, Kamal arrivait à la fin de ses études... Alors! Qu'avait-il à craindre de profiter des joies de l'existence? Pourtant, la remarque d'al-Hamzawi relative à sa prodigalité n'avait rien d'exagéré. Car effectivement il semblait, ces derniers temps, on ne peut plus éloigné de la modération et de la mesure. Ses dépenses allaient dans de multiples directions? les cadeaux absorbaient des sommes non négligeables, la villa d'eau lui coûtait les yeux de la tête, et c'étaient de véritables sacrifices qu'exigeait sa jeune maîtresse. Bref, Zannouba le poussait sans merci à la profusion et lui de son côté payait sans manifester de résistance notable. Il avait bien changé! Certes, il avait pu dépenser largement autrefois, mais jamais femme n'avait réussi à lui faire franchir les limites de la modération ou l'obliger à jeter l'argent par les fenêtres. Hier, il avait conscience de sa force et il ne se souciait guère de combler chaque exigence de sa dulcinée du moment, de même qu'il se moquait, si cette dernière croyait bon de faire la renchérie, d'agir semblablement envers elle, avec toute l'arrogance de sa virilité!

Mais aujourd'hui le désir de garder sa bien-aimée lui faisait courber la tête et rien pour elle n'était trop cher! C'était comme s'il n'avait plus d'autre ambition en ce monde que de conserver son affection et se concilier son cœur. Et quelle affection revêche! Quel cœur rebelle! En réalité, il était parfaitement conscient de sa situation. Il la ressentait avec douleur et tristesse. Elle lui rappelait avec un regret amer les jours de sa splendeur, même s'il ne voulait pas s'avouer que ceux-ci étaient bel et bien révolus.

Et pourtant il ne manifesta pas le moindre sursaut de résistance. Aussi bien, il n'était pas en position de le faire!

– Vous avez peut-être tort de me considérer comme un commerçant! répondit-il à al-Hamzawi avec un ton d'ironie.

Puis, avec humilité :

– ... Dieu seul possède la richesse!...

Sur ce, un groupe de clients arriva. Al-Hamzawi s'en occupa. A peine notre homme fut-il retourné à ses pensées solitaires qu'il vit une silhouette investir tout le champ de la porte et se diriger vers lui d'un pas orgueilleux. C'était une surprise et il réalisa dès le premier coup d'œil qu'il n'avait pas eu l'occasion de voir sa visiteuse depuis quatre ans au moins. Il se leva pour l'accueillir, mû par son seul esprit de courtoisie, et lui dit :

– Bienvenue à notre honorée voisine!...

Oum Maryam lui tendit la main qu'elle emprisonnait dans le rebord de sa mélayé et répondit :

– Ravie de vous voir, monsieur Ahmed...

Il l'invita à s'asseoir et elle prit place sur la chaise où elle s'était déjà assise un jour considéré désormais comme de l'histoire ancienne. Il s'assit à son tour en s'interrogeant...

Il ne l'avait pas revue depuis qu'un an après la mort de Fahmi elle était venue le trouver, ici même, pour tenter de lui faire reprendre le chemin de sa maison. N'ayant pas encore émergé de son chagrin, il avait été ce jour-là stupéfait de son audace. Aussi l'avait-il reçue avec sécheresse et reconduite avec froideur. Qu'est-ce qui pouvait bien l'amener encore aujourd'hui? Il l'enveloppa d'un regard et la trouva identique à elle-même, tant dans le volume que dans l'élégance, répandant autour d'elle un parfum généreux, les yeux brillant au-dessus du voile, quoique ses effets de toilette et de maquillage ne l'aidassent point à masquer l'avance sournoise des années. Déjà les signes de la vieillesse se dessinaient sous ses yeux, ce qui lui rappela Galila et Zubaïda. Avec quelle vaillance toutes ces femmes menaient-elles le combat de la vie et de la jeunesse! On ne pouvait pas en dire autant d'Amina qui s'était si vite offerte à la tristesse et au dépérissement!

Bahiga rapprocha la chaise du bureau et déclara à voix basse :

– Veuillez m'excuser de cette visite, monsieur Ahmed, mais... nécessité a ses lois!

Ce à quoi notre homme répondit aussitôt, se donnant un air sérieux et grave :

– Soyez la bienvenue! Votre visite est un honneur et une grâce pour nous!

– Je vous remercie! dit-elle avec un sourire, sa voix dénonçant un sentiment de gratitude. Je rends grâce à Dieu de vous trouver en bonne santé!

Il lui rendit le remerciement, fit vœu pour elle de santé, après quoi elle le remercia de son remerciement et de ses bons vœux qu'elle lui renouvela de même... Puis elle se tut quelques instants avant de poursuivre, l'air préoccupé :

– Je suis venue vous voir pour une question importante. On m'a dit que vous en avez été informé en temps utile et que vous y avez apporté votre consentement... Je veux parler de la demande en mariage de ma fille Maryam par M. Yasine Efendi! M'a-t-on dit vrai? C'est ce dont je suis venue m'assurer...

Ahmed Abd el-Gawwad baissa les yeux de peur que la dame n'y lise la fureur qui s'était allumée en lui en entendant ses paroles. Qu'elle feignît de se soucier de son avis, il n'en était pas dupe. Qu'elle essaie plutôt d'en abuser d'autres qui ignoraient les dessous de sa pensée! Quant à lui, il savait avec certitude que, qu'il consente ou qu'il refuse, cela lui était égal. Au reste, n'avait-elle pas compris le sens de son absence aux côtés de son fils, le jour de sa visite?... Qu'importe, elle était venue pour lui faire confirmer son aveu... et sans doute aussi dans un autre but qu'il ne tarderait pas à élucider...

– Yasine m'a fait part de son désir et j'ai prié pour son succès! dit-il en levant vers elle deux yeux impassibles. Maryam a toujours été notre fille...

– Ah! que Dieu vous garde, très cher monsieur! Cette alliance avec votre famille va nous rehausser aux yeux des gens!...

– Je vous remercie de votre considération!

– Et j'ai la joie, continua-t-elle vivement, de vous avouer que je n'ai pas donné mon consentement avant de m'être assurée du vôtre!

« L'impudente! si ça se trouve, elle a dit oui avant même d'avoir vu Yasine! »

– Permettez-moi de vous remercier encore une fois, madame Oum Maryam!

– C'est pourquoi la première chose que j'ai dite à M. Yasine a été : « Laissez-moi d'abord m'assurer du consentement de votre père, car je voudrais tout, sauf le voir fâché! »

« Dieu du Ciel! Elle n'a pas sitôt fait de voler la mule qu'elle s'empresse de ficeler le propriétaire! »

– Cette noble parole n'a rien d'étonnant de votre part!

– Vous êtes notre homme, cher monsieur! poursuivit-elle avec un enthousiasme triomphant. Le meilleur de ceux qui font la fierté de notre quartier!

Ruse de femme! Coquetterie de femme! Comme il en avait assez de l'une autant que de l'autre! Avait-elle au moins songé qu'il se traînait aujourd'hui dans la fange en implorant la pitié d'une luthiste dont même un clochard n'aurait pas voulu?...

– Vous me gênez! répondit-il avec modestie.

Elle haussa légèrement la voix pour reprendre avec des accents éplorés :

– Comme j'ai eu de la peine quand il m'a appris qu'il avait quitté la maison de son père!

... au point que, redoutant que ses paroles ne parviennent aux oreilles des clients, à l'autre bout de la boutique, il la mit en garde en les lui désignant d'un signe de la tête.

– Certes, sa façon d'agir m'a fâché! s'empressa-t-il de répondre, la mine renfrognée. Je me suis demandé comment il avait trouvé moyen de commettre pareille sottise. Il aurait mieux fait de me demander conseil avant... Mais non! Il a emporté ses affaires à Qasr el-Shawq et est venu après me faire ses excuses! Entre nous, des enfantillages, madame Oum Maryam! Je l'ai sermonné sans m'occuper de son prétendu désaccord avec Amina..., ce prétexte stupide par lequel il a tenté de justifier une bêtise plus stupide encore!

– Par ma foi, c'est exactement ce que je lui ai dit! Mais Satan est plus rusé que nous! Je lui ai dit aussi : « Mme Amina est excusable. Dieu lui donne la force de supporter le mal dont il l'a frappée!... » Quoi qu'il en soit, un homme comme vous nous laisse toujours en droit d'espérer le pardon, cher monsieur!...

Il fit un signe bref de la main, l'air de dire : « Faites-nous grâce de cela! » Aussi insista-t-elle d'un ton enjôleur :

– Pourtant, je ne serai pas satisfaite avant d'avoir obtenu votre pardon!

Pouah! S'il avait pu seulement lui avouer tout le dégoût qu'ils lui inspiraient tous, elle, sa fille et ce gros crétin!...

– Yasine n'en demeure pas moins mon fils quoi qu'il advienne! dit-il. Puisse Dieu le ramener dans le droit chemin!...

Elle rejeta légèrement la tête en arrière et la maintint un moment dans cette position, le temps de savourer le plaisir de son succès et de sa satisfaction. Puis elle reprit d'un ton délicat :

– Dieu vous bénisse, monsieur Ahmed! En venant vous voir, je m'étais demandé : « Va-t-il me faire affront et me renvoyer déçue... ou bien traiter sa vieille voisine comme il avait coutume de le faire par le passé? » Mais, Dieu soit loué, vous savez toujours vous montrer digne du bien que l'on attend de vous! Qu'il vous prête vie et vous donne force et santé!

« Tu ne crois pas qu'elle se paie ta tête? Elle aurait bien de quoi! Tu n'es qu'un père floué par le destin, qui a vu mourir le meilleur de ses fils, dont le second déçoit tous les espoirs et dont le troisième n'en fait qu'à sa tête! Le tout sans que j'y puisse rien, espèce de gourgandine! »

— Je ne sais comment vous remercier!

Elle baissa la tête :

— Tout ce que j'ai pu dire de vous est moins que vous ne méritez! Combien de fois ne vous l'ai-je pas avoué dans le temps...

« Ah! ce maudit passé!... Referme donc cette porte, foi de cet idiot dont tu es venue enregistrer le titre de propriété! »

Il plaqua sa paume contre sa poitrine en signe de remerciement.

— Comment pourrait-il en être autrement? continua-t-elle sur un ton rêveur. Ne vous ai-je pas témoigné une affection dont nul homme n'a eu l'honneur ni avant ni après vous?

« Nous y voilà! Comment ai-je pu ne pas m'en rendre compte depuis le début? Tu n'es venue ni pour Yasine ni pour Maryam!... mais... pour moi! Ou plutôt pour toi! S'il y en a une en qui le temps n'a rien changé, sauf ta jeunesse, c'est bien toi! Mais tout doux! Aurais-tu la prétention de faire revivre un passé à jamais révolu? »

Il glissa sur ses paroles et ne les releva pas, se contentant de plisser la bouche en signe de remerciement. Elle arbora quant à elle un large sourire qui découvrit ses dents à travers la transparence du voile et ajouta avec un accent de reproche :

— On dirait que vous ne vous souvenez de rien...

Désireux d'excuser sa froideur sans pour autant blesser la sensibilité de la dame, il répondit :

— Ma tête est devenue trop vide pour cela...

— C'est que vous vous êtes par trop complu dans la tristesse! s'exclama-t-elle sur un ton de pitié. C'est au-dessus des forces de la créature!... et vous êtes un homme – ne me tenez pas rigueur de ce que je vais vous dire – qui a eu l'habitude de la belle vie. Or, si la tristesse agit déjà sur l'homme ordinaire, elle agira dix fois plus sur vous!

« Elle te fait ce sermon pour son propre avantage! Ah!

210

si seulement Yasine pouvait être rassasié de la fille comme je le suis de la mère! Mais pourquoi donc m'inspires-tu du dégoût? Tu es à n'en pas douter plus docile que Zannouba et incomparablement moins dépensière! Hélas! j'ai bien l'impression que quelque chose en moi s'est entiché du malheur!...

— Comment pourrait rire un cœur affligé? dit-il, sournois, tout en prenant un air malheureux.

— Riez, votre cœur suivra! repartit-elle avec enthousiasme, comme ayant pressenti une lueur d'espoir. N'attendez pas qu'il se mette à rire tout seul! Il n'est pas près de le faire après être resté aussi longtemps refermé. Revenez à votre vie d'autrefois, et sa joie indolente vous reviendra... Partez à la recherche des joies de votre jeunesse... et de ceux qui vous y ont été chers. Qui vous dit qu'il n'est point de cœurs qui languissent de vous et vous restent fidèles bien que vous les ayez si longtemps délaissés?...

La volupté et l'orgueil l'emportèrent. Voilà vraiment comme il fallait parler à Ahmed Abd el-Gawwad! Ces mots qu'on lui versait jadis à l'oreille, dans le tintement des verres, au sein des nuits d'ivresse... « Zannouba, où es-tu? Viens donc un peu entendre cette louange, ça te rabattra peut-être ton caquet! Même si c'est quelqu'un que je ne désire plus qui m'en fait l'honneur... »

— Ce temps-là est révolu!... dit-il sans laisser percer son émotion.

— Mais, par al-Husseïn, protesta-t-elle, rejetant le buste en arrière avec un air de réprobation, vous êtes encore un jeune homme!

Puis, souriant timidement :

— Un dromadaire aussi resplendissant que la lune! Non! votre passé n'est pas révolu et il ne le sera jamais. Ne vous vieillissez pas prématurément! Ou bien laissez aux autres le soin d'en décider..., peut-être vous voient-ils autrement que vous ne vous regardez!

— Soyez tranquille, madame Oum Maryam, je ne me laisse pas anéantir par la tristesse! répondit-il avec politesse mais sur un ton exprimant gentiment son désir de clore la conversation. Au contraire, je me distrais de mon chagrin de mille manières...

– Et cela suffit-il à réjouir le cœur d'un homme comme vous? demanda-t-elle, son enthousiasme s'étant quelque peu refroidi.

– Il n'aspire à rien de plus!... dit-il d'un air comblé.

Elle semblait contrariée même si elle feignit d'être gaie en disant :

– Je rends grâce à Dieu de vous avoir trouvé avec la tranquillité d'esprit et la sérénité que j'aime à vous voir.

Il n'y avait plus rien à ajouter. Elle se leva en tendant à notre homme la main qu'elle tenait enveloppée dans le rebord de sa mélayé. Ils se saluèrent avant qu'elle ajoute, s'apprêtant à partir :

– Portez-vous bien...

Puis elle s'en alla, détournant de lui son regard dont tout artifice eût vainement cherché à cacher la déception qui l'avait assombri...

6

LE *suares*[1] enfila la rue d'al-Husseïniyyé et déboucha sur al-Abbassiyyé où, excités par la longue cravache du chauffeur, ses deux chevaux efflanqués partirent au trot sur l'asphalte. Kamal était assis à l'avant de la voiture, au bord extrême de la longue banquette latérale, derrière le conducteur. Il lui suffisait de tourner la tête pour voir, sur une largeur peu coutumière dans son vieux quartier et une longueur qui semblait infinie, la rue d'al-Abbassiyyé s'étendre devant ses yeux, lisse et régulière, bordée d'opulentes demeures dotées de vastes patios, dont certaines s'agrémentaient de jardins luxuriants. Il avait pour al-Abbassiyyé une grande admiration et lui vouait un amour et un respect quasi religieux.

Pour ce qui est de son admiration, elle allait à sa propreté, à sa belle ordonnance, au silence apaisant baignant ses résidences, autant de qualités dont son antique et tumultueux quartier était totalement dépourvu. Quant à l'amour et au respect, ils tenaient pour leur part au fait qu'il était la patrie de son cœur, berceau de son illumination, terre sanctifiée où s'élevait le palais d'Aïda.

Depuis quatre ans qu'il le fréquentait assidûment, le

1. Le mot « suares » est la déformation égyptienne du nom de l'Allemand Schwartz qui avait fondé au Caire la compagnie de transport du même nom. Les « suares » étaient en quelque sorte les ancêtres du tramway en Egypte.

cœur en alerte et les sens en émoi, il le connaissait jusqu'en ses plus intimes recoins! Où qu'il tende le regard, il lui offrait une image familière, semblable au visage d'un vieil ami. Tous ses traits distinctifs, tous ses paysages, ses allées, certains de ses habitants, étaient liés dans son esprit à des pensées, des sentiments, des visions imaginaires devenus globalement l'essence de sa vie et la trame de ses rêves. Où qu'il tourne la tête, quelque chose appelait son âme à se prosterner...

Il tira de sa poche une lettre qu'il avait reçue l'avant-veille de son ami Husseïn Sheddad dans laquelle ce dernier l'avertissait que lui et ses deux amis Hassan Selim et Ismaïl Latif étaient rentrés de vacances, l'invitant du même coup à venir les retrouver tous chez lui, où le suares l'emmenait en ce moment...

Il posa sur la lettre un œil rêveur, plein de gratitude, de tendresse, d'adoration et de dévotion, non pas seulement parce que son expéditeur était le frère de son adorée, mais parce qu'il pensait qu'elle avait sans doute séjourné dans un endroit ou un autre de la maison, avant que Husseïn n'y porte son message et que, dans de telles conditions, il n'était pas à exclure que les jolis yeux d'Aïda se fussent arrêtés sur elle au hasard de son passage, ou encore que ses doigts fins l'eussent touchée pour une raison ou pour une autre, voire machinalement... Il lui suffisait même de présumer qu'elle s'était trouvée dans l'endroit qui avait contenu son corps, abrité son âme, pour qu'elle prît figure d'un symbole sacré qui appelait en lui les plus ardents transports.

Cette lettre, il commença à la relire, pour la dixième fois, quand ses yeux s'arrêtèrent sur cette phrase : *Nous sommes arrivés au Caire le 1er octobre au soir,* ce qui, en d'autres termes, signifiait que, depuis quatre jours, elle honorait à son insu la capitale de sa présence! Comment avait-il pu n'en rien savoir? Comment avait-il fait pour ne pas deviner cette présence, soit d'instinct, soit par une secrète intuition des sens ou de l'esprit? Comment la solitude qui l'avait submergé tout l'été durant avait-elle pu étendre encore son ombre écrasante sur ces quatre jours bénis : Sa sensibilité s'était-elle alanguie sous le poids de cette tristesse continuelle? Mais qu'importe! Pour l'instant, son cœur battait des ailes et son âme s'élevait dans un ciel de bonheur... Pour l'instant, il dominait le monde du haut d'un grand sommet d'où, tels des spectres dans le cortège des anges, ses formes et ses contours lui apparaissaient noyés dans un halo de transparence et de lumière. Pour l'instant, l'ivresse de la vie, de la joie et de l'émotion réchauffait son être... Pour l'instant – ou, même en cet instant! – l'ombre de la douleur qui s'attachait chez lui à la joie de l'amour, comme l'écho à la voix, planait au-dessus de sa tête... Un jour déjà, par le passé, au temps où nulle flamme n'avait effleuré son cœur, un suares l'avait conduit sur ce même chemin. Au-devant de quels sentiments, de quelles espérances, de quel foudroiement, de quelle quête allait-il alors?

Il ne gardait de cette époque ingénue qu'un vague souvenir et, autant il donnait à l'amour tout son prix, autant il la niait pour la pleurer à chaque accès de douleur, l'exhumant alors des limbes de sa pensée dans lesquels, pour s'imposer à elle avec tant de force, ce dernier l'avait presque reléguée. Aussi fondait-il désormais sur lui les repères de sa vie, notant Av. A – « tel événement s'est produit avant mon amour pour Aïda »; Ap. A – « tel autre est survenu après lui »...

La voiture stoppa à al-Wayliyya. Il remit la lettre dans sa poche et descendit, dirigeant ses pas vers la rue des Sérails, le regard tendu vers la première villa sur la droite, à la lisière du désert d'al-Abbassiyyé.

Vue de l'extérieur, avec ses deux étages, la demeure faisait l'effet d'une construction gigantesque. Accrochant sa façade à la rue des Sérails, elle se terminait par un vaste jardin planté de grands arbres relevant leurs cimes au-dessus d'un mur d'enceinte gris de hauteur moyenne, qui ceinturait l'ensemble et dessinait un vaste rectangle empiétant sur le désert qui le bordait au sud et à l'est. Le visage de cette demeure lui habitait l'esprit. Sa majesté le fascinait, les signes de son opulence l'envoûtaient. Il voyait dans sa grandeur un digne hommage rendu à son propriétaire. Il apercevait des fenêtres closes, d'autres aux rideaux tirés, discernant dans leur aspect discret et reclus comme un symbole de la dignité de sa bien-aimée, de sa réserve, de son inaccessibilité, de son mystère.

Tous ces traits, le jardin vaste et profond comme le désert s'enfouissant à l'horizon, venait les affirmer. Çà et là, la haute silhouette d'un palmier découpait le ciel, un lierre grimpait sur un mur, des fontaines de jasmin débordaient sur la crête de la muraille, agrippant son cœur avec des souvenirs noués comme des fruits au-dessus de leurs têtes, lui parlant tout bas de passion, de souffrance et d'adoration. Tout cela était devenu comme une ombre d'elle, une bouffée de son âme, un reflet de son visage, s'accordant à répandre – si l'on se rappelait que Paris avait été une terre d'exil pour les occupants de cette maison – une atmosphère de beauté et de rêve qui satisfaisait à l'élévation de son amour, à sa sainteté, à son orgueil, à son aspiration à l'inconnu.

En s'approchant de l'entrée, il vit, assis sur un banc comme à leur habitude en fin d'après-midi, le portier, le cuisinier et le chauffeur. Parvenu à leur hauteur, le portier se leva et lui dit : « Husseïn Bey vous attend dans la tonnelle. » Il entra, heurtant de plein fouet un parfum de jasmin, d'œillets et de roses mêlés, dont les pots s'étageaient sur les montants de l'escalier conduisant à la grande véranda que l'on découvrait non loin du portail; puis il obliqua à droite en direction d'une allée latérale qui séparait la maison du mur d'enceinte et courait jusqu'à la lisière du jardin, passé la véranda du fond.

Ce n'était pas rien, pour son cœur battant, que de cheminer dans ce vaste sanctuaire, de fouler ce sol qu'elle avait déjà marqué de ses pas. Son respect du lieu arrêtait presque sa marche. Pour un peu, il aurait touché de sa main le mur de la maison pour recueillir sa bénédiction, tout comme il l'avançait jadis vers le tombeau d'al-Husseïn, avant d'apprendre que celui-ci n'avait jamais été qu'un symbole. Où dans cette demeure coulait-elle en ce moment son insouciance? Que ferait-il si elle plongeait sur lui son regard envoûtant? Ah! si seulement il pouvait la trouver, là-bas, sous la tonnelle, laisser ses yeux se dédommager de tant de patience, de tant de désir, de tant de veille ... Il enveloppa le jardin d'un regard qui alla jusqu'au mur du fond, au-delà duquel s'étendait le désert.

Le soleil qui basculait ses rayons par-dessus le toit détachait dans sa lumière la cime des arbres et des palmiers, jetant des taches d'ambre sur les portiques de jasmin qui doublaient la paroi de l'enceinte, ainsi que sur les cercles, les carrés et les croissants des massifs de rosiers et de fleurs dont des allées en mosaïque limitaient les contours.

Il emprunta une allée médiane conduisant à une tonnelle dressée au milieu du jardin, sous laquelle il aperçut de loin Husseïn Sheddad en compagnie de ses deux hôtes, Hassan Selim et Ismaïl Latif. Ils étaient assis sur des chaises de rotin autour d'une table en bois ronde où se trouvaient quelques verres, auprès d'une carafe d'eau. Il approchait, quand soudain la voix de Husseïn lançant un cri de joie l'avertit que l'on avait remarqué sa venue. Ses trois amis se levèrent sans plus tarder pour l'accueillir et, l'un après l'autre, il les serra dans ses bras.

– Heureux de te retrouver en bonne santé!

– Tu nous as beaucoup manqué, tu sais!

– Comme vous êtes bronzés! Maintenant on ne voit plus du tout de différence entre vous deux et Ismaïl!

– Je dirais même plus, au milieu de nous tu as maintenant l'air d'un Européen au milieu de gens de couleur! D'ici peu, tout ça va s'estomper... Nous nous demandions justement pourquoi le soleil du Caire ne nous brunit pas la peau. Il est vrai qu'il faudrait vraiment avoir envie d'attraper une insolation pour s'y exposer! Pourtant, quel est le secret de ce bronzage? Il me semble que l'on nous en a donné une explication dans l'un de nos cours... Oui! Peut-être bien en chimie! Nous avons étudié le soleil à travers plusieurs disciplines comme l'astronomie, la chimie, les sciences naturelles..., mais laquelle d'entre elles nous fournit une explication du bronzage estival? Il est un peu tard pour se le demander, maintenant que nous avons terminé nos études secondaires! Dans ce cas, venons-en aux nouvelles du Caire.

– Non ce serait plutôt à toi de nous parler de Ras el-Barr, et à Ismaïl de nous parler d'Alexandrie!...

– Ne vous affolez pas! Il y aura un temps pour tout!...

La tonnelle n'était autre qu'un parasol en bois rond à pied massif, reposant sur une aire de sable cerclée d'une bordure de rosiers en pots, avec pour tout mobilier la table de bois et les chaises de rotin. Nos quatre compères s'assirent en demi-cercle autour de la table, face au jardin, manifestement heureux de se retrouver après que l'été les eut séparés, à l'exception de Hassan Selim et Ismaïl Latif qui, d'ordinaire, passaient tous deux leurs vacances à Alexandrie.

On se mit à rire pour un rien, parfois d'échanger un simple regard dont la complicité semblait raviver les souvenirs de facéties passées... Husseïn, Hassan et Ismaïl étaient vêtus d'une chemise de soie et d'un pantalon gris. Seul Kamal, contrairement à l'habitude qu'il avait de déambuler dans son vieux quartier vêtu simplement d'une veste par-dessus une galabiyyé, et parce qu'il prêtait à son « voyage » à al-'Abbassiyyé un caractère officiel, se montrait dans un costume léger couleur gris plomb.

Tout, autour de lui, parlait à son cœur et l'émouvait jusqu'au tréfonds. Cette tonnelle où il avait reçu le divin message de l'amour... Ce jardin, unique gardien de son secret... Ces amis qu'il aimait une première fois au titre de l'amitié et une seconde en tant qu'associés à son aventure. Oui, tout ici parlait à son cœur! Pourtant il se demandait quand « elle » allait venir et si cette réunion pouvait décemment se passer sans que ses yeux éperdus de désir ne se posent sur elle. Pour pallier son absence, il se mit, autant qu'il le lui était permis, à contempler Husseïn. Il ne le regardait pas du seul œil de l'amitié, car le lien de fraternité qui l'unissait à son adorée lui faisait voir en lui une sorte de magie, de mystère... Il ne l'aimait plus simplement, il exaltait sa personne, la sanctifiait, en était ébloui. Il faut dire qu'avec ses yeux noirs, sa taille élancée, ses cheveux souples d'un noir profond, ses allures à la fois simples et majestueuses, Husseïn offrait une grande ressemblance avec sa sœur et ne se différenciait d'elle par aucun trait essentiel, hormis son nez plein et busqué, et sa peau blanche voilée par le hâle de l'été.

Et puisque Kamal, Husseïn et Ismaïl figuraient parmi les élèves admis à la session annuelle du baccalauréat – en précisant toutefois que les deux premiers avaient dix-sept ans et le dernier vingt et un – ils se mirent à parler de l'examen et de ses multiples conséquences sur l'avenir de chacun. Ismaïl prit le premier la parole. Il avait, en parlant, l'habitude d'allonger le cou, comme pour compenser sa petite taille et sa faible corpulence, du moins si on le comparait aux trois autres. Il n'en était pas moins trapu, musculeux, et le regard perçant et moqueur de ses yeux étroits, son nez sec et pointu, ses sourcils épais, sa large et forte bouche suffisaient à faire réfléchir celui à qui serait venue l'idée de l'attaquer.

– Cette année, c'est un succès à cent pour cent! dit-il. C'est bien la première fois que ça nous arrive!... En ce qui me concerne tout au moins! Et dire que, tout comme Hassan qui est entré le même jour et la même année que moi à Fouad-Ier, je devrais commencer ma dernière année de faculté! En voyant mon numéro d'examen dans le journal parmi les élèves reçus, mon père m'a demandé en se moquant : « Tu crois que Dieu me fera vivre assez vieux pour te voir un jour titulaire du diplôme supérieur? »

– Tu n'es pas en retard au point de justifier le désespoir de ton père!

A quoi Ismaïl répliqua, ironique :

– Tu as raison! Avoir redoublé chaque classe, c'est une bagatelle!

Puis, s'adressant à Hassan Selim :

– Quant à toi, je présume que tu regardes déjà après la licence!...

Hassan Selim entamait sa dernière année de droit. Il comprit qu'Ismaïl Latif le priait de leur dévoiler ses projets, une fois ses études terminées. Mais Husseïn Sheddad le prit de vitesse :

– Il n'a aucun souci à se faire! Il trouvera d'office un emploi dans la magistrature ou dans le corps diplomatique...

A ces mots, Hassan Selim sortit de son calme tout empreint de superbe, et son beau visage aux traits fins se chargea d'une expression qui le disait prêt à bondir.

– Et au nom de quoi je devrais me fier à tes présomptions? demanda-t-il avec un air de bravade.

Il était fier de ses efforts studieux, de son intelligence, et entendait bien que tous lui en rendissent justice. Personne du reste n'en disconvenait. Personne n'oubliait non plus qu'il était le fils de Selim Bey Sabri, conseiller à la cour d'appel, et qu'une telle filiation constituait un privilège autrement décisif que l'intelligence ou l'effort! Husseïn Sheddad évita toute remarque susceptible de déclencher sa colère et lui dit simplement :

– Ta supériorité même répond à ton besoin de certitude!...

Mais Ismaïl Latif ne lui laissa pas le loisir de savourer l'éloge...

– Il ne faudrait peut-être pas oublier ton père! dit-il. Il pèse de bien plus de poids que ta supériorité, ce me semble!...

Hassan réagit à l'attaque avec un sang-froid inattendu. Soit qu'il fût las de la pugnacité d'Ismaïl dont pas un seul jour, pour ainsi dire, il n'avait été séparé pendant la durée de leurs vacances à Alexandrie, soit qu'il commençât à voir en lui un « chercheur de noises professionnel » dont il ne convenait pas toujours de prendre les propos au sérieux. Du reste, leur petit comité n'était pas sans connaître des prises de bec qui tenaient parfois de la discorde, sans jamais toutefois nuire à son unité.

– Et toi, lui demanda Hassan Selim avec un regard ironique, qu'ont donné les recherches de tes prospecteurs délégués?

Ismaïl partit d'un grand éclat de rire qui découvrit ses dents pointues et jaunies par le tabac dont il avait été l'un des premiers adeptes parmi les élèves du collège.

– Oh! rien de fameux! dit-il. Ni la médecine ni le génie civil n'ont voulu de moi! Je n'avais pas un total de points assez élevé... Je n'avais plus le choix qu'entre le commerce et l'agriculture. Alors j'ai choisi le premier...

Kamal nota, affecté, comment son ami n'avait pas même évoqué l'Ecole normale, comme si elle ne valait pas la peine d'être prise en considération. Mais il trouva pour sa part dans le fait de lui avoir accordé la préférence, en dépit de son aptitude à entrer à la faculté de droit, école prestigieuse au demeurant, une exemplarité qui le consola de sa tristesse et de sa solitude.

Husseïn Sheddad rit de son rire gracieux qui avivait l'éclat de sa denture et de ses yeux et répondit :

– Quel dommage que tu n'aies pas choisi l'agriculture! Imaginez-vous Ismaïl au beau milieu d'un champ, passant sa vie parmi les paysans!...

– Oh! ça ne me dérangerait pas! rétorqua l'autre d'un ton satisfait, si ce champ-là était rue Imad-Eddine[1].

A ces mots, Kamal regarda Husseïn et lui demanda :
– Et toi?

Le jeune homme tendit le regard vers le lointain, réfléchissant avant de donner sa réponse, laissant ainsi à Kamal le loisir de scruter son visage. Combien la pensée qu'il était son frère l'envoûtait! En d'autres termes, qu'il y avait entre lui et *elle* la même proximité, la même intimité que celles qu'il avait connues à une époque avec Khadiga et Aïsha! C'était une idée qu'il avait grand-peine à admettre! Pourtant, il partageait bien sa compagnie, sa conversation, il s'isolait avec elle, la touchait!... La touchait?...

1. Rue du Caire où se trouvaient de nombreux théâtres et lieux de plaisir...

Partageait sa table aussi! Quelle pouvait bien être sa façon de manger? Faisait-elle du bruit en mâchant? Mangeait-elle de la *mouloukhiyya* et des fèves, par exemple? Cela aussi était ô combien difficile à envisager! L'important était qu'il fût son frère et que lui, Kamal, pût toucher sa main qui avait touché la sienne. Ah! s'il avait pu aussi humer le parfum de son haleine qui devait, sans aucun doute, ressembler à celui de sa bouche radieuse...

— La faculté de droit... provisoirement! répondit Husseïn.

« Et s'il se faisait là-bas Fouad al-Hamzawi comme ami! Pourquoi pas? Nul doute maintenant que la faculté de droit est une école éminente puisque Husseïn s'apprête à y entrer! Mais... essayer de persuader les gens de la valeur d'un idéal moral tient vraiment de l'exploit!... »

— J'ignorais qu'on pouvait entrer dans une école « provisoirement »! reprit Ismaïl Latif, railleur. Eclaire un peu notre lanterne, veux-tu?

— Pour moi, toutes les écoles se valent! répondit Husseïn avec sérieux. Rien ne m'attire plus dans l'une que dans l'autre. Certes, je veux m'instruire... mais pas travailler. Aucune école dans ce pays ne m'apportera ce que je souhaite : un savoir non orienté vers la vie active. Néanmoins, comme je n'ai trouvé personne à la maison pour approuver mon point de vue, je suis bien obligé d'épouser le leur, jusqu'à un certain point! Quand je leur ai demandé quelle école ils voyaient pour moi, mon père m'a répondu : « Que veux-tu d'autre à part le droit! » Alors j'ai dit : « Soit! Allons pour le droit!... »

— Provisoirement! ajouta Ismaïl Latif en singeant son ton et ses gestes.

Ce fut un rire général.

— Parfaitement! Espèce d'intrigant! Il n'est même pas improbable, si les choses se passent comme je le souhaite, que j'interrompe mes études ici pour aller en France... ne serait-ce que sous prétexte d'y continuer mon droit. Là-bas, je pourrai boire librement à toutes les sources de la culture... Je pourrai penser, voir, écouter...

– Goûter, toucher et sentir aussi! continua Ismaïl Latif en imitant encore une fois son ton et ses gestes, comme complétant sa pensée qu'il le soupçonnait de ne pas avoir exprimée jusqu'au bout.

Après un intermède de rire, Husseïn continua :

– Sois sûr en tout cas que nous ne rêvons pas du tout aux mêmes buts!

Kamal le crut de tout son cœur, sur parole. Non pas qu'il l'estimât trop pour le soupçonner de mentir, mais parce qu'il avait la conviction que la vie à laquelle Husseïn rêvait de jouir en France était « la seule » à pouvoir attirer les âmes. Ismaïl n'était pas près de comprendre cette vérité pourtant élémentaire, ni lui, ni les gens de son espèce qui ne voyaient tout qu'à travers les chiffres et les apparences!

Que de fois Husseïn exaltait ses rêves! Et celui-ci n'en était qu'un parmi les plus grands, parmi les plus beaux. Un rêve où s'offrait en abondance la nourriture de l'esprit et des sens!

« Combien de fois m'a-t-il hanté dans mon sommeil ou mon éveil! Et voilà qu'après y avoir tant aspiré, l'avoir si longtemps poursuivi, nous nous retrouvons lui et moi à l'Ecole normale! »

– Tu es vraiment sûr de ce que tu dis quand tu dis que tu ne veux pas travailler? demanda-t-il à Husseïn.

– Je ne veux pas être un spéculateur en bourse comme mon père! répondit le jeune homme, les yeux baignés d'un regard rêveur. Je ne veux pas d'une vie fondée entièrement sur le travail et l'argent! Je n'occuperai aucun emploi, car ça signifie devenir esclave pour gagner sa vie. Or j'ai largement de quoi vivre. Je veux être au monde comme un oiseau sur la branche. Je veux lire, regarder, écouter, penser..., être toujours par monts et par vaux!

Hassan Selim, qui, pendant tout le temps qu'il parlait, le regardait avec un mépris qu'il recouvrait de son aristocratique quant-à-soi, marqua sa désapprobation :

– Travailler n'est pas toujours qu'un moyen de gagner sa vie! Moi, par exemple, je n'attends pas après la subsistance! Pourtant, exercer un noble métier me tient assurément à cœur. Et puis l'homme doit travailler. Un travail honorable est un but digne en soi d'être poursuivi!

– C'est juste ! appuya Ismaïl Latif. La magistrature, la diplomatie sont des charges convoitées par les gens les plus riches.

Puis, se tournant vers Husseïn :

– Pourquoi tu ne te destines pas à l'une d'entre elles puisqu'elles sont à ta portée?

– La diplomatie, renchérit Kamal s'adressant à son tour à Husseïn, serait à même de te garantir une noble activité où tu pourrais voyager!

– Oui, mais il y a beaucoup d'appelés et peu d'élus! rétorqua Hassan Selim sur un ton significatif.

– La diplomatie a de brillants avantages, c'est un fait. Elle consiste le plus souvent en des fonctions honoraires et contrarie donc peu mon refus de l'esclavage du travail. Elle laisse, de plus, une grande place aux voyages et aux loisirs qui servent mon goût pour une vie vouée à l'âme et à la beauté. Mais je ne pense pas que j'y aurai accès. Non pas parce qu'elle laisse place à un petit nombre d'élus, comme le disait Hassan, mais parce que je doute que je poursuivrai mes études régulières jusqu'au bout...

– J'ai la nette impression, s'exclama Ismaïl Latif dans un rire malicieux, que tu désires aller en France pour des raisons qui n'ont pas grand-chose à voir avec la culture! Tu as raison, donne-toi du bon temps!...

– Mais pas du tout! s'esclaffa Husseïn, secouant la tête avec dénégation. Tu es tendancieux! Si je refuse l'enseignement scolaire, c'est pour d'autres raisons. Premièrement, je n'ai que faire d'étudier le droit. Deuxièmement, il n'existe aucune école capable de me donner les notions que je souhaiterais avoir dans certains domaines, certains arts comme le théâtre, la peinture, la musique, la philosophie. Ici, toutes les écoles ne sont bonnes qu'à te farcir la tête de poussière ne te laissant en retirer, dans le meilleur des cas, que quelques parcelles de savoir! A Paris, tu peux assister à des conférences sur les arts, ou une foule d'autres choses encore, sans être astreint à un règlement ou à des examens... Sans compter la vie fastueuse que tu peux y mener...

Puis, à voix basse, comme se parlant à lui-même :

– Peut-être même que je m'y marierai pour faire de ma vie un éternel voyage entre la réalité et le rêve...

Hassan Selim ne semblait pas prêter un intérêt sérieux à la conversation. Quant à Ismaïl Latif, il releva ses sourcils épais, laissant ses yeux exprimer l'ironie sournoise qui remuait en lui... Seul Kamal parut ému, enjoué. A quelques différences près, n'affectant pas le fond, il caressait les mêmes espérances. Peu lui importait de voyager ou de se marier en France..., mais béni soit celui qui lui apporterait ces connaissances non soumises à règlement ou examen ! Elles étaient sans conteste autrement plus utiles que toute la poussière dont on lui bourrerait le crâne à l'Ecole normale et dont il n'extrairait en fin de compte que quelques bribes de savoir ! Paris ? C'était devenu un rêve merveilleux depuis qu'il savait qu'il avait abrité en son sein un âge parmi les plus tendres de la vie de son adorée. Paris qui exerçait sur Husseïn une constante fascination, et charmait son imagination à lui par toutes ses promesses... Ah ! comment apaiser la soif brûlante et l'espérance ?

– J'ai le sentiment, reprit-il avec prudence, après un temps d'hésitation, que l'école la plus à même en Egypte de réaliser ne serait-ce qu'une infime partie de tes désirs est l'Ecole normale supérieure...

Ismaïl Latif se tourna vers lui et lui demanda, l'air inquiet :

– Et toi, qu'as-tu choisi ? Ne me dis pas l'Ecole normale ! Seigneur ! J'avais oublié que toi aussi tu as un petit grain dans la tête, qui ressemble fort à celui de Husseïn !

Kamal arbora un large sourire qui révéla l'élasticité de ses grosses narines et répondit :

– C'est exactement pour ça que je m'y suis inscrit !

Husseïn Sheddad le regarda, songeur, puis déclara avec un sourire :

– Tes préoccupations intellectuelles ont dû te poser sûrement bien des problèmes avant de fixer ton choix!...

– Si ces « préoccupations » dont tu parles se sont affirmées chez lui, tu en es largement responsable! rétorqua Ismaïl Latif sur un ton accusateur. En fait, tu parles beaucoup, mais tu lis peu. Pendant ce temps-là, ce pauvre malheureux prend la chose au sérieux et lit à s'en rendre aveugle! Vois maintenant comment ta mauvaise influence le fait échouer à l'Ecole normale.

– Tu es sûr de trouver à Normale ce que tu cherches? reprit Husseïn sans prêter attention à la remarque intempestive d'Ismaïl.

Transporté par la joie d'entendre pour la première fois une voix poser, sans teinte de mépris ou de réprobation, une question sur son école, il répondit avec enthousiasme :

– Tout ce que je demande, c'est de pouvoir y apprendre l'anglais, qui me sera un moyen efficace d'accéder à tous les domaines de la connaissance. En plus, elle offre, je crois, l'opportunité d'étudier l'histoire, la pédagogie, la psychologie...

Husseïn réfléchit un instant avant de déclarer :

– J'ai connu pas mal de professeurs que j'ai pu côtoyer de près pendant mes leçons particulières. Ils n'étaient pas le type le plus parfait de l'homme cultivé! Mais c'est peut-être notre vieux système scolaire poussiéreux qui veut ça...

– Je m'en contenterai comme moyen, poursuivit Kamal avec un enthousiasme intact. La culture véritable dépend de l'homme, pas d'une école!

– Tu as l'intention de devenir professeur? lui demanda Hassan Selim.

Bien que ce dernier eût posé sa question poliment, Kamal ne fut pas pleinement assuré de sa sincérité, dans la mesure où le respect de la politesse était un trait éminent de son caractère et où il ne s'en départait qu'en cas de nécessité absolue ou lorsqu'on venait le provoquer. C'était tout autant l'expression de sa nature flegmatique que le fruit de sa noble éducation.

C'est pourquoi Kamal se trouva bien en peine de savoir si la question de son ami était véritablement dénuée de réprobation ou de mépris. En conséquence de quoi, il haussa les épaules avec indifférence et répondit :

– Bien obligé, puisque je suis décidé à apprendre ce que j'ai envie d'apprendre !

Ismaïl Latif l'observait du coin de l'œil..., sa tête, son nez, son cou démesuré, sa taille filiforme, et, comme s'imaginant par avance l'effet prévisible d'une telle physionomie sur les élèves, et particulièrement les plus espiègles d'entre eux, il ne put s'empêcher de marmonner entre ses dents :

– Ma parole, ce serait la catastrophe ! .

Mais Husseïn Sheddad reprit avec une complaisance trahissant ses sympathies pour Kamal :

– La fonction proprement dite est une chose secondaire pour ceux qui visent haut. Et puis, ne l'oublions pas, l'élite des promoteurs du réveil de l'Égypte a été formée à l'école...

La discussion sur le thème de l'école s'arrêta là. Le silence retomba. Kamal essaya de se laisser étreindre par les charmes du jardin. Mais la conversation lui avait échauffé la tête et il devait la laisser refroidir. Au détour d'un regard, il vit la carafe d'eau glacée qui dormait sur la table. Une vieille idée lui vint alors qui lui avait toujours été d'un heureux secours en pareille situation : se remplir un verre et le boire. Peut-être, en y posant ses lèvres, toucherait-il un coin du rebord où elle avait posé les siennes !

Il se leva, se versa un verre, le but, puis se rassit, concentrant son attention sur lui-même, à l'affût, comme attendant – au cas où, par bonheur, l'expérience réussirait – qu'une métamorphose se produise en lui, que jaillisse de son être une force magique inconnue, qu'une jubilation divine l'enivre et le porte sur les marches du ciel... Mais... Oui, mais !... Il se contenta des délices de l'aventure et de la joie d'espérer. Puis, avec angoisse, il recommença à se demander : « Quand va-t-elle venir? Cette heure pleine d'attente et de promesses va-t-elle encore s'ajouter à ces trois mois de séparation? » A nouveau son regard s'arrêta sur la carafe. Lui revint alors à l'esprit le souvenir d'une vieille discussion qui l'avait opposé à Ismaïl Latif au sujet de cette dernière, ou plutôt de l'eau glacée qui s'y trouvait, la seule boisson qu'on offrait jamais chez les Sheddad!

Ce jour-là, Ismaïl Latif avait, traitant de ce sujet, fait allusion à la rigueur économique qui, de la terrasse aux « bedrooms », régissait le palais, se demandant s'il ne s'agissait pas là d'une certaine forme d'avarice. Mais lui, Kamal, refusant de voir la famille de son adorée ainsi notée d'infamie, l'avait affranchie de ce soupçon, invoquant son fastueux train de vie, sa domesticité nombreuse, les deux voitures qu'elle possédait, la Minerve et la Fiat dont Husseïn disposait presque à lui tout seul... Comment la soupçonner d'avarice après cela? A cela Ismaïl avait répondu – et il n'était jamais à court de médisances – que l'avarice revêt plusieurs formes ; que puisque Sheddad Bey était millionnaire, au vrai sens du terme, il s'était cru obligé de s'entourer de toutes les marques du prestige mais en se contentant de ce que « son milieu » considérait comme faisant partie de l'indispensable. Que la règle d'usage dont ne s'écartait aucun membre de la famille était de ne jamais s'autoriser à dépenser un millième hors de propos ou sans motif justifié..., que leurs domestiques étaient maigrement payés et chichement nourris. Que si l'un d'eux venait à casser un plateau on le lui retenait sur ses gages. Que Husseïn Sheddad, lui-même, le fils unique de la famille, ne recevait, contrairement à l'usage répandu, aucun argent de poche, « des fois qu'il s'habituerait à gaspiller l'argent inutilement »! Que, certes, son père lui offrait aux grandes occasions un certain nombre d'actions ou de titres mais sans jamais lui glisser un sou dans la main..., qu'enfin les hôtes du rejeton béni n'avaient droit, quant à eux, qu'à de l'eau glacée! « Ça ne s'appelle pas de l'avarice, ça, disait-il, tout aristocratique qu'elle soit? »

En regardant la carafe, Kamal se rappela cette conversation et, comme il se l'était demandé jadis, se redemanda avec effroi si la famille de son adorée était susceptible d'un défaut. Il refusa intimement de le croire, à la manière de qui considère la perfection comme ne pouvant souffrir la moindre faiblesse! Il eut néanmoins l'impression qu'un vague sentiment de satisfaction le titillait, lui chuchotant à l'oreille : « N'aie crainte! Ce défaut, si tant est qu'il soit vrai, n'est-il pas de nature à vous rapprocher, elle et toi, un tant soit peu l'un de l'autre? » Et, bien que gardant envers les paroles d'Ismaïl une attitude de réserve et de doute, il se prit à reconsidérer inconsciemment ce prétendu « vice » de l'avarice pour ranger cette dernière en deux catégories : l'une réellement vile et basse et l'autre qui n'était, pensait-il, qu'une sage politique apportant à la vie économique les bases exemplaires de l'ordre et de la rigueur! Partant, lui donner simplement le nom d'avarice ou la considérer comme un vice ne relevait-il pas de la plus parfaite exagération? Car quoi? Empêchait-elle d'élever des palais? d'acheter des voitures? de se parer des dehors du luxe et de l'abondance? Assurément non! Comment pouvait-il en être autrement dès lors qu'elle émanait d'âmes nobles, ignorant la turpitude et la bassesse?

La main d'Ismaïl Latif, qui lui saisissait et lui secouait le bras, le tira de ses pensées; puis il entendit ce dernier déclarer à Hassan Selim :

– Attention, le délégué du Wafd va te répondre!

Il comprit instantanément qu'ils avaient embrayé sur la politique pendant le temps qu'il s'était distrait d'eux. La politique! Quel sujet à la fois plus pénible et plus plaisant! Ismaïl l'avait appelé « le délégué du Wafd » sans doute par ironie... Eh bien! qu'il ironise tout son soûl! Son attachement au Wafd était pour lui une conviction héritée de Fahmi, qui restait associée dans son cœur à son martyre et à son sacrifice!

Il regarda Hassan Selim et lui demanda en souriant :

– Toi, l'ami qui n'a d'yeux que pour la grandeur, que penses-tu de Saad?

Hassan ne se montra nullement concerné. Kamal n'en attendait pas moins de lui. Combien de fois lui avait-il fallu le harceler avant de comprendre son point de vue borné et insolent – sans doute identique à celui de son père, le conseiller à la cour d'appel! – au sujet de Saad Zaghloul, Saad Zaghloul qu'il élevait presque pour sa part au rang de saint à force d'amour et de dévotion, et qui, aux yeux de Hassan Selim, n'était ni plus ni moins qu'un « pantin de foire ». Car il proférait cette appellation avec un dégoût et un mépris révoltants, rompant ainsi avec sa politesse et sa gentillesse habituelles, puis poursuivait ses sarcasmes en raillant sa politique et ses légendaires traits d'éloquence, soulignant à cette occasion le prestige d'Adli, de Tharwat et de Mohammed Mahmoud, ou encore d'autres parmi les constitutionnels, lesquels aux yeux de Kamal n'étaient rien moins que « des traîtres » ou des « Anglais entarbouchés »!

– Nous étions en train de parler des négociations qui n'ont pas duré trois jours avant d'être interrompues! lui répondit Hassan Selim d'un ton placide.

– Voilà vraiment une attitude patriotique digne de Saad! s'enthousiasma Kamal. Il a revendiqué nos droits nationaux en refusant de céder au marchandage! Après quoi il a mis fin à la négociation quand cela était devenu nécessaire. C'est là qu'il a eu ce mot qui restera dans les annales : « On nous a fait venir ici pour que nous nous suicidions. Mais, ce suicide, nous l'avons refusé, voilà tout! »

– S'il avait accepté de se suicider, rétorqua Ismaïl Latif qui trouvait dans la politique matière à exercer son cynisme, il aurait couronné sa vie en rendant à son pays le plus fier service qu'il pouvait lui rendre!

Hassan Selim attendit qu'Ismaïl et Husseïn eussent fini de rire et reprit :

– Cette sentence nous fait une belle jambe! Chez Saad, le patriotisme se borne à un certain type d'éloquence qui séduit le peuple. « On nous a fait venir ici pour que nous nous suicidions et bla bla bla », « J'aime parler franchement et ta ta ta... ». Des mots, encore des mots! Dieu soit loué, il existe des hommes qui ne parlent pas mais agissent en silence. Ce sont eux qui ont rendu à la patrie le seul service dont elle ait jamais bénéficié dans son histoire récente...

Le cœur de Kamal s'embrasa de colère, et, n'eût été le respect qu'il vouait à la personne de Hassan ainsi qu'à son âge, il aurait explosé. Voir comment « un jeune », comme lui, pouvait suivre son père – un homme somme toute de la vieille génération – dans son égarement politique le stupéfiait!

– Tu minimises la parole comme si elle ne représentait rien! En vérité, les plus hauts faits dont ait accouché l'histoire de l'humanité peuvent être rapportés en fin de compte à des mots. Un grand mot est gage d'espoir, de force et de vérité! Toute notre vie est guidée par les mots. Et puis Saad n'est pas qu'un faiseur de discours, son palmarès est jalonné d'actions concrètes et de prises de position!

Husseïn Sheddad passa ses doigts effilés dans ses cheveux noirs et répondit :

– Je suis d'accord avec ce que tu viens de dire sur la valeur des mots, mais pas en ce qui concerne Saad!

Sans prêter attention à l'intervention de Husseïn, Hassan reprit, s'adressant à Kamal :

– Les nations vivent et se développent par les vertus de l'intelligence, de la sagesse politique et par la force du poignet, pas par des discours et des pantalonnades de cirque...

Ismaïl Latif regarda Husseïn Sheddad et lui demanda, goguenard :

– Tu ne crois pas que ceux qui usent leur salive en discours pour réformer ce pays ne font que souffler dans un violon?

A ces mots, Kamal se tourna vers Ismaïl pour, à travers lui, signifier indirectement à Hassan ce qu'il hésitait à lui dire en face et déclara pour soulager sa colère :

– En fait, tu n'as strictement que faire de la politique!

Simplement, tes plaisanteries reflètent parfois l'attitude d'une « minorité » non représentative d'Egyptiens, comme si tu étais leur porte-parole! Tu les vois qui désespèrent du relèvement de la patrie. Le désespoir du mépris et de la suffisance, oui! Pas celui de l'idéal ou de l'extrémisme! Et si la politique n'était pas le support de leurs ambitions, ils s'en désintéresseraient tout autant que toi!

Husseïn Sheddad rit de son rire bon enfant puis, tendant sa main vers le bras de Kamal, le lui pressa en disant :

– Quel polémiste acharné tu fais! J'admire ton enthousiasme même si je ne partage pas avec toi toute la conviction que tu y mets. Et puis je suis neutre, comme tu sais... Je ne me range ni du côté des wafdistes ni du côté des libéraux, non par indifférence, comme Ismaïl Latif, mais parce qu'il me semble que la politique corrompt l'esprit et le cœur. Il faut s'en détacher pour que la vie nous apparaisse comme un espace infini de sagesse, de beauté et de tolérance, pas un univers de querelles et d'intrigues...

La voix de Husseïn apporta à Kamal quelque soulagement et apaisa son déchaînement intérieur. Qu'il vienne à partager son opinion, cela le comblait d'aise. Qu'il vienne à la discuter, il l'acceptait de bon cœur. Et, bien qu'il sentît que justifier sa neutralité n'était pour lui qu'une manière d'excuser la faiblesse de son patriotisme, il ne lui en tint pas grief ni ne le lui compta comme un défaut, ou tout au moins le lui pardonna-t-il de bonne grâce.

– La vie est tout cela à la fois! reprit-il, abondant dans son sens. Elle est lutte, intrigues, sagesse et beauté! Chaque fois que tu méconnais l'un de ses aspects, quel qu'il soit, tu perds une occasion de la saisir un peu mieux et la possibilité d'agir sur elle pour l'orienter vers une voie meilleure. Ne méprise jamais la politique! C'est la moitié de la vie... ou la vie tout entière si tu considères que la sagesse et la beauté la transcendent!...

– En ce qui concerne la politique, répondit Husseïn, l'air de s'excuser, je t'avoue franchement que je n'ai aucune confiance en tous ces hommes!

– Pourquoi refuses-tu ta confiance à Saad? lui demanda Kamal, comme cherchant à se le concilier.

– Permets-moi plutôt de te demander ce qui pourrait bien m'inciter à la mettre en lui! Saad et Adli... Adli et Saad... De la rigolade, tout ça! A part que, si les deux hommes se valent pour moi sur le plan politique, je ne les considère pas comme tels en tant qu'hommes. Je ne peux pas oublier chez Adli la haute naissance, la grande culture et le prestige immense! Quant à Saad – surtout, ne t'en formalise pas! – ce n'est qu'un azhariste attardé!...

Oh! ciel! combien le fait que Husseïn laisse percer parfois son mépris du peuple lui fendait l'âme! Atterré, il avait dans ces moments-là l'impression qu'il le méprisait, lui, personnellement, ou – chose plus terrible encore – qu'il parlait au nom de toute la famille! Certes, il lui laissait bien entendre, lorsqu'il abordait pareil sujet avec lui, qu'il parlait d'un peuple qui leur était étranger à « eux deux », mais le faisait-il par erreur d'appréciation ou bien par complaisance? Curieusement d'ailleurs, cette attitude de Husseïn l'irritait moins du point de vue de sa portée générale qu'elle ne l'attristait du point de vue de sa signification par rapport à lui. Aussi ne réveillait-elle ni sa susceptibilité de classe ni sa sensibilité patriotique; de tels sentiments se trouvaient désarmés devant cette affabilité radieuse qui dénotait un cœur sincère et bienveillant, et refluaient devant un amour que ni les opinions ni les événements ne pouvaient atteindre.

Tel n'était pas en revanche le cas de l'attitude de Hassan Selim à son égard, laquelle amenait en lui de tout autres réactions et, malgré l'amitié, piquait au vif sa conscience patriotique. Ni la courtoisie des paroles de son ami, pas plus que la discrétion avec laquelle il manifestait ses sentiments ne plaidaient pour lui. Au contraire, peut-être Kamal y pressentait-il une « stratégie déguisée » qui aggravait sa responsabilité et confirmait son sectarisme aristocratique dirigé contre le peuple.

– Aurai-je besoin de te rappeler, dit-il à Husseïn, que la grandeur ne se mesure pas au turban et au tarbouche, à la pauvreté ou à la richesse? Il me semble que la politique nous oblige parfois à démontrer des évidences!

— Ce qui me plaît chez les wafdistes – du genre de Kamal – rétorqua Ismaïl Latif, c'est leur sectarisme à tout crin!...

Puis, promenant son regard sur l'assemblée :

— ... et c'est ce qui me déplaît aussi profondément!...

— Comme ça, t'es tranquille! s'esclaffa Husseïn Sheddad. A ce compte-là, quelle que soit l'opinion dont tu fasses montre en politique, personne ne viendra te contredire!

A ces mots, Hassan Selim demanda à Husseïn :

— Tu dis que tu te places au-dessus de la politique, mais... continuerais-tu à le prétendre s'agissant de l'ancien khédive[1]?

Les regards se tournèrent vers Husseïn avec une expression de défi amical, en raison de l'attachement bien connu de son père, Sheddad Bey, à la cause du khédive précédent, lequel lui avait valu plusieurs années d'exil parisien. Mais Husseïn répondit d'un ton détaché :

— Ces questions ne me touchent pas de près ou de loin! Mon père a été et est toujours un partisan du khédive... Mais... je ne suis pas tenu d'épouser ses vues.

— Il a été de ceux qui clamaient « Dieu est là, Abbas reviendra »? lui demanda Ismaïl Latif, une lueur de secrète malice faisant briller ses yeux étroits.

— Vous êtes bien les premiers de qui j'entends ce slogan! répondit Husseïn dans un rire. La seule vérité est qu'il ne subsiste plus entre mon père et le khédive que des liens d'amitié et de fidélité. D'ailleurs, comme vous le savez, il ne se trouve plus aujourd'hui un seul parti pour demander le retour du khédive!...

— L'homme et son temps font désormais partie de

1. Il s'agit du khédive Abbas Pacha II Hilmi, déposé par les Anglais pour ses sympathies nationalistes. Au moment de la déclaration de guerre, le gouvernement britannique s'était opposé à son retour en Egypte alors qu'il se trouvait depuis peu en voyage en Turquie.

l'Histoire! déclara Hassan Selim. Quant au présent, il peut se résumer en deux mots : dans le fait que Saad, à part lui, dénie à quiconque, fût-il le meilleur et le plus avisé des hommes, le droit de prendre la parole au nom de l'Egypte!

A peine Kamal eut-il accusé le choc, il répondit :

– Le présent se résume en un seul mot! C'est que personne en Egypte ne parle en son nom, excepté Saad! et que le regroupement de la nation autour de lui peut en fin de compte la conduire vers l'issue que nous souhaitons...

Là-dessus il croisa les bras sur sa poitrine et étendit les jambes de telle manière que le bout de sa chaussure alla toucher le pied de la table. Il s'apprêtait à poursuivre son intervention quand une voix proche, venant de derrière, l'arrêta, qui demandait :

– Boudour, tu ne veux pas dire bonjour à tes vieux amis?

Sa langue se noua. Son cœur tressauta violemment, agitant sa poitrine d'un tremblement qui, après une frayeur passagère, lui fit un douloureux pincement. Puis, en un éclair, une joie impérieuse l'envahit qui lui fit presque fermer les yeux d'émotion... Il sentit que chaque pensée qui faisait palpiter son âme était déjà tournée vers les cieux...

Ses trois amis se levèrent. Il les imita, puis, se retournant en même temps qu'eux, il vit Aïda, à deux pas de la tonnelle, debout, tenant par la main sa petite sœur Boudour âgée de trois ans, toutes deux posant sur eux un regard souriant et tranquille.

Elle était là enfin! Après une attente de trois mois ou davantage..., IL était là, « l'original vivant » dont « l'image » lui hantait à la fois l'âme et le corps, en temps de veille comme de sommeil. Elle était là, debout devant ses yeux, pour attester que la douleur infinie comme la joie ineffable, l'insomnie qui dessèche l'être, le rêve qui flotte dans l'air, tout cela, il ne le devait peut-être après tout qu'à un petit être humain dont les pas marquaient le sol du jardin.

Il la regarda et la fascination de son image aimanta tous ses sens, lui ravissant toute conscience du temps, du lieu, des autres et de lui-même. Alors il redevint tel un pur esprit, voguant à travers l'éther pour embrasser son idole. Aussi bien, il la percevait moins par le regard qu'il ne l'étreignait par l'âme. C'était alors une griserie envoûtante, un chant d'allégresse, une héroïque assomption; alors même que sa vue déclinait, s'évanouissait, comme si la force de l'émotion spirituelle captivait en lui toute vitalité; plongeant sa sensation dans un assoupissement qui le faisait toucher aux frontières du néant. C'est pourquoi elle offrait toujours plus de prise à sa mémoire qu'à ses sens : s'il ne voyait presque rien d'elle en sa présence, elle venait à renaître ensuite dans son esprit, avec sa taille gracile, son visage rond aux reflets de bronze, ses cheveux d'un noir profond coupés *à la garçon*[1] qui s'effrangeaient sur son front comme les dents d'un peigne; ses yeux tranquilles au fond desquels brillait un regard qui avait le calme, la douceur et la solennité de l'aube. Cette image, seule sa mémoire la lui faisait revivre, tel cet air lancinant dans lequel notre âme se fond et qui s'efface de notre souvenir, jusqu'à resurgir, à notre ravissement, dans les premiers instants du réveil ou aux heures de plénitude, et résonner au plus profond de l'être en un chant retrouvé...

« Va-t-elle changer sa manière habituelle et nous tendre la main pour nous la serrer, afin qu'il nous soit donné de la toucher ne serait-ce qu'une fois dans notre vie? »

Ainsi parlaient en lui le rêve et l'espérance... Mais elle les salua avec un sourire et une inclinaison de la tête en demandant de cette voix qui affadissait les chants les plus chers à son cœur :

– Comment va la compagnie?

Les voix rivalisèrent de zèle pour répondre à son salut, l'en remercier et lui dire la joie de la revoir en bonne santé.

1. En français dans le texte.

A cet instant, elle taquina de ses doigts effilés la tête de Boudour en lui disant :

– Va serrer la main de tes amis!

La petite rentra ses lèvres et commença à se les mordiller en promenant timidement son regard sur les garçons jusqu'à ce qu'il se fixe sur la personne de Kamal. Là, un sourire éclaira sa bouche et le jeune homme lui sourit à son tour. Husseïn Sheddad, qui savait l'affection qu'ils avaient l'un pour l'autre, s'exclama :

– Seuls ceux qu'elle aime ont droit aux sourires!

– C'est vrai? Tu l'aimes, lui? s'enquit Aïda.

Puis, la poussant vers Kamal :

– Eh bien! Va le saluer!

Le visage empourpré par la joie, il lui tendit ses deux mains. Elle s'approcha de lui, il la souleva, l'installa contre son sein puis commença à lui baiser les joues avec une grande tendresse et une vive émotion. Il était heureux et fier de cet amour. Celle qui était dans ses bras n'était qu'une partie de la chair de la famille, et, en étreignant la partie, il étreignait le tout! Pouvait-il jamais exister une union entre l'adorateur et son idole autrement que par un intermédiaire comme celui-là? Et puis, proprement envoûtante était cette ressemblance entre la petite et sa sœur. C'était comme si l'être fragile qui reposait contre son cœur était Aïda en personne, à un stade antérieur de sa vie. Un jour, elle avait eu le même âge, la même taille, la même générosité...

« Grand bien te fasse cet amour innocent! Réjouis-toi du bonheur d'étreindre un corps qu'elle étreint elle aussi..., de baiser une joue qu'elle couvre de ses baisers... Laisse-toi porter par le rêve jusqu'à ce que ton cœur et ton esprit s'égarent! »

Il savait bien pourquoi il aimait Boudour, Husseïn, le palais, le jardin, les domestiques. Il les aimait tous en hommage à Aïda! Ce qu'il ne savait pas, en revanche, c'est pourquoi il l'aimait, elle.

Aïda regarda tour à tour Hassan Selim et Ismaïl Latif et leur demanda :

– Comment avez-vous trouvé Alexandrie?

– Une merveille! s'exclama Hassan.

– Qu'est-ce qui vous attire tout le temps vers Ras el-Barr? s'enquit Ismaïl Latif en retour.

– Nous avons passé plusieurs fois l'été à Alexandrie, répondit-elle d'une voix douce et chaleureuse. Mais nous ne nous plaisons qu'à Ras el-Barr en cette saison. Il y a là-bas un calme, une simplicité, une intimité comme on n'en trouve que chez soi!...

Ismaïl dit en riant :

– Oui, mais nous, malheureusement, le calme ne nous convient pas!

Dieu, que cette scène, ce dialogue, cette voix le mettaient aux anges! « Après tout, n'est-ce pas cela le bonheur? Un papillon aussi léger que la brise du matin, vibrant de couleurs joyeuses, butinant le nectar des fleurs..., tel je suis en ce moment! Puisse cet état durer éternellement!... »

– Ce fut un séjour délicieux! reprit Aïda, enjouée. Husseïn ne vous en a rien dit?

– Mais non, pas moyen! Ils étaient tous plongés dans la politique! protesta ce dernier d'un ton critique.

Elle se tourna vers Kamal en disant :

– Je connais quelqu'un ici dont c'est le sujet favori!

« De ses yeux s'échappe un regard qui t'est tendu comme une faveur... Sa pureté reflète une âme angélique. Te voilà ressuscité comme un adorateur du soleil à ses premiers feux. Si cet état pouvait durer éternellement!... »

– Oui, mais aujourd'hui je n'y suis pour rien, dans cette discussion!

– Oui, mais vous n'avez pas laissé passer l'occasion!... repartit-elle plaisamment.

Il le lui concéda dans un sourire. Sur ce, elle porta son regard sur Boudour et s'écria :

– Tu as l'intention de t'endormir dans ses bras : Allez! Le bonjour a assez duré!

Saisie de confusion, la petite enfouit sa tête dans le sein de Kamal, qui se mit à lui caresser le dos tendrement.

– Bon. Très bien! menaça Aïda d'un ton débonnaire, je te laisse et m'en vais toute seule!

Boudour releva la tête et tendit les bras à sa sœur en maugréant : « Non... » Kamal lui donna un baiser et la redéposa à ses pieds. Alors elle courut vers Aïda et lui saisit la main. La jeune fille les enveloppa d'un regard puis les salua d'un geste, avant de s'en retourner par où elle était venue. Ils regagnèrent alors leurs sièges et reprirent la discussion selon l'inspiration du moment...

Telles étaient les visites d'Aïda à la tonnelle, au jardin. Une heureuse et brève surprise mais qui pourtant semblait le satisfaire. Il sentait que la patience qu'il s'était imposée tout au long des mois d'été n'avait pas été vaine.

« Que les gens ne se donnent-ils la mort pour conserver leur bonheur comme ils le font pour fuir leur chagrin? Pas besoin de voyager, comme Husseïn voudrait le faire, pour rencontrer les plaisirs des sens, de l'esprit et de l'âme, puisque tout cela peut t'être donné à la fois, en un seul instant fugitif, sans quitter ta place! D'où un simple être humain peut-il tenir le pouvoir de réaliser un tel prodige? Où sont le débat politique passionné, la fièvre de la discussion, l'échauffement de la dispute, l'affrontement des classes? Volatilisés! Éclipsés par un regard de toi, ô mon aimée! Qu'est-ce qui fait la part du rêve et de la réalité? Dans lequel des deux crois-tu flotter en ce moment? »

– La saison de football va bientôt commencer!

– On peut dire que le Football-Club de Zamalek aura dominé la dernière à lui seul!

– Oui, mais l'Olympic du Caire a des joueurs hors pair dans son équipe!

De la même manière qu'il défendait Saad, Kamal s'empressa de voler au secours de l'Olympic du Caire, repoussant les attaques de Hassan dirigées contre lui. Tous les quatre, avec des talents et des goûts divers, jouaient au football. Ismaïl était de tous le joueur le plus émérite, allant jusqu'à faire parmi eux figure de professionnel dans un groupe d'amateurs. Husseïn Sheddad, pour sa part, était le plus faible, Kamal et Hassan d'un niveau intermédiaire. La controverse s'envenima entre eux deux, le premier attribuant la défaite de l'Olympic du Caire à la malchance, le second à la supériorité des nouveaux joueurs du F.C. Zamalek. La discussion se poursuivit sans que ni l'un ni l'autre n'abandonne ses positions. Kamal se demandait pourquoi invariablement il se retrouvait dans le camp opposé à celui de Hassan Selim. Le Wafd contre les libéraux, l'Olympic du Caire contre le F.C. Zamalek, Higazi contre Mokhtar[1]... Même le cinéma n'était pas épargné : il y préférait Charlie Chaplin et l'autre Max Linder...

Il prit congé de ses amis un peu avant le coucher du soleil et, tandis qu'il marchait dans l'allée latérale conduisant au portail, il entendit une voix s'exclamer :

– Le voilà..., il arrive!

Il leva la tête, ensorcelé, et vit Aïda à l'une des fenêtres du premier étage qui tenait Boudour assise devant elle sur le rebord et le désignait du doigt pour le lui montrer. Il s'arrêta au-dessous de la fenêtre, la tête renversée en arrière, regardant d'un air souriant la petite qui agitait sa menotte, risquant de temps à autre un regard sur le visage dont la forme et les traits demeuraient le berceau de tous ses espoirs, sur la terre comme au ciel.

Comme Boudour agitait à nouveau sa main, Aïda lui demanda :

– Tu veux descendre vers lui?

La petite fit signe que oui de la tête et ce désir qui ne se réaliserait pas fit rire Aïda. Pendant ce temps, encouragé par ses éclats de rire, il contemplait son visage, plongeant son âme dans le noir de ses yeux, la blottissant à la jointure de ses sourcils, prolongeant en lui l'écho de son rire généreux, les accents de sa voix chaude, jusqu'à en suffoquer d'émotion et de désir. Et, comme la situation lui commandait de parler, il lui demanda, faisant allusion à sa petite préférée :

– Elle a pensé à moi à Ras el-Barr?

1. Il s'agit de deux chanteurs, Salama Higazi et Mokhtar al-Suwaïfi.

– Demandez-le-lui! rétorqua Aïda en rejetant légèrement sa tête en arrière. Ce qui se passe entre vous deux ne
me regarde pas!

Puis, rectifiant avant qu'il n'ouvre la bouche :

– Et vous, vous avez pensé à elle?

« Ah! ça ne te rappelle pas quand tu étais entre Maryam
et Fahmi sur la terrasse? »

– Elle ne m'a pas quitté l'esprit un seul jour! répondit-il
vivement.

Une voix appela de l'intérieur... Elle se redressa, prit
Boudour dans ses bras et dit, commentant ses paroles,
tandis qu'elle s'apprêtait à partir :

– Quel amour étonnant!

Puis elle disparut...

7

LA séance du café ne comptait plus au nombre de ses habitués qu'Amina et Kamal, encore que ce dernier eût coutume de la quitter en fin d'après-midi pour sa sortie quotidienne, de sorte qu'Amina demeurait seule ou invitait Oum Hanafi à lui tenir compagnie jusqu'à l'heure du coucher.

Avec son départ, Yasine laissait un grand vide derrière lui. Et, bien qu'Amina veillât assidûment à ne pas rappeler son souvenir, Kamal éprouvait du fait de son absence une tristesse qui engloutissait à elle seule la plus grande part du plaisir qu'il trouvait à la fameuse « séance ».

Si de tout temps, en effet, le café avait été la boisson de cette réunion familiale, autour de laquelle les enfants se retrouvaient pour deviser entre eux, aujourd'hui, il n'en était plus aux yeux d'Amina que l'unique passe-temps. Aussi, sans s'en rendre compte, en abusait-elle à outrance, comme si le préparer et le boire étaient devenus le seul remède à sa solitude. Il lui arrivait ainsi de vider cinq, six, parfois dix tasses d'affilée. Kamal, pour sa part, surveillait d'un œil inquiet cet excès, contre les dangers duquel il avait soin de l'alerter. Elle lui répondait alors par un sourire, l'air de dire : « A quoi voudrais-tu que je m'occupe si je ne buvais pas ? » Avant d'ajouter d'un ton convaincu : « Le café n'est pas mauvais pour la santé ! » Ils étaient assis l'un en face de l'autre, elle sur le canapé bordant le mur entre la chambre à coucher et la salle à manger, courbée sur le fourneau en terre où la cafetière s'enfouissait à demi sous la braise, Kamal sur celui séparant les portes de sa chambre et de son bureau, silencieux, l'œil vague...

– A quoi penses-tu encore? lui demanda-t-elle subitement. On dirait qu'il y a toujours un problème qui te tracasse!

Sentant dans sa voix comme une note de reproche, il lui répondit :

– L'esprit trouve toujours à quoi s'absorber!

Elle leva vers lui ses petits yeux couleur de miel, l'air de s'interroger, puis reprit timidement :

– Il fut un temps où nous ne trouvions jamais assez de temps pour parler!...

Vraiment? Il était bien loin, ce temps-là..., celui des leçons de religion, des histoires des prophètes et des démons... Quand il s'agrippait à elle, jusqu'à la frénésie. Oui! Ce temps-là était bien fini... De quoi parlaient-ils aujourd'hui? A part un bavardage sans queue ni tête, ils n'avaient absolument plus rien à se dire!...

Il sourit comme pour s'excuser à la fois du silence qu'il lui avait imposé et de celui qu'il lui imposerait encore...

– Nous parlons chaque fois que nous trouvons un sujet de discussion! dit-il.

– Tous les sujets sont bons pour qui veut parler! répondit-elle avec douceur. Mais tu sembles perpétuellement absent ou tout comme...

Puis, après un temps de réflexion :

– Tu lis beaucoup! Autant pendant les vacances que pendant l'année scolaire. Je ne t'ai pas vu un seul jour t'accorder ta part de repos! J'ai peur que tu ne te sois trop surmené...

– Les journées sont longues! rétorqua Kamal sur un ton annonçant le déplaisir que lui causait cette inquisition. Lire plusieurs heures n'a jamais fatigué personne! Ça n'est qu'une forme de divertissement, utile celle-là... .

Elle marqua un temps d'hésitation et reprit :

– J'ai peur que ce soit à cause de la lecture que tu aies l'air si souvent silencieux et distrait!

« Oh! non! ce n'est pas à cause de la lecture! Si tu savais quel moyen elle offre d'échapper à la lassitude! C'est autre chose qui m'occupe l'esprit à longueur de temps et qui me poursuit jusque dans les livres... Quelque chose d'incurable contre quoi ni toi ni personne ne pouvez rien! La maladie d'un cœur qui adore dans le désarroi et ne sait vers quoi il tourne sa peine! »

– La lecture ne fait pas plus de mal que le café! répondit-il insidieusement. Tu ne voudrais pas que je devienne un « savant » comme mon grand-père?

Une joie rehaussée d'orgueil égaya le visage tiré et sans teint d'Amina.

– Oh! si, fit-elle. Je le souhaite de tout mon cœur..., mais j'aimerais aussi te voir toujours gai...

– Mais... je suis aussi gai que tu le voudrais! répondit-il avec un sourire. Ne te tracasse pas pour de simples chimères...

Il remarquait que l'attention qu'elle lui portait s'était exagérément accrue au cours des dernières années, plus qu'il ne l'eût souhaité ; que son attachement, sa sollicitude envers lui, sa crainte de tout ce qui pouvait lui nuire – ou plutôt de ce qu'elle s'imaginait comme tel – étaient devenus chez elle une préoccupation à ce point exclusive que cela l'oppressait, le provoquait à défendre sa liberté et sa dignité. Toutefois, conscient des causes de cette évolution, amorcée au lendemain de la mort de Fahmi et de l'épreuve que lui avait causée sa perte, il savait toujours mener cette secrète rébellion dans les limites de la douceur et du respect.

– Cela me fait plaisir d'entendre ça de ta bouche et que ce soit vrai et sincère! Je ne désire que ton bonheur. Aujourd'hui à Sayyedna al-Husseïn j'ai dit pour toi une prière que j'espère Dieu nous fera la grâce d'exaucer...

– Amen!

Il la regarda tirer la cafetière du fourneau pour se servir une quatrième tasse, et un léger sourire releva le coin de sa bouche. Il se rappelait comment la visite au tombeau d'al-Husseïn avait jadis représenté pour elle un rêve quasi impossible. Voilà qu'aujourd'hui elle y passait à chacune de ses visites au cimetière ou à al-Sokkariyya. Mais quel terrible prix avait-elle dû payer en échange de cette chétive liberté! Lui aussi avait ses rêves impossibles. Quel prix exigeraient-ils pour se réaliser? Oh! si élevé fût-il, comparé à son but, il était dérisoire!...

– La visite à al-Husseïn est marquée d'une pierre blanche! reprit-il dans un rire bref.

Des deux mains elle se palpa la clavicule et ajouta en souriant :

– ... et elle laisse aussi des traces!...

– Au moins, tu n'es plus cloîtrée dans cette maison comme tu l'étais dans le temps! continua-t-il d'un ton enjoué. Rendre visite à Khadiga, à Aïsha et à Sayyedna al-Husseïn comme bon te semble fait désormais partie de ton droit. Imagine-toi quel sentiment de frustration t'aurait rongé l'esprit si papa ne t'avait pas ouvert les portes de la liberté!...

Elle leva les yeux vers lui, l'air gênée, honteuse même, comme si le fait de se voir rappeler un privilège qu'elle ne devait qu'à la mort de son fils lui pesait durement. Puis elle baissa la tête dans une tristesse muette qui voulait dire : « Si seulement j'avais pu rester comme j'étais et garder mon enfant!... » Mais, dans la crainte de le peiner, elle se refusa à laisser percer la douleur qui l'agitait au-dedans et se contenta de dire, comme se défendant de cette liberté :

– Sortir de temps en temps n'est pas pour me distraire! Si je rends visite à al-Husseïn, c'est pour prier pour toi, et si je vais chez tes deux sœurs, c'est pour m'assurer qu'elles vont bien et résoudre certains problèmes dont je ne sais qui, autre que moi, pourrait les résoudre!...

Il saisit d'emblée les problèmes dont elle voulait parler et, sachant qu'elle s'était rendue le jour même à al-Sokkariyya, lui demanda :

– Quoi de neuf à al-Sokkariyya?

– Oh! comme d'habitude! soupira-t-elle.

Il hocha la tête, navré, et conclut avec un sourire :

– Née pour se quereller, voilà Khadiga!

– Sa belle-mère m'a dit, continua Amina, attristée : « Toute discussion avec elle devient une aventure dont il faut craindre l'issue... »

– Oui, mais j'ai bien l'impression que sa belle-mère radote un peu, elle aussi!

– Elle a l'excuse de son âge! Mais ta sœur?

– Alors, dis-moi, tu es avec elle ou contre elle?

Il partit d'un rire chargé d'allusion. Amina soupira à nouveau et reprit :

– Ta sœur a une nature impulsive. Tu ne peux même pas lui donner un conseil désintéressé, elle se cabre tout de suite! Qu'est-ce que je ne fais pas si je montre la moindre complaisance envers sa belle-mère par respect pour son âge et pour son rang! Elle me demande alors, les yeux injectés de sang : « Tu es mon alliée ou mon ennemie? » Par le Dieu tout-puissant! Mon alliée ou mon ennemie! Sommes-nous en guerre, mon petit? Le plus étrange, c'est que parfois les torts sont du côté de sa belle-mère, mais elle s'ingénie tellement à envenimer les choses qu'ils finissent par se retrouver du sien!

Rien ne pouvait lui rendre Khadiga odieuse. Elle restait pour lui sa seconde mère. Une source de tendresse inépuisable. Le jour et la nuit avec Aïsha! Aïsha la belle, l'insouciante, qui s'était faite Shawkat jusqu'au bout des ongles!

– Et qu'est-ce qui s'est encore passé?

– Cette fois-ci, contrairement à l'habitude, la bagarre a commencé avec le mari. Quand je suis entrée dans l'appartement, ils étaient en train de se disputer violemment, à tel point que je me suis demandé, stupéfaite, ce qui avait bien pu mettre un homme si doux dans un tel état! Alors je me suis interposée entre eux pour calmer les esprits et n'ai pas tardé à savoir le fin mot de l'histoire. Figure-toi qu'elle avait décidé de faire la poussière dans la chambre, mais que, comme il dormait toujours à neuf heures du matin, elle s'était tellement acharnée à le secouer qu'il s'était réveillé de la pire humeur. Or voilà que sur un coup de tête il refuse de sortir du lit. Sa mère entend crier, elle accourt et c'est aussitôt la bagarre. A peine en a-t-on terminé qu'une autre éclate à propos d'Ahmed qui rentre de la rue avec sa galabiyyé toute crottée. Elle lui donne la fessée et l'oblige à retourner se laver. Là-dessus, le gosse se réfugie vers son père qui s'empresse de prendre sa défense et c'est reparti pour la deuxième fois de la matinée!...

– Et toi, qu'as-tu fait là-dedans? dit Kamal en riant.

– J'ai fait ce que j'ai pu, mais j'ai compris ma douleur! Elle m'a fait un sermon en me reprochant d'être restée neutre, en me disant : « Tu aurais dû t'allier avec moi comme sa mère s'est alliée avec lui! »

Puis, soupirant à nouveau :

– Alors je lui ai dit : « Tu ne te rappelles pas comment j'étais devant ton père? » Mais elle m'a répondu sèchement : « Tu crois qu'il y en a d'autres comme lui sur cette terre? »

L'image d'Abd el-Hamid Bey Sheddad et de son épouse, Mme Saniyya, lui revint inopinément à l'esprit. Marchant côte à côte, de la véranda jusqu'à la « Minerva » qui attendait devant le portail de la villa, ils allaient, non comme un maître et son esclave soumise, mais tels deux amis et deux pairs qui parlaient librement, elle accrochée à son bras, jusqu'au moment où, ayant atteint la voiture, le bey se rangea de côté pour laisser son épouse monter la première!...

« Pourrais-tu imaginer tes parents ainsi : Quelle idée comique! Cet homme et cette femme évoluent dans une majesté digne de celle qu'ils ont engendrée! »

Et, bien que Mme Sheddad ne fût pas plus jeune qu'Amina, elle portait un manteau de drap fin qui était un modèle de bon goût, d'élégance et de chic. Elle allait le visage découvert. Un beau visage, bien qu'il le fût incomparablement moins que celui, angélique, de sa fille; répandant autour d'elle un parfum subtil, un charme envoûtant. Il aurait bien voulu savoir à quoi ressemblaient leurs discussions, leurs ententes ou leurs querelles, si tant est qu'il y en eût entre eux, mû qu'il était par un désir passionné de connaître une vie qui touchait à celle de son adorée par les liens les plus étroits.

« Tu te souviens de la façon dont tu les regardais, avec les yeux d'un adorateur, levés respectueusement vers la figure des grands prêtres et des gardiens du temple? »

– Si elle avait hérité un tant soit peu de ton caractère, reprit-il calmement, elle aurait eu tout pour être heureuse!

Un sourire de joie éclaira le visage d'Amina. Une joie qui pourtant se heurta bientôt à cette amère vérité que son caractère, aussi doux fût-il, n'avait pas suffi à lui garantir un bonheur éternel!

– Dieu seul est notre guide! dit-elle sans se départir de son sourire, afin de dissimuler, dans la crainte qu'il ne les lise, les noires pensées qui peuplaient son esprit. Puisse-t-il adoucir encore le tien, afin de te ranger parmi ceux qui aiment leur prochain et sont aimés de lui.

– Comment trouves-tu que je suis? s'empressa-t-il de demander.

– Comme j'ai dit, et même mieux! répondit-elle avec foi et conviction.

« Pourtant, comment pourrais-tu parvenir à te faire aimer d'un ange? Appelle en toi sa bienheureuse image et réfléchis un peu. Peux-tu te la représenter un seul instant aimant à perdre le sommeil, terrassée par l'amour et la passion? ça dépasse l'inimaginable! Parfaite, elle est au-dessus de l'amour, puisque l'amour est une déficience qui ne se comble que dans la possession de l'être aimé. Prends patience! Ne te torture pas le cœur! Contente-toi d'aimer. Contente-toi de sa vue qui éclabousse ton âme de lumière. De la chanson de sa voix qui fait vibrer ton être et le porte à l'ivresse. Il émane d'elle un rayonnement à travers lequel les créatures apparaissent comme transfigurées : le jasmin et le lierre se confient l'un à l'autre après s'être boudés. Les minarets et les coupoles s'envolent au ciel sur le tapis du crépuscule. Le visage de l'antique quartier reflète la sagesse des générations. L'orchestre de l'univers fait écho au murmure des cafards. La tendresse s'exhale des trous à rats. Impasses et venelles prennent un air pimpant, les oiseaux du bonheur gazouillent au-dessus des tombeaux, le monde des choses s'abîme dans le silence de la méditation, un arc-en-ciel se dessine sur la natte où tu poses tes pas... C'est cela, le monde de mon adorée!... »

– En allant à al-Husseïn, je suis passée par al-Azhar et j'ai rencontré une grande manifestation où on criait des mots qui m'ont rappelé le passé. Il se passe des choses, mon petit?

– Les Anglais ne veulent pas se retirer pacifiquement!

– Les Anglais! s'exclama-t-elle d'un ton sec, le regard flamboyant de colère. Les Anglais! Quand le juste châtiment de Dieu va-t-il s'abattre sur eux?

Il fut un temps où elle vouait à Saad lui-même une haine comparable. Mais il avait fini par la persuader qu'il n'était pas permis de haïr un personnage que Fahmi avait aimé.

– Que veux-tu dire, Kamal? reprit-elle, manifestement anxieuse. Allons-nous revenir au temps du malheur?

– Dieu seul le sait! répondit-il avec amertume.

Elle fut saisie d'une angoisse que révélèrent les convulsions de son visage blême.

– Ô Seigneur! épargne-nous la souffrance. Pour nous, abandonnons-les à la colère du Tout-Puissant! C'est ce que nous avons de mieux à faire! Quant à nous jeter encore une fois au-devant de la mort, par Dieu, ce serait de la folie!

– Calme-toi! La mort est une chose inévitable. Il faut bien mourir pour une raison ou pour une autre... ou même pour rien du tout!

– Je ne nie pas que tu aies raison! dit-elle, choquée. Mais je n'aime pas ta façon de parler!

– Et comment voudrais-tu que je parle!

– Je voudrais, répondit-elle d'une voix brisée par l'émotion, que tu conviennes solennellement qu'il est impie pour un être humain de s'exposer à la mort!

– J'en conviens! dit-il de guerre lasse, dissimulant un sourire.

Elle lui lança une œillade suspicieuse et lui demanda, suppliante :

– Et que tu le dises avec ton cœur et pas seulement avec ta langue!

– Mais... je le dis avec mon cœur!

« Il y a loin de la réalité à l'idéal! Toi, tu tends de toute ton âme vers un idéal religieux, politique, intellectuel, amoureux! Les mères, elles, ne pensent qu'à notre sauvegarde. Mais soyons justes : laquelle d'entre elles accepterait de gaieté de cœur d'enterrer un fils tous les cinq ans? Pourtant la vie tournée vers l'idéal exige offrandes et martyrs! Nos corps, nos esprits et nos âmes sont les dons qu'il lui faut consacrer. Fahmi a sacrifié une vie pleine d'espoirs pour un glorieux martyre. Es-tu prêt, comme lui, à affronter la mort? Ton cœur ne renâcle pas au choix, quitte à briser celui de cette pauvre mère! Une mort qui s'abreuverait du sang d'une blessure pour en panser mille autres!... Quel amour!... Oh! oui! Je ne parle pas de celui qui existe entre Boudour et moi. Tu le sais bien! Non! Le seul, le plus merveilleux c'est celui que j'ai pour toi. C'est un acte de foi envers ce monde, contre les pessimistes qui n'y croient pas. Un amour qui m'a enseigné que la mort n'est pas la chose la plus affreuse que nous ayons à craindre et que la vie n'est pas la plus heureuse que nous dussions espérer! Qu'elle offre de froids et cruels visages, qui la font toucher à la mort..., mais de tendres richesses qui la portent à l'éternité. Les appels qu'elle te lance, Dieu, qu'ils sont enivrants! De cette voix ni aiguë ni grave que tu ne parviens pas à décrire, comme un *fa*[1] sorti d'un violon. Son timbre a la pureté de la lumière, sa couleur – si l'on peut lui en imaginer une – celle de l'azur profond, t'inspirant au cœur une tiède foi, un céleste penchant... »

1. *Sic*. En tant que note médiane de la gamme.

– Jeudi prochain, je me marierai en confiant à Dieu mes espoirs!

– Qu'il t'accorde le succès!

– Mon succès sera assuré si mon père me donne sa bénédiction!

– Dieu en soit loué, il te la donne...

– La cérémonie se limitera aux membres des deux familles... Vous ne trouverez rien pour vous déplaire.

– Fort bien! Fort bien!

– J'aurais aimé que maman fût des nôtres..., mais...

– Aucune importance! Le tout, c'est que la soirée se déroule gentiment!

– Naturellement, j'ai eu soin d'y veiller. Je connais mieux que quiconque votre nature. La journée sera consacrée uniquement à la rédaction du contrat et à la dégustation des boissons...

– Parfait! Que le Seigneur guide tes pas...

– J'ai chargé Kamal de transmettre à sa mère mes salutations et de la prier de ne pas me priver de ses bons vœux auxquels elle m'a habitué depuis toujours... et aussi de pardonner ce qui est arrivé...

– Naturellement! Naturellement!

– Je souhaiterais que vous me redisiez encore une fois que vous m'accordez votre bénédiction!

– Je t'accorde ma bénédiction! Je demande à Dieu qu'il te prescrive le succès et le bonheur. Puisse-t-il entendre ma prière!

Ainsi donc, les choses s'étaient déroulées contre la volonté de M. Ahmed qui, par crainte de voir se rompre le lien qui l'unissait à son fils, s'était vu contraint d'en épouser le cours. Il avait en vérité le cœur trop sensible pour s'opposer fermement à Yasine et, à plus forte raison, se fâcher définitivement avec lui. C'est ainsi qu'il avait accepté d'abandonner son aîné à la fille de Bahiga et de bénir – personnellement – cette union qui allait intégrer son ancienne maîtresse dans le sein de la famille. Mieux, il avait repoussé l'intervention d'Amina quand celle-ci était venue lui faire part de son souhait que « les frères et sœurs de Fahmi » s'abstiennent d'assister à son mariage avec Maryam. Il lui avait alors répondu sur un ton tranchant : « C'est stupide! Il y a des hommes qui épousent les veuves de leur frère tout en lui gardant amour et fidélité. En plus, Maryam n'a jamais été l'épouse de Fahmi, ni même sa fiancée. C'est une vieille histoire qui date de plus de six ans. Je ne nie pas qu'il ait fait un mauvais choix, mais il est aussi plein de bonnes intentions qu'il est idiot! Il n'a fait de tort à personne autant qu'à lui-même! Il aurait pu trouver meilleure alliance que cette famille... En plus, une fille divorcée! Pfff! Enfin, Dieu est le maître. Tant pis pour lui! »

Amina s'était tue, comme s'inclinant devant l'argument. Certes, elle avait bien, au fil de son malheur, acquis une certaine audace qui l'aidait à faire part de son avis à Monsieur, encore trop fragile cependant pour l'amener à lui répliquer ou à le contredire. C'est pourquoi, lorsque Khadiga était venue la trouver pour l'informer que Yasine l'avait priée d'assister à son mariage, lui disant qu'elle songeait à prétexter la maladie pour ne pas y aller, elle l'avait désapprouvée, lui conseillant d'honorer l'invitation de son frère.

Vint le jeudi.

Ahmed Abd el-Gawwad se rendit à la demeure du regretté Mohammed Ridwane, où il trouva Yasine pour l'accueillir, ainsi que Kamal qui l'y avait précédé. Un peu plus tard, accompagnés de Khadiga et d'Aïsha, Ibrahim et Khalil Shawkat vinrent se joindre à eux. Ainsi, la famille de Maryam ne se trouvant représentée que par quelques femmes, M. Ahmed acquit l'heureuse certitude que la journée se déroulerait dans la paix. Se rendant au salon, il avait pu saisir au passage certains traits de cette demeure qui lui étaient familiers pour les avoir côtoyés dans des circonstances fort différentes! Les souvenirs du passé l'assaillirent, qui, par la muette insolence dont ils narguaient son nouveau rôle de digne père du marié, lui firent souffrir mille offenses. Il commença à maudire Yasine au fond de lui-même, Yasine qui l'avait – et s'était lui-même, sans le savoir – acculé à cette impasse. Toutefois, saisi par la fatalité, il fut porté à se reprendre et à se faire une raison en se disant : « Dieu dans sa Toute-Puissance peut fort bien, après tout, créer une fille sur un modèle différent de sa mère, faire que Yasine trouve en Maryam une épouse convenable – dans tous les sens du terme – et lui épargner la légèreté de sa mère... Demandons-lui seulement de garantir notre honneur ! »

Yasine était sur son trente et un, affichant une joie manifeste, malgré le caractère modeste de la soirée mise sur pied pour son mariage. Ce qui le réjouissait tout particulièrement était qu'aucun de ses frères et sœurs n'avait manqué à l'appel, ayant craint pour sa part que certains d'entre eux, cédant aux pressions de leur mère, ne refusent l'invitation. Qu'importe ! Eût-il pu faire son deuil de Maryam par égard pour eux ? Sûrement pas ! Il l'aimait. Et, puisqu'elle ne lui avait laissé que les voies du mariage pour unique moyen de la posséder, il fallait bien y passer ! Qu'est-ce qui l'en empêchait ? Ce n'étaient pas les protestations de son père ou de sa belle-mère qui pouvaient suffire à faire pencher la balance ou à l'inquiéter !

Et puis Maryam était la première femme qu'il désirait sciemment et consciemment épouser. Sans compter qu'il voyait ce mariage d'un œil très optimiste, espérant trouver enfin une vie conjugale stable et durable. N'avait-il pas là de bonnes raisons ? Si ! Il sentait qu'il serait un bon époux et qu'elle serait une bonne épouse, que son fils Ridwane trouverait bientôt parmi eux un foyer heureux où il pourrait grandir et s'ouvrir à la vie. Il était passé en de trop nombreuses mains et il lui fallait maintenant trouver une stabilité.

Dans des conditions autres que celles qui entouraient cette noce, il n'aurait pas hésité à la célébrer par tout un festival de réjouissances. Il n'était pas vieux, ni pauvre, ni de ceux qui « prétendent » détester les soirées galantes au point de se contenter de cette cérémonie morose et silencieuse qui tenait plutôt de l'enterrement. Mais tout doux! Nécessité oblige! Qu'il dédie cette austérité à la mémoire de Fahmi!

Les retrouvailles de Maryam avec Khadiga et Aïsha après plusieurs années de mutuel éloignement furent, malgré leur caractère timide et réservé, émouvantes et ne manquèrent pas à l'évidence d'une certaine gêne. On échangea baisers et compliments, on parla longuement, sautant du coq à l'âne, mais en évitant autant que possible d'aborder le passé. Les premières secondes furent de toutes les plus embarrassantes, chacune des protagonistes s'attendant à l'évocation soudaine d'un vieux souvenir pouvant amener entre elles le blâme ou le reproche, comme par exemple les circonstances ayant conduit à leur rupture ou les raisons pour lesquelles l'atmosphère s'était gâtée entre elles. Mais tout se passa bien.

Puis, fort subtilement, Maryam détourna la conversation sur la toilette de Khadiga, puis sur la minceur qu'Aïsha n'avait pas perdue malgré trois grossesses. Et, quand enfin la jeune fille et sa mère en vinrent à demander des nouvelles de « la maman », il leur fut répondu qu'elle allait bien, sans autre commentaire. Aïsha regardait sa vieille amie d'un œil plein d'affection et de tendresse, de ce cœur perpétuellement assoiffé de l'amour d'autrui. N'eût été un sentiment d'appréhension, elle eût à coup sûr orienté la conversation sur les souvenirs du passé pour en rire aux éclats. Quant à Khadiga, elle commença à dévisager sa future belle-sœur du coin de l'œil, et, bien que sa personne ne lui eût pas durant des années traversé l'esprit, la nouvelle de son mariage avec Yasine lui avait délié la langue en des remarques amères. Elle s'était employée à rappeler à Aïsha l'épisode de « l'Anglais » en se demandant ce qui avait « bouché les yeux et les oreilles à Yasine ». Mais son sens aigu de la famille, qui l'emportait sur toutes ses autres qualités, l'avait empêchée d'en rien rapporter aux oreilles des Shawkat, son propre mari y compris, ce dont elle avait avisé sa mère, lui disant : « De toute façon, que ça nous plaise ou non, Maryam va faire partie de la famille ! » Rien d'étonnant à cela car, même après avoir mis au monde Abd el-Monem et Ahmed, elle continuait de considérer les membres de sa belle-famille, en un sens, comme « des étrangers »...

Le préposé aux affaires matrimoniales arriva en début de soirée. L'union fut scellée et les boissons furent servies. Un seul youyou fut poussé. Yasine reçut les félicitations et les vœux de rigueur, après quoi la mariée fut invitée à se présenter à son « maître » ainsi qu'aux membres de sa famille.

Elle arriva entourée de sa mère, de Khadiga et Aïsha, baisa la main de son époux et serra les autres. C'est là que M. Ahmed lui remit son cadeau de mariage : un bracelet en or incrusté de fins cabochons de diamant et émeraudes. La réunion familiale se prolongea un certain temps et, aux environs de neuf heures, l'assistance commença à se disperser peu à peu. Une calèche arriva alors, qui emporta les jeunes mariés à la maison de Qasr el-Shawq dont le troisième étage avait été préparé pour l'accueil de la jeune épouse.

Tout le monde pensa que la page pouvait être refermée pour le meilleur et pour le pire sur le second mariage de Yasine quand, deux semaines plus tard, la demeure du regretté Mohammed Ridwane fut le théâtre d'une nouvelle cérémonie nuptiale que l'on considéra à juste titre chez M. Ahmed, à al-Sokkariyya et même dans tout Bayn al-Qasrayn, comme une surprise pour le moins étonnante. Ne voilà-t-il pas en effet que, sans que personne s'y attende et sans avertissement préalable, Bahiga convolait en justes noces avec Bayoumi, le marchand de soupe !

Ce mariage causa chez les gens la plus grande surprise. C'était comme s'ils réalisaient pour la première fois que la boutique de Bayoumi occupait le coin de l'impasse sur laquelle ouvrait la demeure des Ridwane, juste au-dessous d'un de ses augustes moucharabiehs.

Cette vérité les laissa songeurs. Mais, disons-le, ils avaient de quoi s'étonner! Pensez! La mariée n'était autre que la veuve d'un homme connu parmi eux de son vivant pour sa bonté et sa piété, elle-même comptant à leurs yeux, malgré sa passion de la coquetterie, parmi les « dames respectables » du quartier..., sans parler du fait qu'elle avait atteint la cinquantaine; le nouveau mari faisant quant à lui partie du commun, portant galabiyyé, officiant dans une minuscule échoppe, un homme tout juste âgé de la quarantaine, marié de surcroît, qui avait derrière lui vingt années de vie conjugale au cours desquelles il avait engendré neuf enfants, garçons et filles. C'était plus qu'il n'en fallait pour déchaîner les cancans. On se perdit à plaisir en conjectures quant aux travaux préparatoires du mariage que personne n'avait remarqués; quand et comment avaient-ils commencé? Comment étaient-ils venus à maturité jusqu'à aboutir à la noce? Lequel des deux avait le premier sollicité l'autre? Lequel s'était laissé séduire?

Amm Hassaneïn, le coiffeur, dont la boutique était située de l'autre côté de la rue, attenante à la fontaine de Bayn al-Qasrayn, affirma avoir vu souvent Mme Bahiga devant la boutique de Bayoumi, en train de déguster un jus de caroube, ajoutant qu'il leur arrivait parfois d'échanger quelques mots dans lesquels il pensait – Amm Hassaneïn était un homme bienveillant – qu'il ne fallait voir que du bien! Abou Sari, le grilleur de pépins, qui fermait toujours plus tard que les autres, prétendait quant à lui en en demandant pardon à Dieu – avoir vu à plusieurs reprises des gens s'infiltrer à la nuit tombée dans la maison de feu Ridwane, sans savoir bien entendu que Bayoumi se trouvait parmi eux. Darwish, le vendeur de foul, fit lui aussi entendre sa voix, ainsi qu'al-Fouli, le laitier. Et, bien que tous fissent mine de compatir avec le père chargé de famille, fustigeant en même temps – avec amertume – cet homme sans foi ni loi qui épousait une femme de l'âge de sa mère, au fond d'eux-mêmes, ils lui enviaient sa chance et ne lui pardonnaient pas de s'élever au-dessus de leur condition par cette ruse « déplacée »; sans compter les interminables palabres qui suivirent pour évaluer tout ce dont il allait vraisemblablement « hériter » dans cette maison ainsi que son « butin » probable en argent et en bijoux...

Chez M. Ahmed, à al-Sokkariyya et à plus forte raison à Qasr el-Shawq, le choc fut brutal. Quelle honte! s'exclamait-on. Notre homme entra dans une colère qui fit trembler tout son entourage. A tel point qu'on évita de lui adresser la parole plusieurs jours de suite. Bayoumi ne pouvait-il désormais revendiquer à bon droit sa parenté avec eux? Maudits soient Yasine et ses appétits sordides! Bayoumi, le marchand de soupe, devenait son « beau-papa » et faisait la nique à tout le monde! « O malheur! » s'écria Khadiga en apprenant la nouvelle, confiant bientôt à Aïsha : « Qui pourrait blâmer maman désormais? Son cœur ne la trahit jamais! »

Yasine jura – devant son père – que tout s'était déroulé à son insu comme à celui de sa femme qui, assura-t-il, en avait éprouvé un chagrin « inimaginable ». Mais qu'y pouvait-elle!

D'ailleurs le scandale ne s'arrêta pas là. A peine la première femme de Bayoumi eut-elle appris la nouvelle qu'elle perdit la tête et, poussant devant elle toute sa marmaille, quitta sa maison telle une aliénée pour aller se jeter sur son mari dans sa boutique. Une violente querelle s'ensuivit entre eux deux à coups de main, de pied, de cris et de hurlements, le tout sous les yeux des enfants qui se mirent à hurler à leur tour, appelant les passants à la rescousse, au point que bientôt tout un attroupement fait de badauds, boutiquiers du voisinage, femmes et enfants se retrouva agglutiné autour de l'échoppe. On sépara le mari de l'épouse que l'on éjecta dans la rue, après quoi cette dernière alla se poster sous le moucharabieh de Bahiga dans sa robe déchirée, sa mélayé en lambeaux, les cheveux hirsutes et le nez en sang, puis, levant la tête vers les fenêtres closes, elle fit claquer sa langue tel un fouet à bout plombé et trempé dans du poison.

Le pire dans toute cette affaire fut que, lorsqu'elle en eut terminé, elle alla droit à la boutique de M. Ahmed pour le supplier, en sa qualité de père du gendre de cette femme, d'un ton pathétique et larmoyant, d'user de toute son influence pour persuader son mari de revenir sur son erreur. Notre homme l'écouta en dissimulant la colère et la tristesse que lui inspirait le spectacle navrant de la situation, après quoi, lui ayant fait comprendre, aussi délicatement qu'il en avait la force, que, contrairement à ce qu'elle s'imaginait, toute cette affaire débordait le cadre de son autorité, il ne tarda pas à la ficher dehors, écumant de rage...

Pourtant sa fureur ne l'empêcha pas de réfléchir longuement, à la fois désemparé et songeur, à ce qui avait bien pu pousser Bahiga à cette union insolite, sachant fort bien que, si son cœur avait battu pour Bayoumi, elle eût pu aisément le satisfaire sans besoin de s'exposer, elle et sa famille, au cortège d'embêtements liés au fait de l'épouser. Pourquoi diable s'était-elle lancée dans cette aventure stupide sans se soucier de la femme de cet homme, ni davantage de ses enfants, au mépris qui plus est des sentiments de sa propre fille et des membres de sa nouvelle famille, comme frappée d'un subit accès de folie! N'était-ce pas la sensation tragique de la vieillesse qui l'avait poussée à chercher refuge dans le mariage et, plus encore, à sacrifier une grande partie de ses biens à la poursuite d'un bonheur que seule lui avait procuré sa jeunesse enfuie?

Il médita cette pensée, avec tristesse et désolation. Il se souvint à cette occasion de l'humiliation subie devant Zannouba, laquelle lui avait refusé la grâce d'un regard d'affection avant qu'il ne l'installe dans ses meubles. Une humiliation qui avait ébranlé sa confiance en lui-même et l'avait conduit, malgré son apparente sérénité, à bouder la vie qui, décidément, depuis quelques années, lui montrait un visage austère!

Quoi qu'il en soit, Bahiga ne profita pas longtemps de son mariage. A la fin de la troisième semaine de sa nouvelle union, elle se plaignit d'un abcès à la jambe. Puis l'examen médical ayant révélé un diabète, on la transporta au Qasr el Aïni[1] et le bruit courut bientôt que son état s'aggravait de jour en jour... jusqu'à ce que survienne l'échéance fatale.

1. C'est le plus grand hôpital du Caire, situé sur la rive orientale du Nil, derrière le quartier de Sayyeda Zaïnab, face à la pointe nord de l'île de Roda.

8

UNE mallette coincée sous le bras, vêtu d'un élégant complet gris, chaussures en vernis noir, le tarbouche planté droit sur la tête, Kamal se tenait debout devant le palais des Sheddad, la taille haute et mince, son cou, qui pointait droit du col de sa chemise, paraissant assumer avec une fierté désinvolte le poids de sa grosse tête et de son gros nez.

L'air était doux, strié de ces souffles de vent frais qui annoncent la venue de décembre. Dans le ciel, des nuages épars, d'une blancheur éclatante, glissaient lentement, masquant par intervalles le soleil du matin.

Il attendait, immobile, les yeux tournés vers le garage d'où, pilotée par Husseïn Sheddad, sortit bientôt la Fiat qui tourna aussitôt dans la rue des Sérails et vint stopper devant lui.

– Elles ne sont pas encore là? s'enquit Husseïn, passant la tête à la portière.

Sur ces mots, il corna trois fois puis ajouta en ouvrant celle-ci :

– Tiens, monte à côté de moi!

Mais Kamal se contenta de déposer sa mallette à l'intérieur du véhicule en murmurant :

– Rien ne presse!

Au même moment, la voix de Boudour lui parvint du côté du jardin. Il tourna la tête et vit la petite arriver en courant, suivie d'Aïda. Oui..., son adorée en personne qui balançait sa taille de reine dans une robe courte de couleur grise du dernier cri, dont le haut disparaissait sous un caraco de soie bleu marine laissant voir ses bras bruns aux reflets satinés. Sa chevelure noire qui lui entourait la nuque et les joues flottait au gré de ses pas, les mèches soyeuses de sa frange reposant, paisibles, sur son front, comme les dents d'un peigne. Au milieu de cette auréole brillait son visage de lune à la beauté angélique, tel un ambassadeur du pays des rêves...

Il resta cloué sur place, sous l'emprise du fluide magnétique, à moitié éveillé, à moitié endormi, sa conscience ne gardant de ce monde qu'un sentiment de gratitude doublé d'une intense émotion. Comme elle approchait, légère et fière, telle une mélodie incarnée, un parfum parisien qui s'exhalait d'elle frappa ses narines. Leurs regards se croisèrent et un sourire tout empreint d'affabilité, de calme et d'aristocratie illumina les yeux et les lèvres closes d'Aïda.

Tandis qu'il lui répondait par un sourire hésitant et une inclination de la tête, Husseïn interpella sa sœur, en lui disant :

— Montez à l'arrière avec Boudour!

Il recula d'un pas, ouvrit la porte arrière du véhicule derrière laquelle il se campa, droit comme un serviteur, et reçut d'elle en récompense un sourire accompagné d'un mot de remerciement en français. Il attendit que Boudour et son adorée se fussent installées, puis referma la portière et se glissa à son tour à côté de Husseïn. Celui-ci klaxonna à nouveau, jetant un regard en direction du palais. Le portier ne tarda pas à arriver, un petit panier à la main, qu'il déposa contre la mallette, entre les deux garçons.

— Quel intérêt de partir en excursion sans ravitaillement? s'esclaffa Husseïn en tapotant de l'index le panier et la mallette.

Et la voiture s'ébranla dans un vrombissement, avant de filer en direction de la rue d'al-Abbassiyyé.

— Je commence à savoir pas mal de choses sur toi! reprit Husseïn. Et la journée d'aujourd'hui va me donner l'occasion d'y ajouter quelques renseignements sur ton estomac.

J'ai comme l'impression que ta maigreur ne t'empêche pas d'avoir un appétit de lion. Me tromperais-je par hasard?

– Attends d'en juger par toi-même! répondit Kamal dans un sourire, ressentant plus de joie qu'un être humain n'en pouvait rêver.

Tous les deux réunis dans une même auto! Un genre de proximité comme on n'en rencontre guère que dans les rêves!

Ses espoirs lui chuchotaient : « Si tu étais monté à l'arrière et elle à l'avant, tu aurais pu la dévorer tranquillement des yeux pendant tout le voyage! Mais ne sois donc pas si exigeant et ingrat! Prosterne-toi plutôt en louanges et en remerciements. Délivre ta tête de tout cet assaut de pensées! Purge-toi l'esprit du tumulte de la passion, vis l'instant présent de toute ton âme! Car ne vaut-il pas pour l'éternité? »

– Je n'ai pas pu convier Hassan et Ismaïl à notre petite escapade!

Kamal se tourna vers Husseïn, l'air de s'interroger, sans mot dire, mais le cœur bondissant de joie et de confusion à la pensée de ce privilège qui lui avait été accordé à lui seul.

– Comme tu le vois, reprit Husseïn, l'air de se justifier, la voiture n'est pas assez grande pour tout le monde!

– On dirait bien! acquiesça Kamal à voix basse.

– S'il avait fallu absolument faire un choix, continua l'autre en souriant, alors j'aurais préféré quelqu'un comme toi. Aucun doute que nos penchants se rejoignent dans la vie, pas vrai?

– C'est ma foi vrai!... répondit Kamal, la joie qui lui emplissait le cœur se lisant sur son visage.

Puis, en riant :

– Avec cette différence que, moi, je me contente du voyage spirituel, alors que, toi, il semble bien que tu ne seras pas satisfait tant que tu n'associeras pas voyage spirituel et voyage autour du monde!

– Tu n'es pas emballé à l'idée de naviguer aux quatre coins de notre vaste monde?

Kamal réfléchit un court instant puis répondit :

– J'ai plutôt l'impression d'avoir des goûts sédentaires par nature. C'est comme si la seule pensée des voyages m'effarouchait. Je veux dire par là le mouvement et le dérangement, pas le plaisir de découvrir ni la curiosité! J'aimerais que le monde puisse défiler devant mes yeux sans avoir à bouger de ma place...

Husseïn partit d'un de ses éclats de rire délicieux, jailli du fond du cœur :

– Tu n'as qu'à monter dans un ballon stationnaire et regarder la terre tourner sous tes pieds! dit-il.

Kamal savoura longuement le rire doux et charmant de son ami. L'image de Hassan Selim lui vint alors à l'esprit. Il se mit à comparer ces deux types d'aristocratie : l'une caractérisée par la gentillesse et l'affabilité, l'autre la froideur et la suffisance. L'une comme l'autre restant au demeurant exemplaire!

– Encore une chance que les voyages spirituels n'exigent pas nécessairement de bouger...

Husseïn releva les sourcils, l'air sceptique, mais il renonça finalement à poursuivre le sujet et reprit d'un ton joyeux :

– Tout ce qui compte pour l'instant est que nous partions ensemble en balade et que nos penchants se rejoignent dans la vie!

Soudain, venant de derrière, la voix douce frappa ses oreilles :

– Somme toute, Husseïn vous aime tout autant que Boudour!

Ces mots, tout imprégnés du parfum de l'amour, dont cette voix angélique faisait une musique, lui pénétrèrent le cœur et lui donnèrent des ailes...

« Ton adorée jongle, ingénue, avec le verbe aimer sans se rendre compte qu'en le glissant à ton oreille elle ne jette rien de moins que de la poudre sur un cœur enflammé. Ravives-en l'écho pour que chante en toi à nouveau la couleur que sa bouche lui prête... L'amour, cet antique refrain, qui, dans l'harmonie créatrice d'une voix, retrouve un nouveau matin. Dieu! tant de bonheur m'anéantit! »

— Aïda traduit mes pensées dans son langage de femme! reprit Husseïn, commentant les paroles de sa sœur.

La voiture fila vers al-Sakakini, puis vers les rues de la Reine-Nazli et Fouad-Ier, et, de là, cingla en direction de Zamalek à une vitesse que Kamal jugea insensée.

— Le temps est couvert! Mais il demanderait à l'être un peu plus si nous voulons être sûrs de passer une belle journée au pied des pyramides...

A ces mots, la sublime voix s'éleva, s'adressant de toute évidence à Boudour :

— Attends que nous soyons arrivés! Là tu pourras t'asseoir à côté de lui autant que tu voudras...

— Qu'est-ce qu'elle veut? demanda Husseïn dans un rire.

— Elle veut s'asseoir à côté de ton ami, s'il vous plaît!

« " Ton ami "? Pourquoi n'a-t-elle pas dit " Kamal "? Que n'a-t-elle rendu à ce nom l'hommage de cette perfection[1] à laquelle son titulaire ne prétend pas lui-même? »

— Hier, reprit Husseïn, quand papa l'a entendue me demander si « Uncle Kamal[2] » viendrait avec nous aux pyramides, il m'a demandé qui était le Kamal en question, et quand je le lui ai dit, il a demandé à Boudour : « Tu veux te marier avec Uncle Kamal? » Et elle lui a répondu « oui », tout simplement.

Il se retourna en arrière, mais la petite, dans un mouvement de recul, colla son dos contre la banquette avant de dissimuler son visage dans l'épaule de sa sœur. En un regard furtif, il emplit ses yeux du visage éclatant puis ramena la tête en disant sur un ton d'espoir :

— Puisse-t-elle le jour venu ne pas oublier ses paroles!...

Lorsqu'ils furent parvenus sur la route de Guizeh,

1. En arabe, Kamal signifie « perfection ».
2. *Sic.* De l'anglais. Terme affectueux utilisé par les enfants envers un personnage masculin qui leur est cher.

Husseïn doubla la vitesse. Le moteur rugit et le silence se fit entre eux. Kamal l'accueillit comme une aubaine et en profita pour rentrer en lui-même et savourer son bien-être. Dire qu'on avait parlé de lui hier chez les Sheddad et que le chef de famille l'avait choisi comme époux de la petite! « O ramages de fleurs! O chants du bonheur! Retiens par cœur chaque mot prononcé. Emplis-toi du parfum de Paris. Nourris ton oreille de ce roucoulement de colombe, de ce gémissement de gazelle. Peut-être t'y blottiras-tu si les nuits d'insomnie reviennent! Les paroles de ton adorée ne sont pourtant pas pensées de philosophes ou finesses de lettrés. Alors, qu'ont-elles donc à te remuer jusqu'au tréfonds de l'âme, à faire jaillir dans ton cœur des fontaines de volupté : Voilà bien ce qui fait du bonheur un mystère où se perdent la raison et l'entendement! O vous qui après le bonheur courez à perdre haleine, apprenez que je l'ai trouvé! Dans un mot qui ne veut rien dire, je l'ai trouvé, un mot obscur venu d'une autre langue, dans le silence et même dans rien du tout... Dieu, qu'ils sont majestueux, ces grands arbres des deux côtés de la route, qui enlacent leurs cimes au-dessus d'elle, l'ombrageant d'un ciel de verdure plein de fraîcheur... Et ce Nil qui court, que l'éclat miroitant du soleil habille d'une cuirasse de perles... Quand as-tu vu cette route pour la dernière fois? Au cours d'une excursion aux pyramides... J'étais en neuvième... Chaque fois, par la suite, je m'étais fait le serment d'y revenir seul... Derrière toi est assise celle qui t'inspire une vision nouvelle des choses, les embellit, jusqu'au visage séculaire de la vie dans le vieux quartier! Peux-tu rêver mieux que cet instant? Oui! Que l'auto continue comme ça, à rouler éternellement! O Seigneur, serait-ce là le point qui t'a tant posé problème, quand tu te demandais ce que tu attendais de cet amour, qui t'obsède à nouveau? Il t'est tombé du ciel sous l'impulsion du moment, cerné d'impossible... Mais réjouis-toi de cette heure qui s'offre à toi. Tiens, voilà les pyramides qui se profilent au loin, minuscules. Bientôt tu te tiendras à leur pied, pas plus grand qu'une fourmi à celui d'un arbre... »

– Nous allons en visite au cimetière de notre grand ancêtre!

– Pour réciter la *Fatiha* en hiéroglyphes! s'esclaffa Kamal.

Husseïn dit, moqueur :

– Tout ce que cette nation nous a légué n'est que tombes et cadavres!

Puis, montrant les pyramides :

– Regarde-moi tout ce travail et cette sueur dépensés pour rien...

Kamal, avec enthousiasme :

– C'est ça, l'éternité!

– Ouuhh! Tu vas encore prendre fait et cause comme d'habitude! Ton patriotisme frise la maladie, on sera d'accord là-dessus! Je crois finalement que je me sentirai mieux en France qu'en Egypte!

– Tu trouveras chez les Français la nation la plus patriote qui soit! rétorqua Kamal en cachant sa douleur derrière un sourire indulgent.

– Ça, sûrement! Le patriotisme est la maladie de la planète. De toute façon, je n'aime la France que pour elle-même et, chez les Français, des qualités qui n'ont rien à voir avec le patriotisme!

N'était-ce pas proprement navrant d'entendre des choses pareilles? Pourtant, il ne s'en indignait pas! La raison? Cela venait de Husseïn Sheddad! Si Ismaïl Latif l'exaspérait parfois avec son indifférence, Hassan Selim avec son arrogance, Husseïn, à tous coups, était sûr de lui plaire...

La voiture stoppa à proximité de la grande pyramide, au bout d'une longue file de voitures inoccupées. De tous côtés s'agitait une foule nombreuse disséminée en petits groupes, qui se promenant à dos d'âne, qui à dos de chameau, qui escaladant la pyramide; marchands, âniers et chameliers s'activaient autour d'eux. L'espace s'ouvrait à perte de vue. Seul cet édifice de pierre, dressé vers le ciel tel un géant de légende, surgissait en son centre pour en rompre l'immensité...

De l'autre côté, en contrebas, s'étirait la ville, vaste enchevêtrement de terrasses tacheté de bouquets d'arbres, que partageait un trait d'eau... Où pouvait bien se trouver Bayn al-Qasrayn dans tout ça? Et la vieille maison? Et Amina donnant à boire aux poules sous la toiture de jasmin?

– Laissons les affaires dans la voiture pour pouvoir nous promener les mains libres!

Ils abandonnèrent l'auto et avancèrent d'une seule colonne, qui partait de la Fiat avec Aïda, précédée de Husseïn, puis de Boudour et de Kamal qui marchait devant elle, la tenant par la main. Ils firent le tour de la grande pyramide, dont ils examinèrent chacune des faces, puis s'enfoncèrent plus avant dans le désert. Le sable alourdissait leur marche et freinait leur élan, tandis que dans l'air soufflait une brise légère et vivifiante. Le soleil jouait à cache-cache derrière des amas de nuages qui s'égrenaient au-dessus de l'horizon, traçant sur cette toile céleste des figures spontanées que la main de l'air modifiait à son gré.

– Quelle beauté!... Quelle beauté!... s'extasia Husseïn en respirant à pleins poumons.

Aïda prononça quelques mots en français. D'après les connaissances limitées qu'il possédait de cette langue, Kamal comprit qu'elle traduisait les paroles de son frère. S'exprimer en français était chez elle une habitude courante. Ce babil aux consonances étrangères tempérait chez Kamal un attachement fanatique à sa langue nationale et s'imposait en même temps à son goût comme l'un des signes de la beauté féminine.

– Oui, vraiment, quelle beauté! renchérit-il avec émotion, méditant le paysage alentour. Gloire au Dieu tout-puissant!

– Il faut toujours que tu mettes ou Dieu ou Saad Zaghloul derrière tout! s'esclaffa Husseïn.

– Pour ce qui est du premier, je pense que tu ne me contrediras pas!

– Non, mais ta manie de prononcer son nom à tout

bout de champ te donne un petit côté religieux particulier qui te fait ressembler à un cheikh.

Puis, d'un ton désabusé :

– Mais où est l'étonnant puisque tu viens du quartier dévot?

« Cette phrase cacherait-elle quelque moquerie? Aïda peut-elle le suivre dans ses sarcasmes? Quelle opinion peuvent-ils bien se faire tous les deux du vieux quartier? De quel œil Al-Abbassiyyé regarde-t-il Bayn al-Qasrayn et al-Nahhassine? Aurais-tu honte? Sois tranquille! Husseïn n'attache pratiquement aucune importance à la religion! Apparemment, ton adorée s'en soucie encore moins! N'at-elle pas dit un jour qu'elle suivait les cours de théologie chrétienne à l'école de " La mère de Dieu[1] " qu'elle assistait à la prière et chantait les cantiques? Pourtant, elle est musulmane! Oui, bien sûr, mis à part qu'elle ne sait pas grand-chose de l'islam! Qu'en penses-tu? Je l'aime! Je l'aime jusqu'à l'idolâtrie! Et j'aime, dût ma conscience en souffrir, sa façon de pratiquer l'islam! Je le confesse et en demande pardon à Dieu... »

Husseïn désigna du doigt ce que l'endroit recelait de beauté et de grandeur :

– Voilà ce qui m'enchante vraiment! déclara-t-il. Mais, toi, tu es fou de patriotisme! Compare un peu cette nature grandiose avec les manifestations, Saad, Adli, et les camions bourrés de soldats!

– La nature et la politique sont toutes deux des choses grandioses! répondit Kamal dans un sourire.

Sur ce, comme venant, par association d'idées, de se rappeler un fait important :

– J'allais oublier, s'exclama Husseïn, ton chef a démissionné!

Kamal sourit tristement sans mot dire.

– Il a démissionné, persista l'autre pour le faire enrager, après avoir perdu le Soudan et la constitution, non?

1. En français dans le texte.

A quoi Kamal rétorqua, avec un calme qu'il n'eût point fallu espérer de lui en d'autres circonstances :

– L'assassinat de sir Lee Stack[1] est un coup porté contre le ministère de Saad.

– Laisse-moi te rapporter les commentaires de Hassan Selim à ce sujet. Il a dit que cette agression n'est qu'une manifestation de la haine que certains – parmi lesquels les auteurs du meurtre – vouent aux Anglais et que Saad Zaghloul est le premier responsable de l'exaspération de cette haine!

Kamal étouffa la colère que le « point de vue » de Hassan Selim avait soulevée en lui et répondit avec le calme que lui dictait la présence de son adorée :

– Ça c'est le point de vue des Anglais! Tu n'as pas lu les dépêches de l'*Ahram?* Rien d'étonnant que les libéraux constitutionnels le reprennent à leur compte! Exciter l'hostilité contre les Anglais est vraiment une des choses dont Saad peut se vanter!

A ces mots, Aïda s'interposa en demandant avec un regard de reproche ou de mise en garde que côtoyait un sourire charmeur :

– Nous sommes venus ici pour nous promener ou pour parler politique?

– C'est lui qui a commencé! s'excusa Kamal en désignant Husseïn.

– J'ai jugé bon simplement d'exprimer mes condoléances pour la démission du leader! répondit Husseïn dans un rire, passant ses doigts fins dans ses cheveux soyeux.

Puis, avec sérieux :

– Tu n'as pas pris part aux importantes manifestations

1. En juillet 1924, la seconde négociation entre le Wafd et l'Angleterre avait échoué, en particulier à cause du problème du Soudan dont l'Angleterre contestait la souveraineté à l'Egypte. Le 19 novembre de la même année, sir Lee Stack, commandant en chef de l'armée égyptienne (sirdar) et gouverneur du Soudan, est assassiné au Caire. L'Angleterre, qui voit dans ce crime un lien direct avec le problème soudanais, exige réparation et en tire prétexte pour ordonner l'évacuation des troupes égyptiennes du Soudan. Saad Zaghloul démissionne.

qui ont eu lieu dans votre quartier au temps de la révolution?

— Je n'avais pas encore atteint l'âge légal!

A quoi Husseïn rétorqua sur un ton d'ironie plaisante :

— En tout cas, on peut considérer l'épisode de la boutique de basboussa comme une participation à la révolution!

Tous, y compris Boudour qui les imita pour ne pas être en reste, rirent en chœur, on aurait dit un petit quartette composé de deux trompettes, d'un violon et d'une flûte. Après un court silence, Aïda reprit, comme dans l'intention de défendre Kamal :

— Ça suffit déjà bien assez qu'il ait perdu son frère!

— Eh oui! Nous avons perdu le meilleur des nôtres! renchérit Kamal, poussé par un sentiment de fierté qui s'insinuait doucement en lui et pour susciter en eux un surcroît de pitié.

Aïda poursuivit avec intérêt :

— Il faisait son droit..., n'est-ce pas? Il aurait quel âge aujourd'hui?

— Vingt-cinq ans!

Puis, d'un ton attristé :

— C'était un génie au plein sens du terme...

— Oui, c'était!... reprit Husseïn en faisant craquer ses doigts. Voilà où mène le patriotisme! Comment peux-tu continuer à t'y accrocher après ça?

— Nous retournerons tous à l'oubli! répondit Kamal dans un sourire. Tandis que toutes les morts sont loin de se valoir!

Husseïn fit à nouveau craquer ses doigts mais, semblant ne trouver aucun sens aux propos de Kamal, s'abstint de tout commentaire. Qu'est-ce qui les avait amenés d'un seul coup à parler politique? Cela n'avait plus aucun charme. Le peuple distrait de la lutte contre les Anglais par ses haines partisanes? Au diable toutes ces sottises! Qui respire un vent de paradis ne devrait pas se tourmenter des soucis terrestres, du moins provisoirement!

« Tu es pour l'instant en train de marcher aux côtés d'Aïda dans le désert des pyramides. Médite cette prodigieuse vérité et crie-la à tue-tête pour la faire partager aux constructeurs de ces géants de pierre! Une idole et son adorateur marchant sur le sable côte à côte... L'un presque soufflé par le vent tant la passion l'anime, pendant que l'autre s'amuse à compter les cailloux. La maladie d'amour serait-elle contagieuse, tu ne craindrais pas de l'attraper! L'air soulève doucement les franges de sa robe, se mêle à ses cheveux, voyage au creux de ses poumons... Dieu, qu'il a de la chance! Par-dessus les pyramides, les esprits des amants bénissent la caravane, subjugués par l'idole, compatissants à son adorateur, proclamant par la voix de l'éternité : seul l'amour est plus fort que la mort! Le voit-on tout près de nous qu'il flotte à l'horizon; le croit-on à nos pieds qu'il plane en haut des cieux!

» Tu t'étais promis de toucher sa main au cours de cette sortie... On dirait bien pourtant que tu auras quitté ce monde avant d'en avoir connu la sensation. Que n'as-tu le courage de te jeter sur l'empreinte de ses pas sur le sable puis de les baiser? Ou bien d'en prendre une poignée pour t'en faire un talisman qui te garderait des douleurs de l'amour les nuits où tu te retournes l'âme? Mais, hélas! tout tend à prouver qu'il n'est de communion avec l'idole que par l'incantation ou la folie... Qu'à cela ne tienne! Chante ou deviens fou! »

Il sentit la main de Boudour tirer la sienne. Il se tourna vers la petite qui lui tendit les bras en le suppliant de la porter. Il se pencha sur elle et la souleva, mais Aïda objecta :

– Non! la fatigue commence à nous gagner; reposons-nous un peu...

Sur un rocher, au sommet de la pente de terrain conduisant au Sphinx, ils s'assirent dans leur ordre de marche. Husseïn étendit ses jambes en plantant dans le sable les talons de ses chaussures. Kamal s'assit jambes croisées en serrant Boudour contre lui, tandis qu'Aïda prenait place à la gauche de son frère. Puis elle sortit son peigne et commença à se recoiffer en caressant ses mèches de ses doigts effilés...

Au même moment, le regard de Husseïn tomba sur le tarbouche de Kamal.

– Pourquoi gardes-tu ton tarbouche pendant cette excursion? lui demanda-t-il d'un ton réprobateur.

Kamal ôta son couvre-chef et, le déposant sur ses genoux :

– Je n'ai pas l'habitude de sortir sans! dit-il.

– Tu fais un bel exemple de conservateur! s'esclaffa Husseïn.

Kamal se demanda si ces paroles visaient au compliment ou au reproche. Il voulut l'amener à s'expliquer davantage quand, se penchant légèrement en avant, Aïda se tourna soudain vers lui pour l'examiner. Il en oublia son projet et, avec angoisse, reporta son attention du côté de sa tête, laquelle apparaissait maintenant nue, offrant pour la première fois le spectacle de sa grosseur ainsi que de ses cheveux ras et négligés. Et dire qu'en ce moment les beaux yeux d'Aïda étaient posés sur elle! Quel effet pouvait-elle bien leur faire?

La voix mélodieuse demanda :

– Pourquoi ne vous laissez-vous pas pousser les cheveux?

Voilà bien une question à laquelle il n'avait jamais songé! La tête de Fouad Gamil al-Hamzawi était ainsi. Celle de tous les amis du vieux quartier était ainsi! On n'avait vu Yasine se laisser pousser les cheveux et la moustache qu'une fois entré en fonction! Pouvait-il s'imaginer rencontrant son père chaque matin à la table du petit déjeuner, les cheveux plaqués sur la tête?

– Et pourquoi les laisserais-je pousser?

– Tu ne crois pas que ça t'irait mieux? demanda Husseïn, méditatif.

– C'est sans importance!

Husseïn s'esclaffa :

– On dirait que tu es fait pour être professeur!

« Est-ce un compliment ou un reproche? En tout cas,

grand bien fasse à ta tête cette sollicitude venue de haut! »

– Je suis fait pour être étudiant...

– Bien répondu!

Puis, élevant le registre de sa voix :

– Au fait, tu ne m'en as pas assez dit sur l'Ecole normale. Comment la trouves-tu, passé près de deux mois?

– J'espère qu'elle sera un mode d'accès convenable à l'univers auquel j'aspire! En ce moment, j'essaie de cerner avec l'aide de mes maîtres anglais la signification de notions mal définies comme « littérature », « philoso-phie », « pensée »...

– C'est là la culture humaine à laquelle nous aspirons tous!

– Oui, mais elle a l'air d'un vaste chaos! reprit Kamal, perplexe. Nous devons décider de nos choix. Nous devons savoir plus clairement ce que nous voulons! C'est un réel problème...

– En ce qui me concerne, ce n'en est pas un! rétorqua Hussein, une lueur d'intérêt éclairant ses beaux yeux. Je lis des pièces de théâtre et des romans français en demandant à Aïda de m'aider à comprendre les passages difficiles. J'écoute aussi avec elle des morceaux de musique occiden-tale dont elle joue assez bien quelques-uns au piano. Dernièrement j'ai lu un livre qui donne un résumé très simple de la philosophie grecque. Si je désire voyager, c'est uniquement pour cultiver mon esprit et mon corps. Chez toi, il y a autre chose, c'est que tu as l'intention d'écrire aussi. Alors ça t'oblige à connaître les limites et les buts...

– Le pire, dans tout ça, c'est que je ne sais pas sur quoi écrire au juste!

– Vous voulez devenir écrivain? s'enquit Aïda d'un ton amusé.

– Peut-être! répondit-il, submergé par une grande vague de bonheur trop lourde pour un être humain.

– Poète ou romancier?

Puis, se penchant en avant pour mieux le voir :

— Laissez-moi en juger par mon sens de la physionomie.

« J'ai épuisé toute la poésie pour parler à ton ombre... C'est la langue sacrée de ton culte, je n'en ferai pas profession. J'ai tari la source de mes larmes à pleurer dans le noir des nuits. Etre regardé de toi est une joie et une souffrance! Je suis sous ton regard comme la terre qui se dessèche sous les feux du soleil!... »

— Poète! Oui, c'est cela! Vous êtes poète!

— Vraiment? Comment l'avez-vous deviné?

Elle se redressa fièrement et, laissant échapper un petit rire aussi léger que le chuchotement d'un espoir :

— Lire sur les visages est un don! Ça ne s'explique pas!

— Elle te fait marcher! s'esclaffa Husseïn.

— Mais non! s'en défendit-elle en hâte. Si être poète ne vous plaît pas, eh bien, ne le soyez pas!

« La nature a fait de l'abeille une reine, du jardin son royaume, du nectar des fleurs sa boisson, du miel ses déjections, et de la piqûre... la sanction de l'humain qui s'aventure près de son trône... Pourtant elle a dit non! »

— Vous avez lu quelque chose du roman français?

— Quelques traductions de Michel Zévaco. Comme vous le savez, je ne lis pas le français!

Elle dit avec enthousiasme :

— Vous ne serez pas écrivain tant que vous ne connaîtrez pas parfaitement le français! Lisez Balzac, George Sand, Mme de Staël, Loti, et après vous écrirez un roman...

— Un roman? s'exclama Kamal avec réprobation. C'est un genre marginal. J'aspire à faire œuvre sérieuse!

— En Europe, le roman est un genre sérieux, expliqua Husseïn d'un ton docte. Certains écrivains s'y consacrent exclusivement et conquièrent grâce à lui le rang de l'immortalité. Je n'invente rien! C'est mon professeur de français qui me l'a affirmé...

Kamal hocha sa grosse tête, sceptique...

— Attention! Tu vas fâcher Aïda! continua Husseïn.

C'est une grande admiratrice du roman français. Elle compte même parmi ses héroïnes!

Kamal se pencha légèrement en avant et posa ses yeux sur elle pour lire sa réaction, profitant de l'occasion pour se repaître du spectacle de sa beauté.

– Comment cela? demanda-t-il.

– Le roman la captive étrangement. Elle vit dans un monde imaginaire. Une fois, je l'ai surprise en train de se pavaner devant le miroir, et quand je lui ai demandé ce qu'elle avait, elle m'a répondu : « C'est de cette façon qu'Aphrodite marchait sur le rivage d'Alexandrie! »

– Ne le croyez pas! protesta Aïda avec une moue souriante. Il vit encore plus que moi dans le rêve. Simplement, il n'a de cesse de médire de moi!

« Aphrodite? Qui est cette Aphrodite, mon adorée? J'en jure par ta perfection, il me peine de te voir t'imaginer sous les traits d'une autre! »

– Ne vous en défendez pas! reprit-il avec sincérité. Les héros d'al-Manfaluti et de Rider Haggard me fascinent.

A ces mots, Husseïn partit d'un formidable éclat de rire et s'écria :

– Autant être tous réunis dans un même livre! Pourquoi restons-nous sur terre puisque nous sommes tant, les uns comme les autres, appelés par l'imaginaire? C'est à toi qu'il incombe de réaliser ce rêve! Pour ma part, je ne suis pas écrivain et n'ai pas l'intention de le devenir. Mais toi, si tu le voulais, tu pourrais très bien nous réunir tous dans un même livre...

« Aïda dans un livre dont tu serais l'auteur? Est-ce prière, mysticisme ou folie? »

– Et moi?

Ainsi la petite voix de Boudour s'éleva avec protestation. Les trois autres éclatèrent de rire.

– N'oublie pas de réserver une place à Boudour! lança Husseïn sur le ton de l'avertissement.

– Je te mettrai en première page! repartit Kamal en serrant affectueusement la petite contre lui.

– Quel genre de livre écrirez-vous sur nous? s'enquit Aïda en tendant son regard vers le lointain...

Il ne sut que dire et dissimula sa gêne par un rire étouffé.

Mais Husseïn répondit à sa place :

– Ce qu'écrivent les écrivains! Une histoire passionnelle qui finit par une mort ou un suicide!

« Ils se renvoient ton cœur à coups de pied, pour rire... »

– J'espère que cette fin-là reviendra au seul héros! dit-elle en riant.

« Le héros serait en l'occurrence bien trop incapable d'imaginer son idole mortelle! »

– Cela doit-il se terminer forcément par une mort ou un suicide?

– C'est la fin logique de tout roman d'amour passionnel! s'esclaffa Husseïn. Pour fuir la douleur ou conserver le bonheur, la mort lui parut un but...

– C'est bien triste! s'exclama-t-il sur un ton d'ironie.

– Tu ne le savais pas? On dirait bien que tu n'as pas encore fait l'expérience de l'amour!

« Il est dans cette vie des instants où les larmes ont l'effet de l'anesthésie dans une intervention chirurgicale! »

– Le tout pour moi, reprit Husseïn, est que tu n'oublies pas de me garder une place à moi aussi dans ton livre, même si je me trouve loin de la patrie...

Kamal le fixa longuement avant de lui demander :

– L'idée de partir te trotte toujours dans la tête?

Husseïn retrouva son sérieux pour répondre :

– A chaque instant! Je veux vivre! Je veux suivre ma route en long, en large, en travers... Et après, vienne la mort!

« Et si elle venait avant? Pourrait-ce arriver? Mais pourquoi es-tu si triste soudain? Aurais-tu oublié Fahmi? La vie ne se mesure pas toujours en longueur, en largeur ou je ne sais quoi... Ta vie à toi n'aura duré qu'un éclair, mais elle aura été pleine et entière! Sinon, à quoi bon le sacrifice et l'éternité? Mais c'est autre chose qui te rend triste. Comme s'il te peinait de constater qu'après tout ton ami épris de voyage se moque bien de te quitter! A quoi ressemblera ton univers après lui? A quoi ressemblera-t-il si son départ t'enlève à ce palais bien-aimé? Qu'ils sont illusoires, les sourires d'aujourd'hui! Elle est là en ce moment, tout près de toi, avec sa voix à ton oreille, son parfum à tes narines. Ne pourrais-tu pas arrêter le temps? Vas-tu passer le reste de ta vie à rôder de loin autour de chez elle, comme un aliéné?... »

— Si tu veux mon avis, repousse ton départ jusqu'à ce que tu aies terminé tes études.

— C'est ce que papa lui a dit et redit! appuya Aïda.

— C'est la raison même!

— Ai-je absolument besoin de connaître le droit civil et romain pour apprécier la beauté du monde dans lequel je vis? rétorqua Husseïn, ironique.

Aïda s'adressa à nouveau à Kamal :

— Si vous saviez comme papa se moque de ses rêves! Il voudrait le voir exercer la magistrature ou travailler avec lui dans la finance...

— La magistrature!... La finance!... Je ne serai jamais juge. Même si j'obtenais ma licence et songeais sérieusement à choisir un emploi, je chercherais plutôt ma voie dans la diplomatie! L'argent, l'argent! Vous en voulez encore davantage? Nous sommes déjà plus riches qu'on ne peut l'être!

« Quelle chose étrange que d'être plus riche qu'on ne peut l'être! Dans le temps, tu rêvais de devenir commerçant comme ton père et d'avoir un coffre-fort comme le sien. Aujourd'hui la richesse ne fait plus partie de tes rêves. Au contraire, n'aspires-tu pas à atteindre au dénuement en vue d'aventures spirituelles? Car quoi de plus misérable qu'une vie absorbée par les nécessités matérielles! »

— Personne dans ma famille ne comprend mes espoirs! Ils me considèrent comme un enfant gâté. Un jour, mon oncle a dit devant moi par dérision : « On ne pouvait pas espérer mieux comme unique héritier mâle de la famille! »

278

Et pourquoi? Parce que je ne vénère pas l'argent et lui préfère la vie! Tu te rends compte! Notre famille est convaincue que toute activité humaine qui n'aboutit pas à une augmentation de richesse n'est que pure vanité! Tu verrais, ils rêvent de titres de noblesse comme du paradis perdu. Tu sais pourquoi ils aiment le khédive? Combien de fois maman ne m'a-t-elle pas dit : « Si seulement Notre Efendi[1] était resté sur le trône, ton père serait pacha depuis longtemps. » Et il faut voir comment cet argent qui leur est si cher ne compte plus et est dépensé à tout va pour recevoir un prince quand il nous fait l'honneur de sa visite!

Puis en riant :

— N'oublie pas de noter toutes ces bizarreries si tu te mets un jour à écrire le livre dont je t'ai soufflé l'idée!...

A peine eut-il achevé son propos qu'Aïda s'empressa de dire à Kamal :

— J'espère que vous ne vous laisserez pas influencer dans votre œuvre par le parti pris de ce frère ingrat, et que vous ne causerez pas de tort à notre famille!

— A Dieu ne plaise, répondit Kamal d'un ton révérencieux, qu'il soit fait du tort à votre famille par ma faute! D'ailleurs, il n'y a rien d'infamant dans ce qu'il a dit!...

Aïda eut un rire triomphant, tandis qu'un sourire de satisfaction se dessinait sur les lèvres de Hussein, malgré ses sourcils relevés dans une expression d'étonnement.

Kamal gardait de lui l'impression qu'il n'avait pas été tout à fait sincère dans son attaque contre sa famille. Certes, il ne mettait pas en doute ses paroles quand il disait qu'il n'avait aucune vénération pour l'argent et lui préférait la vie, refusant même d'attribuer cette disposition d'esprit de son ami au seul fait qu'il eût de la fortune mais bien plutôt à sa largeur de vues, attendu que chez bon nombre de gens la fortune n'empêche pas d'idolâtrer l'argent! Il avait néanmoins le sentiment que ses remarques

1. C'est ainsi que les Egyptiens appelaient le khédive Abbas Pacha II Hilmi (*cf.* note p. 234).

à propos du khédive, des titres de noblesse, des réceptions princières n'étaient que traits de vantardise coulés dans les mots d'une critique sentie. Ni pure vanité donc, ni procès à part entière! C'était comme s'il tirait fierté de tout cela dans son cœur tout en le répudiant avec sa raison. Peut-être encore s'en moquait-il vraiment, sans voir pour autant d'inconvénient à le claironner aux oreilles de quelqu'un dont il ne doutait pas que, tout solidaire qu'il fût de sa critique, il en serait ébloui et fasciné!

— Lequel d'entre nous sera le héros de ton livre? demanda Husseïn avec une placidité souriante. Moi, Aïda ou Boudour?

— Moi! s'écria Boudour.

— Entendu! lui dit Kamal en la pressant contre lui.

Puis, répondant à Husseïn :

— Ça restera un secret jusqu'à sa sortie!

— Et quel titre lui donneras-tu?

— *Husseïn autour du monde!*

Tous trois éclatèrent de rire à cause du nom de la pièce de théâtre *le Barbare autour du monde* que l'on donnait au Majestic, auquel ce titre évocateur leur faisait penser.

— Tu n'es encore jamais allé au théâtre? lui demanda Husseïn à ce propos.

— Oh! non! Seulement au cinéma. Ça me suffit pour le moment...

— Figure-toi, dit Husseïn à Aïda, que l'auteur de « notre » livre n'a pas la permission de sortir plus tard que neuf heures!

— En tout cas, rétorqua Aïda, ironique, c'est toujours mieux que d'avoir la permission de courir le monde!

Puis elle se tourna vers Kamal et lui demanda avec une douceur propre à le ranger d'avance à ses vues :

— Est-ce vraiment mal pour un père d'espérer voir son fils suivre sa voie dans l'action et le prestige? Est-ce mal d'aller dans la vie à la recherche de l'argent, du prestige, des titres honorifiques et des valeurs nobles?

« O! adorée! reste où tu es! C'est l'argent, le prestige, les titres honorifiques, les valeurs nobles qui accourront vers toi pour se grandir en baisant l'empreinte de tes pas! Comment pourrais-je te répondre quand dans la réponse que tu souhaiterais entendre réside mon suicide? O mon cœur! Malheureux que tu es de désirer l'impossible! »

– Il n'y a absolument aucun mal à cela!

Puis, après une courte pause :

– A condition que cela soit du tempérament de la personne...

– Et du tempérament de qui pourrait-ce ne pas être? Le plus étonnant, c'est que Husseïn ne renonce pas à cette vie luxueuse pour aspirer à une autre plus élevée... Non, monsieur! Il rêve seulement de vivre sans travailler! Une vie de loisir et d'oisiveté! N'est-ce pas extraordinaire?

– N'est-ce pas ainsi que vivent les princes que vous idolâtrez? repartit Husseïn avec un rire moqueur.

– C'est parce qu'ils ne peuvent pas aspirer à une vie plus haute que la leur! Qu'as-tu à voir avec ces gens-là, fainéant!

A ces mots, Husseïn se tourna vers Kamal et rétorqua d'une voix que ne manquait pas d'affecter la colère :

– La règle d'usage dans notre famille est d'œuvrer à l'accroissement de la fortune et de lier amitié avec les gens influents en lorgnant au bout le titre de bey! Une fois ce résultat obtenu, il ne te reste plus qu'à redoubler d'effort pour agrandir encore ta fortune, trouver des amitiés dans l'élite bien placée pour acquérir le titre de pacha et de te donner enfin comme suprême but dans la vie de faire des ronds de jambe aux princes, et de t'en contenter, puisque le titre de prince ne s'acquiert ni par le travail ni par l'entregent. Tu sais combien nous a coûté la dernière visite du prince? Des dizaines de milliers de guinées, gaspillées dans l'achat d'un nouveau mobilier et d'antiquités qu'on a fait spécialement venir de Paris!

– Cet argent n'a pas été dépensé pour flatter l'amitié d'un prince pour la seule raison qu'il était prince, protesta Aïda, mais parce que c'était le frère du khédive! Tout ce qui nous a poussés à le recevoir dignement a été la fidélité et l'amitié, pas le désir de lui plaire ou la flatterie! En plus, c'est un honneur qu'aucune personne sensée ne pourrait contester!

– Oui, mais, s'entêta Husseïn, papa n'arrête pas de consolider ses relations avec Adli, Tharwat, Roushdi et d'autres qu'on ne peut pourtant pas soupçonner de fidélité au khédive! N'y a-t-il pas là une obéissance à l'adage suivant lequel la fin justifie les moyens?

– Husseïn! s'exclama-t-elle d'une voix qu'il ne lui avait jamais entendue auparavant...

Une voix dénonçant l'orgueil, l'indignation et le blâme, comme si elle avait voulu aviser son frère qu'on ne pouvait décemment tenir ce genre de propos, ou tout au moins les claironner, aux oreilles d'un « étranger ». Kamal en devint rouge de honte et de douleur. Le bonheur dans lequel il s'était senti flotter un instant pour être intimement mêlé à cette famille chérie se ternit.

Elle redressait fièrement la tête, pinçant les lèvres, avec une expression maussade qui se bornait au regard sans assombrir le front. En un mot, elle était fâchée. Mais seulement comme il sied à une vraie reine de l'être! Jamais il ne l'avait vue en proie au ressentiment. Il ne concevait pas qu'elle pût l'être. Il regarda son visage avec une confusion mêlée d'effroi. Il fut saisi d'un tel sentiment de gêne qu'il aurait voulu trouver n'importe quel prétexte pour changer le cours de cette discussion.

Mais, au bout de quelques secondes à peine, il se ressaisit et commença à goûter la beauté de cette royale colère peinte sur ce visage d'ange, à savourer cette poussée d'orgueil, ce sursaut de fierté, ce ciel d'orage...

Elle reprit, comme veillant à ce que Kamal l'entende:

– L'amitié de papa pour les gens que tu viens de nommer date de bien avant la destitution du khédive!

Là, désirant sincèrement dissiper le malaise, Kamal demanda à Husseïn sur le ton de la plaisanterie:

– Si c'est ton point de vue, alors comment peux-tu mépriser Saad sous prétexte qu'il a été azhariste?

Husseïn partit d'un de ses francs éclats de rire et répondit:

– Courtiser les grands m'est odieux! Mais ça ne veut pas dire pour autant que je respecte le commun... Je vénère la beauté et méprise la laideur. Et c'est bien dommage, mais la beauté ne se rencontre guère chez les gens du peuple!

Aïda s'immisça dans la discussion et reprit d'une voix posée :

– Qu'entends-tu par courtiser les grands? C'est une attitude blâmable pour qui n'est pas des leurs. Mais je nous considère nous aussi comme faisant partie des grands. Et nous ne les courtisons pas davantage qu'ils ne nous courtisent eux aussi!...

Kamal s'interposa volontairement pour répondre, avec conviction :

– C'est une vérité indiscutable!

Sur ce, Husseïn se leva et annonça :

– La pause est terminée! Continuons de marcher.

Ils se levèrent et se remirent en marche en direction du Sphinx sous un ciel ombragé à l'horizon duquel des amas de nuages croissaient en s'entrelaçant, masquant le soleil d'un voile translucide qui se tintait à sa lumière d'une blancheur éclatante.

Ils rencontrèrent en chemin des groupes d'étudiants européens, filles et garçons, et Husseïn dit à Aïda, peut-être désireux de regagner ses faveurs par des voies détournées :

– Les Européennes lorgnent ta robe avec intérêt! Tu es contente?

Un sourire de joie et de fierté illumina ses lèvres.

– C'est normal! répondit-elle d'un ton dénonçant une ferme confiance en soi, relevant la tête avec une douce arrogance.

Husseïn se mit à rire et Kamal sourit.

– Aïda est considérée dans tout notre quartier comme une référence en matière d'élégance parisienne!

– C'est normal! renchérit Kamal, sans se départir de son sourire.

Elle le récompensa d'un rire gracieux et feutré comme

un roucoulement de tourterelle qui lui ôta du cœur le léger voile de tristesse dont l'avait ombré ce débat aristocratique raffiné. L'homme sage est celui qui sait où il pose le pied avant d'avancer.

« Aie conscience de la distance qui te sépare de ces anges! L'idole qui te regarde du faîte des nuages traite de haut même ses plus proches parents. Quoi d'étonnant à cela? Elle pourrait s'en passer! Peut-être ne se les est-elle adjoints qu'à titre d'intermédiaires entre elle et ses adorateurs. Admire-la avec son calme et son irritabilité, sa modestie et son orgueil, sa bonne humeur et sa colère, car ce sont là ses attributs! Abreuve d'amour ton cœur assoiffé! Regarde-la. Le sable entrave sa marche. Sa légèreté s'alanguit. Ses pas s'allongent. Son buste chavire comme une branche ivre du souffle du vent. Mais elle donne ainsi à voir des grâces inconnues dans l'art de se mouvoir, qui ne le cèdent en rien à celles de sa démarche ordinaire sur les mosaïques du jardin. Et si tu te retournais tu verrais, imprimées sur le sable, les traces de ces deux pieds charmants. Sache qu'elle fixe ainsi les repères d'un chemin inconnu que prendront pour guides ceux qui s'en vont en quête de l'extase d'amour et de l'illumination du bonheur.

» Quand tu venais jadis en ce désert, tu passais ton temps à jouer, à gambader, insoucieux du parfum envoûtant des idées. C'est que le bourgeon de ton cœur n'avait pas encore éclaté. Mais aujourd'hui ses feuilles sont humectées de la rosée de l'amour, ruisselantes de joie, suintantes de douleur. Et, si l'on t'a volé cette molle quiétude que te donnait l'ignorance, tu as gagné en retour un céleste tourment... »

– J'ai faim! gémit Boudour.

– Il est temps de retourner à la voiture! suggéra Husseïn. Qu'en pensez-vous? De toute façon, il y a du chemin à faire et ceux qui n'ont pas encore faim auront faim en arrivant!

Lorsqu'ils eurent regagné le véhicule, Husseïn sortit la mallette et le panier remplis de provisions, les posa sur le capot et commença à ôter le linge qui recouvrait le dessus du panier. Mais, Aïda proposant de prendre le repas sur la pyramide, ils s'y acheminèrent; puis, se hissant sur l'un des gradins de la base, ils y déposèrent la mallette et le panier et s'assirent sur son rebord en laissant pendre leurs jambes.

Kamal tira de sa mallette un journal, le déplia et y disposa les victuailles qu'il avait apportées, deux poulets, des pommes de terre, du fromage, des bananes et des oranges. Puis il suivit des yeux les mains de Husseïn qui retirait du panier « la nourriture des anges » : sandwiches joliment préparés, quatre verres et une bouteille Thermos. Bien que ce qu'il avait apporté fût plus consistant, cela paraissait – à ses yeux tout au moins – dépourvu de toute forme d'élégance. Il en fut saisi d'angoisse et de confusion. Puis, comme Husseïn lui demandait, lorgnant les deux poulets d'un œil enthousiaste, s'il avait aussi apporté des couverts, Kamal sortit couteaux et fourchettes de la mallette et commença à découper les poulets. Pendant ce temps, Aïda ôta le bouchon de la Thermos et commença à emplir les quatre verres. Tandis que ces derniers s'emplissaient peu à peu d'un liquide jaune comme de l'or, il ne put s'empêcher de demander, étonné :

– Qu'est-ce que c'est?

Aïda éclata de rire sans répondre à sa question. C'est Husseïn qui répondit tout bonnement, lançant une œillade complice à sa sœur :

– De la bière...

– De la bière? s'écria Kamal, l'air terrifié.

A quoi Husseïn ajouta avec un air de bravade, désignant les sandwiches :

– Et du porc...

– Tu me fais marcher! Je ne te crois pas...

– Crois-moi plutôt et mange! Quel ingrat tu fais! Nous t'avons pourtant apporté ce qu'il y a de meilleur à manger et à boire!

Les yeux de Kamal reflétèrent stupeur et confusion. Sa langue se noua et il ne sut que dire. La chose qui le troublait le plus était que cette nourriture et cette boisson avaient été préparées chez eux, autrement dit au su et avec la bénédiction des parents!

– Tu n'as jamais rien goûté de tout ça?

– Question qui se passe de réponse!

– Alors tu vas y goûter pour la première fois et grâce à nous !

– Impossible!

– Et pourquoi ça?

– Question qui se passe également de réponse!

Husseïn, Aïda et Boudour levèrent leur verre de concert, burent quelques gorgées puis les reposèrent, après quoi les deux premiers regardèrent Kamal avec un sourire, l'air de dire : « Alors tu vois, on n'est pas morts! »

– La religion? hein? reprit Husseïn. Ça n'est pas un verre de bière qui va te soûler! Et le porc n'a rien que de délicieux et de nourrissant! Je ne vois vraiment pas où la religion a du bon sens en matière de nourriture!

Le cœur de Kamal se serra au choc d'un tel langage. Sans toutefois se départir de sa délicatesse, il rétorqua sur un ton de reproche :

– Husseïn! ne blasphème pas!

Pour la première fois depuis le début du festin, Aïda ouvrit la bouche :

– Ne nous méjugez pas! Si nous buvons de la bière, c'est pour nous égayer et nous rafraîchir, rien de plus. Peut-être d'ailleurs que le fait que Boudour boive avec nous vous persuadera que nous ne pensons pas à mal... Quant à la viande de porc, c'est un délice! Goûtez-y. Ne soyez pas rigoriste! Il vous reste encore bien des occasions d'obéir à la religion pour des choses plus importantes que cela!...

Bien que les paroles d'Aïda ne différassent point sur le fond de celles de Husseïn, elles firent descendre sur son cœur endolori un vent de fraîcheur et de paix. Par ailleurs, tenant absolument à ne pas contrarier leur plaisir ni choquer leurs sentiments, il sourit avec une douce indulgence et conclut sans s'arrêter de manger :

– Laissez-moi manger ce à quoi je suis habitué et faites-moi l'honneur de le partager !...

Husseïn s'esclaffa et reprit, désignant sa sœur :

– Nous nous étions mis d'accord à la maison pour bouder ta nourriture au cas où tu bouderais la nôtre. Mais j'ai comme l'impression que nous n'avons pas bien apprécié ton cas. Néanmoins, je suis prêt à me dégager de cet accord par égard pour toi. Peut-être qu'Aïda y consentira elle aussi...

Kamal la regarda, suppliant.

– Si vous me promettez de ne pas mal nous juger ! dit-elle dans un sourire.

– Mort à qui pourrait mal vous juger !

Ils mangèrent d'un féroce appétit. Husseïn et Aïda particulièrement, puis Kamal qui s'en trouva stimulé et prit le pas de leur enthousiasme. Il tendait lui-même la nourriture à Boudour, qui se contenta d'un sandwich et d'une lamelle de blanc de poulet avant de se précipiter sur les fruits. Kamal ne put résister à l'envie d'épier Husseïn et Aïda afin de voir leur façon de se nourrir. Husseïn, pour sa part, engloutissait son repas sans s'occuper du reste, comme s'il se trouvait seul, sans perdre pour autant sa distinction qui représentait aux yeux de Kamal toute l'image de sa chère aristocratie dans la libre expression de sa nature ! Quant à Aïda, elle révélait à l'intérieur de sa nature angélique, tant dans la manière de couper la viande, de saisir le sandwich du bout des doigts que de bouger la bouche en mâchant, un nouveau mode de délicatesse, d'élégance et d'éducation. Tout cela se passait dans la plus grande simplicité, sans la moindre trace d'affectation ou de gêne.

Cet instant, il l'avait attendu à vrai dire avec autant d'impatience que de désaveu, comme s'il doutait qu'elle pût se nourrir comme le reste des humains... Et, bien que le fait de savoir maintenant quel genre de nourriture était la sienne troublât Dieu sait combien sa conscience religieuse, il n'en trouvait pas moins dans son « étrangeté » même son originalité par rapport à celle coutumière de son entourage familier, une affinité avec celle qui la mangeait, qui versa quelque baume sur son esprit tourmenté. Il n'en était pas moins en butte à deux sentiments opposés : l'angoisse tout d'abord de la voir remplir cette fonction commune à l'homme et à l'animal, puis le réconfort de constater comment, par cette même fonction, se rétrécissait le fossé qui les séparait l'un de l'autre. Mais sa pensée ne s'accorda point là de repos! Il se sentit poussé à se demander si elle accomplissait de même les autres fonctions naturelles. Il ne put répondre non. Il ne lui fut pas facile de répondre oui! Il renonça donc à répondre, endurant une sensation nouvelle, inconnue de lui, où entrait une protestation silencieuse contre les lois de la nature...

— J'admire ton sentiment religieux et ta rigueur morale!

Kamal regarda son ami avec la méfiance du sceptique.

— Je suis sincère, je ne plaisante pas! insista Husseïn d'un ton affirmatif.

Kamal sourit timidement puis montra du doigt les sandwiches et la bière qui restaient en disant :

— Ceci mis à part, la manière dont vous célébrez le mois de Ramadan est éblouissante : toutes ces lumières allumées, la lecture du Coran dans le hall de réception, les muezzins qui chantent l'appel à la prière dans le salamlik, n'est-ce pas?

— Mon père anime volontiers les nuits de Ramadan, autant par plaisir que par attachement aux traditions que suivait mon grand-père. Et puis maman et lui font le jeûne jusqu'au bout...

— Et moi aussi! ajouta Aïda dans un sourire.

A quoi Husseïn répliqua avec un sérieux visant à l'ironie :

— Aïda jeûne un seul jour dans le mois... et bien souvent flanche avant la fin de l'après-midi...

– Et lui! répliqua Aïda à titre de revanche, il fait quatre repas par jour! Les trois repas habituels, plus le *sahour*[1]!

Husseïn poursuivit en riant, la nourriture ayant failli lui tomber de la bouche s'il n'avait relevé la tête d'un coup sec :

– N'est-ce pas étonnant que nous ne connaissions pratiquement rien de notre religion? Ce n'est pas papa ou maman qui ont pu nous en apprendre grand-chose! Notre gouvernante était grecque et Aïda en sait bien plus long sur le christianisme et ses rites que sur l'islam! Par rapport à toi, autant dire que nous sommes des païens!

Puis, se tournant vers Aïda :

– Il étudie le Coran et la tradition!

– Vraiment? demanda-t-elle d'un ton trahissant sans doute quelque émerveillement. Bravo! Mais je ne voudrais pas que vous me mésestimiez plus qu'il ne faut!... Je connais quand même plus d'une sourate...

– C'est merveilleux! Tout à fait merveilleux! bredouilla Kamal, l'air rêveur. Lesquelles, par exemple?

Elle s'arrêta de manger afin de se remémorer, puis déclara dans un sourire :

– Enfin..., je veux dire..., j'en connaissais quelques-unes. Je ne sais trop ce qu'il en reste!

Puis, soudain, élevant la voix comme qui se souvient de quelque chose qu'il s'est épuisé à rechercher dans sa mémoire :

– Par exemple, cette sourate où il est dit que notre Seigneur est Unique, etc.[2].

Kamal sourit. Il lui tendit une lamelle de blanc de poulet qu'elle prit en le remerciant, avouant néanmoins qu'elle avait mangé plus que d'ordinaire.

– Si les gens mangeaient en temps normal autant que

1. Collation prise avant le lever du soleil, pendant le mois de Ramadan.
2. Allusion à la sourate 112 du Coran (dite Samadiyya) qui, contenant quatre brefs versets, est la plus courte du livre.

dans les pique-niques, dit-elle, la minceur serait rayée de l'existence!

– Chez nous, les femmes ne sont pas très attirées par la minceur! répondit Kamal après un temps d'hésitation.

– Maman non plus! renchérit Husseïn. Mais Aïda se considère comme une Parisienne!

« O mon Dieu, pardonne l'insouciance de mon adorée! Comme elle trouble mon âme de croyant! Ainsi que l'ont troublée les instants de doute que tu as traversés au cours de tes lectures... Peux-tu accueillir l'insouciance de ton adorée avec la même réprobation, la même colère que tu as accueilli ces instants-là? Mille fois non! Ton âme ne conçoit pour elle qu'un pur amour! Même ses défauts, tu les aimes! Ses défauts? Elle n'a pas de défauts! Quand bien même pourrait-on lui reprocher d'être indifférente à la religion, de braver les interdits. Défauts chez une autre, mais pas chez elle! Ce que je redoute le plus, c'est de ne plus trouver belle désormais, le serait-elle, toute femme qui ne pécherait pas par cette indifférence religieuse, qui ne braverait pas les interdits. Ça t'angoisse? Demandes-en pardon à Dieu pour elle et pour toi-même! Et dis-toi que tout cela est merveilleux. Merveilleux comme le Sphinx. Comme ton amour lui ressemble! Et comme il ressemble à ton amour! Ils sont l'un et l'autre énigme et éternité! »

Aïda versa le reste de la Thermos dans le dernier verre et dit à Kamal avec incitation :

– Vous n'avez toujours pas changé d'avis? Ce n'est rien de plus qu'une boisson vivifiante...

Il lui adressa un sourire d'excuse et de remerciement. Aussitôt, Husseïn rafla le verre et, le portant à sa bouche :

– Je le boirai pour lui! dit-il...

Puis, soufflant et gémissant :

– Il faut que nous nous arrêtions, sinon nous allons mourir étouffés...

Le repas prit fin. Comme il restait un demi-poulet et trois sandwiches, Kamal eut l'idée de les distribuer aux gamins qui rôdaient alentour. Mais, voyant Aïda les remettre dans le panier avec les verres et la Thermos, il ne lui resta plus qu'à remettre le reste de ce qu'il avait apporté dans sa mallette, alors même que lui revenaient à la mémoire les propos d'Ismaïl Latif quant à l'esprit d'économie des Sheddad!

Sur ce, Husseïn sauta à terre en disant :

– Nous t'avons préparé une joyeuse surprise! Nous avons apporté avec nous un phonographe et quelques disques pour nous aider à digérer. Tu vas entendre des airs européens parmi les préférés d'Aïda et d'autres égyptiens comme *Devine, devine...*, *Après la nuit tombée* et *Faites le tour par chez nous...* Que penses-tu de cette surprise?

*

Décembre était à sa moitié; et, bien qu'ayant commencé dans un déchaînement de vents, de pluies et de froid piquant, le temps était à peine un peu plus frais que de coutume en cette saison au climat tempéré.

D'un pas tranquille et joyeux, son manteau replié soigneusement sur le bras gauche, Kamal approchait du palais des Sheddad, son allure distinguée laissant supposer – compte tenu notamment de cette tendance du temps à la clémence – qu'il avait apporté son manteau afin de satisfaire à toutes les marques de l'élégance et de la distinction plus qu'en prévision d'un changement de température!

Le soleil de la matinée était étincelant, aussi présuma-t-il que la réunion amicale se tiendrait non pas dans le salon de réception où ils se réunissaient en période de froid, mais sous la tonnelle, et que par conséquent l'occasion lui serait offerte de voir Aïda qu'il ne pouvait rencontrer d'ordinaire qu'au jardin. Pourtant, si l'hiver le privait de l'y croiser, il ne l'empêchait pas de l'apercevoir à la fenêtre de l'allée latérale ou encore au balcon dominant l'entrée. Ici ou là, en arrivant ou en partant, il la remarquait parfois, accoudée au rebord de la fenêtre ou le menton appuyé dans le creux de la main... Alors il levait les yeux vers elle en inclinant la tête avec le respect fidèle de l'adorateur. Elle lui rendait son salut par un tendre sourire dont l'éclat illuminait ses rêves en temps de veille comme de sommeil. Dans l'espoir de la voir, il glissa en entrant un regard furtif au balcon, puis à la fenêtre, tandis qu'il suivait l'allée latérale. Mais il ne la trouva ni ici ni là. Ne désespérant pas de la trouver au jardin, il se dirigea vers la tonnelle où il aperçut Husseïn qui, contrairement à son habitude, s'y trouvait seul assis.

Ils se serrèrent la main et Kamal sentit son cœur rayonner de toute la joie de l'amitié que lui inspirait la vue de ce visage avenant, compagnon fidèle de son âme et de son esprit.

– Bienvenue à M. le professeur! l'accueillit Husseïn de son ton franc et badin. Oh! là! le tarbouche... et le manteau! La prochaine fois, n'oublie pas l'écharpe et la canne[1]! Sois le bienvenu! Sois le bienvenu!

Kamal ôta son tarbouche, le posa sur la table, puis, jetant son manteau sur une chaise :

– Où sont Ismaïl et Hassan? demanda-t-il.

– Ismaïl est parti dans son village avec son père. Tu ne le verras pas aujourd'hui. Hassan m'a téléphoné ce matin pour me dire qu'il aurait une heure de retard, peut-être plus, le temps de recopier quelques cours. Tu sais que c'est un étudiant modèle comme toi. Il a bien l'intention de décrocher sa licence cette année!...

Ils s'assirent chacun sur une chaise, l'un en face de l'autre, le dos tourné au palais. Le fait qu'ils fussent seuls tous les deux promettait à Kamal une entrevue paisible et exempte de discorde. Une entrevue faisant large part à la rêverie mais privée en même temps de cette animosité à la fois rude et savoureuse qu'entretenait Hassan Selim, ainsi que des remarques ironiques et mordantes dont Ismaïl parsemait généreusement la discussion.

– Contrairement à vous deux, reprit Husseïn, je suis un

1. Jeu de mots sur *Moallim* qui désigne un professeur mais aussi, au Caire, un chef de quartier dont les principaux attributs sont le manteau, le tarbouche, l'écharpe et la canne.

piètre étudiant! Certes, j'écoute les cours en mettant à profit ma capacité d'attention, mais je n'arrive pratiquement pas à ouvrir mes livres de classe! On m'a dit souvent : l'étude du droit demande une intelligence hors du commun. On ferait mieux de dire qu'elle demande une patiente bêtise! Hassan Selim est un étudiant bûcheur, comme tous ceux qui sont guidés par l'ambition. Combien de fois je me suis demandé ce qui peut bien le pousser à travailler et à veiller au-delà de ses forces! S'il le voulait, il se contenterait – comme tous les fils de conseillers comme lui – de travailler juste de quoi être sûr de réussir tout en comptant sur l'influence de son père qui seule lui garantira en fin de compte la fonction à laquelle il aspire! Je ne vois pas d'autre explication à tout cela que son orgueil qui lui donne le goût de surpasser les autres et l'y pousse sans trêve ni répit! C'est pas vrai, ce que je dis? Mais, au fait, que penses-tu de lui?

– Hassan est un garçon digne d'admiration pour ses qualités morales et son intelligence! répondit Kamal en conscience.

– Une fois j'ai entendu mon père dire du sien, Selim Bey Sabri, que c'était un conseiller éminent et juste, sauf dans les procès politiques.

Kamal, qui connaissait déjà le ralliement de Selim Bey Sabri aux thèses des libéraux constitutionnels, s'accommoda assez bien de cette appréciation!

– Ce qui veut dire qu'il est un excellent juriste mais inapte à juger! rétorqua-t-il sur un ton sarcastique.

Husseïn partit d'un éclat de rire retentissant.

– J'oubliais que je parle à un wafdiste! dit-il.

Kamal, haussant les épaules :

– Ça ne veut rien dire, ton père n'est pas wafdiste! Mais, tout de même, imagine-toi Selim Bey Sabri siégeant dans l'affaire Abd el-Rahmane Fahmi ou Noqrachi[1]!

---

1. En ce début des années vingt, les assassinats politiques abondent en Egypte. L'Angleterre les exploite, pour affaiblir le Wafd, arrêtant ses chefs après les avoir accusés d'y avoir participé. Ainsi Abd el-Rahmane Fahmi

Ses paroles au sujet de Selim Bey Sabri avaient-elles caressé les sentiments de Husseïn? Certainement! Cela apparaissait clairement dans ses beaux yeux qui n'étaient pas familiers du mensonge et de l'hypocrisie. Peut-être était-ce dû à la rivalité – tout empreinte qu'elle soit de courtoisie et de décence – que l'on observe habituellement entre pairs. Sheddad Bey était un millionnaire, un financier jouissant de considération et de prestige, sans compter ses liens ancestraux avec le khédive Abbas. Selim Bey était quant à lui conseiller dans la plus haute juridiction, qui plus est dans un pays fasciné par les charges publiques à la limite de la vénération. Il était donc inévitable que la haute fonction et la grande fortune se regardent parfois de travers!

Husseïn promena sur le jardin qui s'étendait devant lui un regard paisible, teinté d'un soupçon de nostalgie. Les grappes des palmiers retombaient nues sur les troncs, les rosiers étaient défleuris, la fraîche verdure avait pâli et les sourires déhiscents des fleurs étaient tombés des bouches des calices. Devant l'approche de l'hiver, le jardin semblait tout entier plongé dans la tristesse.

– Vois le travail de l'hiver! dit-il en étendant la main devant lui. Ce sera la dernière fois que nous nous verrons au jardin. Mais toi, de toute façon, tu es amoureux de l'hiver...

C'est vrai. Il aimait l'hiver. Mais Aïda lui était plus chère encore qu'hiver, été, automne et printemps réunis, quoiqu'il ne pardonnerait jamais au premier de le priver de ces bienheureuses rencontres, à la tonnelle...

Il répondit toutefois avec approbation :

– C'est une belle et courte saison! Il y a dans le froid, les nuages et la bruine une vitalité à laquelle le cœur est sensible...

Bey, secrétaire général du Wafd au Caire, est déféré en juillet 1920 devant la cour martiale britannique. Accusé d'avoir ourdi un complot pour assassiner le sultan, il est condamné à mort. Mahmoud Fahmi al-Noqrachi, autre membre influent du Wafd, est lui aussi arrêté quelques années plus tard et accusé d'avoir trempé dans l'assassinat du sirdar (cf. note p. 270).

– J'ai l'impression que ceux qui aiment l'hiver sont souvent des gens studieux et dynamiques. Comme toi, comme Hassan Selim...

L'éloge plut à Kamal. Mais, souhaitant – au détriment de Hassan – s'en voir attribuer la plus grande part, il précisa :

– Oui, mais moi je ne consacre à mes obligations scolaires que la moitié seulement de mon activité. En fait, l'exercice de la pensée déborde largement le cadre de l'école !

Husseïn approuva d'un hochement de tête, ajoutant toutefois :

– Je ne pense pas qu'il existe une école qui exige de ses élèves autant de temps que tu n'en consacres par jour au travail ! Soit dit en passant, je n'approuve pas cet excès de zèle, même si je te l'envie parfois ! Dis-moi ce que tu lis en ce moment...

Kamal accueillit avec joie ce sujet de discussion, lequel – après Aïda – lui était le plus cher.

– Je peux te dire d'ores et déjà que mes lectures commencent à suivre un début d'ordre. Il ne s'agit plus d'une lecture libre, au petit bonheur, allant du roman étranger à l'anthologie poétique en passant par les articles de critique... Je commence à chercher ma voie avec une assez belle clairvoyance. J'ai résolu tout récemment de consacrer deux heures, tous les soirs, à la lecture en bibliothèque. Là, je consulte l'encyclopédie et recherche la définition des mots mystérieux et magiques comme « littérature », « philosophie », « pensée », « culture », en notant au passage les titres de livres qui me tombent sous les yeux. C'est vraiment un monde merveilleux où l'âme s'absorbe avec passion et curiosité...

Le dos appuyé contre le dossier de la chaise en rotin, les mains enfoncées dans les poches de son blazer bleu marine, Husseïn l'écoutait d'une oreille attentive, avec, sur ses lèvres profondes, un sourire de franche complicité.

– Très bien ! approuva-t-il. Hier tu me demandais parfois ce qu'il fallait lire. Aujourd'hui c'est à mon tour de te le demander. Et alors, tu entrevois plus clairement ce que tu vas faire?

– Ça se précise, petit à petit... Je pense plutôt que je vais me diriger vers la philosophie!

Husseïn releva les sourcils, l'air étonné, et demanda avec un sourire :

– La philosophie? C'est un mot provocant! Prends garde de le prononcer en présence d'Ismaïl! J'avais pourtant cru depuis longtemps que tu te dirigeais vers la littérature...

– Il n'y a pas de mal! La littérature est un plaisir raffiné, mais elle ne satisfait pas pleinement mon ambition. Mon premier souci est la vérité! Qu'est-ce que Dieu? Qu'est-ce que l'homme? Qu'est-ce que l'âme? La matière? La philosophie est, comme je l'ai appris récemment, la discipline qui fond toutes ces questions en un système logique et éclairant. Voilà ce que je désire savoir de tout mon cœur. Le voilà, le véritable voyage en comparaison duquel ton voyage autour du monde semble une préoccupation secondaire! Songe un peu que je serai en mesure de trouver des réponses apaisantes à toutes ces questions!...

Le désir et l'enthousiasme illuminèrent le visage de Husseïn.

– C'est vraiment merveilleux! dit-il. Oh! je sens que je ne vais pas tarder à t'accompagner dans ce monde fascinant! Tiens, j'ai même lu tout de bon des chapitres sur la philosophie grecque, même si je n'en ai rien retiré de bien conséquent. Je n'ai pas de goût comme toi pour les grands enthousiasmes. Au contraire, je cueille une fleur par-ci, une fleur par-là; je papillonne de-ci de-là... Maintenant, laisse-moi t'avouer ma crainte que la philosophie ne te coupe définitivement de la littérature. Car, toi, tu ne te contentes pas d'étudier dans les livres, tu veux encore penser et écrire. Or, à mon avis, tu ne pourras pas être à la fois philosophe et écrivain!...

– Je ne couperai pas les ponts avec la littérature! L'amour de la vérité n'est pas incompatible avec le goût de la beauté! Mais le travail est une chose et le repos en est une autre! Or j'ai décidé de faire de la philosophie mon travail et de la littérature mon passe-temps!

— Alors, comme ça, s'esclaffa Hussëin brutalement, tu te dérobes à la promesse que tu nous as faite d'écrire un roman sur nous tous!

Kamal ne put s'empêcher de rire à son tour.

— Au contraire! dit-il. J'espère bien écrire un jour sur « l'homme ». Alors ça vous concernera forcément!

— L'homme en général ne m'intéresse pas tant que l'individu. Attends un peu que j'aille me plaindre de toi à Aïda!

Le nom lui fit tressaillir le cœur de tendresse, de désir et de respect. Hussëin pensait-il vraiment qu'il en était arrivé au point de mériter les reproches d'Aïda? Pauvre dupe que Hussëin! Comment avait-il pu lui échapper qu'il n'était aucun sentiment qu'il n'éprouve, aucune pensée qu'il ne médite, aucun désir auquel il tende, dont la lumière et l'âme d'Aïda n'illuminent l'horizon!

— Attends, toi aussi! L'avenir te prouvera que, tant que je vivrai, je ne manquerai pas à ma promesse...

Puis, après une courte pause, d'un ton sérieux :

— Et toi, pourquoi ne songes-tu pas à devenir écrivain? Toutes les conditions présentes et à venir sont réunies pour que tu puisses te consacrer entièrement à cet art!

Hussëin haussa les épaules avec indifférence :

— Ecrire pour les autres! Et pourquoi les autres n'écriraient-ils pas pour moi?

— Lequel du lecteur et de l'écrivain est le plus glorieux?

— Ne me demande pas lequel est le plus glorieux. Demande-moi lequel est le plus heureux! Pour moi, le travail est le fléau de l'humanité! Non pas que je sois paresseux, loin de là! Non! Mais le travail nous vole notre temps, nous emprisonne, nous ferme l'accès à la vie! La vie heureuse, c'est l'oisiveté heureuse!

Kamal lui lança un regard prouvant qu'il n'avait pas pris ses paroles au sérieux.

— Je ne sais pas ce que serait la vie de l'homme sans le

travail! Une heure passée à ne rien faire est plus pénible qu'une année de labeur acharné!

– Quel malheur! La vérité même de tes paroles confirme ce malheur! Tu crois que je peux supporter de rester sans rien faire? Hélas! non. Je continue à occuper mon temps entre le futile et le nécessaire. Mais j'espère pouvoir faire un jour bon ménage avec l'oisiveté totale!

Il allait pour répondre à ce point de vue quand une voix sonna derrière eux, qui demandait : « De quoi pouvez-vous bien parler? » Il se retourna en arrière et la vit à quelques pas, s'approchant, précédée de Boudour, à côté de qui elle s'arrêta, devant eux. Elle portait une robe couleur cumin et un gilet de laine bleu à boutons dorés. Sa peau brune avait l'éclat limpide du ciel et la pureté filtrée de l'eau.

Boudour se précipita vers lui et il l'entoura de ses bras en la serrant contre sa poitrine, comme pour résorber dans cette étreinte la sensation de désir éperdu qui l'avait envahi. Au même moment, un serviteur arriva en hâte, se posta devant Husseïn et lui dit d'un ton révérencieux :

– Monsieur, le téléphone!

Husseïn se leva en s'excusant et gagna le salamlik, le serviteur marchant à sa suite.

Ainsi se retrouva-t-il « seul avec elle » – la présence de Boudour ne pouvant en rien atténuer le sens de cette réalité – pour la première fois de sa vie! Il se demanda avec appréhension : « Tu crois qu'il vaut mieux partir ou rester? » Mais elle fit deux pas en avant et se retrouva sous la tonnelle, de l'autre côté de la table, face à lui. D'un geste, il la pria de s'asseoir. Mais elle refusa en souriant dans un signe de tête négatif. Il se leva prestement, souleva Boudour, la fit asseoir sur la table et resta à caresser sa petite tête, avec une contenance gênée, déployant tous ses efforts pour dominer ses sentiments et vaincre son émotion.

Un moment de silence passa où seuls se firent entendre le frottement des branches, un crissement de feuilles sèches jonchant le sol, un cri d'oiseau...

De tout ce que ses yeux en pouvaient saisir : la terre, le

ciel, les arbres, la muraille qui au loin séparait le jardin du désert, la frange de son adorée qui reposait sur son front, la lumière étrange qui filtrait du noir de sa prunelle, tout de l'endroit lui sembla une féerie. Il en était encore à se demander s'il s'agissait d'une réalité offerte à ses yeux ou une vision suggérée à son esprit, quand soudain frémit la voix de miel, disant à Boudour sur le ton de l'avertissement :

– Boudour! ne l'embête pas!

En guise de réponse, il serra la petite contre sa poitrine en disant :

– Si c'est cela m'embêter, alors, Dieu, que cela m'est agréable!

Il la regarda tendrement, les yeux baignés de désir, et commença à jouir longuement de sa vue, à l'abri cette fois-ci des regards, l'auscultant profondément, comme cherchant à saisir l'essence de son mystère ou imprégner son imagination de ses traits et de ses symboles. Perdu dans la fascination de ce spectacle, au point de paraître ahuri ou absent, il l'entendit soudain lui demander :

– Qu'avez-vous à me regarder ainsi?

Il se ressaisit et, tandis que dans ses yeux se peignait l'embarras, elle sourit en lui demandant :

– Vous vouliez dire quelque chose?

S'il voulait dire quelque chose? Il ne savait pas ce qu'il voulait! Non! vraiment, il ne savait pas ce qu'il voulait...

– Vous avez deviné cela dans mes yeux? demanda-t-il à son tour.

– Oui..., dit-elle avec un sourire insaisissable...

– Qu'y avez-vous lu?

– C'est justement ce que je voudrais savoir! rétorqua-t-elle, relevant les sourcils, l'air étonné.

Allait-il lui révéler son secret en lui disant tout simplement : « Je vous aime! » et advienne que pourra? Mais à quoi bon le révéler! Que deviendrait-il si cet aveu mettait fin à jamais à l'amitié et à l'affection – sans doute réciproques – qui existaient entre eux deux? Il remarqua, songeur, le regard qui brillait dans ses beaux yeux. Un regard serein, plein d'assurance, dont nulle trace de gêne ou de timidité n'affaiblissait l'audace... Un regard qui semblait s'abattre sur lui de haut alors qu'il n'était qu'à hauteur de sa vue. Il s'en inquiéta et redoubla d'incertitude : que pouvait-il bien cacher? Ce qu'il cachait? Pour autant qu'il pouvait en juger, un sentiment d'indifférence... et sans doute un amusement attendri, comme si elle était une adulte en train de regarder un enfant! Peut-être même n'était-il pas dénué d'une certaine superbe que seule la différence d'âge ne pouvait justifier, dans la mesure où elle n'avait guère que deux ans de plus que lui. S'il y avait un regard avec lequel ce palais imposant de la rue des Sérails devait regarder la vieille maison de Bayn al-Qasrayn, n'était-ce pas celui-là? Mais pourquoi ne l'avait-il jamais remarqué auparavant dans ses yeux? Sans doute parce qu'il ne s'était jamais trouvé seul avec elle ou parce qu'il ne lui avait jamais été donné de la sonder aussi profondément qu'en cet instant! Il en conçut une telle douleur, une telle tristesse, que son ivresse retomba ou presque.

Boudour leva les bras vers lui en le priant de la porter, puis, la prenant sur ses genoux, il entendit Aïda s'exclamer :

– Comme c'est drôle! Comment se fait-il que Boudour vous aime tant?

A quoi il répondit en la regardant dans les yeux :

– C'est parce que je le lui rends et même davantage!

– Est-ce une règle absolue? demanda-t-elle, l'air sceptique.

– « Les cœurs peuvent se parler... » dit le proverbe.

Elle tapota sur la table du bout des doigts et poursuivit :

– Prenons par exemple une belle jeune fille aimée de nombreux garçons, faudrait-il qu'elle les aime tous? Montrez-moi comment votre principe peut s'appliquer en pareil cas!

Il dit, la magie de ce dialogue lui ayant fait perdre conscience de tout, même de ses peines :

– Il lui revient d'aimer celui qui a pour elle l'amour le plus sincère!

– Et comment le distinguera-t-elle des autres?

« Ah! si cette conversation pouvait durer toute l'éternité! »

– Je vous renvoie encore une fois au proverbe : « Les cœurs peuvent se parler et se comprendre! »

Après un rire bref comme un frémissement de corde, elle reprit avec un air de bravade :

– Si c'était vrai, jamais un amoureux sincère ne serait déçu dans son amour. Est-ce juste?

Ces paroles lui firent le choc que peuvent produire les réalités de la vie sur qui ne se repose que sur la seule logique. Car, si saine avait été sa logique, il eût dû nécessairement être le plus heureux des hommes en amour et avec celle qu'il aimait! Or, Dieu, qu'il en était loin!

Pourtant, sa passion n'avait pas manqué de vaines espérances pour en émailler le cours, éclairant les ténèbres de son cœur d'un bonheur illusoire, à la suite d'un doux sourire dont l'aimée lui avait fait grâce, d'un mot fugace laissant le champ libre à mille interprétations, d'un rêve heureux au matin d'une nuit d'insomnie et de rumination, ou de l'évocation apaisante d'un dicton dont il appréciait la valeur, comme « Les cœurs peuvent se parler et se comprendre ».

Il s'accrochait à ces fausses chimères avec la force d'un désespéré jusqu'à ce que la réalité lui remette les pieds sur terre. De même, en cet instant, il recevait la réplique incisive et péremptoire de son adorée comme un âpre remède contre les illusions à venir, un point de repère lui permettant de délimiter sa position.

Comme il restait muet à la question qu'elle lui avait lancée comme un défi, Aïda son idole, Aïda son bourreau, s'écria sur un ton victorieux :

– J'ai gagné!

Le silence régna à nouveau. A nouveau le frottement des branches, le crissement des feuilles mortes, le cri du moineau tintèrent à ses oreilles. Mais il les perçut cette fois-ci d'un cœur déçu, inapte à s'émouvoir. Il observa qu'elle le regardait avec une insistance injustifiée, que son regard gagnait en audace, en assurance, reflétait de plus en plus l'image de la frivolité, qu'elle avait le moins du monde l'air d'une femme s'étant jamais refusée à un homme. Il sentit un pincement dans sa chair, un souffle glacial, se demandant si le destin avait voulu qu'il se retrouve seul avec elle, pour voir ses rêves s'effondrer d'un seul coup!

Elle remarqua son angoisse et rit d'un rire insouciant. Puis, faisant allusion à sa tête, elle reprit sur le ton de la plaisanterie :

– On dirait que vous n'avez pas encore commencé à vous laisser pousser les cheveux?

– Non! fit-il d'un ton bref.

– Ça ne vous plairait pas?

– Oh! non! s'entêta-t-il avec une moue dédaigneuse.

– Nous vous avons pourtant dit que ce serait plus beau!

– L'homme doit-il nécessairement être beau?

– Mais naturellement! fit-elle, étonnée. La beauté est aimable... chez les hommes aussi bien que chez les femmes!

Il alla pour prononcer l'une de ses formules toutes faites du genre : « La beauté de l'homme est dans sa moralité », etc. Mais quelque chose d'instinctif lui fit pressentir que ce genre de propos – venant qui plus est de quelqu'un qui avait une tête comme la sienne – ne rencontrerait auprès d'elle que dérision et moquerie!

– Je ne suis pas de votre avis! dit-il simplement, ressentant un pincement au creux de son cœur, qu'il dissimula par un rire forcé.

– A moins que la beauté ne vous dégoûte, comme la bière et la viande de porc!

Il rit à nouveau pour mieux combattre son désespoir et sa douleur.

– Les cheveux, continua-t-elle, sont une parure naturelle dont je pense que votre tête a grand besoin. On ne vous a jamais dit que vous avez une très grosse tête?

« L'homme à deux têtes! Tu t'en souviens, de ce surnom qu'on te donnait dans le temps? Ah! quelle misère! »

– Elle l'est effectivement...

– Et pourquoi?

– Demandez-le-lui vous-même! Personnellement, je n'en sais rien! répondit-il en la secouant avec dénégation.

Elle eut un petit rire rentré, suivi d'un silence.

« Ton adorée est belle, envoûtante, mais tyrannique comme il se doit! Soit! Prends goût à sa tyrannie et apprends à souffrir mille douleurs! »

D'ailleurs, elle ne semblait guère disposée à lui faire grâce. Ses beaux yeux continuaient de sillonner tranquillement son visage jusqu'à ce qu'ils s'arrêtent sur... Oui, parfaitement! son nez! A l'instant même, il sentit un frisson lui parcourir les entrailles et lui dresser les cheveux sur la tête. Pétrifié, en alerte, il baissa les yeux... Puis, l'entendant rire, il les releva en lui demandant :

– Qu'est-ce qui vous fait rire?

– J'étais en train de me rappeler des choses très drôles que j'ai lues dans une pièce de théâtre française célèbre. Vous n'avez jamais lu *Cyrano de Bergerac?*

« Le meilleur moment pour dédaigner la douleur est celui où elle excède toutes ses limites! »

– Inutile de parler à demi-mot! répondit-il avec une indifférence sereine. Je sais que mon nez est encore plus gros que ma tête. Mais j'espère que vous n'allez pas encore une fois me demander pourquoi! Demandez-le-lui vous-même si vous en avez envie!...

Soudain, Boudour tendit la main pour lui attraper le nez. Aïda fut prise de fou rire et renversa sa tête en arrière. Il en fut quitte pour rire lui aussi; puis il demanda à la petite afin de masquer son embarras :

– Et toi, Boudour, mon nez te fait peur?

La voix de Husseïn qui dévalait les marches de la véranda se fit entendre. Aussitôt elle changea de ton et lui dit, mêlant la prière à l'avertissement :

– N'allez surtout pas vous formaliser de mes plaisanteries!

Husseïn regagna la tonnelle. Il reprit sa chaise, priant Kamal de s'asseoir. Ce dernier, après un temps d'hésitation, l'imita, installant Boudour sur ses genoux. Mais Aïda ne s'attarda que peu de temps. Elle reprit possession de la petite, les salua et s'en alla en lançant à Kamal un regard fin, comme l'enjoignant à nouveau de ne point se fâcher.

Il ne se sentit nulle envie de reprendre la conversation et se contenta de prêter l'oreille – ou de faire semblant – tout en participant de temps à autre au moyen d'une question, d'une manifestation d'étonnement, d'approbation, d'une réaction outragée, afin d'affirmer simplement sa présence.

Par bonheur, Husseïn repartit sur un vieux sujet qui n'exigeait de lui pas davantage d'attention qu'il n'en disposait en cet instant : son désir de partir pour la France et le refus de son père, qu'il avait bon espoir de vaincre prochainement. Mais la chose qui pour l'instant lui accaparait la pensée et le cœur était le nouveau dehors sous lequel Aïda était apparue au cours des quelques minutes qui les avaient réunis tous deux en un quasi-tête-à-tête. Ce dehors tout empreint de mépris, de dérision et de cruauté. Parfaitement, de cruauté! Elle s'était jouée de lui sans pitié, exerçant sur lui son ironie comme le dessinateur son crayon sur tel type humain pour en tirer une caricature remarquable à la fois de laideur et de vérité!

Il repensait, hébété, à ce nouveau visage d'Aïda, mais, malgré la douleur qui s'épanchait dans son âme comme le poison dans le sang, répandant sur elle une ombre noire de désespoir et de tristesse, il n'en concevait nulle indignation, nulle colère, nul mépris : n'était-ce pas là un de ses attributs nouvellement révélé? Assurément! Sans doute était-il aussi étrange que son engouement pour le français, la bière et la viande de porc, mais, au même titre que tout cela, il constituait une qualité propre à son être, qui pouvait se faire gloire de lui appartenir, même si l'on eût pu la considérer chez un autre comme un défaut, un signe de dévergondage ou un péché. Ce n'était pas sa faute à elle si l'une de ses façons d'être avait engendré la douleur dans son cœur et le désespoir dans son âme, puisque c'est lui qui souffrait d'imperfection! Car quoi, était-ce elle qui lui avait donné une trop grosse tête? Un trop gros nez? Avait-elle par ses plaisanteries fait injure à la réalité? Rien de tel! Il n'y avait donc rien à lui reprocher? Quant à lui, sa douleur n'était que justice! Il lui fallait même l'accepter avec la résignation mystique de l'adorateur acquiesçant au jugement, on ne peut plus sincèrement persuadé qu'il est juste quelle qu'en soit la dureté, et émane d'une idole douée de perfection, dont nul attribut, nulle volonté n'admet de présomption.

Tel était-il au sortir de la courte et rude épreuve qui l'avait renversé voici quelques minutes, au bout de la souffrance, mais sans que cela entame d'aucune manière la force de son amour ou sa fascination pour l'aimée.

Pour l'heure, il avait le privilège de connaître une nouvelle douleur : celle de devoir se satisfaire d'un jugement rigoureux qui venait de le déclarer inapte à lui plaire, tout comme il avait – grâce à l'amour aussi – connu déjà celle de la séparation, de l'indifférence, des adieux, du doute et du désespoir. Tout comme il avait connu aussi des douleurs supportables, des douleurs délectables, ou d'autres inapaisables malgré les offrandes de gémissements et de pleurs à leurs pieds déposées. C'était comme s'il n'avait aimé que pour s'initier au répertoire du martyre. Pourtant, à la lumière de ses déchirements, il se voyait tel qu'en lui-même et apprenait la vie.

« Dieu, l'âme, la matière, tel n'est pas tout ce qu'il te faut connaître! Qu'est-ce que l'amour? Qu'est-ce que la haine? La beauté? La laideur? La femme? L'homme? Tout cela, tu dois le connaître aussi... Le dernier degré de la perdition touche les premiers affleurements du salut! Rappelle-toi en riant ou rie en te rappelant que tu as songé un instant à lui révéler ton secret! Rappelle-toi en pleurant que le bossu de Notre-Dame a épouvanté sa belle en se penchant sur elle pour la consoler et que ce même bossu – de Notre-Dame – n'a suscité sa pitié naïve qu'en poussant son tout dernier soupir! N'allez surtout pas vous formaliser de mes plaisanteries! Même le réconfort du désespoir, elle te le refuse! Mais qu'elle révèle sa nature profonde! Peut-être sortiras-tu de l'enfer de l'incertitude pour un paisible séjour en son tombeau! Encore s'en faudrait-il qu'il extirpe jamais de mon cœur les racines de l'amour! Au contraire, il saura toujours me garder des illusions!... »

Husseïn se tourna vers lui pour lui demander les raisons de son silence, puis, semblant remarquer quelqu'un qui s'en venait, il se retourna en s'écriant :

– Voilà Hassan! Quelle heure se fait-il maintenant?

Kamal se retourna à son tour et vit Hassan Selim qui s'avançait vers la tonnelle...

*

Hassan et Kamal quittèrent le palais des Sheddad aux environs d'une heure. Arrivé au portail, Kamal alla pour prendre congé de son compagnon, mais ce dernier lui dit sur un ton de prière :

– Tu feras bien quelques pas avec moi...

Kamal accepta de bon gré et se mit à avancer à côté de son ami dans la rue des Sérails, le dominant à ce point de sa haute stature que la tête de ce dernier se hissait à peine à la hauteur de son épaule.

Il ne manquait pas de s'interroger! D'autant que l'heure n'était pas la plus propice à flâner dans les rues. Soudain, il vit Hassan se tourner vers lui et lui demander :

– De quoi parliez-vous?

A quoi il répondit, de plus en plus intrigué :

– De choses et d'autres, comme d'habitude... De politique, de culture, etc.

Mais quelle ne fut pas sa surprise quand l'autre précisa de sa voix calme et posée :

– Je veux dire Aïda et toi!

Frappé de stupeur, il resta quelques secondes sans pouvoir dire un mot. Puis, s'étant ressaisi, il demanda :

– Qu'en sais-tu puisque tu n'étais pas là?

Sans sourciller, Hassan de répondre :

– Je suis arrivé pendant que vous parliez, et j'ai jugé bon de me tenir un moment à l'écart afin de ne pas vous interrompre...

Se serait-il comporté de la sorte en pareille situation ? Son trouble s'agrandit, doublé néanmoins du sentiment qu'il mettait le pied dans une discussion passionnante et mouvementée !...

– Je ne vois pas ce qui t'a poussé à réagir ainsi ! Si je t'avais vu, jamais je ne t'aurais laissé partir !

– Politesse oblige ! J'avoue que je suis très pointilleux sur ce chapitre !

« Encore des règles aristocratiques ! Ça te dépasse ! »

– Ne m'en veux pas si je t'avoue que tu pousses un peu loin les scrupules !

Hassan esquissa un sourire qu'il effaça aussitôt. Il semblait attendre quelque chose. Ne voyant rien venir :

– Alors ? De quoi parliez-vous ? insista-t-il.

Si politesse il y avait, comment diable pouvait-elle s'accommoder d'un tel interrogatoire ? Un instant il songea à lui opposer cette remarque. Mais il s'arrêta sur le choix de la formulation digne du respect – dû davantage à sa personne qu'à son âge – qu'il lui témoignait, lui disant pour finir :

– La question est trop simple pour s'embarrasser de tant de mystère ! Mais... je me demande jusqu'à quel point je suis tenu de répondre !

A quoi Hassan répliqua en hâte, sur un ton d'excuse :

– J'espère que tu ne vas pas me taxer d'indiscrétion ou m'accuser de fourrer mon nez dans tes affaires ! Car j'ai suffisamment de raisons de te poser cette question ! Et je vais te parler de choses que les circonstances ne m'ont pas encore amené à aborder avec toi. Pourtant, vu notre amitié, je n'aurais pas cru que ma question te gênerait. J'espère que tu ne l'entends pas autrement !

Il se détendit quelque peu. Peut-être était-il heureux de s'entendre dire ces paroles délicates de la bouche même de Hassan Selim, quelqu'un qu'il regardait depuis toujours comme un modèle d'aristocratie, de noblesse et de grandeur, hormis le fait qu'il désirait sans doute encore plus que lui débattre à fond un sujet ayant trait à son adorée!

Si la question était venue d'Ismaïl Latif, il n'y aurait eu nul besoin de toutes ces cérémonies. Sans doute lui eût-il tout raconté et ils en eussent bien ri! Mais Hassan Selim ne sortait jamais de sa réserve et ne confondait pas amitié et familiarité. Puisqu'il en était ainsi, autant lui en faire payer le prix!

— Je te remercie de ta considération! lui dit-il. Crois bien que s'il y avait quoi que ce soit qui vaille la peine de t'être rapporté, je ne te le cacherais pas une seconde! Nous n'avons fait ni plus ni moins qu'un petit brin de causette à propos de choses ordinaires, rien de plus! Néanmoins, comme tu as éveillé en moi la curiosité, puis-je me permettre de te demander, à simple titre d'information, les raisons que tu estimes susceptibles de justifier ta question? Naturellement, je n'insisterai pas! Je suis même tout à fait disposé à retirer la mienne au cas où tu la jugerais déplacée...

— Eh bien! je vais te répondre, dit Hassan Selim avec sa pondération et son calme habituels. Mais je te demanderai de patienter encore un peu... Car on dirait que tu ne veux pas me dire ce que vous vous êtes raconté. C'est ton droit le plus strict! Plus encore, je n'y vois aucun manquement aux devoirs de l'amitié! Je voudrais simplement attirer ton attention sur le fait que beaucoup se méprennent sur les propos d'Aïda et les interprètent dans un sens contraire à la réalité, se créant peut-être par là même des tourments qui n'ont pas lieu d'être!

« Allez, dis où tu veux en venir! Je sens dans l'air de sombres présages qui ne vont pas tarder à tourner à l'orage pour souffler ton pauvre cœur brisé! Ton cœur brisé? Comme s'il existait encore en toi quelque chose qui ne le soit pas! C'est toi qui te méprends, ô vigilant que tu es! Tu ne te rends donc pas compte que c'est la honte et rien d'autre qui m'interdit de te raconter ce qui s'est passé? Plutôt mourir que d'apaiser ton esprit! »

– Je n'ai pas compris un mot de ce que tu m'as dit!

Hassan, haussant légèrement le ton de sa voix :

– Eh bien! voilà... Elle est très prodigue de mots doux! Celui qui les entend croit qu'ils ont un sens ou recouvrent quelque sentiment. Mais ce ne sont que de douces paroles qu'elle adresse à quiconque parle avec elle, au regard de tous ou dans l'intimité! Et combien s'y sont laissé prendre!...

« Nous y voilà! Ton ami est atteint du mal qui t'a anéanti! Mais qui est-il donc pour prétendre connaître les secrets des cœurs? Ah! ce qu'il peut m'énerver! »

– Tu sembles bien sûr de ce que tu affirmes! dit-il avec un sourire, feignant le détachement.

– Je connais parfaitement bien Aïda! Nous sommes voisins de longue date!

« Ce nom qu'on tremble de prononcer en secret et, à plus forte raison à haute voix, voilà que cet illuminé le sort comme un rien! Comme si c'était un nom parmi des millions d'autres! » Si cette audace que Hassan avait en lui l'abaissait grandement dans son estime et le grandissait d'autant dans son imagination, cette phrase : « Nous sommes voisins de longue date », lui avait entaillé le cœur comme un coup de poignard et l'avait déchiré comme l'éloignement l'émigré.

Il lui demanda d'un ton poli, bien que l'intention ne laissât point d'être ironique :

– N'est-il pas permis de penser que tu t'y sois laissé prendre toi aussi comme les autres?

– Je ne suis pas comme les autres! rétorqua Hassan, sûr de lui, en se rengorgeant.

Dieu, que cette arrogance l'exaspérait! Que sa beauté, son assurance l'exaspéraient! Cet enfant gâté, fils de l'éminent conseiller dont la probité des jugements en matière d'affaires politiques appelait bien des doutes!

Semblable à l'esquisse d'un rire – que rien n'indiquait sur son visage – Hassan laissa échapper un « hé, hé! » par lequel il voulut ménager le passage d'un ton de voix arrogant à un autre plus amène.

– C'est une jeune fille bien sous tous rapports, dit-il, même si sa façon de paraître, de parler, sa familiarité lui attirent parfois les soupçons...

A quoi Kamal s'empressa de répondre avec foi :

– Ce qu'elle laisse paraître et ce qu'elle est réellement sont l'un comme l'autre au-dessus de tout soupçon!

Hassan inclina la tête avec gratitude l'air de dire : « Très juste », avant d'ajouter :

– Tel est au moins ce que ne peut manquer d'observer un œil sain et clairvoyant. Mais il y a des choses qui déroutent certains esprits. Je vais te donner quelques exemples pour être plus clair. Voilà... D'aucuns interprètent mal son habitude de se mêler aux amis de son frère dans le jardin au mépris des usages pratiqués en Orient. D'autres s'interrogent devant sa façon de parler à celui-ci, de faire du charme à celui-là... D'autres encore vont s'imaginer derrière une plaisanterie bénigne – qui peut lui échapper spontanément – un grave secret. Tu vois ce que je veux dire?

– Naturellement, je vois ce que tu veux dire! répondit Kamal avec la même foi. Mais je crains que tu n'ailles chercher trop loin! En ce qui me concerne personnellement, jamais je n'ai eu le moindre doute sur aucun de ses comportements, dans la mesure où elle semble parler et plaisanter avec une parfaite innocence et où, d'un autre côté, elle n'a jamais reçu une éducation orientale suffisamment authentique pour que l'on puisse exiger d'elle d'observer les traditions ou lui reprocher d'aller contre! J'imagine que les autres pensent comme moi!...

Hassan hocha la tête comme s'il eût aimé pouvoir partager son opinion sur les autres. Mais Kamal n'eut cure de répondre à cette remarque silencieuse. Il était heureux de défendre son adorée. Heureux que l'occasion lui fût donnée d'émettre son opinion sur sa pureté et son innocence. Bien sûr, il n'était pas sincère dans son enthousiasme. Non pas qu'il pensât le contraire de ce qu'il disait

– il était depuis longtemps convaincu que son adorée était au-dessus de tout soupçon – mais à cause de sa tristesse de voir s'évanouir les beaux rêves fondés sur l'existence supposée d'un « message secret » derrière les plaisanteries et les fines allusions d'Aïda. Ces rêves, voilà que Hassan, après la discussion d'aujourd'hui sous la tonnelle, les réduisait à son tour en poussière! Et, bien que son cœur meurtri luttât en silence pour s'accrocher ne fût-ce qu'à l'ombre d'un espoir, il abonda, l'air d'adhérer à son opinion, dans le sens de son ami, mais pour mieux masquer sa position, dissimuler sa déroute et contrarier la prétention de l'autre à détenir seul la vérité de son adorée.

– Ça ne m'étonne pas que tu le comprennes, reprit Hassan. Tu es un garçon sensé. En fait, comme je l'ai dit, Aïda est innocente, mais... pardonne-moi si je t'avoue l'un de ses traits qui sans doute te semblera insolite mais qui sans doute aussi aura été largement responsable de la méprise que beaucoup entretiennent à son égard. Je veux parler de son désir d'être la « fille de rêve » de tous les jeunes gens qu'elle côtoie. Note bien qu'il s'agit d'un désir innocent! D'ailleurs je témoigne que jamais je n'ai rencontré jeune fille plus jalouse de sa dignité! Seulement, tu comprends, elle dévore des romans français dont elle ne jure que par les héroïnes, l'esprit peuplé de chimères...

Kamal arbora un sourire détendu à travers lequel il voulut signifier à Hassan qu'il n'y avait rien là qu'il ne sût déjà. Puis, poussé par une brusque envie de le faire enrager :

– Je sais déjà tout cela! dit-il. Un jour nous avons abordé ce sujet justement, Aïda, Husseïn et moi...

Enfin il avait réussi à faire sortir son ami de sa réserve aristocratique! La stupeur se lisait sur son visage.

– Quand ça? demanda-t-il, l'air décontenancé. Je n'ai pas souvenir d'avoir assisté à cette discussion! A-t-on dit en présence d'Aïda qu'elle ne pense qu'à être la « fille de rêve » de tous les garçons?

D'un œil triomphateur et satisfait, Kamal observa la

perte de contenance qui s'était produite en lui. Toutefois, craignant de pousser plus loin la plaisanterie, il répondit avec prudence :

– Cela n'a pas été formulé expressément mais simplement suggéré, à travers une discussion autour de sa passion pour les romans français et son esprit romanesque...

Hassan retrouva son calme et son aplomb. Un long moment il garda le silence, comme s'efforçant de rassembler sa pensée que Kamal avait réussi à disperser momentanément. Il parut quelques instants hésitant, au point que Kamal sentit qu'il eût bien aimé tout savoir de cette prétendue discussion entre Aïda, Husseïn et lui. Quand avait-elle eu lieu? Comment en étaient-ils venus à aborder ces questions délicates? Qu'est-ce qui s'était dit dans le détail?... Autant de questions que son orgueil lui interdisait de poser...

– Tu vois, dit-il pour finir, tu reconnais toi-même le bien-fondé de mon opinion! Mais, malheureusement, beaucoup n'ont pas compris comme toi la conduite d'Aïda. Ils n'ont pas saisi cette vérité fondamentale qu'elle aime l'amour que les gens ont pour elle mais pas les gens eux-mêmes!

« Si cet imbécile savait ce qu'il en est vraiment, il ne se donnerait pas tant de mal pour rien! Sait-il au moins que je ne prétends même pas à ce qu'elle aime mon amour? Regarde ma tête, mon nez, et tranquillise-toi! »

– Alors, reprit-il d'une voix non dénuée d'ironie, elle aimerait l'amour que les gens ont pour elle et pas les gens eux-mêmes? Belle philosophie!

– C'est une réalité que je connais d'expérience!

– Oui, mais tu ne peux pas garantir qu'elle soit vraie dans tous les cas!

– Bien sûr que si je le peux... Et les yeux fermés!

Kamal chercha à vaincre sa tristesse et demanda, feignant l'incrédulité :

– Tu pourrais affirmer avec certitude qu'elle n'aime pas telle ou telle personne?

312

Hassan, sûr de son fait :

– Je peux affirmer qu'elle n'a jamais aimé aucun de ceux qui se croient parfois aimés d'elle!

« Deux catégories de gens ont le droit de parler avec une telle assurance : les croyants et les sots! Or Hassan n'est pas un sot!... Mais pourquoi la douleur se remet-elle à bouger en moi puisque ce que j'ai entendu ne m'a rien appris que je ne savais déjà? Il faut dire que j'aurai souffert aujourd'hui toutes les souffrances d'une année d'amour! »

– Pourtant tu ne peux pas affirmer qu'elle n'aime personne?

– Je n'ai pas dit cela!

Il le regarda comme on regarderait un devin puis demanda :

– Tu sais donc qu'elle aime quelqu'un?

Hassan inclina la tête affirmativement.

– Si je t'ai invité à faire quelques pas avec moi, dit-il, c'est justement pour te parler de cela!

Son cœur lui rentra au fond de la poitrine comme s'il s'efforçait de fuir la douleur. Mais c'était pour y sombrer davantage... Avant, il souffrait parce qu'il était impossible qu'elle l'aimât. Et voici que son bourreau d'ami venait lui certifier qu'elle aimait! Son adorée aimait! Son cœur d'ange obéissait aux lois du désir, fût-il tendre, ardent, languissant, le tout à l'adresse d'un être précis!

Certes, sa raison – et elle seule – avait pu parfois, de même qu'elle acceptait la mort, admettre cette possibilité ; mais la mort en tant qu'idée abstraite, non comme une froide réalité plantée au creux d'un corps aimé ou de son propre corps! C'est pourquoi la nouvelle le surprit comme si l'événement qu'elle annonçait se réalisait soudain dans le réel et la pensée à la fois.

« Médite toutes ces vérités confondues et avoue qu'il est en ce monde des souffrances qui, malgré ton expérience profonde de la douleur, ne te sont jamais venues à l'esprit! »

– Je t'ai dit depuis le début, reprit Hassan, que j'ai

suffisamment de raisons pour avoir cette discussion avec toi! Autrement, je ne me serais jamais permis de me mêler de tes affaires...

« Que le feu du ciel le dévore jusqu'à la dernière poussière! »

– J'en suis convaincu! Vas-y, je t'écoute...

Hassan esquissa un sourire trahissant son hésitation à lâcher l'aveu crucial... Kamal patienta un instant puis – bien qu'ayant déjà pressenti l'affreuse vérité – le pressa d'en finir en disant :

– Tu prétends savoir qu'elle aime quelqu'un?

– Oui! répondit Hassan, chassant brutalement son hésitation. Il y a des choses entre elle et moi qui me donnent droit à le prétendre!

« Ô ciel! Aïda aime! Ton cœur se rétracte et fait grincer un air funèbre! Eprouverait-elle pour ce bienheureux jeune homme ce que tu éprouves pour elle? S'il s'avérait que cela fût possible, alors mieux vaudrait pour le monde de s'écrouler! Ton ami ne ment pas. Qui est noble et beau ne peut mentir! Le seul espoir qui te reste est que son amour soit d'un genre différent du tien. Et puisqu'il aura fallu que l'affreuse calamité se produise, eh bien, c'est encore une consolation que Hassan soit l'heureux élu, comme c'est aussi une consolation que la tristesse et la jalousie ne t'empêchent pas de regarder la vérité en face : que c'est ce riche, fascinant et merveilleux jeune homme qui est l'heureux élu! »

– On dirait, déclara-t-il comme qui appuie sur la détente d'un revolver en sachant qu'il est vide, que tu es sûr qu'elle aime cette fois-ci la personne elle-même et non pas l'amour que celle-ci a pour elle!

– Hé, hé! fit-il à nouveau pour exprimer son assurance.

Après quoi il observa Kamal d'un rapide coup d'œil pour jauger en lui son crédit et poursuivit :

– La discussion que nous avons eue, elle et moi, n'a pas été du genre équivoque!

« Quel genre de discussion? Je donnerai ma vie pour en

connaître un seul mot! J'ai beau savoir toute la vérité, je bois la souffrance jusqu'à la lie! Vous croyez qu'il a entendu cette voix qui donne le frisson lui dire : « Je t'aime »? Elle l'a dit en français ou en arabe? Ahhh! On allumerait des feux avec pareille douleur! »

– Félicitations! dit-il calmement. Vous me paraissez dignes l'un de l'autre!...

– Merci...

– Pourtant je me demande ce qui t'a poussé à me révéler cet inestimable secret!

Hassan releva les sourcils et répondit :

– Quand je vous ai trouvés tous les deux en tête-à-tête, j'ai eu peur que tu ne te laisses abuser comme tant d'autres par certaines paroles. Alors, je me suis résolu à t'avouer la vérité; car l'idée que tu puisses être trompé, toi, Kamal, m'est insupportable...

Ému par cette pitié venue de haut, il bredouilla un timide « Merci ». La pitié du jeune homme béni du ciel qu'aimait Aïda! Celui-là même à qui il répugnait de le savoir trompé et qui venait pour cela de le tuer en lui assenant l'âpre vérité! Les voix de la jalousie n'avaient-elles pas été au nombre des motifs l'ayant incité à lui révéler son secret? Pourtant, n'avait-il pas deux yeux pour voir sa tête et son nez?

– Sa mère et elle nous rendent souvent visite, poursuivit Hassan. Ça nous donne l'occasion de causer...

– Seul à seule?

La question lui avait échappé inconsciemment. Pris de remords, l'embarras le saisit. Il se mit à rougir, mais l'autre répondit simplement :

– Ça arrive!...

Dieu, qu'il eût aimé la voir dans ce rôle qu'il ne lui avait jamais même imaginé : celui d'une jeune fille amoureuse! De quel éclat la lueur du ravissement et de la tendresse brillait-elle dans ses yeux tranquilles, avec lesquels elle le regardait de haut? Vision capable à coup sûr de jeter sur la raison une étincelle de vérité céleste et de tuer aussi le cœur

315

d'un seul coup! De quoi rendre licite la voie à jamais maudite de l'impiété!

« Ton âme tourne en rond comme un oiseau en cage qui voudrait s'envoler. Le monde n'est plus qu'un champ de ruines qu'il fait bon déserter... Mais, même s'il t'est prouvé que leurs lèvres se sont rencontrées dans un baiser doux comme pétale de rose, au moins tu connaîtras dans le tourbillon de la folie l'ivresse de l'absolue liberté!... »

Poussé par un désir suicidaire qu'il ne put contenir et encore moins comprendre, il lui demanda :

– Comment dans ces conditions la laisses-tu fréquenter les amis de Husseïn?

Hassan attendit un instant avant de répondre :

– Ça ne me réjouit peut-être pas tant que ça! Mais je n'y trouve pas trop à redire dans la mesure où elle le fait sous les yeux de son frère et de tous, et en vertu de son éducation européenne. Je ne te cache pas que j'ai songé parfois à lui faire part de mon mécontentement, mais je ne voulais surtout pas qu'elle m'accuse de jalousie. Et Dieu sait combien elle aimerait me rendre jaloux! Tu connais bien évidemment ces petites ruses féminines et je t'avoue qu'elles ne sont pas de mon goût!

« Rien d'étonnant après ça que la preuve selon laquelle la Terre tourne sur elle-même autour du Soleil ait balayé bien des mythes et ait tourné bien des têtes! »

– Comme si elle prenait un malin plaisir à t'agacer!

A quoi Hassan rétorqua avec son ton plein d'assurance :

– Oui, mais je reste toujours en mesure de la plier à ma volonté quand je le veux!

Cette phrase, le ton sur lequel elle avait été dite le rendirent fou furieux. Il aurait voulu trouver n'importe quelle bonne raison de le frapper et – il en avait la force – de lui faire mordre la poussière. Il le regarda du haut de sa stature et leur différence de taille lui parut beaucoup plus grande qu'elle ne l'était en réalité! Puisqu'elle aimait plus petit qu'elle, pourquoi n'aimait-elle pas plus jeune qu'elle?

316

Il s'emplit de l'intime certitude qu'il venait de perdre le monde...

Hassan l'invita à déjeuner, mais il refusa poliment l'invitation. Ils se serrèrent donc la main puis partirent chacun de son côté... Il s'en revint l'esprit abattu, le cœur croulant de désespoir. Il aurait voulu s'isoler pour brasser dans sa tête les événements de la journée, les méditer pour en exprimer tout le sens. La vie semblait drapée dans un manteau de deuil. Mais ne savait-il pas depuis le début que cet amour était sans espoir? De quelle nouveauté avaient accouché les événements du jour? En tout cas, que les autres ne fissent que « parler » de l'amour soit sa consolation! Lui, il aimait de tout son être! Cette passion qui illuminait son âme, nul autre que lui n'en était capable. C'était son privilège, sa supériorité. Et puis jamais il ne renoncerait à son vieux rêve de conquérir son adorée au ciel. Au ciel où il n'y a pas de discriminations factices, pas de grosses têtes, pas de gros nez...

« Au ciel, disait-il, Aïda m'appartiendra à moi seul, en vertu des lois célestes! »

9

IL était comme vidé de toute existence.

Elle l'avait ignoré d'une manière qui ne pouvait être que préméditée. Il allait s'en rendre compte – pour la première fois – ce vendredi matin-là – la semaine suivant la conversation qu'il avait eue avec Hassan Selim dans la rue des Sérails – au cours de la réunion amicale, sous la tonnelle, dans le jardin des Sheddad.

Ils étaient en train de converser quand Aïda arriva comme à son habitude, accompagnée de Boudour. Elle resta un moment avec eux, parlant avec celui-ci, plaisantant avec celui-là, sans lui prêter la moindre attention. Il pensa tout d'abord que son tour allait venir, mais l'attente se fit vaine... Il remarqua même que ses yeux faisaient tout pour ne pas rencontrer les siens ou tout au moins éviter sa personne. Aussi, quittant son attitude passive et résignée, l'interrompit-il par une remarque subreptice, afin de l'obliger à lui parler. Mais elle continua sur sa lancée, feignant toujours de l'ignorer. Et, bien que personne apparemment n'eût remarqué sa manœuvre sans succès – tous étant plongés dans leur chère discussion – cela n'atténua en rien l'effet de la gifle qu'il venait de recevoir sans en comprendre la raison.

Il prit néanmoins le parti de démentir les présomptions qui commençaient à poindre dans son esprit et, se cachant ses doutes à lui-même, se mit, au comble de l'appréhension, à guetter l'occasion de saisir sa chance à nouveau.

Sur ces entrefaites, Boudour tenta soudain de se libérer de la main d'Aïda, lui faisant signe de celle qui lui restait libre.

Comme il s'approchait pour la prendre dans ses bras, Aïda tira la petite vers elle en disant :

– Il est temps de rentrer!

Après quoi, elle salua l'assemblée et s'en retourna.

Diable! Mais que signifiait tout cela? Qu'Aïda était fâchée contre lui et n'avait assigné d'autre but à sa venue que de lui signifier sa colère? Mais que lui reprochait-elle donc? Quelle faute avait-il commise? Quelle erreur, grave ou bénigne? A quelle confusion narguant sa logique et broyant sa certitude était-il en proie!

Toutefois, de peur que sa détresse ne le trahisse, il reprit d'une main ferme le contrôle de lui-même. Il savait parfaitement se dominer. Il joua donc normalement son rôle habituel, cachant aux yeux de ses amis les marques du coup fatal qui venait de le frapper.

Après la dispersion de la séance, il se dit qu'il ferait bien de regarder, toute cruelle qu'elle fût, la vérité en face et d'admettre qu'Aïda l'avait privé – aujourd'hui tout au moins – de la faveur de son amitié!

Son cœur amoureux abritait un détecteur ultrasensible auquel le moindre chuchotement, le moindre souffle, le moindre regard de l'aimée n'échappait. Même les intentions il les lisait, même le futur lointain il le devançait. Que la raison de toute cette histoire fût ce qu'elle fût ou que cette dernière, semblable à une maladie dont l'étiologie reste rebelle à la science, n'en ait point, c'était égal! Dans un cas comme dans l'autre, il ressemblait à une feuille morte détachée d'un rameau par un vent furieux et soufflée par lui sur un torrent d'immondices... Il se prit à songer à Hassan Selim. Ce dernier n'avait-il pas dit pour clore leur discussion : « Oui, mais je reste toujours en mesure de la plier à ma volonté quand je le veux »? Pourtant, elle était venue aujourd'hui comme à son habitude. Tout son malheur venait du fait qu'elle l'eût ignoré, non de ce qu'il eût été privé de la voir. Et puis Hassan et lui s'étaient quittés en bons termes et il n'y avait aucune raison pour que celui-ci eût exigé d'elle qu'elle l'ignorât! En plus, elle n'était pas du genre à se plier à un ordre, d'où qu'il vienne! De son côté, il n'avait rien fait de mal! Alors, Dieu du ciel, pour quelle obscure raison l'accusait-on? Sa rencontre avec elle, sous la tonnelle, malgré sa cruauté, l'ironie blessante qui, bafouant sa dignité, s'y était donné libre cours au sujet de sa tête, de son nez, n'avaient pas été non plus dépourvues d'affection et de badinage pour se terminer sur un semblant d'excuses. Sans doute avait-elle porté un coup fatal à son espoir en cet amour. Mais, de toute façon, cet amour était sans espoir!

Quant à l'entrevue d'aujourd'hui, c'est l'indifférence, le rejet, le silence, la mort qu'elle lui avait fait subir! En tout cas, que l'aimée fît preuve de sécheresse ou même de dureté envers son adorateur valait mieux que de passer à côté de lui sans le regarder, comme s'il n'existait pas! O misère! Encore une nouvelle douleur qui venait s'ajouter au répertoire de la souffrance qu'il portait serré contre son cœur. Un nouveau tribut versé à l'amour. Et combien lourd était son tribut! C'était le prix de la lumière qui l'éclairait et le consumait à la fois... Sa poitrine se souleva de colère : que son immense amour ne fût payé que de cette froide et hautaine indifférence, il ne pouvait vraiment pas l'admettre! Que toute cette colère qui était en lui n'accouche encore une fois que d'amour et de dévotion, qu'il ne fût capable de rendre cette gifle que par la supplication et la prière, cela lui fendait l'âme. Et si l'accusateur injuste avait été autre, fût-ce Husseïn Sheddad lui-même, il l'aurait mis en pièces sans hésiter. Mais, puisqu'il s'agissait de son adorée, c'est contre une seule et même cible qu'il retourna toute la colère, toute la hargne : sa propre personne!

Pendant la semaine qu'il passa loin du palais des Sheddad, pas un instant durant le jour ses pensées ne l'épargnèrent. Sans cesse sa conscience s'épuisait à ressasser la déception qui l'avait frappé : qu'il fût à la maison le matin prenant son petit déjeuner à la table paternelle, dans la rue marchant les sens faussés, à l'École normale assistant au cours l'esprit ailleurs, en train de lire le soir l'attention dispersée, qu'il s'abaisse devant le sommeil pour qu'il l'accepte en son royaume, ou bien ouvrant les yeux à la première lueur du jour, aussitôt assailli par ses mêmes pensées qui l'agrippaient comme ayant guetté son réveil, embusquées à l'orée de sa conscience, ou l'ayant elles-mêmes hâté, poussées par leur appétit vorace, pour recommencer à l'engloutir... Dieu! Que l'âme est monstrueuse lorsqu'elle trompe celui qui l'abrite!

Le vendredi, il se rendit au palais de l'amour et de la douleur. Il y parvint un peu avant l'heure du rendez-vous habituel. Pourquoi avait-il attendu ce jour avec tant d'impatience? Qu'en espérait-il? Prétendait-il y sentir ne fût-ce qu'une lente, une infime pulsation pour se donner l'illusion que le cadavre de l'espoir vivait encore? Rêvait-il d'un miracle qui rende son adorée à de bonnes dispositions avec la même soudaineté et la même absence de raisons qu'elle s'était mise en colère? A moins qu'il ne voulût attiser encore le feu de l'enfer pour gagner plus vite le calme froid de la cendre :

Dans l'allée chargée de souvenirs, il marchait vers le jardin, quand soudain il aperçut Aïda assise sur une chaise, avec Boudour en face d'elle, sur le rebord de la table. Elle était seule sous la tonnelle. Il s'arrêta de marcher et songea un instant à rebrousser chemin avant qu'elle ne l'aperçoive. Mais avec défi et dédain il repoussa cette idée et, poussé par un désir féroce d'affronter la douleur en face et de percer le mystère qui avait sonné en lui le glas de la sérénité et de la paix, il s'avança en direction de la tonnelle... Cette douce et belle créature, cette âme diaphane dissimulée sous les traits d'une femme, savait-elle ce que sa dureté avait fait de lui? Sa conscience goûterait-elle le repos s'il lui faisait doléance de ce qu'il avait enduré : Que de ressemblance entre sa tyrannie et celle que le Soleil exerce sur la Terre, condamnée à tourner autour de lui selon une orbite prescrite, sans pouvoir s'en approcher jamais pour s'y fondre, ni s'en éloigner pour l'oublier...

Ah! si seulement elle pouvait lui faire la grâce d'un sourire qu'il prendrait comme remède à toutes ses douleurs!

Il s'approchait d'elle, faisant à dessein du bruit en marchant afin de l'avertir de sa venue. Elle tourna la tête, l'air étonné, puis, l'ayant aperçu, son visage se figea. Il s'arrêta devant elle, à quelque distance, puis, baissant le front avec humilité :

– Bonjour! lui dit-il dans un sourire.

Elle répondit par un léger signe de tête, sans dire un mot, puis se mit à regarder droit devant elle.

Il n'y avait plus aucun doute, l'espoir était un cadavre! Il eut l'impression qu'elle allait lui crier : « Otez-vous de devant moi, vous me cachez le soleil avec votre tête et votre nez! »

Mais Boudour agita sa main. Il tourna le regard vers son beau visage étincelant puis s'approcha d'elle pour noyer sa détresse dans la douceur de sa tendresse ingénue. La petite se suspendant à ses bras, il se pencha sur elle et imprima sur sa joue un baiser tendre et reconnaissant. Mais voici que la voix qui jadis lui avait ouvert les portes de la musique divine le reprend sèchement, lui disant :

– S'il vous plaît, ne l'embrassez pas! C'est malsain!

Un rire hébété lui échappa sans savoir ni pourquoi ni comment. Son visage devint blême. Une minute passa, chargée de stupeur muette. S'étant ressaisi, il rétorqua avec réprobation :

– Autant que je me souvienne, ce n'est pas la première fois que je l'embrasse!

Elle haussa les épaules, l'air de dire : « Et après? »

Ahhh! Allait-il affronter une nouvelle semaine de souffrance sans dire un mot pour sa défense?

– Permettez-moi, dit-il, de m'interroger sur les raisons de cet étrange changement d'attitude à mon égard. Je n'ai cessé de me poser des questions à ce sujet pendant toute la semaine sans trouver de réponse!

Elle fit mine de ne pas l'avoir entendu et, par suite, ne se soucia pas de lui répondre.

Il reprit, sa voix trahissant sa confusion et sa douleur :

— Cela me fait d'autant plus de peine que je suis innocent et n'ai rien fait qui mérite punition !

Elle restait obstinément muette. Craignant que Husseïn ne vînt avant qu'il n'ait réussi à la faire parler, il reprit en hâte, alliant la plainte à la prière :

— Un vieil ami comme moi ne mérite-t-il pas qu'on lui signifie au moins sa faute ?

Elle lui présenta de biais son visage et, lui décochant un regard noir comme un ciel d'orage :

— Ne faites pas l'innocent ! dit-elle d'une voix courroucée.

Dieu ! Pouvait-on commettre une faute inconsciemment ? D'une voix aux accents hachés, il répondit, caressant machinalement les petites mains de Boudour qui essayait de l'attirer vers elle, sans rien comprendre de ce qui se passait :

— Hélas ! mes pressentiments se sont révélés justes ! Mon cœur me l'avait dit et j'avais refusé de le croire. Je suis coupable à vos yeux, n'est-ce pas ? Mais de quel crime m'accusez-vous ? Je vous en conjure, dites-le-moi. N'attendez pas que je passe aux aveux, pour la raison toute simple que je n'ai rien à avouer ! J'aurai beau fouiller dans les recoins de moi-même, de ma vie, je ne trouverai rien, intention, parole ou acte, dirigé contre vous dans le but de vous nuire ! Et je m'étonne que vous ne voyiez pas cela comme une évidence !

— Jouer la comédie ne prend pas avec moi ! dit-elle, méprisante. Demandez-vous plutôt ce que vous avez dit sur moi.

— Ce que j'ai dit sur vous ? s'étonna-t-il, troublé. Et à qui l'aurais-je dit ? Je vous jure que...

— Je n'ai que faire de vos serments ! l'interrompit-elle, exaspérée. Faites-les-vous à vous-même autant que vous voudrez ! On ne croit pas celui qui calomnie les autres sur ses bonnes paroles ! Vous feriez mieux de vous rappeler ce que vous avez dit sur moi !

324

Il jeta son manteau sur une chaise, comme se préparant au combat, se détacha légèrement de Boudour afin de se soustraire à sa tentative innocente de captiver son attention et reprit avec une ferveur vibrante de sincérité :

— Je n'ai dit sur vous rien que je puisse avoir honte de redire immédiatement à vos oreilles! De ma vie je n'ai proféré contre vous la moindre médisance. Si vous saviez combien j'aurais été incapable de le faire! Et si « certains » vous ont rapporté sur moi des choses qui vous ont fâchée, ce ne sont que de vils calomniateurs, indignes de votre confiance! Je suis tout à fait prêt à les rencontrer, devant vous, pour que vous soyez à même de juger de leur sincérité ou, plutôt, de leur fausseté... Quel défaut avez-vous dont je pourrais parler?... Comme vous me méjugez!

— Merci de cet éloge que je ne mérite pas! répliqua-t-elle avec ironie. Je ne pense pourtant pas être sans défauts, ne serait-ce que parce que je n'ai pas reçu une éducation orientale digne de ce nom!

Cette dernière phrase happa son attention comme un coup de griffe. Il se souvint comment elle lui était effectivement venue à la bouche tandis qu'il parlait à Hassan Selim, mais dans la pensée de l'affranchir des soupçons portés contre elle. Hassan la lui avait-il répétée d'une façon propre à faire douter de sa bonne intention? Le noble Hassan Selim? Vraiment, était-ce chose possible? Dieu! Quel vertige emportait sa tête!

— Que voulez-vous dire? demanda-t-il, ses yeux disant sa stupeur et sa désolation. Je reconnais avoir prononcé cette phrase, mais demandez à Hassan Selim de vous dire, ou plutôt il devrait vous le dire de lui-même, que je l'ai dite en faisant l'éloge de vos qualités!

— De mes qualités! fit-elle en lui lançant un regard glacial. Et est-ce que mon désir d'être la « fille de rêve » de tous les garçons fait aussi partie de ces qualités?

— Mais c'est lui qui a dit cela de vous, ce n'est pas moi! se récria-t-il, rempli de confusion et de colère. Attendrez-vous qu'il soit là, que je le mette au défi devant vous?

Elle poursuivit le fil de son interrogatoire, avec la même amertume, la même causticité :

– Et est-ce que de vous avoir fait du charme fait aussi partie de ces qualités?

– M'avoir fait du charme! s'exclama-t-il au désespoir, étant devenu devant cette avalanche d'accusations incapable de se défendre. Quand? Et où?

– Ici même. Sous cette tonnelle! Auriez-vous donc oublié? Nierez-vous que vous lui avez fait croire cela?

Son ton sarcastique le piqua au vif quand elle dit : « Auriez-vous donc oublié? »

Il comprit aussitôt que Hassan Selim – quelle stupidité! s'était fait des idées sur cette entrevue de la tonnelle et avait fait part de ses soupçons à sa belle, ou encore lui avait imputé à lui ces fausses allégations pour s'assurer de la vérité auprès d'elle. Des ruses perfides dont il était devenu la victime!

– Je le nie! Je le nie absolument! dit-il dans une tristesse indignée. Et je regrette tout le bien que j'ai pu penser de Hassan!...

– Il ne cesse jamais d'en être digne! rétorqua-t-elle avec orgueil, comme si elle considérait cette dernière remarque dirigée contre elle.

Il étouffait! Il eut l'impression que le Sphinx venait de lever son énorme patte de granit restée immobile depuis des milliers d'années pour l'abattre sur lui, l'écrasant et l'engloutissant sous elle pour l'éternité.

– Si c'est Hassan qui vous a raconté ces mensonges sur moi, dit-il, un tremblement dans la voix, ce n'est qu'un vil menteur! Et la calomnie dont vous m'accusez, c'est lui qui s'en est rendu coupable envers moi!

Un regard insensible et dur s'alluma dans les beaux yeux d'Aïda.

– Nierez-vous que vous avez critiqué devant lui le fait que je côtoie les amis de Husseïn? demanda-t-elle d'un ton sec.

« Alors c'est donc ainsi qu'on dénature les propos chez les nobles! »

– C'est faux! s'exclama-t-il, profondément affecté. Les choses ne se sont pas passées ainsi. Dieu m'est témoin que je ne l'ai pas dit comme une critique. Le fait est qu'il a avancé de hautes prétentions! Il a dit... Il a dit que vous l'aimiez... et aussi que... s'il le voulait... il pouvait vous empêcher de venir parmi nous. Mon intention n'était pas de...

A ces mots, elle se campa brusquement devant lui et, relevant la tête avec une impulsion qui fit onduler sa couronne de cheveux noirs :

– Vous déraisonnez! l'interrompit-elle, méprisante. Peu m'importe ce qu'on dit de moi! Je suis bien au-dessus de cela. Je pense que mon seul tort est de faire don de mon amitié à n'importe qui!

Disant ces mots, elle déposa Boudour à terre, la prit par la main et tourna les talons en quittant la tonnelle. Il lui cria alors suppliant :

– S'il vous plaît, attendez un instant que...

Mais elle était déjà partie. Sa voix avait porté si fort qu'il eut l'impression que tout le jardin l'avait entendu; que les arbres, la tonnelle, les chaises l'observaient avec tout le cynisme de leur regard figé.

Il pinça les lèvres et, s'arc-boutant des paumes sur le rebord de la table, courba son grand corps comme s'il pliait sous le poids de la douleur. Il ne resta pas longtemps seul. Husseïn ne tarda pas à le rejoindre, la mine radieuse, comme à son habitude. Il lui fit ses franches et amicales salutations et ils s'assirent l'un à côté de l'autre, sur deux chaises voisines. Quelques instants plus tard, Ismaïl Latif arriva à son tour, puis Hassan Selim, de sa démarche mesurée et hautaine.

Kamal se demanda, perplexe, si, comme la fois précédente, ce dernier ne l'avait pas repéré de loin en compagnie d'Aïda, ne sachant ni quand ni comment il apprendrait l'altercation fâcheuse qui venait de les opposer. Tel un appendice enflammé, la colère et la jalousie éclatèrent dans sa poitrine. Mais il se jura de ne donner à personne l'occasion de se réjouir de son malheur, de ne point prêter le flanc aux sarcasmes ou à la fausse pitié ni de permettre à quiconque de lire sur son visage le trouble qui l'agitait au-dedans. Il se jeta donc dans le flot de la discussion, riant aux remarques d'Ismaïl Latif, commentant longuement la formation du Parti de l'Union[1], la cabale dirigée contre Saad Zaghloul et le Wafd, le rôle de Nachat Pacha dans tout cela... Bref, il joua son rôle le mieux qu'il pût jusqu'à ce que la séance s'achève sans histoire et, à midi, quitta le palais des Sheddad en compagnie d'Ismaïl et de Hassan. Là, comme n'y tenant plus, il interpella ce dernier sans plus attendre, lui disant :

– Je voudrais te parler une seconde...

– Je t'en prie! répondit l'autre, d'un ton placide.

Puis, se tournant vers Ismaïl, l'air de s'excuser :

– Je préférerais seuls tous les deux!

Ismaïl alla pour se retirer, mais Hassan l'arrêta d'un geste en disant :

– Je n'ai rien à cacher à Ismaïl!

La manœuvre le rendit furieux et il y pressentit des intentions suspectes.

– Soit! répliqua-t-il avec indifférence. Qu'il nous écoute. Après tout, je n'ai rien à lui cacher moi non plus!

Il attendit un peu que leurs pas les eussent éloignés du palais des Sheddad puis déclara :

– Avant que vous n'arriviez, tout à l'heure, je me suis retrouvé seul par hasard avec Aïda sous la tonnelle. Or nous avons eu elle et moi une discussion inattendue qui me laisse présumer que tu lui as rapporté, mais déformés et dénaturés, certains passages de la discussion que nous avons eue l'autre jour, tu te souviens, dans la rue des Sérails; si bien qu'elle s'est mis dans l'idée que je l'ai injustement et outrageusement attaquée!

Hassan répéta d'une bouche amère l'expression « défor-

1. Parti formé en janvier 1925 par un groupe de notables, à l'instigation de Hassan Nachat Pacha, chef du cabinet du roi. Le nouveau parti mettait en tête de ses principes la « fidélité au trône », politique dirigée contre le Wafd qu'il accusait de trahison envers le roi.

més et dénaturés » avant de rétorquer avec froideur, toisant son ami du regard comme s'il voulait lui rappeler qu'il s'adressait rien de moins qu'à Hassan Selim et personne d'autre :

— Tu ferais bien de te donner un tant soit peu la peine de surveiller ton vocabulaire quand tu parles!

— Mais c'est bien ce que j'ai fait! repartit Kamal avec humeur. D'ailleurs, ce qu'elle m'a dit ne me laisse aucun doute sur le fait que tu as cherché à me brouiller avec elle!

Hassan devint blême de colère. Mais il ne s'abandonna point à celle-ci. Il répondit simplement, d'une voix encore plus glaciale :

— Je regrette d'avoir si longtemps présumé de ta compréhension et de ton appréciation des choses!

Puis, sur un ton moqueur :

— D'abord, peux-tu me dire ce que pourrait bien me rapporter cette prétendue brouille? En fait, tu te laisses emporter sans réfléchir...

Kamal redoubla de fureur et s'écria :

— C'est plutôt toi qui te laisses aller à un comportement indigne!

A ces mots, Ismaïl s'interposa en disant :

— Je vous suggère de reporter cette discussion à plus tard, quand vous serez plus capables de maîtriser vos nerfs!

— L'affaire est suffisamment claire pour ne pas avoir besoin d'être discutée! insista Kamal. Il sait aussi bien que moi de quoi je parle!

— Raconte-nous, reprit Ismaïl, ce qui s'est passé entre elle et toi, sous la tonnelle, peut-être pourrons-nous...

— Je n'accepterai aucun arbitrage! objecta Hassan avec arrogance.

Kamal s'écria alors, pour soulager sa colère, même s'il savait qu'il mentait :

— En tout cas, je lui ai dit la vérité, qu'elle sache lequel de nous deux est le plus franc!...

— Laissons-la mettre en balance les paroles d'un fils de

commerçant et celles d'un fils de conseiller! cria Hassan, le visage blême.

Kamal s'élança vers lui, le poing serré. Aussitôt Ismaïl se précipita sur eux pour les séparer. Malgré sa petite corpulence, il parvint à s'assurer le dessus et déclara d'un ton sans réplique :

– Ah! non! Pas ça! Vous êtes tous les deux mes amis, fils l'un et l'autre de familles respectables. Faites-nous grâce de ces enfantillages dignes de gamins de six ans!

Il s'en revint révolté, furieux, blessé, arpentant le chemin d'un pas vif et hargneux, le feu de la douleur le brûlant au-dedans. Maintenant qu'on avait flétri son cœur, sa dignité, son adorée, son père..., que lui restait-il en ce monde? Et Hassan, qu'il respectait plus qu'aucun autre de ses condisciples, dont il admirait plus que quiconque le caractère, comment avait-il pu en l'espace d'un instant se changer en semeur de discorde, en proférateur d'injures?

A vrai dire, malgré la fureur qu'il nourrissait contre lui, il ne pouvait se persuader absolument de l'avoir accusé à bon droit. Il ne cessait de repenser à toute cette affaire en se demandant si, derrière cette situation douloureuse, ne se profilaient pas d'obscures raisons. Hassan avait-il réellement déformé ses paroles? Ou bien était-ce Aïda qui les avait mal interprétées, s'était perdue en de trop hasardeuses conjectures ou trop promptement abandonnée à la colère : Toujours est-il que la distinction entre « fils de commerçant » et « fils de conseiller » l'avait précipité dans un enfer de rage et de douleur qui rendait assez vain tout souci d'équité envers Hassan!

Quelque temps après, il s'était rendu au palais des Sheddad pour le rendez-vous habituel mais sans l'y trouver, ce dernier ayant prétexté quelque empêchement de dernière minute pour leur fausser compagnie. A l'issue de cette réunion, Ismaïl Latif était venu l'informer que Hassan l'avait chargé de lui dire combien il regrettait le mot malheureux qui lui avait échappé dans le feu de la colère concernant « le fils de commerçant et le fils de conseiller », étant par ailleurs convaincu que lui, Kamal, l'avait outrageusement offensé par ses supputations fantaisistes, espérant néanmoins que cet incident ne romprait pas les liens de leur amitié. Puis il reçut de lui une lettre allant dans ce sens, où il exprimait vivement l'espoir qu'ils ne revinssent pas sur le passé s'il leur arrivait de se rencontrer et le recouvrissent du voile de l'oubli. La lettre s'achevait en ces termes : *Souviens-toi de toutes les offenses que tu m'as faites et de toutes celles que je t'ai faites, peut-être seras-tu comme moi persuadé que nous avons eu tort tous les deux et qu'aucun de nous ne doit par conséquent rejeter les excuses de l'autre!*

Sur le moment, la lettre fit plaisir à Kamal. Mais il ne tarda pas à noter une contradiction entre l'orgueil bien connu de Hassan et ces excuses aussi délicates qu'inattendues. Assurément, inattendues! De fait, pouvait-il l'imaginer s'excusant pour une raison ou pour une autre? Qu'est-ce qui l'avait fait changer? Ce n'était pourtant pas l'amitié qu'il avait pour lui qui pouvait avoir eu une aussi grande influence sur son orgueil! Peut-être Hassan avait-il voulu davantage restaurer sa réputation de courtoisie que reconquérir son amitié! Peut-être tenait-il aussi à ne pas voir la brouille s'aggraver et les échos en venir aux oreilles de Husseïn Sheddad, de peur que ce dernier ne prenne ombrage de l'implication de sa sœur dans le conflit, ou ne se fâche à son tour en apprenant les propos tenus au sujet du « fils de commerçant » – ce qu'il était lui aussi!

Chacune de ces raisons était fondée et, en tout état de cause, plus conforme à la logique, dans le cas de Hassan, que des excuses n'ayant pour but que de préserver la seule amitié! Mais tout cela après tout n'avait guère d'importance! Libre à Hassan de conclure la paix avec lui ou de lui faire front. Le tout était de savoir si Aïda avait délibérément disparu! Elle ne paraissait plus dans le cercle de leurs réunions, ni n'apparaissait à la fenêtre ou au balcon. Il ne lui avait rapporté les paroles de Hassan, comme quoi ce dernier pouvait, s'il le désirait, l'empêcher de côtoyer quiconque, qu'afin de s'assurer – en tablant sur son orgueil – qu'elle maintiendrait contre toute volonté ses visites à la tonnelle et qu'ainsi il ne serait pas privé de la voir. Mais, malgré cela, elle avait disparu. C'était comme si elle avait quitté la maison, le quartier, le monde entier qui, sans elle, n'avait plus aucune saveur. Cette séparation pouvait-elle se prolonger indéfiniment? Il souhaitait que son intention fût de le punir quelque temps pour lui pardonner ensuite, ou tout au moins que Husseïn invoque, concernant sa disparition, quelque raison propre à démentir ses craintes. Il souhaitait l'un et l'autre de toutes ses forces. Il attendit. Longtemps. En vain.

Lorsqu'il venait en visite au palais, il s'en approchait le regard angoissé, les yeux s'agitant au creux de leurs orbites, entre l'espoir et le désespoir. Il jetait un coup d'œil furtif sur le balcon surplombant l'entrée puis un autre sur la fenêtre de l'allée longeant la maison, ou bien, tandis qu'il prenait le chemin de la tonnelle ou du salamlik, sur le balcon, côté jardin. Puis il prenait place au milieu des amis et restait à rêver longuement de l'heureuse surprise qui ne voulait pas venir. L'assemblée se séparait. Il la quittait en hâte pour aller glisser des regards las et moroses vers les balcons et les fenêtres, surtout celle de l'allée latérale qui apparaissait souvent dans ses rêves diurnes comme un cadre entourant le portrait chéri. Alors il s'en retournait, soupirant de désespoir, soufflant de tristesse.

Sa détresse fut bientôt si grande qu'il fut sur le point de demander à Husseïn la raison de la disparition d'Aïda. Mais les traditions du vieux quartier, dont il était pétri, l'arrêtèrent et il ne dit mot. Il commença alors à se demander avec angoisse jusqu'à quel point Husseïn n'était pas au fait des circonstances qui avaient amené sa sœur à disparaître.

De son côté, Hassan Selim ne faisait aucune allusion au « passé » ou ne laissait rien paraître qui pût porter à croire qu'il y songeât d'aucune manière. Mais nul doute qu'il voyait en lui, dans chaque réunion qui les mettait en présence, un symbole vivant de sa victoire! Comme Kamal souffrait à cette idée! Il en souffrait énormément. Il sentait la douleur lui pénétrer jusqu'à la moelle et le délire qu'elle

332

engendre lui atteindre la raison. Ce qui, de tout, le faisait le plus souffrir était le martyre de la séparation, l'aigreur de la défaite, l'étroitesse du désespoir, mais plus cruel encore ce sentiment de honte d'être chassé du jardin des délices, privé du chant gracieux de l'idole, de sa clarté rayonnante... Il se répétait, l'âme pleurant toutes les larmes de l'amertume et de la douleur : « Qu'as-tu à voir avec ces bienheureux, créature difforme? »

Quel sens aurait désormais la vie si elle persistait à disparaître? Où ses yeux trouveraient-ils la lumière? Son cœur la chaleur? Où son âme respirerait-elle le parfum de l'allégresse? Qu'elle reparaisse enfin! Quel que soit le prix qu'elle exige pour son retour. Qu'elle reparaisse pour aimer qui lui plairait, Hassan ou un autre! Qu'elle reparaisse pour rire tout son soûl de sa tête et de son nez! Son désir de contempler son visage, d'entendre sa voix, dépassait toutes les aptitudes de l'être au désir. Sur qui porter aujourd'hui un regard tendre capable d'effacer de son âme le noir du chagrin et de la solitude? De réjouir un cœur qui mendiait la joie perdue, comme un aveugle la lumière?

Qu'elle reparaisse! Quitte à l'ignorer! S'il avait perdu le bonheur d'être accepté auprès d'elle, du moins ne perdrait-il pas celui de la voir, de voir le monde à travers le prisme de sa lumière radieuse. Sans cela, la vie ne serait plus qu'une longue souffrance traversée par la folie. Car, Aïda ôtée de sa vie, n'était-ce pas ni plus ni moins qu'une colonne vertébrale ôtée d'un corps humain, le réduisant ainsi, après qu'il eut connu l'équilibre et l'intégrité, à l'ombre d'un cadavre parlant?

La douleur et l'angoisse lui firent perdre patience. Le vendredi venu, il s'en allait, n'y tenant plus, rejoindre des amis à al-Abbassiyyé et, de loin, rôdait autour du palais dans l'hypothétique espoir de l'entrevoir à un balcon, à une fenêtre ou dans ses allées et venues, au moment où elle se croirait à l'abri de son regard. Et puis, contrairement à cette ronde frénétique autour du sanctuaire de l'idole, l'attente dans Bayn al-Qasrayn n'accouchait que de désespoir. Pas une fois il ne la vit. En revanche, il apercevait

333

bien souvent l'un des serviteurs sortant dans la rue ou rentrant au palais. Il le suivait d'un œil attentif et émerveillé qui semblait demander au destin ce qui l'avait poussé à assigner à cet être humain le privilège de s'approcher de l'idole, de la côtoyer, de la contempler dans chacun de ses états, allongée sur son lit ou bien chantant et s'amusant. Dire que toutes ces chances étaient données à cet homme qui vivait dans l'enceinte du sanctuaire sans avoir au cœur le souci de l'adoration!

Au cours d'une de ses rondes de reconnaissance, au moment où ils sortaient du palais pour monter dans la Minerva qui les attendait devant l'entrée, il aperçut Abd el-Hamid Bey Sheddad ainsi que sa noble épouse. Il vit ces deux personnes bienheureuses, les deux seules au monde devant qui Aïda se tenait dans une attitude de respect et de révérence, qui lui parlaient parfois sur le ton du commandement et à qui elle ne pouvait se soustraire à obéir. Et cette mère vénérée qui l'avait portée dans son sein neuf mois durant! (Car, tout comme ces petites créatures qu'il observait jadis longuement, tendrement, dans le lit d'Aïsha et de Khadiga, il ne faisait aucun doute qu'Aïda avait été un fœtus puis un nouveau-né.) Eh bien, personne sur cette terre ne connaissait mieux la tendre enfance de son adorée que cette bienheureuse et sainte mère!

Tant qu'il séjournerait dans les mornes contrées de la vie, il resterait avec ses douleurs ou tout au moins en garderait la trace. Car comment oublier les longues nuits de janvier où il enfouissait dans son oreiller ses yeux ruisselants de larmes? Quand il tournait vers Dieu ses mains en prière pour l'invoquer du plus profond de l'âme : « Seigneur! Dis à cet amour : sois cendre! comme tu as dit au feu d'Abraham : " Sois fraîcheur et paix[1]! " »? Quand il espérait que l'amour eût en l'être un siège reconnu, pour pouvoir en faire l'ablation comme on ampute un membre gangrené? Quand il appelait son nom bien-aimé pour en percevoir l'écho dans le silence de la chambre, d'un cœur

1. Coran, XXI, 69.

agenouillé, comme si quelqu'un d'autre l'avait lancé? Quand il refaisait vibrer en lui le son de sa voix, les fois où elle l'appelait par son nom, afin de ressusciter le rêve du bonheur perdu? Ou quand il fouillait dans son cahier de souvenirs pour s'assurer de ce qui était, était réalité, non pas fantaisie de l'imagination?

Pour la première fois depuis bien des années, tout comme le prisonnier regarde les souvenirs de sa liberté enfuie, il portait sur la frange de son passé ayant précédé l'amour un regard de brûlante nostalgie. De fait, il ne s'imaginait d'autre personne au monde plus proche de sa situation que le prisonnier. Encore que les barreaux de la prison lui semblassent plus prompts à céder ou offrant moins de résistance que les chaînes immatérielles de l'amour qui vous lient le cœur, les pensées et la chair sans jamais promettre de se rompre...

Il se prit un jour à se demander si Fahmi avait enduré une douleur égale à la sienne. Alors les souvenirs de son défunt frère soufflèrent en lui comme une mélopée du dedans... Il soupira du plus profond de l'âme puis se rappela comment on avait raconté un jour en sa présence l'aventure de Maryam avec Julian. Il venait imprudemment de s'enfoncer une lame empoisonnée dans le cœur! Il commença à évoquer l'image de Fahmi. Il revit son calme, auquel il s'était laissé prendre à l'époque, puis l'instant où il s'était trouvé seul avec lui, les crispations de la douleur durcissant ses traits délicats, le monologue plaintif dans lequel il était sans doute plongé, comme lui-même l'était aujourd'hui dans ses lamentations et ses gémissements. Il se sentit une épine plantée au creux de la chair et commença à se dire : « Fahmi a subi une épreuve plus rude que le plomb avant que celui-ci n'aille se loger dans sa poitrine! »

Fait remarquable, il trouvait dans la vie politique une réplique à grande échelle de sa propre vie. Il en suivait les nouvelles dans les journaux comme autant de situations vécues par lui à Bayn el-Qasrayn ou à al-Abbassiyyé : Saad Zaghloul – tout comme lui – était à demi détenu et en butte aux menées outrageuses, aux attaques injustes, à la trahison et à la félonie de ses compagnons. Tous deux – Saad et lui – enduraient mille peines d'être mêlés à des gens nobles par leur naissance et vils par leurs agissements. Il s'identifiait à la personne du chef dans sa disgrâce et à la patrie dans son martyre. Il abordait la situation politique et la sienne propre avec le même sentiment, la même indignation. C'était comme s'il se désignait lui-même quand il disait de Saad Zaghloul : « Peut-on décemment traiter un homme aussi sincère d'une manière aussi injuste? »; comme s'il désignait Hassan Selim quand il disait de Ziver : « Il a trompé la confiance et légalisé le règne de l'infamie en vue de s'emparer du pouvoir[1]! »; comme s'il parlait d'Aïda en disant de l'Egypte : « S'est-elle détournée de son fidèle serviteur parce qu'il défendait ses droits? »

---

1. Il s'agit d'Ahmed Ziver Pacha, chargé par le roi Fouad de former le nouveau ministère après la démission de Saad Zaghloul. Ce ministère est un coin planté dans le régime libéral : le Parlement est dissous, la Constitution violée, le Wafd évincé du pouvoir. C'est en outre pour ce parti la période la plus difficile de son histoire (parlementaires wafdistes arrêtés, réunions interdites, etc.).

10

La demeure des Shawkat, à al-Sokkariyya, n'était pas de celles qui jouissent du calme et de la tranquillité. Non seulement du fait que ses trois niveaux regroupaient désormais tous les membres de la famille, mais à cause de Khadiga, avant tout !

La maîtresse du lieu occupait le rez-de-chaussée, Khalil, Aïsha et leurs enfants – Naïma, Othman et Mohammed – l'étage du haut. Mais le remue-ménage dû à la présence de tout ce petit monde réuni n'était rien comparé à celui engendré par Khadiga à elle seule, qu'il émane d'elle directement, ou des autres... par sa faute !

Certains changements étaient intervenus dans l'organisation de la maison qui eussent pu réduire au minimum les causes de tumulte : le fait notamment que Khadiga se fût attribué ses propres appartements et sa propre cuisine ; qu'elle eût accaparé la terrasse pour y élever ses poules et y faire pousser sur tout un côté, après en avoir chassé sa belle-mère et toute sa volaille, un modeste jardin du genre de celui de la vieille maison... Tout cela aurait pu, certes, contribuer largement à calmer le chahut. Mais celui-ci ne se calma pas. Ou si peu que personne ne s'en aperçut !

Toujours est-il qu'aujourd'hui le tempérament de Khadiga souffrait de quelque apathie ! La raison, apparemment, n'en était pas un mystère.

Aïsha et Khalil s'étaient rendus dans ses appartements pour aider à dénouer – disons-le – la crise qu'elle avait engendrée. Ils étaient assis dans le salon, les deux frères face aux deux sœurs, sur deux canapés opposés. Les visages étaient graves. Khadiga montrait un air rechigné. On échangeait des regards lourds de sens. Mais personne ne voulait se résoudre à entrer dans le vif du sujet quand Khadiga déclara soudain, d'un ton mêlant le soupir à l'agacement :

— Ce genre de disputes arrive dans toutes les maisons! Ainsi va le monde depuis que notre Seigneur l'a créé! Ce qui ne veut pas dire pour autant que nous devions avertir les gens de nos ennuis, surtout ceux à qui ce n'est pas la peine de donner l'occasion de parler pour ne rien dire! Mais que voulez-vous! Elle tient absolument à déballer nos affaires sur la place publique! Dieu du ciel, aidez-nous!

Ibrahim se trémoussa dans son manteau, l'air de se redresser sur son séant, puis il laissa échapper un rire bref dont personne ne saisit bien exactement la signification.

— Que signifie ce ricanement? s'enquit Khadiga, lui lançant une œillade suspicieuse. Il n'y a donc rien qui vous touche en ce monde?

Elle se détourna de lui, l'air désespéré, et reprit, s'adressant à Khalil et Aïsha :

— Vous trouvez ça bien qu'elle soit partie voir papa à la boutique pour se plaindre de moi? Est-il permis d'aller embêter les hommes – surtout ceux du genre de mon père – avec des histoires de femmes? Il n'aurait jamais rien dû savoir de tout ça! Vous pouvez être sûrs qu'elle lui aura cassé les pieds avec sa visite et ses jérémiades. Sans son savoir-vivre, il ne se serait pas caché pour le lui dire! Mais elle a tellement pas arrêté de le tarabuster qu'il a fini par lui promettre de venir! Quel comportement détestable! Comme si mon père n'avait pas d'autres chats à fouetter que ces bêtises! Vous approuvez ces façons d'agir, monsieur Khalil?

Khalil fronça les sourcils, affecté.

— Ma mère a commis une erreur, dit-il. Je le lui ai moi-même fait remarquer, ce qui m'a valu d'ailleurs d'essuyer sa colère! Qu'importe. C'est une dame âgée et vous

338

savez que les personnes de son âge, tout comme les enfants, demandent patience et ménagement! Bien!

— Bien! Bien! coupa Ibrahim, agacé. Combien de fois te faudra-t-il répéter ce « bien » avant de t'en lasser? Ta mère est comme tu l'as dit une personne âgée. Mais elle est aussi tombée sur une bru intraitable!

La face grimaçante, les narines dilatées, Khadiga se tourna vers lui brutalement.

— Dieu du ciel! s'exclama-t-elle, il ne manquerait plus que vous alliez répéter ces calomnies aux oreilles de papa!

— Beau-papa n'est pas encore là pour le moment! rétorqua Ibrahim, exprimant ses regrets d'un geste de la main. S'il vient, ce ne sera pas pour m'écouter, moi! Je ne fais que constater une vérité que tout le monde s'accorde à reconnaître et que vous ne pouvez pas nier. Vous ne pouvez pas supporter ma mère, ni elle ni son ombre. A Dieu ne plaise! Pourquoi toutes ces histoires, ma bonne? Il vous suffirait d'un tant soit peu de patience et de tact pour vous la mettre dans la poche! Mais on aurait plus tôt fait d'attraper la lune que votre patience! Pouvez-vous nier un seul mot de ce que j'affirme?

Elle promena son regard entre Khalil et Aïsha afin de les prendre à témoin de cette « criante injustice ». Ils parurent hésiter entre la vérité et leur sauvegarde. Pour finir, Aïsha bredouilla, au comble de l'appréhension :

— M. Ibrahim veut dire que tu devrais être un peu indulgente avec elle...

Khalil hocha la tête en signe d'approbation, éprouvant le soulagement de qui parvient à trouver *in extremis* l'escalier de secours.

— C'est cela! renchérit-il. Ma mère est irritable, certes, mais vous lui devez le respect d'une mère et, avec un tant soit peu de patience, vous épargneriez à vos nerfs la peine de la querelle...

— Pfff! souffla Khadiga. C'est elle, plus exactement, qui ne peut pas me supporter ni me voir en peinture! Elle m'use les nerfs! On ne peut jamais se croiser, elle et moi, qu'elle ne me dise tout net, ou par en dessous, un mot qui vous mette les sangs en ébullition et vous empoisonne le corps de la tête aux pieds! Et après ça c'est à moi qu'on vient demander d'être patiente! Comme si j'étais de glace! Comme si je n'avais pas assez d'Abd el-Monem et d'Ahmed pour m'user la constance! O mon Dieu, où trouverai-je quelqu'un pour me rendre justice?

— Peut-être en la personne de votre père! lança Ibrahim, ironique, le sourire à la bouche.

— Vous vous réjouissez de mon malheur! s'écria-t-elle. Je vois clair! Mais, n'ayez crainte, Dieu est là!

— C'est vrai..., Dieu est là! approuva Ibrahim d'une voix traînante suggérant à la fois la résignation et le défi.

— Calmez-vous! reprit Khalil avec sollicitude. Que vous rencontriez au moins votre père l'esprit détendu...

Mais comment aurait-elle pu l'avoir, l'esprit détendu? La vieille s'était vengée d'elle de la pire manière. Sous peu, elle serait appelée à rencontrer son père dans une situation à laquelle elle répugnait corps et âme.

Au même moment, les cris d'Abd el-Monem et d'Ahmed, puis les sanglots de ce dernier qui s'était mis à pleurer, leur parvinrent de derrière la porte de chambre. Elle se leva d'un bond, malgré son embonpoint, se précipita sur les lieux, poussa la porte et entra en criant à son tour :

— Qu'est-ce que c'est que ça! Je ne vous ai pas défendu cent fois de vous battre? Celui de vous deux qui a commencé va avoir affaire à moi!

— La pauvre! s'attrista Ibrahim une fois qu'elle eut disparu derrière la porte. On dirait qu'elle est irrémédiablement fâchée avec la tranquillité! Dès les petites aurores, elle entame une longue bataille qui dure toute la journée et ne cesse que quand elle va se coucher. Il faut que tout plie à sa volonté, à sa raison : la servante, le boire, le manger, les meubles, les poules, Abd el-Monem, Ahmed... et moi-même! Tout doit obéir à sa loi. Je la plains et vous certifie que notre foyer pourrait jouir du plus bel état d'ordre et de rigueur sans besoin de toute cette obsession...

– Dieu lui soit en aide! s'exclama Khalil dans un sourire.

– Et à moi aussi! renchérit Ibrahim dans un hochement de tête, souriant lui aussi.

Sur ces mots, il tira de la poche de son manteau noir un paquet de cigarettes, se leva en se dirigeant vers son frère, le lui tendit et Khalil se servit. A la suite de quoi il invita Aïsha à se servir elle aussi, mais cette dernière refusa la proposition dans un rire puis, désignant la porte derrière laquelle Khadiga avait disparu :

– Laissez au moins cette heure se passer en paix! dit-elle.

Ibrahim regagna son siège, alluma une cigarette et reprit, orientant son regard vers la chambre :

– Un tribunal! C'est un tribunal qu'il y a derrière cette porte en ce moment! Mais elle traitera les deux prévenus par la clémence, même malgré elle!

Khadiga revint en disant, écœurée :

– Comment voulez-vous que je goûte le repos dans cette maison! Comment et quand?

Sur ce, elle s'assit en soupirant, puis, s'adressant à Aïsha :

– J'ai jeté un coup d'œil à travers le moucharabieh. La boue de la pluie d'hier recouvre encore toute la rue. Dis-moi voir un peu, Seigneur, comment papa va faire pour marcher là-dedans! Non, mais pourquoi s'entêter comme ça?

– Et le ciel? s'enquit Aïsha. Qu'est-ce qu'il dit maintenant?

– Noir comme du cirage! Toutes les rues alentour seront une mare d'eau avant la nuit! Mais tu crois que ça aurait incité ta belle-mère à retarder d'un seul jour le mauvais coup qu'elle mijote? Je t'en fiche! Il a fallu qu'elle coure à la boutique, malgré tout le mal qu'elle a à marcher! Elle n'aura pas lâché papa avant qu'il lui ait promis de venir. Je suis sûre que si quelqu'un l'avait entendue dans la boutique venant se plaindre de moi par ces temps difficiles il aurait au moins cru que j'étais Rayya ou Sakina[1]!

Tous éclatèrent de rire, saisissant l'occasion qu'elle leur offrait de se détendre un peu.

– Vous sous-estimeriez-vous par rapport à Rayya et Sakina? demanda Ibrahim.

On frappa à la porte. La servante alla ouvrir et le visage de Suwaïdane parut dans l'embrasure. L'air épouvanté, elle regarda Khadiga et lui dit :

– Notre maître est arrivé!

Tandis qu'elle s'éclipsait en hâte, Khadiga se leva, livide, en chuchotant :

– Ne me laissez pas seule avec lui!

– Nous vous assisterons jusqu'au bout, madame Khadiga! s'esclaffa Khalil.

– Restez près de moi! insista-t-elle d'une voix vibrante d'espoir et de prière.

Elle attendit qu'Aïsha ait fini de s'inspecter dans le miroir afin de s'assurer que son visage ne présentait aucune trace de maquillage et quitta l'appartement...

*

Ahmed Abd el-Gawwad était assis sur un canapé, au fond de l'antique salon, juste au-dessous d'un large portrait du regretté Shawkat, la maîtresse du lieu ayant pris place quant à elle sur un fauteuil tout proche, habillée d'un lourd manteau noir dont l'épaisseur ne parvenait pas à voiler la maigreur de son petit corps aux épaules voûtées. Sur son visage décharné, sillonné de rides profondes, à la peau fripée, seules les dents en or faisaient subsister une lueur de pérennité.

La pièce n'était en rien étrangère à M. Ahmed. Sa vétusté n'en diminuait pas le luxe opulent. Si les rideaux

---

1. Deux sœurs qui s'étaient rendues tristement célèbres à Alexandrie par une série de meurtres commis sur des femmes riches aux fins de les détrousser de leurs bijoux. Le thème a été abondamment repris par des auteurs mineurs et au cinéma.

étaient passés de ton, si le velours de certains fauteuils et canapés était râpé, voire déchiré sur les accoudoirs et les dossiers, le tapis persan n'avait rien perdu de sa splendeur – ou tout au moins de sa valeur –, l'air ambiant exhalant une subtile odeur d'encens dont raffolait la vieille dame.

Recourbée sur le manche de son ombrelle, elle commença son récit :

– Je m'étais dit : si M. Ahmed ne vient pas comme il me l'a promis, il n'est plus mon fils et je ne suis plus sa mère !

A quoi notre homme répondit avec un sourire :

– A Dieu ne plaise ! Je suis à vos ordres. Je suis votre fils et Khadiga votre fille...

Elle avança les lèvres et poursuivit :

– Vous êtes tous mes enfants. Mme Amina est ma brave petite fille, et toi, tu es la crème des hommes... Quant à Khadiga... (Elle le regarda en roulant de gros yeux...) elle n'a hérité d'aucune des qualités de ses vénérables parents !

Puis, hochant la tête :

– O Dieu de miséricorde !

M. Ahmed, sur un ton d'excuse :

– Je me demande comment elle a fait pour vous fâcher à ce point ! J'avoue que cette affaire m'a fait tomber des nues ! Je trouve cela parfaitement inadmissible ! Mais... Parlez-moi plutôt de ses méfaits...

– Oh ! c'est une vieille histoire ! reprit-elle, le visage rembruni. Nous vous avons tout caché pour répondre aux vœux de sa mère qui s'est évertuée en vain à corriger ses défauts. Mais je ne parlerai qu'en face d'elle. En face d'elle, monsieur Ahmed, comme j'en ai décidé devant vous à la boutique !

Sur ce, la compagnie arriva, Ibrahim en tête, suivi de Khalil, d'Aïsha et de Khadiga. Tour à tour ils serrèrent la main de Monsieur jusqu'à ce que vienne celui de l'intéressée. Tandis qu'elle s'inclinait devant lui avec une politesse exemplaire, pour lui baiser la main, la vieille ne put s'empêcher de s'exclamer, stupéfaite :

– Dieu du ciel! Que signifie cette pantomime? Es-tu bien Khadiga? Ne vous fiez pas aux apparences, monsieur Ahmed!

Khalil, reprenant sa mère :

– Allons, ne commencez pas à fatiguer notre père... La situation n'oblige en rien un procès!

– D'abord, que fais-tu ici, toi? lui répondit-elle en haussant la voix. Que venez-vous tous faire ici? Laissez-nous et allez en paix...

– Calmez-vous et priez Dieu l'Unique! conseilla Ibrahim avec délicatesse.

– Je n'ai pas besoin de toi pour le faire, imbécile! D'abord, si tu étais un homme digne de ce nom, tu ne m'aurais pas obligée à déranger ce brave monsieur. Qu'est-ce que tu viens faire ici? Tu devrais être en train de ronfler, comme d'habitude!

Khadiga se trouva bien aise de cette entrée en matière. Elle espérait que la dispute allait s'aggraver entre la mère et le fils jusqu'à faire passer son affaire dans les oubliettes. Mais M. Ahmed lui demanda d'une voix sonore qui coupa court à la bataille espérée :

– Qu'ai-je appris à ton sujet, Khadiga? Est-ce vrai que tu n'es pas la bonne fille, polie, obéissante à sa mère – Dieu me pardonne, à notre mère à tous – que tu devrais être?

Tout espoir était perdu. Elle baissa les yeux et remua les lèvres dans un murmure indistinct, secouant la tête avec dénégation. Mais la dame en appela d'un geste à l'attention de tous et reprit son récit en disant à M. Ahmed :

– C'est une vieille histoire que je n'aurai pas le temps de te raconter ici dans le détail. Depuis le premier jour où elle a mis le pied dans cette maison, elle n'a cessé de me faire front pour un oui ou pour un non et de me parler avec la langue la plus insolente que j'ai jamais vue! Je ne tiens pas à te répéter tout ce que j'ai pu entendre en cinq ans et plus! Et des ci et des ça, et des méchancetés en veux-tu en voilà! Elle a commencé par contester mon autorité sur cette maison et dire du mal de ma cuisine. Vous rendez-vous compte, mon bon monsieur? Après quoi elle a tenu absolument à se couper de moi en faisant foyer à part, brisant l'unité de cette maison. Elle est même allée jusqu'à interdire à Suwaïdane de pénétrer chez elle sous prétexte qu'elle est ma servante et s'est empressée d'en engager une autre à son service. Et la terrasse! La terrasse qui est pourtant assez grande, mon pauvre monsieur, eh bien, elle me l'a envahie! A tel point que j'ai dû aller mettre mes poules dans la cour! Que te dire encore, mon petit? Ce n'est qu'un échantillon. Enfin tant pis! Je me suis dit : après tout, ce qui est fait est fait. Alors j'en ai pris mon parti. J'avais cru qu'une fois qu'elle aurait pris son indépendance c'en serait fini des causes de dispute. Crois-tu que j'avais raison? Point du tout, je te l'assure!...

Prise d'un picotement de la gorge, elle s'interrompit et partit d'une toux qui lui boursoufla les tempes. Pendant ce temps, Khadiga la regardait du coin de l'œil, priant Dieu tout bas de la rappeler à lui avant qu'elle n'ait achevé son récit. Mais sa toux se calma. Elle ravala sa salive, récita la formule : « Je témoigne qu'il n'y a de Dieu qu'Allah... », puis leva vers M. Ahmed deux yeux larmoyants en lui demandant d'une voix enrouée :

– Vous répugneriez, vous, monsieur Ahmed, à m'appeler « ma mère »?

A quoi notre homme répondit, s'efforçant de montrer un visage grave en dépit d'Ibrahim et de Khalil qui souriaient dans leur coin :

– Dieu m'en préserve, ma mère!

– Que le Seigneur vous protège, monsieur Ahmed! Eh bien, pourtant, votre fille y répugne! Elle m'appelle « madame ». Je n'arrête pas de lui dire : « Appelle-moi maman. » Elle me répond : « Et comment j'appellerai celle que j'ai à Bayn el-Qasrayn alors? » Je lui dis : « Je suis pour toi une maman et ta maman en est une autre! » Elle me répond : « Je n'ai qu'une maman, Dieu me la garde! » Rendez-vous compte, mon bon monsieur! Moi qui l'ai mise au monde de mes propres mains!...

M. Ahmed lança à Khadiga un regard courroucé. Puis il lui demanda d'un ton acerbe :

– C'est vrai, Khadiga? Parle!

Tremblant de colère autant que de peur, elle semblait avoir perdu toute faculté de s'exprimer. Désespérant par ailleurs de l'issue de la conversation, l'instinct d'auto-défense la poussa à chercher son salut dans les voies de l'imploration et du martyre...

– Je suis victime d'injustice! dit-elle d'une voix éteinte. Tout le monde ici le sait! Vraiment, papa, je vous le jure, victime d'injustice!

M. Ahmed était stupéfait de ce qu'il entendait. Bien qu'ayant réalisé d'emblée l'état de sénilité auquel la dame était assujettie, bien que le climat de farce qui flottait dans l'air, et dont les signes se lisaient sur les visages d'Ibrahim et de Khalil, n'échappât nullement à sa sagacité, il résolut, à dessein tout à la fois de satisfaire la dame et d'intimider Khadiga, de faire mine de sérieux et de gravité. L'opiniâ-treté, l'âpreté de caractère de Khadiga telles qu'elles se révélaient à lui et dont jamais il n'avait eu idée auparavant le saisissaient d'étonnement. Etait-elle ainsi depuis qu'elle avait grandi dans sa maison? Amina savait-elle sur elle des choses qu'il ne savait pas? Allait-il, comme pour Yasine, découvrir après tant et tant d'années une nouvelle image de sa fille, contraire à celle qu'il s'était faite d'elle?

– Je veux savoir la vérité! s'exclama-t-il. Je veux savoir qui tu es réellement! Car la femme dont parle notre mère n'est pas celle que j'ai eu coutume de connaître! Laquelle est la vraie?

La vieille rassembla les bouts de ses doigts et secoua la main[1], l'invitant à attendre qu'elle ait achevé son récit.

– Je lui ai dit, reprit-elle : « Je t'ai sortie moi-même du ventre de ta mère! » Elle m'a répondu d'un ton mauvais,

1. Geste très usité dans les pays arabes, destiné à appeler la patience de l'interlocuteur. Par les bouts des doigts rassemblés, on « attrape » en quelque sorte l'esprit de ce dernier et on l'« allonge » en secouant la main de haut en bas. A telle enseigne que le geste est parfois accompagné de la formule : « Allonge ton esprit », *i.e.* sois patient.

comme jamais de ma vie je n'en avais entendu : « Alors c'est un miracle si j'en ai réchappé! »

Ibrahim et Khalil éclatèrent de rire tandis qu'Aïsha baissait la tête pour dissimuler un sourire qui forçait ses lèvres.

– C'est ça! Riez, riez de votre mère! s'indigna la vieille, s'adressant à ses deux fils.

Quant à M. Ahmed, il prit un visage sévère, malgré le rire qui s'agitait en lui. Ses filles étaient-elles donc de sa trempe, elles aussi? Cela ne méritait-il pas d'être raconté à Ibrahim Alfar, Ali Abd el-Rahim et Mohammed Iffat?

– Nom de nom! fit-il à Khadiga, courroucé, je saurai te le faire payer!

La vieille, visiblement aux anges, continua son récit :

– Quant à la dispute d'hier, en voici la raison : Ibrahim avait invité quelques amis à un déjeuner où elle avait, entre autres, servi une circassienne[1]. Le soir, Ibrahim, Khalil et Aïsha descendent avec elle veiller chez moi. On en vient à parler du repas et Ibrahim souligne les éloges des invités pour la fameuse circassienne. Mme Khadiga se pâmait d'aise. Mais ça ne lui a pas suffi. Elle a commencé à soutenir que la circassienne a toujours été le plat traditionnel de sa maison paternelle. Je lui dis en toute bonne intention : « Non, ma petite fille, c'est Zaïnab, la première femme de Yasine, qui a introduit chez vous la circassienne et tu l'auras nécessairement apprise d'elle! » Je vous jure, monsieur Ahmed, que je parlais sans malveillance et que je ne voulais faire de tort à personne! Mais, tenez-vous bien, elle est montée sur ses ergots et m'a crié en plein visage : « Vous connaissez mieux notre maison que nous maintenant? » Je lui dis : « Je la connaissais bien avant toi. » Alors elle se met à hurler : « Vous êtes jalouse de nous! Vous ne pouvez pas supporter qu'on nous attribue quelque chose de bien! Même pas la façon de faire la circassienne! On mangeait la circassienne chez nous bien avant que Zaïnab soit née. Et d'abord c'est honteux de mentir à votre

1. Poulet au riz. Plat d'origine tcherkesse.

âge! » Et voilà! comme je vous le dis, mon brave monsieur, les mots qu'elle m'a jetés à la face devant tout le monde! Sur votre foi, laquelle de nous deux est la menteuse?

– Alors, comme ça, elle vous a traitée de menteuse ouvertement! s'indigna notre homme, hors de lui. Dieu du ciel et de la terre! Ce n'est pas ma fille!

Mais Khalil rétorqua à sa mère, choqué :

– C'est pour cela que vous avez dérangé notre père? Est-il permis de le contrarier et de lui faire perdre son temps avec une querelle puérile à propos d'une... circassienne? C'est un peu fort, mère!

Elle le regarda droit dans les yeux et lui cria, la mine courroucée :

– Toi, la ferme! Disparais de ma vue! Je ne suis pas une menteuse, et personne n'a le droit de me traiter de la sorte! Je sais ce que je dis et il n'y a pas de honte à dire la vérité. La circassienne n'a jamais été un plat connu chez M. Ahmed avant que Zaïnab ne l'y introduise. Il n'y a rien là qui déshonore ou abaisse qui que ce soit! C'est la simple vérité! Vous n'avez qu'à demander à M. Ahmed. Vous l'avez là devant vous. Qu'il me contredise si je mens. Les ragoûts qu'on mange chez lui sont renommés... avec le riz à la viande. Mais pour ce qui est de la circassienne, jamais on ne l'a vue à sa table avant l'arrivée de Zaïnab! Parlez, monsieur Ahmed, vous êtes notre seul juge!

Tout le temps que la vieille récitait sa tirade, notre homme s'était efforcé de réprimer un rire. Mais, au moment de parler, il dit d'un ton véhément :

– Si seulement sa faute se limitait au mensonge et aux fausses prétentions! Mais il faut encore qu'elle y ajoute l'incorrection! C'est d'être éloignée de ma main qui t'a encouragée à cette conduite insolente? Tu sais, ma main va droit où elle doit aller, et sans hésiter! Vraiment, si ce n'est pas malheureux pour un père de voir sa fille avoir encore besoin d'être corrigée et éduquée une fois arrivée à l'âge mûr et après que sa qualité d'épouse et de mère en a fait une femme à part entière!

Puis, brandissant une main menaçante :

– Tu me chauffes les oreilles! Par Dieu, te voir là devant moi me désole!

A ces mots, Khadiga éclata en sanglots. Autant par émotion que par calcul! Elle n'avait pas d'autre moyen de se défendre. Elle dit d'une voix tremblante, étranglée par les larmes :

– On est injuste avec moi! Dieu me soit témoin. On est injuste avec moi! Elle ne peut pas me voir sans me dire des méchancetés. Elle n'arrête pas de me dire : « Sans moi, tu aurais fini vieille fille! » Alors que je ne lui ai jamais rien fait de mal! Tout le monde est là pour en témoigner!

Cette scène, à la fois sincère et truquée, ne laissa pas toutefois les esprits insensibles. Khalil Shawkat plissa le front, furieux, tandis qu'Ibrahim baissait les yeux de dépit. Il ne fut pas jusqu'à M. Ahmed lui-même qui, bien que gardant un visage impassible, ne sentît son cœur se serrer comme autrefois à l'évocation de l'hypothèse que sa fille fût restée vieille fille. Quant à la vieille, elle se mit à décocher à sa bru des regards acérés par-dessous ses sourcils chenus, l'air de lui dire : « C'est ça, fais ta comédie, ma maligne, ça ne prend pas avec moi! » Puis, sentant l'atmosphère exhaler un vent de pitié pour la simulatrice, elle s'écria sur un ton de bravade :

– Tenez! Regardez sa sœur Aïsha! Mon enfant, jure-moi sur ce que tu as de plus cher, jure-moi sur le saint Coran, de témoigner de ce que tu as vu et entendu! Est-ce que ta sœur ne m'a pas traitée ouvertement de menteuse? Ai-je décrit l'affaire de la circassienne avec exagération? Parle, ma petite fille, parle, je t'en prie! Ta sœur m'accuse aujourd'hui d'injustice après m'avoir traitée hier de menteuse! Parle pour que M. Ahmed sache qui est l'injuste et qui est l'agresseur...

En se voyant brutalement aspirée dans le tourbillon de cette affaire qu'elle avait cru pouvoir regarder jusqu'au bout en spectatrice, Aïsha fut saisie de panique. Sentant le danger l'encercler de toutes parts, elle se mit, l'air d'implorer aide, à promener ses jolis yeux entre son mari et son frère Ibrahim.

Ce dernier alla pour s'interposer, mais M. Ahmed le prit de vitesse en disant à Aïsha :

– Aïsha, notre mère en appelle à ton témoignage! Tu dois parler!...

Elle se troubla au point de devenir blême. Elle bougea les lèvres mais uniquement pour avaler sa salive. Puis elle baissa les yeux pour fuir le regard de son père, gardant obstinément le silence. Au même moment, Khalil éleva la voix pour protester :

– Jamais je n'ai vu appeler une jeune fille à témoigner contre sa sœur.

– Et moi, rugit la vieille, jamais je n'ai vu des enfants se liguer contre leur mère comme vous le faites en ce moment!

Puis, se tournant vers notre homme :

– Mais son silence me suffit! C'est un témoignage en ma faveur, monsieur Ahmed!

Aïsha pensait que son supplice était terminé, quand soudain elle entendit, séchant ses larmes, Khadiga l'implorer :

– Parle, Aïsha! M'as-tu entendue l'injurier?

Elle maudit sa sœur intérieurement, du fond du cœur. Sa tête d'or fut prise d'un tremblement nerveux.

– A la bonne heure! s'écria la vieille. C'est elle-même qui te demande ton témoignage. Tu ne peux plus reculer, mon petit chou! Mais, Seigneur, si j'étais vraiment injuste envers elle comme elle le prétend, alors pourquoi ne le serais-je pas aussi envers sa sœur? Pourquoi tout se passe le mieux du monde entre elle et moi? Pourquoi, mon Dieu? Je vous le demande!

A ces mots, Ibrahim Shawkat se leva et alla s'asseoir à côté de M. Ahmed.

– Mon père, lui dit-il, je suis vraiment désolé que nous vous ayons fatigué et fait perdre inutilement votre temps précieux! Laissons là cette histoire de plainte et de témoignage. Laissons là cette malheureuse affaire et voyons des choses plus importantes et plus utiles. Votre présence aura été, j'en suis sûr, un bien et une bénédiction. Concluons la paix entre ma mère et mon épouse. Qu'elles s'engagent toutes deux devant vous à la respecter pour toujours...

La proposition sourit à M. Ahmed. Toutefois, en homme de tact, il répondit, secouant la tête avec objection :

– Non, non! Je ne cautionnerai aucune paix! Une paix ne peut se conclure qu'entre gens du même âge. Or les deux parties sont ici, d'un côté notre mère, de l'autre notre fille. La fille ne peut être comptée pour une mère! Il faut donc tout d'abord que Khadiga fasse des excuses à sa mère pour ce qu'elle a fait. Libre à cette dernière de lui pardonner. Après, seulement, nous pourrons parler de paix!

La vieille arbora un large sourire qui referma ses rides comme un accordéon. Elle n'en lança pas moins à Khadiga un regard méfiant, puis se tourna à nouveau vers M. Ahmed, sans mot dire :

– On dirait bien que ma proposition ne rencontre guère de faveur! s'étonna-t-il.

– Tu as toujours le mot juste! répondit la vieille avec gratitude. Dieu bénisse tes lèvres et te garde!

Notre homme fit un signe à Khadiga, qui se leva sans tarder et s'approcha de son père en se sentant comme jamais anéantie. Lorsqu'elle se trouva debout devant lui, il lui dit d'un ton sans réplique :

– Va embrasser la main de ta mère et dis-lui : pardonnez-moi, maman!

O Ciel! Jamais – même dans un cauchemar – elle ne s'était imaginée pouvoir se retrouver un jour en pareille posture! Mais son père, son vénéré père, en avait lui-même décidé ainsi! Oui! En avait décidé ainsi un homme dont elle ne pouvait récuser la sentence. Tant pis! Qu'il en soit fait selon la volonté de Dieu!...

Elle se tourna vers la vieille, se pencha vers elle, lui prit la main que cette dernière lui offrait – parfaitement, lui offrait, sans réticence, du moins en apparence – et la lui baisa, submergée par une vague de répulsion, de dégoût et de cruelle douleur.

– Pardonnez-moi, maman! grommela-t-elle.

Le visage rayonnant de joie, la vieille la fixa longuement du regard et répondit :

– Je te pardonne, Khadiga! Je te pardonne en hommage à ton père et en acceptant ton repentir!

Elle eut un petit rire puéril et conclut sur le ton de l'avertissement :

– Et maintenant je ne veux plus de disputes à propos de la circassienne! Ça ne vous suffit pas de surpasser le monde entier avec vos ragoûts et votre riz à la viande?

Et notre homme de conclure à son tour, jovial :

– Louons le Seigneur de cette paix!

Puis, levant les yeux vers Khadiga :

– Et maintenant, tu lui diras toujours « maman » et pas « madame ». Elle est elle aussi ni plus ni moins qu'une maman pour toi...

Puis, d'une voix sombre et affligée :

– Diable, mais d'où tiens-tu pareil caractère, Khadiga? Nul ayant grandi dans ma maison ne devrait en connaître de semblable! Aurais-tu oublié ta mère et ses qualités de politesse et de douceur? Oublies-tu que tout mal dont tu te rends coupable c'est sur moi qu'en retombe le déshonneur? Par Dieu, je m'étonne en entendant le récit que nous fait ta mère... et je n'ai pas fini de m'étonner...

*

M. Ahmed parti, la petite famille grimpa l'escalier chacun pour rejoindre ses foyers, Khadiga en tête du cortège, blanche de colère et d'amertume. Tous ceux qui marchaient derrière elle, outre qu'ils redoutaient ce dont allait accoucher son silence, étaient pénétrés du sentiment que la sérénité habillait moins que jamais les cœurs. C'est pourquoi Khalil et Aïsha les raccompagnèrent, elle et Ibrahim, jusqu'à leur appartement, bien que le chahut auquel se livraient Naïma, Othman et Mohammed eût été suffisant pour les inciter à faire demi-tour aussitôt!

Lorsqu'ils eurent regagné leurs places dans le salon, Khalil, dans l'intention de sonder l'atmosphère, déclara, s'adressant à son frère :

— Ton petit mot de conclusion a été décisif et du meilleur effet!

A ces mots, Khadiga, retrouvant la parole, lui lança, pleine de dépit :

— Il a amené la paix, c'est ça? Il a été la cause de la pire honte que j'aie jamais subie, oui!

— Il n'y a pas de honte à embrasser la main de ma mère et à lui demander pardon! s'étonna Ibrahim, l'air désapprobateur.

— A vous, c'est votre mère! s'exclama-t-elle d'un ton détaché. A moi, c'est mon ennemie! Elle aurait pu courir pour que je l'appelle « maman » si papa ne me l'avait pas ordonné! Oh! ça, oui! Et si elle est devenue tout d'un coup ma maman c'est uniquement sur l'ordre de papa et de lui seul!

Ibrahim se laissa tomber sur le dossier du canapé dans un soupir d'impuissance. De son côté, Aïsha était anxieuse, ne sachant comment sa sœur avait accueilli son refus de témoigner. Ce qui ajoutait particulièrement à son anxiété était que celle-ci faisait tout pour ne pas la regarder. Aussi, afin de l'amener à lui exprimer clairement ses sentiments, se résolut-elle à la solliciter la première, lui disant avec douceur :

— Il n'y a pas de honte, puisque vous vous êtes réconciliées! Tu ne dois plus penser qu'à cette heureuse fin...

Khadiga se cambra et, décochant à sa sœur un regard courroucé :

— Aïsha! ne m'adresse plus la parole! dit-elle d'un ton sec. Tu es la dernière personne au monde qui soit en droit de me parler!

Aïsha feignit l'étonnement :

— Moi? demanda-t-elle en promenant son regard entre Ibrahim et Khalil. Mais pourquoi, à Dieu ne plaise?

— Parce que tu m'as trahie et que tu as témoigné contre moi par ton silence! rétorqua-t-elle d'un ton aussi sec et percutant qu'une balle de fusil. Parce que tu as préféré faire plaisir à l'autre plutôt que de venir en aide à ta sœur! C'est ce que j'appelle une vraie trahison!

— Tu es bizarre, Khadiga! Tout le monde sait bien que ce silence était dans ton intérêt!

— Si tu avais vraiment pris soin de mon intérêt, répliqua-t-elle sur un ton identique ou plus âpre encore, tu aurais témoigné pour moi en disant la vérité, quitte même à mentir, peu importe! Mais non! Tu as préféré celle qui te nourrit à ta sœur. Ne m'adresse plus la parole! Pas un seul mot... Nous avons une mère qui saura juger!

Le lendemain, en fin de matinée, au mépris de la boue qui recouvrait les rues et des ornières remplies d'eau stagnante, Khadiga s'en fut trouver sa mère. Elle alla droit au fournil et Amina se leva pour l'accueillir avec une joie chaleureuse. Puis Oum Hanafi se porta à son tour au-devant d'elle en poussant des cris de bienvenue. Comme elle répondait froidement aux salutations, Amina la sonda d'un regard interrogateur.

— Je suis venue te voir pour que tu me dises ce que tu penses d'Aïsha! déclara-t-elle d'entrée de jeu. Je n'ai plus la force d'en endurer davantage!

Le visage d'Amina refléta un sentiment d'inquiétude mêlée de douleur.

— Bonté du ciel, qu'est-il arrivé? dit-elle, l'invitant d'un signe de tête à la précéder au-dehors. Ton père m'a parlé de ce qui s'est passé à al-Sokkariyya. Mais... qu'est-ce qu'Aïsha a à voir dans toute cette affaire?

Puis, tandis qu'elles gravissaient les marches de l'escalier :

— Ah! mon Dieu, Khadiga! Combien de fois t'ai-je suppliée de te montrer magnanime! Ta belle-mère est une vieille dame dont tu dois respecter l'âge! Le simple fait d'être allée à la boutique avec le temps qu'il faisait hier prouve qu'elle n'a plus toute sa tête... Et puis, qu'y pouvons-nous? Si tu savais comme ton père a été fâché! Il n'arrivait pas à croire que des méchancetés aient pu sortir de ta bouche! Mais... qu'est-ce qui t'a montée contre Aïsha? Elle n'a rien dit? C'est ça? C'est qu'elle ne pouvait pas faire autrement...

Elles s'assirent toutes deux dans le salon – celui de la séance du café – sur un canapé, côte à côte.

– Maman! s'exclama Khadiga sur un ton de mise en garde. J'ose espérer que tu ne vas pas te mettre toi aussi de leur côté! Mais qu'est-ce que j'ai fait au bon Dieu pour ne trouver aucun soutien sur cette terre!

Amina eut un sourire de blâme :

– Ne dis pas cela! Ne crois pas cela, ma petite fille! Dis-moi plutôt tes reproches envers Aïsha...

Khadiga repoussa l'air d'un coup de main, comme souffletant un adversaire :

– Les pires! Elle a témoigné contre moi en me faisant subir la pire humiliation!

– Qu'a-t-elle dit?

– Rien!

– Dieu soit loué!

– Le malheur vient justement de ce qu'elle n'a rien dit!

– Mais que pouvait-elle dire? demanda Amina avec un sourire attendri.

A quoi Khadiga, la mine rechignée, répondit d'un ton sec, comme poussée à bout par la question de sa mère :

– Elle pouvait tout simplement témoigner que je n'ai jamais rien fait de mal à cette femme! Qu'est-ce qui l'en empêchait? En disant cela, elle n'aurait rien fait de plus que de s'acquitter de ses devoirs de sœur! Elle pouvait dire au moins qu'elle n'avait rien entendu. Non! La vérité, c'est qu'elle a préféré cette femme à moi! Elle m'a laissée tomber et à la merci de cette vieille toupie! Je n'oublierai jamais ça d'elle aussi longtemps que je vivrai!

– Khadiga! ne me tourne pas les sangs! s'exclama Amina avec une expression de crainte et de douleur. Tout devrait déjà être oublié ce matin...

– Oublié? Je n'ai pas dormi une minute cette nuit! Je

l'ai passée sans fermer l'œil, avec une tête comme du feu! Le malheur ne serait rien s'il ne venait pas d'Aïsha! De ma propre sœur! Elle a jugé bon de rejoindre le parti de Satan! A son aise! J'avais une belle-mère, maintenant j'en ai deux! Ah! cette Aïsha! Pourtant, combien de fois je l'ai couverte! Si j'étais une traîtresse comme elle, j'irais raconter à papa toute l'indécence dont sa vie est remplie. Elle aimerait bien passer auprès de lui pour un bon petit ange pendant qu'il me verrait, moi, comme le pire des démons! Que non! Je vaux mille fois mieux qu'elle! J'ai une dignité irréprochable, moi! S'il n'y avait pas eu papa (là, son ton s'envenima), aucune force au monde n'aurait pu m'obliger à aller embrasser la main de mon ennemie et à l'appeler maman!

— Tu es en colère! s'exclama Amina en lui caressant la main avec tendresse. Toujours en colère! Calme-toi donc un peu... Allez, tu vas rester avec moi, qu'on déjeune toutes les deux et qu'on discute calmement...

— J'ai toute ma raison et je sais très bien ce que je dis. Je veux demander à papa laquelle de nous deux vaut mieux que l'autre : celle qui reste à s'occuper de sa maison ou celle qui est toujours fourrée chez les voisines et qui chante en faisant danser sa fille!

— Ce n'est même pas la peine de demander l'avis de ton père à ce sujet! soupira Amina. Et puis Aïsha est une femme mariée et c'est à son mari et lui seul qu'il appartient de juger de sa conduite. Et, puisqu'il lui permet d'aller chez les voisines et sait qu'elle chante parmi ses amies qui l'aiment et aiment sa voix, en quoi cela nous regarde-t-il, nous? C'est ça que tu appelles de l'indécence? Ça te fâche vraiment que Naïma danse? Elle n'a que six ans et pour elle danser est un jeu! Non! Ce qu'il y a, c'est que tu es en colère, Khadiga! Dieu te pardonne!

— Je maintiens ce que j'ai dit! s'entêta Khadiga. Et puisque ça te fait plaisir que ta fille aille donner la sérénade chez les voisins pendant que sa fille se trémousse, ça te plaira sûrement aussi d'apprendre qu'elle fume, comme les hommes! Oui, oui, je vois que tu t'étonnes! Eh bien, je te le répète : Aïsha fume et c'est devenu chez elle une manie dont elle ne peut plus se passer! Son mari lui fournit ses cigarettes et lui dit comme si de rien n'était : « Tiens, chouchou, ton paquet! » Je l'ai vue, de mes yeux vue, aspirer la fumée et la faire ressortir en même temps par la bouche et par le nez! Par le nez! Tu m'entends? Elle ne se cache même plus de moi comme elle faisait au début. Elle est même allée une fois jusqu'à m'inciter à fumer en prétextant que c'est bon pour les sens nerveux. Voilà Aïsha! Je serais bien curieuse d'avoir ton avis, et celui de papa aussi...

Un silence se fit. Amina semblait plongée dans une amère confusion. Elle prit néanmoins le parti de s'en tenir à son attitude d'apaisement et poursuivit :

– Fumer est une vilaine habitude, même pour les hommes. Ton père n'a jamais touché au tabac. Alors tu imagines ce que j'en pense pour les femmes! Mais que puis-je en dire si c'est son mari qui l'a incitée à le faire et le lui a appris? Qu'y pouvons-nous, Khadiga? C'est son mari qui en est le maître, pas nous! Tout ce que nous pouvons faire est de l'avertir, si encore ça peut servir à quelque chose!...

Khadiga se mit à regarder sa mère dans un silence témoignant de son hésitation puis se risqua en disant :

– Son mari la gâte honteusement! Résultat, il l'a pervertie et l'a entraînée avec lui dans tous ses vices. Et encore, fumer n'est pas la pire de ses manies! Il boit du vin, chez lui, sans se cacher! Il a toujours une bouteille sous la main, comme si c'était un besoin vital! Et, tu verras, il l'entraînera à boire comme il l'a entraînée à fumer! Pourquoi pas pendant qu'on y est! La vieille sait bien que l'appartement de son fils est une véritable taverne, mais elle s'en fiche pas mal! Tu verras, il finira par la faire boire. J'irai même jusqu'à affirmer que c'est déjà fait! Un jour je lui ai senti une haleine bizarre... Je l'ai interrogée à ce sujet en la forçant à avouer bien qu'elle ait essayé de nier! Je te jure qu'elle a goûté au vin et qu'elle commence à en prendre le pli comme de fumer!

– Tout sauf ça, Seigneur! s'écria Amina avec détresse. Ménage-toi et ménage-nous! Crains Dieu, Khadiga!

– Je crains Dieu, il m'en est témoin! Je ne fume pas, moi, et ma bouche n'empeste pas des odeurs suspectes! Je ne laisse pas une goutte d'alcool entrer chez moi! Tu ne sais pas que l'autre idiot a essayé lui aussi de se procurer cette maudite bouteille? Mais je l'ai attendu au tournant, et je lui ai dit comme ça, tout net : je ne resterai pas dans une maison où il y a une bouteille de vin! Devant ma résolution, il a fait marche arrière et en a été quitte pour mettre sa bouteille en dépôt chez son frère, ou, si tu préfères, chez la dame qui m'a trahie hier. Chaque fois que j'ai élevé la voix pour maudire le vin et ceux qui en boivent, il m'a dit – Dieu lui coupe la langue! – « Mais, diable, d'où tenez-vous cette intransigeance? Regardez votre père, c'est un vrai boute-en-train! Il est bien rare que le vin et le luth manquent à ses soirées! » Tu entends un peu ce qu'on raconte sur mon père chez les Shawkat?

L'angoisse et la tristesse percèrent dans le regard d'Amina. Elle commença à serrer et desserrer les poings dans un trouble angoissé avant de déclarer d'une voix trahissant une réprobation douloureuse :

– Pitié, Seigneur! Nous ne sommes pas gens à cela! En toi sont le Pardon et la Miséricorde! Ce sont les hommes qui pervertissent les femmes! Non! Je ne me tairai pas et il n'est pas permis que je me taise! Je demanderai des comptes sévères à Aïsha. Mais je ne crois pas ce que tu dis d'elle. C'est tout le mal que tu penses d'elle qui te pousse à t'imaginer des choses qui ne reposent sur rien. Ma fille est pure et pure elle restera! Même si son mari est devenu un démon! Je lui parlerai franchement et en toucherai mot à M. Khalil s'il le faut. Qu'il boive tout son soûl et que Dieu lui pardonne! Quant à ma fille, puisse-t-il l'éloigner de Satan!

Pour la première fois, une brise de soulagement souffla sur l'esprit de Khadiga. Tout en observant le trouble de sa mère d'un œil satisfait, elle se persuada, rassurée, qu'Aïsha comprendrait bientôt tout ce qu'elle avait perdu à la trahir.

Peu lui importait la peinture exagérée, la description tranchée qu'elle avait donnée des faits, jusqu'à qualifier l'appartement de sa sœur de taverne, tout en sachant parfaitement qu'Ibrahim et Khalil ne touchaient au vin qu'à de très rares occasions et avec une modération qui les tenait toujours en deçà des limites de l'ivresse. Non! Elle était simplement furieuse et révoltée. Quant à ce qu'on avait dit de son père, comme quoi c'était un boute-en-train, etc., elle l'avait répété à sa mère sur un ton de désaveu ne laissant aucun doute sur son incrédulité. Encore que, devant l'unanimité qui unissait à ce sujet Ibrahim, Khalil et leur vieille mère, elle avait bien été obligée, depuis quelque temps, d'admettre leur témoignage; d'autant que ces derniers lui avaient révélé ce qu'ils savaient de lui sans prévention ni critique à son endroit, mais en louant au contraire sa générosité de caractère et en l'auréolant du titre de « Prince du bon goût de son époque ». Au tout début, elle avait fait pièce à ce consensus avec un entêtement obstiné, puis, peu à peu, le doute s'était insinué en elle, même si elle ne l'avouait pas. Elle avait beaucoup de mal à revêtir de ces attributs nouveaux la personnalité digne et imposante de son père à laquelle elle avait cru depuis sa plus tendre enfance. Mais, à vrai dire, ce doute n'en avait pas diminué pour autant l'importance et le prestige. Peut-être même s'était-elle trouvée rehaussée à ses yeux grâce aux qualités de bon goût et de générosité qu'on lui avait associées.

Quant à sa victoire présente, elle ne s'en contenta nullement et reprit sur un ton instigateur :

– Aïsha ne m'a pas seulement trahie, moi, elle t'a trahie toi aussi!...

Elle marqua une pause, le temps de laisser ses paroles agir en profondeur, et poursuivit :

– Elle rend visite à Yasine et Maryam à Qasr el-Shawq!

– Que dis-tu? s'exclama Amina en la regardant avec de grands yeux épouvantés.

– C'est la triste vérité! dit-elle, consciente d'avoir atteint au summum du triomphe. Yasine et Maryam sont venus nous voir plus d'une fois, Aïsha et moi. Tantôt l'une, tantôt l'autre... Il faut bien l'avouer, j'ai été obligée de les recevoir! Je ne pouvais pas faire moins, décemment, ne serait-ce que par respect pour Yasine! Mais autant te dire que l'accueil était plutôt réservé. Yasine m'a invitée chez eux, à Qasr el-Shawq. Inutile de te dire que je n'y suis pas allée. Il a renouvelé plusieurs fois l'invitation, mais ça n'a rien changé à ma résolution, au point que Maryam m'a dit : « Pourquoi ne viens-tu pas nous voir? Une vieille amie comme toi! » Mais je me suis défilée en prétextant toutes sortes d'excuses. Elle a essayé par tous les moyens de m'attirer : elle a commencé par se plaindre à moi de la manière dont Yasine la traitait, de sa conduite farfelue, comme quoi il la délaisse et n'est jamais là... Elle a sans doute voulu m'attendrir, mais je ne lui ai montré aucune pitié! Aïsha, elle, c'est tout le contraire! Elle l'accueille à bras ouverts, et que je te l'embrasse et tout et tout! Le pire, c'est qu'elle lui rend ses visites! Une fois, elle a même emmené M. Khalil avec elle, et une autre Naïma, Othman et Mohammed. Elle a l'air drôlement contente d'avoir renoué amitié avec elle! Je lui ai fait sentir qu'elle dépassait les bornes. Elle m'a répondu : « Le seul reproche qu'on puisse faire à Maryam, c'est notre refus d'en avoir fait la fiancée de notre cher Fahmi! Où est la justice là-dedans? » Je lui ai dit : « Aurais-tu oublié l'histoire du soldat anglais? » Elle m'a dit : « Tout ce qu'il nous importe, c'est qu'elle est la femme de notre grand frère! » Dis, maman, tu as déjà entendu des choses pareilles?

Amina se laissa vaincre par la tristesse. Elle baissa la tête et se replia dans le silence. Khadiga appuya un long regard sur elle puis reprit :

– Voilà Aïsha! Ni plus ni moins! Aïsha qui a témoigné contre moi hier et m'a forcée à m'humilier devant cette vieille gaga!

Amina poussa un soupir des profondeurs. Posant sur sa fille un regard éteint, elle lui dit d'une voix morne :

– Aïsha est une gamine qui n'a décidément ni cervelle ni

caractère! Elle restera comme ça toute sa vie. Puis-je dire autre chose? Je ne le veux ni ne le peux! Est-elle donc indifférente au souvenir de Fahmi? Je ne peux pas le croire! Tout de même, n'aurait-elle pas pu mesurer ses sentiments envers cette femme, ne serait-ce que par respect pour moi? Mais je n'en resterai pas là; je lui dirai qu'elle m'a offensée et que je suis triste et fâchée. Je verrai bien quelle leçon elle en tirera!

A ces mots, Khadiga saisit une mèche de cheveux sur sa tempe et s'exclama :

– Qu'on me coupe ça si jamais elle s'améliore! Elle vit dans un autre monde que le nôtre. Dieu sait pourtant si je suis sans parti pris contre elle. Depuis qu'elle est mariée, jamais je ne lui ai cherché d'histoires. Bon, c'est vrai, je l'ai reprise bien des fois pour sa négligence envers ses enfants, cette façon abaissante qu'elle a de flatter sa belle-mère, ou pour d'autres choses dont je t'ai parlé en temps utile. Mais jamais je ne suis allée dans mes remontrances au-delà du conseil sérieux ou de la critique sincère! C'est vraiment la première fois qu'elle me met hors de moi et que je lui déclare la guerre!

– Laisse-moi le soin de régler cette affaire! répondit Amina d'un ton de prière, quoique son visage marquât encore le dépit. Quant à toi, je ne veux qu'aucune querelle te sépare jamais d'elle! Il n'est pas bon que vos cœurs soient désunis, alors que vous vivez toutes les deux dans la même maison. N'oublie pas qu'elle est ta sœur et que tu es la sienne. Sa grande sœur même! Mais, Dieu soit loué, tu es une bonne fille qui a le cœur rempli d'amour pour les siens. Dans tous les moments difficiles, je n'ai jamais trouvé la consolation que dans ton bon cœur! Et Aisha, quelles que soient ses maladresses, est ta sœur. Ne l'oublie pas!

– Je lui pardonne tout! s'exclama Khadiga, affectée. Sauf d'avoir témoigné contre moi.

– Elle n'a pas témoigné contre toi! Elle a seulement eu peur de te fâcher et de fâcher sa belle-mère. Alors elle s'est repliée dans le silence. Elle a horreur de fâcher qui que ce soit, tu le sais bien! Même si son côté tête en l'air exaspère souvent bien des gens! Elle n'a pas voulu te faire du tort. Ne va pas chercher plus qu'il n'en faut dans sa conduite. Je viendrai vous voir demain pour régler mes comptes avec elle. Mais je vous réconcilierai. Et inutile de regimber, c'est compris?

Pour la première fois, l'angoisse et la crainte purent se lire dans le regard de Khadiga, au point qu'elle baissa les yeux pour le dissimuler à sa mère. Après un court silence, elle reprit à voix basse :

— Tu vas venir demain?

— Oui, la situation n'attend pas!

Khadiga dit, comme se parlant à elle-même :

— Elle va m'accuser de l'avoir trahie!

— Et alors! rétorqua Amina. La belle affaire!

Puis, pressentant en sa fille une angoisse grandissante, elle ajouta :

— En tout cas, je sais ce qu'il faut dire et ne pas dire!

Et Khadiga conclut, soulagée :

— Oui, c'est mieux comme ça! De toute façon, ce n'est pas demain la veille qu'elle reconnaîtra mes bonnes intentions ni mon désir d'améliorer son cas!...

11

En voyant Aïda franchir le portail, il ne put retenir un « Oh! » vibrant de ferveur et d'émotion.

Comme chaque jour, en fin d'après-midi, il attendait, debout sur le trottoir d'al-Abbassiyyé, épiant de loin la maison, sans autre espoir que de l'apercevoir à un balcon, à une fenêtre... Comme pour être dans l'air du temps que les derniers jours de mars emplissaient d'un parfum de générosité et de douceur, il avait mis un élégant complet gris, sans compter qu'aux assauts redoublés du désespoir et de la souffrance il répondait par un surcroît d'élégance.

Il ne l'avait pas revue depuis leur querelle sous la tonnelle. Pourtant, la vie ne lui laissait d'autre choix que de se rendre chaque jour, en fin d'après-midi, à al-Abbassiyyé, pour rôder de loin autour du palais avec une assiduité que rien ne pouvait décourager. Là, il se berçait d'espérances, se contentant, provisoirement, de contempler l'endroit et de repasser ses souvenirs.

Aux premiers jours de la séparation, si grande avait été sa douleur qu'elle l'avait laissé tel un fou en proie à son délire et à son obsession. Et, si une telle situation s'était éternisée, elle lui eût à coup sûr été fatale. Mais, grâce au désespoir auquel il s'était depuis longtemps accoutumé, une telle extrémité lui fut épargnée.

Ainsi, la douleur s'était tissée en lui un refuge attitré d'où, tel un organe originel, une force essentielle de l'âme, soit encore une affection violente qui, devenue chronique, eût perdu ses symptômes aigus et se fût stabilisée, elle remplissait son office sans inhiber les autres fonctions vitales. Il n'en avait pas pour autant trouvé la consolation. Comment pouvait-il se consoler de l'amour, la plus haute révélation que lui avait donnée la vie? Plus encore, profondément convaincu que celui-ci était éternel, il lui fallait s'armer de patience, comme il sied à tout homme destiné à porter une maladie jusqu'à la fin de ses jours.

Lorsqu'il la vit donc, sortant du palais, ce « Oh! » s'échappa de sa bouche.

De loin, il suivit des yeux sa démarche gracieuse qu'il languissait depuis si longtemps de revoir et son âme se mit à danser dans une fièvre suintante de désir et de volupté. Elle obliqua à droite et s'engagea dans la rue des Sérails... Aussitôt jaillit en lui une révolte soudaine qui balaya la défaite à laquelle il s'était plié depuis près de trois mois. Son cœur lui souffla d'aller jeter son chagrin à ses pieds en laissant maître le destin... Sans hésiter, il s'avança vers la rue des Sérails.

Si par le passé il avait pris garde de parler, par crainte de la perdre, aujourd'hui, il n'avait plus rien à redouter, outre que la souffrance qu'il avait endurée durant ces trois derniers mois ne lui offrait pas le luxe d'hésiter ou de reculer.

Elle ne tarda pas à sentir son pas derrière elle. Elle se retourna et le vit qui la suivait à faible distance. Mais, négligemment, elle ramena la tête en avant... Bien que ne s'attendant point à un accueil plus amène, il lui dit sur un ton de reproche :

– Est-ce ainsi que se retrouvent de vieux amis?

Pour toute réponse, elle pressa l'allure sans lui prêter la moindre attention. A son tour, il allongea le pas, tirant acharnement de sa douleur, et lui dit, alors qu'il arrivait à sa hauteur :

– Ne faites pas semblant de m'ignorer! Cela est insupportable et ne saurait être si vous vouliez être juste...

Tandis qu'il redoutait par-dessus tout qu'elle persiste

dans son attitude jusqu'à ce qu'elle fût arrivée à destination, il entendit soudain la voix de miel demander :

– S'il vous plaît, éloignez-vous et laissez-moi marcher en paix !

– Vous allez marcher en paix, dit-il d'un ton d'insistance mêlée de prière, mais pas avant que nous ayons réglé quelques comptes...

A quoi elle répondit d'une voix qui résonna, profonde et claire, dans cette rue des beaux quartiers qui semblait presque vide :

– J'ignore tout des comptes dont vous voulez parler ! Et je n'en veux rien savoir. Je souhaiterais seulement que vous vous conduisiez en gentleman !

– Je vous promets de me conduire plus dignement encore qu'un gentleman ! dit-il, plein de ferveur et d'émotion. Je ne saurais agir autrement, puisque c'est vous-même qui m'inspirez ma conduite.

– Je vous ai dit de me laisser tranquille ! répondit-elle sans lui avoir encore adressé un regard. C'est ce que j'ai voulu vous faire comprendre...

– Je ne le peux pas ! Je ne le pourrai pas avant de vous avoir entendue me disculper officiellement des accusations injustes portées contre moi et au nom desquelles vous m'avez puni sans même écouter ma défense.

– Je vous ai puni, moi ?

Un court instant, il laissa errer sa pensée, afin de savourer la magie de la situation. Elle avait daigné lui parler ! Et ralentir son pas bienheureux ! Peu en importait la raison : que ce fût par souci de l'écouter ou dans l'intention de faire durer le trajet afin de se débarrasser de lui avant d'arriver à destination. Cela ne changerait rien à cette merveilleuse vérité qu'ils étaient en train de marcher côte à côte dans la rue des Sérails, le long des grands arbres qui bordaient leur chemin, avec, au-dessus d'eux, les yeux paisibles des narcisses et les bouches riantes des jasmins qui, du haut des enceintes des palais, les regardaient dans une paix profonde dont son cœur enflammé aspirait au partage...

– Vous m'avez, dit-il, infligé la pire des punitions en me privant de vous voir trois mois entiers durant, alors que je souffrais d'avoir été accusé injustement...

– Mieux vaut ne pas revenir sur ces choses-là...

– Mais si! s'exclama-t-il d'une voix pleine d'émotion et de supplique. Au contraire! Il faut y revenir absolument! J'y insiste et vous en conjure au nom de la souffrance que j'ai endurée, jusqu'au bout de mes forces.

– Mais quelle est ma faute à moi? demanda-t-elle d'un ton placide.

– Je veux savoir si vous me considérez toujours comme vous ayant offensée. Ce qui est sûr, en tout cas, c'est que je ne saurais vous nuire d'aucune manière! Et si vous vous rappeliez mon amitié au cours de ces dernières années, vous vous en persuaderiez sans peine. Laissez-moi vous expliquer l'affaire dans le détail, en toute franchise. Voilà... Hassan Selim m'avait demandé un entretien, juste après notre discussion sous la tonnelle...

– Faites-nous grâce de tout cela! l'interrompit-elle, suppliante. C'est du passé!...

Ces derniers mots lui firent à l'oreille l'effet d'une lamentation funèbre à celle d'un mort, en admettant qu'un mort puisse entendre!

– Du passé! dit-il, l'affliction habillant sa voix d'une soudaine gravité, comme une note chutant d'une octave. Je sais que c'est du passé! Mais je tiens à ce que l'issue soit claire. Je ne voudrais pas que vous partiez en me soupçonnant de traîtrise ou de calomnie. Je suis innocent et j'ai peine à voir que vous pensez du mal d'une personne qui a pour vous la plus grande estime, le plus profond respect, et ne prononce jamais votre nom qu'associé à tous les éloges...

Elle lui jeta un regard en coin, l'air de lui dire, ironique : « D'où tenez-vous une si belle éloquence? » Puis, donnant à sa voix quelque douceur :

– Il semble qu'il y ait eu un malentendu... Mais le passé c'est le passé!

– Oui, mais à ce que je vois, s'enhardit-il, plein d'espoir, il subsiste encore un doute dans votre esprit.

– Point du tout! Je ne nie pas que je vous ai mal jugé à une époque, concéda-t-elle, mais la vérité m'est apparue par la suite.

Il se sentit le cœur soulevé par une vague de bonheur au sommet de laquelle il dansait comme ivre.

– Quand l'avez-vous su?

– Depuis pas mal de temps déjà...

Il posa sur elle un regard de gratitude et connut l'un de ces instants d'émotion où il fait bon se sentir comme une larme à l'œil...

– Vous avez su que j'étais innocent? demanda-t-il.

– Oui...

Hassan Selim allait-il retrouver en lui un respect mérité?

– Et comment l'avez-vous su?

– Je l'ai su..., dit-elle d'un ton bref trahissant son désir de couper court à l'interrogatoire. C'est tout ce qui compte!...

Il évita d'insister, par crainte de l'importuner. Pourtant, une pensée lui vint à l'esprit qui jeta sur son cœur un voile de tristesse. Aussi lui dit-il d'un ton de reproche :

– Malgré cela, vous vous êtes obstinée à disparaître! Vous ne vous êtes pas donné la peine de dire votre pardon, ne fût-ce que d'un mot, d'un signe! Alors que vous vous êtes savamment employée à manifester votre colère! Mais votre excuse va de soi et je l'accepte...

– De quelle excuse voulez-vous parler?

– De ce que vous ne connaissez pas la douleur! dit-il d'une voix sombre. Et je prie Dieu de ne jamais vous la faire connaître.

– Je n'aurais pas cru, dit-elle, l'air de se disculper, que ces accusations pourraient vous atteindre...

– Dieu vous pardonne! Elles m'ont atteint plus que vous n'imaginez! Et j'ai eu tant de peine à constater cette rupture si vaste entre nous! Et si encore cela s'était arrêté au fait que vous ignoriez l'am... mitié que j'avais pour vous..., mais il a encore fallu qu'on me couvre de cette calomnie! Regardez quelle était votre position par rapport à la mienne! Mais je vous avoue que cette injustice à mon égard n'est pas ce qui m'a fait le plus souffrir.

– Est-ce à dire, s'enquit-elle dans un sourire, que vous n'avez pas souffert que pour cette raison?

Ce sourire d'Aïda l'encouragea, comme un enfant, à épancher davantage ses sentiments :

– Oh! non! s'exclama-t-il avec émotion. Et l'accusation n'a pas été le pire! Le pire a été votre disparition... Chaque seconde de ces trois derniers mois a eu part à ma douleur. J'ai vécu comme fou! C'est pourquoi je prie Dieu sincèrement de ne jamais vous infliger cette épreuve. C'est la prière d'un homme averti. C'est que j'ai une expérience de la douleur... Et non des moindres! Une rude expérience qui m'a enseigné que si jamais le destin me condamnait à vous voir disparaître de ma vie, il serait plus sage pour moi d'en rechercher une autre! Tout m'était comme une interminable, une affreuse malédiction. Ne vous moquez pas de moi! Je redoute toujours quelque chose de semblable de votre part... Pourtant, un être qui souffre est une chose trop grave pour qu'on s'en rie... Je ne peux pas m'imaginer un ange bienfaisant comme vous se moquant de la souffrance des autres, peu importe que vous en soyez la cause. Mais qu'y faire? Je suis condamné depuis longtemps déjà à vous aimer de toute mon âme...

Un silence s'ensuivit, coupé de son souffle hésitant. Elle regardait devant elle et il ne put lire l'expression de son regard. Mais il trouva dans son silence un soulagement, car, à tout prendre, celui-ci ne valait-il pas mieux qu'un mot en l'air : Il le considéra comme une victoire.

« Imagine qu'elle vienne, de sa voix douce et tendre, exprimer le même sentiment! Tu es fou! Pourquoi as-tu déversé la source cachée de ton cœur? »

Mais il n'était ni plus ni moins qu'un sauteur qui, à force de vouloir sauter toujours plus haut, finit par se retrouver en train de planer dans les airs! Quelle force, maintenant, pouvait le faire taire?

– Ne me rappelez pas des choses que je ne souhaite pas entendre, reprit-il. Je m'en passerai volontiers. Ma tête? Je ne l'oublie pas! Je la porte jour et nuit sur mes épaules! Ni mon nez. Il m'arrive de le voir plusieurs fois par jour... Je possède en revanche quelque chose que les autres n'ont pas. Mon amour! J'en suis fier. Et vous aussi devez en être fière même si vous n'en éprouvez rien en retour. Il en est ainsi depuis le jour où je vous ai vue pour la première fois au jardin... Vous n'en avez rien senti? Si je n'ai pas songé à vous l'avouer plus tôt, c'était par crainte de voir se rompre l'amitié qui nous liait et d'être chassé du paradis. C'est que, voyez-vous, il ne m'était pas facile de risquer mon bonheur. Mais ce paradis, maintenant que j'en suis chassé, de quoi pourrais-je bien avoir peur?

Son secret lui avait coulé de sa bouche comme une hémorragie. Il ne percevait plus de l'existence que sa merveilleuse personne. C'était comme si la rue, les arbres, les palais, les quelques passants fugitifs s'étaient fondus dans un immense brouillard, ne laissant subsister qu'une mince trouée au milieu de laquelle apparaissait son adorée, silencieuse, avec sa taille gracile, sa couronne de cheveux noirs, son profil délicat entouré de mystère qui tantôt s'éteignait à l'ombre des murs dans les pâles reflets de l'ébène, tantôt s'illuminait, au passage d'une rue transversale, sous les feux du couchant... Il aurait bien continué à parler ainsi jusqu'au lendemain matin!

– Je vous ai dit que je n'avais pas songé à vous l'avouer plus tôt? Ce n'est pas tout à fait vrai. En vérité, j'avais projeté de le faire le jour où nous nous sommes retrouvés sous la tonnelle, quand Husseïn a été appelé au téléphone. Là, j'ai failli passer aux aveux. Mais vous m'avez coupé mon élan en vous en prenant à ma tête et à mon nez. Je me suis retrouvé..., si vous voulez... (il eut un petit rire bref), comme un orateur qui s'apprête à ouvrir la bouche et reçoit une avalanche de cailloux de ses auditeurs!

Elle resta muette, comme de juste! Un ange venu d'un autre monde, qui ne se plaît guère à parler le langage des humains ou à se préoccuper de leurs affaires! N'aurait-il pas été plus digne pour lui de garder son secret? Plus digne? Montrer de l'orgueil devant l'idole est impie! Tandis qu'exposer sa victime aux yeux de l'assassin est une manière de sagesse!

« Tu te rappelles ce rêve bienheureux dont tu t'es réveillé un matin les larmes aux yeux? Le rêve a tôt fait d'être englouti par l'oubli... Quant aux larmes, ou plutôt le souvenir qu'on en garde, elles restent un symbole éternel! »

– Je ne vous avais jamais dit cela que pour plaisanter! reprit-elle inopinément. Du reste, je vous avais prié ce jour-là de ne pas vous en formaliser...

« Cette sensation moelleuse mérite d'être savourée... comme une accalmie après une rage de dents! »

– Vous n'aurez besoin de me prier de rien! Car, comme je vous l'ai dit, je vous aime!...

Avec une grâce naturelle, elle se tourna vers lui et lui adressa un regard souriant qu'elle retira en hâte avant qu'il ne pût en saisir la nature. Quel genre de regard était-ce donc? Un regard de satisfaction? D'émotion? De tendresse? De douce complaisance? D'ironie polie? Avait-il embrassé son visage dans sa totalité ou bien s'était-il arrêté à la tête et au nez? Il l'entendit soudain déclarer :

– Je ne puis que vous remercier et vous prie de m'excuser de vous avoir fait souffrir involontairement. Vous êtes un garçon sensible et généreux...

L'envie le prit de se jeter à corps perdu dans le refuge du rêve, mais elle poursuivit en disant à voix basse :

– Et maintenant laissez-moi vous demander : quel but visez-vous?

Etait-ce la voix de son adorée qu'il entendait, ou bien l'écho de sa propre voix? La même question, mot pour mot, flottait encore, quelque part, dans le ciel de Bayn al-Qasrayn, bordée de ses soupirs! Le temps était-il venu pour lui d'y trouver réponse :

– L'amour a-t-il d'autre but que lui-même? demanda-t-il, perplexe.

« Elle sourit! Que peut bien signifier ce sourire : Mais toi, tu aspires à autre chose que des sourires! »

– Avouer est un point de départ, reprit-elle, ce n'est pas une fin en soi! Je me demande vraiment ce que vous voulez...

– Je veux..., dit-il avec la même perplexité, je veux que vous me permettiez de vous aimer...

Elle ne put s'empêcher d'en rire et demanda :

– C'est vraiment cela que vous voulez? Et que ferez-vous si je ne vous le permets pas?

– Dans ce cas, soupira-t-il, je vous aimerai quand même!

Elle s'enquit alors avec un semblant d'ironie qui le fit frémir :

– Alors à quoi bon demander la permission?

C'est vrai! Que les inconséquences de langage sont stupides! Le pire qu'il redoutait maintenant, c'était de retomber sur terre aussi brutalement qu'il s'en était élevé. Soudain, il l'entendit lui dire :

– Vous m'embrouillez!... Et je crois bien que vous vous embrouillez vous-même.

– Je... m'embrouille? demanda-t-il, troublé. Peut-être... En tout cas..., je vous aime... Quoi de plus? J'ai parfois l'impression d'aspirer à des choses que la terre ne pourrait porter. Pourtant, si je réfléchis un tant soit peu, je suis incapable de me fixer un but. Dites-moi, que signifie tout cela? Je voudrais que vous parliez et moi vous écouter... Avez-vous un remède à ma confusion?

– Je n'ai rien de tel! répondit-elle, souriante. Ce serait plutôt à vous de parler et à moi de vous écouter! N'êtes-vous pas philosophe :

– Vous vous moquez de moi! dit-il en rougissant, consterné.

A quoi elle s'empressa de répondre :

– Point du tout! Pourtant, si je m'attendais à avoir une pareille discussion en sortant de chez moi! Vous m'avez prise au dépourvu! Quoi qu'il en soit, je vous suis très reconnaissante! Nul ne pourrait oublier vos sentiments délicats et bien élevés. Quant à les prendre en dérision, qui pourrait y songer?

C'était comme une mélodie envoûtante, une douce confidence... Mais Aïda était-elle sérieuse ou prenait-elle de l'amusement? Les portes de l'espoir s'ouvraient-elles ou se refermaient-elles insensiblement? Elle lui avait demandé ce qu'il voulait et il n'avait rien répondu, puisqu'il ne savait pas ce qu'il voulait! Pourtant, qu'eût-il eu à perdre de lui dire qu'il désirait s'unir à elle? Unir son âme à la sienne; frapper à la porte du mystère par une étreinte ou un baiser! N'était-ce pas cela qu'il eût fallu répondre?

Au croisement qui terminait la rue des Sérails, Aïda marqua le pas et lui dit d'un ton courtois, mais non moins ferme :

– Eh bien, voilà!...

A son tour il s'arrêta, la regardant avec deux grands yeux étonnés. Ce « Eh bien, voilà » signifiait-il qu'ils devaient se quitter là? Son « je vous aime » n'avait donc pas été suffisamment explicite?

– Oh! non! fit-il machinalement.

Puis, comme qui vient d'avoir une illumination :

– Le but de l'amour? C'était bien cela votre question? Eh bien, voici : de ne jamais se quitter!

– Il faut pourtant que nous nous quittions... maintenant, dit-elle avec un calme souriant.

Kamal, avec ferveur.

– Sans rancœur ni mésestime?

– Point du tout...

– Vous reprendrez vos visites à la tonnelle?

– Si les circonstances le permettent.

– Mais... elles le permettaient avant! rétorqua-t-il avec angoisse.

– Avant n'est plus comme maintenant!

Cette réponse lui causa une vive douleur.

– Je crois bien que vous ne reviendrez plus...

– Je viendrai à la tonnelle chaque fois que les circonstances le permettront, dit-elle comme l'avertissant qu'il leur fallait maintenant se quitter. Au revoir...

Sur ces mots, elle prit congé, se dirigeant vers la rue de son école.

Il resta à la regarder, comme ensorcelé... Au coin de la rue, elle se retourna et lui adressa un regard souriant avant de se dérober à sa vue.

Qu'avait-il dit? Qu'avait-il entendu? Il méditerait tout cela sous peu! Il lui fallait d'abord retrouver ses esprits. Mais quand les retrouverait-il? Il marchait seul maintenant. Seul? Et les palpitations qui agitaient sa poitrine? Et la soif brûlante de son âme? Et les échos de cette voix encore frémissante? Pourtant, il se sentit seul. Si seul que cela lui ébranlait le cœur...

Un parfum de jasmin flotta à ses narines, captivant, envoûtant. Mais quelle était son essence? Comme il ressemblait à l'amour par son côté captivant, insaisissable! Peut-être que le secret de l'un conduisait au secret de l'autre! Mais il ne résoudrait pas cette énigme avant d'avoir démêlé les confusions de son esprit...

*

– Hélas! s'exclama Husseïn Sheddad, voici venue la séance des adieux.

Kamal éprouva du dépit en entendant prononcer le mot d'adieu. Il épia furtivement Husseïn pour voir si son visage exprimait effectivement les regrets contenus dans ses paroles. Depuis déjà plus d'une semaine, il avait pressenti un climat de séparation, les premiers feux de juillet annonçant d'ordinaire le départ des amis vers Rass el-Barr et Alexandrie. Dans quelques jours à peine le jardin, la tonnelle, les amis auraient déserté son horizon. Quant à son adorée, elle avait jugé bon de disparaître dès avant que son départ ne l'y oblige et elle avait persisté à le faire malgré la réconciliation qui avait couronné leur entrevue dans la rue des Sérails. Pourtant, allait-elle le priver, le jour des adieux, d'une de ses chères visites? L'amitié avait-elle donc pour elle si peu de prix qu'elle lui refuse un simple regard avant une absence de trois mois?

– Pourquoi as-tu dit hélas? demanda-t-il à Husseïn dans un sourire.

A quoi Husseïn répondit, songeur :

– J'aurais tellement aimé que vous veniez avec moi, tous les trois, à Rass el-Barr... Mon Dieu, quel été on aurait passé!

Un été merveilleux sans aucun doute! Ne serait-ce que parce que son adorée n'aurait pas pu continuer à se cacher, là-bas!

Ismaïl Latif se tourna vers lui :

– Dieu te soit en aide! lui dit-il. Comment fais-tu pour supporter l'été ici? Il commence à peine et regarde la chaleur qu'il fait aujourd'hui!

C'est vrai, il faisait encore très chaud, quoique les rayons finissants du soleil eussent reflué au-delà du jardin et du désert... Mais Kamal répondit d'un ton placide :

– Dans la vie, rien n'est insupportable!

Aussitôt, il rit en lui-même de sa réponse, se demandant comment il avait pu dire une chose pareille; jusqu'à quel point l'on peut considérer que nos mots sont le juste reflet de notre pensée. Il jeta un regard autour de lui et vit des gens indubitablement heureux. Avec leurs chemisettes et leurs pantalons gris, ils semblaient mettre la chaleur au défi. Lui seul portait un complet – léger et blanc toutefois – ainsi qu'un tarbouche qu'il avait déposé sur la table.

– Succès à cent pour cent! s'exclama soudain Ismaïl Latif, faisant allusion aux résultats des examens. Hassan Selim : licencié en droit ; Kamal Ahmed Abd el-Gawwad : passage en classe supérieure. Husseïn Sheddad : passage en classe supérieure, Ismaïl Latif : passage en classe supérieure!

– Tu aurais pu te contenter du dernier résultat, s'esclaffa Kamal, on aurait deviné les autres!

A quoi Ismaïl rétorqua, haussant le menton avec indifférence :

– Nous en sommes tous les deux arrivés au même point, toi après un an de labeur et d'efforts, moi après un seul et unique mois de fatigue!

– Ça prouve que tu as la science infuse!

– Tu ne nous as pas dit un jour, demanda Ismaïl sur le ton de l'ironie, dans une de tes parlotes, que Bernard Shaw a été l'élève le plus médiocre de son temps?

– Je suis désormais certain, s'esclaffa Kamal, que nous avons un second Bernard Shaw parmi nous! Tout au moins dans le domaine de l'échec scolaire!

A ces mots, Husseïn prit la parole et déclara :

– J'ai une nouvelle qu'il faut que je vous dise avant que la discussion nous accapare...

Constatant que ses paroles ne lui avaient guère servi à mobiliser l'attention, il se leva soudain et reprit sur un ton quelque peu théâtral :

– Laissez-moi vous annoncer une nouvelle heureuse et inédite!

Regardant Hassan Selim, il se reprit :

– N'est-ce pas?

Puis, se tournant à nouveau vers Kamal et Ismaïl :

– Nous avons célébré hier les fiançailles de maître Hassan Selim avec ma sœur Aïda! Kamal reçut le choc de cette nouvelle comme qui se retrouve sous les roues d'un tramway après avoir eu la plus quiète assurance de son salut et de sa sécurité! Son cœur fut saisi d'un violent soubresaut, semblable à la chute d'un avion dans un trou d'air. Plus encore, ce fut un cri d'intime effroi qui lui lézarda les côtes sans percer au-dehors. Il se demanda – et il se le demanderait plus encore ultérieurement – comment il avait pu dominer ses sentiments et répondre à Husseïn par un sourire de félicitations. Peut-être était-ce la lutte que son esprit menait contre sa propre hébétude qui l'empêchait – ne fût-ce que momentanément – de prendre conscience de la catastrophe.

Ismaïl Latif fut le premier à réagir. Promenant son regard entre Husseïn et Hassan dont la pondération et le calme habituels s'altéraient cette fois-ci de quelque embarras :

– Non! s'exclama-t-il. Quelle heureuse nouvelle! Heureuse et inattendue. Je dirais même plus : heureuse,

375

inattendue et traître! Mais j'aborderai plus tard le chapitre de la traîtrise et me contenterai pour le moment de présenter mes sincères félicitations!

Sur ce, il serra les mains des deux jeunes gens ; après quoi Kamal se leva en hâte pour les complimenter à son tour.

Malgré son sourire apparent, il demeurait saisi par la rapidité des événements, la singularité des mots; au point qu'il eut l'impression de vivre un rêve étrange, que la pluie s'abattait sur lui et qu'il agitait la tête en tous sens à la recherche d'un abri.

– Oui, vraiment, c'est une heureuse nouvelle! dit-il en serrant la main de ses deux amis. Cordiales félicitations!

La séance reprit son cours normal. Machinalement, Kamal glissa un regard vers Hassan Selim et le vit l'air paisible et grave. Il avait craint de le trouver hautain ou – ainsi se l'imaginait-il tirant de son malheur une joie malicieuse. Aussi respira-t-il une bouffée de soulagement. Il se mit à invoquer toute la force qu'il avait en lui pour dissimuler aux regards attentifs les marques de sa blessure mortelle et s'épargner d'être en butte à la risée et à l'humiliation...

« Patience, ô mon âme! Je te promets que nous réexaminerons tout cela plus tard. Que nous souffrirons ensemble jusqu'au trépas! Que nous repenserons tout dans le détail jusqu'à ce que la folie nous vienne! Comme il sera doux, ce rendez-vous avec toi, dans le sein feutré de la nuit. Là où l'on ne voit rien. Là où l'on n'entend rien. Là où l'on peut se donner librement à sa douleur, à son délire, à ses pleurs, sans crainte du blâme ou du mépris... Le vieux puits de la cour, ôtes-en le couvercle et crie dedans en invoquant les démons, en parlant aux larmes que le ventre de la terre a recueillies des yeux des malheureux. Mais ne te laisse pas aller! Attention! Le monde t'apparaît rouge comme le feu de l'enfer! »

– Doucement! reprit Ismaïl Latif en prenant un ton accusateur. Nous avons, Kamal et moi, quelques explications à vous demander. Comment tout cela a-t-il pu se passer sans avertissement préalable? Ou plutôt... laissons cela pour le moment et demandons-nous comment les fiançailles ont pu se dérouler sans nous!

— Il n'y a pas eu la moindre cérémonie, répondit Husseïn pour sa défense. Tout s'est déroulé dans l'intimité de la famille. Je vous donne rendez-vous au jour du mariage, et là, réjouissez-vous, vous serez parmi les hôtes, pas parmi les invités!

« Le jour du mariage! On dirait le titre d'un chant funèbre où un cœur est conduit à sa dernière demeure au milieu des gerbes de fleurs et des cris d'adieu! Au nom de l'amour, la fille adoptive de Paris se prosternera devant un cheikh en turban lisant la première sourate du Coran... Comme c'est au nom de l'orgueil que Satan a fui le paradis!... »

— L'excuse est entendue et la promesse attendue! répondit Kamal dans un sourire.

— Voilà bien la rhétorique d'al-Azhar! protesta Ismaïl. Faites-lui miroiter une bonne table, elle oublie toute raison de critiquer et prêche l'indulgence et l'éloge! Tout ça pour un bon repas plantureux. Vraiment, tu as tout de l'écrivain ou du philosophe ou de tous autres mendiants de leur espèce! Heureusement que je n'ai rien à voir avec ces gens-là!

Puis, tournant sa harangue vers Husseïn Sheddad et Hassan Selim :

— Et vous! Ah! vous êtes beaux tous les deux, tiens! On garde un long silence et on vient nous annoncer d'un seul coup des fiançailles, hein? Vraiment, maître Hassan, vous êtes le successeur tout désigné de Tharwat Pacha...

— Même Husseïn ne l'a su que quelques jours avant, répondit Hassan Selim avec un sourire d'excuse.

— Des fiançailles unilatérales? demanda Ismaïl. Comme la déclaration du 28 février[1]? La nation l'a refusée faute de

1. Il s'agit de la célèbre déclaration du 28 février 1922 par laquelle l'Angleterre — par décision unilatérale — mettait fin à son protectorat de droit, sinon de fait, sur l'Egypte. Déclaration d'« indépendance » donc que

pouvoir l'accepter, mais on la lui a imposée quand même. On a vu le résultat !

Kamal partit d'un éclat de rire retentissant. Quant à Ismaïl, il reprit, faisant des clins d'œil à Hassan :

– « Pour faire vos... »... je ne sais quoi..., « usez de discrétion » ! Je ne sais plus qui l'a dit d'Omar Ibn al-Khattab, Omar Ibn Abi Rabia ou... Omar Efendi[1] !...

– D'habitude, ce genre d'affaires mûrit en silence ! lança Kamal inopinément. Pourtant, j'avoue que maître Hassan a déjà fait allusion à quelque chose de semblable dans une discussion avec moi !

Ismaïl le dévisagea d'un air suspicieux. Quant à Hassan, il le regarda avec deux grands yeux effarés avant de rectifier :

– Ça tenait plutôt de la parabole !

Kamal se demanda, stupéfait, comment il avait pu se laisser aller à dire une chose pareille ! C'était un mensonge ou, au mieux, une fausse vérité ! Comment pouvait-il prétendre, par ces procédés absurdes, faire croire à Hassan qu'il était au fait de ses intentions, n'en était pas surpris ou y restait indifférent ? Quelle sottise !

– Toujours est-il qu'en ce qui me concerne, répliqua Ismaïl à Hassan, faisant peser sur lui un regard de reproche, je n'ai pas eu l'honneur d'une seule de ces « paraboles » !

A quoi Hassan répondit avec sérieux :

– Je peux te certifier que si Kamal a vu dans ce que je lui ai dit ce qu'il considère comme une allusion à ces fiançailles, ce n'est que le produit de son imagination et ne tient en rien à mes paroles !

---

son caractère incomplet (le problème du Soudan, entre autres, n'était pas réglé) rendait inacceptable par le Wafd.

1. Ismaïl n'est pas très fort en religion : non seulement il ne se rappelle pas la totalité de ce hadith célèbre qui dit : « pour faire vos affaires, usez de discrétion », mais il l'attribue de surcroit soit à Omar Ibn al-Khattab, deuxième calife de l'islam, soit à Omar Ibn Abi Rabia, poète érotique du siècle omeyyade, soit à Omar Efendi..., grand magasin du Caire ! L'ironie est évidente.

Husseïn Sheddad partit d'un fort éclat de rire et, s'adressant à Hassan Selim :

— Ismaïl est ton vieux camarade, lui dit-il, et il veut te faire comprendre que si tu as eu ta licence trois ans avant lui, ce n'est pas une raison pour lui cacher tes secrets ou en faire le privilège aux autres !

— Je ne mets pas en doute sa camaraderie ! rétorqua Ismaïl, affectant un sourire pour dissimuler sa déconvenue. Je tiens seulement à le rappeler à l'ordre pour qu'il ne continue pas à nous négliger le jour du mariage !

— Nous sommes amis avec les deux parties ! observa Kamal avec un sourire. Et si le marié nous a négligés, la mariée ne fera pas comme lui !

Il parlait pour prouver qu'il était vivant. Souffrant, mais vivant ! Oh ! oui ! comme il souffrait ! Mais avait-il envisagé un seul jour une autre issue à son amour ? Certes non ! Pourtant, la conviction que la mort est un destin fatal n'évite pas la panique l'instant où elle arrive ! Oui ! Dévorante, irraisonnée, impitoyable était sa douleur ! Ah ! s'il avait pu seulement la piéger du regard pour savoir dans quel recoin de lui-même elle se terrait, de quel microbe elle provenait ! Et entre ses assauts intermittents c'était l'ennui, l'apathie...

— Et quand aura lieu le mariage ?

Cette question qui le hantait, voilà qu'Ismaïl la posait, tel un mandataire de ses pensées. Mais il ne devait pas se replier dans le silence.

— Oui ! dit-il. Il est très important que nous le sachions afin que nous ne soyons pas pris au dépourvu. A quand est-il fixé ?

— Mais pourquoi diable précipitez-vous les choses ? s'esclaffa Husseïn. Laissez donc le marié profiter des derniers jours de sa vie de garçon !

— Il faudrait déjà que je sache si je resterai ou non en Égypte ! rétorqua Hassan avec son calme habituel.

— Oui, expliqua Husseïn, il va être nommé soit dans la magistrature, soit dans le corps diplomatique...

« Husseïn a l'air enchanté de ses fiançailles ! Je peux

d'ores et déjà prétendre que je l'aurai haï ne fût-ce que l'espace d'une seconde! Comme s'il était au nombre de ceux qui m'ont trahi... Ah! bon? On t'a trahi? Tout se brouille dans ma tête! Mais cette nuit me promet une riche solitude... »

– Pour lequel des deux penches-tu, maître Hassan?

« Qu'il prenne ce qu'il veut! La magistrature..., le corps diplomatique..., le Soudan... ou la Syrie si possible! »

– Le parquet, c'est banal! Je préférerais le corps diplomatique.

– Tu auras intérêt à bien faire comprendre ça à ton père, qu'il fasse tout son possible pour t'y faire entrer!

Une telle phrase avait encore pu lui échapper? Nul doute qu'elle avait touché au vif! Il devait maintenant se contrôler, sous peine de se retrouver devant tout le monde aux prises avec Hassan... Et aussi ménager la susceptibilité de Husseïn! Après tout, n'étaient-ils pas d'ores et déjà de la même famille? Ah! quel rude élancement...

– Ce sont tes derniers jours avec nous, mon cher Hassan! reprit Ismaïl dans un hochement de tête attristé. Après une amitié de toujours! Quelle triste fin!

« L'imbécile! Il croit que la tristesse peut atteindre un cœur qui s'abreuve à une source divine! »

– C'est vrai! Une bien triste fin, mon cher Ismaïl!

« Hypocrisie! Comme les félicitations que tu lui as faites. Là au moins, le fils du commerçant et le fils du conseiller se rejoignent! »

– Est-ce à dire, demanda Kamal, que tu vas passer toute ta vie hors du sol de la patrie?

– Il y a des chances! Nous ne verrons l'Egypte que très rarement.

– Drôle de vie! s'étonna Ismaïl. As-tu au moins songé à tous les problèmes qui attendent tes enfants?

« O mon cœur! Est-il permis de galvauder ainsi les mots! Cet odieux personnage croit que ton adorée peut tomber enceinte, éprouver les envies, que son ventre peut se distendre, s'arrondir, venir à maturité et accoucher d'un enfant! Tu te rappelles Khadiga et Aïsha, les tout derniers mois ? Mais c'est du blasphème ! Pourquoi n'entres-tu pas à la Main Noire ? Le crime, c'est encore mieux que le blasphème, plus efficace ! Tu te retrouverais un beau jour dans le banc des accusés avec, à la tribune, Selim Bey Sabri, père de ton ami diplomate et beau-père de ton adorée ; comme ont comparu devant lui – le traître ! – les assassins du sirdar, cette semaine. »

– Tu voudrais que les États suspendent leurs relations diplomatiques pour permettre aux enfants des diplomates de grandir dans leur pays ? s'esclaffa Husseïn.

« Tu veux dire : suspendent les têtes ! Abd el-Fattah Enayet... Abd el-Hamid Enayet... Al-Kharrat... Mahmoud Rashid... Ali Ibrahim... Raghib Hassan... Shafiq Mansour... Mahmoud Ismaïl[1]... Kamal Ahmed Abd el-Gawwad : condamnés à la pendaison ! Juge autochtone : Selim Bey Sabri. Juge britannique : Mr. Kershaw. Non ! La réponse est le meurtre ! Tu préfères tuer ou te faire tuer ? »

Ismaïl se tourna vers Husseïn pour lui dire :

– Le départ de ta sœur va inciter ton père à refuser encore davange l'idée du tien !

– La solution à mon problème est en bonne voie ! rétorqua Husseïn avec une quiète assurance.

« Aïda et Husseïn en Europe ! Imagine-toi un homme perdant à la fois son aimée et son ami ! Ton âme en quête de son idole et ne la trouvant pas ! Ton esprit en quête de son double et ne le trouvant pas ! Toi vivant seul dans le vieux quartier, tel l'écho d'une nostalgie errant à l'abandon depuis des générations. Songe un peu aux douleurs qui te guettent. Le temps est venu pour toi de récolter les fruits des rêves que tu as semés dans ton cœur novice. Prie Dieu qu'il fasse des larmes un remède au chagrin et suspends ton corps, si tu le peux, à la corde des gibets. Ou bien mets-le au service d'une force destructrice avec laquelle tu

1. Noms des assassins présumés du sirdar. Le 7 janvier 1925, huit d'entre eux seront condamnés à la pendaison et pour sept la sentence sera exécutée.

assaillerais tes ennemis. Demain, ton âme trouvera un grand vide! Comme celui qu'elle a trouvé hier dans le tombeau d'al-Husseïn. Quelle désillusion! On assassine les justes pendant que les fils des traîtres sont nommés ambassadeurs! »

— Il n'y aura plus que Kamal et moi qui resterons en Égypte! reprit Ismaïl comme se parlant à lui-même. Et encore, Kamal n'est pas très sûr comme ami, car son premier compagnon, avant, après ou avec Husseïn..., c'est la lecture!

— Mon départ ne coupera pas les liens de notre amitié, rétorqua Husseïn avec foi et conviction.

Malgré l'apathie dans laquelle il était plongé, le cœur de Kamal fit un bond.

— Oui, mais..., assura-t-il, quelque chose me dit que tu ne pourras pas supporter indéfiniment de rester loin de ta patrie.

— C'est bien probable! Mais toi aussi tu vas profiter de mon voyage avec tous les livres que je t'enverrai! Nous continuerons nos discussions à travers les lettres et les livres...

Ainsi parlait Husseïn, comme si son départ était une affaire entendue. Cet ami dont la rencontre lui procurait un bonheur envoûtant; en compagnie duquel même le silence lui était agréable... Mais qu'il se console! De même que, consumé de chagrin par la mort de Fahmi, son cœur s'était fermé à la perte de sa grand-mère chérie, ainsi le départ de son adorée lui apprendrait à dédaigner jusqu'aux plus grands malheurs!

Mais en aucun cas il ne devait perdre de vue qu'il assistait à la séance des adieux, afin d'emplir son regard des roses et des fleurs, ivres de leur fraîcheur, indifférentes à sa tristesse. Restait un problème auquel il devait trouver réponse : comment un simple mortel pouvait-il se hisser à la promiscuité d'un dieu ou ce dernier s'abaisser jusqu'au commerce d'un humain? Sans solution à ce problème, il irait les fers aux pieds, la gorge serrée par le chagrin...

L'amour est un fardeau muni de deux poignées, fait pour être porté à deux. Comment ferait-il pour le porter seul?

La discussion roulait, rebondissait. Il la suivait des yeux, la ponctuant de hochements de tête, de commentaires. Cela pour prouver que le malheur ne l'avait pas encore achevé! Mais il avait bon espoir que le train de la vie continuât sa route et que, quoi qu'il advînt, la station de la mort survînt en chemin...

« Voici l'heure du couchant, l'heure de la paix et du crépuscule... Elle t'est aussi chère que l'aube! Puisque Aïda et douleur sont synonymes, aime l'une autant que l'autre et tire volupté de ta défaite pendant que la discussion bat son plein, que les amis rient entre eux, se jettent des regards comme si l'amour n'avait jamais habité le cœur d'aucun d'eux! Husseïn? Il a le rire de la santé et de la paix de l'âme! Ismaïl? Celui du fanfaron querelleur! Et Hassan? Celui de la froideur et du mépris... Husseïn tient absolument à parler de Rass el-Barr. Je te promets que j'irai un jour en pèlerinage... Que je me mettrai en quête des sables que mon adorée a foulés de ses pas, pour les baiser dans une longue prosternation... Les deux autres font l'éloge de San Stephano et parlent de vagues hautes comme des montagnes. Vraiment? Figure-toi un cadavre rejeté par le flux sur le rivage, dépouillé par la mer terrible de sa noblesse et de sa beauté. Et reconnais après cela que l'ennui traque les êtres et que le bonheur se trouve sans doute de l'autre côté de la mort... »

La discussion se poursuivit jusqu'à ce que l'heure fût venue de se séparer. On se serra la main chaleureusement. Kamal pressa fortement celle de Husseïn et Husseïn celle de Kamal qui s'en alla en disant :

– Au revoir! Rendez-vous en octobre.

Depuis l'année dernière et les précédentes, il se demandait toujours en pareille circonstance, avec une angoisse languissante, quand reviendraient les amis. Aujourd'hui, ses désirs n'étaient plus tributaires du retour de personne. Ils resteraient brûlants, qu'octobre vienne ou non, que les amis reviennent ou non! Il ne maudirait plus les mois d'été sous prétexte qu'ils l'éloignaient d'Aïda. L'abîme qui les séparait était désormais plus profond que le temps. S'il avait jusqu'alors fait de la douleur et de la patience un remède au mal de l'absence, il affrontait aujourd'hui un ennemi inconnu, une force prodigieuse et obscure dont il ne connaissait en rien la clé du mystère. Il ne lui restait plus dès lors qu'à souffrir en silence jusqu'à ce que Dieu ordonne une mort déjà vécue. Ainsi que le destin, aussi fatal et puissant que la réalité sensible, son amour lui apparaissait suspendu au-dessus de sa tête, le retenant par les liens d'une intense douleur. Aussi levait-il vers lui un regard plein de révérence attristée.

Les trois amis se séparèrent devant le palais des Sheddad. Hassan s'en alla vers la rue des Sérails, Kamal et Ismaïl vers al-Husseïniyyé, suivant ce chemin habituel au bout duquel ils partaient chacun de son côté : Ismaïl vers Ghamra, Kamal vers le vieux quartier...

A peine se retrouvèrent-ils seuls tous les deux qu'Ismaïl partit d'un puissant éclat de rire. Kamal lui en demandant la raison, il répondit avec un petit air malicieux :

— Tu ne t'es pas encore rendu compte que tu auras été l'une des raisons essentielles pour lesquelles on a précipité ces fiançailles :

— Moi? s'exclama Kamal malgré lui, regardant son ami avec deux grands yeux ahuris.

— Oui, toi! répondit Ismaïl d'un ton détaché. Hassan ne voyait pas d'un bon œil ton amitié avec Aïda. Cela me paraît évident! Même s'il ne m'en a jamais rien dit! Il est bouffi d'orgueil, comme tu sais! Enfin... Je me comprends. En tout cas, je peux t'assurer qu'il n'appréciait pas du tout votre amitié. Tu te souviens comment ça a dégénéré entre vous deux le jour où il t'a surpris avec elle sous la tonnelle? Apparemment, il aura exigé d'elle qu'elle s'astreigne à ne plus nous fréquenter. Comme, de toute évidence, elle lui aura fait remarquer qu'il n'avait aucun droit à l'exiger, il aura franchi ce pas décisif pour pouvoir s'en prévaloir...

— Mais pourtant, je n'étais pas son seul ami! s'étonna

Kamal, les battements de son cœur couvrant presque sa voix. Aïda était notre amie à tous!

– Oui, mais c'est toi qu'elle avait choisi pour éveiller les inquiétudes de Hassan! rétorqua Ismaïl sur un ton d'ironie. Peut-être parce qu'elle avait senti dans ton amitié une chaleur qu'elle ne trouvait pas chez les autres. En tout cas, elle ne prend pas les choses au pied levé! ça faisait longtemps qu'elle s'était mis dans l'idée de conquérir Hassan. Elle a fini par cueillir les fruits de sa patience!

« "Conquérir Hassan"? "Les fruits de sa patience"? Quelle ineptie! C'est comme si on disait : le soleil se lève au couchant! »

– C'est fou ce que tu peux méjuger les gens! dit-il d'un cœur gémissant. Elle n'est rien de ce que tu t'imagines!

– Peut-être que ça s'est fait par hasard ou que Hassan s'est fait des idées, répondit Ismaïl sans deviner les sentiments de son ami. En tout cas, le résultat a tourné à son avantage!

– A son avantage? s'écria Kamal, furieux. Mais qu'est-ce que tu crois? Grand Dieu! Tu parles d'elle comme si on devait considérer ses fiançailles avec Hassan comme une victoire pour elle et pas pour lui!

Ismaïl le dévisagea d'un air étonné et répondit :

– A ce que je vois, tu n'as pas l'air persuadé que les jeunes gens comme Hassan ne courent pas les rues. Il a un nom, une position sociale, un avenir. Quant à des filles comme Aïda, elles sont plus nombreuses que tu ne l'imagines! L'estimerais-tu au-dessus de ses mérites? Si la famille de Hassan a accepté son mariage avec elle, c'est uniquement, à mon sens, à cause de l'immense fortune de son père! Et puis... ce n'est pas une fille... d'une beauté exceptionnelle!

« Ou bien il est fou, ou bien c'est toi qui l'es! »

Déjà pareille douleur lui avait entaillé le cœur le jour où il avait lu un article injurieux dans lequel son auteur attaquait le régime matrimonial en islam. Dieu maudisse tous les mécréants!

– Alors, peux-tu me dire pourquoi elle a tant d'admirateurs autour d'elle? demanda-t-il d'un ton calme pour mieux cacher sa douleur.

Ismaïl avança le menton et le releva d'un air dédaigneux en disant :

– C'est peut-être à moi que tu penses en disant cela! Je ne nie pas qu'elle ait de l'esprit, une certaine forme d'élégance bien à elle... Sans compter que son savoir-vivre à l'européenne lui donne du charme et de la séduction. Mais ça ne l'empêche pas d'avoir le teint foncé, d'être maigre et de n'avoir rien d'attirant! Viens faire un tour avec moi du côté de Ghamra, tu y verras des types de beautés qui ridiculisent la sienne en gros comme en détail! Tu y verras la vraie grâce dans une peau claire, des seins bien ronds, une croupe pleine. La voilà, la beauté, si tu veux qu'on en parle! Non... Elle n'a vraiment rien d'attirant!

« Comme si Aïda était une chose désirable! Du genre Qamar ou Maryam! Des seins bien ronds! Une croupe pleine! C'est comme si on décrivait l'âme par les traits de la chair! Dieu, quelle douleur! Il est dit que tu en boiras aujourd'hui la coupe jusqu'à la lie! Si jamais cette avalanche de coups mortels devait continuer à te tomber dessus, tu ferais mieux d'en finir tout de suite! »

A al-Husseïniyyé, ils se séparèrent et s'en allèrent chacun de son côté...

12

LES années avaient beau passer, il gardait toujours pour cette rue une égale tendresse.

« Ah! si je pouvais aimer celle qu'a choisie mon cœur comme j'aime cette rue, se dit-il en promenant sur l'endroit un regard de tristesse rentrée, cela m'éviterait bien des embêtements! En voilà une drôle de rue, tortueuse comme un labyrinthe! Elle ne peut pas faire deux mètres sans tourner à gauche ou à droite! Où que vous y soyez, un angle vous bouche la vue, qui recèle derrière lui l'inconnu! Son étroitesse lui donne un air humble et intime, en fait un genre d'animal familier... Un client assis dans une boutique sur le côté droit pourrait presque serrer la main d'un ami assis dans celle d'en face! Des bâches en toile de sac, tendues au-dessus des boutiques, lui font une toiture qui arrête les rayons brûlants du soleil et dispense une fraîche pénombre. Sur les banquettes, les étagères, s'alignent sacs de henné vert, de piment rouge, de poivre noir, fioles d'eau de rose et de parfums mélangés..., papiers multicolores..., frêles trébuchets... Plus haut, pareils à des guirlandes, pendent des lampions de toutes tailles et de toutes couleurs mêlant leur lumière aux senteurs des essences et des drogues que l'air charrie comme les effluves d'un vieux rêve égaré...

» Quant aux grandes mélayés, aux voiles noirs, avec leur pince d'or, aux yeux soulignés de khôl, aux croupes pesantes, je demande au Bienfaiteur de m'y faire résister!

Se promener en flânant dans le décor d'un beau rêve est un aimable exercice! Mais je déplore qu'il m'épuise et les yeux et le cœur! Compter les femmes ici serait impossible. Béni soit cet endroit qui les réunit en ne te laissant pour unique secours que de crier du plus profond de l'âme : Pauvre de toi, Yasine! Une voix te répond : Ouvre donc boutique en ces lieux! Établis-toi! Regarde ton père : il est commerçant, maître de lui-même, dépense pour ses plaisirs quatre fois plus que ton salaire! Ouvre boutique et prends un employé; quand bien même devrais-tu vendre pour cela l'appartement d'al-Ghouriya et la boutique d'al-Hamzawi! Tu arriverais le matin comme un prince, à ton heure, sans chef pour te terroriser. Tu t'assiérais derrière la balance et ces dames afflueraient vers toi de toutes parts : " Bonjour, monsieur Yasine! " " Dieu vous donne la santé, monsieur Yasine! " Ah! je m'en voudrais de laisser passer une femme de bien sans la saluer, une jeune gourgandine sans lui avoir fixé rendez-vous! Qu'il est doux, ce rêve! Mais cruel aussi pour qui est promis à rester surveillant à l'école d'al-Nahhassine jusqu'à la fin de ses jours! La passion de l'amour est une affection qui a pour symptômes une faim insatiable et un cœur versatile. O Dieu, prends pitié de ton humble serviteur, lequel tu as créé avec l'appétit charnel d'un calife ou d'un sultan et condamné à rester surveillant dans une école! Inutile de te mentir à toi-même! Tout est fichu! Le jour où tu l'as emmenée avec toi à Qasr el-Shawq, tout te promettait pourtant une vie paisible et tranquille. Ah! Dieu, combatte la lassitude pour la façon dont elle s'épanche dans l'âme, comme le goût âcre de la maladie se mêle à la salive... J'ai couru un an après elle et m'en suis lassé en quelques semaines. Si ce n'est pas ça la misère, alors qu'est-ce que c'est? Ta maison aura sûrement été la première à soupirer d'ennui pendant la lune de miel! Demande à ton cœur où est passée Maryam. Où s'en est allée cette beauté qui t'a fait tant languir. Il te répondra d'un petit rire plaintif et te dira, tout simplement : nous sommes repu, l'odeur de la nourriture nous dégoûte! Pourtant elle sait s'y prendre!... C'est bon de folâtrer avec elle. Rien ne lui échappe! C'est une fille de rien comme sa mère! Mais, comme on dit, " Rappelez-vous les vertus de vos morts "! Ta mère fut-elle meilleure que la sienne? Au moins, elle n'est pas comme Zaïnab! Elle est facile à tromper et ses colères ne sont pas bien méchantes!... Elle n'est pas du genre pudique ni toi du genre à être facilement contenté. Ah! ce n'est pas demain la veille qu'une femme saura éteindre ta faim brûlante ou que ton cœur trouvera le repos! Malgré cela, tu t'étais fabriqué des rêves de bonheur conjugal! Comme ton père est grand et comme tu es minable! Tu ne pouvais pas t'arranger pour être comme lui, puisque ton seul remède, c'était d'être comme lui? Seigneur! Mais... qu'est-ce que je vois? C'est une femme, ça? Combien de centaines de kilos crois-tu qu'elle pèse? Ma parole, jamais je n'ai vu une telle hauteur et une telle largeur! Par quel bout agripper un tel mastodonte? Je fais le vœu, si jamais je tombe sur une femme de son gabarit, de la faire coucher nue au milieu de la chambre et d'en faire sept fois le tour en transe de méditation!... »

— Toi?

La voix lui vint de derrière et lui fit tressaillir le cœur. Aussitôt, il détacha son regard de la grosse femme, se retourna et vit une jeune fille dans un manteau blanc.

— Zannouba! s'exclama-t-il malgré lui.

Ils se serrèrent la main chaleureusement, elle riant aux éclats. Mais il la pressa d'avancer, par crainte des regards, et ils reprirent leur marche côte à côte en se frayant un chemin à travers la foule.

Ainsi donc s'étaient-ils retrouvés après tant et tant d'années! Absorbé par les soucis de l'existence, il n'avait plus songé à elle que très rarement. Pourtant il la trouva aussi belle que le jour où il l'avait quittée. Ou peut-être davantage encore! Et puis, quels étaient ces vêtements modernes contre lesquels elle avait troqué la grande mélayé? Un vent de vigueur et de joie souffla en lui.

— Comment tu vas? demanda-t-elle.

— Bien! Et toi?

— Comme tu vois!

– Dieu soit loué, tu sembles te porter à merveille! Tu ne t'habilles plus comme avant? Je ne t'ai pas reconnue tout de suite. J'ai toujours en tête ta façon de marcher dans la grande mélayé.

– Et toi, tu n'as pas changé! Pas vieilli... Un peu grossi, c'est tout...

– Dis donc, toi, par contre, tu as changé de note!... Une vraie petite Européenne!

Puis, se reprenant, avec un sourire prudent :

– Mais avec un derrière bien de chez nous!

– Chuut! Tais-toi donc!

– Oh! là! Tu me fais peur! Tu as demandé à Dieu la conversion? Tu t'es mariée?

– Rien n'est à Dieu qui soit trop demander!

– Pour ce qui est de la conversion, ce manteau blanc la dément formellement. Quant au mariage, d'ici que le manque de jugeote t'y conduise un jour!...

– Attention! Je suis « à peu près » mariée...

Il se mit à rire, tandis qu'ils obliquaient vers le Moski...

– Comme moi exactement!

– Oui, mais toi tu l'es réellement, n'est-ce pas?

– Comment le sais-tu?

Puis, se reprenant :

– Oh! Comment ai-je pu oublier que chez vous tout finit par se savoir!

A nouveau il partit d'un rire chargé d'allusion auquel elle répondit par un sourire énigmatique...

– Tu veux parler de la maison de la Sultane?

– Ou celle de mon père, ça revient au même! C'est toujours les grandes amours!

– A peu près...

– Maintenant, tout chez toi est « à peu près »! Moi aussi, je suis à peu près marié. Enfin... Je veux dire... marié et je cherche quelqu'un à côté...

D'un geste brusque, elle chassa une mouche de son visage, faisant frissonner les bracelets d'or qui entouraient son bras.

390

– Et moi, dit-elle, je suis avec quelqu'un et je cherche un mari!

– Avec quelqu'un? Et qui est ce bon Dieu de veinard de fils de...?

– Attention! Pas d'injures! coupa-t-elle, lui opposant sa paume en signe d'avertissement. C'est un homme haut placé!

– Haut placé? dit-il en lui lançant une œillade moqueuse. Oh, oh! Zannouba..., tu mériterais...

– Tu te souviens quand on s'est vus pour la dernière fois?

– Voyons... Mon fils Ridwane a aujourd'hui six ans..., ça doit faire sept ans! A peu près!

– Ça fait un bail!

– Oui, mais on ne doit jamais désespérer de se retrouver, dans la vie!...

– Ni de se séparer!...

– On dirait bien que tu as rangé la fidélité au placard en même temps que la mélayé!

Elle le regarda, le sourcil orageux, et lui dit :

– C'est toi qui parles de fidélité, mon taureau?

La voir prendre autant de libertés avec lui le réjouit et donna un coup de fouet à ses ambitions.

– Dieu seul sait combien je suis heureux de te revoir. J'ai souvent pensé à toi. Mais, que veux-tu, le monde est ainsi fait!...

– Le monde des femmes, n'est-ce pas?

– Le monde de la mort! rétorqua-t-il en prenant un air affligé. Et celui des ennuis aussi!...

– Tu n'as pas l'air de trop les subir! Ta santé ferait bâiller d'envie un troupeau de mulets!

– Les jolis yeux ne devraient pas être envieux!

– Tu as peur pour toi? Tu es pourtant aussi haut et large qu'Abd el-Halim el-Masri[1]!

Il rit en se rengorgeant puis se tut un instant, et, prenant un ton sérieux :

1. Nom d'un lutteur célèbre de l'époque.

— Où allais-tu comme ça?

— Pour quoi crois-tu qu'une femme aille à al-Tarbia? A moins que tu ne penses que tous les gens te ressemblent et n'ont qu'une idée en tête : se frotter contre elles!

— Par Dieu, c'est de la médisance!

— Ah! bon! De la médisance! Quand je t'ai aperçu, tu avais les yeux plantés sur une matrone aussi grosse qu'une porte cochère!

— Mais pas du tout! J'étais en train de songer, l'esprit dans le vague, sans faire attention à ce que je voyais...

— Toi? Je n'aurais qu'un conseil à donner à quelqu'un qui te chercherait. C'est de commencer par repérer la plus grosse femme d'al-Tarbia! Je donne à parier qu'il te trouverait derrière elle, collé à son train comme une tique dans un chien!

— Et vous, ma bonne dame, votre langue se fait chaque jour plus longue que la veille!

— Oui, eh bien, corrige plutôt la tienne!

— Laissons cela et venons-en au fait! Où vas-tu maintenant?

— Faire quelques emplettes et après je rentre à la maison...

Il marqua une pause, l'air hésitant.

— Si on passait un petit bout de temps ensemble, qu'en dis-tu?

Elle le regarda avec ses grands yeux noirs et espiègles et répondit :

— J'ai derrière moi un homme jaloux!

— Dans un petit endroit agréable, histoire de vider un verre ou deux..., insista-t-il, comme restant sourd à son objection.

— Je t'ai dit que j'ai derrière moi un homme jaloux! reprit-elle en haussant la voix.

— Le « Tout va bien[1] », qu'en penses-tu? s'obstina-t-il, indifférent à ses alertes. Un endroit agréable... avec un brave garçon comme moi... Je vais appeler ce taxi!

1. En français dans le texte.

Elle émit un son de protestation et demanda sur un ton offusqué que contredisait l'expression de son visage :

– Tu m'emmènerais de force ?

Elle jeta un coup d'œil sur la montre qu'elle portait au poignet – ce geste nouveau faillit le faire éclater de rire – et dit sur le ton de la restriction :

– A condition que je ne sois pas en retard ! Il est déjà six heures et il faut que je sois rentrée avant huit heures !

Dans le taxi, il se demanda si personne ne les avait remarqués quelque part entre al-Tarbia et le Moski. Mais il haussa les épaules avec insouciance tout en redressant à l'aide du manche de son chasse-mouches son tarbouche incliné vers la droite, au-dessus du sourcil. Qu'avait-il à craindre ? Maryam était seule dans la vie et n'avait pas pour la soutenir un sauvage du genre Mohammed Iffat, le destructeur de son premier foyer ! Quant à son père, c'était un homme de tact qui savait bien qu'il n'était plus le jeune blanc-bec auquel il avait administré une sévère correction dans la cour de la vieille maison !

Ils s'assirent à une table, l'un en face de l'autre, dans le jardin du « Tout va bien ». L'endroit était rempli d'hommes et de femmes. Un piano mécanique déversait ses airs monotones. Du fond de la salle, portée par la brise légère de fin d'après-midi, flottait une odeur de viande grillée. En voyant sa gêne, Yasine comprit que Zannouba venait pour la première fois s'asseoir dans un lieu public. Une joie acide s'insinua en lui. Aussitôt, il eut la certitude que ce qu'il ressentait n'était pas qu'un simple désir, passager, mais une véritable nostalgie. Les moments qu'il avait jadis partagés avec elle lui parurent soudain les plus heureux qu'il eût jamais vécus...

Il commanda une flasque de cognac, une viande grillée et l'eau de la vie irrigua ses joues. Il ôta son tarbouche, découvrant sa chevelure noire qu'une raie ouvrait sur le sommet de la tête, à la manière de son père. A peine Zannouba le vit-elle ainsi qu'un léger sourire glissa sur ses lèvres, dont bien sûr il ne soupçonna pas la raison !

C'était la première fois qu'il partageait avec une femme

une table de taverne, ailleurs qu'à Wajh el-Birka. Sa première aventure en somme après son second mariage, exception faite d'une coucherie à Darb Abd el-Khaliq. C'était sans doute aussi la première fois qu'il buvait du cognac « supérieur » hors des murs de sa maison puisqu'il n'en consommait de bon que chez lui avec les bouteilles qu'il faisait rentrer pour « l'usage légal », selon son expression. Il emplit les deux verres avec une satisfaction orgueilleuse et leva le sien en disant :

— A la santé de Zannouba Martell[1] !

— Nous, avec le bey, on boit du Dewars[2] ! répliqua-t-elle avec un orgueil aimable.

— Bah ! fit-il. Fiche-nous la paix avec lui ! Dieu nous aide à le pousser dans les oubliettes !

— Viens-y donc !

— On verra ! Chaque verre qu'on boit nous ouvre des portes et résout des problèmes !...

Conscients de l'exiguïté du temps dont ils disposaient, ils se hâtèrent de boire. Les deux verres se remplissaient et se vidaient aussitôt. C'est ainsi que l'alcool commença à chatouiller de sa langue de feu le fond de leurs estomacs et à faire monter dans leurs veines le thermomètre de l'ivresse. Les bouquets de feuilles vertes qui surgissaient des pots, derrière la clôture de bois du jardinet, leur tendaient de merveilleux sourires. Enfin le piano trouva en eux des oreilles propices. Leurs yeux rêveurs et fripons s'entrecroisèrent plusieurs fois en d'intimes et affectueux regards. L'air du couchant flottait dans des vagues de musique muette. Tout semblait bon. Tout semblait beau...

— Tu sais ce que j'ai bâillé pour dire dès que je t'ai vu en train de lorgner cette grosse femme comme un possédé ?

— Pardon ? De quoi tu parles ? Tiens, vide donc ton verre, que je t'en remettre un autre !

Zannouba, détachant un filet de viande :

1. Sic !
2. Marque de whisky.

– J'ai failli te crier : « Oh! le fils de chien! »

– Pourquoi ne l'as-tu pas fait, fille de garce? demanda-t-il avec un rire verdoyant.

– C'est parce que je n'injurie que les intimes, et qu'à cet instant-là tu n'étais encore qu'un étranger ou tout comme!

– Et maintenant, tu dirais quoi?

– Fils d'une meute entière!

– Dieu du ciel! Les injures enivrent parfois plus que le vin! Cette nuit bénie, les journaux en parleront demain!

– Pourquoi? Parle pas de malheur! Tu veux faire un esclandre?

– Oh! non! Pitié, Seigneur, pour elle et pour moi!...

– A propos, s'enquit-elle alors, avec quelque intérêt, tu ne m'as pas encore parlé de ta nouvelle femme...

– La pauvre! Elle a bien du chagrin, dit-il en caressant ses moustaches. Elle a perdu sa mère cette année.

– Que Dieu t'assiste!... Elle était riche?

– Elle laisse une maison. Celle à côté de la nôtre... Enfin, je veux dire..., celle de mon père. Mais elle y laisse aussi quelqu'un qui la partage en commun avec ma femme et n'est autre que son mari!

– Elle doit être belle, ta femme? Tu tapes toujours dans le premier choix!...

Yasine, avisé :

– Elle a sa beauté... Mais... rien de comparable à toi!

– Toi alors!...

– Tu m'as déjà vu mentir?

– Toi? J'en arrive parfois à me demander si tu t'appelles vraiment Yasine!

– Dans ce cas, buvons encore ce verre!

– Tu veux me soûler pour que je te croie?

– Si je te dis que j'ai envie de toi et que je te regrette, douteras-tu de ma sincérité? Tiens, regarde mes yeux, tâte mon pouls!

– Tu serais bien capable de dire la même chose à la première venue!

– Comme quand on dit : « Ventre affamé est par tout

alléché! » ça n'empêche pas qu'on peut avoir une préférence pour la mouloukhiyya, par exemple!

– Un homme qui aime vraiment une femme n'hésite pas à l'épouser!

– Pfff! Tu parles! J'ai envie de grimper tout debout sur cette table et de crier à tue-tête : « Que celui d'entre vous qui aime une femme ne l'épouse surtout pas! » Parfaitement! Il n'y a rien de tel que le mariage pour tuer l'amour. Là-dessus, crois-moi! Je sais de quoi je parle... Je me suis marié d'abord une fois, puis une autre et je mesure toute la vérité de mes paroles!

– Peut-être que tu n'as pas encore trouvé la femme qui te convient!

– Qui me convient : Et à quoi elle ressemble, cette femme-là : Quel nez faut-il pour la dénicher? Où se cache-t-elle, cette femme dont on ne se lasserait pas?

Zannouba eut un rire forcé...

– On dirait que ton seul désir serait d'être un taureau dans un champ de vaches! Je t'y vois tout à fait!

Yasine fit craquer ses doigts de jubilation.

– Mon Dieu! Mon Dieu! s'exclama-t-il. Qui donc me traitait de taureau il fut un temps? Mon père! Dieu le bénisse. Ah! ce que j'aimerais être comme lui : avoir une femme qui est un modèle d'obéissance, qui se suffit de rien; aller où me porte mon désir et ne pas connaître les soucis dans la vie! Etre heureux en mariage..., heureux en amour! C'est ça que je voudrais!

– Quel âge a-t-il?

– Cinquante...-cinq, je crois. Mais il pourrait en remontrer à beaucoup de jeunes!

– Que Dieu lui garde sa santé, mais... nul n'est à l'épreuve des années!

– Sauf mon père! C'est le chéri des jolies femmes. Tu ne le vois plus par chez vous maintenant?

– Ça fait des mois que j'ai quitté la maison de la Sultane! répondit-elle en jetant un os à une chatte qui miaulait à ses pieds. Maintenant j'ai ma maison à moi et j'en suis la maîtresse!

– Non! Je croyais que tu plaisantais. Et tu as quitté l'orchestre aussi?

– Oui, je l'ai quitté! C'est à une vraie dame que tu t'adresses!

Il rit de bon cœur, avant de conclure :

– Alors bois et laisse-moi boire! Et Dieu nous soit clément!...

La tentation était dans l'âme et dans l'air. Mais lequel des deux incitait l'autre? Plus étrange encore, la vie s'insinuait dans les choses. Les pots de fleurs vacillaient en silence, les coins des murs entraient en confidence, le ciel regardait la terre à travers les yeux assoupis des étoiles et parlait... Dans l'air chatoyant de lumières naturelles et surnaturelles, ils échangeaient des messages muets qui livraient les secrets de leurs cœurs. Il y avait alentour quelque chose qui titillait les êtres et s'acharnait à leur donner le fou rire. Les visages, les mots, les gestes, tout était hilarant. Le temps filait à la vitesse d'une comète. Les porteurs du virus de la dissipation le transmettaient de table en table avec des visages bouffis de sérieux. La musique du piano résonnait au loin, à demi couverte par les grincements de roues des tramways. Les gamins de la rue et les ramasseurs de mégots semaient autour d'eux un vacarme semblable à un bourdonnement de ruche. Déjà les armées de la nuit établissaient leur camp au-dessus des toits et faisaient halte.

« On dirait que tu attends que le serveur vienne à ta table et te demande : " Monsieur est ivre! Monsieur n'a pas l'intention de rentrer? " alors que tu t'en fiches éperdument et même de choses plus graves. Ah! si Maryam pouvait se prosterner à tes pieds en soupirant : " Laisse-moi seulement une pièce où je te resterai soumise et remplis les autres de toutes les femmes dont tu as envie ", le directeur de l'école te caresser l'épaule tous les matins et te dire : " Comment va ton père, mon petit? " le gouvernement percer une nouvelle artère juste devant la boutique d'al-Hamzawi et l'appartement d'al-Ghouriya, ou Zannouba te dire : " Demain, je quitterai la maison du type avec qui je suis pour me soumettre à tes désirs!" Quand tout ça arrivera, les gens se réuniront après la prière du vendredi pour échanger des baisers de fraternité! Mais le plus sage pour ce soir, c'est de t'asseoir sur le canapé et de regarder Zannouba danser nue devant toi. Là, tu pourras tout à loisir brouter le grain de beauté qui lui fleurit au-dessus du nombril... »

— Comment va ce cher grain de beauté? s'enquit-il avec un sourire en se tapotant le ventre.

— Il te baise les mains! s'esclaffa-t-elle.

— Tu vois ces gens? dit-il en promenant sur l'endroit un regard hagard. Il n'y a parmi eux que des fornicateurs de père en fils! Tous les ivrognes sont comme ça!

— Très honorée! Quant à moi, j'ai l'âme en goguette!

— J'espère que l'endroit où vient se fourrer ton bonhomme l'est aussi!

— Ah! s'il savait ce qu'on est en train de faire! Il t'embrocherait un jour ou l'autre avec une pointe de sa moustache!

— Il est syrien? De ceux qui ont des grosses moustaches et des grosses...

— Syrien? (Elle se mit à chanter d'une voix retentissante.) Barhoum, ô Barhoum...[1].

— Chuuut! Ne nous fais pas remarquer!

— Remarquer par qui? Espèce de bigleux! Tu ne vois pas qu'il n'y a presque plus personne?

— Le vin est fou! dit-il, se frottant la panse en soufflant.

— C'est ta mère qui est folle!

— Tu parles trop fort! Allez, viens, partons!...

— Où ça?

— Tu as tout le temps de savoir! Laissons nos pieds nous guider!...

— Et c'est sûr de se laisser guider par ses pieds?

— En tout cas, c'est plus sûr qu'un cerveau dans le brouillard!

1. Chanson d'origine syro-libanaise.

– Réfléchis un peu à...

– Il nous faudra désormais agir sans réfléchir, coupa-t-il en se levant, chancelant, vu qu'on n'aura plus notre tête à nous avant demain matin!... Allez, debout!...

*

Les murs avaient clos leurs paupières. Dans les rues vides ne s'attardait plus qu'une brise vagabonde, une lumière de lampe endormie. Le silence avait l'espace tout à lui pour s'y promener, en étalant ses ailes...

« A quoi servent les hôtels si c'est pour qu'on vous y accueille en vous regardant de travers, comme un malade titubant qu'on fuit! Oh! bien sûr, tu n'as que mépris pour ces gens qui te repoussent mais ce n'est pas ça qui te donnera une chambre! Déjà le soleil enlace les amants, alors, que fais-tu là à tourner en rond comme une âme en peine? Mais, tiens, voilà un cocher qui lève sa tête alourdie de sommeil et t'invite du regard... O Dieu, ayez pitié de celui qui trimbale une femme au beau milieu de la nuit en se demandant où aller pour... »

– Où va-t-on?

– Où vous voudrez! répondit le cocher en souriant.

– Je te parle pas, à toi! rétorqua Yasine.

– Tant pis! Je suis quand même à vos ordres..., insista l'homme.

Zannouba à Yasine, agacée :

– Tu ferais mieux de te le demander à toi-même! Tu ne pouvais pas y penser avant d'être soûl?

Les voyant plantés là, les bras ballants devant sa calèche, le cocher s'enhardit :

– Le Nil! C'est l'endroit idéal! Je vous y emmène?

Yasine d'un ton irrité :

– Faudrait savoir! C'est une calèche que tu conduis ou un bateau? Qu'est-ce que tu veux qu'on aille faire sur les bords du Nil à une heure pareille?

– L'endroit est désert et presque pas éclairé! rétorqua le cocher avec incitation.

– Le coin rêvé pour les voleurs, oui!

Zannouba parut effrayée :

– O malheur! J'ai les oreilles, le cou et les bras couverts d'or!

– Ne vous inquiétez pas! reprit le cocher en haussant les épaules. Toutes les nuits j'emmène là-bas de bonnes gens comme vous et les ramène sains et saufs!

– Ne me parlez plus du Nil! trancha Zannouba d'un ton sec. J'en ai le ventre qui frémit rien que d'en entendre parler[1]!

– Dieu vous le protège!

– Adresse-toi à moi! cria Yasine au cocher, ayant déjà pris place dans la voiture aux côtés de Zannouba. Qu'est-ce que tu lui veux, à son ventre?

– Comme vous voudrez, mon bey, je suis votre serviteur!

– Décidément, cette nuit tout est compliqué!

– Avec Dieu tout va s'arranger! Si tu préfères un hôtel, allons dans un hôtel!

– On s'est déjà accrochés avec trois hôteliers. Trois ou quatre? O ma pauvre Zannouba! Tu ne sais plus où tu en es! Non, trouve autre chose!

– On en revient au Nil!

Zannouba, en colère :

– Et mon or, gros malin!

Yasine allongea ses jambes sur la banquette arrière :

– Je veux bien, mais on n'a pas d'autre endroit...

– Pour ce qui est de l'endroit, proposa le cocher, vous avez toujours la voiture!

– Vous vous êtes juré de me faire tourner en bourrique, tous les deux! hurla Zannouba.

– Tu as raison! répondit Yasine en torsadant ses moustaches. Tu as raison! Et puis la voiture ça ne va pas! A mon âge, je ne vais pas me contenter de faire des guili-guili! Eh! Cocher!

---

1. N'oublions pas qu'à cette époque on jetait parfois la femme adultère dans le Nil.

L'homme tendit l'oreille et Yasine trompetta avec injonction :

– Direction Qasr el-Shawq!

Clac-clac! Et hue, cocotte!...

« Tu t'enfonces dans les ténèbres où seules les étoiles sont amènes. Tu sens bien au bout de toi comme une angoisse, mais elle replonge vite dans la mer de l'oubli... comme un souvenir rebelle. Car un seul verre, et la volonté s'évanouit!... Soudain, ta compagne de réjouissance te demande en bafouillant : « Tu comptes aller où dans Qasr el-Shawq? » Tu lui réponds : « Dans la maison que j'ai héritée de ma mère. Le destin a voulu qu'elle y vive pour l'amour et la lègue à l'amour à sa mort! » Tu avais ouvert tes bras à Oum Maryam et à sa fille d'un cœur palpitant de désir..., tu t'apprêtes à les refermer autour de la dame de tes nuits d'autrefois!... »

« Et ta femme, bougre d'ivrogne? – Oh! elle dort à poings fermés! – Ne faut-il pas se méfier de tout? – N'aie crainte! Tu as avec toi un homme qui n'a peur de rien! Cueille au firmament des perles d'étoiles pour orner ton front et chante-moi à l'oreille, pour moi tout seul : " O maman, laisse-moi aimer, cette nuit!... " »

– Et où je vais passer le reste de la nuit?

– Je te raccompagnerai où tu voudras...

– Tu n'auras pas la force de raccompagner une mouche!

– Pfff! Paris sera la porte à côté!

– Ah! si seulement je n'avais pas peur de lui!

– Qui ça?

Zannouba, d'une voix éteinte, rejetant la tête en arrière :

– Qui peut me le dire? Je ne sais plus moi-même...

Al-Gamaliyyé était plongé dans une épaisse obscurité. Même le café avait fermé ses portes. La voiture stoppa à l'entrée de Qasr el-Shawq. Yasine en descendit en lâchant un rot, suivi de Zannouba appuyée sur son bras. Ils avancèrent côte à côte d'un pas prudent mais non moins chancelant, laissant derrière eux les bruits de toux du cocher ainsi que les craquements de bottes de la sentinelle qui, intriguée, s'était approchée de la voiture au moment où elle faisait demi-tour.

– Cette rue est pleine de trous! lui dit-elle.

– Oui, mais la maison est tranquille! répondit-il.

Et il ajouta :

– Ne t'en fais pas...

En vain essaya-t-elle de lui rappeler – il est vrai, en souriant béatement dans le noir – que sa femme se trouvait dans la maison qu'ils s'efforçaient d'atteindre... Par deux fois, elle faillit trébucher en montant l'escalier. Enfin, haletants, ils se retrouvèrent devant la porte de l'appartement. Le côté terrifiant de la situation agita leur conscience diffuse d'un sursaut d'éveil passager dans lequel elle tenta mollement de se ressaisir.

Il tourna doucement la clé dans la serrure puis poussa la porte avec une infinie douceur. Il chercha à tâtons l'oreille de Zannouba puis, l'ayant trouvée, il se pencha vers elle en chuchotant : « Ote tes chaussures! » Ce qu'il fit lui-même, après quoi il la précéda et, lui posant la main à plat sur son épaule, il gagna la salle de séjour, face à l'entrée, ouvrit la porte et se glissa à l'intérieur, Zannouba sur ses pas. Ayant atteint leur but, ils poussèrent en chœur un soupir de soulagement. Enfin, il referma la porte et guida sa compagne jusqu'au canapé, sur lequel ils s'assirent l'un à côté de l'autre.

– Il fait très noir! dit-elle, oppressée. Je n'aime pas le noir!

– Tu vas t'y faire dans un instant! dit-il en glissant les deux paires de chaussures sous le canapé.

– J'ai la tête qui commence à me tourner!

– Seulement?

Sans prêter attention à la réponse qu'elle lui fit, il se leva soudain, murmurant, pris de panique :

– Je n'ai pas mis le verrou à la porte d'entrée!

Puis, portant la main à sa tête :

– Et j'ai oublié mon tarbouche! s'exclama-t-il. Dans la calèche ou au « Tout va bien »?

402

– Au diable ton tarbouche! Va fermer la porte à clé, dégourdi!

Il se glissa à nouveau dans le vestibule, puis, de là, gagna la porte d'entrée qu'il verrouilla avec d'infinies précautions. Au retour, une idée tentatrice lui traversa l'esprit. Il se dirigea vers la console, tendant la main devant lui à tâtons pour éviter de se cogner à la chaise, puis regagna la salle de séjour en serrant par le goulot une bouteille de cognac à moitié pleine. Il la posa sur les genoux de Zannouba :

– Tiens, lui dit-il, je t'ai apporté un remède à tout!

– De l'alcool? dit-elle, palpant la bouteille dans le noir. Tu as assez bu! Tu veux qu'on déborde?

– Juste une gorgée pour nous requinquer après toutes ces émotions!

Il but jusqu'à croire que tout était en son pouvoir; que le délire était un état somme toute agréable. Puis la mer de l'ivresse déchaîna ses flots, le hissant à la crête de ses vagues, le faisant chuter aussitôt, avant de l'aspirer dans un tourbillon sans fond. Des langues sourdaient aux quatre coins de la pièce, divaguant dans le noir. Des rires leur échappaient, orgiaques, dans un vacarme de foire...

La bouteille tomba à terre et sonna comme un avertissement. Fi donc! Il avait une partie à jouer, fût-ce dans une mer de sueur, qu'il en ait le temps ou non; peu importe, le temps ne comptait pas pour lui...

A cet instant, l'obscurité commença à bouger, à s'estomper, à l'insu de leurs paupières closes... Et, tout comme se réveille qui a fait un beau rêve, tendant la main pour cueillir les délices d'un nouveau matin, il se réveilla alerté par un bruit, quelque chose qui bougeait...

Il ouvrit les yeux. Un jeu d'ombre et de lumière dansait sur les murs... Il redressa la tête et, sur le seuil de la porte, une lampe à la main, le visage reflétant une expression grimaçante, les yeux flamboyants de colère..., Maryam!

Les deux amants affalés sur le canapé et la jeune femme debout dans l'embrasure commencèrent à se sonder en de longs et étranges regards, où l'égarement de l'hébétude répondait aux feux du courroux. Il fallait à tout prix rompre le silence. Zannouba laissa percer son angoisse en ouvrant la bouche pour parler, mais se tut finalement... Puis elle fut prise soudain d'un rire imprévisible dont elle ne put se délivrer, au point qu'elle fut obligée de se cacher le visage entre les mains.

— Arrête de ricaner! tonna Yasine dédaigneusement. Tu es dans une maison respectable!

Maryam, à son tour, sembla vouloir parler, mais les mots ne lui vinrent pas, à moins que la colère ne la rendît muette. Yasine lui dit alors, sans savoir ce qu'il disait :

— J'ai trouvé cette jeune dame complètement soûle et l'ai amenée jusqu'ici le temps qu'elle retrouve ses esprits...

Mais Zannouba refusa de se taire...

— C'est plutôt lui qui est soûl, vous voyez bien! objecta-t-elle. Il m'a amenée ici de force!

Maryam ébaucha un geste grave, comme s'apprêtant à leur jeter la lampe à la figure. Alors Yasine se dressa droit sur ses jambes en la regardant, prêt à bondir. Intimidée, elle recula aussitôt et déposa la lampe sur un guéridon, grinçant les dents de rage et de fureur. Puis, la voix sèche, tremblotante, durcie par les rauques accents de la haine et de la colère :

— Dans ma maison! s'exclama-t-elle enfin. Dans ma maison! Scélérat, fils de Satan!

Déversant sur lui injures et malédictions, le qualifiant de tous les mots de la pire espèce, sa voix avait le fracas du tonnerre. Elle se mit à hurler, à gémir, ses cris lézardant les murs; à appeler locataires et voisins en se jurant de confondre son mari et d'ameuter les dormeurs pour les prendre à témoin contre lui. Pendant ce temps, Yasine, par tous les moyens, s'évertuait à la faire taire, levant la main sur elle, la foudroyant du regard, l'assourdissant de vociférations. Ses menaces s'avérant inutiles, il se leva, excédé, et afin de l'atteindre au plus vite, mais sans élan précipité, de peur que celui-ci ne lui fît perdre son équilibre, il marcha vers elle à grandes enjambées et se jeta sur elle en lui bâillonnant la bouche avec sa main. Mais, telle une chatte désespérée, elle lui cria en plein visage et lui donna un coup de pied au ventre. Il recula, chancelant, grimaçant de rage et de douleur avant de s'écrouler face contre terre comme un mur qu'on abat. A cet instant, Zannouba poussa un cri fracassant. Aussitôt, Maryam se rua sur elle et, lui tirant les cheveux d'une main en lui plantant les ongles de l'autre dans le cou, elle commença à lui cracher au visage en la couvrant d'injures et de malédictions. Yasine ne tarda pas à se relever. Il secoua la tête énergiquement, comme pour en chasser l'hébétude de l'ivresse, puis se dirigea vers le canapé et abattit sur le dos de sa femme allongée sur sa rivale un violent coup de poing. Maryam poussa un cri puis recula, cherchant à lui échapper. Mais, aveuglé par la colère, il la suivit, la harcelant de coups jusqu'à ce que la table les sépare. Là, elle ôta sa babouche et la lui jeta en pleine poitrine. A nouveau il se lança à sa poursuite et ils se mirent ainsi à tourner en rond autour du vestibule, Yasine hurlant à sa femme :

— Disparais de ma vue ! Tu es répudiée !... Répudiée !... Répudiée !...

Soudain on frappa à la porte. La voix de la voisine du second se fit entendre :

— Madame Maryam ? Madame Maryam ? appelait-elle.

Yasine s'arrêta de courir, à bout de souffle. Quant à Maryam, elle ouvrit la porte et cria aussitôt d'une voix qui résonna dans tout l'escalier :

— Venez jeter un coup d'œil dans cette pièce et dites-moi si vous avez déjà vu une chose pareille ! Une putain dans ma maison qui se soûle et fait la noce ! Entrez ! Regardez !

La voisine semblait confuse :

— Calmez-vous, madame Maryam ! Montez chez moi jusqu'à demain matin...

— C'est ça, va avec elle ! lança Yasine dédaigneusement. Tu n'as plus aucun droit de rester dans ma maison !

— Débauché ! lui jeta Maryam à la face. Scélérat ! qui m'amène une putain dans notre foyer !

Yasine frappa du poing contre le mur :

– C'est toi, la putain. Toi et ta mère!

– Quoi? Tu oses insulter ma mère qui est au ciel?

– Oui, tu es une putain! Je sais très bien ce que je dis! Les soldats anglais, ça ne te rappelle rien? C'est de ma faute! Je n'avais qu'à écouter les conseils des honnêtes gens!

– Je suis ta femme et je te fais honneur! Je suis plus respectable que ceux de ta famille et que ta mère! Demande-toi un peu ce que c'est qu'un homme qui épouse une femme en sachant pertinemment qu'elle est une putain, comme tu dis si bien, si ça n'est pas autre chose qu'un sale maquereau!

Puis, pointant son doigt du côté de la salle de séjour :

– Epouse plutôt celle-là! Elle a tout du genre qui convient à ton état d'esprit répugnant!

– Encore un mot et je te saigne sur place!

Mais Maryam continuait à crier, à cracher des flammes de plus belle jusqu'à ce que la voisine s'interpose entre eux deux pour les séparer en cas de besoin. Puis elle lui caressa l'épaule en le suppliant de venir chez elle jusqu'au lever du jour. Au même moment, Yasine, sentant l'exaspération monter en lui, s'écria :

– Prends tes vêtements et fiche le camp! Disparais de ma vue! Tu n'es plus ma femme et je ne te connais plus! Je vais entrer dans cette chambre. Gare à toi si je te trouve là quand j'en ressortirai!

Sur ce, il se propulsa dans la chambre en claquant la porte derrière lui avec une violence qui fit trembler les murs, après quoi il se laissa tomber sur le canapé en épongeant la sueur qui lui mouillait le front.

– J'ai peur! lui confia Zannouba dans un chuchotement.

– Tais-toi! grogna-t-il. De quoi as-tu peur?

Puis, d'une voix retentissante :

– Je suis libre! Libre!...

Zannouba, comme se parlant à elle-même :

– Mais qu'est-ce qui m'a pris de me plier à tes désirs et de venir avec toi jusqu'ici!

– Tais-toi, je te dis! Ce qui est fait est fait. Je ne regrette rien! Ah! la barbe!

Derrière la porte, ils entendirent bientôt des voix laissant à penser que bon nombre de voisines entouraient maintenant l'épouse en colère. Soudain, au milieu d'elles, perça celle de Maryam qui disait son indignation avec des accents éplorés :

– Vous avez déjà vu jouer ça? Une putain de trottoir dans un foyer conjugal! Ils m'ont réveillée avec tout le bruit qu'ils faisaient en riant et en chantant! Parfaitement! en chantant, avec insolence, abrutis qu'ils étaient par l'alcool! Dites-moi si c'est une maison ou un bordel!

– Vous n'allez tout de même pas prendre vos vêtements et partir de chez vous? protesta une femme. C'est votre maison, madame, et il ne faut pas la quitter! C'est à l'autre de déguerpir!

– Non! Ce n'est plus ma maison! s'exclama Maryam. Puisque ce bon monsieur m'a répudiée!

– Il ne savait plus ce qu'il disait! renchérit une autre. Allez, venez avec nous maintenant. Nous reparlerons de tout ça demain matin. Quoi qu'il en soit, M. Yasine Efendi est un brave homme, fils d'une bonne famille! C'est la faute de Satan, qu'il soit maudit! Allez, venez, ma petite fille, ne soyez pas triste...

– Il n'y a pas à dire et à faire! hurla Maryam. Qu'il crève avant l'aube, ce criminel, fils de criminelle!

On entendit le bruit des pas qui s'éloignaient... Les voix s'estompèrent dans un bourdonnement indistinct. Puis ce fut un claquement de porte qu'on refermait...

Yasine chassa un long souffle de sa poitrine et se laissa tomber sur le dos...

*

Lorsqu'il ouvrit les yeux, la lumière du matin inondait la pièce. Bien que ce ne fût pas la première fois qu'il se réveillait d'une nuit d'ivresse, il sentit dans sa tête une lourdeur inaccoutumée. La faisant pivoter machinalement, ses yeux tombèrent sur Zannouba qui dormait à côté de lui à poings fermés. Là, en un éclair, son esprit repassa les événements de la nuit et s'arrêta à cette conclusion : Zannouba se retrouvait dans le lit de Maryam! Et Maryam? Chez les voisins! Le scandale? Partout! Quel saut fabuleux dans le gouffre de la déchéance! A quoi bon la colère et les remords à présent! Le mal était fait et l'on pouvait revenir sur tout sauf sur le passé! La réveiller? Pour quoi faire! Qu'elle se gave de sommeil! Elle était bien là où elle était. De toute façon, mieux vaudrait pour elle ne pas quitter la maison avant la nuit tombée! Quant à lui, il lui fallait coûte que coûte reconquérir une parcelle de sa vitalité pour affronter la rude journée qui l'attendait. Il repoussa la couverture légère, se glissa sur le sol de la chambre et, le cheveu en broussaille, les paupières gonflées et les yeux rougis, il sortit d'une démarche pesante. Arrivé dans le vestibule, il bâilla comme dans un mugissement, souffla de dépit en regardant la porte ouverte de la salle de séjour puis ferma les yeux en gémissant de sa douleur de tête.

Il gagna la salle de bains.

Oui, vraiment, une rude journée l'attendait! Maryam était réfugiée chez les voisins, l'autre installée dans son lit, lui-même s'étant laissé surprendre par le lever du jour avant d'avoir eu le temps de gommer les traces de son forfait! Quelle idiotie! Ce qu'il aurait fallu faire, c'est prendre son plaisir avec elle et aller se coucher après! Comment avait-il pu négliger ce qu'il fallait faire? De quel aveuglement avait-il été victime? Mieux encore : quand et comment venant de la salle de séjour avait-il atterri avec elle dans la chambre à coucher? Il ne se souvenait plus de rien. Il ne se rappelait même plus quand ni comment il s'était laissé vaincre par le sommeil. Bref, c'était un immense, un incommensurable scandale! Une petite nuit de rien du tout mais accablée de honte, comme sa tête, accablée de soucis et de douleur!... Mais quoi d'étonnant? Depuis longtemps, cet appartement était hanté par les mauvais génies du scandale. Un legs de sa mère! Dieu lui pardonne! La mère avait disparu et le fils était resté pour alimenter la rumeur et être la fable des locataires et des voisins! Demain, les nouvelles s'envoleraient à tire-d'aile vers Bayn al-Qasrayn! Alors du nerf!

« Tu touches le fond d'un abîme de dépravation et de bassesse. Puisse cette eau froide avec laquelle tu te laves purger ton esprit des mauvais souvenirs! Qui sait, peut-être que si tu te penchais à la fenêtre tu verrais à ta porte tout un attroupement guettant la sortie de celle qui a chassé l'épouse et pris sa place! Ça non! Tu lui interdiras de sortir quoi qu'il advienne! Et puis, Maryam, tu l'as répudiée! Répudiée sans le vouloir alors que sa mère est encore humide en sa tombe... Que vont dire les gens de toi, sacrilège? »

Il se sentit grand besoin d'une tasse de café pour se remonter. Il quitta la salle de bains en direction de la cuisine et, en traversant le couloir qui les séparait, remarqua la console dans le salon. Il se rappela à cette occasion la bouteille de cognac renversée dans la salle de séjour et, l'espace d'une seconde, se demanda ce qu'il était advenu du tapis. Mais, avec un regret teinté d'ironie, il se rappela au même instant que tous les meubles de l'appartement ne lui appartenaient plus et suivraient bientôt le chemin de leur propriétaire! Quelques minutes plus tard, un demi-bol de café à la main, il retourna à la chambre à coucher. Il y trouva Zannouba, assise sur le lit, qui s'étirait en bâillant.

— Joyeuse matinée en perspective! dit-elle, se tournant vers lui. Avec un peu de chance, on va aller prendre le petit déjeuner au commissariat!

Yasine lampa une gorgée, tout en la regardant par-dessus le bol, et répondit :

— Aie confiance en Dieu!

Elle agita la main, faisant frissonner ses bracelets d'or autour de son bras, et rétorqua :

— Tout ça, c'est de ta faute!

— Ça y est? C'est le tribunal qui commence? fit-il,

excédé, s'asseyant sur le bord du lit, à ses pieds. Je t'ai dit : aie confiance en Dieu!

Elle lui caressa l'échine avec ses talons et lui dit en geignant :

– Tu as fait ma ruine! Dieu sait ce qui m'attend là-bas!

Yasine croisa sa jambe droite sur sa jambe gauche qui, sous le pan de la galabiyyé retroussée, apparut charnue, couverte d'une forêt de poils noirs.

– Ton type? demanda-t-il. Le diable l'emporte! Qu'est-ce que c'est à côté de ma femme répudiée! C'est plutôt toi qui as fait ma ruine, oui! Et mon foyer à moi qui est ruiné!

Zannouba dit, comme se parlant à elle-même :

– Maudite nuit!... Elle m'a mis la tête et les pieds à l'envers! J'ai encore leur raffut qui me résonne dans le crâne! Mais c'est ma faute! Je n'avais qu'à ne pas céder à tes caprices dès le début...

Yasine eut l'impression que, malgré ses plaintes, elle était ravie de son sort, ou que ces dernières n'étaient que pure simulation. N'avait-il pas connu dans l'Ezbékiyyé des femmes se faisant gloire qu'on s'écharpe pour elles? Mais il ne s'en formalisa pas. La situation était devenue à ce point désespérée qu'au moins cela lui évitait la peine de réagir! Aussi ne put-il faire autrement que d'en rire en disant :

– Le pire des malheurs est celui qui fait rire! Alors ris! Tu as détruit mon foyer et t'y es installée. Lève-toi, va t'arranger et prépare-toi à attendre ici un bon bout de temps, jusqu'à la nuit. Tu ne quitteras pas cette maison avant!

– O malheur! Me voilà enfermée! Mais où est donc ta femme?

– Je n'ai plus de femme!

– Où est-elle?

– Chez le cadi, je présume!...

– J'ai peur qu'elle s'en prenne à moi quand je partirai!

410

– Peur? Qu'est-ce qu'il ne faut pas entendre! Toute l'horreur de la nuit d'hier ne t'a rien ôté de tes vices et de tes talents, digne nièce de ta tante!

Elle rit longuement, semblant approuver l'accusation, avec une certaine fierté même... Puis elle tendit la main vers le bol de café, s'en saisit, but quelques gorgées et le rendit à Yasine en disant:

– Et maintenant?

– Comme tu vois! Je ne suis pas plus avancé que toi. Ce qui est sûr, c'est que ça me rend malade d'être pris en faute devant les gens comme la nuit dernière!

– T'en fais pas pour ça! rétorqua Zannouba en haussant les épaules avec indifférence. Il n'y a pas un homme qui ne cache sous son front plus de déshonneur que la terre en pourrait contenir!

– N'empêche! C'est un scandale et un beau! Vois le tableau: les cris, la bagarre et la répudiation aux petites aurores; les voisins accourant au spectacle et voyant tout de leurs yeux!

– C'est elle qui a commencé! protesta Zannouba en faisant la moue.

Il ne put retenir un rire moqueur. Et Zannouba de renchérir:

– Oui! Elle aurait pu régler les choses sagement si elle avait eu deux sous de jugeote! Les gens, dans la rue, sont indulgents avec les ivrognes. Elle n'a fait du tort qu'à elle-même en finissant par se faire répudier! Au fait, qu'est-ce que tu lui as dit! Putain, fille de putain? C'est ça? Et puis autre chose aussi... là..., sur les soldats anglais...

Cela lui revenait seulement à l'esprit. Il posa sur elle un regard furieux, se demandant comment ces paroles avaient pu rester accrochées à sa mémoire...

– J'étais en colère..., je ne savais plus ce que je disais..., bredouilla-t-il, embarrassé.

– Mon œil!

– Mets-toi-le quelque part!

– Les soldats anglais, hein? Où tu l'as dégotée? Au Finish[1]?

– Pitié, Seigneur! Elle est fille d'une famille convenable et de voisins de toujours. C'est seulement cette maudite colère qui...

– Sans elle il y a bien des choses qu'on ne saurait pas...

– Je t'en prie, n'en rajoute pas, on en a déjà assez comme ça!

– Je te donne tout ce que tu veux, mais parle-moi des soldats anglais! insista Zannouba.

Yasine, d'une voix forte et exaspérée :

– Je t'ai dit que c'est la colère, point final!

Zannouba continua dans un soupir moqueur :

– Tu la défends? Eh bien! va la rechercher!...

– Plutôt mourir que de s'abaisser à ça!

– Tu l'as dit!

Elle sauta du lit, gagna le miroir, prit le peigne de Maryam et, commençant à se recoiffer à grands gestes précipités :

– Qu'est-ce que je vais devenir si l'homme avec qui je suis rompt avec moi?

– Dis-lui « Bon vent » et sache que ma maison t'est ouverte à jamais!

Se tournant vers lui, d'un ton navré :

– Tu ne sais pas ce que tu dis! Nous étions en train de songer sérieusement au mariage...

– Au mariage! Et tu continues à y songer après avoir vu cette nuit ce que ça peut donner?

Zannouba, fine mouche :

– Tu ne comprends pas... J'en ai assez de la vie d'adultère! Elle ne mène qu'à la ruine! Si une fille comme moi se mariait, elle apprécierait au plus haut point la vie conjugale!

« Le plus dupe des deux n'est pas celui qu'on pense! Dans l'orchestre, on ne la considérait guère plus qu'une

1. Bar célèbre à l'époque, fréquenté par les soldats anglais.

luthiste... et poursuivre une vie de courtisane au-delà de la trentaine – et elle l'aura bientôt – signifierait pour elle ni plus ni moins que courir à sa perte! Le mariage est donc, dans sa situation, le gage suprême de l'avenir!... Elle pense à toi en disant cela? L'adorable petite chipie... Je reconnais que je la veux... intensément! Mon déshonneur est là pour en témoigner! »

– Et tu l'aimes?

Zannouba, l'air courroucé :

– Si je l'aimais, je ne serais pas là enfermée avec toi!

Bien que doutant de sa sincérité, son cœur en frémit de tendresse. Car, si la sincérité n'avait jamais fait partie de sa nature, elle lui manifestait cette fois-ci un indubitable penchant!

– Je ne pourrai pas me passer de toi, Zannouba! Pour toi, j'ai commis une folie, sans réfléchir aux conséquences... Je suis à toi et tu es à moi depuis toujours!

Le silence retomba. Elle semblait brûler d'en entendre davantage. Mais il en resta là...

– Vais-je rompre avec cet homme? Je ne suis pas femme à fréquenter deux hommes à la fois!

– Qui est-ce?

– Un commerçant du quartier de la Citadelle, un dénommé Mohammed El-Olali...

– Marié?

– Oui, et des enfants... Mais c'est une grosse fortune!

– Et il t'a promis le mariage?

– Il veut m'y pousser, mais... j'hésite! Tu sais, un homme marié, père de famille, c'est le diable et son train!

Il daigna, pour ses beaux yeux, supporter son manège...

– Pourquoi on ne recommencerait pas comme avant? demanda-t-il. Tu peux déjà être sûre que je ne suis pas pauvre...

– Ton argent, ça m'est égal!... Le tout, c'est que j'en ai assez de la vie d'adultère...

– Alors, quelle solution?

– C'est ce que je me demande!

– Va plus loin...

– J'en ai dit suffisamment!

S'il s'attendait à cet appel du pied! Certes, cela prêtait d'abord à rire! Mais il voulait cette fille et ne pouvait par conséquent répondre à son appel de la même façon... Aussi trancha-t-il après une pause :

– Je ne te cache pas que je commence à présager le pire du mariage!

– Comme moi pour l'adultère!

– Tu n'en avais pas l'air cette nuit!

– Hier je tenais un mari..., mais maintenant!...

– En rusant un peu, on arrivera à se rencontrer!... En tout cas, souviens-toi toujours qu'aussi longtemps qu'on se fréquentera comme ça... jamais je ne te laisserai tomber!

– Tu as des précédents avec moi qui attestent de ta sincérité! répliqua-t-elle d'un ton sec.

– On ne fait pas d'omelette sans casser des œufs! dit-il avec sérieux pour mieux cacher la faiblesse de sa position.

– Je ne me laisse plus endormir par les mots! Oh! vous, les hommes!

« Et avec vous, les femmes, tu ne crois pas qu'on pourrait en pousser des " Oh! " Mais, digne nièce de ta tante, je te pardonne! Tu débarques soûle au beau milieu de la nuit, et, le matin venu, tu décides que tu en as assez de l'adultère! Elle s'est peut-être dit dans sa tête : " Puisque sa seconde femme était une putain, alors aucune raison que je ne sois pas la troisième! " Yasine! Tu oublies tous les ennuis qui t'attendent dehors? Eh bien! laisse-les t'attendre mais tâche de ne pas perdre Zannouba à cause d'un mot blessant, comme tu as perdu Maryam! Maintenant, ô mon frère regretté, j'ai expié ma faute envers toi!... »

– Maintenant qu'on s'est retrouvés, il ne faut plus nous séparer! dit-il calmement.

– Il n'en tient qu'à toi!

414

– Il va falloir qu'on se voie souvent et qu'on réfléchisse beaucoup!

– Pour moi, c'est tout réfléchi!

– Alors il faudra soit que je te persuade de mon point de vue, soit que tu me persuades du tien!

– Tu ne me persuaderas pas de ton point de vue!

Sur ces mots, elle quitta la chambre en lui dissimulant un sourire et, d'un air étonné, il la regarda s'éloigner. Oui, tout semblait bien étrange en effet... Mais où était Maryam en ce moment? Seule en tout cas! Quant à lui, il ne vivrait plus un instant de repos! Demain, il serait appelé chez son père et après-demain chez le cadi. De toute façon, ces derniers temps, sa vie avec elle n'avait été qu'un conflit permanent. Elle lui avait même avoué froidement : « Je te déteste et ta vie me dégoûte! »

« Je ne suis pas fait pour être heureux en mariage! Mon grand-père a vécu toute sa vie comme ça! On dit que c'est moi qui lui ressemble le plus de la famille! Et, malgré ça, cette folle veut m'épouser!... »

*

Lorsque Ahmed Abd el-Gawwad franchit le ponton de bois conduisant à la villa d'eau, le soleil déjà s'effaçait à l'horizon. Il tira la sonnette et la porte s'ouvrit bientôt sur la silhouette de Zannouba, vêtue d'une robe de soie blanche qui révélait les attraits de son corps.

– Oh! Vous? Mais entrez donc! s'écria-t-elle à sa vue. Mais, dites-moi, qu'avez-vous fait hier? Je vous ai imaginé là, en train de sonner en vain à la porte, d'attendre un moment, de repartir...

Puis, en riant :

... et de vous imaginer des choses!... Dites-moi ce que vous avez fait.

Malgré sa mise distinguée, son parfum délicat embaumant l'air, il montrait un visage assombri, un œil farouche dont la prunelle exhalait du dépit...

– Où étais-tu hier? demanda-t-il.

Elle le précéda vers la salle de séjour et il la suivit jusqu'au milieu de la pièce, où il resta debout, entre deux fenêtres ouvertes sur le Nil. Là était un fauteuil sur lequel elle s'assit, affectant le calme, l'assurance et le sourire...

— Comme vous le savez, dit-elle, je suis sortie faire des courses et, en chemin, j'ai rencontré Yasmina, l'almée. Elle m'a invitée à faire un tour chez elle et, là, elle n'a jamais voulu que je m'en aille et a tellement insisté que j'ai dû rester coucher. Je ne l'avais pas revue depuis mon arrivée ici. Si vous l'aviez entendue me reprocher mon infidélité et me demander quel homme avait bien pu me faire oublier mes collègues et amies!

Disait-elle ou non la vérité? Avait-il bel et bien enduré pour rien les tourments du jour et de la veille? Jamais il ne gagnait ou ne perdait pour rien le plus petit millième! Alors, comment aurait-il pu endurer pour rien ces douleurs atroces? Monde perfide!... Pourtant il était prêt à en baiser le sol s'il avait la preuve que cette petite chipie disait la vérité. Et il fallait qu'il en ait la preuve, sinon, il ne lui resterait plus rien de la vie! Le temps était-il venu pour lui de se remettre de ses émotions? Patience!...

— Quand es-tu rentrée?

Elle étendit sa jambe devant elle et commença à contempler sa babouche rose ornée d'un pompon blanc puis ses doigts teints au henné en disant :

— Asseyez-vous donc d'abord et ôtez votre tarbouche, que je voie votre jolie raie! Eh bien... Puisque vous voulez savoir, mon maître, je suis rentrée en fin de matinée!...

— Tu mens!

Ces mots, chargés de colère et de désespoir, lui étaient partis de la bouche comme une balle de fusil. Sans même lui laisser le temps de réagir, il reprit avec véhémence :

— Tu mens! Tu n'es rentrée ni en fin de matinée, ni même dans l'après-midi! Je suis venu ici deux fois dans la journée sans te trouver!

Un instant elle resta courte, puis, d'un ton mêlant l'aveu à l'agacement :

— Pour dire vrai, je suis rentrée un peu avant le coucher

du soleil, il y a une heure environ... Je n'aurais eu aucune raison de dire des mensonges si je n'avais pas remarqué dans vos yeux une contrariété qui n'avait pas lieu d'être et que j'ai voulu dissiper! Et maintenant, la vérité, la voilà : ce matin Yasmina a absolument voulu m'emmener faire des achats avec elle et, quand elle a su que je n'étais plus avec ma tante, elle m'a proposé d'entrer dans son orchestre pour que je la remplace de temps en temps dans les mariages. Bien entendu, j'ai refusé, persuadée d'avance que vous n'accepteriez pas que je passe la nuit dehors avec la troupe. Bref, je suis restée avec elle... sachant que vous ne viendriez pas ici avant neuf heures du soir. Voilà l'histoire! et maintenant, asseyez-vous et, de grâce, tranquillisez-vous!

« Son histoire est vraie ou montée de toutes pièces? Ah! si tes amis te voyaient en ce moment! Comme le destin est cynique avec toi! Mais je serais prêt à pardonner deux fois pire pour une once de repos! Tu mendies le repos? Mendier n'a pourtant jamais été dans tes habitudes! C'est comme ça que tu t'abaisses devant la luthiste? Il fut un temps où elle avait charge de te servir, de t'apporter des fruits pendant tes réunions galantes et de s'effacer poliment en silence. Ah! vienne la paix ou que me dévore le feu de l'enfer!... »

— Yasmina n'habite pas à cent lieues! je lui demanderai la vérité...

— Demandez-la-lui si bon vous semble! rétorqua Zannouba en rabattant la main d'un geste de mépris offensé.

— Je vais la lui demander ce soir même! explosa-t-il, les nerfs à bout. Et puis non! Je m'en vais la voir de ce pas! J'ai accédé à tous tes désirs et j'entends que tu respectes mes droits!

Sa fureur gagna Zannouba, qui répliqua sèchement :

— Eh! doucement! Arrêtez de me lancer vos accusations à la figure! Jusqu'à maintenant, j'ai été patiente avec vous, mais chaque chose a des limites! Je suis un être humain fait de chair et de sang! Faites attention où vous allez avec moi et priez plutôt, ça vous calmera!

– C'est sur ce ton que tu me parles? dit-il, éberlué.

– Parfaitement, puisque vous me parlez sur le même!

– J'en ai le droit, moi! s'écria-t-il en comprimant le poing sur le pommeau de sa canne. C'est moi qui ai fait de toi une dame et t'ai arrangé une vie que même Zubaïda t'envie!

Ces propos la firent sortir de ses gonds. Elle s'écria telle une lionne en furie :

– C'est Dieu qui a fait de moi une dame! Pas vous! Et cette vie dont vous parlez, je ne l'ai acceptée qu'après que vous m'en avez suppliée à cor et à cri! L'auriez-vous oublié? Je ne suis pas votre prisonnière ou votre esclave! Et que je t'interroge et que je te condamne! Non, mais pour qui me prenez-vous? Vous croyez que vous m'avez achetée avec votre argent? Si ma façon de vivre ne vous plaît pas, alors il vaut mieux que chacun de nous s'en aille de son côté!

« Dieu du ciel! Est-ce ainsi que les petits ongles mignons se transforment en griffes? Si par hasard tu avais des doutes sur ce qu'elle a fait la nuit dernière, tu n'as qu'à interroger ce ton insolent! Tu es affligé d'une petite peste! Alors bois la souffrance jusqu'à la lie! Bois à la coupe de l'offense jusqu'à plus soif! Et maintenant, qu'est-ce que tu vas bien pouvoir répondre? Hurle-lui au visage, le plus fort que tu peux : file dans la rue où je t'ai ramassée! Hurle! Oh! Oui! Hurle! Qu'est-ce qui t'en empêche? Maudit soit ce qui t'en empêche! Etre trahi par son cœur, c'est l'être mille fois! Le voilà, cet avilissement des cœurs dont tu t'amusais quand on t'en parlait? Ah! comme je me dégoûte de l'aimer!... »

– Tu me chasserais?

Zannouba reprit avec le même ton sec et emporté :

– Si vivre avec vous signifie que vous m'enfermiez ici comme une esclave et me lanciez des accusations chaque fois que vous en avez envie, alors mieux vaut pour vous et pour moi en rester là tout de suite!

Sur ces mots, elle détourna son visage. Il se mit à

contempler sa joue, le reflet lisse de son cou avec un calme insolite, qui tenait davantage de l'hébétude.

« Toute la fortune que je demande à Dieu, c'est d'être capable de la plaquer sans que ça me fasse ni chaud ni froid! Tu dis ça parce que tu es en colère! Seulement... auras-tu la force de revenir ici sans plus trouver trace de sa présence? »

– Je n'avais déjà pas grande confiance en ton bon cœur... Quant à m'imaginer que tu pouvais être aussi ingrate!...

– Évidemment! Pour vous, il faudrait que je sois une pierre, sans sensibilité, sans dignité!

« Tu vaux encore moins que ça, figure-toi! »

– Non! Simplement une personne sachant apprécier les bienfaits et respecter la vie à deux!

Zannouba passa du ton de la colère à celui de la plainte indignée :

– J'ai consenti pour vous plus que vous ne pensez! J'ai accepté de délaisser ma famille et mon métier pour rester là où vous le désiriez. Même mes plaintes, je les ai gardées pour ne pas vous contrarier et... je n'ai pas voulu vous avouer non plus... qu'il y a des gens... qui souhaiteraient pour moi une vie meilleure sans que je leur prête attention...

« Encore des complications que je n'avais pas prévues? »

– Que veux-tu dire? s'enquit-il, l'air blessé.

Elle feignit de contempler ses bracelets, les faisant tourner autour de son bras, et répondit :

– Un homme comme il faut veut m'épouser et me presse de son insistance...

« Déjà que la chaleur et l'humidité t'étouffent littéralement, maintenant c'est la peste qui veut t'engloutir!... Ah! ce batelier qui replie sa voile devant la fenêtre, il ne connaît pas son bonheur! »

– Qui ça?

– Quelqu'un que vous ne connaissez pas! Appelez-le comme vous voudrez...

Il recula d'un pas et s'assit sur un canapé qu'encadraient deux gros fauteuils. Puis, entrecroisant ses doigts sur le pommeau de sa canne :

– Quand t'a-t-il vue? demanda-t-il. Comment as-tu appris son désir de t'épouser?

– On se voyait souvent du temps où j'étais chez ma tante! Ces jours-ci, je voyais bien qu'il cherchait à me parler chaque fois qu'il me rencontrait sur son chemin... Mais je l'ignorais... Alors il a poussé une de mes amies à me faire part de son désir... Voilà l'histoire!

« Décidément, tu en as des histoires! Hier, quand je courais à ta recherche, une seule douleur m'étreignait. Je n'avais pas encore idée de ce que ça allait être aujourd'hui! Laisse-la tomber si tu en as la force. Quitte-la. C'est ta seule planche de salut. Les gens n'ont-ils pas tort de croire que la mort est le pire qui puisse leur arriver?... »

– Je voudrais que tu me dises sincèrement, as-tu oui ou non l'intention d'accepter cette proposition?

D'un geste sec, elle laissa retomber son bras, puis, fixant notre homme d'un air orgueilleux :

– Je vous ai dit que je l'ai ignoré! dit-elle d'un ton ferme. Il faudrait voir à comprendre ce que je dis!

« Il ne faut pas que tu ailles te coucher ce soir avec des idées noires, que ça ne recommence pas comme la nuit dernière! Purge ton esprit de ses obsessions... »

– Réponds-moi franchement : est-ce que quelqu'un est venu te voir ici?

– Quelqu'un? De qui voulez-vous parler? Personne d'autre que vous n'est entré ici!

– Zannouba! Je peux tout savoir! Alors ne me cache rien! Avoue-moi tout en détail! Après, quoi que tu aies fait, tu auras mon pardon!

– Si vous persistez à douter de ma sincérité, protesta-t-elle, mieux vaut pour nous nous séparer!

« Tu te rappelles la mouche que tu as vue agoniser ce matin dans la toile d'araignée? »

– Bon, passons... Maintenant... Laisse-moi te demander : est-ce que tu as rencontré cet homme hier?

– Je vous ai déjà dit où j'étais hier!

– Pourquoi me martyrises-tu? soupira-t-il malgré lui. Moi qui n'ai jamais rien tant désiré que ton bonheur?

Elle se frappa les paumes comme si sa persistance à douter la désespérait :

– Et vous, dit-elle, pourquoi refusez-vous de me comprendre? Moi qui renonce pour vous à tout ce que j'ai de plus cher!

« Dieu, que cette musique est douce à entendre! Le drame, c'est qu'elle pourrait tout aussi bien n'être portée par aucun sentiment!... Comme un chanteur qui s'épancherait dans une complainte le cœur en fête!... »

– Je prends Dieu à témoin de ce que tu viens de dire! Et maintenant, dis-moi franchement : qui est cet homme?

– Qu'est-ce que ça peut vous faire? Je vous ai dit que vous ne le connaissiez pas! Un commerçant d'un autre quartier, mais qui venait de temps en temps au café de Si Ali...

– Son nom?

– Abd el-Tawwab... Yasine Abd el-Tawwab! Vous le connaissez?

« J'ai loué cette villa d'eau pour y passer du bon temps!... Tu t'en souviens, du bon temps? O temps passé, t'en souvient-il de l'Ahmed Abd el-Gawwad qui baignait dans l'insouciance? Zubaïda... Galila... Bahiga... Demande-leur de t'en parler! Ce n'est sûrement pas le même que ce pauvre type déboussolé auquel la vieillesse a blanchi les tempes! »

– Le démon des soucis est bien le plus habile!

– Non! C'est celui du doute, car il fait à partir de rien!

Il se mit à frapper le sol du bout de sa canne, puis, d'une voix profonde :

– Je ne veux pas vivre dupe! Ça, jamais! Et rien ne me fera transiger avec ma dignité d'homme! En un mot, je ne peux pas digérer que tu aies découché hier!

– Et c'est reparti!

– Oui! Et ça repartira encore! Tu n'es tout de même

plus une enfant mais une femme mûre et raisonnable! Et tu viens me parler de cet homme? T'es-tu vraiment laissé abuser par sa promesse de t'épouser?

Zannouba lança d'une voix orgueilleuse :

– Je sais qu'il ne m'abuse pas! La preuve, c'est qu'il m'a promis de ne pas me toucher avant le mariage!

– Et tu le désires, ce mariage?

Elle fronça les sourcils, l'air vexé :

– Vous n'avez pas entendu ce que j'ai dit? fit-elle, l'air surpris. Je m'étonne de vous voir aussi endormi aujourd'hui! De toute façon, vous n'êtes pas dans votre état normal... Arrêtez de vous faire du souci pour rien et, pour la dernière fois, écoutez-moi : j'ai ignoré cet homme et sa proposition exprès pour vous!

Il eût souhaité connaître l'âge du prétendant mais ne sut comment tourner la question. La jeunesse! La vieillesse! Il ne s'était jamais avisé de ces choses-là!... Il reprit après un temps d'hésitation :

– Il est peut-être de ces jeunes blancs-becs qui promettent sans réfléchir!

– Ce n'est pas un enfant. Il a trente ans passés!

« Un quart de siècle de moins que toi, en somme! C'est toujours mal vu d'avoir quelque chose de moins que les autres... sauf dans l'âge! Ah! la jalousie! Elle me dévore sans vergogne! »

– Je l'ai ignoré, reprit-elle d'elle-même, bien qu'il m'ait promis la vie dont je rêve!

« T'es pas qu'un peu futée! Zubaïda a oublié d'en apprendre avec toi!... »

– Vraiment!

– Laissez-moi vous dire que je n'en peux plus de la vie que je mène!

« Repense encore une fois à la mouche et à l'araignée!... »

– Tiens donc!

– Parfaitement! Je veux une vie tranquille à l'ombre du mariage! Vous ne me donnez peut-être pas raison?

« Tu étais venu pour lui demander des explications. Vois

où tu en es maintenant! C'est elle qui t'envoie balader. Alors comment fais-tu pour garder tout ce calme? Tu pourras avoir honte de toi pendant le restant de tes jours! Tu saisis où elle veut en venir?... Comme c'est beau, ce clapotis de vagues sous le soleil couchant... »

Comme il tardait à répondre, Zannouba reprit calmement :

– Vous ne pouvez pas vous fâcher pour cela! Vous êtes un homme pieux malgré tout... et ne sauriez empêcher une femme d'aller vers l'union légitime qu'elle désire... Je ne veux pas servir de monture au premier venu... Je ne m'appelle pas Zubaïda! Je suis croyante, je crains Dieu, et je suis bien avisée de vouloir abandonner le péché!...

Ces dernières paroles le frappèrent de stupeur et de confusion. Il se mit à la regarder avec une fureur contenue qu'il dissimula sous un sourire figé, avant de lui répondre :

– Tu ne m'avais jamais rien dit de tout ça avant! Jusqu'à avant-hier, tout allait très bien comme ça entre nous!

– Je ne savais pas comment me confier à vous...

« Elle s'éloigne de toi à une vitesse effrayante, diabolique... Quelle déception! Je suis prêt à tout oublier..., cette maudite nuit d'hier..., mes doutes, ma douleur..., à condition qu'elle arrête avec ce petit jeu pervers... »

– Nous vivions pourtant dans le bonheur et l'harmonie!... Notre liaison ne signifie donc plus rien pour toi?

– Si..., mais je veux la rendre meilleure... Le mariage n'est-il pas préférable à l'adultère?

Sa lèvre inférieure se crispa, dessinant sur sa bouche un sourire sans expression.

– En ce qui me concerne, dit-il à voix basse, il en va tout autrement!

– Comment cela?

– Je suis marié, mon fils et mes filles pareillement... Comme tu vois..., la question est fort délicate...

Puis, dans un ardent soupir :

– Ne vivions-nous pas dans un parfait bonheur?

Zannouba rétorqua, agacée :

– Je ne vous dis pas de répudier votre femme et d'abandonner vos enfants! Vous ne seriez pas le seul à avoir plusieurs femmes...

– Dans ma situation..., continua-t-il avec appréhension, le mariage... n'est pas une petite affaire! Ni chose à se produire dans la vie d'un homme sans faire jaser...

– Tous les gens savent que vous avez une maîtresse! rétorqua-t-elle avec un rire sarcastique. Et vous vous fichez pas mal d'eux! Alors comment pouvez-vous craindre ce qu'ils pourraient dire d'un mariage légitime si vous voulez vous marier?

– Rares sont ceux qui, parmi eux, connaissent les secrets de ma vie intime! dit-il avec un sourire embarrassé. Sans compter que les gens de ma famille sont les derniers à douter de moi...

Elle releva ses sourcils effilés, l'air désapprobateur.

– C'est ce que vous croyez! dit-elle. Dieu seul connaît la vérité! Quel secret peut-on garder quand les langues des gens sont toujours là, prêtes à le trahir?

Puis, se reprenant, l'air outré, sans lui laisser le temps de répondre :

– Mais peut-être que vous ne me jugez pas digne de l'honneur de porter votre nom!

« Dieu me pardonne! Tu te vois le mari de Zannouba la luthiste, à la face du ciel? »

– Ce n'est pas ce que j'ai voulu dire, Zannouba!

– J'aurai tôt fait de connaître vos véritables sentiments! reprit-elle d'un ton piqué. Si ce n'est pas aujourd'hui, ce sera demain! Et si m'épouser vous fait honte, alors adieu!

« Tu viens chasser quelqu'un et c'est lui qui te chasse! Tu n'en es plus à lui demander où elle était, c'est elle qui te met au pied du mur : ou l'épouser ou partir! Qu'est-ce que tu fais là? Qu'as-tu à rester les bras croisés? Encore ce maudit cœur qui te trahit? Tu préférerais qu'on t'arrache les os plutôt que de quitter cette villa d'eau! Ah! quel dommage que cette passion aveugle vienne seulement me cueillir à l'âge de la vieillesse! »

– C'est toute l'estime que tu as pour moi? demanda-t-il d'un ton de reproche.

– Je n'ai aucune estime pour qui me dédaigne comme si j'étais un vulgaire crachat!

A quoi il répondit avec un calme attristé :

– Tu m'es plus chère que moi-même!

– Je connais la chanson!

– C'est pourtant la vérité...

– Il me tarde qu'on me la signifie autrement!

Abattu, désespéré, il baissa les yeux. Il ne voyait pas comment il pouvait accepter et n'avait pas davantage la force de refuser. Il y avait par-dessus tout ce désir ardent de ne pas la perdre qui l'enchaînait et brouillait ses pensées... Il reprit à voix basse :

– Laisse-moi un peu le temps de voir...

– Si vous m'aimiez vraiment, répondit-elle, placide, dissimulant un sourire malicieux, vous n'hésiteriez pas!

– Il ne s'agit pas de cela!... se ravisa-t-il promptement. Je veux dire... de voir avec le reste...

Il agita la main, comme pour expliciter ses paroles, sans savoir très exactement la signification de son geste...

– Dans ces conditions, conclut Zannouba avec un air souriant, je me tiens à votre disposition!

Il se sentit quelque répit, comme le boxeur à deux doigts de s'écrouler sauvé de justesse par le gong... Soudain, pris du désir de se divertir de son tourment, de chasser son angoisse, il dit, lui tendant la main :

– Viens vers moi...

Mais elle se retrancha résolument dans le fond de son fauteuil et répondit :

– Quand Dieu le permettra!

*

Il quitta la villa, fendant les ténèbres, puis longea la rive déserte en direction du pont de Zamalek. L'air glissait comme une brise, emportant le feu de sa tête et faisant courir dans le feuillage épais des arbres immenses un frisson paresseux d'où montait un frêle chuchotement. Pareils dans le noir à des dunes, à des nuages marbrés, il les sentait, chaque fois qu'il levait la tête, pesant au-dessus d'elle comme les soucis sur sa poitrine...

« Ces lumières qui brillent aux fenêtres des villas d'eau viennent-elles de maisons sans soucis? En tout cas, rien ne vaut les tiens! La mort et le suicide sont deux choses différentes! Et, incontestablement, tu as choisi de te suicider! »

Il continua de marcher. Rien en ce moment ne lui convenait davantage que la marche pour calmer ses nerfs et rassembler ses pensées avant de rejoindre les frères. Là, il les prendrait à part et s'ouvrirait à eux de ses tourments. Il ne se lancerait pas dans cette aventure avant de les avoir consultés, même s'il se doutait déjà de leur réponse! Mais, quoi qu'il lui en coûte, il leur mettrait son cœur à nu. Il ressentait, semblable à l'appel au secours d'un noyé emporté par le flot, un besoin pressant de se confier à eux. Il ne se cachait pas qu'il regardait son mariage avec Zannouba comme une affaire entendue, ni ne niait son sentiment vil de la désirer, de tenir encore à elle. Mais il ne voyait pas comment la chose pouvait se résoudre sous la forme d'un mariage officiel, ni comment il annoncerait la nouvelle à sa femme, à ses enfants, à tout le monde...

Bien qu'il eût souhaité marcher ainsi le plus longtemps possible, il s'élança soudain à toute vitesse, arpentant le sol à larges enjambées, battant de sa canne la terre poussiéreuse, comme s'il se hâtait vers un but... alors qu'il n'en avait aucun! Elle s'était refusée à lui et l'avait repoussé? Sa longue, sa grande expérience restait-elle inaccoutumée à de pareils usages? Mais l'homme faible donne sciemment dans le piège!

Bien qu'à la faveur de la marche et de l'air frais il eût recouvré quelque apaisement, il demeurait l'esprit dispersé, la conscience ébouriffée. Les pensées continuaient de se bousculer dans sa tête au point que son état lui devint insupportable, pensant qu'il allait devenir fou s'il ne prenait pas immédiatement une décision, fût-ce celle de sa perte!... Dans cette nuit noire, il pouvait sans crainte et sans honte se parler à lui-même. Les branchages qui tissaient au-dessus de lui une couverture homogène le dissimulaient au regard du ciel; dans les champs, à sa droite, s'inhumaient ses pensées; l'eau du Nil qui rampait à sa gauche engloutissait ses sentiments... Mais gare à la lumière! Qu'il prenne bien garde de se laisser encercler par ses halos et de devoir décamper comme une roulotte de cirque, attirant derrière lui les gosses et les badauds... Quant à sa renommée, sa grandeur, sa dignité, Dieu les lui protège!... Il avait toujours eu en lui deux personnalités : laissant s'ébattre l'une parmi les frères et les amis chers, montrant l'autre à ceux de sa famille et au reste du monde, cette dernière lui étant seule garante de sa grandeur et de sa dignité, lui assurant une considération comme personne n'en pouvait rêver. C'était contre elle que conspiraient ses inconstances, menaçant sans cesse de la réduire à néant.

Arrivé en vue du pont qui luisait sous les feux des réverbères, il se demanda : où aller maintenant? Mais, ayant encore besoin de solitude et d'obscurité, il le dépassa en direction de Guizeh... « Yasine! Rien que d'évoquer son nom te fait frémir. Tu en as la honte qui te monte au visage. Mais pourquoi? Il sera le premier à te comprendre et à t'être indulgent... ou bien à rire de ton avanie et à s'en régaler! Combien de fois l'as-tu rabroué, corrigé? N'empêche qu'à ce jour il n'a pas encore glissé dans un abîme comme le tien! Kamal? Tu devras désormais lui montrer un masque sévère si tu ne veux pas qu'il lise le péché sur ta face. Et Khadiga? Et Aïsha? Elles vont courber le front devant les Shawkat! Pense donc! Leur père marié à Zannouba; une noce que tous les débauchés viendront applaudir! Ton cœur abrite toutes les faiblesses et toutes les tentations. Alors, choisis-lui un autre théâtre que le monde où tu vis. N'existe-t-il pas un royaume de ténèbres, loin des hommes, où tu pourrais t'adonner en paix à tes vices? Demain, n'oublie pas de jeter un œil sur la toile d'araignée pour voir ce qui reste de la mouche... Écoute le coassement des grenouilles, le chant des grillons. Ces insectes ne connaissent pas leur bonheur! Alors qu'attends-tu pour être un insecte et jouir toi aussi du bonheur sans restriction? Mais, sur cette terre, tu auras beau dire et beau faire, tu seras toujours " Monsieur " Ahmed! Allez, va passer la nuit au milieu des tiens réunis, ta femme..., Kamal..., Yasine..., Khadiga..., Aïsha..., et ensuite, si tu en as le courage, dévoile leur tes intentions. Après, si tu en as encore le courage, scelle ton union! Et Haniyya! Tu te rappelles comment tu l'as envoyée paître? Tu l'aimais pourtant! Jamais tu n'as aimé une femme autant qu'elle. Mais il semble, hélas! que la raison nous abandonne avec l'âge! Tu devrais boire cette nuit jusqu'à ce qu'on t'emmène les pieds devant! Comme il te tarde de boire! Comme si tu n'avais pas bu depuis Mathusalem! Les souffrances que tu as endurées cette année pourraient bien t'ôter tout le bénéfice du bonheur dont tu as joui ta vie entière! »

Soudain, il planta sa canne dans le sol et s'arrêta de marcher. Le noir, le silence, ce chemin infesté d'insectes, les arbres, il en avait assez! Son cœur déjà le portait vers les frères. Il n'était pas homme à rester longtemps seul avec lui-même. Il ne se définissait qu'en tant que membre d'une assemblée, partie d'un tout... C'est là qu'immanquablement se dénouaient les problèmes!

Il fit demi-tour en direction du pont. Au même moment, un tressaillement de colère et de dégoût le saisit de la tête aux pieds. D'une voix étrange, déchirée par la plainte, la douleur et la rage, il se dit... : « Alors elle découche une nuit entière, Dieu sait où, et toi, tu acceptes de l'épouser! » Une lourde sensation de mépris de lui-même lui comprima la poitrine et le cœur. « Yasmina? Tu parles! Elle a passé la nuit dans les bras de ce type, oui! Qui ne l'aura pas décollée jusqu'au lendemain après-midi! Elle est restée avec lui tout en sachant pertinemment à quelle heure tu viens d'habitude! Alors qu'est-ce que ça veut dire? Ça veut dire tout simplement – ô feu de l'enfer! – que l'amour lui aura fait perdre la notion du temps! Ou bien que tu lui es devenu tellement indifférent qu'elle se fiche de ta colère! Alors comment as-tu pu être aussi conciliant avec elle, espèce d'illuminé? Regarde à quoi tu ressembles avec ta promesse de l'épouser, honte du genre humain! On dirait que tu avais la tête déjà si fort écrasée de tourment que tu n'as même pas senti les cornes te pousser! Ces cornes dont tu es en train de couronner une famille entière pour qu'elle en porte l'opprobre de génération en génération! Que vont dire les gens quand ils les verront dressées sur ton front noble? Ni la colère, ni la haine, ni le sang, ni les larmes ne suffiront à racheter ta lâcheté et ta faiblesse! Ah! elle doit bien rire de toi, tiens, en ce moment, affalée sur son dos dans la villa, peut-être encore toute poisseuse de la sueur de son type qui ne tardera pas à se payer ta tête lui aussi! Non! Il ne sera pas dit que le jour se lèvera et qu'une bouche rira encore de toi! Avoue ta défaillance à tes frères et jette-la-leur en pâture pour entendre leurs éclats de rire! " Mais pardonnez-lui!... Il est vieux et gâteux... Pardonnez-lui! Il a tout essayé dans sa vie sauf le plaisir de porter les cornes! " J'entends déjà Zubaïda me dire : " Tu as refusé d'être mon homme et accepté d'être le maquereau de ma luthiste!... " Et Galila renchérir : " Tu n'es plus mon frère et même pas ma sœur! " Puissent ce chemin fantôme, cette obscurité épaisse, ces arbres séculaires me voir courir dans le noir, pleurant comme un nigaud! Non! Je ne me coucherai pas avant d'avoir retourné son affront à cette petite garce! Dire qu'elle s'est encore refusée à toi! Et vous voulez me dire pourquoi? Parce qu'elle en a assez de l'adultère! L'adultère dont elle n'est pas encore lavée! Dis qu'elle en a assez de toi, et puis c'est tout! Dieu, quelle douleur! Mais je la mérite. Elle est œuvre de piété! Comme quand on se cogne la tête contre un mur pour expier un péché! Le cheikh Metwalli Abd el-Samad croit savoir beaucoup de choses! Il n'a encore rien vu! »

Il repassa devant le pont de Zamalek en direction d'Imbaba puis se mit à activer la marche avec une obstination résolue. Il était bien décidé à effacer la honte qui lui collait au visage. A mesure que la douleur l'oppressait davantage, il forçait le pas, frappant le sol de sa canne, comme s'il marchait sur trois pattes... Il arriva en vue de la villa dont la fenêtre était éclairée. Là, bien qu'ayant retrouvé sa confiance en lui-même, le sentiment de sa dignité d'homme, bien qu'ayant apaisé son esprit par le choix d'une ferme résolution, sa fureur redoubla. Il dévala l'escalier, traversa le ponton de bois et, arrivé devant la porte, frappa une première fois avec le bout de sa canne, puis une seconde, à coups redoublés, au point que lui parvint bientôt la voix de Zannouba qui demandait, inquiète :

— Qui est là ?

— Moi ! dit-il d'un ton ferme.

La porte s'ouvrit sur le beau visage étonné.

Elle s'effaça pour le laisser passer en maugréant :

— Rien de grave ?...

Sans dire un mot, il alla droit à la salle de séjour, au milieu de laquelle il fit halte, puis se retourna et resta à la regarder s'approchant, l'air interrogatif, pour venir s'arrêter devant lui, scrutant d'un œil inquiet son visage assombri.

— Rien de grave au moins ? dit-elle. Que nous vaut ce retour ?

— Rien de grave, Dieu soit loué, comme tu vas le constater ! dit-il avec un calme terrifiant.

Elle commença à le sonder du regard, sans souffler mot...

— Je suis venu, continua-t-il, pour te dire de ne pas t'en tenir à ce que j'ai dit tout à l'heure... Tout cela n'était qu'une stupide plaisanterie !

Les épaules lui tombèrent de désappointement, la réprobation et la fureur se lisant sur son visage.

— Une stupide plaisanterie ! s'écria-t-elle. Alors, maintenant, vous ne faites plus la différence entre une stupide plaisanterie et un engagement solennel ?

— Il faudrait voir lorsque tu me parles, dit-il, le visage de plus en plus dur, à observer les justes limites de la politesse! N'oublie pas que les femmes de ta condition, je les paie chez moi comme bonniches!

– C'est pour me faire entendre ça que vous êtes revenu? s'écria-t-elle en écarquillant les yeux. Pourquoi ne pas me l'avoir dit tout à l'heure? A quoi bon m'avoir promis et essayé de m'apitoyer avec vos cajoleries? Vous croyez m'intimider? Je n'ai plus de temps à perdre avec des plaisanteries stupides!

Il leva sur elle une main menaçante et parvint à la faire taire. Puis, d'une voix sonore :

– Je suis venu pour te dire qu'épouser une fille comme toi constitue un déshonneur que ma dignité ne peut souffrir et que par conséquent cela ne saurait être davantage qu'une grossière plaisanterie, bonne pour les amateurs du genre!... et que puisque ces folles idées te trottent dans la tête, et qu'il me serait néfaste de fréquenter des fous, tu n'es plus digne de ma compagnie!

Elle l'écoutait les yeux étincelants de colère, mais elle ne s'abandonna point à celle-ci, comme il l'eût espéré. Peut-être le spectacle de son courroux avait-il répandu la peur en elle et lui faisait-il mesurer les conséquences d'une réplique! Aussi reprit-elle en baissant le ton :

– Je ne vous ai jamais forcé à m'épouser! Je vous ai simplement dévoilé mon idée en vous laissant le choix! Maintenant, si vous voulez reprendre votre promesse, libre à vous! Ce n'est pas la peine de m'insulter et de me mortifier. Que chacun de nous s'en aille tranquillement de son côté...

« Alors c'est tout l'effort qu'elle fait pour te retenir! Tu ne crois pas que tu te serais senti mieux si elle t'avait planté ses ongles dans le corps pour t'empêcher de partir? Allez, puisse au moins ta colère exciter ta douleur! »

– Très bien! Chacun d'entre nous va partir de son côté. Mais..., avant de te quitter, je voudrais te dire sincèrement ce que je pense de toi. Certes, je ne nie pas que je suis venu à toi de mon plein gré..., sans doute parce qu'il nous arrive parfois de nous prendre de passion pour l'ordure! Alors tu as quitté celles que tu avais la chance de servir pour goûter le luxe auquel je t'ai élevée. C'est pourquoi je ne m'étonne pas de n'avoir jamais connu auprès de toi ni l'amour ni l'estime dont j'avais joui auprès d'elles, car l'ordure n'a d'estime que pour ce qui lui ressemble! Mais, Dieu merci, le moment est enfin venu pour moi de me délivrer de toi et de retourner au bercail...

La douleur put se lire sur son visage; la douleur de celui que la peur empêche de soulager son cœur. Elle bredouilla seulement d'une voix tremblotante :

– Adieu... Allez-vous-en et laissez-moi tranquille!

– Tu n'es plus rien pour moi! conclut-il avec amertume, ravalant sa peine.

A ces mots, elle ne se contrôla plus et lui cria :

– Suffit! Assez! Laissez l'insecte malpropre tranquille et méfiez-vous-en! Rappelez-vous comment vous lui baisiez les mains avec un regard docile! Je ne compte plus pour vous? C'est ça? Tout ce qu'il y a, c'est que vous êtes vieux! J'ai accepté de prendre un vieux et maintenant j'en paie les pots cassés!

– Tu vas la boucler, fille de chien? lui cria-t-il en levant sa canne sur elle. Tais-toi, moins que rien! Allez, prends tes vêtements et fiche le camp!

– Écoutez bien ce que je vais vous dire! répliqua-t-elle en raidissant le cou. Encore un mot et j'ameute tout le quartier jusqu'à temps que la gendarmerie rapplique au complet! Vous m'entendez? Vous ne vous débarrasserez pas de moi comme ça! Je m'appelle Zannouba et je n'ai de comptes à rendre qu'à Dieu! Fichez le camp vous-même! Cette maison est la mienne! Elle a été louée à mon nom! Alors tâchez de partir indemne avant de sortir en procession!

Il resta un instant comme hésitant, la couvrant d'un regard de dédain et de mépris. Mais, par crainte du scandale, il renonça finalement à l'épreuve de force. Il cracha par terre et gagna la sortie à larges et fermes enjambées.

*

Il s'en alla sur-le-champ rejoindre les frères et trouva Mohammed Iffat, Ali Abd el-Rahim et Ibrahim Alfar en compagnie de quelques autres. Fidèle à son habitude, et même la dépassant, il but jusqu'à l'ivresse. Il rit aussi, énormément, et fit rire tout autant. Puis, aux dernières heures de la nuit, il rentra chez lui où il dormit d'un profond sommeil.

Avec le matin s'ouvrit pour lui une journée paisible, vide d'abord de toute pensée. Sitôt que son esprit lui suggérait une vision de son proche ou lointain passé, il la repoussait sans faiblesse... Sauf une, qu'il se plaisait à ressusciter volontiers, celle qui, toute fraîche encore à sa mémoire, immortalisait sa victoire sur cette femme ainsi que sur lui-même. Chose dont il commençait à se convaincre intimement en disant : « Grâce à Dieu, c'en est fini! Je devrai être très prudent à l'avenir!... »

La journée s'annonçait donc sereine et c'est tout à loisir qu'il put repenser à son indéniable victoire et s'en féliciter. Mais, au fil des heures, elle tourna à la mollesse et même à l'apathie. Il ne s'expliqua pas autrement la chose que comme une conséquence de l'effort nerveux exténuant qu'il avait dépensé ces deux derniers jours et, quoique à un degré moindre, ces derniers mois, étant entendu que sa liaison avec Zannouba lui paraissait à présent un drame sur toute la ligne! Ce premier revers qu'il subissait au cours de sa longue vie amoureuse, il ne pouvait s'y résigner facilement! Son cœur, son esprit en étaient fortement éprouvés. Il rabrouait sa raison chaque fois qu'elle lui chuchotait à l'oreille que la jeunesse était terminée, se prévalant au contraire de sa force, de sa beauté, de sa vigueur; rappelant sans cesse l'argument qu'il avait jeté hier à la face de cette femme, selon lequel elle ne l'avait pas aimé du fait que « l'ordure n'a d'estime que pour ce qui lui ressemble »!

Combien il lui avait tardé tout le jour de retrouver la

fraternelle assemblée! L'heure approchant, il n'y tint plus et vola à toutes jambes à al-Gamaliyya, chez Mohammed Iffat, avec qui il s'entretint avant l'arrivée des amis.

— C'est fini! lui dit-il d'entrée de jeu.

— Zannouba? s'enquit l'homme.

Il fit signe que oui de la tête.

— Déjà? s'étonna Mohammed Iffat dans un sourire.

Il eut un petit rire sarcastique et répondit :

— Tu me croiras si je te dis qu'elle a exigé que je l'épouse et que ça m'a passé l'envie d'elle?

Mohammed Iffat, sarcastique à son tour :

— Même Zubaïda n'y avait pas songé! Ça alors! Mais elle est excusable. Comme elle a vu que tu la gâtais plus qu'elle ne pouvait rêver, elle en a voulu davantage...

— Pauvre folle! grommela notre homme avec mépris.

— Peut-être qu'elle se mourait d'amour pour toi! s'esclaffa Mohammed Iffat.

« Ah! Quel coup au cœur! Ris donc autant que tu souffres! »

— Je dis qu'elle est folle, un point c'est tout!

— Alors qu'as-tu fait?

— Je lui ai dit franchement : « Je pars pour toujours », et je suis parti...

— Et comment elle l'a pris?

— Elle a commencé par m'insulter puis m'a menacé et m'a dit d'aller au diable. Alors je l'ai laissée toute seule à se démener comme une cinglée... De toute façon, c'était une erreur depuis le début!...

— C'est sûr! acquiesça Moammmed Iffat, opinant de la tête, l'air convaincu. Il n'y en a pas un seul d'entre nous qui n'ait pas couché avec elle! Mais personne n'a jamais songé ne serait-ce qu'à la fréquenter...

« Tu tournes et tu vires dans une jungle de bêtes fauves et tu perds la face devant une souris! Cache ta honte, même à tes plus proches, et rends grâce à Dieu que tout ça soit terminé!... »

Pourtant, rien n'était terminé! Elle ne quittait pas sa pensée. Il lui parut un fait, les jours suivants, que l'insis-

434

tance avec laquelle il pensait à elle n'était pas l'effet du hasard mais procédait au contraire d'une douleur souterraine qui croissait et s'épanchait en lui. Il lui parut aussi un fait que cette douleur n'était pas seulement l'expression de sa dignité blessée mais aussi du regret et de la nostalgie, qu'elle devait être à l'évidence une sorte de sentiment tyrannique prêt à détruire celui qui l'éprouvait. Il restait très fier cependant de la victoire remportée, se jurant de contraindre à plus ou moins brève échéance, comme cela viendrait, ses perfides et despotiques sentiments. Mais, pour l'heure, la paix l'avait quitté. Il passait son temps à penser, à ruminer ses peines, à se torturer avec ses visions et ses souvenirs. Parfois, il se trouvait si désemparé qu'il songeait à confier à Mohammed Iffat les souffrances qui l'accablaient. Il alla même une fois jusqu'à envisager de demander aide à Zubaïda en personne! Mais ce n'étaient là qu'instants de faiblesse qui le prenaient comme des accès de fièvre et dont il revenait hochant la tête, étonné, perplexe...

Cette crise affective ajoutait à son comportement ordinaire une note de dureté qu'il s'efforçait de tempérer par sa complaisance naturelle, son urbanité, et les quelques rares instants où il se trahissait n'étaient guère perceptibles qu'aux amis et connaissances, lesquels ne possédaient de lui que l'image de la gentillesse, de l'indulgence et de la courtoisie.

Quant à ceux de sa famille, ils ne s'apercevaient de rien, son attitude à leur égard étant restée, à peu de chose près, identique à elle-même. Car ce qui vraiment avait changé, c'était le sentiment qui la gouvernait, lequel, d'une rudesse feinte, s'était mué en une rudesse véritable dont lui seul connaissait la mesure.

Pourtant, lui-même n'était pas à l'abri de sa propre dureté. Peut-être même en était-il la première victime, avec tous les reproches qu'il s'adressait, la honte à laquelle il se désignait, ainsi que le triste aveu qu'il commençait à se faire de sa disgrâce, de son malheur, de la fuite de sa jeunesse... Il se consolait pourtant, en se disant : « Je ne bougerai pas! Je ne m'abaisserai pas davantage! Les pensées auront beau me tourner l'esprit, les sentiments me retourner le cœur, je resterai là, seul sachant ma douleur le Dieu de Miséricorde! »

Mais il se surprit à se demander si elle avait quitté ou non la villa, si dans ce dernier cas il ne lui restait pas un peu de l'argent qu'il lui avait donné, lui permettant, momentanément, de se suffire à elle-même. A moins que « l'homme » ne l'y ait déjà rejointe! Il se pressait la tête de questions, éprouvant chaque fois une douleur à l'âme qui lui pénétrait la chair et les os et anéantissait son être. Il ne trouvait guère de repos qu'en se remémorant la dernière scène à la villa où il lui avait fait croire et s'était fait croire à lui-même – qu'il la rejetait et la méprisait. Mais il lui arrivait aussi d'en évoquer d'autres, portant le témoignage de son humiliation et de sa faiblesse, ou bien l'empreinte de joies inoubliables. Puis son imagination lui en forgeait de nouvelles où ils se retrouvaient, se faisaient querelle et reproches avant que vienne pour eux la paix de la réconciliation et des étreintes...

Mais pourquoi n'allait-il pas s'assurer lui-même de ce qu'il était advenu de la villa d'eau et de ses occupants : Dans le noir, il pourrait s'y rendre aisément, sans être vu!...

Se drapant dans l'obscurité comme un voleur, il se mit en chemin. Il passa devant la villa et vit la lumière qui filtrait à travers la jalousie. Mais qui s'y éclairait : Elle ou un nouveau locataire? Néanmoins, quelque chose lui disait que cette lumière était sa lumière à elle et à personne d'autre.

En scrutant la villa, il eut l'impression qu'elle laissait transparaître l'âme de celle qui l'habitait et qu'il lui suffirait pour la voir de frapper à la porte qui, comme aux beaux et aux mauvais jours, s'ouvrirait sur son visage... Mais que ferait-il s'il se retrouvait nez à nez avec l'homme? Certes, elle était là, toute proche, mais si loin pourtant. Dire qu'il serait à jamais interdit de passage sur ce ponton! Ahhh! S'était-il déjà trouvé, même en rêve, dans pareille situation? Elle lui avait dit, et de tout cœur, « Fichez le camp! » avant de partir de son côté comme s'il n'était jamais entré dans sa vie ou n'existait plus pour elle... Si l'être humain pouvait être aussi cruel, comment pouvait-il dès lors prétendre à la Miséricorde? Cent fois il y retourna, jusqu'à ce qu'aller rôder devant la villa à la nuit tombée fût devenu une habitude à laquelle il sacrifiait chaque soir avant de rejoindre le cercle des amis. Il n'avait pas l'air de vouloir entreprendre une action d'envergure. Il semblait seulement satisfaire une curiosité stérile et insensée.

Un soir, il s'apprêtait à repartir, quand soudain la porte s'ouvrit, laissant échapper une silhouette qu'il ne put distinguer dans le noir. Son cœur se mit à battre de peur et d'espoir. En hâte il traversa la route et alla se poster auprès d'un arbre, tendant le regard à travers l'obscurité. La silhouette franchit le ponton de bois pour rejoindre la route et prit tout droit en direction du pont de Zamalek. Il lui apparut clairement qu'il s'agissait d'une femme... Quelque chose même lui disait que c'était elle!...

Il la suivit à distance ne sachant quel visage allait prendre la nuit... Elle ou une autre!... Que cherchait-il? Concentrant toute son attention sur sa silhouette, il continua de la suivre.

Lorsqu'elle eut atteint le pont et eut pénétré sous le faisceau des lampes, son intuition se confirma, il acquit la certitude que c'était Zannouba, sauf qu'elle était enveloppée dans la grande mélâyé dont elle avait abandonné le port pendant tout le temps qu'avait duré leur liaison. Il s'en étonna, essayant d'en comprendre la raison avant de soupçonner – il soupçonnait beaucoup! – un mystère là-dessous... La voyant se diriger vers la station du tram de Guizèh puis attendre le passage du véhicule, il longea les champs du côté opposé, après quoi, l'ayant dépassée, il retraversa de son côté en se tenant hors de portée de sa vue.

Le tramway arriva. Comme elle y montait, il accourut à toutes jambes, sauta dans la voiture et, afin de pouvoir surveiller la descente des passagers, s'installa au bout de la banquette surplombant le marchepied. A chaque arrêt il observait la rue, peu soucieux désormais de se faire repérer, car, même en admettant que la chose pût se produire, Zannouba avait été dupe du fait qu'il l'avait espionnée devant la villa!

Elle descendit place d'al-Ataba. Il descendit à sa suite et la vit prendre d'un pas allègre la direction du Moski.

Il la suivit à distance, bénissant tout bas l'obscurité de la rue.

Avait-elle renoué avec sa tante?... S'en allait-elle retrouver son nouvel amant? Mais quelle raison eût-elle eue d'aller le rejoindre chez lui quand elle disposait d'une villa qui leur tendait les bras?

Elle atteignit le quartier d'al-Husseïn et il redoubla d'attention afin de ne pas la perdre de vue dans la vague grouillante des mélayés. Cette poursuite lui paraissait sans but... Il était seulement poussé par un douloureux, un profond, mais en même temps irrépressible besoin de « voir ».

Elle passa devant la grande mosquée, prit la direction d'al-Watawit, un quartier peu fréquenté où officiaient les mendiants paresseux, puis, de là, gagna al-Gamaliyya et enfin Qasr el-Shawq. Il continua de la suivre avec la crainte de rencontrer Yasine en chemin ou que ce dernier ne l'aperçoive par la fenêtre. Aussi jugea-t-il bon de prétendre, au cas où il tomberait sur lui, qu'il s'en allait rendre visite à Hamidou Ghanim, le patron de l'huilerie de Qasr el-Shawq, du même coup son voisin. Mais quelle surprise quand, soudain, il la vit obliquer vers la première impasse, sur laquelle précisément n'ouvrait d'autre maison que celle de Yasine! Son cœur se mit à battre dans sa poitrine, ses jambes à s'alourdir. Il connaissait les locataires du premier et du deuxième étage : deux familles qui en aucun cas ne pouvaient avoir de liens avec Zannouba. Son regard divagua sous l'effet de l'angoisse et du trouble. Toutefois, sans plus réfléchir, il s'engagea malgré lui dans l'impasse...

En s'approchant de l'entrée, il surprit le bruit de ses pas montant les marches. Il pénétra dans la cage d'escalier, et, la tête tendue vers le haut, l'oreille collée au bruit des pas, il la devina franchissant la première, puis la seconde porte, avant de frapper à celle de... Yasine!

Il en resta cloué sur place, le souffle coupé. La tête commença à lui tourner et, sentant ses forces l'abandonner, il crut défaillir. Enfin, il poussa un profond soupir et s'arracha de l'endroit, s'en retournant par où il était venu, la houle des pensées qui se bousculaient dans sa tête lui faisant perdre conscience de la rue.

Yasine était donc l'homme! Zannouba connaissait-elle son lien de paternité avec lui? Qu'importe! Il prit le parti d'insinuer la paix dans son esprit comme on enfonce un bouchon dans un goulot trop étroit, en se disant qu'il n'avait jamais prononcé devant elle le nom d'aucun de ses enfants. Et puis il était proprement impensable que Yasine fût au fait de son secret. Il se rappelait encore comment, quelques jours plus tôt, il était venu le trouver pour lui faire part de son divorce avec Maryam, quel visage coupable et gêné il lui avait montré alors, mais avec tant d'innocence et de sincérité sans mélange... Il envisageait tout sauf que Yasine osât le tromper en connaissance de cause. D'ailleurs, d'où aurait-il pu apprendre que son père avait, ou avait eu, la moindre liaison avec une femme quelconque sur cette terre? Il pouvait donc être tranquille de ce côté-là! Quand bien même Zannouba eût-elle eu vent de sa parenté avec Yasine – ou l'apprendrait-elle tôt ou tard – jamais, quoi qu'il advînt, elle ne lui révélerait un secret capable d'interrompre leur liaison!

Il poursuivit sa marche, décidant, le temps de reprendre ses esprits et possession de lui-même, de ne pas rejoindre immédiatement les frères, et, malgré sa fatigue et son épuisement, il continua en direction de la place d'al-Ataba.

« Ah! Tu voulais savoir? Eh bien, maintenant tu sais! N'aurait-il pas mieux valu pour toi laisser tout ça tranquille en t'appuyant sur ta force d'âme? En tout cas, tu peux remercier Dieu que les circonstances ne t'aient pas fourré nez à nez avec Yasine au beau milieu du scandale! Ainsi donc, Yasine était l'homme! Quand l'a-t-elle connu? Où? Combien de fois t'a-t-elle trompé avec lui à son insu? Ces questions-là, tu ne chercheras pas à en connaître la réponse! Imagine le pire si tu veux! Ça ne changera rien! Et il l'a connue avant ou après avoir répudié Maryam? A moins qu'il l'ait répudiée à cause de cette petite garce? Encore des questions dont tu ne connaîtras jamais la réponse et ne chercheras jamais à la connaître! Là aussi tu peux envisager le pire pour soulager ta pauvre tête! Ah! c'était donc lui! Il t'a dit qu'il l'a répudiée parce qu'elle était mal élevée? Il aurait pu invoquer le même prétexte pour Zaïnab si tu n'avais pas toi-même découvert en temps et lieu le pot aux roses. Tu apprendras la vérité tôt ou tard! Mais pourquoi t'en préoccupes-tu donc tant? Avec ton esprit dispersé, ton cœur torturé, tu aurais encore des lubies de vérité? Serais-tu jaloux de Yasine? Non! Ce n'est pas de la jalousie! Contrairement à ce que tu penses, tu as de quoi te consoler! Si tu dois absolument être tué par quelqu'un, autant que ce soit par ton fils! Yasine est une partie de toi-même. Ça fait qu'il y aura eu en toi une partie battue et une autre victorieuse. Tu es à la fois vaincu et vainqueur! Et c'est Yasine qui a renversé la vapeur! Tu buvais le vin amer de la douleur et de la défaite, tu y mêles aujourd'hui le sucre de la victoire et de la consolation! Tu ne pleureras plus Zannouba désormais. Tu as seulement trop présumé de toi-même! Jure-toi de ne plus mésestimer désormais le facteur de l'âge. Ah! si seulement tu pouvais donner ce conseil à Yasine, qu'il ne tombe pas des nues le jour où son tour viendra! Voilà! Tu es heureux! Tu n'as rien à regretter. Tu devras simplement envisager la vie avec des désirs, un cœur et un esprit nouveaux... Passe le relais à Yasine. Tu vas bientôt sortir de ton vertige et tout va redevenir comme avant. Comme si rien ne s'était passé! La seule chose, c'est que tu ne pourras pas te permettre de tirer des péripéties de ces jours derniers une histoire à raconter à la table des frères, comme tu en avais l'habitude à la première occasion! Ces jours terribles t'auront appris à garder pour toi bien des choses!... Ahhh! ce que j'ai envie de boire! »

Les jours suivants, M. Ahmed apporta la preuve qu'il était plus fort que tous les malheurs qui s'étaient dressés contre lui, et il poursuivit de plus belle la route de son destin. C'est de la bouche d'Ali Abd el-Rahim, qui le tenait lui-même de Hamidou Ghanim et de quelques autres, qu'il apprit le divorce de Yasine dans la vérité des faits. Mais ce qu'ignoraient ces gens, c'était l'itinéraire de la femme dont les péripéties avec le mari avaient entraîné la répudiation de l'épouse! Il sourit puis s'esclaffa longuement de tout cela...

Un soir, il allait en chemin chez Mohammed Iffat quand il sentit soudain une lourdeur affreuse à la base du cou et au sommet de la tête, au point d'avoir du mal à respirer. Ce n'était pas tout à fait la première fois. Déjà, ces jours derniers, il avait souffert de migraines répétées, mais pas aussi fortes que cette fois-ci! Se plaignant de son état à Mohammed Iffat, ce dernier l'enjoignit de boire un verre de jus de citron glacé. Il put ainsi continuer la veillée jusqu'au bout, mais, le lendemain matin, il se réveilla dans un état pire que la veille. L'inquiétude aidant, il envisagea de consulter un médecin. Chose à laquelle il ne songeait à vrai dire qu'en tout dernier recours.

DEUXIÈME PARTIE

13

LES choses changent au gré des circonstances comme les mots au gré de leurs nouvelles acceptions. Le palais des Sheddad n'avait besoin de rien pour gagner en splendeur aux yeux de Kamal. Pourtant, en ce soir de décembre, il paraissait sous un jour inédit. On l'avait arrosé de lumière jusqu'à l'en inonder! Il n'était pas de coin, pas de pan de mur qui ne fût paré d'un collier de perles étincelantes. De la terrasse jusqu'au sol, un tissu de lampes multicolores scintillait par-dessus son parement. Il en allait ainsi de la haute muraille, de la porte monumentale et même des arbres du jardin dont on eût dit que les fleurs et les fruits s'étaient transformés en lampes rouges, vertes ou blanches. De chaque fenêtre s'échappaient mille feux. Tout criait, appelant à la joie! Lorsque en arrivant Kamal vit ce spectacle, il eut la certitude d'arriver au royaume de la lumière pour la première fois de sa vie.

Sur le trottoir, face à l'entrée, qu'on avait tapissée d'un sable couleur d'or, remuait une foule de gamins. Le portail était grand ouvert, ainsi que la porte du salamlik qu'emplissait la clarté d'un gros lustre pendant au plafond du hall de réception. Sur le grand balcon, tout en haut, se pressait un essaim resplendissant de demoiselles en robe du soir pendant que Sheddad bey, posté dans l'entrée en compagnie de quelques hommes de la famille, attendait les premiers groupes d'invités et qu'un somptueux orchestre occupant le perron faisait résonner sa musique jusqu'aux limites du désert.

Kamal embrassa le spectacle d'un rapide coup d'œil en se demandant si Aïda ne se trouvait pas là-haut sur le balcon au milieu des autres jeunes filles, si elle ne l'avait pas remarqué lors de son entrée parmi le flot des visiteurs, avec sa haute stature, sa grande tenue de soirée, son manteau sur le bras, reconnaissable à sa grosse tête et à son nez légendaire.

En franchissant le portail il ne fut pas sans ressentir quelque gêne... Mais il ne suivit pas comme les autres le chemin du salamlik. Il obliqua simplement vers « sa vieille allée » conduisant au jardin, conformément aux directives de Husseïn Sheddad qui avait souhaité que leur petite assemblée pût se réunir le plus longtemps possible sous sa tonnelle bien-aimée.

Il lui semblait plonger dans un lac de lumière. Derrière, comme devant, le salamlik était grand ouvert, grouillant de monde et tout illuminé, pareillement au balcon du haut, que peuplait une nuée de jeunes beautés.

Sous la tonnelle, il ne trouva qu'Ismaïl Latif, vêtu d'un élégant costume noir qui donnait à son allure revêche une note de bonhomie qu'il ne lui avait jamais vue auparavant. Jetant sur Kamal un rapide coup d'œil, il s'exclama :

– Ahhh! Très chic! Mais pourquoi as-tu amené ton manteau? Husseïn n'est resté avec moi qu'un quart d'heure. Mais il va revenir quand il en aura terminé avec l'accueil des invités. Quant à Hassan, je ne l'ai vu que quelques minutes. Je n'ai pas l'impression qu'il pourra nous honorer de sa compagnie comme nous l'aurions souhaité. C'est son jour et il a bien d'autres choses à faire que de s'occuper de nous! Husseïn comptait appeler quelques copains de classe à venir ici avec nous, mais je m'y suis opposé formellement! Il s'est contenté de les inviter à notre table. Oui, au fait! On aura notre table à nous. C'est ce que j'ai de plus important à te dire pour ce soir...

« Il y a autrement plus important! Je m'étonnerai encore

longtemps d'avoir accepté cette invitation! Mais au fait, pourquoi l'ai-je acceptée? Pour faire comme si tout ça m'était égal? A moins que je ne sois devenu fervent amateur de cauchemars!... »

– C'est une bonne chose... Mais pourquoi on n'irait pas faire juste un petit tour du côté du grand hall, pour voir les invités?

– Même si on y allait, tu serais déçu! Les pachas et les beys ont eu les honneurs du hall d'entrée. Si tu vas là-bas, tu vas te retrouver au milieu des jeunes gens de la famille. Les amis, eux, sont dans celui de derrière et ce n'est pas ça qui t'intéresse. Par contre, j'aurais bien aimé qu'on puisse se faufiler dans les pièces du haut où se bousculent les plus somptueuses beautés!

« Moi, il n'y en a qu'une qui m'intéresse! C'est la beauté suprême! Celle que je n'ai pas revue depuis le jour des aveux. Elle m'a pris mon secret et a disparu... »

– Je vais être franc avec toi : je brûle d'envie de voir les personnalités. Husseïn m'a dit que son père a invité bon nombre de celles dont j'entends parler dans la presse.

Ismaïl partit d'un rire retentissant.

– Tu crois qu'ils ont quatre yeux et six jambes? Ce sont des gens comme toi et moi! Et puis ils commencent à se faire vieux et n'ont pas des mines des plus réjouissantes! Je comprends pourquoi ils te font tant rêver : ce n'est qu'une conséquence de ton intérêt exagéré pour la politique!

« Il a raison! Je ferais aussi bien de ne plus m'intéresser à rien en ce monde. Il ne m'appartient plus et je ne lui appartiens plus. Et puis mon intérêt pour les grands personnages vient en réalité de ma passion de la grandeur. Tu aimerais bien devenir grand? Ne dis pas le contraire! Tu as pour toi les capacités prometteuses d'un Socrate et les souffrances d'un Théophane. Cette ambition, tu en es redevable à celle qui t'a privé de la lumière par sa disparition! Demain, tu ne trouveras plus trace d'elle de par l'Égypte entière. O délire fou de la douleur! Tu as quelque chose d'enivrant! »

– Hussein m'a dit, reprit-il le regard luisant d'impatience, qu'il y aurait ce soir des hommes de tous les partis...

– C'est vrai... Hier, Saad a invité les libéraux et les membres du Parti national à la fameuse partie de thé au club Saadi[1] et aujourd'hui Sheddad bey les invite tous au mariage de sa fille. Parmi tes amis wafdistes, j'ai aperçu Fathallah Barakat et Hamad el-Bassel. Chez les autres il y a Tharwat, Ismaïl Sidqi et Abd el-Aziz Fahmi. Sheddad bey voit loin... et il a raison! L'ère de Notre Effendi est révolue! Le peuple scandait à tue-tête : « Dieu est là, Abbas reviendra! » En fait il ne reviendra jamais et Sheddad bey a fait preuve de sagesse en pensant à l'avenir. Il est toujours obligé de se rendre en Suisse tous les deux ou trois ans pour présenter au Khédive, par pure précaution, l'hommage d'une fausse allégeance, après quoi il rentre au pays poursuivre sa route bien tracée...

« Ton cœur exècre ce type de sagesse! L'épreuve de Saad, il n'y a pas si longtemps, a prouvé que la patrie a de ces sages-là à revendre! Sheddad bey serait-il l'un d'eux? Le père de ton adorée? Ne t'étonne pas trop! Elle-même est descendue du haut des cieux pour s'unir à un humain! Tout ça pour que ton cœur se brise à ne plus pouvoir en rassembler les morceaux! »

– Tu te rends compte qu'une soirée comme celle-ci va se faire sans chanteur ni chanteuse?

– Tu sais, rétorqua Ismaïl Latif d'un ton sarcastique, les Sheddad sont à moitié parisiens. Ils regardent nos traditions du mariage avec une bonne dose de mépris. Ils n'admettraient pas qu'une almée anime une soirée chez eux, ils ne reconnaissent aucun de nos grands chanteurs. Tu te souviens de ce que Hussein nous a dit à propos de cet orchestre que je vois cette nuit pour la première fois de ma vie? Il joue tous les dimanches soir chez Groppi[2] et après le dîner va aller s'installer dans le hall pour réjouir

1. 11 décembre 1925. A cette séance, Saad avait convié les membres des partis mentionnés afin de resserrer l'union nationale.
2. Salon de thé célèbre au Caire.

les huiles. N'y pense plus et sache que le bouquet de la soirée ce sera le dîner et le champagne!

« Où sont Galila, Sabir, le mariage d'Aïsha et de Khadiga? C'est pas déjà la même ambiance! Comme tu étais heureux en ce temps-là! Cette nuit, l'orchestre conduit ton rêve au tombeau!... Tu te rappelles ce que tu avais vu à travers le trou de la serrure? Ah! Quelle misère que ces anges purs qui se souillent! »

— Ce n'est pas grave! Ce que je regrette vraiment par contre, et ce que je regretterai longtemps, c'est de n'avoir pu voir les personnalités de près. J'aurais tellement voulu entendre ce qu'ils disaient, et cela pour deux raisons extrêmement importantes : premièrement connaître la situation politique telle qu'elle est, savoir s'il est désormais possible d'espérer un retour à la Constitution et à la vie parlementaire après la formation de la coalition[1], et deuxièmement entendre ces hommes parler avec les mots de tous les jours dans une heureuse occasion comme celle-ci. Tu ne crois pas que ça doit être formidable d'écouter quelqu'un comme Tharwat, en train de papoter et de plaisanter?

A quoi Ismaïl Latif répondit en affectant le détachement, même si le fond de son attitude dénonçait l'orgueil :

— J'ai eu plusieurs fois l'occasion d'être en présence d'amis de mon père comme Selim bey, le père de Hassan, ou Sheddad bey. Je peux t'assurer que tu ne trouveras rien chez eux qui mérite cet intérêt!

« Alors à quoi tient la différence entre le fils du conseiller et le fils du commerçant? Comment tout le sort de l'un a-t-il pu se résumer à sanctifier l'idole pendant que l'autre l'épousait? Ce mariage n'est-il pas la preuve que ces gens-là ne sont pas pétris de la même terre que celle des

---

1. 25 octobre 1925 : Au cours d'un meeting organisé au Caire, le Wafd évincé de la Chambre, et les libéraux, contraints de quitter le ministère sous le mandat de Ziwer, s'unissent contre l'autocratie de Fouad sur la base du retour à l'idéal national : indépendance et régime libéral. Ils sont rejoints par le Parti national. La coalition est donc tripartite.

humains? Mais, après tout, tu ne sais pas comment parle ton père au milieu de ses amis et de ses proches!... »

– De toute façon, Selim bey ne fait pas partie des personnalités dont je veux parler!

Ismaïl sourit, sans autre commentaire.

« Ecoute ces rires qui fusent de l'intérieur, chargés d'allégresse; ces autres qui tombent du balcon, tout empreints du parfum envoûtant de la féminité. L'harmonieuse consonance où s'embrassent leur voix rappelle celle qui unit les sons lointains des instruments de musique et que l'oreille perçoit tantôt comme une unité, tantôt comme un bouquet de notes éparses. Puis le tout – rires et sons – devient cadre de fleurs au milieu duquel ton cœur affligé, gorgé de tristesse, a l'air d'un faire-part de deuil dans une gerbe de roses... »

Husseïn Sheddad ne tarda pas à les rejoindre, la mine radieuse, se pavanant dans sa redingote, ouvrant les bras à l'approche de la tonnelle; Kamal l'imita et les deux garçons s'embrassèrent chaleureusement. Hassan Selim arriva à sa suite en costume de cérémonie, magnifique, alliant sa fierté naturelle à son allure civile et distinguée, bien que paraissant ridiculement petit à côté de Husseïn. Ils se serrèrent la main avec non moins de chaleur, puis Kamal lui présenta ses plus vibrantes félicitations. Sur ce, Ismaïl Latif déclara avec sa franchise habituelle que rien, la plupart du temps, ne distinguait de la malveillance :

– Kamal est désolé de n'avoir pu se mêler au cercle de Tharwat Pacha et de ses amis!

– Qu'il attende au moins d'avoir publié les œuvres qu'on attend de lui, rétorqua Hassan Selim avec une jovialité inattendue qui dissipa sa réserve habituelle. Là, il trouvera sa place parmi eux!

– Qu'est-ce qui te prend? Tu veux jouer les graves? protesta Husseïn. Moi, tout ce que je veux, c'est que nous passions cette soirée en jouissant de notre entière liberté!

Avant que Husseïn se fût assis, Hassan demanda la permission de prendre congé... Il avait tout d'un papillon, allant de place en place.

– Demain ils partent pour Bruxelles, annonça Husseïn, étendant sa jambe devant lui. Ils auront atteint l'Europe avant moi! Mais je ne m'éterniserai pas longtemps ici. Bientôt je passerai mon temps à voyager entre Paris et Bruxelles...

« Et toi entre al-Nahhassine et al-Ghouriya! Sans amour, sans ami... Voilà ce qui attend qui veut atteindre le ciel! Tu tourneras, éperdu, ton regard aux quatre coins de la ville, sans rien trouver pour y apaiser la brûlure du désir. Remplis-toi les poumons de cet air qu'elle embaume du parfum de son haleine. Demain, tu auras pitié de toi... »

– J'ai le sentiment que je te rejoindrai un jour!

– Comment ça? interrogèrent Husseïn et Ismaïl d'une seule voix.

« Qu'au moins ton mensonge soit à la mesure de ta douleur! »

– Nous avons convenu, mon père et moi, qu'une fois mes études terminées je partirai comme boursier à l'étranger...

– Ah! Si seulement ce rêve pouvait se réaliser! s'exclama Husseïn d'un ton enjoué.

A quoi Ismaïl ajouta en riant :

– J'ai bien peur de me retrouver tout seul d'ici quelques années!

Les instruments de l'orchestre confluèrent dans un mouvement ample et rapide qui révéla, entre autres, ce que chacun d'eux recelait de nuance et de force. Comme engagés tous ensemble dans une âpre lutte de vitesse dont le but arrivait à portée de vue et de main, ils portèrent la mélodie à ce point d'extrême intensité, qui laisse entrevoir les prémices de la conclusion.

Bien qu'absorbée par le chagrin, la conscience de Kamal se laissa happer par ces notes enflammées puis s'associa à leur ruée, jusqu'à ce que son sang batte dans ses veines, que son souffle se fasse haletant. Il se sentit alors gagné par la tendresse, grisé par une volupté sereine qui changea sa tristesse en une ivresse baignée de larmes. Au moment du final, il poussa un profond soupir et savoura avec émotion les échos de la mélodie qui résonnaient encore en lui... il se demandait si ses sentiments pareillement embrasés et parvenus à leur apogée ne pouvaient pas tendre eux aussi vers une pareille fin; si l'amour, tout comme cette mélodie, comme toute chose, ne pouvait pas connaître, lui aussi, une fin.

Quelques-uns de ces rares instants d'autrefois rejaillirent à sa mémoire. Ils lui parurent si ternes que c'était comme s'il ne restait plus d'Aïda que son nom.

« Tu t'en souviens de ces instants? » Il hochait la tête, perplexe, en se demandant si tout était vraiment fini. Mais qu'une vision, qu'une pensée, qu'un tableau resurgisse, il se réveillait de sa torpeur pour se jeter à nouveau pieds et poings liés dans l'océan de la passion.

« Essaie, si l'un de ces instants revient, de l'agripper de toutes tes forces, de ne pas le laisser t'échapper, afin que la souffrance trouve en toi une éternelle demeure. Oui, essaie de vivre jusqu'au bout l'éternité de l'amour! »

– J'ai ouvert la soirée par la lecture d'une sourate en guise de bénédiction! reprit Husseïn avec le sourire.

« Le Coran? Comme c'est drôle! Même la belle Parisienne ne peut se marier sans maadhoun[1] et sans Coran! Ce mariage restera associé dans ton esprit à l'idée de Coran et de champagne! »

– Dis-nous un peu comment va s'organiser la soirée!

Husseïn tendit la main en direction de la maison et répondit :

– Le mariage va être conclu d'un instant à l'autre; dans une heure, on appellera tout le monde à table, et tout sera fini... Aïda passera sa dernière nuit ici et partira demain matin pour Alexandrie où elle prendra après-demain un bateau pour l'Europe...

« Il y a des choses que tu ne verras pas et qui pourtant mériteraient, ô combien, d'être gravées dans ta mémoire

---

1. Sorte de notaire musulman qui enregistre les contrats de mariage : « préposé aux affaires matrimoniales ».

pour servir de viatique à ta douleur vorace, comme la vue de son joli nom inscrit sur l'acte légal, le spectacle de son visage figé dans l'attente de la formule bénie, l'éclat du sourire qui illuminera sa bouche à cet instant-là; enfin la vision des deux jeunes époux allant l'un vers l'autre. Tu vois, même ta douleur n'aura pas de quoi se nourrir! »

– Et l'union va être célébrée par un maadhoun?

– Naturellement! répondit Husseïn, simplement...

Mais Ismaïl, lui, partit d'un éclat de rire tonitruant et rétorqua :

– Non, par un prêtre!

« C'est vrai, quelle question stupide! Demande s'ils vont passer la nuit ensemble pendant que tu y es! Si ce n'est pas malheureux qu'un homme aussi insignifiant que ce maadhoun vienne barrer le cours de ta vie! Tu me diras, ce ne sont que de vulgaires vers de terre qui rongent les cadavres des grands hommes! Au fait, comment sera ton enterrement, à toi, quand l'heure aura sonné? Une grosse foule, plein la rue, ou un modeste cortège?

Soudain, le silence envahit la maison qui, la musique s'étant tue, ne fut plus que lumière. Alors il sentit naître la peur et son cœur se serrer. C'était maintenant... quelque part... Peut-être dans cette pièce, là-bas, ou dans une autre... Puis un long youyou strident retentit qui ranima en lui de vieux souvenirs. Un de ceux qu'il avait connus jadis et qui pourtant n'avaient rien à voir avec Paris. D'autres éclatèrent en gerbes, comme des fusées... Dieu que ce palais ressemblait cette nuit à n'importe quelle maison du Caire!... Son cœur se mit à battre à leur rythme jusqu'à en perdre le souffle...

Puis il entendit Ismaïl faire ses compliments à Husseïn et il s'exécuta à son tour. En cet instant, il eût souhaité être seul, mais, pensant qu'il aurait des jours et des nuits entières pour s'isoler, il se consola et promit à sa douleur une éternelle satiété...

Sur ce, l'orchestre attaqua un morceau qu'il ne connaissait que trop : *Grâce! Reine de beauté*... Il en appela alors à sa prodigieuse constance face à l'adversité, même si chaque goutte de son sang frappait à la paroi de ses veines pour dire que tout était fini, que l'Histoire s'arrêtait ici, que la réalité tout entière, que les rêves transcendant la vie étaient finis et qu'il se trouvait bel et bien maintenant face à l'arête tranchante...

– Un mot, un youyou, et nous voilà transportés dans un monde nouveau! reprit Husseïn méditatif. On passera tous par-là un jour!

– Pour ma part, déclara Ismaïl Latif, je retarderai ce jour-là le plus longtemps possible!

« Tous » par-là? Tu es sûr? Moi, je dis : au ciel ou nulle part! »

– Et moi, il ne m'attrapera jamais!

Husseïn et Ismaïl semblèrent ne pas avoir prêté attention à sa remarque ou ne l'avoir pas prise au sérieux. Quoi qu'il en soit, Ismaïl ajouta :

– Je ne me marierai pas avant de m'être persuadé que le mariage est une nécessité à laquelle on ne peut échapper!

Vint un Nubien apportant des verres de sirop, un autre marchait à sa suite avec un plateau garni de somptueux coffrets de dragées en cristal, montés sur quatre pieds dorés, dont le verre bleu nuit était rehaussé de motifs argentés. Un ruban de soie verte entourait chacun d'eux et le coiffait d'un nœud auquel s'attachait une carte en forme de croissant portant le chiffre des époux :

« A. H. ».

En prenant le coffret qui lui était destiné, Kamal éprouva un sentiment de soulagement, peut-être le seul qui lui fût donné ce jour-là! Ce somptueux objet ne consti-tuait-il pas la promesse que son adorée laisserait derrière elle une marque aussi éternelle que son amour pour elle? Qu'aussi longtemps qu'il demeurerait lui-même sur cette terre cette marque resterait le symbole d'un étrange passé, d'un beau rêve, d'un enchantement divin et... d'une formi-dable déception?

Soudain, il fut pris du sentiment d'être la victime d'une atroce agression alliant contre lui le destin, l'hérédité, les classes sociales, Aïda, Hassan Selim, ainsi qu'une force occulte et impénétrable qu'il n'osa pas nommer... Il vit sa misérable personne, seule face à ces forces coalisées avec sa blessure sanglante, sans une âme pour la refermer. Il ne trouva en lui, pour répondre à cette agression, qu'une révolte bâillonnée, les circonstances l'obligeant même à simuler la joie, comme s'il lui fallait encore féliciter ces forces tyranniques de l'avoir mis à la torture et rejeté hors des frontières de l'humanité heureuse?

Oui, il sentait qu'après ce youyou décisif il ne prendrait plus la vie comme une chose facile, qu'il ne se satisferait plus de ses évidences, ni ne lui prêterait l'indulgence des âmes généreuses et sereines, que sa route serait rude, pénible, tortueuse, accablée de peine, d'humiliation et de douleur. Mais il ne songeait pas à baisser les bras. Il acceptait la guerre et refusait la paix. Il lançait avertissements et menaces, abandonnant au destin le choix de l'adversaire et des armes...

— Ne te braque pas contre le mariage! reprit Husseïn, ravalant sa salive gorgée de sirop. Je pense que, si tu as l'occasion d'aller à l'étranger comme tu le dis, tu y trouveras femme à ton goût.

« Comme si tu ne l'avais pas déjà trouvée ici! Mets-toi plutôt en quête d'une autre patrie où le beau sexe ne s'offusquerait pas à la vue de têtes bizarres et de gros nez. Au ciel ou nulle part! »

— C'est mon avis! répondit-il dans un hochement de tête, l'air convaincu.

— Tu sais ce que ça signifie épouser une Européenne? renchérit Ismaïl moqueur. Ça signifie une seule chose : dénicher une femme de la plus basse condition qui acceptera de rester soumise à un homme qu'elle regardera au fond d'elle-même comme un vulgaire esclave!

« Tu as déjà eu l'honneur d'un tel esclavage dans ta chère patrie, pas dans cette Europe que tu ne verras jamais! »

— Tu exagères! objecta Husseïn sur le ton de la réprobation.

– Tu n'as qu'à regarder les professeurs anglais, comment ils nous traitent!

A quoi Husseïn répondit avec un enthousiasme qui tenait davantage de l'espoir :

– Les Européens ne se comportent pas chez eux comme chez nous!

« Où trouver cette force invincible qui balaierait l'injustice et les tyrans? O Dieu de l'univers, où est ta justice divine? »

On appela les invités à table et les trois amis prirent le chemin du salamlik. Là, ils obliquèrent vers une salle latérale, contiguë au petit salon où ils trouvèrent un buffet prévu pour une dizaine de personnes. Un groupe de jeunes gens les y rejoignit, composé de proches de la famille Sheddad et de camarades de classe. Bien que n'atteignant pas le nombre de convives prévu, ce à quoi Husseïn rendit grâce du fond du cœur, ils se jetèrent aussitôt sur la nourriture, dans un élan féroce, et une fiévreuse atmosphère de course de vitesse emplit la pièce. Il leur fallait se livrer à un va-et-vient incessant afin de visiter le vaste éventail de mets qui recouvrait toute la longueur de la table et dont un petit bouquet de roses séparait les différentes variétés. Husseïn fit un signe au valet de pied qui arriva avec les bouteilles de whisky et de soda.

– J'avoue, s'exclama Ismaïl, que j'avais déjà tiré le plus heureux présage de ton geste avant même d'en connaître la signification!

A ces mots, Husseïn se pencha à l'oreille de Kamal et lui dit suppliant :

– Juste un verre pour moi!

Son âme lui disait : « Bois! », poussé non pas par le désir de boire – il ignorait la boisson – mais par un désir de révolte. Cependant, sa foi l'emportant sur sa tristesse et son soulèvement intérieur, il répondit dans un sourire :

– De ça? Non merci!...

– Tu n'as pas le droit! renchérit Ismaïl, levant son verre plein à ras bord. Même les dévots s'autorisent bien une petite gaieté les jours de noces!

Il n'en continua pas moins, impassible, son délicieux festin, observant de temps à autre les convives en train de manger et de boire, ou bien s'associant à leur conversation et à leurs rires.

« Le bonheur de l'homme doit être directement proportionnel à la fréquence de ses apparitions dans les repas de noce! Mais ceux des pachas sont-ils semblables aux nôtres? Gavons-nous de leur nourriture et menons notre enquête! Le champagne!... C'est l'occasion ou jamais d'y goûter! Le champagne des Sheddad? Que dites-vous là! Comment se fait-il que monsieur Kamal ne touche pas à l'alcool? Peut-être a-t-il le ventre plein et n'a plus de place pour rien! Non! En vérité je dévore avec un appétit du tonnerre! Comme si la tristesse n'avait aucun effet sur mon estomac ou produisait sur lui un effet contraire!... La dernière fois que j'ai mangé comme ça, c'était à l'enterrement de Fahmi! Empêchez Ismaïl de boire et de manger, sinon il va crever! Si la mort d'al-Manfaluti, de Saïd Darwish et la perte du Soudan ont marqué notre époque d'une pierre noire, la coalition et ce repas de noce resteront au nombre de ses joyeux événements!... Nous avons déjà mangé trois dindes, mais en voici une quatrième à laquelle on n'a pas encore touché! Je veux parler de ce type là-bas. Seigneur! Il montre mon nez et tout le monde pouffe de rire. Ne te fâche pas! Ils sont soûls! Ris avec eux en faisant celui qui s'en moque et prend ça à la légère... même si ton cœur se crispe de colère! Si tu peux conquérir le monde, conquiers-le! Quant aux vestiges de cette heureuse soirée, ne compte pas t'en délivrer un jour! Tiens, voilà que le nom de Fouad al-Hamzawi court sur les lèvres, voilà qu'on vante sa supériorité, son intelligence exceptionnelle! Serais-tu jaloux? Parler de lui serait d'une certaine manière un moyen de forcer le respect... »

– C'est un élève studieux depuis son plus jeune âge!

– Vous le connaissez?

– Son père est employé dans la boutique du père de Kamal... répondit Husseïn.

« Tiens! Mon cœur se pâme d'aise!... Dieu maudisse les cœurs! »

– Son père a toujours été un homme honnête et travailleur...

– Et votre père est commerçant en quoi?

« Souviens-toi comme le titre de « commerçant » était auréolé de gloire dans ton esprit avant l'histoire du fils de commerçant et du fils de conseiller! »

– Grossiste en épicerie...

« Le mensonge est un pitoyable recours! Regarde-les pour voir ce qui se cache sous le masque de leurs visages. D'une façon comme d'une autre, quel homme ici, ce soir, égale ton père en force et en beauté? »

A la sortie de table, la plupart regagnèrent leurs places dans le hall, tandis que d'autres allaient au jardin se dégourdir les jambes. Il y eut un moment de calme indolent. Puis les invités commencèrent à partir, tandis que les membres de la famille gagnaient le deuxième étage pour présenter leurs félicitations aux jeunes époux, après quoi l'orchestre ne tarda pas à les rejoindre pour jouer ses beaux airs au sein de l'auguste assemblée.

Kamal enfila son manteau, ramassa son coffret de dragées, et, prenant Ismaïl par le bras, quitta le palais des Sheddad.

– Il est onze heures! déclara Ismaïl en posant sur son ami un regard asphyxié. Que dirais-tu d'un petit brin de marche dans la rue des Sérails, le temps que j'émerge un peu?

Kamal accepta de bon gré, trouvant dans la marche et le fait de tuer le temps une opportunité qu'il guettait depuis déjà un bon moment...

Ils s'engagèrent tous deux dans cette rue qui l'avait vu jadis cheminer aux côtés d'Aïda, lui faisant l'aveu de son amour et de ses souffrances. Jamais le visage de cette rue, avec ses majestueux palais tapis dans le silence, ses hauts arbres qui la bordaient de chaque côté, regardant le ciel avec le calme de l'âme en repos et la grâce de leur silhouette élancée, ne pourraient quitter son esprit. Et tout comme l'arbre agité par la tempête sème au vent feuilles et fruits, son cœur, chaque fois qu'il en foulerait le sol ou en évoquerait l'image, resterait tout tremblant, palpitant de nostalgie, d'émotion et de douleur. Et même si jadis elle avait été le théâtre de son échec, elle lui préserverait toujours le souvenir d'un rêve évanoui, d'un espoir perdu, d'un bonheur imaginaire, mais aussi d'une vie débordante, gonflée de sentiments, préférable à tout prendre au repos du néant, au vide de la solitude ou au sommeil de la passion! Et que trouverait-il demain pour réchauffer son cœur autre que ces lieux qu'il contemplait avec les yeux du rêve, que ces noms vers qui il tendait l'oreille du désir?...

– A ton avis, que se passe-t-il là-haut en ce moment?

Ismaïl répondit d'une voix sonore qui troubla le silence :

– Il y a un orchestre qui joue des airs étrangers et deux jeunes mariés qui sourient, debout sur une estrade, entourés des familles Sheddad et Selim. J'ai déjà vu plusieurs fois ce genre d'assemblée...

« Aïda en robe de mariée! Quel spectacle! As-tu déjà vu chose pareille, même en rêve? »

– Et la soirée va durer encore combien de temps?

– Oh! une heure maximum, pour permettre aux mariés d'aller se coucher vu qu'ils partent demain matin pour Alexandrie...

« Ces mots-là sont comme des coups de poignard!... Offre-leur ton cœur à plaisir! »

– Mais... se reprit Ismaïl, a-t-on déjà vu dormir pendant la nuit de noces?

Sur ce, il partit d'un rire fort et égrillard et lâcha un rot dont il chassa les vapeurs d'alcool avec une grimace de dégoût. Puis, détendant son visage :

– Ah! s'exclama-t-il, Dieu ne te condamne au sommeil des amants! Pense donc, ils ne ferment pas l'œil de la nuit, mon ami! Ne te laisse pas trop abuser par les dehors réservés de Hassan Selim. Il va s'en payer joyeusement jusqu'à l'aube, c'est garanti!

« Savoure cette nouvelle sorte de douleur qu'on t'instille

goutte à goutte! Elle est l'essence de la douleur ou plutôt la douleur absolue! Mais console-toi à l'idée d'avoir été le seul au monde à la connaître, et de ce que l'enfer ne te fera ni chaud ni froid si le destin te voue un jour à ce que ses anges t'emmènent et te fassent danser au-dessus de ses flammes! Tu souffres? Non pas d'avoir perdu l'unique objet de ton amour : tu n'as pas prétendu la posséder un seul jour! Mais parce qu'après une vie grandiose au-dessus des nuages, elle a quitté son ciel pour venir se vautrer dans la boue; parce qu'il lui a plu qu'on embrasse sa joue, qu'on fît couler son sang... qu'on avilisse sa chair... »

— C'est vrai ce qu'on raconte sur la nuit de noces?

— Seigneur Dieu! Tu ignores ces choses-là? s'écria Ismaïl.

« Comment peut-on ainsi sanctifier la saleté! »

— Bien sûr que non! Mais il y a peu de temps encore je n'en connaissais rien, et il y a des choses que j'aimerais bien qu'on me répète...

— Il y a des moments où tu me parais complètement idiot! s'esclaffa Ismaïl.

— Mais dis-moi... ça te serait égal qu'on fasse ça à une personne que tu vénères?

Ismaïl lâcha à nouveau un rot et ces maudits relents d'alcool vinrent flatter les narines de Kamal.

— Personne au monde n'est digne de vénération! dit-il.

— Ta fille par exemple, si tu en avais une...

— Ni ma fille ni ma mère! Comment crois-tu que nous sommes venus au monde toi et moi? C'est la loi de la nature!

« Oui! Toi et moi! La vérité brûle les yeux! Alors baisse-les! Derrière le voile de la sainteté, devant lequel toute ta vie tu t'es prosterné, ils sont en train de batifoler comme des gosses! Mais pourquoi tout paraît-il donc si vide? La mère... le père... Aïda... le tombeau d'al-Husseïn, le métier de commerçant, la noblesse de Sheddad bey... O Dieu! Quelle affreuse douleur! »

— Alors, elle est bien dégoûtante la loi de la nature!

Ismaïl lâcha un troisième rot et rétorqua d'une voix trahissant un rire sous-jacent :

– Tu dis ça parce que tu as le cœur en peine! Je l'entends d'ici chanter avec cette nouvelle chanteuse... tu sais... Oum Kalsoum : « J'offrirais ma vie pour elle, qu'elle soit ou non fidèle à mon amour! »

– Que veux-tu dire? s'enquit Kamal l'air troublé.

Et Ismaïl de répondre s'efforçant de paraître plus soûl qu'il ne l'était :

– Je veux dire que tu aimes Aïda!

« Seigneur! Comment mon secret a-t-il pu être trahi? »

– Tu es soûl.

– C'est la vérité et tout le monde la connaît!

– Qu'est-ce que tu dis? s'exclama Kamal en écarquillant les yeux sur son ami à travers l'obscurité.

– Je dis que c'est la vérité et que tout le monde la connaît!

– Tout le monde? Mais qui ça? Qui a monté cette calomnie contre moi!

– Aïda!

– Aïda?

– Oui c'est elle qui a trahi ton secret...

– Aïda? Je ne te crois pas... Tu es soûl!

– Oui, je suis peut-être soûl, n'empêche que c'est la vérité! Une des vertus de l'homme ivre est de ne jamais mentir! (Puis, après un rire attendri) Ça te fâche? Aïda est, comme tu le sais, une jeune fille un peu ingénue... Combien de fois n'a-t-elle pas attiré discrètement les regards sur tes yeux langoureux, sans que tu t'en doutes; non par esprit de moquerie mais parce que ceux qui sont amoureux d'elle la font se pâmer de coquetterie! Elle a d'abord mis Hassan au courant et il m'a incité bien des fois par la suite à te regarder. Pour finir, il a dévoilé la chose à Husseïn. J'ai même entendu dire que Mme Saniyya, sa mère, avait eu vent de cet « amoureux transi » comme on t'appelait. Et d'ici que les domestiques aient épié ce qui se disait sur ton compte parmi leurs maîtres!... Autrement dit, tout le monde connaît l'histoire de l'amoureux transi!

Il se sentit défaillir. Il avait l'impression que sa dignité était la proie de pieds mécaniques qui la trépignaient sauvagement. Il pinça les lèvres dans une tristesse amère. Etait-ce ainsi que les plus intimes secrets s'ébruitaient?

– Ne te frappe pas! continua Ismail. Tout ça n'a été qu'une plaisanterie innocente faite par des gens qui ont pour toi de l'affection. Même Aïda, elle n'a dévoilé ton secret que par vantardise!

– Elle s'est fait de belles illusions!

A quoi Ismaïl rétorqua dans un rire :

– Vouloir nier ton amour serait aussi vain que de vouloir nier le soleil en plein midi!

Kamal se replia dans un silence chargé de détresse et d'abandon... Puis il demanda soudain :

– Et Husseïn, qu'a-t-il dit?

– Husseïn? reprit Ismaïl dans un sursaut de voix. C'est ton ami fidèle! Il s'est plus d'une fois déclaré mécontent de la conduite naïve de sa sœur. Il la contrait en soulignant tes qualités...

Kamal poussa un soupir de soulagement. Si son espoir en l'amour était déçu, restait au moins l'amitié! Ah! comment pourrait-il désormais franchir le seuil du palais des Sheddad?

Ismaïl poursuivit avec sérieux, comme encourageant son ami à affronter la situation :

– Aïda était déjà considérée comme pratiquement fiancée à Hassan depuis des années avant leurs fiançailles officielles! Et puis elle est plus vieille que toi. Tu sais, ce genre de sentiments s'oublie après une bonne nuit de sommeil! Alors ne sois pas triste!

« Ces sentiments... s'oublier? »

– Et elle se moquait de moi en parlant de ce soi-disant amour que j'avais pour elle? s'enquit-il avec un souci manifeste.

– Pas du tout! Je t'ai dit qu'elle adore parler de ses soupirants.

« Ainsi donc ton adorée aura été un dieu cruel et moqueur à qui le rire de ses adorateurs réjouissait le cœur? Tu te rappelles le jour où elle a malmené ta tête et ton nez? Dieu qu'elle ressemble par son côté cruel et implacable aux lois de la nature!... Alors comment a-t-elle pu malgré cela courir folle de joie à sa nuit de noces, comme n'importe quelle autre fille? Il n'y a que ta mère qui porte la pudeur en elle, comme si elle avait conscience de son imperfection... »

S'étant suffisamment avancés, ils firent demi-tour et s'en revinrent silencieux, comme las de ces palabres. Sur ce, Ismaïl se mit à chanter d'une voix grossière : « O vendeuse de pommes que tu as de beautés. » Kamal, lui, restait replié dans son silence, semblant par ailleurs ne prêter aucune attention à la chanson. Quelle honte était la sienne! Il était le bouffon! Il sentait les Sheddad, leurs amis, les domestiques échanger des clins d'œil derrière son dos! Il ne méritait pas un traitement aussi inhumain! Était-ce là le prix de l'amour et de l'adoration? Dieu que l'idole était cruelle et sa douleur atroce! Peut-être que Néron, lorsqu'il chantait en regardant Rome flamber, voulait se venger d'un état comme le sien!

« Sois un chef guerrier, assis le torse bombé sur le dos d'un fier destrier. Un leader porté en triomphe ou une statue d'acier fichée en haut d'un mât; un sorcier qui se donne l'apparence de son choix, ou un ange planant au-dessus des nuages; un ermite dans le désert, un dangereux criminel faisant trembler les bonnes gens; un clown captivant le rire de son auditoire ou un désespéré s'immolant devant des badauds bouleversés... Si Fouad al-Hamzawi connaissait ton histoire, il te dirait en cachant sa moquerie sous le vernis de sa politesse habituelle : « C'est de ta faute! C'est toi qui as décidé de nous quitter pour ces gens-là! Tu as méprisé Qamar et Narjis? Eh bien goûte maintenant la désaffection des dieux! » Au ciel ou nulle part! Voilà ce que je lui répondrai! Qu'elle se marie comme ça lui chante et s'en aille à Bruxelles ou Paris! Qu'elle attende de vieillir et de voir se flétrir son corps printanier, jamais elle ne trouvera un amour comme le mien! N'oublie jamais cette rue, car tu y as connu l'ivresse d'espoirs avortés et viens d'y goûter les affres du désespoir. Je ne suis plus de cette planète! Je suis un étranger et dois désormais vivre comme tel!... »

Lorsque au retour ils repassèrent devant le palais des Sheddad, déjà les factotums s'affairaient à détacher des murs et des arbres les décorations et les fils des lampes électriques. A l'exception de quelques pièces aux fenêtres et aux balcons encore éclairés, la grande bâtisse, ainsi dépouillée de ses habits de noce, s'enfonçait dans le noir. La fête était terminée. La foule des invités s'était dispersée et tout semblait proclamer que tout a une fin. Il s'en retournait donc, son coffret de dragées entre les mains, comme un enfant dont on calme les pleurs avec quelques morceaux de chocolat.

Ils continuèrent leur marche d'un pas tranquille, puis, à la lisière d'al-Husseïniyyé, ils se serrèrent la main et se séparèrent.

A peine eut-il fait quelques pas, Kamal s'arrêta net et rebroussa chemin en direction d'al-Abbassiyyé qui paraissait désert, alourdi de sommeil. Il poussa en hâte jusqu'au palais des Sheddad et, arrivé en vue de la maison, il obliqua à droite, en direction du désert qui la bordait de toutes parts et s'y enfonça jusqu'à un endroit situé derrière le mur du fond du jardin d'où le palais était visible de loin.

L'obscurité, épaisse et totale, offrait au guetteur un voile rassurant. Dans cette immensité vide et nue, pour la première fois depuis le début de la soirée, il sentit le froid le piquer et resserra son manteau autour de son grand corps efflanqué. Derrière la haute muraille, la masse sombre de la maison lui parut une énorme citadelle. Ses yeux coururent, dans le noir, en quête d'une cible puis, à l'extrémité de l'aile droite, au deuxième étage, s'arrêtèrent sur une fenêtre close dont la lumière perçait à travers les jalousies. La chambre nuptiale! La seule qui restait éveillée dans cette partie de la maison. Hier encore simple chambre à coucher d'Aïda et de Boudour, on l'avait parée cette nuit de ses plus beaux atours pour assister au spectacle le plus insolite qu'ait produit le destin! Il y accrocha longuement son regard, d'abord dans une attente languissante comme un oiseau à l'aile sectionnée qui contemple impuissant son nid au faîte d'un arbre, puis avec une profonde tristesse, comme s'il assistait dans une vision prophétique à son propre trépas. Que pouvait-il bien se passer derrière cette fenêtre? Si seulement il pouvait grimper dans cet arbre, là, à l'intérieur du jardin... pour voir! Tout le temps qui lui restait à vivre, jusqu'à la dernière seconde, il était prêt à le donner en échange d'un regard à travers cette fenêtre. Etait-ce rien de voir l'idole dans l'intimité de sa nuit de noces? Leurs postures, leur façon de se regarder les yeux dans les yeux, de se dire des mots doux... Dans quel coin de cette Terre se cachait en ce moment l'orgueil d'Aïda? L'envie le brûlait de voir, d'enregistrer chaque mot, chaque geste, chaque signe qui perçait sur les visages, mais plus encore les pensées intimes, les suggestions de l'âme, les effusions du cœur et les débordements de l'instinct. Tout! Fût-ce repoussant et terrible, pénible et douloureux! Et après... Au diable la vie!

Le temps passait, lui toujours à son guet, la fenêtre toujours éclairée sans que son esprit ne se lasse de s'interroger... Que ferait-il en ce moment à la place de Hassan Selim? Le vertige de la confusion l'empêcha de répondre. L'adoration n'avait rien à faire dans une nuit comme celle-là! Or, pour lui, toute préoccupation d'un autre ordre ne s'adressait pas à Aïda! Hassan Selim de son côté n'étant pas le genre d'hommes à se laisser enchaîner par de tels sentiments, il se retrouvait donc tout naturellement seul à souffrir dans ce désert pendant qu'on échangeait là-bas de vulgaires baisers, dans des pâmoisons mouillées de sueur, un abandon maculé de sang et des vêtements de nuit découvrant des corps éphémères; éphémères comme ce monde, ses espoirs vains et ses rêves à la dérive...

« Déplore autant qu'il te plaira la chute des dieux. Laisse ton cœur s'emplir de cette tragédie. Pourtant, comment pourrait s'éteindre ce sentiment éblouissant et merveilleux qui l'a illuminé pendant quatre ans? Il n'était pas illusion. L'illusion est sans écho! Il était la vie même! Or, si les contingences assujettissent les corps, quelle force pourrait atteindre l'âme? Qu'ainsi donc ton idole reste tienne; l'amour ta souffrance et ton plaisir, le désarroi ta distraction, jusqu'à ce jour où tu te présenteras devant ton créateur et lui demanderas la clé de tous ces mystères qui auront troublé ton esprit! »

Ah! si seulement il pouvait voir ce qui se passait là-haut derrière la fenêtre! Découvrir l'ultime secret de son existence! Le froid le mordait par instants, lui rappelant sa présence en ces lieux, le temps qui s'écoulait en rêvant. Mais pourquoi se hâter de partir? Espérait-il vraiment que le sommeil viendrait cette nuit chatouiller ses paupières?

14

UNE calèche stoppa devant la boutique de M. Ahmed, les roues crottées par la boue qui recouvrait la rue d'al-Nahhassine, l'eau fangeuse emprisonnée dans ses ornières. Vêtu d'une djoubba en laine, Mohammed Iffat en descendit, puis entra dans la boutique en déclarant, un sourire jovial à la bouche :

– Nous sommes venus te voir en calèche, mais une barque eût été plus sûre!

Les pluies n'avaient cessé de tomber pendant une journée et demie ravinant la terre et inondant impasses et venelles. Et, bien que le ciel après tous ces méfaits eût enfin fait grâce, il ne déridait pas son front maussade et masquait sa face bleutée sous un sombre manteau de nuages qui obscurcissait la terre d'un voile crépusculaire.

Ahmed Abd el-Gawwad fit à son ami un accueil chaleureux puis le pria de s'asseoir. A peine ce dernier se fut-il soigneusement calé sur son siège, au coin du bureau, qu'il déclara comme pour éclaircir le mystère de sa venue :

– Ne t'étonne pas de me voir ici par un temps pareil, d'autant que nous nous serions vus tout à l'heure à la veillée... J'avais simplement envie de te parler seul à seul...

Il ponctua d'un rire, comme pour s'excuser du caractère mystérieux de ses paroles. Ahmed Abd el-Gawwad l'imita mais d'un rire qui ressemblait davantage à une interrogation. Sur ce, Gamil al-Hamzawi, la tête emmitouflée dans un cache-nez qui lui enveloppait le sommet du crâne et le dessous du menton, sortit sur le pas de la porte, appela le garçon du *Café Qalawun* pour qu'il vienne servir le café, puis regagna sa chaise, désœuvré par le froid et la pluie.

Quant à notre homme, quelque chose lui disait que la visite, pour survenir à cette heure, dictée sans doute par quelque nécessité, n'était pas innocente; outre que la crise morale et les ennuis de santé qu'il venait de connaître l'avaient prédisposé à une anxiété contraire à son habitude. Il cacha toutefois son inquiétude du moment sous un rire bon enfant et dit à son ami :

— Un peu avant ton arrivée, je repensais à la soirée d'hier et à ce chien d'Alfar en train de danser.

— Nous sommes tous tes disciples! rétorqua Mohammed Iffat dans un sourire. A ce propos, laisse-moi te rapporter les bruits qu'Ali Abd el-Rahim fait courir sur ton compte. Il laisse entendre que tes récentes migraines ne sont qu'un symptôme du manque de femmes dans ta vie depuis quelque temps!...

— Du manque de femmes dans ma vie ! Comme si les femmes étaient la seule raison d'avoir la migraine !

Le garçon apporta les verres d'eau et de café sur un plateau en cuivre qu'il déposa sur le coin du bureau entre les deux hommes, puis il s'éclipsa.

Mohammed Iffat but une gorgée d'eau et reprit :

— Boire de l'eau froide en hiver est un vrai bienfait! Qu'en penses-tu? Mais pourquoi cette question à un amoureux de l'hiver qui comme toi se douche tous les matins à l'eau froide jusqu'en février? Et maintenant, dis-moi..., tu as été heureux de la nouvelle du Congrès national qui s'est réuni chez Mohammed Mahmoud? C'est la deuxième fois qu'on voit Saad, Adli et Tharwat dans un front uni[1]!...

---

1. 19 février 1926. Les trois partis coalisés resserrent l'union scellée le 25 octobre 1925. Rejoints par divers corps constitués, syndicats, etc., ils se

– Dieu dans sa sagesse laisse place au repentir!

– Pour ma part, je n'ai aucune confiance en ces chiens!

– Moi non plus! Mais qu'est-ce que tu veux y faire ? Le roi Fouad est venu fiche la pagaille et c'est bien malheureux que la bataille ne se situe plus entre nous et les Anglais[1]!

Ils continuèrent à siroter leur café dans un silence qui, s'il suggérait quelque chose, c'était qu'il n'y avait plus place pour les banalités de rigueur et que Mohammed Iffat devait sans plus attendre en venir au fait. Il se redressa sur son siège et, d'un ton grave, il demanda à Ahmed Abd el-Gawwad :

– Tu as des nouvelles de Yasine ?

A ces mots, les grands yeux de notre homme reflétèrent un souci mêlé d'inquiétude. Son cœur fut saisi d'un terrible battement.

– Il va bien! dit-il. Il passe me voir de temps en temps... La dernière fois que je l'ai vu, c'était... lundi dernier. Pourquoi, il y a du nouveau? Maryam, je présume? Elle est partie sans laisser d'adresse... J'ai appris récemment que Bayoumi lui a racheté sa part dans la maison de sa mère.

– Il ne s'agit pas d'elle! coupa Mohammed Iffat, affectant le sourire. Qui sait, il l'a peut-être déjà oubliée! Mais parlons franc, il s'agit d'un nouveau mariage!

A nouveau, comme pris de frayeur, son cœur tressaillit.

– Un nouveau mariage? Mais... il n'y a jamais fait la moindre allusion avec moi!

– Il s'est pourtant bel et bien marié voilà déjà un mois..., peut-être davantage! répondit Mohammed Iffat dans un hochement de tête attristé. Je l'ai appris de

réunissent en congrès national pour exiger le retour à la Constitution de 1923.

1. Allusion aux tentatives répétées du roi Fouad de déstabiliser le régime libéral.

Ghanim Hamidou il y a tout juste une heure. Il pensait que tu étais au courant...

— C'est à ce point-là ! dit-il comme se parlant à lui-même, sa main droite triturant fébrilement sa moustache. je ne peux pas le croire ! Comment a-t-il pu me le cacher !

— La situation appelle la discrétion !... Ecoute-moi... J'ai préféré t'avouer la vérité avant que tu en aies la surprise désobligeante. Toutefois ne dramatisons pas outre mesure ! Et toi, pour commencer, ne te laisse pas aller à la colère. Tu n'en as plus la force !... Songe à ton dernier coup de fatigue et ménage-toi !

— Encore du vilain ? s'enquit notre homme d'un air désespéré. Je l'ai senti tout de suite ! Allez, parle, Mohammed !

Mohammed Iffat hocha à nouveau la tête, l'air navré, et poursuivit d'une voix grave :

— Reste fidèle à l'image que nous avons de toi ! Voilà... Il s'est marié avec Zannouba, la luthiste !

— Zannouba ?

Ils échangèrent un regard chargé d'allusion. Bientôt l'embarras put se lire sur le visage de M. Ahmed tandis que les traits de son ami se couvraient d'appréhension. Puis, très vite, la question du mariage proprement dite fut reléguée en marge des préoccupations :

— Tu crois qu'elle sait qu'il est mon fils ? s'enquit notre homme d'une voix pantelante.

— Je n'en ai pas le moindre doute ! répondit Mohammed Iffat. En même temps, je suis pratiquement certain qu'elle ne lui en a rien dit pour pouvoir être sûre de le prendre au piège. On peut d'ailleurs la féliciter d'avoir réussi à merveille !

— A moins qu'il ne me l'ait caché, connaissant mon histoire avec elle ! s'interrogea Ahmed Abd el-Gawwad avec le même ton pantelant.

— Sûrement pas ! Je ne le crois pas ! S'il avait su, jamais il ne se serait risqué à l'épouser. Yasine est un garçon hurluberlu, sans aucun doute, mais pas vil ! S'il te l'a caché, c'est uniquement parce qu'il n'a pas eu le courage de t'avouer qu'il avait épousé une luthiste. Malheur aux pères qui ont engendré des enfants sans cervelle! Je dois te l'avouer, ça m'a fait beaucoup de peine; mais, je t'en supplie encore une fois, ne te laisse pas aller à la colère! Tant pis pour lui! Tu n'es pas responsable et tu n'as rien à te reprocher!...

Ahmed Abd el-Gawwad poussa un soupir sonore et s'enquit auprès de son ami :

— Et, dis-moi..., Ghanim Hamidou, qu'a-t-il ajouté?

Mohammed Iffat fit un geste de la main, l'air de dire : « Quelle importance? » et répondit :

— Il m'a demandé : « Comment M. Ahmed peut-il accepter ça? » Je lui ai dit que tu n'étais encore au courant de rien et il a ajouté en prenant un air navré : « Vois le vide qui sépare le père de son fils! Dieu lui soit en aide!... »

— C'est donc ça le résultat de l'éducation que je leur ai donnée? gémit notre homme. Mon pauvre Mohammed, tu me vois complètement désorienté. Le malheur est qu'ils commencent à échapper à notre autorité juste au moment où leur intérêt véritable en aurait le plus besoin! Ils assument en vertu de l'âge leurs propres responsabilités, mais ils en font mauvais usage sans que nous puissions les remettre sur le bon chemin! On ne naît pas homme, on le devient! D'où vient le mal à ton avis ? De ce taureau, pardi! Une femme que n'importe qui peut s'offrir! Qu'est-ce qui l'a poussé à l'épouser? Ah! Pauvres de nous! Il n'y a de force et de puissance qu'en Dieu!... »

Mohammed Iffat posa affectueusement sa main sur l'épaule de son ami et lui dit :

— Nous avons fait ce qui était de notre devoir! Maintenant ça le regarde! Aucun risque que quiconque vienne te juger digne de reproches!

A ces mots la voix éplorée d'al-Hamzawi se fit entendre :

— Aucune personne honnête ne pourrait vous blâmer d'une chose pareille, monsieur Ahmed! Et, en plus, je crois que tout espoir de réparer le mal n'est pas perdu! Raisonnez-le, monsieur Ahmed!...

– Devant toi, il a l'air d'un garçon obéissant! De toute façon il la répudiera tôt ou tard, alors..., comme on dit : « La plus belle œuvre pie est la plus tôt accomplie! »

– Et si elle était déjà enceinte? s'interrogea notre homme d'un ton gémissant.

La voix d'al-Hamzawi revint, étouffée par l'émotion et la panique :

– A Dieu ne plaise!

Mais il semblait que Mohammed Iffat n'avait pas tout dit. Posant sur son ami un regard plein d'appréhension, il continua :

– Et si c'est malheureux qu'il ait vendu la boutique d'al-Hamzawi pour remeubler son appartement!

Ahmed Abd el-Gawwad le regarda avec de grands yeux exorbités, puis, son visage se crispant de colère :

– Comme si je n'existais pas! s'écria-t-il furieux. Même pour ça il ne me demande pas mon avis!

Puis, se frappant les paumes :

– Ah! ils ont dû bien se payer sa tête! Ils ont trouvé le bon pigeon! Une mule égarée, en costume d'effendi!

– Des comportements de gamin! renchérit Iffat avec émotion. Il n'a pensé ni à son père ni à son fils! Mais à quoi bon se mettre en colère ?

– M'est avis que je dois prendre le taureau par les cornes avec lui, quelles qu'en soient les conséquences!

Mohammed Iffat étendit les bras comme pour conjurer le malheur et reprit dans une ardente supplication :

– « Si ton fils grandit, fais t'en un ami! » Alors ne fais pas de maladresses, toi le plus avisé des hommes! Ton seul devoir est de le conseiller. Pour le reste à Dieu de décider!

L'homme baissa les yeux, songeur, parut quelques instants hésitant et poursuivit :

– Il y a aussi un problème qui nous intéresse, toi et moi... Je veux parler de Ridwane!

Les deux hommes échangèrent un long regard au bout duquel Mohammed Iffat ajouta :

– Le petit va avoir ses sept ans dans quelques mois. Je crains que Yasine exige de le reprendre et qu'il grandisse sous la coupe de Zannouba. Voilà une calamité qu'il faut à tout prix éviter! Je ne t'imagine pas consentir à une telle éventualité! Alors persuade-le de nous laisser l'enfant jusqu'à ce que la Providence nous éclaire!

Ahmed Abd el-Gawwad n'était pas le genre d'homme à s'enthousiasmer à l'idée que son petit-fils reste dans la famille de sa mère après l'expiration du délai légal de tutelle! D'un autre côté, il ne voulait pas proposer de le prendre chez lui afin de ne pas imposer à Amina un fardeau supplémentaire que son âge ne lui permettait plus d'assumer.

C'est pourquoi il répondit simplement, dans une résignation attristée :

– Il ne serait pas souhaitable, en effet, que Ridwane grandisse sous le toit de Zannouba... Je te l'accorde...

– Sa grand-mère l'adore littéralement! appuya Mohammed Iffat dans un soupir de soulagement. Et même en admettant qu'à l'avenir des raisons impérieuses l'obligent à aller rejoindre sa mère, il trouvera auprès d'elle un climat salutaire dans la mesure où son mari est un homme d'une quarantaine d'années, peut-être plus, que Dieu justement a privé de descendance...

Mais Ahmed Abd el-Gawwad coupa d'un ton de prière :

– Tout de même..., je préférerais qu'il reste chez toi!

– Naturellement... Naturellement! Je n'ai fait qu'évoquer des éventualités bien improbables auxquelles je prie Dieu de ne pas nous contraindre! Et maintenant, je te prierai seulement de ne pas trop le brusquer afin de le persuader plus facilement de me laisser Ridwane...

A ces mots, la voix paternelle d'al-Hamzawi s'éleva à nouveau pour dire :

– M. Ahmed est le plus avisé des hommes! Ignore-t-il que Yasine est un homme et que comme tel il est libre d'agir à sa guise et de disposer de ses biens ? Ces choses-là ne peuvent échapper à M. Ahmed. Il se doit simplement de donner son conseil! Dieu fera le reste!...

Pendant tout le restant de la journée, Ahmed Abd el-Gawwad s'abîma dans la réflexion et la tristesse, se répétant à lui-même : « En un mot, Yasine est un fils décevant. Et il n'y a rien de pire qu'un fils décevant! Son destin n'est, hélas! que trop évident! Pas besoin d'être devin pour se l'imaginer. Il ira de pire en pire... Enfin! Que Dieu nous soit clément! » Gamil al-Hamzawi le pria de remettre au lendemain son entretien avec Yasine et, davantage par désespoir que par appréciation du conseil, il accéda à sa prière...

Le lendemain après-midi, il le convoqua donc à l'entrevue, et Yasine, en bon fils obéissant et docile, répondit à l'invitation avec empressement. Au vrai, il n'avait rompu aucun lien avec sa famille et la vieille maison, malgré la vive nostalgie qu'il en éprouvait, restait le seul endroit où il n'avait pas trouvé le courage de retourner. Toutefois, il ne rencontrait jamais son père, Khadiga ou Aïsha, sans les charger de transmettre ses salutations à sa belle-mère Amina. Certes, son cœur gardait vivant le souvenir de sa colère d'autrefois, ainsi qu'un léger ressentiment de ce qu'il appelait « son intransigeance envers lui ». Mais il refusait d'oublier le temps d'avant, celui où il n'avait connu d'autre mère qu'elle.

Il continuait toujours ses visites à ses deux sœurs et rencontrait parfois Kamal au café d'Ahmed Abdou, à moins qu'il ne l'invite chez lui, de sorte que le jeune homme y avait connu successivement l'époque de Maryam puis celle de Zannouba. Quant à son père, il allait le voir à la boutique au moins une fois par semaine. C'est là qu'il lui fut donné de découvrir cette autre face de sa personnalité qui avait sur les gens la force de l'envoûtement. Ainsi naquit entre les deux hommes une étroite amitié en même temps qu'une solide affection vivifiée par les liens du sang et la joie du fils de découvrir son vrai père.

Pourtant, en examinant ce jour-là son visage, Yasine y

décela certains traits qui lui rappelèrent le masque d'autrefois, celui qui si souvent l'avait rempli d'effroi. Au reste, depuis longtemps persuadé qu'il percerait tôt ou tard son secret, il ne s'interrogea nullement sur les raisons de cette métamorphose. Aussi bien, il ne doutait plus que le moment était venu d'affronter la tempête à laquelle il s'attendait depuis le jour même où il s'était lancé dans son entreprise.

– Ca me fait vraiment de la peine de me voir tenu dans un tel mépris! lança le père abruptement. Par quel mystère faut-il que je sois tenu au courant de la vie de mon fils par des étrangers!

Yasine baissa la tête sans mot dire. Cette fausse mine contrite mit le père hors de lui.

– Enlève ce masque! s'écria-t-il. Arrête cette hypocrisie et donne-moi le son de ta voix! Naturellement, tu sais de quoi je parle?

– Je n'ai pas eu le courage de vous avertir..., répondit Yasine dans un murmure.

– Voilà ce que c'est quand on camoufle une faute ou un scandale!

Yasine, alerté par l'instinct, se garda de toute objection et répondit avec une soumission résignée :

– Oui...

– Si tel est vraiment ton avis, alors pourquoi as-tu agi ainsi? s'enquit le père confondu.

A nouveau Yasine se réfugia dans le silence. Ahmed Abd el-Gawwad eut l'impression qu'il lui signifiait à travers son mutisme : « Je savais que c'était mal mais j'ai succombé à l'amour! » Aussitôt il repensa à son propre abaissement devant cette femme. « Quelle honte! se dit-il en lui-même. Toi, au moins, tu as lavé ton humiliation dans une colère exemplaire!... Ce qui ne t'a pas empêché de continuer à lui courir après! Quant à ce bœuf! Ah! le misérable!... »

– Un scandale auquel tu t'es prêté sans souci des conséquences afin que nous en supportions tous l'affront!

– Tous! s'exclama Yasine ingénu. A Dieu ne plaise!...

– Ne fais pas l'innocent! s'écria Ahmed Abd el-Gawwad dans une nouvelle bouffée de colère. Tu sais très bien que quand il s'agit de satisfaire tes appétits tu te fiches de tout ce qui pourrait nuire à la réputation de ton père et de tes frères et sœurs! Tu nous as ramené une luthiste dans la famille pour qu'elle, et plus tard toute sa descendance, vienne souiller notre nom! Je ne crois pas que tu ignorais ces choses-là avant que j'y fasse allusion. Mais tu ne recules devant rien pour satisfaire tes instincts! La dignité de la famille ne vaut pas bien cher entre tes mains! Toi-même, plus ça va, plus tu dégringoles, et bientôt, tu verras, tu ne seras plus qu'une ruine!

Yasine baissa la tête et se replia dans le silence au point que toute son attitude clamait sa faute et son abdication.

« A ce que je vois, tout ce scandale ne t'aura guère coûté qu'un petit brin de comédie et le tour est joué! Quant à moi, je vais voir demain me tomber sur les bras un petit-fils qui aura pour mère Zannouba et pour tante Zubaïda! Une alliance peu ordinaire entre M. Ahmed, le commerçant bien connu, et Zubaïda, l'almée dont la réputation n'est plus à faire! Peut-être sommes-nous en train d'expier des péchés ignorés? »

– Quand je songe à ton avenir j'en ai la chair de poule! Je t'ai dit que tu dégringoles et ça ira de pire en pire! Tu peux me dire ce que tu as fait de la boutique d'al-Hamzawi?

Yasine leva vers son père un regard accablé et avoua après un temps d'hésitation :

– J'avais un pressant besoin d'argent...

Puis, baissant les yeux :

– En d'autres circonstances, j'aurais fait appel à vous, mais la situation était délicate...

– Espèce d'hypocrite! s'exclama notre homme furieux. Tu n'as pas honte? Je parie qu'à aucun moment tu n'as vu dans ce que tu as fait quoi que ce soit d'étrange ou de condamnable! Je te connais, va ! Toi et tes pensées!

Alors... n'essaie pas de me tromper! Je n'ai qu'un mot à te dire, même si je sais d'avance que c'est parler aux murs : tu es en train de travailler à ta propre ruine et tu te prépares une fin funeste...

Yasine retourna à son silence en affectant le dépit.

« Ah! l'animal que c'est là! D'accord, elle est passablement attirante et habile à la chose, mais qu'est-ce qui l'a obligé à l'épouser? Je croyais qu'elle m'avait demandé le mariage en spéculant sur mon âge. Mais je m'aperçois qu'elle a piégé l'animal tout jeunot qu'il est! (Il éprouva à cette pensée un peu de réconfort et de consolation.) Son plan concerté était de se marier a tout prix, sauf qu'elle m'aura en fin de compte préféré quelqu'un d'autre. Et cet imbécile s'est laissé prendre... »

– Répudie-la! Répudie-la avant qu'elle soit devenue mère et nous couvre de honte à jamais!

Yasine marqua une longue hésitation avant de bredouiller entre ses dents :

– Ce serait un crime de ma part de la répudier sans qu'elle n'ait rien fait!...

« Fils de chien, va! Tu viens de m'offrir une perle pour la veillée ! »

– Tu la répudieras de toute façon, tôt ou tard! Mais fais-le avant qu'elle ne te donne un enfant, parce que ce jour-là son problème sera aussi le nôtre!

Yasine poussa un soupir sonore qui lui tint lieu de parole. Son père commença à le regarder d'un air décontenancé. « Fahmi est mort, pensa-t-il, Kamal débile ou fou. Et là, devant toi, Yasine, dont il n'y a rien à espérer! Le plus triste, c'est qu'il est ton préféré. Remets-t'en à Dieu. O Seigneur où en serions-nous si j'avais fait la bêtise de l'épouser?... »

– Combien as-tu vendu la boutique?

– Deux cents guinées.

– Elle en valait au moins trois cents! Tu ne vois pas comment elle est située, imbécile? Et à qui l'as-tu vendue?

– Ali Touloun, le quincaillier.

— Bon, ça va... Et tout est passé dans le nouveau mobilier?

— Non, il me reste cent guinées...

— Tu as bien fait! rétorqua-t-il ironique. Un jeune marié a toujours besoin de liquidités...

Puis d'un ton grave et attristé :

— Yasine! Écoute-moi. Je suis ton père. Fais attention. Change ta conduite. Tu es père toi aussi. Tu ne penses donc pas à ton fils et à son avenir?

— Sa pension lui tombe tous les mois jusqu'au dernier sou! répondit Yasine pour sa défense, d'un élan enthousiaste.

— Parce que tu crois que c'est une question d'argent! Je te parle de son avenir!... Et de celui des autres qui attendent de venir au monde!...

— Dieu conçoit et pourvoit! rétorqua Yasine, confiant dans la force de son argument.

— C'est ça! Il conçoit, il pourvoit et, pendant ce temps-là, Monsieur gaspille! s'écria Ahmed Abd el-Gawwad ulcéré. Dis-moi...

Il se redressa sur son siège et, fixant le jeune homme de son regard acéré :

— Ridwane aura bientôt sept ans. Que vas-tu faire de lui? Le prendre avec toi pour qu'il grandisse dans le giron de madame ton épouse?

La gêne se peignit sur le visage plein de Yasine.

— Que dois-je faire alors? demanda-t-il. Je n'ai pas encore réfléchi à la question...

Ahmed Abd el-Gawwad hocha la tête avec un dépit moqueur et reprit :

— Dieu t'épargne les affres de la réflexion! Tu as du temps à perdre pour ça? Laisse-moi réfléchir à ta place! Laisse-moi te dire que Ridwane doit rester sous la garde de son grand-père!...

Yasine médita un court instant puis baissa la tête en signe d'approbation.

— Comme vous voudrez, père! dit-il avec soumission. C'est dans son intérêt sans aucun doute...

– Il me semble que c'est aussi le tien, rétorqua Ahmed Abd el-Gawwad ironique, que tu n'aies pas à t'embarrasser l'esprit de ces questions futiles!

Yasine sourit, simplement, l'air de dire : « Je vois bien que vous plaisantez et c'est tant mieux! »

– Je croyais que j'aurais plus de mal à te persuader de renoncer à le garder!

– C'est ma confiance en votre jugement qui m'a poussé à donner tout de suite mon accord!

– Tu as vraiment confiance en mon jugement? demanda le père avec une stupéfaction moqueuse. Alors pourquoi tu ne l'as pas mis en pratique pour le reste?

Puis dans un soupir de regret :

– Enfin, bref! Que Dieu guide tes pas! Après, c'est toi que ça regarde! J'en parlerai dès cette nuit à Mohammed Iffat..., en ce qui concerne la garde de l'enfant. A condition que tu pourvoies entièrement à ses besoins! Peut-être que Iffat acceptera...

Sur ces mots, Yasine se leva, salua son père puis s'achemina vers la sortie. Mais, à peine eut-il fait deux pas, la voix sonore le rattrapa en disant :

– Tu n'aimes donc pas ton fils, comme n'importe quel père?

Yasine s'arrêta, puis, se retournant, répondit avec dénégation :

– Est-il besoin de le prouver, père? Il est tout ce que j'ai de plus cher au monde!

Ahmed Abd el-Gawwad releva les sourcils et conclut dans un hochement de tête énigmatique :

– Allez, au revoir!

*

Une heure avant son départ à la mosquée pour la prière du vendredi, Ahmed Abd el-Gawwad convoqua Kamal dans sa chambre. Il fallait une affaire sérieuse pour qu'il appelle ainsi à comparaître devant lui un membre de la famille. Le fait est qu'un grand trouble agitait son esprit à l'heure où il s'apprêtait à interroger son fils sur le sujet qui le tourmentait.

La veille au soir, plusieurs de ses amis lui avaient glissé sous les yeux un article paru dans le *Balagh hebdomadaire*[1] dû à la plume du jeune écrivain Kamal Ahmed Abd el-Gawwad. Et bien qu'aucun d'eux n'eût lu l'article, sauf le titre : « L'origine de l'homme », ainsi que le nom de l'auteur, tous y avaient trouvé matière à gloser et prétexte à féliciter et plaisanter le père à ce propos. A tel point que celui-ci avait songé sérieusement à charger le cheïkh Metwalli Abd el-Samad de confectionner au jeune homme un talisman.

Mohammed Iffat lui avait dit : « Tu te rends compte? Le nom de ton fils imprimé à côté de celui des plus grands écrivains, dans la même revue? Réjouis-toi et prie Dieu de lui prescrire comme à eux un brillant avenir! » Ali Abd el-Rahim avait ajouté : « J'ai entendu dire d'une personne digne de foi que le regretté al-Manfaluti avait pu s'acheter un domaine avec les seuls revenus de sa plume. Alors attends-toi au meilleur! » D'autres lui avaient parlé du métier d'écrivain, lui expliquant comment par ce dernier beaucoup, parmi lesquels Shawqi, Hafiz[2] et al-Manfaluti qu'ils lui citèrent en exemple, s'étaient désignés à la faveur des gouvernants et des chefs. Son tour venu, Ibrahim Alfar l'avait taquiné en lui disant : « Gloire à celui qui a fait sortir un savant des reins d'un ignorant! »

Notre homme, lui, s'était contenté de jeter un rapide coup d'œil sur le titre de l'article, puis sur la formule « Du jeune écrivain... », avant de poser la revue sur sa djoubba dont il s'était délesté dans la touffeur de juillet et... la fièvre du whisky, attendant pour le lire d'être seul dans sa chambre ou à la boutique. Après quoi il poursuivit sa soirée le cœur joyeux, l'âme rêveuse et fière.

1. Organe du parti Wafd de Saad Zaghloul.
2. Les deux grands poètes égyptiens Ahmed Shawqi (1868-1932), poète officiel de la cour khédiviale, et Hafiz Ibrahim (1872-1932), attaché au grand réformateur Mohammed Abdou.

Il commença même, pour la première fois, à reconsidérer le sentiment de secrète amertume que lui laissait la prédilection de son fils pour l'Ecole normale, se disant que « le gosse », en dépit de son choix mal inspiré, deviendrait vraisemblablement « quelqu'un ». Il se mit alors à échafauder des rêves sur le récit qu'on lui avait fait du métier de « la plume », de la faveur des grands hommes, du domaine d'al-Manfaluti... Qui sait! Peut-être ne resterait-il pas professeur toute sa vie, mais ferait véritablement route vers une existence qu'il n'avait pas même imaginée pour lui!...

Le lendemain matin, sitôt après la prière et le petit déjeuner, il s'était assis en tailleur sur son canapé, avait ouvert la revue avec une curiosité attentive et avait commencé à lire l'article à haute voix, afin de mieux se pénétrer de ses idées et de son contenu. Mais qu'y trouva-t-il!

S'il lisait les articles de politique et les comprenait sans peine, celui-ci en revanche lui donna le vertige et lui fit froid au cœur. Il en reprit la lecture avec attention et trouva une étude consacrée à un savant nommé Darwin, ses laborieuses recherches dans des îles lointaines, des comparaisons fastidieuses entre divers animaux, jusqu'à ce que son regard s'arrête hébété sur une assertion étrange prétendant que l'homme était d'ascendance animale et, pire, qu'il avait évolué à partir d'une espèce de singe! Il reprit, troublé, la lecture du paragraphe fatidique et resta confondu devant cette sombre vérité qu'un enfant de son sang pouvait – de la manière la plus péremptoire – affirmer que l'homme descendait de l'animal! Une vive confusion le saisit et il se demanda désorienté si l'on enseignait réellement ces connaissances dangereuses aux enfants des écoles publiques. C'est alors qu'il fit mander Kamal.

Ce dernier arriva, à cent lieues de s'imaginer ce qui fermentait dans la tête de son père. Celui-ci l'ayant déjà fait appeler quelques jours auparavant pour le féliciter de son passage en troisième année, le jeune homme tirait de cette nouvelle invitation le plus heureux présage... Il arriva donc, pâle et amaigri, selon l'apparence qu'il revêtait depuis quelque temps et que la famille attribuait à l'effort intense qu'il avait fourni à l'approche des examens, sans savoir que la véritable cause de ce dépérissement était la douleur et la souffrance qu'il avait endurées tout au long de ces cinq derniers mois, prisonnier d'un sentiment tyrannique et infernal qui avait failli l'emporter.

Ahmed Abd el-Gawwad pria son fils de s'asseoir et le jeune homme s'assit sur l'extrémité du canapé, tourné respectueusement vers son père. Au même moment il remarqua sa mère assise devant la penderie, en train de plier et de raccommoder des vêtements. Mais Ahmed Abd el-Gawwad jeta le numéro du *Balagh hebdomadaire* sur l'espace vide du canapé qui les séparait et demanda en affectant le calme :

– Tu as un article dans cette revue, n'est-ce pas?

La couverture de la revue accrocha le regard de Kamal et il la regarda avec une stupéfaction témoignant de sa surprise. Depuis quand son père manifestait-il cette curiosité pour les revues littéraires? Il lui était arrivé de publier dans le journal *Al-Sabah*[1] des « réflexions » sur la prose et la poésie libre, assorties de quelques balbutiements philosophiques et autres gémissements sentimentaux, sans risque de les voir tomber sous le regard de son père. Personne dans la famille n'en avait connaissance autre que Yasine à qui il les lisait lui-même, lequel l'écoutait d'une oreille attentive et concluait en disant : « Voilà le fruit de mes premiers enseignements ! C'est moi qui t'ai donné goût à la poésie et aux contes! Bravo, cher maître! Mais... voilà une philosophie très profonde!... Où es-tu allé la chercher : » Il lui disait aussi parfois, en manière de plaisanterie : « Je me demande quelle est la belle qui a bien pu t'inspirer cette douce complainte! Vous apprendrez un

---

1. Petit journal politique et littéraire marginal par rapport aux grands quotidiens de l'époque.

jour, mon cher maître, qu'il n'y a que les coups de savate qui leur font de l'effet! »

Mais voici qu'aujourd'hui son père en personne tombait sur le plus audacieux de ses écrits. Cet article dont la maturation avait déchaîné dans son cœur et sa raison une lutte infernale où il avait failli vivre son dernier supplice.

Comment ce fâcheux incident avait-il pu se produire? Pouvait-il y voir d'autre explication que du côté des amis wafdistes de son père, toujours à l'affût des journaux et revues obéissant à cette tendance? Pouvait-il raisonnablement espérer sortir indemne de cette impasse?

Il détacha son regard de la revue et répondit en étouffant le trouble dans sa voix :

– C'est exact!... J'ai eu l'idée de traiter un sujet pour fixer mes connaissances et m'encourager moi-même à poursuivre mes études...

A quoi le père répondit, persévérant dans le calme :

– Il n'y a pas de mal à cela. Écrire dans les journaux est depuis toujours le moyen d'accéder au prestige et à la considération des grands hommes! Mais l'important est le sujet que traite l'écrivain! Qu'as-tu voulu dire dans cet article? Tiens, lis-le-moi et explique-moi, car j'ai du mal à voir où tu veux en venir...

Ô misère! Cet article n'était vraiment pas fait pour être débité à haute voix! Encore moins aux oreilles de son père!

– C'est un long article, papa! Vous ne l'avez pas lu? J'y explique une théorie scientifique...

Notre homme décocha à son fils le regard fulgurant d'un animal prêt à bondir. « C'est cela qu'on appelle la science, maintenant? devait-il se dire en lui-même. Alors, Dieu maudisse la science et les savants!... »

– Et que dis-tu à propos de cette théorie? J'y ai relevé des affirmations étranges comme quoi l'homme serait « d'ascendance animale », ou quelque chose dans ce goût-là. C'est vrai, ça?

La veille, Kamal avait mené un combat acharné contre lui-même, sa foi et son Dieu. Il en était ressorti l'âme et le corps vidés. Or voici qu'aujourd'hui il lui fallait à nouveau livrer bataille contre son père! Mais, s'il avait disputé le premier round torturé, brûlant de fièvre..., il abordait le second tremblant de peur. Car, s'il plaisait parfois à Dieu d'ajourner son châtiment, son père était d'une nature à frapper promptement...

– C'est ce qu'affirme cette théorie...

Le père haussa la voix pour demander avec inquiétude :

– Et Adam, le père du genre humain, que Dieu a créé d'argile et en qui il a insufflé une partie de son esprit, qu'en dit cette théorie?

Kamal s'était longuement posé à lui-même la question, pas moins inquiet que son père. Cette nuit-là, il n'avait pas fermé l'œil, se tournant et se retournant dans son lit en s'interrogeant sur Adam, Dieu et le Coran. Il s'était dit et répété, dix fois, cent fois : ou bien le Coran est vrai dans sa totalité, ou bien ce n'est pas le Coran!

« Vous m'attaquez, père, parce que vous ne savez pas ce que j'ai souffert! Si la souffrance ne m'était pas devenue familière, la mort à coup sûr m'aurait emporté cette nuit-là! »

– Darwin, l'auteur de cette théorie, répondit-il d'une voix susurrée, ne parle pas de notre seigneur Adam.

– Ton Darwin est un mécréant! rétorqua notre homme dans un cri de colère. Il est tombé dans les rets de Satan! Si l'homme descend du singe ou d'un autre animal, cela voudrait dire qu'Adam n'a jamais été le père du genre humain? C'est le blasphème à l'état pur! Une impudence éhontée envers Dieu et sa majesté! Je connais des coptes et des juifs dans la rue des orfèvres, tous croient à Adam! Toutes les religions croient à Adam! A quelle secte appartient donc ce Darwin! C'est un mécréant et ce qu'il dit est un blasphème! Rapporter ses paroles relève de la frivolité! Dis-moi, c'est l'un de tes professeurs?

Rien n'eut été plus risible si Kamal avait eu tant soit peu le cœur à rire. Mais son cœur, trop de douleurs l'étreignaient : douleur de l'amour déçu, douleur du doute, de sa foi agonisante. L'hésitation terrifiante entre la foi et la science le consumait. Et pourtant, comment un esprit raisonnable pouvait-il se fermer à celle-ci?

– Darwin est un savant anglais mort depuis long-temps..., répondit-il d'une voix soumise.

A ces mots, Amina laissa échapper d'une voix trem-blante :

– Dieu maudisse tous les Anglais!

Elle avait lâché son aiguille et son ouvrage à repriser et suivait la conversation... Ils jetèrent un bref regard sur elle et s'en détournèrent aussitôt...

– Dis-moi..., continua le père, vous étudiez cette théorie à l'école?

Kamal s'accrocha à cette bouée de sauvetage qui s'of-frait à lui inopinément et répondit, fuyant dans le men-songe :

– Oui...

– C'est pas banal! Et tu comptes l'enseigner plus tard à tes élèves?

– Oh! non! J'enseignerai des matières littéraires sans lien avec les théories scientifiques!

Ahmed Abd el-Gawwad se frappa les paumes. Il eût souhaité en cet instant avoir sur la science ne fût-ce qu'une once du pouvoir qu'il avait sur sa famille.

– Alors pourquoi on vous l'enseigne? s'écria-t-il furieux. Pour faire pénétrer l'impiété dans vos cœurs?

A quoi Kamal répondit d'un ton de protestation indi-gnée :

– A Dieu ne plaise que quiconque ait la moindre influence sur notre foi!

Le père jaugea son fils d'un œil méfiant :

– Oui, mais pourtant tu as semé le blasphème avec ton article!

A quoi Kamal répondit, pas moins méfiant que son père :

– Dieu m'en préserve! J'explique simplement cette théo-rie pour que le lecteur s'y initie, pas pour qu'il y croie!

Jamais vues impies ne pourraient avoir prise sur le cœur d'un croyant!

– Tu n'as rien trouvé d'autre sur quoi écrire que cette théorie criminelle?

Au fait, pourquoi avait-il écrit son article? Il avait longuement hésité avant de l'envoyer à la revue. Mais c'était comme s'il avait voulu annoncer publiquement la mort de sa foi. Tout au long des deux dernières années elle avait pourtant tenu bon devant les tempêtes de doute déchaînées en lui par al-Maarri et al-Khayyam[1], jusqu'à ce que s'abatte sur lui la poigne de fer de la science. Là, le coup avait été décisif! Il se disait pourtant : « Je ne suis pas un mécréant, je crois toujours en Dieu! Mais la religion? Où est-elle passée? Envolée! Comme le « chef » de Sayyidna al-Husseïn, comme Aïda, comme ma propre confiance en moi... »

– Sans doute ai-je eu tort! dit-il d'une voix morne. Mon excuse est que j'étudiais cette théorie...

– Ce n'est pas une excuse! Tu dois réparer ton erreur!

Le brave homme! Il avait la prétention de le pousser à attaquer la science pour sauvegarder une légende périmée! Certes, il avait déjà beaucoup souffert, mais jamais il n'accepterait de rouvrir son cœur aux légendes et aux superstitions dont il l'avait à jamais purifié.

« Assez de souffrance et de leurre! Plus jamais je ne serai le jouet des chimères. La lumière!... La lumière à tout prix! Notre père Adam? Je n'ai pas de père! Que mon père soit un singe si la vérité l'exige! Cet animal vaut mieux que bien des humains! Si j'appartenais vraiment à la race des prophètes, jamais elle ne m'aurait tant affligé de sa cruelle ironie!... »

– Et comment réparer ma faute?

– Tu as sous la main une vérité indubitable! répondit le

1. Abou ala al-Maarri, poète aveugle syrien (m. 1058) et Omar Khayyam, savant et poète persan (m. 1132) – célèbre par ses « Quatrains » – ont en commun une philosophie pessimiste de l'existence, teintée d'irréligiosité à laquelle s'ajouterait, chez le second, mais il s'agit peut-être d'interpolations dans son œuvre, une dimension franchement épicurienne.

père avec une simplicité doublée de sécheresse. A savoir que Dieu a créé Adam de terre et qu'Adam est le père du genre humain! C'est écrit noir sur blanc dans le Coran. Tu n'as qu'à montrer en quoi tu t'es trompé. C'est facile pour toi. Autrement, à quoi te sert toute ta culture?

A ces mots, la voix d'Amina se fit entendre :

– Rien ne t'est plus facile que de démontrer l'erreur de celui qui s'oppose à la parole du Dieu de Miséricorde. Dis à ce mécréant d'Anglais : Dieu dit sans son livre merveilleux : « Adam est le père du genre humain! » Ton grand-père était un cheikh qui détenait la science du Livre de Dieu. Tu te dois de suivre sa voie. Je me réjouissais depuis longtemps en pensant que tu désirais devenir, comme lui, un savant parmi les ulémas...

Ahmed Abd el-Gawwad parut gêné. Il la rabroua en disant :

– Qu'est-ce que tu comprends, toi, au Livre de Dieu et à la science? Fiche-nous la paix avec son grand-père et regarde plutôt ce que tu as devant ton nez!

– Je voudrais..., maître, insista-t-elle timidement, qu'il soit comme son grand-père, un de ces ulémas qui répandent sur le monde la lumière de Dieu...

– Oui! Et voilà qu'il répand les ténèbres! s'écria-t-il furieux.

– Dieu l'en garde, maître! risqua Amina avec appréhension. Peut-être n'avez-vous pas bien compris...

Ahmed Abd el-Gawwad lui lança un regard féroce. Il avait relâché sa rigueur envers eux. Résultat? Kamal répandait l'idée que l'homme descendait du singe et voilà que sa propre femme venait le contredire en insinuant qu'il n'avait pas compris son fils!

– Laisse-moi parler! lui cria-t-il. Cesse de m'interrompre! Ne te mêle pas de choses auxquelles tu ne comprends rien! Occupe-toi de ton travail! Dieu te maudisse!

Puis se tournant vers Kamal, le visage rembruni :

– Alors, dis-moi..., tu vas faire ce que je t'ai dit?

« Tu as sur le dos un garde-chiourme comme jamais homme libre n'en a connu dans aucun pays! Mais, comme tu le crains, tu l'aimes aussi! Et jamais ton cœur ne se résoudra à lui faire affront! Habitue-toi à souffrir, puisque tu as choisi une vie de combat! »

— Mais comment puis-je réfuter cette théorie? Si ma démonstration se borne à citer le Coran, cela n'avancera pas à grand-chose : tout le monde sait ce qu'il contient et y croit! Quant à la discuter scientifiquement, c'est plutôt l'affaire des savants spécialistes de la question!

— Alors pourquoi écris-tu sur un sujet qui sort de ta compétence?

« L'objection était valable en soi. Pourtant, quel dommage qu'il ne trouvât point le courage d'avouer à son père qu'il avait foi en cette théorie en tant que vérité scientifique et qu'à ce titre on pouvait se fonder sur elle pour établir une philosophie globale de l'existence en dehors du cadre strict de la science!

Kamal restant muet à sa question, Ahmed Abd el-Gawwad vit dans le silence de son fils un aveu de son erreur, ce qui l'attrista et l'exaspéra davantage. S'éloigner de la vérité dans un tel domaine était d'une extrême gravité et lourd de conséquence. De plus, c'était un domaine sur lequel il n'avait aucune prise. Sans doute se trouvait-il aussi impuissant face à « l'égarement » de Kamal qu'il l'avait été auparavant face à l'évasion de Yasine de sa tutelle. Était-il en train de lui arriver ce qui arrivait aux autres pères en cette drôle d'époque? Il entendait des choses abracadabrantes sur « la jeunesse d'aujourd'hui » : des élèves de collège prenaient l'habitude de fumer, d'autres bafouaient la dignité de leurs maîtres, d'autres encore se rebellaient contre leurs pères! Oh ! bien sûr, son prestige à lui restait intact, mais... quel bilan tirer de cette longue vie de rigueur et de fermeté? D'un côté Yasine qui sombrait dans la déchéance ; de l'autre Kamal qui discutait, contestait et essayait de lui filer entre les mains!

— Écoute-moi bien attentivement! Je ne veux pas être méchant avec toi... Tu es un garçon poli et obéissant. Quant au sujet qui nous occupe, je ne puis que t'apporter mon conseil et souviens-toi que jamais personne n'a dédaigné mes conseils impunément!

Puis, après une courte pause :

– Tiens, tu n'as qu'à demander à Yasine, il pourra en témoigner! De même... j'avais conseillé dans le temps à notre cher Fahmi de ne pas s'exposer à la mort... S'il avait vécu, ce serait aujourd'hui un homme avisé!

A ces mots, Amina lança comme dans un gémissement :

– Les Anglais l'ont tué! Ces gens-là ou bien tuent ou bien sont des mécréants!

Mais le père reprit, poursuivant son sermon :

– Si tu rencontres dans tes études des choses contraires à la religion, mais que tu es obligé de savoir pour réussir à tes examens, eh bien, n'y crois pas! Et tâche pour commencer de ne pas les publier dans les journaux! Sinon.., tu en supporteras la responsabilité! Ta position par rapport à la science anglaise doit être celle que nous maintenons face à l'occupation anglaise : c'est-à-dire en contester la légitimité au mépris de la force par laquelle elle nous est imposée!

A nouveau la voix douce et effacée d'Amina se faufila pour dire :

– Et ensuite consacre ta vie à démasquer les mensonges de cette science et à répandre la lumière de Dieu!

– Ce que j'ai dit suffit! rugit le père. On n'a pas besoin de ton avis!

Elle retourna à son ouvrage. Ahmed Abd el-Gawwad continua à la regarder d'un air menaçant puis, s'étant assuré de son silence, il se tourna vers Kamal et lui dit :

– C'est compris?

– N'en doutez pas, père! répondit-il d'un ton convaincant.

Dorénavant, s'il voulait écrire, il lui faudrait se rabattre sur la revue *Politique hebdomadaire*[1] qui échappait à la

---

1. Hebdomadaire des libéraux constitutionnels que dirigeait Hussein Heykal.

curiosité de son père wafdiste. Quant à sa mère, il pouvait d'ores et déjà lui promettre tout bas de consacrer sa vie à répandre la lumière de Dieu. Car, après tout, n'était-ce pas là celle de la vérité? Assurément! Affranchi de la religion, il serait plus près de Dieu qu'il ne l'était assujetti à elle! Car, en tant que clé des mystères et de la grandeur de l'Univers, il n'est de véritable religion que la science! Et si les prophètes ressuscitaient aujourd'hui, ils ne choisiraient qu'elle pour message!

Ainsi se réveillait-il du rêve des légendes pour affronter la réalité nue, la fin de cette tempête durant laquelle il avait tenté de terrasser l'ignorance jusqu'à ce qu'il parvienne à son but, consacrant la coupure entre un passé de ténèbres et un avenir de lumière. Par là s'ouvraient à lui les voies qui mènent à Dieu, celles de la science, du bien et du beau. C'est par ces voies-là qu'il dirait adieu à un passé de rêves illusoires, de faux espoirs et de douleurs infinies...

*

Parvenu aux abords du palais des Sheddad, il commença à observer avec un soin attentif tout ce que sa vue saisissait au passage, puis, au moment d'en franchir le seuil, il redoubla de vigilance pour scruter les choses alentour.

Il avait depuis peu acquis la certitude que cette visite marquerait le terme de son histoire avec cette maison, ses habitants et ses souvenirs. Comment pouvait-il en être autrement dès lors que Husseïn avait fini par arracher à son père la permission d'aller en France?

De tous ses yeux, de tout son être, il contempla l'allée latérale conduisant au jardin, puis la fenêtre qui la surplombait, d'où l'ombre d'Aïda, élégante et fine, l'enveloppait d'un doux regard vide, pareil à celui des étoiles, d'un tendre sourire qui ne lui était pas adressé, tel le chant du rossignol qui s'adonne à sa joie sans souci de ses auditeurs. Puis ce fut le jardin tout entier qui capta son regard, lequel s'étalait depuis l'arrière du palais jusqu'à l'épaisse muraille dominant le désert, avec ses treillis de jasmin, ses touffes de palmiers, ses rosiers et, enfin, la vénérable tonnelle sous l'ombrage de laquelle il avait goûté les douceurs enivrantes de l'amour et de l'amitié... C'est alors que le proverbe français « Ne mets pas tous tes œufs dans le même panier » lui vint à l'esprit. Il sourit tristement, car, bien que le connaissant depuis longtemps, il n'avait pas su en tirer la leçon, lui qui, par inadvertance, sottise ou fatalité, avait, entre l'amour et l'amitié, mis tout son cœur dans cette maison! Or l'amour s'était envolé et voici que l'ami sanglait ses bagages en s'apprêtant à partir! Demain, il se retrouverait sans amour ni ami! Comment pourrait-il se consoler de la perte de ces lieux : le palais, le jardin, le désert, pris ensemble ou un par un, maintenant qu'ils imprégnaient son cœur, comme les noms de Husseïn et d'Aïda sa mémoire, qu'ils étaient devenus familiers et appelaient la nostalgie? Comment pourrait-il, lui qui un jour, en raison de son ardente passion pour cette demeure, s'était plaisamment taxé d'idolâtre, en être séparé, ou même se contenter de les voir de loin, comme un passant ordinaire?

Husseïn Sheddad et Ismaïl Latif étaient assis sur une chaise, de part et d'autre de la table ronde où reposait la traditionnelle carafe d'eau au milieu des trois verres, vêtus selon leur habitude estivale d'une chemise à col ouvert et d'un pantalon de flanelle blanche.

Ils le regardèrent arriver, offrant l'image de leurs physionomies contrastées : Husseïn son beau visage au teint clair, Ismaïl sa face anguleuse où brillait un regard malicieux. Il se dirigea droit vers eux, vêtu de son complet blanc, tenant à la main son tarbouche dont le gland se balançait au vent...

Après qu'ils se furent salués, il s'assit en tournant le dos à cette maison qui lui avait déjà tourné le sien la première! Ismaïl, sans plus tarder, se pencha vers lui et lui dit avec un rire allusif :

– A partir d'aujourd'hui nous sommes bons pour nous trouver un nouveau lieu de rencontre!

Kamal lui concéda un sourire sans conviction... O heureux Ismaïl avec son ironie inaccessible à la douleur! Il ne lui restait plus que lui et Fouad al-Hamzawi pour uniques compagnons! Deux amis qui lui réchaufferaient le cœur sans se fondre avec lui, mais qu'il courrait rejoindre, fuyant la solitude!... Puisque tel était son destin, il fallait bien l'accepter!

– Nous nous verrons au café ou dans la rue, puisque Husseïn a décidé de nous laisser choir!

Husseïn hocha la tête en signe de regret. Le regret de qui a conquis un rêve cher et s'attriste poliment d'une séparation qui ne le touche guère.

– Je vais partir d'Égypte le cœur gros de vous quitter! dit-il. L'amitié est un sentiment sacré! Je la respecte profondément. Un ami, c'est un autre soi-même qui vous renvoie votre propre image, qui est l'écho de vos sentiments et de vos pensées. Peu importe que nos vues nous séparent sur beaucoup de choses tant que nous nous retrouvons sur le fond! Jamais je n'oublierai cette belle amitié. Nos lettres nous garderont réunis jusqu'à nos prochaines retrouvailles...

« De bien belles paroles! Mon cœur abandonné devra s'en contenter! Comme si tout le mal que lui a déjà fait ta sœur n'était pas suffisant! Il faut encore que tu me laisses seul, sans véritable ami! Demain, celui des deux qui restera languira à mourir de cette envoûtante communion des âmes!... »

– Quand nous reverrons-nous? demanda-t-il le cœur serré. Tu sais, je n'ai pas oublié tes grandes ambitions d'éternel voyageur! Qui peut m'assurer que tu ne t'en vas pas pour toujours?

– Oui! acquiesça Ismaïl. Quelque chose me dit que l'oiseau ne reviendra pas à son nid!

Husseïn eut un rire bref, néanmoins révélateur de sa joie.

– Je n'ai pu obtenir l'accord de mon père, dit-il, qu'après lui avoir promis de continuer mes études de droit. Je ne sais d'ailleurs pas dans quelle mesure je pourrai tenir ma promesse! Le droit et moi ne sommes pas très amis...

J'ai même l'impression que je ne pourrai pas supporter l'enseignement officiel. Je ne veux faire que ce qui me plaît : assister à des conférences sur l'histoire de l'art, la poésie, le roman..., fréquenter les musées, les salles de concert..., flirter..., m'amuser... Quelle faculté peut t'offrir tout ça en même temps? Et puis, comme je vous l'ai déjà dit, je préfère l'écoute passive à l'étude ou à la lecture. Je voudrais laisser à d'autres le soin de m'expliquer le monde. Moi, pendant ce temps, j'écouterai, pour me lancer ensuite, les sens et la conscience éclairés, à la conquête des vallées, des rivages, des bars, des cafés, des dancings..., en vous envoyant les uns à la suite des autres mes comptes rendus détaillés sur ces expériences uniques!...

« On dirait qu'il décrit ce paradis que j'ai banni de ma foi! Encore que celui-ci est un paradis négatif qui prend sans rien donner! Moi, j'ai d'autres idéaux! Mais, lui..., il n'est pas près de regretter son premier berceau si cette vie de rêve le prend dans son sein moelleux! »

Comme se faisant l'écho de ses pensées, Ismaïl répondit :

– Tu ne nous reviendras pas! Adieu, Husseïn! Pourtant, nous partageons le même idéal, à peu de chose près. Mis à part l'histoire de l'art, les musées, la musique, la poésie, la conquête des vallées... et tout le reste, nous ne faisons qu'un! Je te le redis pour la dernière fois, tu ne nous reviendras pas!

Kamal le fixa d'un air interrogateur comme sollicitant sa réaction aux propos d'Ismaïl et il répondit :

– Mais non! Je reviendrai souvent! Je mettrai l'Égypte au programme de mes pérégrinations pour voir la famille et les amis...

Puis, se tournant vers Kamal :

– J'attendrai ta venue en Europe avec une impatience que je ressens presque déjà!

Qui sait, peut-être que son mensonge deviendrait vérité et qu'un jour il sillonnerait ces horizons lointains! Quoi qu'il en soit, quelque chose lui disait qu'Husseïn reviendrait un jour et que cette profonde amitié ne s'envolerait pas en fumée. Oui, son cœur naïf le croyait de la même manière qu'il croyait que les racines de l'amour, hélas! sont inextirpables!

– Voyage et fais ce qu'il te plaît, dit-il d'un ton d'espoir et, après cela, reviens en Egypte pour t'y établir, étant bien entendu que tu pourras en sortir chaque fois que te prendra l'envie de voir du pays!

Un point de vue auquel se rallia Ismaïl :

– Si tu étais vraiment un chic type, dit-il, tu accepterais cette solution de bon sens qui concilie tes vœux et les nôtres!

Husseïn baissa la tête, l'air convaincu :

– Je crois bien, dit-il, que j'en arriverai finalement à cette solution...

En l'écoutant, Kamal le possédait du regard, mais surtout ses yeux noirs qui ressemblaient à ceux d'Aïda, ses gestes alliant la grâce majestueuse à la bonhomie, son âme transparente qui prenait presque corps devant lui comme une chose visible et palpable. Si cet être cher venait à disparaître, que resterait-il de la douceur de l'amitié, du souvenir de l'amour? Cette amitié qu'il avait apprise à travers lui comme une communion spirituelle, un bonheur souverain, et cet amour qui lui avait inspiré à travers sa sœur une joie céleste et une souffrance infernale?

Husseïn poursuivit en les désignant tour à tour :

– A mon retour, tu seras contrôleur au ministère des Finances et toi professeur! Et d'ici que je vous retrouve tous les deux pères de famille! C'est tout de même incroyable!...

– Tu arrives à nous imaginer fonctionnaires! s'esclaffa Ismaïl. Imagine-toi Kamal professeur!

Puis, se tournant vers lui :

– Tu auras intérêt à engraisser avant d'affronter ta classe! Tu vas te retrouver face à une génération de petits diables à côté desquels nous faisons figure d'anges! Et, en plus, tu te verras obligé, toi le wafdiste impénitent, de sanctionner – fonction oblige! – ceux qui se seront mis en grève sur ordre du wafd!

La remarque d'Ismaïl l'enleva à ses pensées. Il se prit à se demander comment il ferait pour affronter les élèves avec sa tête et son nez. Il en éprouva dépit et amertume et eut l'impression, tout en se demandant s'il pourrait se permettre d'être aussi dur avec les autres qu'il l'était avec lui-même, qu'à l'instar des professeurs un peu bizarres qu'il avait connus au cours de sa vie scolaire il s'en tiendrait avec ses élèves à une stricte rigueur pour mieux protéger sa personne menacée.

– Je ne crois pas que je resterai professeur *ad vitam aeternam!* rétorqua-t-il impromptu.

Dans les yeux de Husseïn s'alluma un regard rêveur...

– Ah! je vois! dit-il, après l'enseignement, le journalisme, hein?

Il se retrouva en train de penser à l'avenir et l'idée de ce livre universel qu'il avait si souvent rêvé d'écrire lui revint à l'esprit. Mais que restait-il du sujet initial? Les prophètes n'étaient plus des prophètes! Plus de paradis! Plus d'enfer! La science de l'homme ne se réduisait plus désormais qu'à une branche de la science animale! Il lui fallait chercher autre chose...

– J'aimerais bien, répondit-il dans la même veine impromptue, pouvoir créer un jour une revue pour la diffusion de la pensée moderne!

– Ou plutôt de politique, renchérit Ismaïl sur un ton de conseilleur, ça se vend mieux! Rien ne t'empêche, si tu en as envie, de consacrer une rubrique à la pensée en dernière page. Il y a place en ce pays pour un nouvel écrivain wafdiste satirique!

Husseïn partit d'un rire retentissant.

– Notre ami ne m'a pas l'air d'un politique positivement engagé. Sa famille a déjà payé suffisamment! Quant à la pensée, son champ s'ouvre tout grand devant lui...

Puis, s'adressant à Kamal :

– Tu as des choses à dire... Ton sursaut d'athéisme a été

un coup de séisme auquel je ne me serais jamais attendu!

Dieu que ce mot nouveau dans lequel il voyait un hommage à sa révolte, une caresse à son orgueil, le comblait d'aise!

– Quoi de plus beau pour l'homme, dit-il en rougissant, que de consacrer sa vie à la vérité, au bien et au beau!

Ismaïl salua les trois valeurs, chacune d'un coup de sifflet, et rétorqua avec ironie :

– Écoutez et prenez note!

Mais Husseïn appuya avec sérieux :

– Je suis comme lui! Encore que je me contente du savoir et du bien-être!

– L'enjeu est bien plus vaste! renchérit Kamal avec foi et enthousiasme. Il s'agit d'une lutte pour la vérité visant le bien de l'humanité tout entière! Sans cela la vie n'aurait aucun sens à mes yeux!...

Ismail se frappa les paumes – en le voyant, Kamal pensa à son père! – et s'exclama :

– Dans ce cas, mieux vaut qu'elle n'en ait aucun! Tu vois tout ce que ça t'a coûté de peine et d'efforts avant de te libérer de la religion! Je n'ai pas eu tout ce mal, moi! Il faut dire que la religion n'a jamais été au cœur de mes préoccupations! Me prendrais-tu pour un philosophe-né? Je me contente de vivre une vie qui se passe d'éclaircissements! Ce que je poursuis naturellement, tu ne l'atteins, toi, qu'au prix d'une lutte amère. Oh! pardon! tu ne l'as même pas encore atteint puisque, même après ta profession d'athéisme, tu crois toujours à la vérité, au bien, à la beauté, au point de vouloir leur consacrer ta vie! N'est-ce pas là un des commandements de la religion? Alors comment peux-tu renier l'essentiel pour croire à l'accessoire?

« Ne fais pas attention! Ton ami plaisante! Mais... comment se fait-il que les valeurs auxquelles tu crois semblent aussi propices à la dérision? Mettons que tu aies eu à choisir entre Aïda et une vie d'idéal. Laquelle aurais-tu prise? De toute façon, Aïda reste toujours pour moi au-delà de l'idéal!... »

Comme il tardait à réagir, Husseïn répondit à sa place :

– Avec cette différence que le croyant tire de la foi son amour pour ces valeurs, tandis que le libre-penseur, lui, les aime pour elles-mêmes!

« O cher Husseïn, quand me reviendras-tu? »

Ismaïl eut un rire trahissant le saut brutal de sa pensée sur un autre aspect de la question...

– Dis-moi, demanda-t-il à Kamal, tu fais toujours ta prière? Et tu as l'intention de jeûner au prochain Ramadan?

« Implorer Dieu pour " elle " était le plus grand bonheur que je trouvais à la prière, et les nuits dans ce palais étaient pour moi les plus grandes joies du Ramadan... »

– Non, je ne fais plus la prière, alors je ne ferai pas davantage le jeûne!

– Et tu le diras autour de toi?

– Sûrement pas! répondit-il en riant.

– Tu préfères l'hypocrisie!

– Non, rétorqua Kamal avec amertume, mais rien ne m'oblige à faire de la peine à ceux que j'aime...

– Et tu crois, poursuivit Ismaïl sarcastique, que c'est comme ça que tu pourras dire un jour ses quatre vérités à la société?

« Kalila et Dimma[1]?... »

La joie de cette illumination noya son amertume. Seigneur! Lui était-elle venue dans l'intuition du livre qui n'avait pas encore pris forme dans son esprit?

– S'adresser aux lecteurs est une chose. S'adresser à des gens simples comme mes parents en est une autre!

Ismaïl se tourna vers Husseïn et s'exclama :

– Tu as devant toi un philosophe qui plonge ses racines dans l'ignorance!

1. Célèbre recueil de fables traduit du pehlevi par Ibn al-Muqaffa (VIIIᵉ siècle) où les hommes parlent par la bouche des animaux.

« Tu n'auras pas de mal à trouver des amis pour t'amuser et te distraire, mais tu n'en trouveras pas un pour parler à ton âme! Alors contente-toi de te taire ou bien cause tout seul, comme les fous! »

Un instant, le silence retomba. Le jardin aussi était silencieux. Pas une brise... Seuls les roses, les œillets et les violettes avaient l'air contents de la chaleur... Le soleil s'était retiré, jetant un dernier rayon sur le faîte du mur, à l'est... Ismaïl se tourna vers Husseïn et lui demanda, rompant le silence :

– Tu crois que tu auras l'occasion de rendre visite à Hassan Selim et Mme Aïda?

« O mon Dieu! C'est mon cœur qui bat ou c'est le déluge sous ma poitrine? »

– Quand je serai installé à Paris, je penserai fatalement à faire un petit tour du côté de Bruxelles...

Puis, avec un sourire :

– A propos, nous avons reçu une lettre d'Aïda la semaine dernière. On dirait bien que les premières envies commencent à se faire sentir...

« La douleur et la vie sont donc sœurs siamoises? A l'heure qu'il est, je ne suis plus qu'une douleur habillée en être humain! Aïda, le ventre rond? Libérant des sécrétions? Est-ce un drame ou la comédie de la vie? Non! La seule joie de la vie, c'est la mort! Ah! Si je pouvais connaître l'essence de cette douleur qui m'étreint... »

– Ses enfants seront des étrangers! reprit Ismaïl.

– Il a été convenu qu'on les enverrait en Égypte, passé le seuil de l'enfance.

« Tu crois que tu les auras un jour parmi tes élèves? Tu te demanderas où tu auras déjà vu ces yeux-là et ton cœur battant te répondra que tu les as toujours eus en toi. Et si le petit rit de ta tête et de ton nez, quel cœur auras-tu à le punir? O oubli..., serais-tu un mythe toi aussi? »

– Elle a été très bavarde sur sa nouvelle vie! continua Husseïn. Elle a si peu caché son bonheur que ses quelques mots de nostalgie envers la famille avaient plutôt l'air d'une formule de politesse!...

« Quoi de plus normal ! C'est pour une telle vie, dans des pays de rêve, qu'elle est née !... Quant à ce qu'elle soit venue s'allier à la race des humains, c'est une ironie du destin venue bafouer bon nombre de tes lieux sacrés ! Tu crois qu'elle n'a pas songé dans sa longue lettre à évoquer d'un mot les vieux amis ? Mais qui te dit qu'elle s'en souvient encore ? »

A nouveau le silence retomba. Le crépuscule distillait une ombre paisible. Un milan fila à l'horizon. Au loin, un chien aboya... Ismaïl se pencha vers la carafe pour se servir à boire. Husseïn se mit à siffloter. Kamal l'observait en sous-main, la paix sur le visage et le chagrin dans le cœur...

– Cette année la chaleur est épouvantable !... pesta Ismaïl.

A la suite de quoi il s'épongea les lèvres avec son mouchoir de soie brodé, lâcha un rot et remit le mouchoir dans la poche de son pantalon.

« Et la séparation d'avec les êtres chers, tu ne crois pas qu'elle est plus épouvantable encore ? »

– Tu t'en vas quand à la mer ?

– Fin juin..., répondit Ismaïl, l'air satisfait.

– Nous partons demain pour Ras el-Barr où je passerai une semaine avec eux, précisa Husseïn. Ensuite je partirai pour Alexandrie avec mon père où j'embarquerai le 30 juin.

« Et ce sera la fin d'un moment de vie... et sans doute aussi la fin d'un cœur ! »

Husseïn fixa longuement Kamal avant de lui dire en riant :

– Nous vous laissons dans le plus bel état d'union et de coalition ! Si ça se trouve, la nouvelle de l'indépendance va arriver à Paris avant nous !

A ces mots, Ismaïl s'écria, désignant Kamal :

– Ton ami n'est pas satisfait de cette coalition ! Il n'a pas digéré que Saad marche main dans la main avec les traîtres ! Et il a encore moins digéré qu'il évite la confrontation avec l'Angleterre en abandonnant son ministère à

499

son vieil ennemi Adli! Tu vois, il est encore plus intransigeant que son vénéré chef lui-même!

« Eh oui! La trêve entre les partis et l'alliance avec les traîtres est encore une déception qu'il te faut avaler! Quelle chose en ce monde n'a pas encore déçu tes espoirs? »

Malgré cela, il éclata de rire et s'exclama :

– Mais non! C'est parce que cette fichue coalition voudrait qu'on nous colle sur le dos, à vous et moi, un délégué du parti libéral!

Les trois éclatèrent de rire. Au même moment, une grenouille passa à portée de vue avant de disparaître dans l'herbe. Un souffle de brise vint annoncer l'approche du crépuscule. Doucement, le monde alentour taisait son bruit et son chahut. La séance tirait à sa fin. Il en fut rempli d'angoisse et commença à promener son regard sur l'endroit pour s'en imprégner une dernière fois. C'est ici qu'avait jailli l'étincelle inconnue de l'amour. Ici que la voix d'ange avait fait tinter ces mots : « Et vous, Kamal? » Ici qu'avait eu lieu ce dialogue déchirant à propos de sa tête et de son nez. Ici que son adorée l'avait pris indûment à partie, sous ce coin de ciel que gisaient des sentiments, des sensations, des émotions que jamais la main du néant ne pourrait atteindre, si elle n'était aussi capable de faire refleurir le désert!

« Remplis tes yeux de tout cela et assigne-lui date. Car beaucoup d'événements sembleraient n'avoir jamais existé si ne les fixaient un jour, un mois et une année. Nous invoquons les repères du soleil et de la lune contre la ligne droite du temps, en vue de l'infléchir pour que les souvenirs perdus nous reviennent..., même si jamais rien ne revient! Alors il ne te reste qu'une chose à faire : fondre en larmes ou te donner l'âme d'un sourire... »

Ismaïl Latif se leva en disant :

– Il est temps de rentrer!

Kamal le laissa le premier embrasser leur ami, puis, son tour venu, il se jeta dans ses bras et ils s'étreignirent longuement. Il imprima un baiser sur sa joue et en reçut un de Husseïn en retour. Alors, généreux et suave, presque non humain, le parfum des Shaddad personnifié dans son ami lui emplit les narines. Il s'en imprégna jusqu'à l'ivresse et garda un long moment le silence afin de dominer ses sentiments. Mais, au moment de parler, c'est avec un tremblement dans la voix qu'il dit :

   – Au revoir..., même si c'est dans longtemps!

15

– Il n'y a que les serveurs!

– C'est parce qu'il fait encore un peu jour! Généralement les clients commencent à affluer à la nuit tombée. Pourquoi, ça te gêne qu'il n'y ait personne?

– Oh! non, bien au contraire! Ça m'encouragerait plutôt à rester! Surtout la première fois!

– Les tavernes dans ce quartier ont des avantages inestimables! Entre autres d'être situées dans des rues où ne se risquent que les amateurs de plaisirs coupables. Tu peux être sûr qu'aucun juge, qu'aucun trouble-fête ne viendra t'embêter ici! Et si jamais quelqu'un que tu respectes comme ton père, ou ton tuteur, venait à t'y rencontrer, il serait encore plus blâmable que toi et c'est lui qui aurait le plus intérêt à t'ignorer ou, mieux, à te fuir, si possible...

– Rien que le nom de la rue est déjà un scandale à lui seul!

– Oui, mais il inspire plus que les autres la tranquillité! Si on allait dans n'importe quelle taverne de la rue Alfi, Imad-Eddine ou même Mohammed-Ali, on se serait pas garantis qu'un père, un frère, un oncle ou quelqu'un d'important ne nous y voie. En revanche, ces gens-là ne mettent jamais les pieds à Wajh el-Birka, du moins je l'espère!

– Ton raisonnement tient debout! N'empêche que je ne suis toujours pas tranquille...

– Patience! Il n'y a que le premier pas qui coûte! Mais, tu verras, l'alcool est la clé de la détente! C'est pourquoi je te promets que quand nous quitterons cet endroit, tout à l'heure, le monde te paraîtra plus doux et plus agréable que tu ne l'as jamais vu!

– Dis-moi..., qu'est-ce qu'il y a comme sortes d'alcool? Et lequel est le mieux pour commencer...

– Le cognac remue déjà, mais si tu le mélanges avec de la bière, tu peux dire adieu au bonhomme! Le whisky n'a pas mauvais goût et fait pas mal d'effet... Quant à l'alcool de raisin...

– Ça doit être le meilleur! Tu n'as jamais entendu Saleh chanter : « Et il m'a versé l'alcool de raisin? »

– Combien de fois t'ai-je déjà dit que tu n'as aucun défaut, sauf de trop planer en dehors des réalités! Justement non, c'est le pire! N'en déplaise à Saleh! Il a un de ces goûts d'anis qui me retourne l'estomac!... Et puis d'abord ne m'interromps pas!

– Pardon!

– Il y a la bière aussi. Mais c'est plutôt une boisson d'été et, Dieu merci, nous sommes en septembre. Quoi encore? Ah! oui, le vin, mais il t'assomme un de ces vaches de coup!

– Donc..., si je comprends bien..., c'est le whisky qui l'emporte!

– Bravo! J'avais senti depuis longtemps que tu avais de la classe. Peut-être conviendras-tu avec moi dans quelque temps que tes prédispositions à la rigolade dépassent celles que tu as pour la vérité, le bien, la beauté, le patriotisme, l'humanisme, et j'en passe de toutes ces sornettes dont tu t'empoisonnes l'esprit inutilement... Eh! garçon! Deux whiskies!

– Il serait plus sage de m'en tenir à un seul verre pour aujourd'hui...

– Ça se pourrait... Seulement on n'est pas venus ici pour rencontrer la sagesse! Tu apprendras par toi-même que la déraison est bien plus délectable et que vivre est plus important que lire et penser. Rappelle-toi bien le jour d'aujourd'hui et n'oublie pas celui à qui tu le dois...

— Je ne voudrais pas me mettre à délirer... J'ai peur de...

— Tu n'as qu'à te contrôler!

— L'important pour moi, c'est de trouver le courage de marcher normalement dans la rue en question et au besoin d'entrer dans le...

— Tu n'as qu'à boire jusqu'au moment où tu sentiras que ça ne te ferait ni chaud ni froid d'y entrer!

— Parfait! J'espère que je ne vais pas le regretter par la suite...

— Regretter! Combien de fois j'ai déjà essayé de t'y entraîner. D'abord tu m'as prétexté la piété et la religion. Ensuite tu t'es vanté de ne plus croire en la religion. Alors je suis revenu à la charge et là tu m'as soufflé y renoncer au nom de la morale! Pourtant je dois reconnaître que tu as quand même fini par te montrer conséquent!

Oui! Peut-être, mais après toute une période d'angoisse et d'hésitation entre al-Maari et al-Khayyam, la mortification de la chair et la jouissance! Sa nature d'abord l'avait fait pencher vers la voie du premier, car, même si elle prédisait une vie rude, celle-ci était conforme aux traditions dans lesquelles il avait grandi. Mais voici que, soudain, il avait vu son âme aspirer au néant, comme si une voix cachée lui avait chuchoté à l'oreille : « Plus de foi! Plus d'Aïda! Plus d'espoir! Reste la mort! » C'est là que, par le truchement de cet ami, il avait reçu l'appel d'al-Khayyam. Il y avait répondu sans pour autant abandonner ses grands principes; il avait seulement élargi la notion de bien jusqu'à l'ouvrir à tous les plaisirs de la vie, se disant à lui-même : « La foi en la vérité, en la beauté et en l'humanité est la forme la plus élevée du bien! C'est pour cela qu'Avicenne terminait chaque journée de pensée avec la boisson et les femmes! »

N'importe comment, il n'avait que cette vie prometteuse pour le sauver de la mort...

– Je suis d'accord avec toi, mais je n'ai pas renoncé pour autant à mes principes!

– Oui, je sais que tu ne renonceras jamais à tes chimères! A force de croire aux choses, on s'en fait une vérité plus vraie que nature! Lis, il n'y a pas de mal à cela! Écris même, tant que tu as des lecteurs! Fais de l'écriture un moyen d'accéder à la célébrité et à la richesse. Mais ne la prends jamais au sérieux! Tu as été un croyant enragé. Te voilà maintenant un athée enragé. Tu es toujours enragé, angoissé, comme si tu portais sur ton dos tout le destin de l'humanité! La vie est bien plus simple... Décrocher un bon poste dans l'administration, qui te convienne et t'assure un bon niveau de vie, jouir tranquillement des joies de l'existence, conserver un certain degré de force et d'esprit combatif qui te permette, si besoin est, de te faire respecter. Et si, en plus, cette vie-là est conforme à la religion, alors tant mieux! Sinon, tant pis!

« La vie est trop profonde et trop vaste pour être enfermée dans une seule chose. Même le bonheur! Certes j'ai trouvé refuge dans le plaisir, mais l'escalade des sommets les plus rudes restera toujours mon ultime exigence! Aïda s'en est allée? Soit! Il faudra que j'en crée une autre avec toutes les valeurs qu'elle symbolise. Ou alors bon vent la vie!... »

– Tu ne t'es jamais inquiété des valeurs transcendantes à la vie?

– Quoi? J'avais déjà bien assez de penser à la vie elle-même ou plutôt à la mienne! Chez nous, il n'y a ni croyant ni mécréant! Tel je suis!

« Cet ami t'est aussi nécessaire que le repos. Il a une allure aussi peu banale que la tienne, il est lié au souvenir d'Aïda, il fait partie de ton cœur! C'est un habitué de ces ruelles bourdonnantes. Terrible si on le défie. Il fait défaut dans la gaieté, mais jamais dans l'adversité! Pourtant, il n'offre pas de place à ton âme... Ton compagnon d'âme, il est au-delà des mers! Fouad al-Hamzawi est intelligent, mais il n'a aucune philosophie. C'est un pragmatique. Même dans sa façon d'apprécier la beauté! Tout ce qu'il recherche à travers la littérature, c'est un style qui lui serve plus tard à rédiger des plaidoiries! Qui me redonnera le visage et l'âme de Husseïn? »

Le serveur revint avec deux grands verres à base polygonale qu'il déposa sur la table ronde, puis il déboucha la bouteille de soda, aspergea le whisky, et l'or se changea en platine incrusté de perles... Enfin, il aligna les soucoupes de salade, fromage, olives et mortadelle avant de s'effacer. Kamal promena son regard entre son verre et Ismaïl, et ce dernier lui dit avec un sourire :

– Fais comme moi, avale d'abord un grand trait. A la tienne!

Mais il se contenta d'une petite gorgée dont il se mit à éprouver la saveur, puis resta à attendre le résultat... Mais, ne voyant pas, contrairement à ce à quoi il s'attendait, sa conscience l'abandonner, il but un grand trait, puis avala un morceau de fromage afin de chasser le goût bizarre qui tapissait sa bouche.

– Tu ne me dis pas d'aller plus vite?

« La précipitation est le fait de Satan[1]! » L'important est que tu t'en ailles d'ici dans un état te permettant d'aller droit à ton but!

Et quel était-il, son but? Une de ces femmes qui, en temps normal eût soulevé sa répulsion et son dégoût? Se pouvait-il que la boisson adoucisse l'âcreté du vulgaire? Auparavant il avait combattu l'instinct à l'aide de la foi et d'Aïda. Maintenant, l'instinct avait le champ libre! Et puis quelque chose d'autre le poussait vers cette aventure : l'envie de découvrir la femme, cette créature insaisissable au sexe de laquelle – ne lui en déplaise – appartenait Aïda elle aussi! Peut-être trouverait-il là consolation à l'insomnie et aux larmes versées en secret dans le cœur replié de la nuit, rémission de cette souffrance meurtrière dont le seul espoir de remède était dans le désespoir ou la folie... Maintenant, il pouvait se dire qu'il sortait de la geôle de la

1. Hadith.

résignation pour faire ses premiers pas sur le chemin de la délivrance, fût-il celui de l'alcool, du vice ou du péché.

Il but une autre gorgée, attendit, puis sourit... Tout en lui, maintenant, célébrait la naissance d'une sensation nouvelle, gonflée de chaleur et d'excitation, à laquelle il s'abandonna comme à une douce mélodie. Ismaïl, qui l'observait avec un soin accru, lui dit, dans un sourire :

– Ah! si seulement Husseïn était là pour voir ça!

« Oui..., si seulement Husseïn était là!... »

– Je le lui écrirai moi-même. Tu as répondu à sa dernière lettre?

– Oui. Par une aussi brève que la sienne!

Avec lui seul il donnait libre cours à sa plume, livrait tous les détours de sa pensée. Ah! quel bonheur dont lui seul avait le privilège! Mais mieux valait ne pas en parler à son précepteur de peur d'exciter sa jalousie.

– Celle qu'il m'a envoyée était brève, elle aussi, sauf bien entendu sur le chapitre habituel que tu détestes!

– La pensée!

Puis en riant :

– A-t-il bien besoin de ça, lui qui héritera d'une fortune à remplir l'Océan? Quel est le secret de sa passion pour ces sottises? Le snobisme? L'orgueil? Les deux à la fois?

« Ça y est! C'est au tour de Husseïn d'écoper. Qu'est-ce qu'il doit bien pouvoir dire de moi derrière mon dos! »

– Contrairement à ce que tu penses, pensée et richesse n'ont rien d'incompatible! La pensée s'est épanouie dans la Grèce antique grâce à certains aristocrates dégagés du souci de leur subsistance et qui pouvaient tout à loisir se consacrer à la science!

– A la tienne, Aristote!

Il vida son verre, attendit et se demanda bientôt s'il s'était déjà trouvé dans un état semblable, un état où le feu de la chaleur sensitive s'engouffre dans le courant sanguin, emportant sur son passage la niche où s'amoncellent les résidus des tourments, où l'âme s'évade du carcan de ses peines... Alors c'est ici l'écho d'un chant voluptueux, là le

songe d'un espoir prometteur, l'ombre d'une joie fugitive...
L'alcool est une sève qui est tout le bonheur!

– Que dirais-tu d'un deuxième verre?

– Dieu te bénisse!

Ismaïl partit d'un rire retentissant et faisant signe au garçon, répondit joyeux :

– Tu es prompt à la reconnaissance!

– Par la grâce de Dieu!

Le garçon apporta les deux verres accompagnés d'un assortiment d'amuse-gueules. Au même moment, portant tarbouches, chapeaux et turbans, commencèrent à affluer les clients. Le garçon les accueillit, essuyant les tables avec des serviettes. La nuit était venue. Les lampes étaient maintenant allumées. Collés au mur, les miroirs étincelaient et renvoyaient l'image des bouteilles de Dewars et de Johnny Walker...

De la rue montèrent des rires vibrant comme des appels à la prière... même s'ils n'éveillaient que des désirs de débauche! Des regards de souriant reproche se tournèrent débonnairement vers la table des deux adolescents.

Entra un marchand de crevettes de Haute-Egypte suivi d'une vendeuse de jasmin pourvue de deux incisives en or, d'un cireur de chaussures, d'un apprenti rôtisseur qui, à en juger par l'accueil que lui firent les clients, était aussi maquereau, enfin d'un chiromancien indien. On n'entendait plus ici et là que des « à la tienne! » et des « Ha, ha, ha! » Dans un miroir suspendu juste à côté de sa tête, Kamal jeta un regard et vit son visage enflammé, ses yeux luisants et guillerets. Au second plan, se reflétait l'image d'un vieil homme qui portait son verre à ses lèvres, se rinçait la bouche en remuant le museau comme un lapin, puis avalait le liquide avant de confier à son voisin de table, d'une voix sonore : « Me rincer la bouche au whisky est une tradition héritée d'un mien grand-père mort en ribaude! »

Détachant son regard du miroir, Kamal à son tour confia à Ismaïl :

– Nous sommes une famille très conservatrice! Je suis le premier à toucher à l'alcool.

Ismaïl haussa les épaules et rétorqua :

– Comment peux-tu préjuger de choses dont tu ne sais rien? Tu sais ce que ton père a fait dans sa jeunesse? Le mien prend un verre au déjeuner et un autre au dîner. Sorti de la maison, il ne boit pas..., du moins c'est ce qu'il prétend devant ma mère!

« L'alcool? Un fleuve sucré, dieu du bonheur, qui imprègne doucement le royaume de l'âme. Ce changement étrange survenu en l'espace de quelques secondes, il faudra à l'humanité des générations et des générations pour se l'expliquer! Rapporté à lui, le mot « magie » prend un sens nouveau, éclatant! Le plus étrange, c'est qu'il ne m'est pas tout à fait inconnu et a peut-être déjà fait un tour par mon âme. Mais où? Quand? Comment? C'est une musique intérieure dont l'âme est l'archet, à laquelle toute autre musique ne serait que ce que sont les épluchures de la pomme à son fruit. Quel est donc le mystère de ce liquide d'ambre qui a accompli ce miracle en quelques minutes? Le lit du fleuve de la vie peut-être l'a-t-il purifié de son écume et de ses débris, où, brisant ses digues, elle a jailli telle qu'au premier jour : absolue liberté et pure ivresse! C'est là le sentiment de l'élan de la vie, une fois libérée des entraves du corps, du carcan de la société, du fardeau de l'histoire et des craintes de l'avenir... Une musique divine, pure, exhalant la volupté dont elle émane. Semblable musique a déjà résonné en moi. Mais où? Quand? Comment? Ah! Je me souviens!... L'amour! Oui, l'amour! Le jour où elle t'a dit : « Et vous, Kamal? », te donnant l'ivresse alors que tu ne savais même pas ce que c'était que l'ivresse. Tu peux d'ores et déjà affirmer que tu es un vieux poivrot! Et que pendant des années tu as roulé ta bosse sur les chemins avinés de l'amour, jonchés de fleurs et d'épices! Oui..., c'était avant que la limpide goutte de rosée ne devienne boue!... L'alcool est l'essence de l'amour une fois dévêtu de ses oripeaux de douleur. Alors aime, tu connaîtras l'ivresse! Enivre-toi, tu connaîtras l'amour! »

– La vie est belle, en dépit de tes radotages!

– Ha, ha! laisse-moi rire! C'est plutôt toi qui radotes!

« Le guerrier a imprimé sur la joue de son adversaire un franc baiser et la paix est descendue sur terre. Le rossignol a chanté sur une branche riante : aux quatre coins du monde, c'est la fête des amoureux! La colombe de l'amour s'est envolée du Caire vers Bruxelles en passant par Paris et c'est dans la tendresse et les chants qu'on l'a accueillie. Le sage a trempé la pointe de sa plume dans l'encre de son cœur et a consigné une sainte révélation. Et cette frange de cheveux noirs qui tombaient sur son front, c'est une Kaaba où s'acheminent les pèlerins enivrés aux tavernes de l'extase... »

– Un livre, un verre, une femme, et qu'on me jette à l'eau!

– Ha, ha, ha! ton livre gâchera le verre, la femme et l'eau!

– Nous ne sommes pas d'accord sur le sens du plaisir. Pour toi c'est l'amusement, la bagatelle, pour moi c'est le sérieux absolu! Cette ivresse qui t'envoûte l'esprit, mais c'est le secret, le but suprême de la vie! L'alcool n'en est que le gai messager, l'image sensible et accessible. Et de même que l'oiseau a préludé à l'invention de l'avion, le poisson à celle du sous-marin, le vin doit être le guide du bonheur humain! Tout le problème se résume ainsi : comment faire de la vie une ivresse de tous les instants sans avoir recours à l'alcool? La réponse n'est ni dans la lutte, ni dans l'activité constructive, ni dans le meurtre, ni dans la course et l'effort. Ce ne sont que des moyens, pas des fins. Nous n'accéderons au bonheur que lorsque nous cesserons d'exploiter ces moyens, quels qu'ils soient, afin de vivre une vie intellectuelle et spirituelle pure et sans mélange. Voici le type de bonheur dont l'alcool nous offre le modèle. Alors que tout acte n'est qu'un moyen d'y parvenir, lui ne mène à rien : il est l'aboutissement suprême!

– Dieu te maudisse!

– Pourquoi?

– J'espérais que l'ivresse ferait de toi un interlocuteur amusant, mais on dirait un malade dont l'alcool a aggravé la maladie! De quoi vas-tu bien pouvoir encore me parler après le troisième verre?

– Je m'arrêterai là! Je suis heureux maintenant et capable d'interpeller la première femme qui me plaira!

– Tu ne veux pas attendre encore un peu?

– Pas une minute de plus!

Il s'en alla confiant et décidé, tenant son ami par le bras, emporté par tout un flot humain qui dans une rue tortueuse, trop petite pour son monde, en heurtait un autre, venant en sens inverse. Les têtes pivotaient tantôt à droite, tantôt à gauche. Des deux côtés, les hôtesses de la rue, debout et assises, roulaient sur leurs visages aux couleurs criardes de grands yeux aguicheurs et accueillants. Il ne se passait pas deux secondes sans qu'un individu ne s'échappe du flot pour rejoindre l'une d'entre elles qui aussitôt disparaissait avec lui, après avoir troqué le regard de la séduction contre celui du sérieux et du travail. Les lampes, aux portes des hôtels et des cafés, striaient la rue de rais étincelants au-dessus desquels les fumées des fourneaux et des pipes à eau s'épaississaient en nuages. Les voix d'abord s'entrechoquaient pour se fondre dans un tourbillon fracassant qui emportait dans sa ronde rires et cris; grincements de portes et de fenêtres, plaintes du piano et de l'accordéon, frappements de mains en cadence, hurlements du gendarme, ronflements et bruits de nez, toux des fumeurs de haschisch, râles des ivrognes, appels au secours venant de nulle part, entrechoquements de bâtons, chants solitaires et chants à l'unisson... Et au-dessus : le ciel, posé sur les terrasses des masures, qui regardait la terre avec des yeux immobiles. Chaque belle, ici, on pouvait se l'offrir. Elle donnait sa beauté et ses mystères pour dix piastres, pas plus. Qui aurait pu le croire avant de l'avoir vu?

– Regarde, dit-il à Ismaïl, Haroun al-Rashid se pavane dans son harem!

– N'avez-vous pas trouvé servante à votre goût, commandeur des croyants? lui demanda l'autre dans un rire.

Kamal montra une maison du doigt.

– Elle était là, dit-il, debout devant cette porte qui est vide. Où a-t-elle disparu?

– Au-dedans avec un client, commandeur des croyants! Si notre maître veut bien attendre qu'un de ses sujets ait satisfait son envie...

– Et toi, tu n'as pas trouvé ton affaire?

– Je suis de longue date habitué de cette rue et de ses gens. Mais je n'irai pas où le devoir m'appelle avant de vous avoir déposé dans les bras de votre compagne! Que vous a-t-il plu en elle? On en trouve à plaisir de bien plus belles qu'elle!

« Elle avait la peau brune et ne le cachait sous aucun maquillage... Il y avait quelque chose dans sa voix qui me rappelait de loin cette musique éternelle... Diable, oui! Pourquoi l'œil ne pourrait-il trouver de ressemblance entre le teint d'un pendu et l'azur du ciel? »

– Tu la connais?

– Ici on l'appelle Warda, mais son vrai nom est Ayoucha.

« Ayoucha... Warda... Ah! si on pouvait changer d'être comme de nom! Aïda elle-même a de faux airs avec le couple Warda-Ayoucha, la religion aussi, Abd el-Hamid Bey Sheddad et les grandes espérances... Ahhh! Oui, mais l'alcool t'élève sur le trône des dieux et tu les vois de là-haut se débattre dans des remous d'une farce hilarante, dignes de pitié... »

– C'est à toi! s'exclama soudain Ismaïl, lui chahutant le flanc avec son coude.

Il se tourna vers la porte et vit un homme quitter la maison à la hâte et la femme reprendre sa pose, telle qu'il l'avait vue la première fois. D'un pas assuré il se dirigea vers elle et elle l'accueillit avec un sourire. Il entra alors et elle le suivit en chantant : « Baisse un peu la tenture par crainte des traits du voisinage!.... »

Il se retrouva face à un escalier étroit, commença à en

gravir les marches, le cœur battant, jusqu'à ce qu'il parvienne à un couloir conduisant à un salon. Derrière lui, il entendait la voix de la femme qui lui disait de temps en temps : « A droite! »... « A gauche! »... « Là-bas, la porte entrouverte! »

C'était une petite chambre tapissée de papier peint, avec un lit, une coiffeuse, une penderie, une chaise de bois, une cuvette et un broc. Il s'arrêta au milieu de la pièce, l'air embarrassé, les yeux fixés sur elle.

Elle s'en alla elle-même fermer la porte puis la fenêtre d'où montait un bruit de tambourin accompagné de flûte et de claquements de mains. Entre-temps, son visage s'était fait sérieux, sévère, hostile même. A tel point qu'il se demanda en riant quel mauvais tour elle lui préparait!

Elle se campa face à lui et se mit à l'examiner sur toutes les coutures. Au moment où ses yeux survolèrent sa tête et son nez, une angoisse le saisit. Voulant vaincre celle-ci, il s'approcha d'elle en ouvrant grand ses bras. Mais, d'un geste brusque, elle lui fit signe de patienter en lui disant : « Attends! » Il resta à sa place, immobile... Toutefois, fermement résolu à abattre tous les obstacles, il dit dans un sourire, avec une sorte de naïveté :

– Je m'appelle Kamal!

– Enchantée..., répondit-elle en le regardant d'un air étonné.

– Dites-moi voir... Appelez-moi... Kamal!

Elle redoubla d'étonnement!

– Et pourquoi tu voudrais que je t'appelle, alors que t'es là planté devant moi comme une calamité?

« Dieu m'en préserve, tu crois qu'elle blague? »

Plus que jamais décidé à sauver la situation, il demanda :

– Vous m'avez dit d'attendre... Mais attendre quoi?

– Voilà! A ça tu as le droit!

A ces mots, elle se déshabilla dans un déhanchement acrobatique puis sauta sur le lit qui craqua sous son poids et s'étendit sur le dos en se caressant le ventre du bout de ses doigts fins teints au henné. Il roula de grands yeux effarés. S'il s'attendait à ce numéro de cirque! Il sentit qu'elle et lui n'étaient pas sur la même longueur d'onde. Car quelle distance entre celle du plaisir et celle du travail! En l'espace d'une seconde venait de s'effondrer ce que son imagination avait mis des années à bâtir. Le goût amer du dépit commença à courir dans sa salive. Pourtant, son désir de découverte n'était pas émoussé! S'efforçant de vaincre son trouble, il promena son regard sur cette chair nue et sembla un instant ne pas en croire ses yeux. Dans une sensation de malaise et de dégoût il accentua son regard jusqu'à ressentir une sorte de frayeur. Etait-ce cela la vérité ou bien avait-il mal choisi son modèle? Pourtant, quelque défectueux que fût son choix, cela changeait-il quelque chose à l'essence?

« Et nous nous prétendons épris de vérité! Comme on a été injuste avec ta tête et ton nez! »

Il fut pris du désir de fuir. Il allait y succomber quand il se demanda soudain pourquoi l'homme d'avant n'avait pas fui. Et puis que dirait-il à Ismaïl lorsqu'il le rejoindrait tout à l'heure? Non! Il ne fuirait pas. Il ne se soustrairait point à l'épreuve!

— Qu'est-ce que t'as à rester planté là comme une statue?

« C'est une voix comme celle-là qui te faisait frémir le cœur!... Tes oreilles ne t'ont pas trahi. Seulement l'ignorance! Ah! ça, tu n'as pas fini de rire de toi! Oui, mais en tant que vainqueur, pas en tant que fuyard! Imagine-toi que la vie soit une tragédie : il faut bien que tu y tiennes ton rôle.

— Tu vas rester comme ça jusqu'à demain matin?

— Si on éteignait la lumière!... dit-il avec un calme singulier.

A ces mots, elle se redressa d'un bond sur son lit et lui dit d'un ton sec et méfiant :

— A condition que je te voie d'abord au jour!

— Pourquoi? demanda-t-il d'un ton désapprobateur.

— Pour m'assurer que tu es en bonne santé!

Dans une scène qui lui parut le comble du comique, il se

dévêtit pour se conformer à l'examen de contrôle sanitaire. Puis la pièce fut plongée dans le noir...

Lorsqu'il reparut dans la rue, c'est un cœur amolli et gonflé de tristesse qui battait dans ses flancs. Il lui sembla que lui-même et tout le reste de l'humanité subissaient une cruelle déchéance dont ils n'étaient pas près de voir la fin.

Il aperçut Ismaïl qui s'avançait vers lui, satisfait, goguenard, épuisé :

– Alors comment se porte la philosophie ? lui demanda ce dernier.

Sans lui répondre, Kamal le saisit par le bras et l'entraîna avec lui en lui demandant d'un ton grave :

– Toutes les femmes se ressemblent ?

Comme le jeune homme le regardait, surpris, Kamal lui exprima brièvement ses doutes et ses craintes.

– En gros, sur le fond, oui, répondit Ismaïl en souriant, même si l'enveloppe varie ! Tu as l'air tellement ridicule que tu en fais pitié ! Dois-je comprendre à te voir que tu ne remettras plus les pieds ici ?

– Oh ! que si, que je les remettrai, et plus souvent que tu le penses ! Tiens, allons reprendre un verre...

Puis, comme se parlant à lui-même :

– La beauté..., la beauté... Qu'est-ce que la beauté ?

En cet instant, son âme aspirait à la purification, à l'isolement et à la méditation. Il se tourna, avide, vers le souvenir de cette vie qu'il avait vécue dans la souffrance, à l'ombre de son adorée. Il semblait à jamais persuadé de la cruauté de la vérité. Allait-il se faire un principe d'y renoncer ?

Il marcha songeur en direction de la taverne sans presque prêter attention au bavardage d'Ismaïl.

« Si la vérité est rude, se dit-il, le mensonge est répugnant ! En fait, la vérité n'est point tant cruelle que le réveil de l'ignorance est un douloureux enfantement ! Cours après la vérité, poursuis-la jusqu'à perdre haleine. Supporte la douleur pour te recréer. Ces notions, il te faudra une vie pour les saisir, une vie d'effort entrecoupée d'instants d'ivresse... »

*

Ce soir-là, Kamal arriva seul à la ruelle, l'âme en goguette, chantonnant à voix basse, sûr de lui, se frayant paisiblement un chemin à travers le flot tumultueux des passants. Bien que ne trouvant pas Warda devant sa porte, il n'hésita pas, contrairement aux premiers temps, et sans plus attendre, il se dirigea droit vers la maison où il entra sans y être invité puis gravit l'escalier jusqu'au couloir. Il tendit le regard et, voyant la porte close ainsi qu'une lumière qui pointait par le trou de la serrure, il obliqua vers une salle d'attente qui par bonheur se trouvait vide et s'assit dans un fauteuil en bois en étendant les jambes, décontracté. Au bout de quelques minutes il entendit le grincement de la porte qui s'ouvrait et se redressa d'un bond, prêt à se lever. Le client, comme le laissa présumer le bruit de ses pas, quitta la chambre en gagnant l'escalier. Il patienta encore quelques instants puis se leva et s'achemina vers le couloir. Là, par la porte ouverte, il aperçut Warda en train d'arranger son lit. Elle sourit à sa vue et lui commanda de retourner s'asseoir un court instant. Il fit donc demi-tour, la bouche ornée du sourire confiant propre au client ayant franchi avec succès la période d'observation. Il n'y avait pas une minute qu'il s'était rassis, qu'il entendit un bruit de pas montant l'escalier. Il l'accueillit avec angoisse, détestant devoir supporter l'attente en compagnie de quelqu'un d'autre. Mais le visiteur se dirigea droit vers la chambre de Warda qu'il entendit bientôt dire à son client, d'un ton aimable :

– J'ai déjà quelqu'un. Si vous voulez bien attendre dans l'autre pièce...

Sur ce, elle haussa la voix pour l'appeler.

– Venez! lui dit-elle.

Il se leva, quitta la salle d'attente d'un pas décidé et, dans le couloir, se retrouva nez à nez avec... Yasine!

Leurs regards se croisèrent dans un moment de stupeur. Aussitôt Kamal baissa les paupières, fondant de honte, d'embarras et de trouble. Il alla pour s'enfuir, mais Yasine lui coupa son élan en partant d'un éclat de rire tonitruant qui résonna formidablement d'un bout à l'autre du couloir. Kamal leva les yeux vers lui et le vit les bras grands ouverts, s'exclamant avec joie :

– O nuit de fête! ô jour princier!

Ce qu'il ponctua à nouveau d'un puissant éclat de rire. Kamal resta à le regarder hébété puis, décelant chez son frère les marques d'une joie sincère, il se ressaisit et ses lèvres esquissèrent un sourire indécis. Il reprit confiance, même si la honte ne le quitait pas.

– Ah! l'heureuse soirée! reprit Yasine d'un ton enflé. Aujourd'hui, jeudi 30 octobre 1926! Oui! quelle heureuse soirée! Dorénavant nous devrons la fêter chaque année! Car elle a vu deux frères se découvrir l'un l'autre; en elle a été prouvé que le cadet de la famille s'avance en portant l'étendard de ses nobles traditions dans le monde des plaisirs!...

Sur ces entrefaites, Warda arriva, demandant à Yasine :

– Un ami à vous?

– Non! mon frère, répondit-il en riant. Le fils de mon père et de ma... Non, de mon père simplement! Tu te rends compte que tu es la chérie de la famille, fille de rien?

– Compliments! maugréa-t-elle.

Puis, s'adressant à Kamal :

– Les règles de la politesse voudraient que tu laisses ton tour à ton grand frère, mon baigneur!

Yasine partit d'un gros rire et s'écria :

– De la politesse!... Et toi, où t'as appris les règles de la monte? Non, mais tu vois un garçon attendre son frère à la porte? Ha, ha, ha!

– C'est ça, lança-t-elle dans un regard de mise en garde, riez avec votre voix de charretier pour ameuter la police, espèce de poivrot! Mais vous êtes excusable puisque votre petit poussin de frère ne vient me voir qu'en marchant de travers!

Yasine se tourna vers Kamal et, posant sur lui un regard plein de stupeur et d'admiration :

— Tu connais ça aussi? lui dit-il. Seigneur! On n'est vraiment pas des faux frères! Au vrai sens du terme! Fais voir ta bouche que je sente.

» Oh! puis non! Pas la peine! Souffle d'ivrogne ne dit rien au poivrot! Mais, dis-moi, à propos, que penses-tu de cette sagesse que la vie, et non les livres, t'a enseignée?

Puis, montrant Warda :

— Rien qu'une visite à cette petite drôlesse-là vaut bien la lecture de dix livres défendus, non? Alors comme ça, mon Kamal, tu touches à la bouteille? O cent merveilles! Nous sommes amis de toujours! C'est moi le premier qui t'ai ens...

— Au nom du ciel! Je vais poiroter comme ça jusqu'à demain matin?

A ces mots, Yasine poussa Kamal en lui disant :

— Va avec elle, j'attendrai...

Mais Kamal recula, secouant la tête dans un refus obstiné. Puis, se décidant enfin à parler :

— Non, non! Pas... pas cette nuit!

Sur ces mots, il glissa sa main dans sa poche et en tira une pièce d'un demi-rial[1] qu'il remit à la femme.

— Vive la grandeur d'âme! s'exclama Yasine avec admiration. De toute façon, je ne te quitte pas...

Sur ce, il salua Warda d'une caresse sur son épaule, puis, prenant Kamal par le bras, ils s'en allèrent tous deux, quittant l'établissement.

— Il faut fêter ça! reprit Yasine. Allons nous asseoir un moment dans un bar. D'habitude je vais rue Mohammed-Ali avec une bande de fonctionnaires et autres. Mais l'endroit n'est pas très indiqué pour toi. Et puis d'abord c'est trop loin. Choisissons plutôt quelque chose dans le coin, qu'on puisse rentrer tôt. C'est que je tiens comme toi

1. Soit dix piastres.

à rentrer tôt depuis mon dernier mariage. Mais... où es-tu allé te soûler, mon gaillard ?

– Au Finish ! maugréa Kamal honteusement.

– Parfait ! Allons-y. Profite bien du temps qui te reste ! Demain, quand tu seras professeur, ce quartier-là, avec ses « maisons » et ses tavernes, ce sera fini pour toi !

Puis, en riant :

– Tu vois pas que tu tombes sur un de tes élèves ? Mais il y a bien de quoi se distraire ailleurs et tu connaîtras tout ça de mieux en mieux !...

Ils s'acheminèrent en silence vers le Finish.

Par bonheur, les liens entre les deux frères ne s'étaient point distendus après que Yasine eut quitté la vieille maison. Il n'y avait pas de manières entre eux deux, Yasine, par nature, n'attachant que peu d'importance à ses préséances d'aîné. D'autre part, le fait de côtoyer son frère, de voir de près sa façon de vivre, d'entendre ce qu'on disait de lui, avait persuadé Kamal que celui-ci avait la passion des femmes et le goût des aventures galantes. Toutefois, n'étant jamais allé jusqu'à se l'imaginer ivrogne ou traînant dans la ruelle, il n'en avait pas moins été stupéfait de le rencontrer chez Warda ! Mais peu à peu l'effet de la surprise avait commencé à s'estomper en lui, son trouble à le quitter pour céder la place à une sensation de quiétude et même de joie.

Ils trouvèrent le Finish plein à craquer. Aussi Yasine proposa-t-il qu'ils allassent s'asseoir dehors et, afin de s'isoler le plus possible de la masse des clients, il choisit une table au bout du trottoir, au coin de la rue, derrière laquelle ils s'assirent l'un en face de l'autre, le sourire à la bouche...

– Tu as beaucoup bu ?

– Deux verres, répondit Kamal après un temps d'hésitation.

– Nul doute que notre rencontre-surprise en aura chassé les effets ! Remettons cela ! Pour ma part, je ne suis pas grand buveur. Sept, huit verres...

– Eh bien, dis donc! Si c'est ça qu'on appelle pas grand buveur!

– Ne t'étonne pas comme un nigaud, tu n'en es plus un!

– Pour te dire, il y a seulement deux mois, je ne savais même pas quel goût ça avait!

– Deux mois? s'exclama Yasine d'un ton réprobateur. On dirait bien que j'ai trop présumé de toi!

Ils éclatèrent de rire. Sur ce, Yasine commanda deux autres whiskies et s'enquit auprès de Kamal :

– Et quand as-tu connu Warda?

– La même nuit que le whisky!

– Et qu'as-tu comme expérience des femmes à part ça?

– Rien...

Yasine se pencha vers son frère et, le regardant par en dessous, avec une sévérité bonasse :

– Ne fais pas l'idiot! dit-il Je n'ai pas été dupe à une certaine époque de ton petit manège avec la fille d'Abou Sari, le grilleur de pépins... Les petits clins d'œil par-ci, les petits signes de la main par-là... Hein, hein? Ces petites choses-là n'échappent pas aux yeux avertis, hein! mon salaud? Mais tu t'es sans doute contenté de ce petit jeu superficiel pour ne pas te retrouver obligé d'entrer dans la famille du père Abou Sari, comme mon ancienne belle-mère avec Bayouni, le marchand de soupe? Hein? Le voilà devenu propriétaire et votre plus proche voisin! Où Maryam a-t-elle bien pu s'envoler? Personne n'a aucune nouvelle d'elle. Son père était un brave homme. Tu as des souvenirs de M. Mohammed Ridwane? Vois un peu ce qu'est devenue sa maison! Il faut qu'une femme ne vaille pas grand-chose pour faire aussi bon marché de la morale!

Kamal ne put s'empêcher de s'esclaffer en demandant :

– Et l'homme, tu ne crois pas qu'il y est aussi pour quelque chose?

Yasine partit de son gros rire et rétorqua :

– L'homme n'est pas la femme, mauvaise langue! Dis-moi, comment va ta mère? Cette brave femme est toujours montée contre moi, même après que j'ai répudié Maryam?

– Oh! elle a sûrement oublié tout ça... Elle n'est pas rancunière, tu sais bien!

Yasine acquiesça à ses paroles et hocha la tête l'air navré. Sur ce, le garçon arriva avec les boissons et les accompagnements. Aussitôt Yasine leva son verre en disant :

– A la lignée Abd el-Gawwad!

Kamal leva le sien à son tour et en vida la moitié dans l'espoir de retrouver sa gaieté.

– J'aurais cru, continua Yasine en tournant dans sa bouche une fournée de pain noir et de fromage, que comme le défunt, tu serais plus proche du caractère de ta mère. Je te voyais plutôt aller vers une vie de rigidité et de droiture. Mais tu... ou plutôt nous...

Comme Kamal lui lançait un regard interrogateur, Yasine acheva en disant :

– ... nous tenons davantage de notre père!

– Notre père? C'est la raideur même qui rend la vie impossible!

Yasine éclata de rire, puis, après une courte pause :

– Je vois que tu ne connais pas ton père! dit-il. Moi aussi j'ignorais comme toi qui il était. Et puis il m'est apparu sous les traits d'un autre homme, comme la vie en fait peu!

Il se tut. Kamal s'enquit alors, piqué de curiosité :

– Que sais-tu de lui que j'ignore?

– Je sais qu'il est l'imam de la finesse et de la volupté! Mais... ne me regarde pas avec ces yeux d'ahuri! Ne crois pas que je suis ivre! Je te dis que ton père est le marabout de la rigolade, de la volupté et de l'amour!

– Mon père?

– Il s'est révélé à moi pour la première fois chez Zubaïda, l'almée...

– Zubaïda la quoi? Ha, ha, ha!

Mais le visage de Yasine inspirait on ne peut moins la plaisanterie. Kamal s'arrêta de rire. Bientôt l'hilarité quitta ses traits; sa bouche commença à se rétrécir, puis à se pincer. Alors, sans mot dire, les yeux fixés béatement sur son frère, il écouta ce dernier lui raconter par le menu ce qu'il avait vu et entendu concernant leur père. Yasine calomniait-il délibérément son père? Comment cela aurait-il pu être? Quelles raisons pouvaient le justifier? Non, Yasine parlait en connaissance de cause! C'était donc cela, son père? Seigneur! Et sa gravité? et sa majesté? et sa dignité?

« Si tu entends quelqu'un te dire demain que la Terre est plate ou que l'homme vient d'Adam, ne t'étonne pas et n'en sois pas troublé! »

— Et maman le sait ?

— Elle sait sûrement qu'il boit tout au moins! répondit Yasine en riant.

« Quel effet cela peut-il bien lui faire, elle qui s'affole d'un rien? Maman serait-elle comme moi : bonheur au-dehors, détresse au-dedans? »

Il dit, comme forgeant à son père des moyens de défense auxquels il ne croyait pas :

— Tu sais, les gens adorent en rajouter! Ne va pas croire tout ce qu'ils prétendent. Et puis sa santé prouve que c'est un homme modéré dans la vie...

— C'est un prodige! rétorqua Yasine admiratif, faisant signe au garçon de resservir une tournée. Son corps est prodige, son esprit est prodige, tout en lui est prodige, même ses coups de gueule! *(Ils rirent en chœur.)* Et rends-toi compte que, non content de cela, il gouverne sa maison de la manière que tu sais, tout en conservant la haute estime et le respect dont tu es témoin. Quel minus je suis à côté!

« Arrête-toi sur ces prodiges! Tu es là en train de boire en compagnie de Yasine. Ton père est un vieux dépravé. Y a-t-il un réel et un irréel? Quel rapport entre ce qui est et ce que nous croyons? Quelle est la valeur de l'histoire? Quel rapport entre Aïda idole et Aïda enceinte? Et moi qui suis-je ? Pourquoi ai-je souffert cette douleur atroce dont je ne suis pas encore guéri ? Tu ferais mieux d'en rire... Rire à en crever !... »

– Qu'est-ce qui se passerait s'il nous voyait attablés ici ?

Yasine fit craquer son index et répondit :

– Dieu nous en préserve !

– Et cette Zubaïda est vraiment belle ?

Yasine pour toute réponse sifflota en faisant papillonner ses sourcils.

– Tu crois pas que c'est injuste que notre père se régale des meilleurs morceaux pendant qu'on récolte les abats ?

– Attends ton heure. Tu n'en es qu'au tout début !

– Ça ne t'a pas fait changer d'attitude envers lui de connaître sa vie secrète ?

– Bien au contraire !

– Ah ! si seulement il pouvait nous léguer une part de sa grâce ! s'exclama Kamal, les yeux rêveurs.

– Eh oui !

– Notre cas ne pourrait pas être plus misérable qu'il n'est !

– Aimer les femmes et la boisson n'a rien de misérable !

– Et comment expliques-tu sa conduite au regard de sa foi ?

– Suis-je mécréant ? Es-tu mécréant ? Est-ce que les califes étaient des mécréants ? Dieu est clément et miséricordieux !

« Qu'est-ce que mon père pourrait bien répondre à cela ? Comme le désir me brûle d'en débattre avec lui ! On peut tout supposer, sauf qu'il soit hypocrite. Non, non, ce n'est pas un hypocrite ! Tiens, je commence à l'aimer davantage à présent !... »

La dernière goulée de whisky ayant réveillé en lui l'envie de plaisanter, il reprit :

– C'est dommage qu'il n'ait pas appris l'art de la comédie !

Yasine éclata de rire et répondit :

– S'il savait la vie pleine de femmes et de beuverie qui s'offre aux comédiens, il consacrerait sa vie à l'art!

« C'est de M. Ahmed Abd el-Gawwad qu'on se moque ainsi? Après tout, Adam lui-même y est déjà passé, pourquoi pas lui? Pourtant c'est le hasard et lui seul qui t'a ouvert les yeux sur lui. Ce même hasard qui a joué dans ta vie un rôle capital. Si je n'avais pas rencontré Yasine par hasard dans la ruelle, le voile de l'ignorance ne m'aurait pas été ôté des yeux. Si Yasine, malgré son manque de culture, n'avait pas aiguisé mon goût pour la lecture, je serais aujourd'hui à la faculté de médecine comme l'espérait papa. Si j'étais entré à al-Saïdiyya au lieu de Fouad-Ier, je n'aurais jamais connu Aïda! Et si je n'avais pas connu Aïda je serais un autre homme, l'univers serait un autre univers! Et dire qu'après ça certains se plaisent à reprocher à Darwin de s'être fondé sur le hasard pour expliquer le mécanisme de sa théorie! »

– La vie n'a pas fini de t'en apprendre! reprit Yasine d'un ton doctoral.

Puis, tournant contre lui l'ironie :

– Voilà qu'elle m'apprend à moi à prendre mon plaisir tôt dans la soirée, de manière à ne pas éveiller les soupçons de mon épouse!

Voyant les yeux interrogateurs et souriants de Kamal, il hocha la tête et poursuivit :

– C'est celle de mes trois femmes qui a le plus de caractère! J'ai l'impression que je ne m'en séparerai pas...

A ces mots, Kamal lui demanda, l'air préoccupé, pointant le bras du côté de la ruelle :

– Pourquoi tu en es venu à ça, toi qui en es à ton troisième mariage?

Et Yasine répéta en chantonnant ce passage célèbre de la chanson que Kamal avait entendue pour la première fois le soir du mariage d'Aïsha :

– *Parce que c'est comme ça... parce que c'est comme ça... parce que c'est comme ça !*

Puis, dans un sourire, il ajouta l'air un peu gêné :

Zannouba m'a dit une fois : « Toi ? tu ne sais pas ce que c'est que le mariage ! Tu l'as toujours considéré comme une sorte de divertissement amoureux ! Il est temps pour toi de l'envisager sous l'angle du sérieux ! » Tu ne trouves pas ça extraordinaire de la bouche d'une luthiste ? Mais elle a l'air plus attachée que les deux autres à la vie conjugale. Elle est bien décidée à rester mon épouse jusqu'à mon dernier soupir. Malgré ça je ne peux pas résister aux femmes. J'en tombe aussi vite amoureux que je m'en lasse ! C'est pourquoi je vais de bonne heure dans ces coins-là contenter l'envie, sans m'impliquer dans des liaisons durables. Et il fallait vraiment que je sois rassasié pour aller courir après une femme dans Darb Tayyab !

– Pourquoi ? Elle n'était pas comme les autres ? s'enquit Kamal avec un intérêt grandissant.

– Non ! C'était une de ces femmes sans cœur, pour qui l'amour n'est qu'une marchandise.

– Qu'est-ce que tu vois de différent entre une femme et une autre ? poursuivit Kamal, les yeux luisant d'espoir.

Yasine branla la tête avec orgueil, fier de l'importance que lui conféraient les questions de Kamal.

– Eh bien..., déclara-t-il d'un ton d'expert, la place d'une femme dans la hiérarchie féminine se détermine en fonction de ses qualités morales et sentimentales, sans parler de sa famille et de sa situation personnelle. Zannouba, par exemple, est supérieure à Zaïnab à mes yeux parce que plus sentimentale, et plus dévouée et attachée à la vie conjugale. Mais, en fin de compte, tu t'aperçois qu'elles se ressemblent toutes ! Vis avec la reine Balkis[1] en personne, tu finiras obligatoirement par voir en elle le même spectacle et la même rengaine monotone !...

L'espoir s'éteignit dans les yeux de Kamal. Aïda était-elle devenue un spectacle habituel et une rengaine monotone ?

« Quoi de plus inconcevable que cette hypothèse ? Mais tu es simplement confondu par une réalité trop soudaine...

1. Nom donné dans l'islam à la reine de Saba.

et la seule idée d'approuver sa déchéance te pèse par trop! Et c'est à devenir fou de penser que l'idole après qui ton âme soupire sache un jour que le temps a fait d'elle un spectacle banal et une rengaine monotone! Et puis est-ce que ça ne serait pas mieux comme ça, après tout? D'autant que parfois le désir me brûle si fort que je me prends à implorer la lassitude tout comme Yasine, à force de lassitude, peut implorer le désir! Alors, en désespoir de cause, lève la tête vers le Seigneur des cieux et demande-lui l'heureuse solution... »

– Tu n'as jamais aimé?

– Et dans quoi je suis plongé jusqu'au cou alors?

– Je veux dire un amour véritable, pas ces flambées de désir passagères!

Yasine vida son troisième verre, s'essuya la bouche du revers de la main et répondit en torsadant ses moustaches :

– Ne m'en veux pas, mais, pour moi, l'amour se limite à des endroits bien précis : la bouche, les mains... et le reste!

« Yasine est beau garçon. Elle n'aurait eu aucune raison de se moquer de sa tête et de son nez. Mais à parler ainsi, il me semble à plaindre. Comme si l'homme ne pouvait être homme qu'à condition d'aimer! Pourtant, à quoi ça sert et que m'a rapporté l'amour, sinon la souffrance? »

– Ne crois pas ce qu'on dit de l'amour dans les romans! continua Yasine en pressant Kamal de vider son verre. L'amour est le sentiment de quelques jours, au mieux de quelques semaines...

« Tu fais injure à l'éternité! Pourtant l'amour ne peut-il pas s'oublier? Je ne suis plus comme avant. Je m'évade de l'enfer de la souffrance, la vie m'accroche un instant, puis j'y retombe... Hier encore la mort était mon horizon. Aujourd'hui une vie est possible même si elle est sans espoir... Le plus beau c'est que tu t'insurges, chaque fois qu'elle te passe par la tête, contre l'idée de l'oubli. Comme si tu étais la proie du remords; comme si tu redoutais que la chose que tu as le plus sanctifiée n'accouche d'une chimère ou refusait à la main du néant de toucher cette part de vie merveilleuse sans laquelle tu deviendrais un être qui n'a jamais existé. Pourtant ne te rappelles-tu pas pourquoi tu ouvrais tes mains en prière en suppliant Dieu de t'arracher à la souffrance et de t'inculper l'oubli? »

– Oui, mais pourtant le véritable amour existe! On en lit les péripéties dans les journaux, sinon dans les romans.

Yasine esquissa un sourire moqueur.

– Bien que je sois affligé de la passion des femmes, dit-il, je ne reconnais pas cet amour-là! Les drames dont tu lis les échos dans la presse ont trait en fait à des jeunes sans expérience de la vie. Tu as entendu parler de Majnoun Laïla[1]? Il doit avoir des émules dans ce genre d'histoires! Avec cette différence que Majnoun n'a jamais épousé Laïla! Montre-moi un seul homme devenu fou d'amour pour sa femme! Hélas!... Non, les maris ont bien la tête sur les épaules, même s'ils se refusent à l'admettre. Quant aux femmes, elles commencent à la perdre avec le mariage, vu que leur ambition n'est rien moins que de dévorer leur mari! Et j'ai l'impression que c'est plus la folie qui rend les fous amoureux que l'amour qui rend les amoureux fous! Tu les vois parler de la femme comme s'ils parlaient d'un ange! Or, une femme, ça n'est jamais qu'une femme! Un mets délicieux dont on est vite rassasié! Qu'ils passent seulement une nuit avec elle pour voir sa tête au réveil, renifler cette odeur de sueur... sans parler des autres, et qu'ils viennent me parler d'ange après ça! Le charme de la femme n'est qu'une façade ou un instrument de séduction destiné à te prendre au piège. Et une fois que tu y es tombé, c'est là que la créature humaine de chair et de sang t'apparaît sous son vrai jour! C'est pourquoi la perspective des enfants, de l'arriéré de la dot, mais aussi de la pension alimentaire à payer en cas de divorce sont les vrais secrets

1. Litt. *Le Fou de Laïla.* Roman du siècle omeyyade qui raconte l'histoire du poète Qaïs, devenu fou errant dans le désert après que son amante Laïla, qui partageait ses sentiments, eut été mariée à un autre par son père.

de la solidité du mariage, pas la beauté ou le charme de l'épouse!...

« Il changerait rapidement d'avis s'il voyait Aïda! Néanmoins, tu dois repenser la question de l'amour. Tu le regardais comme une salutation angélique, mais pour toi les anges n'existent plus! Recherche plutôt l'essence de l'homme et intègre-la aux vérités philosophiques et scientifiques que tu brûles d'arracher. C'est par là que tu comprendras le secret de ton malheur et que tu exhumeras enfin le mystère enfoui d'Aïda! Tu n'y trouveras pas un ange, mais les portes du ravissement s'ouvriront toutes grandes devant toi! Mais... les envies..., la grossesse, le spectacle banal, les mauvaises odeurs... Oh! misère! Je n'ai pas fini!... »

– L'homme est une créature immonde! reprit Kamal avec une amertume qui échappa à l'attention de son frère. N'aurait-on pas pu le créer meilleur et plus propre qu'il ne l'est?

Yasine leva le nez en l'air, les yeux perdus dans le vide et dit, animé d'une étrange félicité :

– Mon Dieu, mon Dieu..., j'ai la tête qui pétille d'étincelles et se transforme en chanson. Mes bras, mes jambes sont des instruments de musique, le monde est beau, les êtres chers à mon cœur, l'air est douceur, la vérité illusoire et l'illusion vérité. Les ennuis? De la blague! Mon Dieu, mon Dieu..., que l'alcool est merveilleux, Kamal! Dieu le bénisse et nous donne la force de le boire jusqu'à la fin de nos jours! Malheur à qui en dit du mal ou répand des mensonges sur lui! Médite cette douce ivresse. Ferme les yeux. As-tu déjà éprouvé pareil délice? Mon Dieu, mon Dieu, mon Dieu...

Puis, rabaissant la tête en se tournant vers Kamal :

– Que disais-tu, mon fils? L'homme est une créature immonde? Ce que j'ai dit des femmes t'a choqué? Je n'ai pas dit ça pour te dégoûter d'elles! En vérité je les adore! Je les adore comme elles sont! J'ai seulement voulu te prouver que la femme à visage d'ange n'existe pas. Je ne sais d'ailleurs pas si je l'aimerais si elle existait! Tiens, regarde, moi par exemple – comme papa – j'aime les gros derrières! Eh bien, si les anges avaient de gros derrières, ils ne pourraient pas voler! Comprends-moi bien, foi d'Ahmed, notre père!

Kamal ne tarda pas à le rejoindre dans son ivresse.

– Comme le monde paraît aimable quand le vin s'épanche dans l'âme! dit-il.

– Dieu bénisse tes paroles! Même la rengaine que fredonne le mendiant des rues nous fait un enchantement à l'oreille...

– Même nos soucis nous paraissent ceux du voisin...

– C'est pas comme la femme du voisin, elle nous paraît la nôtre.

– Les femmes et les soucis, c'est pareil, mon frère!

– Mon Dieu, mon Dieu..., je ne veux pas redescendre...

– Ce qu'il y a d'ignoble avec la vie, c'est qu'elle ne nous permet pas de garder l'ivresse autant qu'on voudrait!

– Sache pour ta gouverne que je ne considère pas l'ivresse comme un jeu, mais comme une fin suprême, au même titre que la connaissance ou l'idéal!

– Dans ce cas, je suis un grand philosophe!

– Quand tu croiras ce que j'ai dit, pas avant!

– Dieu te prête vie, papa, tu as engendré deux philosophes comme toi!

– Pourquoi l'être humain a-t-il l'air si malheureux alors qu'il ne peut rien demander de mieux qu'un bon verre – et ce ne sont pas les bouteilles qui manquent! – et une femme! Et elles non plus ne manquent pas?

– Oui, pourquoi?... Pourquoi?...

– Je te répondrai quand j'aurai rebu un petit verre!

– Pas question! objecta Yasine d'une voix dénonçant un éclair de lucidité soudaine.

» Pas d'abus! renchérit-il sur le ton de l'avertissement. Cette nuit je suis ton partenaire, j'ai charge d'âme envers toi! Au fait, quelle heure est-il?

Il tira sa montre de sa poche, y jeta un regard et s'écria :

– Minuit et demi ! C'est la catastrophe, mon gaillard!
Nous voilà tous les deux en retard... Toi, c'est papa qui
t'attend, et moi Zannouba! Allez, filons!

Quelques minutes plus tard, ils quittèrent le bar et
sautèrent dans une voiture qui les emmena bon train vers
la place d'al-Ataba puis, fendant l'obscurité, contourna le
mur de l'Ezbékiyyé. De temps à autre apparaissait un
passant fugitif, un autre allait titubant. A chaque carre-
four, porté par une brise fraîche, résonnait l'écho d'une
chanson, tandis qu'au-dessus des demeures et des grands
arbres du jardin veillaient les étoiles scintillantes...

– Cette nuit, s'esclaffa Yasine, je peux jurer, sans crainte
de mentir, que je ne rentre pas de bonne heure!

– J'espère que je serai rentré avant papa! enchérit
Kamal non sans angoisse.

– La peur est la pire des misères! Vive la rébellion!

– Oui, vive la rébellion!

– A bas l'épouse tyrannique!

– A bas le père tyrannique!

*

Kamal frappa à la porte à petits coups légers, jusqu'à
ce qu'apparaisse la silhouette d'Oum Hanafi. L'ayant
reconnu, la femme lui dit tout bas :

– Mon maître est dans l'escalier...

Il attendit derrière la porte, le temps de s'assurer que son
père était arrivé tout en haut. Mais bientôt sa voix résonna
de l'intérieur de l'escalier en demandant d'un ton
bourru :

– Qui a frappé?

Son cœur se mit à battre dans sa poitrine et il se vit
obligé de s'avancer pour répondre :

– C'est moi, papa...

Au même moment, il aperçut l'ombre de son père sur le
palier du premier étage, ainsi que la lumière de la lampe
qu'Amina lui tendait au haut des marches. Le regardant

par-dessus la rampe, Ahmed Abd el-Gawwad demanda à son fils d'un air étonné :

– Kamal? Qu'est-ce qui t'a retenu dehors jusqu'à une heure pareille!

« La même chose que toi... »

– Je suis allé au théâtre, dit-il avec appréhension, pour aller voir la pièce inscrite à notre progamme cette année...

– Alors comme ça on étudie dans les théâtres maintenant? rugit le père en colère. Ça ne te suffit pas de lire et d'apprendre? Des histoires grotesques tout ça! Et d'abord, pourquoi tu ne m'as pas demandé la permission?

Kamal s'arrêta à quelques marches de l'endroit où se tenait son père et répondit en guise d'excuse :

– Je ne pensais pas que la soirée se prolongerait aussi tard !...

– Oui, eh bien, tâche de te trouver d'autres moyens d'étudier et passe-nous tes excuses stupides!...

Sur ce, il reprit sa montée de l'escalier en marmottant des imprécations dont Kamal put saisir quelques bribes du genre : « Aller réviser dans les théâtres jusqu'au milieu de la nuit! »... « Une heure du matin! »... « Même les gamins s'y mettent! »... « Maudit soit ton père et celui de ta maudite pièce inscrite au programme! »...

Son père parti, Kamal monta l'escalier jusqu'au dernier étage, passa au salon où il prit une lampe qui l'attendait allumée sur un guéridon, puis entra dans sa chambre le visage assombri. Il posa la lampe sur son bureau au rebord duquel il s'appuya des deux mains en s'interrogeant sur la date de la dernière injure que lui avait lancée son père. Quoique ne s'en souvenant pas précisément, il était sûr néanmoins que tout le temps de ses études supérieures s'était déroulé dans le calme et la dignité. C'est pourquoi ce « maudit soit ton père », bien que ne lui ayant pas été directement adressé, lui laissa une impression douloureuse.

Il s'éloigna de son bureau, ôta son tarbouche, puis commença à retirer ses vêtements quand soudain, se sentant pris de vertige et d'angoisses à l'estomac, il se précipita vers la salle de bains où, dans une violente et âpre commotion, il rendit tripes et boyaux. Quelques instants plus tard, à bout de forces, il regagna sa chambre, empli de nausée, en proie à une douleur plus vive et plus profonde. Il se déshabilla, éteignit la lampe et se jeta sur son lit avec un soupir d'oppression et d'ennui. Au bout de quelques minutes à peine, il entendit la porte s'ouvrir doucement et la voix d'Amina lui demander craintivement :

– Tu dors?

– Oui..., dit-il du ton le plus naturel et le plus enjoué possible, afin de l'éloigner au plus vite et de rester seul avec son malaise.

Mais il la vit dans l'ombre s'approcher du lit, puis s'arrêter au-dessus de sa tête pour lui dire, l'air de se disculper :

– Ne sois pas froissé... Tu connais ton père!...

– Mais oui..., mais oui...

Puis, comme si elle voulait exprimer sa propre anxiété :

– Il sait que tu es un garçon sérieux et raisonnable, c'est pour cela qu'il t'a reproché ton retard inhabituel jusqu'à cette heure tardive!

A ces mots, la colère monta en lui au point qu'il ne put s'empêcher de répliquer :

– Si veiller la nuit mérite tellement de reproches, alors pourquoi persiste-t-il à le faire, lui?

L'obscurité lui cacha toute la stupeur et la réprobation qui se peignirent à ces mots sur le visage de sa mère. Il l'entendit seulement chasser un petit rire par le nez pour lui faire croire qu'elle n'avait pas pris ses paroles au sérieux.

– Tous les hommes veillent, rétorqua-t-elle. Toi aussi, tu vas bientôt devenir un homme... Mais pour l'instant... tu n'es encore qu'un étudiant...

– Mais oui... Mais oui..., coupa-t-il sur le ton de qui désire abréger la conversation. Je n'ai rien voulu insinuer...

Pourquoi t'es-tu fatiguée à venir jusqu'ici? Allez, va te coucher tranquillement...

– J'ai eu peur que tu sois contrarié..., dit-elle avec douceur. Je te laisse maintenant, mais promets-moi de t'endormir l'esprit en paix. Récite la sourate de l'Éternel pour que le sommeil te vienne!...

Il la sentit s'éloigner, la porte se refermer et entendit sa voix lui dire : « Bonne nuit!... »

Il souffla à nouveau et, les yeux ouverts fixement dans le noir, commença à se caresser le torse et l'estomac.

Maintenant, la vie entière avait un goût amer. Où s'était envolée l'ivresse magique du vin? Quelle était cette morosité étouffante qui avait pris sa place? Dieu qu'elle ressemblait à cette déception amoureuse qui avait mis fin à ses rêves divins! Pourtant, sans la remontrance paternelle, il baignerait toujours dans l'euphorie de l'ivresse. Cette force colossale qu'il redoutait par-dessus tout – et aimait à la fois – quelle était sa nature? Son père n'était qu'un homme et, excepté cette nature badine dont seuls les étrangers avaient le privilège, il n'avait rien de mystérieux! Alors pourquoi le craignait-il? Jusqu'à quand obéirait-il à la puissance irrémédiable de cette peur? Celle-ci certes n'était qu'une illusion comme toutes celles dont il avait été victime, mais à quoi bon faire appel à la logique pour combattre un sentiment inné? Un jour, dans la grande manifestation mettant le roi au défi au cri de : « Saad ou la révolution », il avait frappé avec ses poings à la porte du palais Abdine[1]. Le roi avait reculé et Saad démissionné. Mais, devant son père, il n'était plus rien! Tout prenait une valeur, un sens différent : Dieu, Adam, al-Husseïn, l'amour, Aïda elle-même, l'éternité...

« Tu as dit l'éternité? Oui... A propos de ce qu'il est advenu de ton amour? Et de Fahmi aussi, ton frère martyr qui est à jamais l'hôte du néant? Tu te rappelles cette expérience que tu avais faite, quand tu avais douze ans, pour tâcher de connaître son destin inconnu? Quel funeste

1. Résidence du roi.

souvenir! Tu avais enlevé un oiseau à son nid, tu l'avais étouffé ; d'un morceau d'étoffe tu lui avais fait un linceul et, juste à côté du vieux puits, dans la cour, tu lui avais creusé une petite tombe où tu l'avais enterré. Quelques jours ou quelques semaines plus tard, tu avais ouvert la tombe et en avais extrait le cadavre... Quelle vision! Quelle odeur! Tu as couru vers ta mère en pleurant pour l'interroger sur le destin des morts, de tous les morts, et sur celui de Fahmi en particulier. Et ce n'est qu'en la voyant fondre en larmes que tu as renoncé à l'importuner... Que reste-t-il de lui au bout de sept ans? Que restera-t-il de l'amour? Qui s'avère être finalement ton auguste père? »

Ses yeux s'acclimatèrent à l'obscurité de la pièce au fond de laquelle le bureau, le porte-manteau, la chaise et l'armoire se détachaient en masses sombres. Même le silence accouchait de bruits obscurs. Sa tête s'emplissait du remous fiévreux de l'insomnie. La vie avait un goût de plus en plus amer. Il se demanda si Yasine s'était endormi, comment Zannouba l'avait accueilli. Si Husseïn avait regagné sa couche parisienne. Sur quel côté Aïda dormait en ce moment. Son ventre était-il déjà rond? Que faisait-on dans l'autre moitié de la Terre, au ciel de laquelle le soleil trônait à son zénith? Et les étoiles radieuses? N'y rencontrait-on pas vie, une vie exempte de douleur? Se pouvait-il que sa faible plainte trouve son écho dans le concert infini de l'univers?

« Papa! Laisse-moi t'ouvrir mon cœur! Ce nouveau jour sous lequel tu m'es révélé, je n'en suis point indigné! Au contraire, ce que j'ignorais de toi m'est plus plaisant que ce que je savais déjà! J'admire ta grâce, ta finesse, ton libertinage, tes équipées et tes aventures. Ce côté aimable de ta personne dont s'éprennent tous tes familiers, s'il prouve quelque chose, c'est ta vitalité, ton amour de la vie et d'autrui. Alors je te le demande : pourquoi t'es-tu complu à nous montrer toujours ce masque farouche et effrayant? Et ne me dis pas que c'est au nom des principes de l'éducation, nul n'en est plus ignorant que toi! A preuve, ce que tu vois et ne vois pas de la conduite de

Yasine et de la mienne! Tu n'auras donc fait que nous
nuire et nous faire souffrir, énormément, et cela par la
faute d'une ignorance que seules tes bonnes intentions ne
sauraient excuser! Mais, rassure-toi, je t'aime et t'admire
toujours. Cet amour et cette admiration verront toujours
en moi un serviteur dévoué. Pourtant mon âme en secret
jette sur toi un blâme sévère qui n'a d'égal que la
souffrance que tu m'as infligée. Jamais nous n'avons
connu en toi l'ami qu'ont connu les étrangers. Toi qui ne
fus pour nous qu'un juge arbitraire, méchant, tyrannique!
Comme si le proverbe « Ennemi intelligent vaut mieux
qu'ami ignorant » avait été fait pour toi! Voilà pourquoi,
plus que tout dans cette existence, je haïrai l'ignorance.
Car elle souille tout, même les liens sacrés de la paternité!
Je te préférerais un père deux fois moins ignorant, dût-il
aimer deux fois moins que toi ses enfants! Je me jure, si un
jour je deviens père, d'être, avant un éducateur, un ami
pour mes enfants. Et, tu vois, même dépouillé de ces
qualités divines que t'inventaient jadis mes yeux illusion-
nés, je t'aime et t'admire toujours! Certes, ta puissance
n'est plus que légende! Tu n'es pas conseiller comme Selim
Bey, ni riche comme Sheddad Bey, ni leader de tout un
peuple comme Saad Zaghloul, ni... une calamité comme
Tharwat, ni un noble comme Adli. Tu es seulement un ami
aimé des siens et cela te suffit bien! Ce n'est pas peu déjà!
Ah! si seulement tu ne nous avais pas marchandé ton
amitié! Mais tu n'es pas le seul sur qui mes idées ont
changé. Dieu lui-même n'est plus celui que j'ai adoré. Je
crible les attributs attachés à son essence pour la débarrasser de l'omnipotence, de l'arbitraire, de la tyrannie, du
despotisme et de tous les autres instincts humains. Je ne
sais d'ailleurs où je dois en ce domaine arrêter l'élan de ma
pensée, ni si j'aurais mérite à l'arrêter... Mais quelque
chose au fond de moi me dit que j'irai jusqu'au bout et que
la lutte, quelque amère qu'elle soit, vaut mieux que le
sommeil et la démission. Cela ne devrait pas t'importer
autant que de savoir que j'ai résolu de mettre fin à ta
tyrannie. Ta tyrannie qui m'oppresse comme l'obscurité de

cette pièce et me torture comme cette maudite insomnie! Quant à l'alcool, ce n'est pas parce qu'il m'a trompé que je n'y toucherai plus. Hélas! si lui aussi n'était qu'un leurre, que resterait-il à l'homme? Je te le redis : j'ai décidé de mettre fin à ta tyrannie! Non pas par le défi ou la désobéissance, j'ai trop de respect pour toi pour agir avec toi de la sorte, mais en partant d'ici! Parfaitement, en m'en allant! Dès que je tiendrai debout sur mes jambes, je quitterai ta maison! Le Caire est bien assez vaste pour donner gîte aux opprimés! Tu sais ce que m'a valu de t'aimer malgré ta tyrannie? D'adorer un autre tyran qui si souvent m'a ouvertement et sournoisement opprimé ; m'a tyrannisé sans jamais m'aimer. Pourtant, je l'ai adoré de toute mon âme et l'adore toujours! Serais-tu donc le premier responsable de mon amour et de ma souffrance? Quelle part de vérité peut bien renfermer cette hypothèse? Elle ne m'enchante pas vraiment et je n'en suis pas trop partisan. Pourtant, quoi qu'il en soit de la réalité extérieure de l'amour, il plonge sans doute plus profond ses racines dans l'âme. Mais laissons cela en suspens! Nous étudierons cela plus tard! Quoi qu'il en soit, c'est toi, mon père, qui, en me poursuivant de ta tyrannie, m'a fermé les yeux sur son oppression. Et toi, ma mère, ne me regarde pas comme ça, avec de grands yeux réprobateurs; ne te demande pas : « Quelle est ma faute à moi? » Tu n'as causé de tort à personne. Tout vient de l'ignorance! Le voilà ton crime! L'ignorance..., l'ignorance et toujours l'ignorance! Papa, c'est la cruauté ignorante et toi la douceur ignorante! Aussi longtemps que je vivrai, je resterai la victime de ces deux opposés! Autre effet de ton ignorance, les légendes qui ont peuplé mon esprit. Tu auras été mon trait d'union avec l'âge des cavernes. Et Dieu que j'ai du mal aujourd'hui à me libérer de ton héritage, comme j'en aurai demain à me libérer de papa! Comme il eût été plus digne de vous de m'épargner cet effort surhumain! C'est pourquoi je propose – le noir de cette pièce m'en soit témoin – d'abolir la famille! Cette ornière où s'entasse l'eau croupie! Que paternité et maternité n'aient plus cours! Mieux encore, je voudrais imaginer un pays sans histoire, une vie sans passé!... Et maintenant, regardons-nous dans le miroir! Qu'y voyons-nous? ce gros nez, cette grosse tête... Papa! tu m'as donné ton nez sans me demander mon avis, sans pitié pour moi! Tu m'as martyrisé dès avant ma naissance! Et, bien qu'ayant fière allure sur ton visage, il parait – sans distinction de nature et de forme – ridicule sur ma face étriquée où il ferait plutôt l'effet d'un soldat anglais au milieu d'une confrérie de derviches! Le plus bizarre est encore ma tête. Elle ne ressemble ni à la tienne ni à celle de maman. De quel lointain aïeul l'ai-je donc héritée? Portez-en donc la responsabilité en attendant que la vérité m'apparaisse! Juste avant de nous endormir, nous devrions faire nos adieux à ce monde. Car on n'est jamais sûr de se réveiller le lendemain! J'aime la vie, papa, malgré tout le mal qu'elle m'a fait, tout autant que je t'aime. Il y a en elle des choses qui méritent d'être aimées. Sa face fourmille de questions passionnantes. Sauf que l'utile y est inutile et l'inutile infiniment important! Il y a de grandes chances à l'avenir pour que je ne pose plus mes lèvres sur le bord d'un verre. Adieu, l'alcool. Quoique... doucement... doucement! Souviens-toi, le soir où tu as quitté la maison d'Ayousha, bien décidé à ne plus jamais avoir de relations avec une femme et comment tu es devenu après cela son client favori! J'ai l'impression que l'humanité entière souffre comme moi de torpeur et de nausée! Faisons vœu pour elle de prompte guérison!... »

*

Sitôt qu'il se retrouva seul dans la voiture, après s'être séparé de Kamal, Yasine perdit de son entrain. Bien qu'encore caressé par l'ivresse, il paraissait songeur, d'autant qu'il était plus d'une heure du matin et que la nuit était depuis longtemps entrée dans l'aire où naissent les soupçons... Soit il trouverait Zannouba réveillée, l'attendant bouillante de colère, soit elle se réveillerait en l'entendant rentrer! Dans un cas comme dans l'autre, la nuit ne s'achèverait pas sans histoires, du moins pas tout à fait...

Il descendit de voiture devant l'impasse de Qasr el-Shawq et s'enfonça dans l'obscurité épaisse, haussant ses larges épaules avec indifférence, se disant tout bas : « Ce n'est tout de même pas moi, Yasine, qui vais m'inquiéter d'une femme! » Il se fit à nouveau cette réflexion tandis qu'il gravissait les marches de l'escalier, se tenant à la rampe dans le noir. Il avait beau se répéter ces mots, il n'en paraissait pas pleinement rassuré pour autant...

Il poussa la porte, entra, puis à la pâle clarté du salon gagna la chambre. Là, jetant un coup d'œil sur le lit, il la vit endormie. Il referma la porte afin d'empêcher la lumière de pénétrer et, de plus en plus sûr qu'elle dormait à poings fermés, il commença à ôter ses vêtements avec calme et précaution, tout en mûrissant un plan pour se glisser à sa place dans le lit sans faire de bruit.

– Allume, que j'aie le plaisir de te voir!

Il tourna la tête vers le lit, eut un sourire résigné, puis demanda l'air surpris :

– Tu es réveillée? Je croyais que tu dormais... Je ne voulais pas te déranger...

– Trop aimable! Quelle heure est-il?

– Minuit à tout casser... J'ai quitté le cercle vers onze heures et je suis rentré à pied tranquillement...

– Alors il devait être à perpète, ton « cercle »!

– Pourquoi? Je suis en retard?

– Attends, le coq va te répondre!

– Je parie qu'il n'est même pas encore couché!

Il s'assit sur le canapé pour retirer ses chaussures et ses chaussettes, n'ayant plus sur lui que sa chemise et son pantalon. Soudain, un craquement retentit. Il vit sa silhouette se redresser dans le lit puis l'entendit ordonner d'un ton sec :

– Allume, je te dis!

– Pas la peine, j'ai fini de me déshabiller...

– Je veux qu'on règle nos comptes à la lumière!

– C'est plus agréable dans le noir...

Elle souffla de colère et sauta du lit. Alors il tendit les bras vers elle depuis son siège tout proche et, la saisissant à l'épaule, il l'attira vers le canapé où il la fit asseoir à ses côtés.

– Ne cherche pas la bagarre! lui dit-il.

– Et le marché qu'on a conclu, qu'en fais-tu? répliqua-t-elle en repoussant sa main. J'ai accepté que tu ailles boire dans les bistrots comme ça te chante à la seule condition que tu sois rentré de bonne heure! Et c'est bien malgré moi que je l'ai accepté parce que, au moins, si tu buvais à la maison, ça t'éviterait de gaspiller tout cet argent qui s'en va en fumée? Et voilà qu'en plus tu rentres aux aurores en te fichant de ce qui a été convenu entre nous!

« Allez donc tromper la petite poussinette de l'orchestre et du luth! Et, si un jour elle avait la preuve que tu la trompes, tu te bornerais à t'expliquer avec elle ou bien tu la... Regardes-y à deux fois! Et n'oublie pas que ça ne te ferait pas rien de la perdre! C'est mon épouse préférée. Elle est experte dans ce que j'aime. Et puis... très attachée à notre vie commune. Ah! sans cette maudite lassitude... »

– Je suis resté au café toute la soirée et je n'en suis sorti que pour rentrer ici! D'ailleurs, j'ai un témoin que tu connais bien! s'esclaffa-t-il bruyamment.

Mais elle répliqua froidement :

– Change pas la conversation!

– Tu sais qui j'avais cette nuit comme compagnon de table? continua Yasine sans s'arrêter de rire. Mon frère Kamal!

Contrairement à ce à quoi il s'attendait, elle ne manifesta aucun étonnement et rétorqua à cran :

– Et ta chérie, elle a qui comme témoin?

– Arrête! Je suis blanc comme neige!

Puis, prenant un air contrarié :

– Ça me fait de la peine, vraiment, que tu doutes de ma conduite! Si tu savais comme j'en ai soupé de courir à droite à gauche! Maintenant, tout ce à quoi j'aspire, c'est une vie tranquille! Quant à la taverne, ce n'est rien qu'un passe-temps innocent et honnête. Il faut bien sortir et rencontrer des gens!...

— Ah! toi, alors! fit-elle sur un ton dénotant l'agacement. Tu sais pourtant que je ne suis plus une gamine, qu'on ne se paie pas ma tête comme ça et qu'il vaudrait mieux pour toi comme pour moi que la méfiance ne s'installe pas entre nous!

« Elle me fait une leçon ou des menaces? Ah! je suis encore loin de la vie idéale de mon père! Lui qui fait ce qui lui plaît et trouve en rentrant chez lui le calme, l'amour et l'obéissance! Ce rêve, je ne l'ai réalisé ni avec Zeïnab, ni avec Maryam, et, s'il y en a un que je ne réaliserai pas avec Zannouba, c'est bien celui-là! Pourtant, cette belle luthiste ne devrait pas désespérer, tant qu'elle reste sous ma sauvegarde!

— Si j'avais encore eu des envies d'adultère, je ne t'aurais pas épousée! dit-il d'un ton décisif.

— Oui, mais tu t'es déjà marié deux fois et ce n'est pas le mariage qui t'a empêché d'y tomber!

Il souffla, chassant des relents d'alcool.

— Ton cas n'a rien à voir avec les deux précédents, pauvre nigaude! Ma première femme m'a été choisie et imposée par mon père. La deuxième m'a forcé à l'épouser. Mais, toi, tu ne m'as été imposée par personne et avant qu'on se marie tu ne m'as jamais condamné ta porte! Me marier avec toi ne pouvait donc rien me promettre de neuf que je ne connaissais déjà! Je ne t'aurais pas épousée, petite nigaude, si le mariage lui-même, je veux dire la perspective d'une vie régulière et stable, n'avait été mon seul désir. Et, mon Dieu, si tu avais seulement deux sous de jugeote, jamais tu ne te permettrais de douter de moi!

— Même quand tu rentres aux aurores?

— Quand bien même je rentrerais au matin!

— Tsss! fit-elle. Eh bien, si c'est comme ça, alors bien le bonsoir!

— C'est ça, bon vent! répliqua-t-il sèchement en crispant son visage.

– C'est bon! Je m'en vais! Le monde est vaste et Dieu me pourvoira!

– A ton aise! dit-il avec indifférence.

– Je m'en irai, reprit-elle d'un air de bravade, mais je suis comme une épine, on ne me retire pas facilement!

– Allons donc! rétorqua-t-il, se complaisant à l'indifférence. Je te retirerai plus facilement qu'une chaussure!

A ces mots, de son ton bravache et menaçant, elle glissa à la plainte et s'écria :

– Alors je me jetterai par la fenêtre, comme ça je n'embêterai plus personne et je serai débarrassée!

Il haussa les épaules avec détachement puis se leva et lui dit adoucissant sa voix :

– Jette-toi plutôt dans ton lit! Allez, viens te coucher avec moi, viens faire honte au démon qui nous a désunis!

Il gagna le lit où il s'étendit de tout son long, bâillant et gémissant comme s'il avait trop langui de se coucher. Quant à Zannouba, elle reprit comme se parlant à elle-même :

– Vivre avec toi, c'est être voué au souci!

« Moi aussi, je suis voué au souci! C'est la faute à ton sexe! Vous êtes aussi incapables les unes que les autres de nous combler et tuer la lassitude est au-dessus de vos moyens! Pourtant je ne reviendrai pas au célibat de mon plein gré. Je ne peux tout de même pas vendre une boutique par an en vue d'un nouveau mariage! Alors que Zannouba reste ma femme à condition de ne pas me persécuter! Un mari tête folle a besoin d'une femme raisonnable! A la fois comme Zannouba et raisonnable!

– Tu vas rester sur ce canapé jusqu'à demain matin?

– Je ne dormirai pas! Laisse-moi tranquille et dors, toi, si tu veux...

Et il fallait bien que les choses se terminent ainsi : il tendit les bras, la prit par les épaules et la tira vers lui en maugréant :

– Allez, viens au lit!

Elle opposa une légère résistance puis se laissa vaincre et gagna le lit en soupirant :

– Quand aurai-je le droit d'avoir l'esprit tranquille comme les autres femmes!

– Mais, sois tranquille, tu dois avoir une totale confiance en moi. Je la mérite. Que veux-tu, je ne suis pas heureux si je ne sors pas la nuit. C'est ma nature! Et toi non plus tu ne seras pas heureuse si tu m'uses avec des maux de tête! Tu n'as qu'à te persuader que je ne fais rien de mal pendant ma veillée. Crois-moi, tu ne le regretteras pas! Je ne suis ni un lâche ni un menteur! Ne t'ai-je pas amenée ici une nuit, bien que ma femme y était? Tu crois qu'un lâche ou un menteur l'aurait fait? Je te l'ai dit, je suis las d'aller courir et je n'ai plus que toi dans ma vie!...

Elle poussa un soupir sonore qui voulait dire : « J'aimerais tellement que tu sois sincère! »

Il tendit vers sa poitrine une main joueuse et s'exclama :

– Oh! Dieu du ciel! Ce soupir m'a enflammé le cœur... Dieu me damne!

– S'il pouvait plutôt te guider! dit-elle d'un ton de prière, tout en répondant peu à peu à ses caresses...

« Qui aurait pu imaginer un tel vœu dans la bouche d'une luthiste! »

– Et ne me reçois plus jamais avec des disputes... Ça me coupe toute mon ardeur!

« Hum... Le remède est efficace, mais il ne pourra pas toujours l'être!... Si tu t'étais fait Ayousha tout à l'heure, ça n'aurait pas été la même chanson! »

– Alors, tu vois bien que tes soupçons étaient déplacés!...

*

M. Ahmed était plongé dans son travail quand Yasine entra dans la boutique et se dirigea droit vers son bureau.

Rien qu'en voyant son visage, ses yeux vides et hagards, il comprit que son fils venait implorer son aide. Et, bien que ce dernier s'appliquât à lui sourire poliment, à se pencher sur sa main pour la lui baiser, notre homme sentit qu'il accomplissait ces gestes traditionnels mécaniquement et que sa sensibilité affective avait reflué dans une contrée connue de Dieu seul.

Il lui fit signe de s'asseoir. Yasine s'assit en rapprochant sa chaise de son père et commença à le regarder, tantôt en baissant les yeux, tantôt en souriant timidement. Notre homme, pendant ce temps, s'interrogeait sur le motif de la visite et, comme si laisser son fils à son silence le gênait, il lui demanda l'air inquiet :

– Ça va? Qu'est-ce que tu as? Tu n'es pas comme d'habitude!

Yasine adressa un long regard à son père, comme cherchant à susciter sa pitié puis déclara en baissant les yeux :

– Ils vont me muter au fin fond de la Haute-Égypte!

– Le ministère?

– Oui.

– Mais pourquoi?

Yasine secoua la tête comme en signe de protestation et répondit :

– C'est ce que j'ai demandé au directeur. Il m'a prétexté des choses qui n'ont rien à voir avec le travail... C'est dégoûtant!...

– Quelles choses? demanda le père dubitatif. Explique-toi!

– De viles calomnies... (Puis, après un temps d'hésitation.) Ma femme...

Ahmed Abd el-Gawwad redoubla d'inquiétude et s'enquit avec un air d'appréhension :

– Et qu'ont-ils dit?

Un instant, la gêne se peignit sur le visage de Yasine.

– Ces imbéciles ont prétexté que je suis marié à... une luthiste!

Ahmed Abd el-Gawwad jeta un regard angoissé sur la

boutique et vit Gamil al-Hamzawi s'affairant à quelques pas de lui entre un homme debout et une femme assise. Il se domina et dit d'une voix chuchotée que le frémissement de la colère ne laissait pas cependant d'émouvoir :

– Ce sont peut-être des imbéciles, c'est un fait, mais je t'avais prévenu! Les pires énormités, tu n'en rates pas une! Mais les conséquences ne te rateront pas toujours, elles non plus! Qu'est-ce que tu veux que je te dise? Tu es surveillant dans une école et ta réputation doit être à l'abri de tout soupçon! Combien de fois je me suis tué à te le rabâcher! Par le Dieu tout-puissant! Comme si je n'avais que de tes soucis à m'occuper!

– Pourtant c'est ma femme légitime! rétorqua Yasine en proie à la gêne et à la confusion. On ne peut rien reprocher à un homme dans le domaine de la légalité! Qu'est-ce que le ministère a à voir là-dedans?

– Le ministère doit veiller à la réputation de ses fonctionnaires! objecta le père en ravalant sa colère.

« Ça te va bien de parler de réputation!... Tu ferais mieux de laisser ça aux autres!... »

– Oui, mais c'est un crime et une injustice dans le cas d'un homme marié!

– Tu voudrais peut-être que je dicte sa politique au ministère de l'Éducation! rétorqua Ahmed Abd el-Gawwad avec un geste excédé.

A quoi Yasine répondit, désarmé, suppliant :

– Non, pour sûr!... Je voudrais seulement que vous usiez de votre influence pour faire sauter cette mutation!

Ahmed Abd el-Gawwad commença à taquiner de sa main droite un coin de sa moustache, fixant Yasine sans le voir, occupé à réfléchir.

Yasine s'employa à nouveau à implorer sa pitié, s'excusant de l'avoir importuné, l'assurant qu'il était après Dieu son unique secours. Enfin, il ne quitta pas la boutique avant que son père lui eût donné sa promesse de tout mettre en œuvre pour faire annuler sa mutation.

Le soir même, Ahmed Abd el-Gawwad se rendit au café el-Djoundi, place de l'Opéra, afin de rencontrer le directeur de l'école. Dès qu'il l'eut aperçu, l'homme le pria de s'asseoir et lui dit :

– Je vous attendais. Yasine a dépassé les bornes! Je suis désolé de tous les ennuis qu'il vous cause.

– Quoi qu'il en soit, Yasine est aussi votre fils! lui répondit notre homme en s'attablant face à lui sur la terrasse surplombant la place.

– Naturellement!... Mais je n'ai pas mon mot à dire dans toute cette affaire! Ça ne regarde que lui et le ministère!

– Tout de même, fit-il aimablement observer, n'est-ce pas incroyable de sanctionner un fonctionnaire sous prétexte qu'il a épousé une luthiste? N'y a-t-il pas que lui que ça regarde? Et puis le mariage est une union légitime à laquelle nul ne doit attenter!

Le directeur plissa le front, songeur et perplexe, l'air de n'avoir pas compris les propos de son ami.

– La question du mariage n'a été évoquée qu'accessoirement et en dernier lieu! précisa-t-il. Vous n'avez donc pas su le fond de l'affaire? Je crois bien que vous ne savez pas tout...

Le cœur de notre homme se serra.

– D'autres calomnies? demanda-t-il avec angoisse et appréhension.

L'homme se pencha vers lui et lui dit d'un ton navré :

– Ce qui se passe, monsieur Ahmed, c'est que Yasine s'est battu dans Darb Tayyab avec une fille de trottoir. On lui a dressé un procès-verbal dont copie a été transmise au ministère...

Notre homme en resta bouche bée. Il ouvrit de grands yeux effarés, son visage devint blême à tel point que le directeur se crut obligé de hocher la tête en disant l'air navré :

– C'est pourtant la vérité! J'ai fait tout ce que j'ai pu pour alléger la sanction et ai pu obtenir de faire annuler le projet de le faire passer en conseil de discipline. Alors on s'est contenté de le muter en Haute-Égypte.

– Le chien! grommela Ahmed Abd el-Gawwad dans un soupir.

– Je suis sincèrement désolé, monsieur Ahmed, reprit le directeur en lui adressant un regard compatissant. Mais cette manière de se conduire n'est pas digne d'un fonctionnaire. Je ne nie pas qu'il soit un bon garçon, sérieux dans son travail... Je vous avouerai même que j'ai de l'affection pour lui, non seulement parce qu'il est votre fils, mais aussi pour sa personnalité. Mais on raconte de telles choses sur lui!... Il faut qu'il s'amende et corrige sa conduite, sinon il va ruiner son avenir!

Ahmed Abd el-Gawwad garda un long moment le silence, la colère se peignant sur son visage. Puis il reprit enfin, comme se parlant à lui-même :

– Se battre avec une prostituée! Puisque c'est comme ça, qu'il aille au diable!

Mais il ne le laissa pas aller au diable. Il s'en alla sur-le-champ trouver députés et autres notabilités de ses connaissances, sollicitant leur entremise en vue de faire annuler la mutation. Mohammed Iffat fut le premier à appuyer sa démarche. Ainsi les interventions se succédèrent en haut lieu et finirent par porter leurs fruits, tant et si bien que la mutation fut annulée. Néanmoins, le ministère insista pour que Yasine fût détaché dans ses bureaux, à la suite de quoi, sur recommandation expresse de Mohammed Iffat, le directeur des Archives – son gendre, mari de la première femme de Yasine – se déclara disposé à l'accepter dans son service. L'affaire fut conclue et, au début de l'hiver de l'année 1926, Yasine fut muté à la direction des Archives...

Pourtant, il ne se tira pas tout à fait indemne de cette affaire : on le déclara inapte à travailler dans les écoles, de même que l'on rejeta l'examen de sa promotion au septième échelon, malgré une ancienneté de plus de dix ans dans le huitième!

Bien que Mohammed Iffat, en le faisant affecter dans le service de son gendre, n'ait eu pour seul souci qu'il ne fût point maltraité, Yasine ne se trouva nullement satisfait de sa nouvelle situation, sous la direction du mari de Zeïnab. Un jour, il confia d'ailleurs ses sentiments à Kamal, lui disant :

– Elle est sûrement ravie de ce qui m'arrive et y trouve une nouvelle justification à la position de son père, du temps où il a refusé de me la rendre. Je sais ce qui se passe dans la tête des femmes et je suis bien sûr qu'elle se réjouit de mes mésaventures ! Et c'est bien malheureux que je n'aie pas la possibilité de trouver une bonne place, ailleurs que sous les ordres de ce vieux bouc ! Vrai, ce n'est qu'un vieux, qui n'a rien pour donner du plaisir à une femme ! Il n'est pas près de combler le vide que Yasine a laissé ! Qu'elle se moque de moi, cette idiote ! J'en ai autant pour elle !

Zannouba ne connut jamais la véritable raison de ce changement d'affectation. Tout ce qu'elle sut, c'est que son mari avait été « promu à un poste supérieur au ministère ». De la même manière, le père évita d'aborder avec son fils le sujet du scandale proprement dit et se contenta de lui dire, une fois qu'il eut obtenu l'annulation de la mutation :

– Tant va la cruche à l'eau qu'à la fin elle se casse ! Tu m'as assommé d'ennuis et couvert de honte ! A partir d'aujourd'hui, plus jamais je ne m'occuperai de tes affaires. Fais-ce que tu veux ! Désormais Dieu est entre nous deux !

Mais il n'eut pas la force de l'abandonner à son sort. Un jour, il l'appela à la boutique et lui dit :

– Il est temps que tu envisages ta vie autrement, d'une manière qui te fasse retrouver le chemin de la dignité et t'ôte à la vie de réprouvé que tu mènes. Il est encore temps de repartir à zéro. Je peux te préparer une vie digne de toi. Tu n'as qu'à m'écouter et m'obéir !

Puis il poursuivit, lui faisant part de ses suggestions :

– Répudie ta femme et reviens à la maison ! Ta maison ! De mon côté, je me charge de te faire faire un mariage décent, afin que tu commences une vie respectable !

Yasine rougit et répondit à voix basse :

– J'apprécie votre désir sincère d'améliorer ma situation, mais j'œuvrerai moi-même à réaliser ce désir sans nuire à personne!...

– Encore une promesse, comme toutes celles des Anglais! rugit le père furibond. On dirait que l'envie te démange de faire un tour en prison! Parfaitement! La prochaine fois, c'est de derrière les barreaux que me parviendront tes appels au secours! Je te le redis encore une fois : répudie cette femme et reviens à la maison!

A ces mots, Yasine déclara dans un soupir fait pour que son père l'entende :

– Elle est enceinte, père! Je ne voudrais pas commettre une faute supplémentaire.

« Seigneur, protégez-nous! Tu as en ce moment un petit-fils en train de se former dans le ventre de Zannouba! Pouvais-tu t'imaginer la somme d'ennuis que ce garçon te préparait quand tu l'as accueilli dans tes bras, venant de naître, un jour considéré par toi parmi les plus heureux de ta vie? »

– Enceinte?

– Oui...

– Et tu craignais de faire une faute supplémentaire!

Puis, laissant exploser sa colère, sans même laisser à Yasine le temps d'ouvrir la bouche :

– Alors pourquoi n'as-tu pas eu les mêmes scrupules le jour où tu as offensé de braves filles de bonne famille? Tu es une malédiction! Par le Livre de Dieu, une malédiction!

Lorsque son fils quitta la boutique, il l'accompagna d'un regard plein de mépris et de compassion. Il ne pouvait qu'admirer – contrairement à ses tendances profondes, héritées de sa mère – la belle prestance qu'il tenait de lui... Il se rappela soudain comment il avait failli lui-même chuter dans l'abîme à cause de cette même Zannouba, mais aussi comment il avait su réprimer son désir au bon moment. Réprimer son désir. Il ressentit de l'amertume et de l'angoisse à cette pensée. Pour finir, il maudit Yasine, Yasine et... encore Yasine!

*

Le 20 décembre arriva et il sentit que, tout au moins par rapport à lui, ce n'était pas un jour comme les autres. Car jadis, en ce même jour, à une certaine heure, il s'était retrouvé de ce monde! On avait même noté l'événement dans un acte de naissance afin que la date sur laquelle on s'était entendu ne varie pas avec le temps[1]!

Son manteau sur le dos, il arpentait la chambre de long en large, jetant de temps à autre un regard sur son bureau où, ouvert sur une page blanche revêtue en haut de sa date de naissance, reposait son cahier de souvenirs. Alors, sans interrompre son va-et-vient d'un bout à l'autre de la pièce, tirant de ce mouvement un peu de chaleur qui l'aidait à combattre le froid glacial qui régnait, il réfléchissait à ce qu'il avait l'intention d'écrire à l'occasion de cet anniversaire.

Le ciel, de l'autre côté de la vitre, disparaissait sous un voile de nuages maussades. La pluie tombait par instants, s'arrêtait, réveillant en lui les ressorts de la méditation et du rêve.

Il fallait coûte que coûte célébrer l'événement, dût la cérémonie se limiter au seul intéressé! Dans la vieille maison, en effet, il n'était pas de tradition de fêter les anniversaires. Sa mère, à commencer par elle, ne savait même pas que ce jour était au nombre de ceux qu'elle ne devait pas oublier! Elle ne conservait des naissances que de vagues souvenirs liés aux saisons pendant lesquelles elles étaient survenues, aux douleurs qui les avaient accompagnées. Ainsi tout ce qu'Amina savait de la sienne était qu'« elle avait eu lieu en hiver, que l'accouchement avait été difficile et qu'elle avait souffert et hurlé pendant deux jours d'affilée ».

1. Allusion à une pratique assez courante qui consistait, avec la complicité de la sage-femme, le plus souvent à différer – parfois de plusieurs années – la déclaration d'une naissance. L'enfant en tirait ainsi de multiples avantages sur le plan scolaire, professionnel, etc. Cela n'implique rien de précis dans le cas de Kamal.

Lorsque, tout petit, il se remémorait ces bruits concernant sa naissance, son cœur s'emplissait de compassion pour sa mère. Plus tard, ce sentiment avait redoublé quand, assistant à la naissance de Naïma, il avait tremblé de douleur pour Aïsha. Mais, aujourd'hui, il regardait le phénomène de sa venue au monde avec un esprit neuf, un esprit qui s'était abreuvé aux sources de la philosophie matérialiste, avec tant de fièvre qu'il avait assimilé en deux mois ce que la pensée humaine avait mis un siècle à accoucher. Se demandant – tel un juge interrogeant un prévenu – si celle-ci n'était pas imputable en partie ou en totalité à la négligence ou à l'ignorance, il médita donc la difficulté de sa venue au monde, ainsi que toutes les séquelles qui avaient pu en résulter au niveau du cerveau et du système nerveux, susceptibles d'avoir joué un rôle important dans la vie et le destin futur du nouveau-né, enfin tous les côtés positifs ou négatifs pouvant lui être attribués. Sa passion maladive pour Aïda, par exemple, ne pouvait-elle pas provenir de chocs subis par sa fontanelle ou sa volumineuse boîte crânienne dans les profondeurs de l'utérus, dix-neuf ans plus tôt? Cet idéalisme qui l'avait si longtemps égaré dans les contrées inexplorées de l'imagination et avait déversé en abondance ses larmes sur l'autel de la souffrance n'était-il pas que la conséquence regrettable de l'incurie d'une sage-femme inexpérimentée?

Il pensa aussi à la période prénatale et même d'avant la conception, à cet inconnu d'où jaillit la vie, à cette équation chimique et mécanique qui se résout en un être vivant, lequel fera de son origine l'objet de son premier reniement pour lever ses yeux vers le ciel et s'y prétendre une parenté au haut de ses cercles azurés. On lui connaît pourtant une origine plus simple qui a pour nom le sperme! En fonction de quoi il n'était lui-même dix-neuf ans et neuf mois plus tôt qu'une simple goutte de sperme! Une goutte qu'un désir innocent de plaisir, un besoin pressant de consolation, une poussée d'ardeur insufflée par une ivresse libératrice ou même le simple sentiment du devoir envers une épouse cloîtrée... avaient expulsée! De laquelle de ces circonstances était-il le fils? peut-être après tout n'était-il que l'enfant du devoir, lui que le sentiment du devoir ne quittait pas! Même les plaisirs, il ne s'y était adonné qu'après qu'ils lui eurent apparu comme une philosophie à observer, une cause à embrasser, sans compter que cela ne s'était pas fait sans lutte ni douleur, ni ne signifiait qu'il prît la vie simplement...

De cette goutte de sperme, donc, un minuscule animal s'était échappé, puis avait rencontré un ovule dans la trompe, après quoi, l'ayant crevé, ils s'étaient ensemble laissé glisser vers l'utérus où ils s'étaient transformés en embryon. Ce dernier, une fois constitué en squelette revêtu de chair, était sorti vers la lumière, insouciant de la douleur qu'il allait ce faisant engendrer.

Ce petit bout d'homme aux traits non encore défroissés n'avait d'abord été qu'un cri. Après quoi les instincts en lui déposés avaient continué de croître et de se nouer, accouchant au fil du temps de croyances et d'opinion à n'en plus savoir que faire! Puis l'amour était venu en lui, par lequel il s'était prétendu à lui-même une sorte de divinité. Puis il avait vu ses croyances vaciller sur leurs bases avant de s'effondrer, ses idées bouleversées, son cœur déçu, et il avait été ravalé à un rang plus vil que celui auquel la nature l'avait promu.

Ainsi donc, dix-neuf ans s'étaient écoulés! Une éternité! Et cette jeunesse qui s'enfuyait à tire-d'aile! Comment s'en consoler, sinon en savourant la vie heure par heure, voire minute par minute, en attendant que le corbeau chante l'appel du déclin?

Il y avait eu le temps de l'innocence, puis celui où l'amour scandait la vie : « Av.A... Ap.A »... Mais aujourd'hui n'était plus qu'un monceau de désirs détachés d'un amour d'essence inconnue, qui ne laissait à son secteur pour seul don que quelques-uns de ses plus beaux noms[1].

1. Allusion aux « Plus beaux noms d'Allah », soit les 99 noms définissant ses attributs (le Clément, le Miséricordieux, etc.).

Il y avait eu enfin l'explosion de la vérité, la découverte des joies de la vie, la lumière de la science! Le voyage de toute évidence avait été long. Comme si l'être aimant avait pris le train d'Auguste Comte, était passé par la station de la conscience théologique dont la devise est : « Oui, maman! », avait traversé les plaines de la métaphysique dont la devise est : « Non, maman! », avant de voir pointer au loin, à travers la lunette, la montagne de la réalité positive au sommet de laquelle s'inscrit le mot d'ordre : « Ouvre les yeux et courage! »...

Il cessa de passer et repasser devant son bureau. Ses yeux s'arrêtèrent sur le cahier de souvenirs. Il se demanda s'il allait s'asseoir pour noircir la page dédiée à son anniversaire selon l'inspiration de sa plume ou bien attendre que les idées se cristallisent dans sa tête. Au même moment, le clapotement de la pluie sur les murs frappa ses oreilles comme un bourdonnement. Il tendit le regard vers la fenêtre surplombant Bayn al-Qasrayn et vit des perles de pluie accrochées à la vitre suintante d'humidité. L'une d'elles ne tarda pas à s'écouler vers le bord inférieur du cadre, traçant sur ce carré de buée une ligne brillante et sinueuse comme la queue d'une comète. Il alla vers la fenêtre et leva les yeux pour suivre la pluie tombant des nuages denses, dans ce ciel ainsi uni à la terre par des fils de perles. Les minarets et les coupoles semblaient insoucieux de ces pleurs célestes. Au fond, l'horizon scintillait comme un cadre d'argent ; tout baignait dans une blancheur teintée d'une douce matité ruisselante de majesté et de rêve...

De la rue montèrent des cris d'enfants. Il plongea un regard pour voir la terre ruisseler, la boue amoncelée dans les coins. Les carrioles s'enlisaient et jetaient des éclaboussures avec leurs roues ; les étalages étaient vides, les passants cherchaient refuge dans les boutiques, les cafés, sous les balcons...

Ce ciel, qui parlait au sentiment avec les mots de l'émotion, il avait tout lieu d'y fondre longuement sa pensée pour méditer sa position face à la vie, à l'aube de cette nouvelle année ajoutée à son existence. Depuis que Husseïn avait déserté le sol de la patrie, il ne trouvait plus de compagnon à qui s'ouvrir des secrets de son âme. Il ne lui restait plus que lui-même à qui il pouvait toujours s'adresser s'il ressentait le besoin de parler. Il avait pris son âme comme confident, après que l'eut quitté le confident de l'âme!... Il se demanda : Tu crois que Dieu existe? Au fond de lui, une voix répondit : pourquoi n'essaies-tu pas de sauter d'étoile en étoile, de planète en planète, comme tu le fais de marche en marche, pour y aller voir toi-même? Et l'élite désignée des envoyés du ciel, qui ont placé la Terre au centre de l'univers et ont obligé les anges à s'agenouiller devant une poupée d'argile, jusqu'à ce que vienne leur frère Copernic qui l'a remise à la juste place que ce même univers lui avait assignée : celle de modeste servante du Soleil? Son autre frère Darwin est venu après lui qui a démasqué le prince prétendu et à déclaré à la face du monde que son véritable père était celui qu'il gardait enfermé en cage et appelait ses amis à venir regarder les jours de fête.

Au commencement était la nébuleuse d'où, comme des gouttes d'eau d'une roue de bicyclette, les étoiles ont jailli en pluie, puis, dans leur farandole éternelle, se sont attirées entre elles et ont donné naissance aux planètes. La Terre en tant que boule d'eau s'est détachée du lot et la Lune s'est accrochée à ses pas pour l'embêter, pendant que sa compagne lui faisait la grimace d'un côté de son visage et lui souriait de l'autre. Puis, rebutée, sa face s'est figée en montagnes, plateaux et vallées, pics et vie rampante. Alors est venu le fils de la Terre, marchant à quatre pattes et demandant à tous ceux qu'il trouvait sur sa route s'ils n'avaient pas rencontré l'idéal.

« Je ne vous cache pas que j'en ai assez des mythes. D'ailleurs, dans le déluge des flots, j'ai trouvé pour m'agripper un rocher à trois têtes que j'appellerai dorénavant « rocher de la science, de la philosophie et de l'idéal »! Ne me dites pas que, comme la religion, la philosophie est d'essence mythique. En vérité, elle repose sur des bases solides qu'elle puise dans la science et à l'aide desquelles elle tend vers son but. L'art, lui, est un plaisir sublime, un prolongement de la vie. Mais mon ambition va plus loin, elle qui ne se satisfait que de vérité! Or l'art, en regard de la vérité, a plutôt l'air d'une discipline femelle. Pour parvenir à cette fin, sachez que je suis prêt à tout sacrifier, hormis ma raison de vivre. Quant à mes aptitudes pour ce rôle éminent, voulez-vous les connaître? Une grosse tête, un gros nez, un amour déçu et un espoir malade; Et ayez garde de vous moquer des rêves de jeunesse! S'en moquer n'est qu'un symptôme de sénilité que les gens anormaux qualifient de sagesse. Admirer à la fois Saad Zaghloul, Copernic, Istoult et Mach n'est pas incompatible! Lutter pour rattacher l'Égypte retardataire au train en marche de l'humanité est faire œuvre noble autant qu'humaine. Le patriotisme reste une vertu tant qu'il n'est pas entaché de haine xénophobe. Aussi bien, notre haine des Anglais n'est qu'une forme de défense de notre identité et, partant, le patriotisme ni plus ni moins qu'un humanisme local!...

» Demandez-moi si je crois en l'amour. Je vous répondrai qu'il n'a pas encore quitté mon cœur. Je ne puis donc que confirmer la réalité du sentiment humain. Et, bien que l'amour mêlât jadis ses racines à celles de la foi et des légendes, la destruction de leurs autels n'a pas sapé ses fondements, pas plus que l'irruption dans son sanctuaire de l'étude et de l'analyse, ni l'isolement de ses constituants biologiques, psychologiques et sociaux n'ont affaibli son importance. Car tout cela, quand d'aventure un souvenir resurgit, une image s'agite devant mes yeux, ne fait pas battre mon cœur moins fort! Alors tu crois encore à l'éternité de l'amour? L'éternité n'est pas un mythe! Mais peut-être que l'amour, comme toute chose ici-bas, est sujet à l'oubli. Depuis le mariage d'A... ïda... – pourquoi hésites-tu à prononcer son nom? – une année a passé. Tu as déjà franchi une étape sur le chemin de l'oubli! Tu as connu les stades de la folie, puis de la prostration, de la douleur enfin, d'abord lancinante, puis intermittente...

Aujourd'hui, il pourrait presque s'écouler une journée entière sans qu'elle ne me traverse l'esprit, sauf au réveil ou à l'heure de m'endormir, une ou deux fois par jour... Et l'émotion que je ressens à ce ressouvenir va d'une nostalgie qui pointe modestement, d'une tristesse qui passe comme un nuage à un regret qui me pique mais jamais ne me brûle... Sauf quand soudain mon âme s'enflamme comme un volcan et que la Terre tourne sous mes pieds... Quoi qu'il en soit, je sais désormais que je continuerai à vivre sans Aïda.

» Que recherches-tu à travers l'oubli? Comme je l'ai dit : étudier l'amour et l'analyser. Déprécier les douleurs individuelles par des méditations universelles dans la hauteur desquelles le monde de l'homme semble un grain de poussière. Me changer les idées par la boisson et le sexe. Rechercher la consolation auprès des philosophes du réconfort, comme Spinoza qui regarde le temps comme une chose irréelle et, par conséquent, les émotions liées à des événements passés ou à venir comme irrationnelles et que nous sommes capables de surmonter si nous savons nous en faire une représentation claire et distincte. Tu es heureux de t'être aperçu que l'amour peut s'oublier? Oui, car c'est pour moi la promesse d'échapper à la captivité ; mais peiné aussi dans la mesure où cela aura été une expérience de la mort avant terme.

» Heureux qui ne songe pas au suicide ni n'espère la mort! Heureux celui dont le cœur abrite le flambeau de l'espérance. Eternel qui œuvre ou s'attelle avec foi au labeur. Vivant qui suit les traces d'al-Khayyam avec un livre, un verre et une femme aimée entre les mains! Un cœur assoiffé d'avenir ne pense pas ou feint de ne pas penser au mariage, tout comme un verre rempli de whisky à ras bord n'offre plus de place au soda. Il suffit simplement que la passion de boire s'exerce sans remords et que l'attrait des femmes ne subisse pas l'entrave du dégoût. Quant à ce désir de pureté et d'abstinence qui te saisit parfois, ce n'est peut-être qu'un résidu de ta foi éteinte... »

La pluie tombait sans cesse. Le ciel grondait, s'illuminait d'éclairs. Dans la rue vide, les cris s'étaient tus. L'idée lui vint d'aller jeter un regard sur la cour. Il quitta la chambre en direction du salon et se mit à la fenêtre d'où, pointant le regard à travers la jalousie, il vit l'eau emporter la terre meuble du sol, y creusant des sillons, puis s'élancer du côté du vieux puits. Elle déborda dans un coin et, entre le fournil et le cellier, s'entassa dans un trou où germaient au gré de l'humidité les grains de froment, d'orge ou de fenugrec tombés par hasard des mains d'Oum Hanafi. De beaux grains habillés d'une enveloppe soyeuse, qui mûrissaient quelques jours avant qu'on les foule en passant. Ce trou, qui au temps de l'enfance avait été le terrain de ses expériences, le pâturage de ses rêves, voilà que son cœur puisait à ses souvenirs pour s'emplir d'un désir nostalgique, d'une joie faiblement attristée...

Il quitta la fenêtre pour regagner sa chambre et remarqua la présence de celle qui se trouvait dans le salon, le seul souvenir vivant de l'éternelle séance du café : sa mère, assise jambes croisées sur le canapé, les bras tendus au-dessus du fourneau, avec pour unique compagne, Oum Hanafi, assise semblablement en face d'elle, sur une peau de mouton. Il se rappela alors l'antique séance aux jours de sa splendeur, le trésor de merveilleux souvenirs qu'elle avait en lui déposé.

Le fourneau en terre y était le seul vestige à n'avoir pas subi de notable changement que l'œil pût réprouver...

16

AHMED ABD EL-GAWWAD longeait tranquillement la rive du Nil en direction de la villa d'eau de Mohammed Iffat. La nuit était calme, le ciel clair et parsemé d'étoiles, l'air à la fraîcheur.

Parvenu à destination, il n'omit pas avant d'entrer – simple question d'habitude – de regarder au loin, à l'emplacement de cette autre villa d'eau qu'il avait appelée il fut un temps « villa de Zannouba »...

Sur ces douloureux souvenirs, une année s'était écoulée. Ils ne survivaient plus dans son cœur que sous les formes de la honte et du dépit, ils avaient eu entre autres pour effet de l'inciter à fuir les réunions galantes, comme il l'avait fait à la suite de la mort de Fahmi. Il avait tenu bon une année entière, après quoi, rebuté, il était revenu sur sa résolution et s'en retournait ce soir rejoindre d'un pas ferme le cercle défendu.

Au bout d'une minute à peine, il fit son entrée au sein de la joyeuse assemblée et posa un regard sur ce groupe chéri composé de ses trois amis et des deux femmes. S'il avait vu les premiers la veille au soir, il n'avait pas revu ces dames depuis près d'un an et demi, soit – pour être plus précis – depuis cette soirée où Zannouba avait fait irruption dans sa vie.

Rien n'avait encore commencé. Les bouteilles étaient vierges et l'ordre entier. Galila occupait le canapé d'honneur, au fond de la pièce, jouant avec ses bracelets d'or du cliquetis desquels elle semblait se délecter l'oreille, Zubaïda s'étant placée pour sa part au-dessous de la lampe qui pendait du plafond, adossée à la table où s'entassaient bouteilles de whisky et soucoupes de mezzé[1], inspectant sa toilette dans un petit miroir qu'elle tenait à la main.

Les trois amis étaient assis séparément, à distance les uns des autres, tête nue, ayant ôté leur djoubba. Il leur serra la main puis pressa avec chaleur celle des deux femmes. Galila l'accueillit en lui disant : « Bienvenue à mon frère chéri. » Quant à Zubaïda, elle lui dit d'un air de souriant reproche : « Bienvenue à vous que seule la politesse nous invite à saluer! »

Lui-même ôta sa djoubba et son tarbouche puis, jetant un regard sur les places vides – Zubaïda était allée s'asseoir auprès de sa collègue – il hésita un instant avant de se diriger vers le canapé des deux femmes où il s'assit à son tour. Son mouvement d'hésitation n'avait pas échappé à l'œil d'Ali Abd el-Rahim qui lui lança :

– Comme ça, tu as tout l'air d'un élève débutant!

A quoi Galila répliqua, comme à dessein de l'encourager :

– Ne vous occupez pas de lui! Il n'y a pas de gêne entre nous!

Zubaïda partit ausitôt d'un éclat de rire et renchérit avec ironie :

– C'est moi qui suis le plus en droit de dire ça! Ne sommes-nous pas gens de famille?

Notre homme saisit l'allusion et se demanda avec angoisse jusqu'où allait sa connaissance de toute cette affaire.

– Tout l'honneur est pour moi, Sultane! répondit-il néanmoins avec délicatesse.

– Vous êtes vraiment heureux de ce qui s'est passé? dit-elle, lui jetant un regard.

---

1. Assortiment d'amuse-gueule servis à l'entrée d'un repas ou avec une boisson.

– Du moment que vous êtes sa tante!... répondit-il subtilement.

– Oui, eh bien, moi, rétorqua-t-elle avec un geste de dépit, je ne la porterai pas bénie dans mon cœur!

Avant que notre homme ne lui en eût demandé la raison, Ali Abd el-Rahim s'écria en se frottant les mains :

– Bon, si vous parliez de ça plus tard, qu'on se soigne la tête d'abord!

Sur ce, il se leva vers la table, déboucha une bouteille, remplit les verres et les offrit un par un avec une application attestant sa joie de remplir la fonction d'échanson. Puis il attendit que chacun des convives fût prêt à boire et s'exclama :

– A la santé des amis chers, des frères et de la gaieté! Qu'ils nous soient éternels!

Et ils portèrent leurs verres à leurs bouches souriantes.

Par-dessus le sien, Amed Abd el-Gawwad observa les visages de ses compagnons, ces amis de toujours qui près de quarante ans durant avaient partagé avec lui les devoirs de l'amitié et de la fidélité. Il lui semblait voir des morceaux de son âme et il se sentit bientôt transporté par un pur élan de fraternité. Il se tourna vers Zubaïda et renoua la conversation en demandant :

– Et pourquoi ne la portez-vous pas bénie dans votre cœur?

Elle lui adressa un regard qui lui fit sentir sa joie de converser avec lui et répondit :

– Parce que c'est une traîtresse qui ne respecte pas l'attachement! Elle m'a trahie voici plus d'un an en quittant ma maison sans même me demander la permission, pour partir je ne sais où!...

« Ignorait-elle vraiment où elle était partie pendant tout ce temps-là? »

Il se refusa à tout commentaire.

– Vous ne l'avez pas su? lui demanda-t-elle.

– Si, je l'ai appris en temps voulu..., répondit-il, placide.

– Moi qui ai eu soin d'elle depuis toute petite et l'ai élevée avec le cœur d'une mère! Voyez la récompense que j'en ai! Fi donc du sang de l'ordure!

– N'insultez pas son sang, car c'est aussi le vôtre! rétorqua Ali Abd el-Rahim plaisamment, feignant la réprobation.

Mais Zubaïda répondit sans rire :

– Il n'y a pas de sang commun entre nous!

A ces mots, notre homme lui demanda :

– Mais qui donc était son père?

– Son père? claironna Ibrahim Alfar.

La question lui était tombée des lèvres sur un ton annonçant un torrent de sarcasmes. Aussi Mohammed Iffat prit-il les devants en le rappelant à l'ordre :

– N'oublie pas qu'il est question de la femme de Yasine!

Le masque de l'ironie quitta le visage d'Alfar qui non sans embarras se replia dans le silence.

– Quant à moi, reprit Zubaïda, ce que je dis d'elle n'est pas une plaisanterie. Elle m'a toujours jalousée et a toujours rêvé d'être ma rivale, alors qu'elle était à ma charge. Et moi, pendant ce temps-là, je la dorlotais et fermais les yeux sur ses méchancetés.

Puis, en riant :

– Elle rêvait de devenir almée!...

Elle promena son regard sur l'assemblée avant d'ajouter d'un ton sarcastique :

– Mais elle a raté son coup, alors elle s'est mariée!

– Parce que chez vous le mariage est un échec? s'étonna Ali Abd el-Rahim.

Elle le regarda en plissant un œil et, relevant le sourcil de l'autre, elle rétorqua :

– Oui, mon petit gars! Une almée ne quitte son orchestre que pour aller à l'échec!

A ces mots, Galila entonna ce refrain : « Tu es le vin, ô mon âme, tu nous fais du bien. » Notre homme arbora un large sourire et la salua d'un « Ah! » attendri, révélateur

562

de sa joie. Mais Ali Abd el-Rahim se leva derechef en disant :

— Un peu de silence, je vous prie, que nous éclusions ce verre!

Il emplit les verres et les distribua à l'assemblée, après quoi il regagna son siège, tenant le sien à la main. Notre homme se servit à son tour, lorgnant Zubaïda qui se tourna vers lui un sourire à la bouche et leva son verre, l'air de lui dire : « Santé! » Il fit de même et ils burent complices, Zubaïda l'enveloppant d'un doux regard, baigné de sourire...

Une année avait passé sans que le désir d'une femme ne l'agite. Comme si la rude expérience qu'il avait subie avait éteint son ardeur. A moins que ce ne fût l'orgueil, ou le dégoût. Quoi qu'il en soit, à la faveur de l'ivresse et de ce regard affectueux, son cœur s'anima et ressentit, après l'amertume de se refermer, la douceur de s'offrir. Cette fraîche sensation, il la regarda comme un clin d'œil aimable du sexe qui avait été la passion de sa vie. Peut-être panserait-elle la blessure de sa dignité que la trahison de Zannouba et l'avance des années avaient durement éprouvée. C'était comme si le sourire suggestif de Zubaïda lui disait : « Mais non! Ton heure de gloire n'est pas encore finie! » Aussi continua-t-il à soutenir son regard, sans effacer son sourire... Sur ce, Mohammed Iffat apporta un luth et le déposa entre les deux femmes. Galila s'en saisit, commença à en taquiner les cordes puis, sentant l'attention s'éveiller chez ses auditeurs, elle se mit à chanter : « O toi que j'aime, je t'avertis!... » Notre homme, comme à son habitude chaque fois qu'il écoutait Galila ou Zubaïda, fit mine de vibrer en harmonie et, comme s'il voulait se donner l'émotion en en mimant les attitudes, il se mit à accompagner de la tête le flux et le reflux de la mélodie. Car, en vérité, l'univers du chant n'était plus pour lui que souvenirs. Finis Hammouli, Othman, al-Manialawi et Abd el-Hayy, comme sa jeunesse et les jours glorieux! Néanmoins il lui fallait bien se résoudre à se satisfaire de la réalité immédiate et ressusciter l'émotion, ne fût-ce qu'en la singeant. Son amour du chant et sa passion de la musique l'avaient amené à fréquenter le théâtre de Mounira al-Mahdiyya, encore qu'il ne fût point fanatique du théâtre chanté. Et puis il trouvait qu'on était assis au théâtre comme à l'école et cela l'ennuyait. Il avait eu aussi l'occasion d'écouter chez Mohammed Iffat des disques de cette nouvelle chanteuse appelée Oum Kalsoum, mais en lui prêtant une oreille rétive, pleine de défiance. Et, bien que, d'après ce qu'on disait, Saad Zaghloul lui-même eût fait l'éloge de sa voix, il ne l'avait point appréciée. Pourtant, en ce moment même, rien n'évoquait en lui ce changement d'attitude à l'égard du chant. Son regard restait suspendu à Galila et, satisfait et heureux, d'une voix douce, il reprenait avec le chœur « O toi que j'aime... ». Au point que soudain Alfar lança avec regret :

– Mais... mais... où est donc le tambourin? Où est le tambourin, qu'on entende Abd el-Gawwad junior!

« Demande plutôt où est passé l'Ahmed Abd el-Gawwad qui en jouait! Ahhh! Pourquoi le temps nous fait-il changer à ce point? »

Galila termina la chanson dans un concert d'approbations. Elle déclara cependant, sur un ton d'excuse, avec un sourire de gratitude :

– Je suis un peu fatiguée...

Qu'importe. Zubaïda, comme cela avait souvent cours entre elles deux, par mesure de complaisance ou par souci de préserver la bonne entente générale, la couvrit d'éloges. Mais personne n'était dupe que l'étoile de Galila, en tant qu'almée, amorçait un rapide déclin dont le dernier signe révélateur en date avait été le départ de Fino – la joueuse de tambourin – de son orchestre. Déclin inéluctable dans la mesure où toutes les qualités sur lesquelles avait jadis reposé sa gloire, comme son charme, la beauté de sa voix, étaient aujourd'hui fanées. C'est pourquoi Zubaïda n'éprouvait plus à son égard de jalousie notable et pouvait désormais la flatter de bon cœur, cela d'autant qu'elle était elle-même parvenue au faîte de sa vie artistique, au-delà duquel tout nouveau pas se fait vers le déclin.

Souvent, les trois amis se demandaient si Galila avait assuré ses arrières en prévision de cette étape critique de la vie. Notre homme pensait que non et allait jusqu'à accuser certains de ses anciens amants de lui avoir dissipé une grande part de sa fortune, ayant soin de proclamer qu'elle était femme à savoir se procurer de l'argent par tous les moyens! Ali Abd el-Rahim confortait son point de vue, qui prétendait qu'elle « faisait commerce de la beauté des filles de son orchestre » et que peu à peu « sa maison prenait un tout autre visage... » Quant à Zubaïda, tous s'accordaient à penser que, malgré ses talents pour soutirer de l'argent, elle avait le cœur sur la main et raffolait de ces équipages qui vous grillent une fortune comme un rien, sans parler de son goût immodéré de la boisson et des drogues, cocaïne en tête.

— Permettez-moi, lui lança Mohammed Iffat, de dire mon admiration pour les regards aimables dont vous privilégiez certains d'entre nous!

Galila partit à rire et chantonna à voix basse :

— « Ses yeux trahissent son amour... »

— Vous vous croyez peut-être dans une confrérie d'aveugles ? renchérit Alfar avec désaveu.

Ahmed Abd el-Gawwad, se donnant un air navré :

— Ce n'est pas avec une telle franchise que vous deviendrez les maquereaux que vous voudriez être!

Quant à Zubaïda, elle contra Mohamed Iffat en lui disant :

— Je ne le regarde pas dans un but que Dieu réprouve! Je lui envie simplement sa jeunesse! Regardez un peu sa belle tête noire au milieu de vos crânes blancs et dites-moi si vous lui donnez un seul jour de plus que quarante ans?

— Moi, je lui donne un siècle!

— Vous feriez mieux de vous regarder! rétorqua notre homme.

A ces mots, Galila se mit à fredonner le thème de la chanson :

– « L'œil de l'envieux, perçons-le d'un pieu, ô ma douce!... »

– Il n'a rien à craindre sur ce plan-là! rétorqua Zubaïda. Mon œil à moi ne lui veut aucun mal...

– Parce que chez vous il vient des deux à la fois! répliqua Mohammed Iffat, dans un hochement de tête significatif.

A cette occasion, notre homme se tourna vers Zubaïda pour lui demander :

– Vous parliez de ma jeunesse? Vous ne savez pas ce qu'a dit le docteur!

– Iffat m'en a parlé, répondit-elle d'un air maussade. Mais qu'est-ce que c'est que cette tension qu'il vous reproche?

– Il m'a enroulé un drôle de sac autour du bras, il a commencé à me gonfler avec une poire en cuir et m'a dit : « Vous faites de la tension! »

– Et elle viendrait d'où cette tension?

– A mon avis, de nulle part ailleurs que de la poire en question! répondit notre homme dans un rire.

Ibrahim Alfar se frappa les paumes :

– Il faut croire que le mal est contagieux, la preuve, il n'y avait pas un mois que notre cher protégé en était frappé, qu'on rappliquait tous chez le docteur les uns après les autres et là, dans tous les cas, un seul diagnostic : la tension!

– Moi, je vais vous en dire la raison! s'exclama Ali Abd el-Rahim. C'est un des symptômes de la révolution. La preuve c'est qu'avant elle on n'en avait jamais entendu parler!

– Et par quoi se manifeste la tension? s'enquit Galila auprès de M. Ahmed.

– Une migraine de chien et du mal à respirer en marchant...

– Et qui n'a pas eu au moins une fois ces symptômes? maugréa Zubaïda dans un sourire par lequel elle déroba une pointe d'angoisse. Qu'est-ce que vous croyez, moi aussi, j'en ai, de la tension!

– Par en haut ou par en bas? demanda notre homme. Tous rirent sans exception, Zubaïda y compris.

– Puisque vous savez ce que c'est, la tension, reprit Galila, examinez-la, vous trouverez peut-être de quoi elle est malade!

Et notre homme de répondre :

– D'accord! Elle fera le sac; moi j'amènerai la poire!

Ils rirent à nouveau. Puis Mohammed Iffat reprit, d'un ton rageur :

– La tension!... La tension!... Maintenant on n'entend plus que les médecins vous dire, comme s'ils commandaient leur esclave : « Plus d'alcool, plus de viandes rouges, évitez les œufs... »

– Et qu'est-ce que je vais devenir, moi qui ne mange que de la viande rouge et des œufs et ne bois que de l'alcool? demanda notre homme ironique.

– Mangez et buvez tout votre soûl! coupa Zubaïda. L'homme après Dieu est son propre médecin!

Pourtant, pendant toute la période de son alitement, il s'était conformé aux préceptes du médecin, mais, sitôt le pied par terre, il avait oublié ses conseils, en gros et en détail!

– Moi, reprit Galila, les médecins, je n'y crois pas! Mais je les excuse pour ce qu'ils disent et font, car, de même que nous autres almées vivons des fêtes et des mariages, eux tirent de la maladie leur gagne-pain! Le sac à tension, la poire, les ordres et les interdictions leur sont aussi indispensables qu'à nous le tambourin, le luth et les chansons!

– C'est juste! approuva notre homme avec une satisfaction enthousiaste. De toute façon, la maladie, la santé, la vie, la mort sont aux mains de Dieu seul, et qui s'en remet à lui n'a pas à s'affliger...

– Regardez-moi cet homme! s'exclama Ibrahim Alfar dans un rire. Il trouve le moyen de boire avec sa bouche, de polissonner avec ses yeux et de nous faire des sermons avec sa langue!

– Quel reproche! s'esclaffa notre homme, du moment que je prêche dans un bordel?

Mohammed Iffat le dévisagea et, branlant la tête, époustouflé :

– Je voudrais que Kamal soit parmi nous, qu'il profite avec nous de tes sermons!

– A propos, s'enquit Ali Abd el-Rahim, il continue toujours à penser que l'homme descend du singe?

– Mes aïeux! s'exclama Galila se frappant la poitrine.

Et Zubaïda, frappée de stupeur :

– Du singe?

Puis, se reprenant :

– Il parle peut-être pour lui!

– Il affirme aussi que la femme descend de la lionne! l'avisa notre homme.

– Ah! je voudrais bien voir le rejeton d'un singe et d'une lionne, la tête qu'il aurait! s'exclama-t-elle en riant aux éclats.

– Un jour il grandira, continua Ibrahim Alfar, il quittera le milieu familial et, là, il se persuadera que l'homme est le fils d'Adam et Eve!

– A moins que je l'amène ici avec moi un de ces jours pour qu'il se persuade que l'homme est un fils de chien!

Sur ce, Ali Abd el-Rahim se leva et alla vers la table pour emplir les verres en demandant à Zubaïda :

– Vous êtes, d'entre nous tous, celle qui connaît le mieux M. Ahmed! A quel animal le faites-vous remonter?

Elle réfléchit un court instant, tout en suivant ses mains volant de verre en verre pour y verser le whisky, puis répondit en souriant :

– A l'âne!

– C'est une injure ou un compliment? interrogea Galila.

– Seul son ventre nous le dirait! rétorqua notre homme.

On se remit à boire dans la plus grande sérénité. Zubaïda prit le luth et se remit à chanter :

– « Baisse un peu la tenture... »

Emporté par l'ivresse, Ahmed Abd el-Gawwad commença à se mouvoir au rythme de la chanson, tenant haut son verre où il n'avait laissé qu'un fond derrière lequel il la regardait, comme s'il eût souhaité la voir à travers un prisme d'ambre. Puis les masques tombèrent – si tant est qu'il y en eût – et il apparut aux yeux de tous qu'entre Zubaïda et lui tout était redevenu comme avant.

Ils reprirent en chœur après elle, et la voix de M. Ahmed s'éleva avec une volupté joyeuse, jusqu'à ce que s'achève la chanson dans la liesse et les applaudissements. Aussitôt Mohammed Iffat se tourna vers Galila et lui demanda :

– A propos de « Ses yeux trahissent son amour... », que pensez-vous d'Oum Kalsoum?

– Elle a, Dieu en témoigne, une jolie voix, mais elle a trop tendance à couiner comme les enfants...

– D'aucuns prétendent qu'elle va remplacer Mounira et certains d'entre eux vont même jusqu'à dire que sa voix est plus extraordinaire encore...

– Allons donc! se récria Galila. De quoi a l'air ce couinement à côté de la belle voix rauque de Mounira?

Puis Zubaïda renchérit avec mépris :

– Elle a dans la voix quelque chose qui rappelle les lecteurs du Coran! On dirait une chanteuse en turban!

– Moi, je la trouve insipide! appuya notre homme, pourtant, Dieu sait s'il y en a qui sont fous d'elle! De toute façon, l'empire de la voix s'est éteint avec Si Abdou!...

– Quel réactionnaire tu fais! rétorqua Mohammed Iffat d'un ton plaisant. Tu t'accroches toujours au passé!

Puis, clignant de l'œil :

– Ne persistes-tu pas à gouverner ta maison avec une discipline de fer, au siècle de la démocratie et du parlement?

– La démocratie c'est bon pour le peuple, pas pour la famille! rétorqua notre homme ironique.

– Tu crois, demanda Ali Abd el-Rahim, avec sérieux, qu'on peut mener les jeunes d'aujourd'hui avec les métho-

des d'autrefois? Ces gosses qui ont pris l'habitude d'organiser des manifestations et de faire front aux soldats?

– Je ne sais pas de quoi tu parles! rétorqua Ibrahim
Alfar. Moi, en tout cas, je suis d'accord avec Ahmed.
Nous sommes lui et moi pères de garçons, et Dieu nous
aide!

Mohammed Iffat dit sur le ton de la plaisanterie :

– Vous êtes l'un comme l'autre de chauds partisans de
la démocratie en paroles, mais ça ne vous empêche pas
d'être des despotes à la maison!

– Tu voudrais, répliqua notre homme, l'air réprobateur,
qu'avant de régler une affaire je réunisse Kamal, Yasine,
Oum Kamal et qu'on vote?

– N'oubliez pas Zannouba, s'il vous plaît! lança
Zubaïda dans un éclat de rire.

– Si jamais la révolution est la cause de tout ce que nous
font voir nos enfants, reprit Ibrahim Alfar, alors Dieu
pardonne Saad Pacha!...

On continua de boire, de deviser, de chanter, de plaisanter. Dans le tumulte grandissant des voix entremêlées, la
nuit s'avançait, insouciante.

Il la regardait et la trouvait les yeux posés sur lui ; elle le
regardait et le trouvait les yeux posés sur elle... « Il n'y a
en ce monde qu'un seul et vrai plaisir! » se dit-il en
lui-même. Un instant, il voulut exprimer cette pensée, mais
il y renonça. Soit que son empressement à s'ouvrir aux
autres s'était alangui, soit qu'il n'en eût point la force.
Mais... cette... langueur, comment était-elle venue? Il se
redemanda pour la énième fois : « Est-ce une petite
fantaisie ou une longue liaison qui s'annonce? » Il voulut
rechercher le divertissement et la consolation... Mais...
qu'était ce bourdonnement, comme si le flot du Nil lui
bruissait dans les oreilles? Pourtant le milieu de la cinquantaine était déjà à portée de sa main! Demandez aux
philosophes comment la vie défile! Nous, nous le savons
sans le savoir, intuitivement...

– Mais pourquoi tu ne dis plus rien, bonté du ciel?

– Moi? Rien... Je me repose un peu...

« Oui..., qu'il est doux de se reposer! Un long sommeil dont on ressort en pleine forme. Douce est la santé! Mais il y a ceux-là, qui n'arrêtent pas de te tarabuster sans te laisser une seconde de répit! Ce regard... n'est-il pas charmant? Mais... le bruissement des vagues devient de plus en plus fort! Comment fais-tu pour entendre encore la chanson? »

– Ah! pas de repos qui tienne! On ne le quittera pas avant de l'avoir conduit en procession solennelle, qu'en dites-vous? Un mariage!... Un mariage!

– Allez, debout, mon dromadaire!

– Moi?... Laissez-moi me reposer encore un peu...

– Un mariage... Un mariage! Comme la première fois à al-Ghouriya!

– C'est vieux tout ça!...

– Rajeunissons-le! Allez, un mariage!... Un mariage!...

« Ils ne te lâcheront pas!... Et puis tout ça c'est du passé... que cache à tes yeux un rideau de ténèbres... Oh! comme c'est noir! Et ce bourdonnement... et cette chape d'oubli!...

– Regardez!

– Mais qu'est-ce qu'il a?

– Vite, de l'eau!... Ouvrez la fenêtre!

– O Seigneur, ô mon Dieu!

– Ce n'est rien, ce n'est rien... va mouiller ce mouchoir d'eau fraîche.

*

Depuis « l'accident » du père, une semaine s'était écoulée. Le médecin lui rendait visite quotidiennement. Son état était si fortement préoccupant qu'il n'avait permis à quiconque de lui parler, de sorte que les enfants se glissaient dans la chambre sur la pointe des pieds, posaient un regard sur leur père alité, scrutant son visage desséché et sans vie, puis se retiraient la mine austère et le cœur serré, se parlant et s'évitant du regard à la fois.

Le docteur avait diagnostiqué une crise de tension. Il

avait alors saigné le malade, remplissant toute une cuvette de son sang; un sang « noir », selon Khadiga qui l'avait ainsi qualifié, tremblante de tous ses membres. De temps à autre, on voyait Amina ressortir de la chambre, telle un spectre errant. Kamal, lui, semblait effaré, paraissant se demander comment ces choses terribles peuvent surgir en un clin d'œil; comment son père, ce colosse, avait pu se laisser vaincre et succomber à la maladie. Il glissait alors un regard vers le fantôme de sa mère, les yeux de Khadiga mouillés de larmes ou le visage blafard d'Aïsha et se demandait à nouveau ce que tout cela signifiait. Il se surprit se laissant aller à imaginer l'issue que son cœur redoutait : la perspective d'un monde d'où son père serait absent. L'angoisse lui étreignit le cœur et il se demanda avec appréhension comment sa mère pourrait surmonter une telle issue, elle qui semblait déjà presque anéantie alors qu'il ne s'était encore rien passé. Puis le souvenir de Fahmi lui revint à l'esprit. Pourrait-il oublier l'un comme il avait oublié l'autre? Le monde lui parut alors de plus en plus impénétrable...

Yasine avait appris l'accident de son père le lendemain et s'était rendu à la maison pour la première fois depuis son mariage avec Maryam. Il était allé droit à la chambre de son père, l'avait regardé longuement en silence puis s'était retiré dans le salon, terrassé. Là, il avait trouvé Amina et, tandis qu'il la saluait après cette longue absence, pressant chaleureusement sa main, il avait redoublé d'émotion et ses yeux s'étaient remplis de larmes.

Ahmed Abd el-Gawwad garda le lit, d'abord sans bouger ni parler, puis, ayant retrouvé quelque vigueur à la faveur de la saignée, il avait pu articuler un mot, formuler une brève expression pour exprimer sa volonté ; mais la douleur resurgissant à cette occasion, il ponctuait ses paroles de plaintes et de gémissements.

Lorsque l'acuité de la douleur s'estompa, son alitement forcé, qui le privait des joies bienfaitrices du mouvement et de l'hygiène, commença de lui peser, condamné qu'il était à boire, manger et faire ce à quoi son âme répugnait dans un seul et même endroit : son lit! Il y dormait d'un sommeil déréglé et y goûtait un perpétuel ennui. Son premier et principal souci fut de savoir comment, dans son inconscience, on l'avait ramené à la maison. Amina lui répondit qu'il y était revenu en calèche, accompagné de ses amis, Mohammed Iffat, Ali Abd el-Rahim et Ibrahim Alfar qui l'avaient porté doucement jusqu'à son lit et avaient aussitôt appelé le médecin malgré l'heure tardive.

Il s'inquiéta aussi de ses visites. Amina lui répondit qu'elles se succédaient sans interruption mais que le médecin les avait interdites jusqu'à nouvel ordre. Il répétait d'une voix faible : « Notre destin appartient à Dieu de toute éternité! Puisse-t-il nous accorder une fin honorable! » Mais, à vrai dire, il n'inclinait au désespoir ni ne pressentait de fin prochaine. Ni les douleurs ni la peur n'affaiblissaient sa confiance en la vie qui lui était si chère, et, de fait, l'espoir lui revint naturellement dès que sa conscience refleurit.

Il n'aborda avec personne les sujets chers aux mourants, comme de dicter son testament, de faire ses adieux ou de confier aux intéressés les secrets de son travail et de sa fortune. Tout au contraire, il fit venir Gamil al-Hamzawi et le chargea de certaines transactions dont lui-même n'avait aucune expérience. Il envoya de même Kamal chez son tailleur attitré à Khan Djaafar pour qu'il lui ramène les vêtements neufs qu'il lui avait commandés et règle la facture. Il n'évoquait jamais la mort que par ces formules précitées, qu'il répétait comme pour amadouer la cruauté du destin.

A la fin de la première semaine, le docteur estima que son patient avait surmonté l'étape difficile et qu'il n'avait plus besoin désormais que de patience, le temps de recouvrer entièrement sa santé et de reprendre ses activités. Il lui renouvela à cette occasion les recommandations qu'il lui avait déjà faites lors de sa première poussée de tension, et notre homme lui promit de s'y conformer, se jurant sincèrement à lui-même de renoncer définitivement à la vie de débauche après que ses conséquences funestes, qui l'avaient persuadé que l'affaire était sérieuse et non une plaisanterie, lui furent clairement apparues ; après quoi il commença à se consoler en se disant que vivre en bonne santé en supportant quelques privations était toujours mieux que de tomber malade!

Ainsi donc la crise avait trouvé une issue salutaire. La famille reprit ses esprits et les cœurs s'essoufflèrent en remerciements. A la fin de la deuxième semaine, on permit à notre homme de recevoir ses visiteurs et ce fut un jour heureux.

La famille fut la première à célébrer l'événement. Ses fils, ses filles et ses gendres se rendirent à ses côtés et purent lui parler pour la première fois depuis le début de son alitement. Il promena son regard sur eux : Yasine, Khadiga, Aïsha, Ibrahim et Khalil Shawkat puis, avec sa prévenance habituelle qui, même dans son état, ne lui fit point défaut, il demanda des nouvelles des enfants : Ridwane, Abd el-Monem, Ahmed, Naïma, Othman et Mohammed. Leurs parents lui répondirent qu'ils ne les avaient pas amenés avec eux par crainte de nuire à son repos. Après quoi, ayant fait vœu pour lui de longue vie et de santé, ils lui dirent la peine que leur avait causée sa maladie ainsi que leur joie de le voir rétabli. Khadiga parla d'une voix tremblotante. Aïsha, baisant sa main, y déposa une larme plus éloquente que les mots. Quant à Yasine, il dit fort joliment :

— J'ai été malade quand vous l'avez été et ai trouvé la guérison quand Dieu vous l'a accordée!

Aussitôt le visage blême de notre homme s'illumina de joie et il leur parla longuement du Jugement de Dieu, mais aussi de sa miséricorde et de sa bonté, leur disant que le croyant doit affronter sa destinée avec foi et courage en s'en remettant à Lui seul! Après quoi ils quittèrent sa chambre pour celle de Kamal, laissant libre le salon au passage des visiteurs dont la procession était attendue.

Là, Yasine s'avança vers Amina et lui dit, pressant sa main :

— Si je ne vous ai pas dit mes pensées durant ces deux

dernières semaines, c'est que la maladie de papa m'en avait ôté l'esprit. Mais maintenant que Dieu lui a prescrit le salut, je voudrais m'excuser d'être revenu dans cette maison sans même vous en avoir demandé la permission. Bien sûr vous m'y avez reçu avec la tendresse à laquelle vous m'avez toujours habitué depuis les jours heureux d'autrefois, mais je me dois maintenant de vous présenter dûment mes excuses...

A ces mots, le visage d'Amina s'empourpra et elle répondit émue :

– Le passé est le passé, Yasine! Ceci est ta maison. Tu y seras toujours le bienvenu quand tu le désireras!

– Je ne voudrais pas revenir sur ces choses! répondit Yasine avec gratitude. Mais je jure sur la tête de mon père et de mon fils Ridwane que je n'ai jamais voulu de mal à personne dans cette maison et que je vous ai toujours aimés tous comme moi-même! Sans doute Satan m'a-t-il fait tomber dans l'erreur. Ça peut arriver à n'importe qui! Mais mon cœur a toujours été sincère...

Amina posa sa main sur sa large épaule et lui dit d'un ton de sincérité :

– Tu as toujours été l'un de mes fils! Je ne nie pas qu'un jour la colère m'ait emportée mais..., Dieu soit loué, elle est oubliée! Il ne reste plus dans mon cœur que cet amour de toujours. Ceci est ta maison, Yasine, sois-y le bienvenu!...

Il s'assit plein d'un sentiment de gratitude. Lorsque Amina quitta la chambre, il déclara aux membres présents, d'un ton sentencieux :

– Dieu que cette femme est bonne! Puisse-t-Il ne jamais pardonner à celui qui l'offense et maudisse Satan qui m'a poussé un jour dans une voie qui a blessé ses sentiments!...

A quoi Khadiga ne manqua pas de répondre, lui lançant un regard fin :

– Il ne se passe pas un an sans que Satan ne te pousse dans une mésaventure! Comme si tu étais une marionnette entre ses mains!...

Il la supplia d'un regard de lui épargner sa langue, mais Aïsha conclut pour sa défense :

– C'est une affaire classée...

– Pourquoi tu ne nous as pas amené « Madame », continua Khadiga sarcastique, qu'elle nous « anime » ce jour béni ?

– Ma femme n'anime plus de fêtes ! répliqua-t-il avec un orgueil forcé. Elle est devenue une dame dans tous les sens du terme !

– Ah ! mon pauvre Yasine ! s'exclama Khadiga d'un ton grave, sans trace d'ironie. Dieu te pardonne et te guide !...

– Ne m'en voulez pas, monsieur Yasine ! soupira Ibrahim Shawkat comme pour s'excuser de la spontanéité de son épouse. Qu'y puis-je ? C'est votre sœur !

– Dieu vous aide, monsieur Ibrahim ! répondit-il dans un sourire.

A ces mots, Aïsha déclara avec un soupir :

– Maintenant que Dieu a pris papa par la main, je vous avoue que, jusqu'au restant de mes jours, jamais je n'oublierai comment il était la première fois que je l'ai vu ! Prions Dieu qu'il ne condamne personne à la maladie !

– La vie sans lui ne vaudrait pas une rognure d'ongle ! renchérit Khadiga avec foi et enthousiasme.

– Il est notre refuge pour tous nos malheurs ! appuya Yasine avec émotion. Un homme exceptionnel !

« Et toi ? Tu te souviens quand tu te terrais, debout dans un coin de sa chambre, terrassé par le désespoir, comment ton cœur s'est brisé en voyant l'effondrement de ta mère ? La mort n'est pour nous qu'une idée parmi d'autres, mais quand elle pointe son ombre, la terre se dérobe sous nos pieds ! Et pourtant la douleur nous poursuivra lancinante, autant de fois que nous perdrons un être cher. Toi aussi, tu mourras en laissant des espérances derrière toi ! Et pourtant tu tiens à la vie, même soumis à l'épreuve de l'amour... »

Un timbre de calèche sonna dans la rue. Aïsha bondit à

la fenêtre, jeta un regard à travers la jalousie, puis se retourna en annonçant d'un ton orgueilleux :

– Des messieurs importants !

Les uns après les autres, les visiteurs commencèrent d'affluer, comptant parmi les nombreux amis qui peuplaient la vie du père, fonctionnaires, avocats, notables, commerçants. Parmi eux, rares étaient ceux qui ne connaissaient pas la maison. D'autres n'y étaient venus qu'invités à certains banquets que notre homme donnait aux grandes occasions. A part eux, se trouvaient des hommes que l'on voyait souvent dans la rue des Orfèvres ou la Nouvelle-Avenue. Tous étaient ses amis, mais pas au même titre que Mohammed Iffat et ses deux compagnons.

Eu égard aux circonstances de la visite, ils ne s'attardèrent que peu de temps. Mais les enfants trouvèrent, tant dans leur mise raffinée que dans leurs voitures tirées par des chevaux fringants, de quoi combler leur orgueil et leur vanité. Toujours à son guet, Aïsha s'écria soudain :

– Ça y est, les trois amis sont arrivés !

On entendit alors les voix de Mohammed Iffat, Ali Abd el-Rahim et Ibrahim Alfar qui s'esclaffaient entre eux et s'exhalaient en louanges et en actions de grâces.

– Des amis comme ça, ça n'existe plus ! s'exclama Yasine.

Ibrahim et Khalil Shawkat acquiescèrent à ses paroles tandis que Kamal ajoutait avec une tristesse que personne ne saisit :

– La vie permet rarement à des amis de rester unis aussi longtemps que ceux-ci !

Yasine reprit, l'air émerveillé :

– Ils ne sont pas restés un seul jour sans venir aux nouvelles, et aux heures difficiles ils ne repartaient jamais sans les larmes aux yeux !

– N'en soyez pas étonné, rétorqua Ibrahim Shawkat, ils ont passé plus de temps en sa compagnie que vous tous !

A ces mots, Khadiga s'en alla à la cuisine pour offrir ses services. Pendant ce temps, les visiteurs continuaient d'af-

fluer. Gamil al-Hamzawi arriva après l'heure de la fermeture, suivi de Ghanim Hamidou, patron de l'huilerie
d'al-Gamaliyya, puis de Mohammed el-Agami, vendeur de
semoule à Salhiyyé. Soudain, montrant la rue de derrière
la fenêtre, Aïsha s'écria :

– Le cheikh Metwalli Abd el-Samad! Vous croyez qu'il
va pouvoir monter jusqu'en haut?

Le vieil homme commença à traverser la cour, penché
sur sa canne, toussotant – par instants – pour signaler sa
présence à ceux qui encombraient son chemin.

– Il pourrait monter jusqu'en haut d'un minaret! répondit Yasine.

Puis répondant à Khalil Shawkat qui s'interrogeait sur
l'âge du vieil homme par un mouvement des yeux et des
doigts :

– ... entre quatre-vingts et quatre-vingt-dix! Et ne me
parlez pas de sa santé!

– Il n'a jamais été marié au cours de sa longue vie?
s'enquit Kamal.

– On dit qu'il l'a été et qu'il a été père aussi... Mais sa
femme et ses enfants sont allés rejoindre Notre Seigneur...

Aïsha s'écria à nouveau, toujours à son poste :

– Regardez! Un khawaga[1]! Qui ça peut être à votre
avis?

L'homme, coiffé d'un chapeau rond en feuille de palmier
tressée sous le rebord duquel pointait un nez crochu et
vermoulu, souligné d'une moustache broussailleuse, traversa la cour en jetant autour de lui un regard timide et
intrigué.

– Ça doit être un orfèvre d'al-Sagha! répondit Ibrahim.

– Oui, mais il a une tête de Grec, répondit Yasine
l'esprit troublé. Où diable ai-je déjà vu cette tête-là?

Puis vint un aveugle à lunettes noires, guidé par un

1. Non désignant en Egypte un étranger ou un résidant non musulman,
généralement chrétien.

homme du commun, la tête entourée d'une écharpe, se pavanant dans un long manteau noir au bas duquel dépassait une galabiyyé rayée. Yasine, au comble de la stupeur, les reconnut l'un et l'autre au premier coup d'œil. Le jeune aveugle n'était autre qu'Abdou, le cithariste de l'orchestre de Zubaïda. Quant au second, c'était le patron d'un café célèbre à Wajh el-Birka, un certain Hamayouni, un mauvais garçon, filou, flambeur et compagnie!...

– L'aveugle est le cithariste de l'almée Zubaïda! commenta Khalil.

– Et d'où connaît-il papa? demanda Yasine feignant la surprise.

Ibrahim Shawkat eut un sourire et répondit :

– Votre père est un vieux mélomane! Rien d'étonnant qu'il soit connu de tous les artistes!

Aïsha sourit secrètement en gardant la tête tournée vers la rue afin de cacher son sourire. Quant à Yasine et Kamal, ils notèrent celui qui flottait sur les lèvres d'Ibrahim et en comprirent aussitôt la signification. Enfin arriva Suwaïdane, la servante des Shawkat qui trébuchait en essayant de marcher à pas de dame.

– Voilà l'envoyée de notre mère qui vient prendre des nouvelles de M. Ahmed! maugréa Khalil en la désignant du doigt.

De fait, la veuve du regretté Shawkat était bien venue une fois rendre visite à notre homme mais, victime ces derniers temps de douleurs rhumatismales qui avaient pactisé avec la vieillesse pour la diminuer davantage, elle s'était trouvée dans l'impossibilité de la lui renouveler. Khadiga ne tarda pas à revenir de la cuisine et dit, affectant une lassitude qui recouvrait un orgueil caché :

– Il va falloir faire venir quelqu'un rien que pour s'occuper du café!

Ahmed Abd el-Gawwad était assis dans son lit, appuyé contre un oreiller plié derrière son dos, la couverture remontée jusqu'au cou, les visiteurs occupant le canapé et les chaises disposées en cercle autour du lit.

Malgré sa faiblesse, il paraissait heureux. Rien ne le

réjouissait davantage que de voir ses amis rassemblés autour de lui, rivalisant de prévenances et de zèle à lui offrir le gage de leur amitié. Et si la maladie l'avait, certes, durement éprouvé, il n'en niait pas non plus les bons côtés, tant l'angoisse dans laquelle son mal avait plongé ses frères lui était patente, comme, au sein de leurs veillées, leur ardent regret de son absence ou la mesure de leur tristesse et de leur ennui durant sa retraite forcée. Et, comme s'il eût voulu les apitoyer davantage, il commença à leur faire le récit des douleurs et de la lassitude qu'il avait endurées. Plus encore, il ne dédaigna pas à cette fin de pousser la corde du tragique et leur dit dans un soupir :

— Les premiers jours, j'ai eu au fond de moi-même la certitude d'être fini ! Je n'arrêtais pas de prononcer la Shahada[1], de réciter la Samadiyya[1] en prononçant vos noms abondamment entre l'une et l'autre, pour que l'idée cruelle de vous quitter me raccroche à la vie !...

A ces mots, plus d'une voix s'éleva pour lui répondre :

— Plutôt mourir que de vous perdre, monsieur Ahmed !

— Ta maladie me marquera jusqu'à la fin de mes jours ! appuya Ali Abd el-Rahim ému.

— Tu te souviens de cette fameuse nuit ? continua Mohammed Iffat d'une voix éteinte. Seigneur ! tu nous as fait faire des cheveux blancs !

Ghanim Hamidou dit, se penchant légèrement vers le lit :

— Tu dois ton salut à celui qui nous a sauvés des Anglais la nuit de la porte des Victoires !

« Ah ! c'était le bon temps ! Celui de la santé et de l'amour ! Fahmi était encore un fier garçon aux espoirs prometteurs... »

— Louange à Dieu, monsieur Hamidou !

1. La Shahada est la profession de foi musulmane : « Il n'y a de Dieu qu'Allah et Mohammed est son envoyé. » La Samadiyya est la plus courte sourate du Coran.

– Je serais curieux de savoir, s'enquit le cheikh Metwalli Abd el-Samad, combien tu as donné au docteur inutilement! Pas la peine de me répondre. Je te prierai seulement d'entretenir les amis d'al-Husseïn...

– Et vous, cheikh Metwalli, l'interrompit Mohammed Iffat, n'en faites-vous pas partie? Veuillez nous éclaircir ce point...

Le cheikh reprit, d'un ton nonchalant, frappant le sol de sa canne après chaque sentence :

– Entretiens les amis d'al-Husseïn, et moi en premier! N'en déplaise à Mohammed Iffat! Lui aussi devrait les entretenir, ne serait-ce qu'en ton honneur! Moi en premier! Quant à toi, il te faut accomplir le pèlerinage dès cette année! Et il ne serait pas mauvais que tu m'emmènes avec toi pour que Dieu te le rende au centuple!

« Comme tu es cher et proche à mon cœur, cheikh Metwalli! Tu fais partie de l'air du temps! »

– Je vous promets, cheikh Metwalli, de vous emmener avec moi au Hedjaz[1]... Si Dieu le permet!

A ces mots, le khawaga, qui avait ôté son chapeau, découvrant une chevelure clairsemée d'une blancheur éclatante, déclara :

– De la tristesse, point trop n'en faut! La tristesse est la cause de tout! Laissez-la, et vous péterez le feu! Foi de Manouli qui vous vend du vin depuis trente-cinq ans, Manouli marchand de bonheur et courtier en sépultures!

– Voilà où nous mène tout droit ta marchandise, Manouli!

L'homme promena son regard sur le reste de sa « clientèle » et protesta :

– Personne n'a jamais dit que l'alcool amène la maladie! Sottises que tout ça! Vous avez déjà vu la joie, le rire et la rigolade rendre malade?

– Maintenant je te reconnais, ô visage du malheur! s'écria le cheikh Metwalli en se tournant vers lui, le

1. Province septentrionale d'Arabie Saoudite qui abrite les lieux saints de l'islam et a pour capitale La Mecque.

cherchant de son regard qui ne faisait qu'entrevoir. Dès l'instant que j'ai entendu ta voix, je me suis demandé où j'avais déjà entendu ce démon!

A ces mots, désignant d'un clin d'œil le cheikh Metwalli, Mohammed al-Agami, vendeur de semoule, demanda au khawaga Manouli :

— Dites voir, Manouli, vous n'avez jamais eu le cheikh parmi vos clients?

— Il s'en met déjà plein la bouche autrement! répondit l'homme en souriant, où voudrais-tu qu'il mette l'alcool, mon petit?

— Sois poli, Manouli! s'écria le cheikh en pressant le pommeau de sa canne.

— Nierez-vous, cheikh Metwalli, lui rétorqua al-Agami, que vous avez été le plus grand fumeur de haschisch avant que la vieillesse vous ôte le souffle?

Le cheikh protesta d'un signe de la main et rétorqua :

— Le haschisch n'est pas un péché! Tu as déjà essayé la prière de l'aube en étant défoncé? « Allahou Akbar!... Allahou Akbar! »...

Voyant qu'al-Hamayouni restait silencieux, notre homme se tourna vers lui, le sourire à la bouche et lui dit par mesure de politesse :

— Comment allez-vous, maître : ça fait un bail!

— Ouuh! Mon Dieu, oui, ça fait un bail! répondit l'homme comme dans un mugissement. A vous la faute, monsieur Ahmed. C'est vous qui nous avez faussé compagnie. Mais quand M. Ali Abd el-Rahim m'a dit : « Ton rival est cloué au lit », je me suis rappelé le temps de nos fredaines comme si c'était hier et je me suis dit : « Où serait la fidélité si je n'allais pas voir moi-même, ce cher homme, le prince de l'honneur, de la rigolade et de la civilité! » Et n'eût été la crainte du qu'en-dira-t-on, j'aurais amené Fatouma, Tamalli, Dawlat et Nahawand avec moi, elles meurent d'envie de vous voir! Oh! Vous, monsieur Ahmed! ou bien vous nous honorez tous les soirs de votre visite, ou vous restez des années sans nous voir!

Puis, balayant l'assemblée de son regard d'acier :

– Vous tous aussi nous avez laissé tomber! Béni soit M. Ali et Dieu nous garde Saniyya el-Olali qui le fait venir jusque par chez nous! Qui perd son passé est sans âme! La vraie vie est chez nous! Qu'est-ce qui vous a éloignés de nous? Si au moins c'était la conversion, on vous pardonnerait! Mais vous avez encore bien le temps! Puisse Dieu la faire venir le plus tard possible en vous prolongeant la vie et les réjouissances!

Ahmed Abd el-Gawwad dit, se désignant en propre:

– Vous voyez bien que nous sommes arrivés au bout!

– Ne dites pas cela, beauté des hommes! protesta vivement Hamayouni.

» C'est juste un petit bobo qui ne reparaîtra plus! Je ne m'en irai pas d'ici avant que vous m'ayez juré de revenir, ne serait-ce qu'une fois, à Wajh el-Birkah, si par bonheur Dieu vous tend la main et que vous vous relevez sain et sauf.

– Les temps ont changé, maître Hamayouni! reprit Mohammed Iffat. Où est notre Wajh el-Birka d'antan? Cherchez-le dans les livres! Tout ce qu'il en reste n'est plus qu'un lieu de distraction pour la jeunesse d'aujourd'hui. Comment voudriez-vous que nous marchions parmi elle quand s'y trouvent nos fils:

– Et n'oubliez pas, renchérit Ibrahim Alfar, que nous ne pouvons pas tromper Dieu sur l'âge et la santé! Nous sommes au bout, comme l'a dit M. Ahmed. Il n'y en a pas un parmi nous qui n'ait été obligé d'aller chez le médecin pour s'entendre dire: « Vous avez ci, vous avez ça... Il faut arrêter de boire..., de manger..., de respirer... et autres recommandations repoussantes! Dites, maître Hamayouni, vous savez ce que c'est que d'avoir de la tension?

– L'ivresse, le rire et la bagatelle sont le seul remède à tous les maux! répondit l'homme en lui lançant un regard perçant. Et si vous en trouvez encore trace après ça, collez-le-moi!

– Sur ta vie, c'est ce que je lui ai dit! s'écria Manouli.

A quoi Mohammed el-Agami ajouta, comme pour compléter les propos de son ami:

— Et n'oubliez pas non plus le manzoul[1], qualité extra, maître !

A ces mots, le cheikh Metwalli Abd el-Samad hocha la tête, l'air stupéfait, et demanda, désorienté :

— Dites-moi, ô gens de bien, où suis-je en ce moment : dans la maison d'Abd el-Gawwad junior ? dans une fumerie ou dans une taverne ? Au secours ! Eclairez-moi !

— Qui c'est celui-là ? s'enquit Hamayouni en regardant le cheikh de travers.

— Un ami de Dieu, un homme de bien...

— Prédis-moi l'avenir si tu es un ami de Dieu ! s'exclama Hamayouni d'un ton moqueur.

— Tu finiras soit en prison, soit au bout d'une corde ! s'écria le cheikh.

Al-Hamayouni ne put retenir un puissant éclat de rire et répondit :

— C'est vrai, c'est bien un ami de Dieu ! Il est bien probable que je finisse comme ça !...

Puis, s'adressant au cheikh :

— Mais modère plutôt ta langue, sinon, tes prédictions, je te les fais avaler !

Ali Abd el-Rahim rapprocha sa tête du visage de notre homme et lui dit :

— Sois vite sur pied, mon petit ! Le monde sans soi ne vaut pas une pelure d'oignon ! Qu'est-ce qui nous arrive, Ahmed ? Tu ne crois pas après ça que nous ferions mieux de ne pas sous-estimer la maladie ? Et dire que nos pères se mariaient encore à soixante-dix ans passés ! Alors qu'est-ce qui se passe ?

— Vos pères étaient croyants et vertueux ! pesta le cheikh Metwalli en expulsant un nuage de postillons. Ils ne buvaient pas et ne forniquaient pas, eux ! Là voilà ta réponse !

— Le médecin m'a dit, répondit notre homme à son ami, que plaisanter trop longtemps avec la tension peut conduire à la paralysie, Dieu nous en préserve ! C'est ce qui

---

1. Drogue forte, comparable à la cocaïne.

est arrivé à notre cher Weddini. Puisse Dieu lui faire la grâce d'abréger ses jours! Quant à moi, si ça m'arrivait, je le prie de me faire celle de me rappeler à lui! Rester des années au lit sans pouvoir bouger? Pitié, Seigneur!

Sur ce, Hamidou, Agami et Manouli, demandèrent la permission de prendre congé, après quoi ils quittèrent la chambre en faisant pour notre homme vœux de longue vie et de santé. Là, Mohammed Iffat se pencha à son oreille et lui chuchota à voix basse :

– Galila te salue! Elle aurait bien aimé venir te le dire elle-même!

Ces paroles n'échappèrent pas à l'oreille d'Abdou, le cithariste, qui fit craquer ses doigts et ajouta :

– Et moi, je suis l'envoyé de la Sultane auprès de toi. Elle a failli s'habiller en homme pour venir te voir, mais elle a eu peur que ça ait sur toi des conséquences imprévues. Elle m'a envoyé en me chargeant de te dire...

Il se râcla la gorge une première fois, puis une seconde, et commença à chanter à voix basse :

> *Tiens parole, toi qui pars vers l'aimé*
> *Donne-lui pour moi sur la bouche un baiser*
> *Et dis-lui : Ton esclave amoureux t'est docile...*

A ces mots, al-Hamayouni ouvrit un large sourire qui découvrit un dentier en or et s'exclama :

– C'est le meilleur médicament! Essaie ça et t'occupe pas de cet ami de Dieu qui nous prédit la corde!

« Zubaïda? Je n'ai plus envie de rien... Le monde de la maladie est affreux. Et dire que si le pire était arrivé, je serais soûl! Cela ne veut-il pas dire qu'il faut absolument tourner la page ? »

Ibrahim Alfar reprit à voix basse :

– Nous nous sommes juré de ne pas toucher à la boisson tant que tu serais au lit!

– Je vous délie de votre serment! Pardonnez-moi ce qui s'est passé!

– Ah! si seulement c'était possible de fêter ici cette nuit

ta guérison! reprit Ali Abd el-Rahim avec un sourire d'incitation.

A quoi le cheikh Metwalli répliqua s'adressant à tous :

— Je vous convie au repentir et au pèlerinage!

— Tu me fais l'effet d'un soldat dans une fumerie! le contra Hamayouni excédé.

A un signe convenu donné par Alfar, les têtes des trois amis se penchèrent sur notre homme et, sur l'air de : « Puisque à aimer tu n'es pas de taille, que diable aimes-tu? » ils commencèrent à lui chanter à voix basse : « Puisque à boire tu n'es pas de taille, que diable bois-tu? »

... Cela, alors même que le cheikh Metwalli Abd el-Samad commençait à réciter quelques versets de la sourate du Repentir.

Quant à Ahmed Abd el-Gawwad il éclata de rire en sorte que les larmes lui coulèrent des yeux.

Comme la réunion traînait en longueur, des signes d'impatience commencèrent à se faire jour sur le visage du cheikh.

— Je vous préviens, dit-il, que je serai le dernier à quitter cette pièce! Je veux rester seul en tête-à-tête avec Abd el-Gawwad junior!

*

M. Ahmed ne mit le nez dehors que deux semaines plus tard. La première chose qu'il fit fut de rendre visite à al-Husseïn en compagnie de Yasine et de Kamal, et de prier dans sa mosquée pour témoigner à Dieu sa gratitude. Les journaux venaient d'annoncer la mort d'Ali Fahmi Kamel[1] et notre homme la médita longuement, disant à ses deux fils, alors même qu'ils sortaient de la maison :

1. 31 décembre 1926. Secrétaire du Parti national, terrassé à l'issue d'un discours enflammé qu'il avait prononcé pour la commémoration du septième anniversaire de la mort de Mohammed Farid, successeur de Mustapha Kemal à la tête du Parti national.

– Il a été terrassé en plein discours au milieu d'une foule d'auditeurs et me voilà, moi, trottant sur mes jambes, après un alitement où j'ai presque vu la mort en face! Qui peut prédire l'invisible? Vraiment, notre vie est aux mains de Dieu et chacun a sa fin écrite!

Il lui fallut attendre plusieurs jours et même plusieurs semaines avant de retrouver son poids normal, mais il semblait toutefois avoir recouvré l'image de sa dignité et de sa beauté. Il marchait en tête, suivi de Yasine et de Kamal... Un spectacle que l'on n'avait plus revu depuis la mort de Fahmi.

Sur le chemin séparant Bayn al-Qasrayn de la grande mosquée, les deux frères purent juger de l'estime dont jouissait leur père dans tout le quartier. Il n'était aucun des commerçants dont les boutiques s'alignaient des deux côtés de la rue qui n'accourût pour lui serrer la main et le prendre dans ses bras en le félicitant de son rétablissement. Yasine et Kamal, au fond d'eux-mêmes, faisaient écho à cette chaude amitié réciproque. La joie et la fierté les envahirent et un sourire se dessina sur leurs lèvres, qui ne les quitta plus pendant tout le trajet. Pourtant Yasine se demandait naïvement pourquoi il ne jouissait pas de la même estime que son père alors qu'il avait la même majesté, la même beauté et... les mêmes vices que lui! Quant à Kamal, en dépit de son émotion passagère, il repensa à la manière dont il regardait jadis cette position en vue pour la reconsidérer d'un œil neuf. Car, si cette dernière par le passé avait pu représenter à ses yeux d'enfant une preuve de respect et de grandeur, elle lui paraissait aujourd'hui – tout au moins au regard de ses idéaux – insignifiante! Ce n'était ni plus ni moins que l'estime dont jouissait un homme de cœur, à la compagnie agréable, doué de toutes les qualités humaines. Or il se pouvait que la grandeur fût tout à l'opposé de cela, elle qui est coup de tonnerre ébranlant les cœurs apathiques ou décollant les paupières des endormis! Elle qui peut susciter la haine plutôt que l'amour, l'indignation plutôt que l'adhésion, l'inimitié plutôt que l'amitié. Elle qui est révélation, destruction et construction! Pourtant, n'était-ce pas pour l'homme un motif de bonheur que de jouir d'un amour et d'un respect comme ceux-là? Certainement! A telle enseigne que la grandeur des grands se mesure parfois à l'aune du sacrifice qu'ils font de l'amour et de la tranquillité pour atteindre à de plus vastes desseins!

« Qu'importe! se disait-il. C'est un homme heureux. Laissons-le savourer son bonheur! Regarde-le, comme il est beau! Et Yasine n'est-il pas charmant, lui aussi! Et moi, de quoi j'ai l'air entre eux deux! Une figure de carnaval! Tu auras beau prétendre tant que tu voudras que la beauté est l'apanage des femmes, ça n'effacera pas davantage de ta mémoire le terrible épisode de la tonnelle! Papa s'est bien remis de sa crise de tension : quand serai-je, guéri, moi, de l'amour? Car l'amour, lui aussi, est une maladie, comme le cancer : on n'en a pas encore trouvé la cause! Husseïn Sheddad dit dans sa dernière lettre que « Paris est la capitale de la beauté et de l'amour! » L'est-elle aussi de la douleur? Ce frère bien-aimé commence à se montrer avare de ses lettres, comme s'il les écrivait avec son sang! Oh! que je voudrais un monde où les cœurs ne soient ni traîtres ni trahis!

Au détour de Khan Djaafar, la grande masse de la mosquée se dressa devant eux. Alors il entendit son père s'exclamer du tréfonds de son âme, d'une voix alliant la tendresse de l'hommage à la ferveur de l'invocation : « Al-Husseïn! » Il pressa le pas. En même temps que Yasine, il l'imita, regardant la grande mosquée un sourire énigmatique à la bouche : son père songeait-il au moins qu'il ne l'accompagnait dans cette sainte visite que pour satisfaire ses vœux mais sans prendre part le moins du monde à sa foi? Car cet édifice n'était plus à ses yeux que l'un de ces symboles de déception qui lui avaient ravagé le cœur. Lui qui jadis se postait au pied de son minaret le cœur battant, les yeux au bord des larmes, tout vibrant d'émotion, de foi et d'espoir, il s'en approchait aujourd'hui en n'y voyant plus qu'un énorme tas de pierres, de fer, de bois et de stuc occupant indûment un espace gigantesque!

Pourtant il lui fallait bien jouer au croyant afin que la visite se déroulât tant dans le respect des droits de la paternité que par égard pour les gens alentour ou... par crainte de leur hargne! Autrement dit une conduite en tout point contraire à la dignité et à la sincérité!

« O que je voudrais un monde où l'homme puisse vivre libre, sans crainte ni contrainte! »

Il ôtèrent leurs chaussures et entrèrent l'un après l'autre. Le père se dirigea vers le Mihrab[1] et invita ses deux fils à dire une prière en hommage à la mosquée. Il porta les mains sur le sommet de sa tête, et Yasine et Kamal l'imitèrent.

Pendant que le père, comme à son habitude, se donnait tout entier à sa prière, les paupières pendantes, dans une attitude de soumission, pendant que Yasine oubliait tout, sauf qu'il se trouvait devant Dieu le Clément, le Miséricordieux, Kamal, lui, s'obligeait à remuer les lèvres sans rien dire, à se courber, se redresser, s'agenouiller, se prosterner comme s'il accomplissait d'impassibles mouvements de gymnastique, se disant tout bas en lui-même : « Les plus anciens vestiges laissés sur terre ou sous terre sont des édifices de culte, aujourd'hui encore on en rencontre partout! Quand l'homme va-t-il enfin devenir adulte et s'appuyer sur lui-même? Et cette voix tonnante qui arrive du fond de la mosquée pour rappeler aux croyants la fin du monde? Depuis quand le monde devrait-il avoir une fin? Et quoi de plus beau que de voir l'homme combattre les chimères et les vaincre! Mais quand s'achèvera donc la lutte et quand le combattant proclamera-t-il qu'il est heureux en disant : " Soudain le monde me semble étranger! Serait-il né d'hier? " Ces deux hommes, là, devant moi, sont mon père et mon frère. Pourquoi tous les gens ne seraient-ils pas, eux aussi, mes pères et mes frères? Et ce cœur que je porte en moi, comment a-t-il pu se complaire à m'en faire voir de toutes les couleurs? Je n'arrête pas de

1. Niche qui, dans une mosquée, matérialise la *qibla* (direction de La Mecque.)

rencontrer des gens indésirables, alors pourquoi a-t-il fallu que la seule personne que j'aime parmi eux s'en aille à l'autre bout de la Terre? »

Lorsqu'ils eurent terminé leur prière, Ahmed Abd el-Gawwad dit à ses fils :

– Reposons-nous un peu avant d'aller marcher autour du tombeau...

Ils restèrent assis, jambes croisées, en silence. Soudain le père reprit d'une voix attendrie :

– Nous ne nous sommes pas retrouvés ensemble en ce lieu depuis ce fameux jour...

– Disons une *Fatiha* pour le repos de Fahmi! répondit Yasine ému.

Ils récitèrent la *Fatiha*, après quoi Ahmed Abd el-Gawwad demanda à Yasine d'un air soupçonneux :

– Est-ce que par hasard les soucis terrestres t'empêche-raient de rendre visite à al-Husseïn?

Yasine, qui ne s'était rendu à la mosquée qu'en de très rares occasions au cours de ces dernières années, répondit :

– Je ne pourrais rester une semaine sans rendre visite à mon Bien-Aimé!

Puis le père se tourna vers Kamal et lui lança un regard, l'air de dire : « Et toi? »

– Moi non plus! répondit Kamal dans un sentiment de honte.

Alors le père conclut avec humilité :

– C'est notre Bien-Aimé et notre intercesseur auprès de son aïeul vénéré, le jour où, devant Dieu, ni père ni mère ne pourront nous sauver!

Il avait réchappé de la maladie pour cette fois, après qu'elle lui eut infligé une inoubliable leçon. Il en mesurait maintenant toute la brutalité et en redoutait les conséquences, aussi son intention de demander à Dieu la conversion était-elle sincère. Il avait toujours été persuadé qu'aussi longtemps qu'elle se ferait attendre, elle viendrait tôt ou tard. Il était convaincu cette fois-ci que l'ajourner à nouveau après ce qui venait de se passer relevait de l'insolence et de l'ingratitude envers Dieu le Miséricordieux. Et si d'aventure le souvenir du temps des plaisirs lui tournait dans la tête, il se consolait en pensant aux joies simples et innocentes, comme l'amitié, la musique et l'humour, que la vie lui réservait encore. C'est pourquoi, priant Dieu de le préserver des suggestions de Satan et d'affermir ses pas sur la voie du repentir, il commença à réciter les quelques courtes sourates à sa portée qu'il savait par cœur.

Il se leva, Yasine et Kamal à sa suite, et ils s'acheminèrent tous trois vers le tombeau où un parfum suave baignant l'endroit les accueillit, mêlé au bourdonnement des récitations chuchotées aux angles de l'édifice.

Ils commencèrent la ronde rituelle autour du tombeau, au milieu des groupes de pèlerins. Kamal leva les yeux vers le gros turban vert coiffant le catafalque, puis les posa longuement sur la porte de bois qu'avaient si souvent baisée ses lèvres. Il compara hier à aujourd'hui, un contexte à un autre, et se souvint comme le dévoilement du mystère de ce tombeau avait été le premier drame de sa vie, comment d'autres lui avaient succédé, anéantissant tour à tour l'amour, la foi et l'amitié; comment, malgré cela, il tenait encore sur ses jambes, regardant la vérité avec les yeux de l'adoration, indifférent aux estocades de la douleur, au point que l'amertume s'épancha sur ses lèvres et y dessina un sourire. Quant au bonheur aveugle qui illuminait la face des croyants qui tournaient en procession autour de lui, il y avait déjà renoncé sans regret. Comment pouvait-il sacrifier la lumière au bonheur, alors qu'il s'était juré de vivre les yeux ouverts, préférant l'angoisse éveillée à la quiétude passive, l'éveil de l'insomnie au repos du sommeil?

Lorsqu'ils eurent achevé leur ronde, le père les invita à s'asseoir un moment sur l'aire du tombeau. Ils gagnèrent un coin où ils s'assirent les uns contre les autres. Ahmed Abd el-Gawwad avisa quelques-unes de ses connaissances, lesquelles s'avancèrent pour lui serrer la main et le féliciter de son salut. Quelques-uns parmi elles vinrent s'asseoir à ses côtés. Si, par le biais de la boutique ou par celui de l'école d'al-Nahhassine, la plupart connaissaient Yasine, aucun pour ainsi dire n'avait encore vu Kamal. Aussi, frappé par sa maigreur, l'un d'eux plaisanta notre homme en lui disant :

— Mais qu'est-ce qu'il a, ton fils, à être aussi gringa-let?

A quoi il répondit du tac au tac, comme renvoyant un compliment par un autre plus délicat :

— Et toi, espèce de gringaleux!

Yasine sourit et Kamal après lui. C'était la première fois qu'il voyait se manifester la personnalité « cachée » de son père dont il avait entendu beaucoup dire! Ainsi se révélait leur père : un homme qui ne ratait pas une boutade, jusqu'en état de dévotion et de pénitence devant le tombeau d'al-Husseïn! Chose qui amena Yasine à réfléchir sur l'avenir de son père et à se demander s'il allait retourner à ses plaisirs après les sévices de la maladie. « Le savoir, pensait-il, est pour moi de la plus haute importance! »

*

Oum Hanafi était assise en tailleur sur le tapis de paille du salon, Naïma, la fille d'Aïsha, Abd el-Monem et Ahmed, les deux fils de Khadiga, sur le canapé en face d'elle. Les deux fenêtres donnant sur la cour étaient grandes ouvertes afin d'adoucir la chaleur moite du mois d'août; mais c'est à peine s'il courait un seul souffle de brise et la grosse lampe qui pendait du plafond continuait immobile à déverser sa lumière sur les murs du salon. Quant aux autres pièces, elles étaient plongées dans une obscurité et un silence profonds.

La tête basse, les bras croisés sur sa poitrine, Oum Hanafi sommeillait. Tantôt levant les yeux sur les petits assis sur le canapé, tantôt les refermant, ses lèvres bougeaient sans cesse, sans proférer un son...

— Il va rester jusqu'à quand sur la terrasse, oncle Kamal? demanda Abd el-Monem.

– Il fait chaud ici, grommela Oum Hanafi, pourquoi vous n'êtes pas restés là-haut avec lui?

– Il fait trop noir et Naïma a peur des insectes!

Ahmed ajouta, dans un soupir de lassitude :

– Jusqu'à quand on va rester ici? ça fait déjà deux semaines! Je compte les jours un par un. Je veux rentrer chez papa et maman!

– Si Dieu le veut, répondit Oum Hanafi d'un ton d'espoir, vous rentrerez tous, heureux comme jamais! Priez Dieu, car il exauce les prières des petits enfants vertueux.

– On le prie avant de dormir et aussitôt réveillés, comme tu nous l'as recommandé! répondit Abd el-Monem.

– Priez-le à chaque instant! renchérit Oum Hanafi. Priez-le maintenant, il est le seul capable d'alléger notre peine!

Abd el-Monem ouvrit ses mains en prière puis se tourna vers Ahmed, l'invitant à en faire autant. L'autre s'exécuta sans que l'ennui ne quitte son visage. Alors ils dirent en chœur comme ils avaient pris l'habitude de le faire depuis les derniers jours :

– O mon Dieu, guéris notre oncle Khalil et nos cousins Othman et Mohammed, que nous rentrions chez nous consolés!...

L'émotion se peignit sur le visage de Naïma. Le chagrin décomposa ses traits, puis, ses yeux bleus s'emplissant de larmes, elle s'exclama :

– Papa, Othman et Mohammed, comment ils vont? Et maman? Je veux voir maman! Je veux les voir tous!

Abd el-Monem se rapprocha d'elle et lui dit d'une voix consolatrice :

– Ne pleure pas, Naïma! Je te l'ai déjà dit souvent, ne pleure pas! Tonton va bien, Othman et Mohammed aussi. On va bientôt rentrer chez nous. Grand-mère l'a promis, oncle Kamal me l'a encore juré tout à l'heure...

– Tous les jours j'entends ça! protesta Naïma en fondant en larmes. N'empêche qu'ils ne nous permettent pas de retourner auprès d'eux! Je veux voir papa, Othman et Mohammed, je veux voir maman!...

– Moi aussi, je veux voir papa et maman! protesta Ahmed.

– Nous rentrerons quand ils seront guéris! répondit Abd el-Monem.

– Non! On rentre maintenant! s'écria Naïma à bout de patience. Je veux rentrer! Pourquoi on nous fait rester loin d'eux?

– Parce qu'ils ont peur qu'on attrape les germes! répondit Abd el-Monem.

– Maman est bien là-bas, s'entêta Naïma, tata Khadiga aussi, oncle Ibrahim et grand-mère aussi! Pourquoi ils attrapent pas les germes eux aussi.

– Parce que c'est des grandes personnes!

– Si les grandes personnes n'attrapent pas les germes, alors pourquoi papa les a attrapés?

Oum Hanafi poussa un soupir et, s'adressant à Naïma avec douceur :

– Vous n'êtes pas bien ici? C'est votre maison! Et, tenez, vous avez M. Abd el-Monem et M. Ahmed qui sont là pour jouer avec vous. Il y a aussi votre oncle Kamal qui vous aime comme ses yeux. Vous allez retourner bientôt voir maman, papa, Othman et Mohammed... Ne pleurez pas, ma petite maîtresse, et priez pour que votre père et vos deux frères guérissent!

Ahmed dit avec dépit :

– Ca fait deux semaines, j'ai compté sur mes doigts! Et puis, d'abord, notre appartement est au troisième étage et la maladie au deuxième! Pourquoi on revient pas chez nous en emmenant Naïma?

– S'il entendait ce que vous dites, répondit Oum Hanafi, barrant ses lèvres de son index en signe de mise en garde, votre oncle Kamal serait fâché! Il vous achète des chocolats et des pépins grillés, et vous oseriez dire que vous ne voulez pas rester avec lui? Vous n'êtes plus des petits! Vous, M. Abd el-Monem, vous allez entrer à l'école primaire dans un mois. Vous aussi, ma petite Naïma!

Ahmed, rabattit quelque peu de ses prétentions :

– Laissez-nous au moins sortir pour aller jouer dans la rue!

– C'est une idée raisonnable, Oum Hanafi! appuya Abd el-Monem. Pourquoi on sortirait pas jouer dans la rue?

– Vous avez la cour! trancha Oum Hanafi avec fermeté. Qui serait assez grande pour la Terre entière! Vous avez aussi la terrasse! Qu'est-ce qu'il vous faut de plus? M. Kamal, quand il était petit, ne jouait que dans la maison. Quand j'aurai fini mon travail, je vous raconterai des histoires... Vous aimeriez que je vous raconte des histoires?

– Hier, tu nous as dit que t'en avais plus! protesta Ahmed.

– Tante Khadiga en sait plus que toi, continua Naïma en séchant ses larmes. Où est maman qu'on chante toutes les deux?

Oum Hanafi reprit d'une voix cajoleuse :

– Combien de fois je vous ai demandé de nous chanter quelque chose et que vous n'avez pas voulu!

– Je ne chanterai pas ici! Pas quand Othman et Mohammed sont malades!

– Bon, coupa la femme en se levant, je vais vous préparer le dîner et après on ira au lit. Du fromage, de la pastèque et du melon! Hein! qu'en dites-vous?

Kamal était assis sur une chaise, sur l'aile découverte de la terrasse contiguë à la toiture de lierre et de jasmin. A peine ne le distinguait-on sur le fond de l'obscurité que par l'éclat de son ample galabiyyé blanche. Les jambes mollement étendues, le regard levé vers l'horizon incrusté d'étoiles, il méditait, entouré d'un silence qui ne se brisait qu'au hasard d'une voix montant de la rue, d'un « cot-cot » s'échappant du poulailler. Son visage tendu reflétait le malheur qui avait frappé la famille depuis les deux dernières semaines et avait troublé la marche ordinaire de la maison où sa mère ne faisait plus que de rares apparitions, où l'atmosphère était saturée des gémissements des trois petits qu'on y tenait emprisonnés et qui y tournaient comme des lions en cage, appelant après « papa » ou « maman », au point qu'il ne savait plus quoi faire pour les calmer ou les distraire.

A al-Sokkariyya, telle l'avons-nous si souvent dépeinte, Aïsha ne chantait ni ne riait plus. Elle passait la nuit au chevet de sa petite famille malade composée de son époux et de ses deux fils. Comme il avait espéré petit son retour à la maison! Et comme il redoutait aujourd'hui de l'y voir revenir malgré elle, effondrée, le cœur brisé! Amina lui chuchotait à l'oreille. « Ne va pas à al-Sokkariyya! Ou, si tu y vas, ne t'y attarde pas! » Cependant, il y faisait un saut de temps en temps et en revenait les mains imprégnées de l'odeur étrange des désinfectants, le cœur serré par l'angoisse.

Ce qu'il y a d'extraordinaire, avec le bacille de la typhoïde, c'est que, comme tous ses semblables, il est incroyablement petit, invisible à l'œil nu mais capable à lui seul d'arrêter le courant de la vie, de décider du destin de la créature et de vous décimer, si l'envie l'en prend, une famille entière! Le pauvre petit Mohammed avait été le premier touché. Son frère Othman après lui et enfin – chose imprévisible – son père!

Dans le courant de la soirée, Suwaïdane, la servante, était venue l'informer qu'Amina passerait la nuit à al-Sokkariyya, ajoutant, en leurs deux noms, qu'il n'y avait pas lieu de s'inquiéter! Alors, pourquoi passait-elle la nuit là-bas? Qu'avait son cœur à se serrer? Pourtant, il restait malgré tout un espoir que le ciel du malheur soudain s'éclaircisse, que Khalil Shawkat et ses chers petits trouvent la guérison, que le visage d'Aïsha s'illumine et rayonne à nouveau! Oubliait-il comment eux aussi avaient connu pareille épreuve, huit mois auparavant dans la vieille maison? Et son père, qui trottait déjà en pleine forme, dont les membres avaient recouvré leur vigueur, ses yeux leur éclat séduisant et qui était retourné vers ses amis et ses frères comme retourne l'oiseau se nicher dans l'arbre touffu! Alors, qui pouvait s'opposer à la possibilité que tout change en un clin d'œil?

– Tu es là, tout seul?

Kamal reconnut la voix. Il se leva en se tournant vers la porte de la terrasse et tendit sa main au visiteur en lui disant :

– Comment vas-tu, mon cher frère? Assieds-toi...

Il lui avança une chaise. Yasine respira profondément pour reprendre sa respiration que la montée de l'escalier avait troublée, s'emplissant la poitrine des senteurs du jasmin, après quoi il s'assit en disant :

– Ça y est, les enfants dorment... Oum Hanafi aussi!...

– Les pauvres petits! s'affligea Kamal en se rasseyant. Ils ne tiennent plus en place et ne nous laissent aucun répit! Quelle heure se fait-il?

– Autour de onze heures!... Il fait bien plus doux ici que dans la rue!

– Et où étais-tu?

– Je faisais la navette entre Qasr el-Shawq et al-Sokkariyya. Au fait, ta mère ne rentrera pas cette nuit...

– Je sais, Suwaïdane m'a prévenu... Quoi de neuf? Je me suis fait une bile noire!

Yasine, dans un soupir :

– On s'en fait tous autant! Dieu nous soit clément! Ton père est là-bas lui aussi...

– A cette heure-ci?

– Il y était quand je suis parti...

Il marqua une pause et reprit :

– Je suis resté à al-Sokkariyya jusqu'à huit heures et c'est là que quelqu'un est venu de Qasr el-Shawq pour me dire que ma femme était sur le point d'accoucher. Alors je suis allé trouver aussitôt Oum Ali, l'accoucheuse, et l'ai ramenée à la maison où j'ai trouvé mon épouse entre les mains d'un groupe de voisines. Je suis resté là-bas une heure, mais je n'ai pu supporter plus longtemps ces cris et ces gémissements... Alors je suis retourné à al-Sokkariyya où j'ai trouvé papa assis en compagnie d'Ibrahim Shaw-kat...

– Qu'est-ce que tu veux dire? Allez, parle!

– C'est très grave! dit Yasine d'une voix sombre.

– Grave?

– Oui... J'étais allé là-bas pour me détendre un peu les nerfs... Comme si Zannouba n'avait pas pu choisir un autre moment pour accoucher! Ah! j'en ai sué entre Qasr el-Shawq et al-Sokkariyya, entre l'accoucheuse et le docteur! Oui! C'est grave... En examinant le visage de son fils, la veuve du regretté Shawkat s'est écriée : « Pitié, Seigneur! Prenez-moi plutôt avant lui! » Ta mère était toute retournée. Mais la vieille n'a pas fait attention... Elle a seulement ajouté d'une voix enrouée : « Voilà à quoi ressemblent les Shawkat à l'heure de la mort! J'ai déjà vu son père, son oncle et son grand-père avant lui! » Khalil n'est plus qu'une ombre, ses deux gosses pareil! Par le Dieu tout-puissant!

Kamal ravala sa salive et reprit :

– Peut-être que la suite va nous contredire!...

– Peut-être. Kamal! tu n'es plus un enfant! Il faut que tu en saches au moins autant que moi... Voilà..., le médecin dit que c'est très grave!

– Pour tous les trois?

– Oui, tous les trois! Khalil, Othman et Mohammed. Seigneur! Comme tu n'as pas de chance, ma pauvre Aïsha!

Il se représenta dans le noir la petite famille d'Aïsha, rieuse comme il l'avait vue si souvent. Ces êtres heureux et rieurs qui manipulaient la vie comme un jeu...

« Quand Aïsha rira-t-elle à nouveau aux éclats? C'est comme ça qu'est parti Fahmi! Les Anglais et la typhoïde, c'est pareil! Ça ou autre chose!... C'est la croyance en Dieu qui seule a fait de la mort un décret suprême et une logique qui désemparent l'homme, alors qu'il ne s'agit en fait que d'une sorte d'ironie du destin! »

– Je n'ai jamais rien entendu de plus terrible!

– Pourtant, c'est comme ça! Qu'y pouvons-nous? Mais quel crime a commis Aïsha pour mériter tout cela? O Seigneur prends pitié!

« Existe-t-il une logique suprême capable de justifier

l'homicide sous toutes ses formes? La mort suit exactement le principe de la farce! Mais comment pourrions-
nous en rire quand nous en sommes la cible? Peut-être
pouvons-nous tout au plus l'accueillir avec le sourire, si
toute notre vie nous nous sommes habitués à la regarder
en face, à la comprendre sainement et à la dépouiller de
tous ses mythes! C'est là une victoire remportée à la fois
sur la vie et la mort! Mais Dieu qu'Aïsha est loin de tout
cela!... »

— J'ai la tête qui tourne, mon frère!

— Le monde est ainsi fait! lui répondit Yasine avec un
ton de sage comme il ne lui en avait jamais entendu. Tu
dois le connaître tel qu'il est!

Puis il se leva brusquement en disant :

— Bon, il faut que j'y aille maintenant!

— Non! reste encore un peu avec moi! s'exclama Kamal
comme dans un appel au secours.

Mais Yasine insista, l'air de s'excuser :

— Il est onze heures! Il faut que j'aille à Qasr el-Shawq
pour voir comment va Zannouba. Après je retournerai à
al-Sokkariyya pour être auprès d'eux. J'ai bien l'impression que je ne vais pas dormir une heure cette nuit! Dieu
seul sait ce qui nous attend demain!

Kamal se leva en disant, pris de panique :

— Tu parles comme si c'était déjà la fin! Je file là-bas
tout de suite!

— Non, non! tu dois rester avec les enfants jusqu'au
lever du jour. Et essaie de dormir, sinon tu vas me faire
regretter de t'avoir dit la vérité!

Yasine quitta la terrasse et Kamal le suivit pour le
raccompagner jusqu'à la rue. Tandis qu'ils passaient par
l'étage du haut où dormaient les enfants, Kamal déclara
avec tristesse :

— Les pauvres petits! Si tu savais comme Naïma a
pleuré ces derniers jours, comme si son cœur avait pressenti ce qui se passait...

— Oh! les enfants oublient vite! répondit Yasine avec
détachement. Prie plutôt pour les grands!

Au moment où ils débouchaient dans la cour une voix leur parvint de la rue qui criait à tue-tête : « *Moqattam*, édition spéciale!... Demandez le *Moqattam*, édition spéciale!... »

– Edition spéciale? s'étonna Kamal.

– Oh! oui..., je sais ce que c'est! répondit Yasine d'une voix attristée. J'ai entendu les gens se colporter la nouvelle en venant ici... Saad Zaghloul est mort[1].

– Saad? s'exclama Kamal dans un cri du fond du cœur.

Yasine s'arrêta de marcher et, se tournant vers lui :

– Eh! remets-toi! dit-il. On a déjà bien assez de nos problèmes...

Mais il resta les yeux écarquillés dans le noir, muet, pétrifié, comme si Khalil, Othman, Mohammed, Aïsha, plus rien n'avait d'importance, sauf que Saad était mort!

Yasine reprit sa marche en disant :

– Il meurt en emportant toute sa part de vie et de grandeur! Qu'est-ce que tu voulais de plus pour lui? Dieu ait son âme...

Kamal le suivit, non encore remis de sa stupeur. S'il l'avait apprise en dehors de ces pénibles circonstances, il ne savait comment il aurait accueilli la nouvelle. Mais les malheurs, lorsqu'ils se rencontrent, se disputent nos cœurs... C'est ainsi que sa grand-mère, qui les avait quittés peu après la mort de Fahmi, n'avait trouvé personne pour la pleurer.

Ainsi donc, Saad était mort! L'homme de l'exil, de la révolution, de la liberté et de la Constitution était mort! Comment pouvait-il ne pas avoir du chagrin quand tout ce que son âme recelait de meilleur, Saad le lui avait inspiré et enseigné?

Yasine s'arrêta à nouveau afin d'ouvrir la porte. Il lui tendit la main et les deux frères se saluèrent. A cet instant, Kamal se rappela quelque chose qui lui était depuis un

1. 23 août 1927. Noter l'ironie : le *Moqattam* ayant été depuis sa création le journal le plus opposé au nationalisme égyptien et au Wafd.

moment sorti de la tête et il dit à son frère, éprouvant quelque gêne à l'avoir oublié :

— Prions le Ciel que ta femme ait accouché sans histoires!

Yasine lui répondit, s'apprêtant à partir :

— Dieu t'entende! Allez, tâche de bien dormir...

Le Livre de Poche Biblio

Extrait du catalogue

Sherwood Anderson. *Pauvre Blanc.* 3078
« Je m'en vais, je m'en vais pour être un homme parmi les hommes. »

Miguel Angel Asturias. *Le Pape vert.* 3064
« Le costume des hommes libres, voilà le seul que je puisse porter. »

Adolfo Bioy Casares. *Journal de la guerre au cochon.* 3074
« '' Ce n'est pas pour rien que les Esquimaux ou les Lapons emmènent leurs vieux en pleine neige pour qu'ils y meurent de froid '', dit Arévalo. »

Karen Blixen. *Sept contes gothiques (nouvelles).* 3020
« Car en vérité, rêver c'est le suicide que se permettent les gens bien élevés. »

Mikhaïl Boulgakov. *La Garde blanche.* 3063
« Oh ! Seul celui qui a déjà été vaincu sait ce que signifie ce mot. »

Mikhaïl Boulgakov. *Le Maître et Marguerite.* 3062
« Et quelle est votre spécialité ? s'enquit Berlioz.
— La magie noire. »

André Breton. *Anthologie de l'humour noir.* 3043
Allais, Crevel, Dali, Jarry, Kafka, Poe, Sade, Swift et beaucoup d'autres.

Erskine Caldwell. *Les Braves Gens du Tennessee.* 3080
« Espèce de trousseur de négresses ! Espèce d'obsédé imbécile !... Un baiseur de négresses ! C'est répugnant, c'est... »

Italo Calvino. *Le Vicomte pourfendu.* 3004
« ... mon oncle ouvrait son unique œil, sa demi-bouche, dilatait sa narine... Il était vivant et pourfendu. »

Elias Canetti. *Histoire d'une jeunesse :*
La langue sauvée. 3044
« Il est vrai qu'à l'instar du premier homme, je ne naquis qu'après avoir été chassé du paradis. »

Elias Canetti. *Histoire d'une vie :*
Le flambeau dans l'oreille.   3056
« Je m'incline devant le souvenir... et je ne cache pas les craintes
que m'inspirent ceux qui osent le soumettre à des opérations
chirurgicales. »

Elias Canetti. *Les Voix de Marrakech.*   3073
« Trois fois je me suis trouvé en contact avec des chameaux et,
chaque fois, cela s'est terminé de façon tragique. »

Blaise Cendrars. *Rhum.*   3022
« Je dédie cette vie aventureuse de Jean Galmot aux jeunes gens
d'aujourd'hui fatigués de la littérature. »

Jacques Chardonne. *Les Destinées sentimentales.*   3039
« Il y a en France une grande variété de bourgeois; j'ai choisi les
meilleurs; justement je suis né chez eux. »

Jacques Chardonne.
L'amour c'est beaucoup plus que l'amour.   3040
« J'ai choisi, dans mes livres, des phrases qui ont l'air d'une pen-
sée... »

Joseph Conrad et Ford Madox Ford. *L'Aventure.*   3017
« Partir à la recherche du Roman... c'est un peu comme essayer
d'attraper l'horizon. »

René Crevel. *La Mort difficile.*   3085
« Pierre s'en fout. Pierre est libre. Sa liberté, à lui, sa liberté
s'appelle la mort. »

Iouri Dombrovski. *La Faculté de l'inutile.*   3034
« Que savez-vous de notre vérité ? »

Lawrence Durrell. *Cefalù.*   3037
« ... la signification profonde de toute sa vie allait peut-être se
dégager de cette épouvantable aventure. Mais laquelle ? »

Friedrich Dürrenmatt. *La Panne.*   3075
« Curieux et intrigué, Traps s'enquit du crime dont il aurait à
répondre. '' Aucune importance !... Un crime on en a toujours
un ! '' »

Jean Giono. *Mort d'un personnage.*   3084
« Elle est si près de la mort maintenant qu'elle doit déjà entendre les bruits de l'autre côté. »

Franz Kafka. *Journal.* 3001

« Il faut qu'une ligne au moins soit braquée chaque jour sur moi comme on braque aujourd'hui un télescope sur les comètes. »

Yasunari Kawabata. *Les Belles Endormies.* 3008

« Sans doute pouvait-on appeler cela un club secret... »

Yasunari Kawabata. *Pays de neige.* 3015

« ... ce blanc qui habitait les profondeurs du miroir, c'était la neige, au cœur de laquelle se piquait le carmin brillant des joues de la jeune femme. »

Yasunari Kawabata. *La Danseuse d'Izu.* 3023

« Peut-être un jour l'homme fera-t-il marche arrière sur le chemin qu'il a parcouru. »

Yasunari Kawabata. *Le Lac.* 3060

« Plus repoussante était la femme et mieux elle lui permettait d'évoquer le doux visage de Machié. »

Yasunari Kawabata. *Kyoto.* 3081

« Et puis, cette jeune montagnarde disait qu'elles étaient jumelles... Sur son front, perla une sueur froide. »

Yasunari Kawabata.
Le Grondement de la montagne. 3071

« J'ai des ennuis avec mes oreilles ces temps-ci. Voici peu, j'étais allé prendre le frais la nuit sur le seuil de la porte, et j'ai entendu un bruit, comme si la montagne grondait. »

Andrzeij Kusniewicz. *L'État d'apesanteur.* 3028

« Cela commença le 31 janvier vers six heures et demie du matin... par une brusque explosion... Je restais en suspens... dans une sorte d'apesanteur psychique, proche par moments de l'euphorie. »

Pär Lagerkvist. *Barabbas.* 3072

« Que faisait-il sur le Golgotha, lui qui avait été libéré ? »

D.H. Lawrence. *L'Amazone fugitive.* 3027

« La vie n'est supportable que si l'esprit et le corps sont en harmonie... et que chacun des deux a pour l'autre un respect naturel. »

D.H. Lawrence. *Le Serpent à plumes.* 3047

« Les dieux meurent en même temps que les hommes qui les ont créés, mais la divinité gronde toujours, ainsi que la mer... »

Sinclair Lewis. *Babbitt.* 3038

« ... il avait, en ce mois d'avril 1920, quarante-six ans et ne faisait rien de spécial, ni du beurre, ni des chaussures, ni des vers... »

Carson McCullers.
Le cœur est un chasseur solitaire. 3025
« Il se sentait le cœur malade d'un amour irrité, inquiet. »

Carson McCullers. *Reflets dans un œil d'or.* 3054
« Il y a un fort, dans le Sud, où il y a quelques années un meurtre fut commis. »

Carson McCullers. *La Ballade du café triste.* 3055
« La ville même est désolée... C'est ici pourtant, dans cette ville, qu'on trouvait autrefois un café. »

Carson McCullers. *L'Horloge sans aiguilles.* 3065
« Lui, qui n'avait jamais fait un mauvais placement, avait investi dans l'éternité. »

Thomas Mann. *Le Docteur Faustus.* 3021
« Je n'ai aimé aucun de mes personnages autant que celui-ci. »

Henry Miller. *Un diable au paradis.* 3016
« ... un incurable dandy menant la vie d'un clochard. »

Henry Miller. *Le Colosse de Maroussi.* 3029
« Debout dans le tombeau d'Agamemnon, j'ai vraiment passé par une seconde naissance. »

Henry Miller. *Max et les phagocytes.* 3076
« Il y a des gens qu'on appelle tout de suite par leur petit nom. Max est de cette espèce. »

Vladimir Nabokov. *Ada ou l'ardeur.* 3036
« ... chronique familiale, quatre-vingt-dix-sept pour cent de vérité, trois pour cent de vraisemblance. »

Anaïs Nin. *Journal 1 (1931-1934).* 3083
« Le journal est mon kif, mon haschich, ma pipe d'opium, ma drogue et mon vice. »

Anaïs Nin. *Journal 2 (1934-1939).* 3095
« Je regarde donc couler la Seine mais la folie continue. J'entends crier : '' De La Rocque au poteau ! '' »

Joyce Carol Oates. *Le Pays des merveilles.* 3070
« ... et il reprenait une vie normale. Il reprenait son déguisement de jeune homme normal. »

Edna O'Brien. *Un cœur fanatique.* 3092
« Mon père était généreux, absurde et si paresseux qu'il ne pouvait s'agir que d'un genre de maladie. »

Edna O'Brien. *Une rose dans le cœur.* 3093

« Pour Mme Reinhart, tout commença d'aller mieux dès le moment où elle devint somnambule. »

Liam O'Flaherty. *Famine.* 3026

« " ... Je ne suis pas encore affamée au point d'aller mendier de la soupe aux protestants ! " s'exclama Sally. »

Mervyn Peake. *Titus d'Enfer.* 3096

« La bouffe, dit Lenflure, est une chose chéleste, et la boichon une chose enchanterèche. L'une donne des fleurs de flatulenche, et l'autre des bourgeons de gaz vomichants. »

Augusto Roa Bastos. *Moi, le Suprême.* 3048

« Moi, Dictateur Suprême de la République, j'ordonne... »

Raymond Roussel. *Impressions d'Afrique.* 3010

« Vers quatre heures, ce 25 juin, tout semblait prêt pour le sacre de Talou VII, empereur du Ponukélé, roi du Drelchkaff. »

Arthur Schnitzler. *Vienne au crépuscule.* 3079

« J'admire en général tous les gens qui sont capables de risquer autant pour une cause qui, au fond, ne les concerne pas. »

Arthur Schnitzler. *Une jeunesse viennoise,*
Autobiographie (1862-1889). 3091

« Je suis né à Vienne, le 15 mai 1862, au troisième étage de la maison attenante à l'hôtel Europe, dans la Praterstrasse... et quelques heures après — mon père me l'a souvent raconté — je passai un moment couché sur son bureau. »

Isaac Bashevis Singer. *Shosha.* 3030

« Je ne crois pas en Dieu. Mais je reconnais qu'il existe là-haut une main qui guide notre monde... une main vicieuse, une main sanglante... »

Isaac Bashevis Singer. *Le Blasphémateur.* 3061

« " Et qui a créé le monde ? demandai-je.
— Et qui a créé Dieu ? " répliqua Chakele. »

Isaac Bashevis Singer. *Le Manoir.* 3077

« Oui, ce monde du dehors était vaste, libre et moderne, tandis que lui-même restait enterré en Pologne. " Je dois sortir d'ici avant qu'il ne soit trop tard ", pensa Zipkin. »

Isaac Bashevis Singer. *Le Domaine.* 3088

« L'homme a-t-il réellement un devoir à remplir ? N'est-il pas simplement une vache qui a besoin de paître jusqu'à ce qu'elle meure ou qu'elle soit tuée ? »

Robert Penn Warren. *Les Fous du roi.*   3087

« ... Je l'écraserai. Des tibias jusqu'aux clavicules, coups aux
reins et sur la nuque et au plexus solaire, et uppercuts. Et peu
importe avec quoi je frappe. Ou comment ! »

Thornton Wilder. *Le Pont du roi Saint-Louis.*   3094

« Le vendredi 20 juillet 1714, à midi, le plus beau pont du Pérou
se rompit et précipita cinq personnes dans un gouffre... »

Virginia Woolf. *Orlando.*   3002

« J'étais au désespoir... J'ai trempé ma plume dans l'encre et
écrit presque machinalement : " Orlando, une biographie. " »

Virginia Woolf. *Les Vagues.*   3011

« J'espère avoir retenu ainsi le chant de la mer et des oiseaux...
la vie elle-même qui s'écoule. »

Virginia Woolf. *Mrs. Dalloway.*   3012

« Alors vint le moment le plus délicieux de sa vie : Sally s'arrêta,
cueillit une fleur et l'embrassa sur les lèvres. »

Virginia Woolf. *Promenade au phare.*   3019

« ... la grande assiettée d'eau bleue était posée devant elle; le
Phare austère et blanc de vieillesse se dressait au milieu... »

Virginia Woolf. *La Chambre de Jacob.*   3049

« Je progresse dans *Jacob* — le roman le plus amusant que j'aie
jamais fait, je crois — amusant à écrire s'entend. »

Virginia Woolf. *Années.*   3057

« " C'est inutile, coupa-t-elle... Il faut que l'instant présent
s'écoule. Il faut qu'il passe. Et après ? " »

Virginia Woolf. *Entre les actes.*   3068

« " Cette année... l'année dernière... l'année prochaine... jamais. " »

Virginia Woolf. *Flush.*   3069

Attention !... « Prenez garde que sous le poil de cette bestiole
pourrait se loger quelque secret. » Louis Gillet.

Virginia Woolf. *Instants de vie.*   3090

« Pourquoi ai-je oublié tant de choses qui auraient dû être,
semble-t-il, plus mémorables que celles dont je me souviens ? »

IMPRIMÉ EN FRANCE PAR BRODARD ET TAUPIN
Usine de La Flèche (Sarthe).
LIBRAIRIE GÉNÉRALE FRANÇAISE - 6, rue Pierre-Sarrazin - 75006 Paris.

ISBN : 2 - 253 - 05395 - 3   ✦ 42/3141/1